LE GRAAL

DU MÊME AUTEUR
CHEZ LE MÊME ÉDITEUR

CYCLE DE PENDRAGON :

Taliesin, tome I
Merlin, tome II
Arthur, tome III
Pendragon, tome IV
Le Graal, tome V

CYCLE LE CHANT D'ALBION :

La Guerre du paradis, tome I
La Main d'argent, tome II
Le Nœud sans fin, tome III

LA SAGA DU ROI DRAGON :

Le Château du Roi Dragon, tome I (1999)
Les Seigneurs de guerre de Nin, tome II (en préparation)
Le Glaive et la Flamme, tome III (en préparation)

STEPHEN LAWHEAD

LE GRAAL

Tome V du cycle de Pendragon

roman
traduit de l'anglais par Luc Carissimo

BUCHET/CHASTEL
18, rue de Condé – 75006 Paris

Si vous souhaitez recevoir gratuitement nos catalogues : Musique, Sciences humaines et Littérature générale, il vous suffit d'adresser vos coordonnées aux éditions Buchet/Chastel – 18, rue de Condé – 75006 Paris.

ISBN : 2-283-01782-3

ISBN : 0-380-97526-2
Original edition published in English under the title *Grail*
in July 1997, by Avon Books
A division of the Hearst Corporation
1350 Avenue of the Americas
New York, New York, 10019

BRETAGNE
Distances en Milles
0 20 40 60 80
TERRITOIRE
PICTE
Caer Alclyd
Caer Edyn
Mont Baedun
FORÊT DE
CELYDDON
Camlan
Rotonde
Caer Lial
LE MUR
Avallon
Eboracum
YR WIDDFA
Caer Myrddin
Caer Legionis
Caer Melyn
MOR HAFREN
Caer Lundein
Ynys Avallach
Caer Cam
Tintagel
LLYONESSE
MUIR NICHT
GAULE

À Bob et Lois

Dix sont les anneaux, et neuf torques d'or
ornent le cou des seigneurs d'antan ;
Il existe huit vertus cardinales, et sept péchés
pour lesquels mettre son âme à l'encan ;
Six est la somme de la terre et du ciel,
de tous objets futiles ou importants ;
Cinq est le nombre des nefs qui fuirent
la froide Atlantide perdue dans l'océan ;
Quatre rois se trouvèrent épargnés,
et trois royaumes demeurent en occident ;
Ils furent deux, dans le fort de Llyonesse,
qui s'aimèrent désespérément ;
Il est un monde, un Dieu, et un roi dont les étoiles
prédirent au Druide l'avènement.

S.R.L
Oxford, 1987

Prologue

Les hommes sont choses si chétives et pitoyables… tellement prévisibles dans leurs appétits, totalement esclaves de leurs désirs et de leurs plaisirs fastidieux. Créatures aux mornes habitudes et aux sauvages pulsions, ils oscillent entre les unes et les autres, sans jamais rien percevoir du monde hormis leurs passions animales. En vérité, le bétail dans les prés connaît mieux la vie.

Ah, mais c'est trop facile. Je me suis depuis longtemps lassée de leurs mesquines préoccupations. Brutes ignorantes, ils méritent chacune des calamités dont peut les accabler leur dieu ridicule.

Où est la vraie force ? Où est le vrai courage ? Où est la véritable discipline au service d'une inflexible volonté, toutes deux agissant en totale harmonie, chacune assujettie à l'autre ? Où trouve-t-on de tels trésors ?

Sur le champ de bataille, dans la fureur du combat ? Ah ! C'est ce que pensent les hommes et, comme pour tout le reste, ils se trompent grossièrement. La guerre, ce ne sont qu'enfants mal débarbouillés qui se chamaillent pour un tas de fumier. Au combat, il est fait peu de cas de la vie — ce bien le plus précieux de l'univers — elle y est dilapidée, sacrifiée à un gain qui ne survivra pas au passage des saisons. Les imbéciles, tous autant qu'ils sont ! Les imbéciles aveugles et ignorants… c'est pur plaisir que de les tourmenter.

Seul ce qui survit au temps est digne d'être possédé.

Je le sais bien. Moi qui ai tout sacrifié pour acquérir la maîtrise du temps et des éléments, je connais la valeur de la vie. En vérité, j'ai consacré mon existence à ce qui est durable. Ce n'est pas sans raison qu'on me nomme la Reine de l'Air et de l'Ombre.

I

Moi, Gwalchavad, seigneur d'Orcadie, j'écris ceci. Et ce n'est pas tâche facile. Pas davantage que n'en sera la lecture, je le crains. À la différence de Myrddin, ou des clercs en robe brune, je ne suis pas maître dans l'art du scribe. Dieu sait si l'épée convient mieux à ma main que le roseau taillé. Mais j'ai ainsi l'assurance que mes écrits maladroits survivront longtemps après que la main qui les a tracés sera retournée à la poussière. C'est ce que m'affirme Frère Aneirin, et il est fort savant en ces choses.

Je suis né en vue des côtes d'Ynys Prydain, ainsi que mon frère jumeau, Gwalcmai — tous deux fils du noble Lot, roi des Orcades. Ma naissance, en elle-même, n'a guère d'importance. S'il n'y avait eu Arthur, j'aurais vécu mes jours dans ces îles sauvages et n'aurais jamais franchi les frontières du royaume de mon père. S'il n'y avait eu Arthur, j'aurais passé ma vie entière à chasser, pêcher et régler les querelles entre chefs de clans. Je n'aurais jamais entendu parler du Royaume de l'Été — encore moins du Graal — et, pour tout dire, je ne serais pas en train d'écrire ceci.

Si je me suis attelé à cette tâche, c'est afin que vous sachiez ce qui est arrivé. Quiconque possède des oreilles a entendu parler d'Arthur, de ses épreuves et de ses triomphes : innombrables sont les récits qui courent le pays, de Lloegres à Celyddon. Bien des bardes les content, et certains moines les ont même couchés par écrit. Je suis peut-être un piètre scribe, mais sans doute pas plus mauvais que ces tâcherons aux doigts maculés d'encre.

Ils évoquent guerres et batailles, et ils ont raison de le faire. Ils parlent d'hommes courageux qui défendent l'Île des Forts au péril de leur vie. Ces récits sont bons, et certains sont même vrais : je ne leur retire rien. Mais ma tâche est d'un ordre différent.

Car c'est du Graal que je vais parler : cette étrange source des prodiges, ce surnaturel vase de tous les désirs. Dangereux, oui, et plus beau que ne peuvent le dire les mots, c'est le plus saint trésor de ce monde. S'il n'y avait eu Arthur, cette précieuse coupe aurait sûrement été oubliée, et son pouvoir de guérison perdu par ignorance et par négligence. Et pourtant, en toute vérité, s'il n'y avait eu Arthur, aucune des terreurs et des tribulations que je vais décrire ne nous seraient advenues. S'il n'y avait eu Arthur, le Graal serait perdu, et une flamme du pur feu des Cieux se serait éteinte sur terre.

C'est un récit que peu ont entendu, et il transcende tous les autres. Mais je vais trop vite. Sachez que l'Armée du Vieil Ennemi est vaste, et qu'elle ne recule devant rien, hormis la Parole de Vérité. Et le fracas de l'affrontement, quand se rencontreront ces deux adversaires, se répercutera à travers les siècles, j'en ai la ferme conviction. Béni entre tous les hommes, j'ai eu la chance de chevaucher à la droite de mon roi au premier rang du combat. Tremblez et pâlissez ; armez-vous de runes et de puissantes prières, invoquez la compagnie des anges et prêtez bien l'oreille à mon avertissement : là où règne un grand bien, un grand mal se rassemble. C'est là une chose que je sais.

Écoutez-moi ! Parlez du Graal, et vous parlerez d'un mystère avec un secret en son cœur, et moi, Gwalchavad, Prince d'Orcadie, je connais ce secret mieux que nul autre. Si l'entendre vous procure du plaisir, fort bien… mais je n'aimerais pas que ce livre soit lu d'un œil indifférent.

Sondez donc votre cœur ; regardez-y longuement et attentivement. Si vous êtes amis de tout ce qui est juste et vrai, vous êtes les bienvenus et pouvez continuer votre lecture. Mais si vous savourez le poison de la calomnie et des sombres ruses, si vous vous repaissez de mensonge, de trahison et de corruption, vous ne trouverez ici rien à votre goût. Bienheureux Jesu, j'ai l'intention de dire la vérité telle que je la sais.

Je commence donc :

Durant sept longues années, nous guerroyâmes contre les féroces Saecsens — sept années de luttes et de privations, de malheurs, de souffrance et de mort. Sous le commandement d'Arthur, et avec l'aide de la Main Prompte et Sûre, nous finîmes par gagner. Tout cela est bien connu — en fait, même les petits enfants savent comment l'armée de Bretagne édifia le mur du mont Baedun et détruisit le téméraire envahisseur — je n'en dirai donc rien de plus, sinon pour souligner que nous avions tout juste repris notre souffle après la victoire durement remportée à Baedun, quand nous fûmes assaillis par la horde vandale. L'affrontant d'abord en Ierne, puis en Bretagne, nous pourchassâmes Amilcar, ce cupide et hargneux sanglier, à travers tout Lloegres avant de le vaincre.

Une guerre étrange que celle-là : elle avait duré à peine plus d'une saison, et pourtant elle avait causé plus de mal et de destruction à notre pays que toutes les batailles contre les Saecsens. Comment se fait-il que les calamités semblent toujours aller par trois ? Car en plus des ravages infligés par les Vandali, nous dûmes aussi subir la peste et la sécheresse. Ceux qui protestent et se plaignent feraient bien de se rappeler que le Pendragon avait à combattre trois ennemis, et non un seul. S'il est un autre roi qui aurait pu faire mieux face à de tels adversaires, montrez-le moi, ou bien gardez la bouche close. Certaines personnes ne sont jamais satisfaites. Même si beaucoup élèvent la voix d'un ton accusateur et se lamentent bruyamment sur les territoires perdus, je persiste à penser qu'Arthur avait choisi la voie la plus sage.

De toute façon, c'est maintenant le passé, il ne sert donc à rien de geindre et de s'indigner. S'ils connaissaient un tant soit peu l'Ours de Bretagne, ils comprendraient que leurs misérables couinements ne peuvent que le renforcer dans sa détermination.

Mieux vaut un ennemi digne de foi qu'un ami félon, et nous avons connu assez d'alliés comploteurs. L'Île des Forts se porte beaucoup mieux sans Ceredig, Morcant, Brastias, Gerontius, Urien et leurs semblables, toujours prêts à se rebeller et à créer des difficultés. Le Diable les emporte, tous autant qu'ils sont ! Nul ne les regrettera.

Où étaient-ils, ceux qui assaillent nos oreilles de leurs plaintes, quand Arthur faisait face au seigneur vandale ? Urien et Brastias songeaient à usurper les prérogatives du Grand Roi, mais les ai-je entendus proposer de prendre sa place sur le champ de bataille détrempé de sang ? Gerontius a toujours été prompt à encourager les autres dans leur mesquine rébellion, mais ai-je vu ce hardi seigneur au premier rang de la bataille ?

Non, pas une fois.

Nous avions rassemblé la plus vaste armée jamais vue en Bretagne depuis le grand Constantin. Vingt mille hommes et quinze mille chevaux ! Mais, en ce terrible jour, Arthur dut faire face seul à son ennemi, et les seigneurs félons n'étaient nulle part en vue. Ils avaient fait leur choix. Soit. Mais plutôt que d'insulter les Cieux par leurs récriminations, ils feraient mieux de remercier Dieu avec ferveur d'avoir encore un souffle et une langue pour se plaindre.

Arthur paya chèrement la paix dont nous jouissons aujourd'hui. Quand on l'emporta du champ de bataille, on emmena avec lui nos cœurs… et aussi le soleil et les étoiles, car sans lui nous marchions dans les ténèbres.

« Ils l'ont transporté à Ynys Avallach, nous dit Rhys, le visage gris d'inquiétude et d'épuisement. Si vous connaissez des prières, c'est le moment de les dire. » Car si Arthur pouvait être guéri, c'était en ce saint lieu et nulle part ailleurs. Le Sage Emrys le savait mieux que quiconque. Rhys nous transmit alors le dernier ordre d'Arthur. « Vous allez conduire les Vandali vers le nord, où ils prendront possession des terres reprises aux seigneurs rebelles. Tous les Bretons vivant dans ces royaumes en seront chassés et leurs demeures confisquées en raison de la trahison de leurs seigneurs. »

Ils étaient donc partis, nous laissant le soin de faire respecter la paix qu'avait remportée Arthur. Nous divisâmes l'armée : Bedwyr, Cai et moi devions conduire Mercia, le nouveau chef vandale, et les siens vers les terres que le roi leur avait accordées dans le Nord. Cador et le reste des Cymbrogi — ce nom leur a été donné par Arthur, il signifie compagnons du cœur — se chargèrent de superviser le départ de nos rivages des traîtres dont les biens avaient été confisqués.

Écrasés sous le poids du nombre, et épuisés par tous les combats que nous avions dû mener, nous cheminâmes lentement vers le nord, guidant la horde vandale, cherchant de l'eau tout le long de la route. Ce qui était beaucoup plus facile à dire qu'à faire, je le crains : chaque jour la sécheresse s'aggravait, causant des ravages d'un bout à l'autre du pays. Cela me brisait le cœur de voir tant de villages désertés — beaucoup avaient fui en Armorique — mais pires encore étaient les forteresses incendiées, témoignant des ravages de la peste.

Si le spectacle de tant de souffrances nous accablait, l'idée de chasser de braves Bretons de leur terre natale nous mettait au désespoir. Oh, comme il est dur d'annoncer à un homme qu'il lui faut dire adieu à sa demeure et que le travail de toute sa vie est réduit à néant parce que son brigand de seigneur a failli à ses engagements envers le Grand Roi. Plonger son épée dans le cœur de cet homme serait plus doux, je vous le jure.

La tâche qui m'attendait me répugnait et je priais qu'il me fût donné un moyen d'y échapper. Jour après jour, tandis que nous guidions la horde vandale vers le nord, j'implorais Dieu de nous accorder un miracle.

Voyez ! Mes prières furent exaucées, non par un miracle, mais par un geste non moins remarquable. Un soir, le sixième ou le septième après notre départ du camp dressé près du champ de bataille de Caer Gloiu, Mercia et son prêtre se présentèrent devant la tente de Bedwyr. Ce dernier avait emporté le fauteuil de campagne et la tente d'Arthur pour unique et maigre compensation aux rigueurs du voyage. Nous jouissions d'un moment de repos après une dure journée.

« Que veulent-ils encore ? » grogna Bedwyr.

Comme lui, je ne désirais rien davantage que de terminer en agréable compagnie cette journée de chaleur et de poussière. « Je vais m'occuper d'eux », dis-je, pensant les renvoyer. Je me levai pour interpeller les nouveaux arrivants.

« Attends, mon frère », se ravisa Bedwyr en poussant un soupir. « Puisque nous n'avons guère fait que les apercevoir à travers un nuage de poussière depuis un jour ou deux, nous ferions peut-être aussi bien d'écouter ce qu'ils ont à dire. »

Le brun Mercia, dont les yeux et les cheveux paraissaient encore plus noirs dans la nuit tombante, nous salua à sa manière habituelle, en se frappant la poitrine du poing. Hergest, le prêtre naguère captif, parla en son nom, disant : « Salutations, mes amis.

— Salutations », répondit Bedwyr d'un air maussade. Après des jours passés à escorter les Vandali, il trouvait difficile de s'intéresser à leurs préoccupations.

« Asseyez-vous, voulez-vous, dis-je dans une tentative de me montrer courtois. Nous vous offririons bien une coupe pour vous humecter la gorge par une si chaude journée, mais nous n'avons rien à y verser. » J'avais dit cette dernière phrase pour décourager la requête que je savais devoir venir. Chaque jour, depuis le début de ce voyage, l'un ou l'autre des chefs barbares était venu quémander un supplément d'eau… il en venait même parfois deux ou trois le même jour. Le peu d'eau dont nous disposions était partagé équitablement entre tous, comme je le leur disais… jour après jour.

« Il fait chaud, oui », dit Mercia. Il faisait de rapides progrès dans notre langue. Assurément, Hergest était bon professeur.

« Oui, répondit Bedwyr en se carrant dans son fauteuil. Nous avons besoin de pluie… la terre a besoin de pluie.

— Mon peuple a soif », dit brusquement Mercia.

Bedwyr eut une réaction de colère. « Suis-je une fontaine ? Je viens de dire que nous aurions besoin de pluie. C'est la sécheresse, sais-tu. Tout le monde a soif. »

Mercia le regarda calmement, sans s'émouvoir de cet éclat. Il jeta un coup d'œil à Hergest, qui lui dit quelques mots dans sa langue gutturale. Le Vandale hocha la tête et se lança dans une longue tirade dans son dialecte barbare.

Quand il eut fini, il adressa un signe de tête au prêtre, qui dit : « Sire Mercia désire vous faire savoir qu'il se montrerait indigne de son rang s'il ne vous demandait pas de l'eau quand son peuple a soif. Il n'avait nulle intention de vous manquer de respect.

— Très bien, grogna Bedwyr, que cette réponse avait remis à sa place.

— Mercia dit aussi qu'il est ennuyé » poursuivit Hergest. Avant que nous n'ayons pu dire un mot, le prêtre enchaîna : « La source de sa contrariété est celle-ci : il répugne à chasser les Bretons de leurs demeures. Être la cause d'une telle épreuve le rend indigne à ses propres yeux.

— Je comprends, répondit Bedwyr, mais on ne peut rien y faire. Les malheurs des Bretons sont la conséquence des agissements délibérés de leurs seigneurs, qui n'ont pas respecté leurs serments de loyauté envers Arthur. Le châtiment sera partagé par tous. Telle est la décision du Grand Roi. »

Quand le vaillant prêtre lui eut traduit les propos de Bedwyr, Mercia répondit. « Je ne conteste pas le jugement d'Arthur. Mais je voudrais proposer… euh, un arrangement », dit-il par le truchement d'Hergest.

« Oui ? demanda Bedwyr d'un air méfiant. Quel genre d'arrangement ?

— Laissez-nous nous établir sur des terres inoccupées, suggéra Mercia. Ceux qui le voudront pourront rester, mais dites-leur que nous ne prendrons pas possession de demeures occupées par des Bretons. »

C'était imprévu. « Et que les Bretons vivent dans un même royaume avec les Vandali ? demandai-je.

— S'il y en a qui désirent rester, répondit Hergest. Les Vandali partageront la terre avec tous ceux qui voudront bien la partager avec eux.

— Est-il sérieux ? demanda Bedwyr en se tripotant le menton.

— Tout à fait, nous assura sans hésitation Hergest. Il en a parlé avec les autres chefs, et tous sont d'accord. Ils préfèrent s'installer dans une contrée désertique plutôt que de chasser des innocents de leurs foyers. » Il fit une pause. « Puis-je vous expliquer ?

— Si tu le peux.

— Voilà, dit Hergest. La générosité d'Arthur surpasse tout ce qu'ils attendaient et elle leur a fait honte. Le peuple de Vandalia est une race fière, et pleine de ressources. Comme ils sont dans un grand besoin, ils accepteront les terres qu'Arthur leur a accordées, mais leur fierté se refuse à causer des difficultés aux cousins de ceux qui leur sont venus en aide. »

Je secouai la tête, incrédule. « Des difficultés ? Doux Jesu, il y a à peine quelques jours, ces barbares sanguinaires pillaient et brûlaient les villages de ces mêmes Bretons !

— C'était là l'œuvre d'Amilcar », cracha Mercia. Manifestement, il y avait peu d'amour entre le roi vandale vaincu et ses acolytes.

« Et Mercia est-il si différent ? » demanda Bedwyr avec brusquerie, dans l'intention, je pense, de voir quel genre d'homme pouvait être le nouveau roi.

Le prêtre répondit sans hésiter : « Mercia regrette les pillages et les tourments infligés par Amilcar à ce pays. C'était la guerre. Ce sont des choses qui arrivent. Mais maintenant qu'il est seigneur des Vandali, des Hussæ et des Rögatti, il a voué amitié à Arthur. Il accorde un grand prix à cette amitié, et il voudrait en accroître la valeur en l'étendant aux Bretons qui vivent sur les terres où doivent s'installer les tribus vandales. »

J'étais stupéfait. Cette proposition dénotait bienveillance et sagacité. J'aurais pu m'attendre à de la ruse, mais la compassion du barbare me prit au dépourvu. Je jetai un coup d'œil à Bedwyr, qui me rendit mon regard en se grattant la nuque.

Hergest vit notre hésitation. « Mercia ne vous demande pas de lui faire confiance… simplement de le mettre à l'épreuve.

— Ce n'est pas une question de confiance, répondit lentement Bedwyr. L'été est bien avancé : il n'y a pas le temps de faire pousser des récoltes avant l'arrivée de l'hiver. Vous aurez besoin d'habitations, et d'enclos à bétail, et… de tout le reste. Où les trouverez-vous, si vous ne les prenez pas aux Bretons ? »

Quand le prêtre lui eut expliqué les propos de Bedwyr, le jeune chef sourit. « Nous ne sommes pas dépourvus de ressources en ces matières, répondit-il, toujours par le truchement d'Hergest. En outre, nos sages disent que cet hiver ressemblera fort à ceux de notre pays, dans la mer du Sud. Nous n'en souffrirons pas.

— L'hiver est long et rude, dans le Nord, lui dit Bedwyr. Je ne le sais que trop bien.

— Ta sollicitude te fait honneur, seigneur Bedwyr, répondit Hergest. Mais les Bretons privés de toit ne souffriraient-ils pas tout autant que les Vandali ? » Il montra Mercia de la main. « Mon seigneur dit que, si nous devons vivre sous l'autorité d'Arthur, que ce soit parmi ses sujets. »

Le jeune chef nous regarda tour à tour, Bedwyr et moi, avide d'être cru.

Je le dévisageai attentivement, ne sachant trop que faire. En vérité, il nous offrait un moyen d'échapper à la tâche haïssable d'expulser les gens de chez eux... des compatriotes dont le seul péché était d'avoir pour rois des seigneurs félons. Qu'aurait fait Arthur ?

J'étais sur le point de le renvoyer pour nous laisser le temps de réfléchir, quand Mercia dit : « Seigneur Bedvyr... seigneur Galahad... » — c'était sa meilleure approximation de nos noms — « ... je vous en prie, laissez-nous prouver que nous sommes dignes de la confiance que vous nous avez accordée.

— Très bien, dit Bedwyr, prenant sa décision. Nous ferons comme tu le demandes. Nous vous conduirons sur des terres inoccupées et vous pourrez y établir vos demeures. Je vous laisse déterminer comment partager les royaumes entre vos tribus. Construisez vos demeures comme vous le désirez. Mais il ne devra pas y avoir de heurts entre les tiens et les Bretons qui choisiront de rester. »

Il avait dit cela d'un ton sévère, faisant de chaque mot une menace voilée. Mercia se jeta à genoux devant lui, lui prit la main et la baisa. C'était sans doute un comportement normal pour la race vandale, mais nous n'y étions pas habitués. Bedwyr lui arracha sa main en disant : « Relève-toi, Mercia. Tu as ce que tu es venu chercher. Va l'annoncer à ton peuple. »

Mercia se remit debout et alla se placer un peu à l'écart, souriant de plaisir. « Sage décision, prince Bedwyr », déclara Hergest. Il porta une main à son cou et je remarquai qu'il ne portait plus son collier d'esclave.

« Fais en sorte que je n'aie pas à la regretter.

— Les Vandali sont des barbares, c'est vrai. Ils donnent rarement leur parole, mais quand ils le font, le serment dure jusqu'à la cinquième génération, affirma le prêtre. J'ai toute confiance en Mercia.

— Puisse Dieu être avec toi, lui dit Bedwyr. Je suis satisfait.

— Du fond du cœur, je suis heureux que tu sois satisfait, dis-je à Bedwyr quand ils furent repartis. Je me demande seulement ce que dira Arthur quand il apprendra ce que nous avons fait.

Je ne me tracasse pas pour cela », répondit Bedwyr. Il se détourna brusquement, ajoutant : « Je prie plutôt qu'il vive pour l'entendre. »

II

Bedwyr se retira sous la tente, tandis que je restais dehors pour réfléchir, à écouter les bruits du camp qui se préparait à la nuit. Les ombres s'épaississaient autour de moi. Je regardais l'autre versant du vallon s'illuminer à mesure que les feux naissaient dans l'obscurité. Bientôt un arôme de viande rôtie me parvint.

Qu'est-il arrivé à Rhys ? me demandai-je, songeant qu'il aurait dû revenir depuis longtemps.

Il était parti avec un petit groupe de guerriers à la recherche d'eau sitôt que nous avions fait halte pour la nuit. Nous avions dressé le camp dans une petite vallée et il y avait des torrents dans les collines environnantes. Trouver de l'eau était devenu notre principal souci quotidien : nous ne négligions aucune possibilité de remplir les outres et les amphores. Plus nous remontions vers l'amont, plus les ruisseaux s'amenuisaient et plus la recherche était difficile. Nous n'avions pas rencontré d'eau potable de la journée, si bien que Rhys avait décidé de continuer à explorer les environs.

Le reste des Cymbrogi avait dressé le camp un peu plus loin sur le versant de la colline. Nous avions adopté cette formation pour surveiller la horde vandale tout en nous ménageant une voie de retraite. Car s'ils n'étaient plus armés — leurs seules lances avaient rempli trois chariots ! — ils étaient si nombreux qu'ils pouvaient facilement nous submerger. Nous établissions donc toujours deux camps à quelque distance l'un de l'autre et montions la garde toute la nuit.

« Il va bientôt rentrer », m'assura Bedwyr quand je lui fis remarquer qu'il faisait déjà noir et que nous n'avions aucune nouvelle de Rhys et de ses compagnons. « Pourquoi t'inquiéter, mon frère ?

— Combien nous reste-t-il d'eau ? » Les Cymbrogi surveillaient aussi les chariots où nous gardions l'eau, afin d'empêcher quiconque de venir en voler.

« Une journée, tout au plus », répondit-il : il avait déjà évalué les réserves. « Nous pourrions réduire les rations de moitié, mais je préfère attendre le retour de Rhys avant de prendre une telle décision. »

Je le laissai se reposer et retournai auprès du feu, inquiet et mal à l'aise... mais sans trop savoir pourquoi. Peut-être étais-je simplement fatigué. J'avais l'impression que cela faisait des années que je n'avais pas dormi deux nuits de suite au même endroit... des années que je n'avais pas dormi sans une arme à la main. Une fois que Mercia et son peuple seraient installés, me disais-je, nous pourrions commencer à jouir de la paix pour laquelle nous avions si longtemps combattu.

Une lune blafarde brillait au-dessus du petit vallon tel un spectre silencieux. Je mangeai pour tout souper une chose coriace et sans goût — un morceau de cuir bouilli, peut-être — et terminai ma ration d'eau de la journée. Je me retirai sous la tente et m'étendis, mais je ne tardai pas à trouver l'atmosphère étouffante. Je pris donc ma peau de vache et allai m'installer un peu plus loin à l'extérieur... pour m'apercevoir que je n'arrivais pas à dormir à cause des aboiements des chiens du camp. Je restai allongé sur le dos, les bras croisés sur la poitrine, à contempler les cieux, suivant du regard la lente progression de la lune, et me demandai si les chiens hurlaient d'habitude aussi fort.

Je restai ainsi un long moment avant de comprendre que je guettais le retour de Rhys. J'écoutais les bruits du camp — chevaux à l'attache hennissant et s'agitant, voix assourdies des sentinelles qui patrouillaient, lointain appel d'un oiseau de nuit dans son arbre — tous familiers, et pourtant rendus étranges par le fait que j'y prêtais l'oreille. Ou peut-être y avait-il autre chose — quelque chose dans l'air qui les faisait paraître tels.

Je devais m'être assoupi sans m'en apercevoir, car lorsque je rouvris les yeux, la lune était basse dans le ciel. J'entendis la brève sommation d'une sentinelle, et la réponse qui lui fut faite. Je me levai aussitôt et me dirigeai vers l'endroit où les chevaux étaient à l'attache pour voir Rhys et ses compagnons mettre pied à terre. Certains des guerriers vacillaient sur leurs jambes, épuisés par leur longue quête.

« La chasse a été bonne ? » criai-je en me hâtant de les rejoindre.

Rhys se retourna en m'entendant. L'expression de son visage me figea sur place. « Rhys ? »

Il lança un ordre par-dessus son épaule avant de s'approcher de moi. « Nous avons trouvé une source », dit-il d'une voix étrangement voilée. Peut-être était-ce simplement dû à la fatigue, mais j'ai assez souvent vu la terreur pour la reconnaître sous ses divers déguisements, et j'avais le sentiment que Rhys était sous son emprise.

« Une source, oui, dis-je en scrutant le visage de l'intendant en quête d'un indice. Très bien. Est-elle loin ? »

Il me prit par le bras, me fit pivoter et m'entraîna plus loin. Quand nous fûmes hors de portée de voix des hommes, il dit : « Non, pas très loin. Son débit est assez faible, mais elle alimente un étang. Nous pouvons y puiser. » Il hésita, ne sachant trop comment poursuivre.

« Il y a quelque chose de bizarre...

— À propos de la source ?

— Oui.

— Tu as dit qu'elle n'était pas très loin...

— À vrai dire, elle est juste de l'autre côté de la colline. » Il leva la main, mais son geste resta en suspens et il se renferma dans un silence hésitant.

« Eh bien? demandai-je, de plus en plus impatienté par ses réticences. Parle donc ! »

Sa réponse fut prompte et brutale. « Je n'aime pas cela ! Il y a là-bas quelque chose de bizarre. » Il me dévisagea d'un air maussade.

« Calme-toi, dis-je d'un ton apaisant. Viens dans la tente. Assieds-toi. Tu n'as rien mangé de la journée. Tu dois être mort de faim. Viens, Rhys. »

Je le conduisis à la tente et le fis asseoir dans le fauteuil d'Arthur, puis je réveillai un des jeunes gens qui servaient le Vol des Dragons. « Debout, Baram, dis-je. Rhys est de retour. Va chercher à boire et à manger. »

Rhys était prostré dans le fauteuil de campagne, penché en avant, la tête entre les mains. Je ne l'avais jamais vu ainsi. « On t'apporte à manger », dis-je en approchant un tabouret. Dans l'espoir de le distraire de ses pensées, je lui racontai notre entrevue avec Hergest et Mercia. Quelques instants plus tard, Baram apparut avec de la nourriture. Je le renvoyai à son repos et servis moi-même Rhys.

Quand il eut fini de manger, il semblait de meilleure humeur. Je lui demandai donc : « Bien, maintenant parle-moi de cet étrange étang que vous avez trouvé. »

Rhys hocha la tête, but une longue gorgée d'eau, avala lentement, puis il commença. « Nous sommes tombés dessus un peu avant le coucher du soleil. Il n'est pas bien loin d'ici et nous l'avons découvert peu après être partis. Il y a un surplomb rocheux au flanc de la colline et un bosquet de hêtres juste en dessous. Les feuilles des arbres paraissaient fraîches — et non desséchées comme partout ailleurs — et nous nous sommes approchés pour regarder de plus près. Le bosquet dissimule une faille dans le roc... en la franchissant, on parvient à l'étang. »

La voix de Rhys mourut doucement, comme s'il revivait un lointain et douloureux souvenir. Il gardait les yeux baissés et serrait la cruche d'eau entre ses mains.

« Un endroit frais où se mettre à l'abri du soleil, fis-je remarquer pour l'encourager à continuer. Vous avez dû accueillir cette découverte avec joie. »

Il me jeta un coup d'œil et détourna prestement le regard. « Nous sommes entrés dans le bosquet et avons chevauché jusqu'à l'étang, dit-il au bout d'un moment. J'ai mis pied à terre et ai entendu un bruit... un chant — on aurait cru quelqu'un qui chantait, mais j'ai eu beau fouiller le bosquet, qui n'est pas très grand, je n'ai vu personne. » Il redevint silencieux.

« Caché entre les rochers, peut-être », dis-je.

Il ne me prêta aucune attention, penché en avant, serrant les dents, les mâchoires contractées.

« Rhys, dis-je doucement. Ne crains rien, mon ami. C'est Gwalchavad qui se tient maintenant près de toi. »

Au bout d'un moment, il dit : « Je me suis agenouillé pour boire. Je me rappelle avoir avancé la main pour toucher l'eau...

— Oui ? Et alors ? »

Il releva les yeux et la peur jaillit dans son regard. « Je ne sais pas ! » Il se mit brusquement debout. « J'ai tendu la main vers l'eau et je... quand j'ai regardé à nouveau, c'était la nuit et la lune se reflétait sur l'étang.

— Le soir tombe rapidement dans ces vallées, avançai-je timidement. Il était peut-être plus tard que tu ne croyais.

— Suis-je un enfant au berceau pour ne rien connaître du jour et de la nuit ? s'écria-t-il.

— Calme-toi, mon frère. Je voulais simplement dire...

— Je ne me rappelle rien de ce qui s'est passé dans le bosquet. À un moment il faisait jour, et l'instant d'après c'était la nuit noire. »

Je vis son air angoissé et essayai de l'apaiser. « Tu es peut-être tombé endormi. Il faisait chaud et la chevauchée avait été longue. Tu étais épuisé et l'ombre était fraîche. Vaincu par la fatigue, tu t'es assoupi, pourquoi pas ? Une petite sieste n'est pas une mauvaise chose. Parmi ceux qui t'accompagnaient, y en a-t-il qui se rappellent être tombés endormis ?

— Non… ils ne se rappellent rien de plus que moi, répondit-il d'une voix qu'il s'efforçait d'empêcher de trembler. Tout ce que je sais, c'est que le soleil brillait quand je me suis agenouillé, et que quand je me suis relevé le ciel était constellé d'étoiles et la nuit était bien avancée. Nous sommes repartis aussitôt.

— C'est troublant, bien sûr, lui accordai-je, mais il n'y a pas de quoi s'inquiéter. Tu t'es certainement fait des idées. »

Rhys me foudroya du regard. « C'est de la sorcellerie ! gronda-t-il. Crois-moi, une présence maléfique se dissimule là-bas. »

Je dormis mal et me levai à l'aube pour me rendre avec Rhys à la source ensorcelée. Comme il l'avait dit, elle ne se trouvait pas très loin, cachée dans un étroit vallon à une colline ou deux de notre camp. Un petit bois de hêtres poussait au fond de la vallée, plongé dans l'ombre de la colline. Nous avions six hommes avec nous pour conduire les chariots, car j'étais décidé à rapporter de l'eau, sortilège ou pas.

Nous mîmes pied à terre à l'orée du bosquet et restâmes un moment à scruter son cœur ténébreux, comme si nous regardions dans une tombe ou une caverne. Tout était calme, mais il n'y avait là rien d'anormal.

« Tu entends ? murmura Rhys.

— Cela me semble assez paisible.

— Oui, trop paisible. » Il haussa un sourcil d'un air entendu. « Il n'y a pas d'oiseaux.

— Eh bien, il se peut qu'ils soient partis… commençai-je.

— Alors que c'est le seul point d'eau à proximité ? rétorqua-t-il. Le vallon devrait grouiller d'oiseaux.

— Cesse de chuchoter, lui dis-je d'un ton sec. S'il y a quelqu'un ici, il nous a vus depuis longtemps. Viens. » Je me mis en marche vers le bosquet. « Allons voir la source. »

La fraîcheur nocturne s'attardait dans les profondeurs obscures… comme si la chaleur des rayons du soleil ne parvenait pas à pénétrer au-delà des plus hautes branches. Nous passâmes entre des troncs inclinés, nous glissâmes sous des branches basses, et au bout de quelques pas nous arrivâmes devant l'eau. Mes yeux s'accoutumèrent progressivement à la pénombre et je vis que, si l'étang n'était pas grand, il était encaissé dans une profonde cuvette rocheuse. Je m'avançai au bord de l'eau et y plongeai le regard, mais ne pus en voir le fond.

Un rocher rose ressemblant à un grand crapaud accroupi se dressait de l'autre côté. J'entendais le lent clapotis régulier des gouttes qui en tombaient dans les eaux sombres.

« Tu vois ? murmura Rhys. C'est exactement comme je t'ai dit.

— Cet endroit n'est pas très avenant, certes, lui dis-je. Mais je n'y vois rien d'inquiétant.

— Non, répondit-il au bout d'un moment. Moi non plus. Ce qui était là a disparu. » Il tourna vers moi des yeux implorants. « Il y avait quelque chose.

— Je te crois, mon frère. »

Il se retourna, repris par ses inquiétudes. « Je me souviens, maintenant... c'était... c'était... » Il cherchait ses mots. « Je suffoquais... comme si une main m'avait pris à la gorge. Je ne pouvais pas respirer. J'avais l'impression que mes poumons allaient éclater. Je me rappelle m'être dit qu'il me fallait respirer, sinon j'allais mourir. Et puis... rien... jusqu'à ce que je voie la lune se refléter là. » Il montra le centre de la cuvette rocheuse et leva les yeux, comme s'il pensait pouvoir encore distinguer la lune à travers les branches.

Je levai aussi les yeux pour regarder le feuillage. Les arbres poussaient si dru que leurs branches formaient une voûte impénétrable au-dessus de l'étang : il n'apparaissait pas le moindre bout de ciel bleu.

Rhys se tortilla nerveusement près de moi. « Sur ma vie, Gwalchavad, dit-il doucement, j'ai cru que c'était la lune. » Il marqua un temps. « J'ai vu quelque chose qui brillait dans l'eau, je le jure !

— As-tu goûté de cette eau ? » demandai-je et, m'agenouillant, je plongeai ma main en coupe dans l'étang. Je la portai à mon nez, mais ne sentis rien de suspect. Je l'approchai de mes lèvres et m'humectai la langue. L'eau était tiède et avait un goût légèrement boueux, mais elle n'était pas mauvaise pour autant.

« Qu'en dis-tu ? » Rhys m'observait attentivement.

« J'ai goûté bien pire », répondis-je.

Rhys s'accroupit près de moi et tendit la main pour puiser de l'eau. Je remarquai alors une marque étrange sur son bras. « Qu'est-ce que c'est ? demandai-je. Une blessure ? »

Sa peau était blême et enflée... percée à intervalles réguliers par ce qui semblait être de petites piqûres.

« On dirait une morsure d'animal, fis-je remarquer. Un chien, peut-être ? »

Rhys eut l'air surpris. « Je ne me rappelle pas avoir été mordu.

— Eh bien, dis-je, ce n'est pas si grave. Tu as sans doute oublié.

— Gwalchavad, répondit-il d'une voix rauque, je le saurais, si je m'étais fait mordre par un chien. » Il tendit le cou et se tordit le bras pour examiner la blessure. « Je m'en souviendrais. »

Une fois, quand j'étais enfant, mon frère Gwalcmai et moi avions découvert une caverne et, y étant entrés, nous étions retrouvés nez à nez avec un ours endormi. Je me souviens encore de la terreur qui s'était emparée de moi quand j'avais entendu la lente respiration sifflante, vu la masse informe de fourrure sombre, et compris que nous nous étions fourvoyés dans un piège mortel.

J'éprouvais maintenant la même sensation : comme si nous avions dérangé quelque chose qu'il aurait mieux valu laisser tranquille.

Jetant un bref coup d'œil à la ronde, je me relevai. « Remplissons les tonneaux et quittons cet endroit. »

Dès que les chariots furent chargés, nous sortîmes du bosquet et revînmes en hâte pour constater que les Cymbrogi avaient levé le camp et étaient prêts pour une nouvelle journée de marche. Ne voyant aucune raison de s'attarder davantage, Bedwyr donna l'ordre de se mettre en route. Rhys porta la corne de chasse à ses lèvres et lança une note vibrante pour donner le signal du départ. Les longs rangs désordonnés des Vandali se mirent en marche. Je les regardai un moment, puis, m'armant de courage pour une longue et torride journée en selle, je saisis mes rênes et talonnai mon cheval.

III

La seule personne que j'aie jamais aimée ne m'aimait pas. J'étais alors jeune et écervelée, je sais. Je ne détenais pas une fraction des pouvoirs que je possède maintenant, sinon les choses auraient pu tourner autrement. La flèche était destinée à ma sœur Charis. Cela te surprend-il, mon aimé ? Pourquoi donc ? Elle était déjà adulte quand je suis née et, si nous avions toutes deux pour père Avallach, le Roi Méhaignié, celui-ci ne m'a jamais adressé deux mots de tout le temps que j'ai vécu sous son toit.

Sa chère Briséis était morte et enterrée bien longtemps avant que ma mère, Lile, ne partage son lit. Il avait besoin d'elle, et il est vrai qu'il serait mort sans ses talents de guérisseuse. Avallach se reposait sur elle, mais il ne l'a jamais aimée. Même dans la mort, la reine Briséis accaparait toute l'affection du roi et Lile l'infirmière n'était que tolérée. Pauvre Lile, elle désirait tant être sa femme et, s'il a fini par l'épouser, elle n'a jamais été plus qu'une concubine.

Même moi, petite morveuse aux mains sales qui courait nu-pieds, je pouvais voir que ma mère était insignifiante et, dans mon cœur d'enfant, je m'étais juré de ne jamais me laisser réduire à l'insignifiance.

Mais je regardais Charis, si belle et si forte. Le soleil dans toute sa gloire n'était pas plus radieux. Je ne désirais rien de plus au monde que d'être comme elle, d'être elle. Quand je voyais la façon dont mon père la regardait, la façon dont ses yeux s'emplissaient d'amour et d'admiration pour sa fille aux cheveux d'or, je ne le désirais que davantage. J'aurais donné le monde et tout ce qu'il renferme, simplement pour qu'Avallach me sourie comme il lui souriait.

Il ne l'a jamais fait.

Au début, nous nourrissions un petit espoir de trouver vers le nord une contrée moins sèche. Il ne devait malheureusement pas en être ainsi, car les collines au-delà du val d'Hafren étaient tout aussi désolées que celles que nous avions laissées derrière nous, et le lit des rivières tout aussi sec. Il n'y avait pas un nuage dans le ciel. De l'aube au crépuscule, les cieux demeuraient vides, le soleil se levait et se couchait dans un firmament d'un blanc éblouissant, telle une boule de flammes dans un lac de métal en fusion.

J'avais entendu parler de terres désertiques où il ne pleut qu'une fois dans l'année, mais je n'avais jamais entendu dire que la Bretagne pût souffrir autant du manque de pluie. Chercher de l'eau pour subvenir à nos besoins et à ceux de la horde vandale était devenu notre unique préoccupation. Heureusement, il y avait dans les collines du centre des sources auxquelles remplir nos tonneaux. Sans ces eaux souterraines, nous serions morts de soif.

Ainsi, avec l'aide de Dieu, nous pûmes atteindre l'Afon Treont. Si les fougères sur les collines étaient roussies et sèches comme de l'amadou, et si le Treont était bordé, le long de chaque rive, d'une large bande de boue craquelée semée de cailloux, il y avait au moins de l'eau fraîche dans le grand lac, un peu plus au nord.

Nous y fîmes halte afin de nous reposer quelques jours. Les bêtes pouvaient boire leur content près de la rive, mais la meilleure eau potable se trouvait plus loin, par-delà les flaques vertes et stagnantes. Il nous fallait utiliser des barques pour aller la chercher — une tâche qui nous prenait la plus grande partie de la journée — et les guerriers étaient loin d'être enchantés de cette fastidieuse corvée.

« Transporter des tonneaux à bord d'un coracle, c'est comme mener un troupeau d'oies sur le dos d'un cochon », déclara Cai. Bedwyr et lui se tenaient sur le rivage rocailleux et regardaient les petites embarcations circulaires peiner sous leur charge.

« Je vois que cela te tient la langue humide, fit aigrement remarquer Bedwyr.

— Tout juste », répliqua Cai. Il observa un moment les instables coracles, puis il dit : « Je suppose que nous allons bientôt nous remettre en route.

— Non, répondit Bedwyr. Je pense que nous allons rester ici.

— Mais Arthur a dit…

— Je sais ce qu'a dit Arthur, déclara Bedwyr d'un air irrité. Mais il ne pouvait pas savoir combien il serait difficile de nourrir et d'abreuver ces gens.

— Le Rheged se trouve encore à plusieurs jours de marche vers le nord, fit remarquer Cai en se grattant la barbe du menton.

— Et moi je pense que nous sommes allés assez loin ! grogna Bedwyr. Dieu te garde, Cai, mais tu sais t'y prendre pour énerver les gens. »

Cai aux cheveux de feu supporta placidement l'insulte. « Je suggérais simplement…

— Avec cette fichue sécheresse, il n'y aura pas de moissons dans le Rheged ni ailleurs, expliqua brutalement Bedwyr. Pourquoi faire tout ce chemin alors qu'ils peuvent tout aussi facilement mourir de faim ici ? » Montrant les sombres collines boisées, de l'autre côté du lac, il dit : « Ici, ils auront au moins de l'eau et tout ce qu'on peut trouver dans la forêt.

— Je vois ce que tu veux dire, répondit Cai.

— Vraiment ? demanda Bedwyr, l'air soupçonneux.

— C'est un bon plan… aussi bon qu'un autre.

— En outre, les villages ne sont pas très nombreux, par ici, de sorte que les gens n'auront pas trop à souffrir de la présence des Vandali, dit Bedwyr, poursuivant son argumentation.

— Assez ! J'ai dit que c'était un bon plan. Plus tôt nous aurons installé ces… ces gens, plus tôt nous pourrons retourner dans le sud. Je suis anxieux d'avoir des nouvelles d'Arthur.

— Et moi donc, grogna Bedwyr. Tu crois être le seul à t'inquiéter pour lui, sans doute ?

— Si tu as envie de te disputer, répliqua Cai d'un air bougon, va trouver Rhys… il sera certainement ravi de t'obliger. Vous êtes bien pareils, tous les deux. »

Bedwyr s'empourpra de colère, mais il resta coi. Il lança un regard noir à Cai et partit en grommelant entre ses dents. Cai le regarda s'éloigner à grandes enjambées. « Et emmène ta mauvaise humeur avec toi ! » lui cria-t-il.

J'avais vu ce qui s'était passé. « Ne sois pas en colère contre lui, dis-je en m'approchant de Cai.

— Parce que je suis en colère ? s'écria-t-il. Suis-je le seul à essayer de mordre tous ceux qui passent à ma portée ? De toute façon, c'est lui qui a commencé… lui et son sale caractère.

— Cette chaleur met tout le monde sur les nerfs, suggérai-je.

— Oui, acquiesça Cai en claquant de la langue. Par la Sainte Trinité, je voudrais qu'il pleuve. » Il leva ses yeux bleu clair vers le ciel tout aussi bleu. « Regarde-moi cela, veux-tu ? Pas un nuage en vue… pas un seul nuage de tout l'été. Ce n'est pas normal, je te le dis… » Il se passa une manche humide sur le visage. « Il fait trop chaud pour rester ici plus longtemps. Je rentre. »

Il partit, me laissant seul à observer le travail des hommes sur le lac. Les pierres polies, tout le long du rivage, étaient noires de mousse grillée par le soleil… tels des crânes dont la chair calcinée aurait formé une croûte cassante. La sécheresse, me dis-je, faisait dépérir tout ce qui était vert et tendre. Seuls les plus résistants et les mieux enracinés survivraient. Chez les plantes comme chez les hommes.

À mon retour au camp, je vis plusieurs cavaliers qui se préparaient à partir. Bedwyr faisait prévenir les villages environnants. « Ne crains rien, j'ai gardé le royaume d'Urien pour la fin, mon frère, m'informa-t-il. Pour celui-là, il faudra un homme plein de sagesse et de jugement. C'est pourquoi je t'y envoie, Gwalchavad.

— Tu es trop bon.

— Puisque nous restons ici, nous ferons venir à nous les seigneurs et les chefs de village. Et pourquoi pas ? Cela nous épargnera d'avoir à parcourir toute la Bretagne pour apporter la mauvaise nouvelle.

— Cela l'épargnera à certains d'entre nous, assurément.

— Eh bien, répondit Bedwyr avec un sourire forcé, cheval d'emprunt est toujours plus rude à la tâche.

— Que dois-je leur dire ?

— Ah, c'est là que sagesse et jugement seront précieux. »

Le lendemain à l'aube, je demandai à deux des plus jeunes guerriers de m'accompagner. C'étaient des garçons inexpérimentés au menton imberbe, qui se nommaient Tallaght et Peredur. Ils étaient soulagés d'échapper aux coracles pour un jour ou deux et nous partîmes dès que nos chevaux furent sellés, droit vers le nord-ouest, pour chercher la route qui, selon Bedwyr, nous mènerait à la forteresse d'Urien, dans les collines du Rheged. Comme il connaissait la région, je ne doutais pas de lui le moins du monde, mais il me sembla chevaucher bien longtemps avant de trouver quelque chose qui ressemblât au chemin qu'il avait décrit.

« Tu penses que c'est la route ? demanda Tallaght, dubitatif.

— Nous n'en avons pas vu d'autre » répondis-je en contemplant l'étroit chemin envahi par la végétation... guère plus qu'un sentier à travers d'épaisses fougères. « Elle fera l'affaire en attendant d'en trouver une autre. Qui sait ? Elle pourrait devenir praticable un peu plus loin. »

Nous repartîmes et finîmes par parvenir à un petit bois de bouleaux... lisière avancée des collines aux forêts touffues du Rheged. Comme on pouvait apercevoir un peu d'herbe verte à l'ombre des arbres, je décidai de faire halte et de laisser paître un peu les chevaux avant de reprendre la route.

Le bois était frais et il était agréable de se mettre un moment à l'abri du soleil. Nous nous laissâmes glisser de selle et nous rafraîchîmes aux outres, puis nous nous étendîmes sur l'herbe pour faire la sieste... plaisir refusé à ceux qui devaient subir la chaleur étouffante au bord du lac.

J'avais l'impression de venir tout juste de fermer les yeux, quand Peredur me secoua. Je me réveillai en sursaut. « Chut ! me dit-il, le visage tout près du mien. Écoute. »

Un bruit ténu nous parvenait — tel le murmure de la brise par un soir d'été, ou un ruisselet qui coule au fond d'une vallée — mais celui-ci était produit par une voix humaine, et je le trouvai enchanteur. Tallaght et Peredur étaient assis, la tête enfoncée dans les épaules, l'épée à demi dégainée.

« N'avez-vous jamais entendu quelqu'un chanter ? demandai-je en me mettant debout.

— Jamais de cette façon », murmura Peredur en me regardant d'un air bizarre. Tallaght avait lui aussi l'air effrayé par ce qu'il entendait.

« Rengainez vos armes, dis-je, et essayons de trouver la créature qui produit ces sons délicieux. »

Ils obéirent à contrecœur et je m'étonnai de leur étrange comportement. Ils s'étaient vraisemblablement endormis et le chant les avait arrachés à leurs rêves. Quoi qu'il en soit, je laissai la question de côté pour m'enfoncer dans les bois. La chanson semblait nous parvenir par à-coups, de sorte qu'il était difficile de savoir d'où elle venait : juste quand nous pensions en avoir trouvé l'origine, le son s'arrêtait, pour reprendre un peu plus loin.

« Elle nous entraîne dans la forêt, murmurai-je à Tallaght au bout d'un moment. Fais le tour avec Peredur, je la pousserai vers vous et nous la coincerons entre nous.

— Elle ? s'étonna Peredur.

— Une jeune fille, très certainement, affirmai-je. Je n'ai jamais entendu un homme chanter ainsi. Voyons donc si nous pouvons attraper cet insaisissable rossignol. Prêts ? »

Ils acquiescèrent et je me remis en marche. Ils attendirent que je me sois un peu éloigné, puis ils partirent en courant, quittant le sentier. J'avançais d'un pas lent, mais régulier, prenant soin de faire plus de bruit que nécessaire afin de maintenir l'illusion qu'il y avait toujours trois chasseurs sur la piste. Tout en marchant, tendant l'oreille aux bribes de mélodie qui me parvenaient portées par le vent, ne quittant pas des yeux les motifs dansants du soleil sur le sentier, je sombrai dans une douce rêverie. Il me semblait que je ne marchais pas dans la lumière tamisée de la forêt par une chaude journée, mais dans l'aube fraîche d'une belle matinée embrumée.

J'avais même l'impression de pouvoir sentir au passage le doux parfum des fleurs printanières, bien que la saison en fût depuis longtemps passée.

Puis, tout d'un coup — si soudainement que cela me fit sursauter — je débouchai dans une clairière. Devant moi, sur l'herbe, je vis une belle jeune femme aux cheveux dorés et à la peau hâlée. Elle semblait avoir fait une chute en marchant, car elle était allongée, appuyée sur un coude, et les champi gnons qu'elle venait de ramasser étaient éparpillés autour d'elle. Sa robe s'était relevée, dévoilant une jambe exquise. Elle avait la tête et les pieds nus. Ses cheveux d'or, longs et bouclés, étaient dépeignés, lui donnant l'air d'une créature sauvage.

Ma brusque apparition semblait l'avoir surprise, car elle leva les yeux, retenant son souffle lorsque son regard croisa le mien. Doux Jesu, ses yeux!... d'un vert intense et très légèrement bridés, ils vous faisaient instantanément tomber sous leur charme. Elle était pauvrement vêtue : sa robe était sale et déchirée, son ourlet effiloché. Elle avait manifestement creusé avec ses mains, car ses doigts étaient couverts de terre.

Elle demeura un moment sous le coup de la surprise, les lèvres entrouvertes, comme prête à hurler. Voyant son émoi, je levai les mains pour montrer que je n'avais pas d'arme et dis : « Paix, ma sœur. Je ne te veux pas de mal. »

Elle me regarda avec curiosité, mais ne fit pas un geste pour se lever ou pour parler. Je me rapprochai d'un pas et nous nous dévisageâmes un long moment. Je n'avais jamais vu d'yeux si clairs et si verts.

« Es-tu blessée ? demandai-je en me penchant vers elle. As-tu besoin d'aide ? »

Elle ne répondit pas.

J'étais sur le point de répéter ma question, quand Peredur et Tallaght firent irruption dans la clairière. Ils étaient en sueur et hors d'haleine. Ils regardèrent d'abord la jeune femme, puis tournèrent les yeux vers moi. La surprise de Tallaght se mua aussitôt en soulagement, mais Peredur avait le regard fixe et arborait un air des plus étranges.

« Nous avons trouvé notre chanteuse », fis-je en leur faisant signe d'approcher. À la jeune femme, je dis : « Tu n'as pas à avoir peur. Ces hommes ont l'air plus farouches qu'ils ne le sont. »

Jetant un coup d'œil aux guerriers, la jeune fille ramena précipitamment son vêtement déchiré sur ses jambes et tenta de se relever.

« Laisse-moi t'aider », proposai-je en me penchant pour lui tendre la main. Elle regarda celle-ci sans la prendre. Je dis aux guerriers : « Je pense que votre aspect féroce lui a coupé la voix. »

L'étrange expression de Peredur s'altéra : on ne voyait plus que le blanc de ses yeux. Il avait l'air terrorisé, comme s'il craignait pour sa vie.

« Calme-toi, mon frère, repris-je. Il n'y a pas de mal. Vois, nous avons fait peur à la demoiselle. Effrayer une telle beauté est sûrement un péché. » Me tournant vers la jeune fille, je lui offris une fois de plus ma main. Avec un bref coup d'œil aux autres, elle la prit et me laissa la relever.

« Je m'appelle Gwalchavad », lui dis-je, et je demandai : « Quel est ton nom ? » Elle ne répondit pas, aussi continuai-je : « Nous nous rendons à la citadelle d'Urien Rheged. Voudrais-tu bien nous montrer le chemin ? »

Elle m'observa attentivement, sans quitter ma bouche du regard, puis tendit le bras vers l'ouest, à travers les arbres.

« Est-ce loin ? » demandai-je. Sans un mot, elle s'agenouilla et entreprit de ramasser les champignons qui s'étaient répandus sur le sentier. « Aidez-la, vous autres. Peut-être voudra-t-elle nous conduire à la forteresse. »

Tallaght se pencha et se mit à ramasser les champignons. Peredur, le regard toujours fixe, ne fit pas un geste. « Eh bien ? Vas-tu rester planté là toute la journée, la bouche ouverte ? Donne-lui un coup de main, ordonnai-je. Nous devons nous remettre en route. »

Il se mit à la tâche avec, me sembla-t-il, une extrême répugnance. Je ne comprenais pas l'étrange conduite de ce garçon. N'avait-il jamais vu une jolie fille ? Quel genre d'homme se laissait démonter à ce point par un agréable minois et un joli pied ?

Nous eûmes vite fait de ramasser les champignons, qu'elle accepta sans un mot et serra dans un pli de sa robe. « À présent, lui dis-je, auras-tu l'obligeance de nous conduire à la forteresse ? Nous devons parler à ton chef. »

Elle tourna le dos et se mit en route dans la direction qu'elle avait indiquée. Je la suivis, mais je n'avais fait que quelques pas quand Peredur cria : « Attends ! Nous ne pouvons pas laisser les chevaux. »

Je suppose que, dans l'excitation de la poursuite, je les avais totalement oubliés. « Va les chercher avec Tallaght, vous nous rattraperez sur la route. Je ne pense pas que la forteresse soit très loin. »

Sur ce, je tournai le dos et me remis en route. La jeune femme marchait devant moi, d'un bon pas, mais s'arrêtait de temps à autre pour regarder par-dessus son épaule si je la suivais toujours. Elle avançait si vite que j'avais du mal à ne pas me laisser distancer.

Peu à peu, la forêt s'éclaircit et le terrain se mit à monter. Puis nous débouchâmes en plein soleil. Devant nous s'étendaient des champs cultivés. Mais les récoltes étaient toutes racornies : les feuilles et les tiges desséchées bruissaient dans le vent. Plus loin, au sommet d'une large colline, se dressait la palissade de bois de la citadelle. Une route bien dégagée sortait des bois à moins de cinquante pas de nous et se dirigeait vers les portes de la forteresse. Je me demandai comment nous avions fait pour ne pas voir une voie si fréquentée.

La jeune femme était arrêtée juste devant moi, regardant la forteresse. Je vins me placer à côté d'elle et elle me la montra du doigt.

« Je te remercie de m'avoir guidé », lui dis-je. Nous traversâmes ensemble le champ et nous venions d'atteindre la route, quand j'entendis un cri derrière moi et me retournai : la jeune femme poursuivit son chemin sans un regard en arrière.

Tallaght et Peredur surgirent de la forêt, menant mon cheval. Ils me rejoignirent. « La route traversait la clairière, expliqua Tallaght. Je ne comprends pas comment nous ne l'avons pas remarquée.

— Moi non plus, ajouta Peredur.

— Eh bien, répondis-je, au moins nous n'aurons pas à la chercher au retour. » Prenant mes rênes des mains de Tallaght, j'ajoutai : « Partez en avant, si vous voulez. Je vais marcher avec notre guide. » À ces mots, les deux guerriers échangèrent des regards inquiets, mais j'ignorai leur étrange comportement et rejoignis rapidement la jeune femme sur la route.

Nous nous engageâmes sur le sentier menant à la citadelle et, tout le temps que dura notre ascension, la jeune femme garda les yeux fixés sur la forteresse sans rien dire. Arrivés près des portes, nous fûmes accueillis par un homme qui brandissait une lance. « Salutations ! cria-t-il en descendant à notre rencontre. Je vous souhaite le bonjour ! »

J'adressai mes salutations au portier, qui regarda la jeune fille à mon côté et s'arrêta net, laissant échapper sa lance qui tomba à terre. Il se pencha pour la ramasser et se releva, nous dévisageant, la bouche grande ouverte comme un poisson échoué.

« Nous cherchons le caer d'Urien Rheged, lui dis-je. L'avons-nous trouvé ?

— Vous l'avez trouvé, seigneur », répondit-il lentement. Il semblait avoir du mal à détourner les yeux de la jeune fille. Pour sa part, elle regardait le portier d'un air inexpressif : en fait, elle paraissait regarder la forteresse à travers lui. « Mais si c'est lui-même que vous désirez voir, je dois vous dire qu'il n'est pas là », ajouta-t-il. Son attention se porta sur les deux guerriers qui arrivaient derrière moi. « Avez-vous eu une longue chevauchée, aujourd'hui ?

— Nous sommes envoyés par le Pendragon, répondis-je. Notre camp n'est pas plus loin qu'une petite journée de cheval.

— Le Pendragon !... ici ? s'écria-t-il. Mais notre seigneur est parti le rejoindre dans le Sud. » Son regard, inquiet, à présent, se reporta sur moi. « Urien aurait-il été tué ? Je dois prévenir Hwyl... il faut l'avertir sur le champ. »

Il s'apprêtait à détaler sans demander son reste, mais je le retins. « Reste ici, l'ami. Calme-toi. Nous vous expliquerons tout le moment venu. » Je souris pour montrer que nous ne lui voulions pas de mal. « Mais il fait trop chaud pour rester debout en plein soleil. Peut-être y a-t-il un endroit ombragé à l'intérieur. » Je montrai la forteresse. « Mes hommes et moi ne refuserions pas à boire... et nos chevaux non plus.

— Pardonne-moi, seigneur, bafouilla l'homme. Je suis un chien pour japper ainsi. Viens avec moi, je vais te conduire à Hwyl... il occupe le trône en l'absence du seigneur Urien. »

Il pivota sur ses talons et partit en hâte. Je fis un pas ou deux, puis je remarquai que la jeune femme ne me suivait pas. En fait, elle n'avait prêté aucune attention à la conversation qui venait d'avoir lieu mais regardait toujours fixement la forteresse, comme si cette vue la mettait en transes.

M'approchant d'elle, je lui touchai le bras et dis : « Nous entrons, maintenant. Peut-être pourrais-tu passer devant nous. »

Elle frissonna, comme de froid, et reprit ses esprits. Elle me regarda, hocha la tête et suivit le portier. Je lui emboîtai le pas, mes deux guerriers sur les talons. Nous franchîmes les portes et entrâmes dans la cour du caer. C'était une vaste forteresse aux nombreux greniers et logements. Ses habitants interrompirent leurs tâches quotidiennes pour nous regarder passer. Quelques-uns nous crièrent des salutations. La plupart, sinon tous, dévisageaient la jeune femme à mon côté avec une curiosité non dissimulée.

Le portier s'engouffra en courant dans la grande salle et ressortit un instant plus tard en compagnie d'un autre homme, grand et mince et, malgré le gris de ses cheveux rares, preste et vigoureux.

« Je te salue au nom du Pendragon », dis-je. Je lui expliquai qui s'adressait à lui et présentai les deux guerriers qui m'accompagnaient. « Nous venons parler au chef de ce caer et lui demander son aide.

— Je m'appelle Hwyl. » Il s'avança vers moi. « Je suis le chef d'Urien et je te souhaite le bonjour, seigneur Gwalchavad. » Il ouvrit les bras en signe de bienvenue. C'est là une étrange coutume celtique : quand deux amis ou parents se rencontrent, ils se saisissent par les bras et se regardent dans les yeux pour échanger leurs salutations. Nous faisons aussi cela dans le Nord et dans les îles, mais je ne m'attendais pas à recevoir un tel accueil. Mais aussi, me dis-je, ils n'étaient pas encore au courant du bannissement d'Urien : notre réception serait peut-être plus aigre quand ils auraient entendu ce que j'avais à dire.

Tournant les yeux vers la jeune femme, il la regarda d'un air appréciateur et dit : « J'aimerais saluer ton amie, mais tu ne m'as pas dit son nom.

— J'espérais que tu me le dirais, répondis-je. Comme nous l'avons trouvée à portée de voix de ta forteresse, j'ai supposé que c'était l'une des vôtres.

— L'une des nôtres ? répéta le chef, fort surpris. Tu t'es mépris. Je suis sûr que nous ne l'avons jamais vue. »

IV

La simple suggestion que la jeune femme puisse appartenir à sa tribu paraissait troubler Hwyl. « Sache que je me souviendrais d'elle si je l'avais déjà vue… et ce n'est pas le cas », déclara-t-il d'un ton ferme. Il secoua énergiquement la tête. « Elle n'est pas des nôtres.

— Dans ce cas, dis-je, peut-être quelqu'un parmi les tiens la connaît-il. Elle vient certainement d'un village voisin.

— Peut-être », accorda Hwyl à contrecœur. S'adressant à la jeune fille, il demanda : « As-tu de la famille par ici ? »

Bien qu'elle eût tourné les yeux vers lui, elle ne donna aucun signe d'avoir entendu la question. Il la posa de nouveau et n'obtint en retour que le même air d'incompréhension.

« Écoute, dit Hwyl qui commençait à perdre patience, cette réticence est déplacée. Nous t'avons gentiment posé une question, nous attendons une réponse. Nous ne te voulons pas de mal.

— Attends, lui dis-je, je crois qu'elle est muette. Elle n'a pas dit un mot depuis que nous l'avons trouvée. » Cherchant simplement à la rassurer, je tendis la main et la posai doucement sur son bras. « Dieu ait pitié de son âme, quelle tristesse. »

Aussi léger fût-il, mon contact déclencha une réaction surprenante. La jeune femme m'arracha son bras comme si mes doigts lui avaient brûlé la chair. Elle le serra contre elle et s'écarta de moi en me dévisageant d'un air égaré et en frottant l'endroit où ma main l'avait touchée. Elle fit trois pas et fut prise de tremblements de tout le corps. Puis ses yeux se révulsèrent, ne laissant plus voir que le blanc. Sa bouche se tordit sur un cri, mais aucun son n'en sortit. Puis elle s'écroula par terre où elle se mit à se tordre, comme en proie à d'effroyables souffrances.

Je fus à son côté en deux enjambées. « Apportez de l'eau ! criai-je en m'agenouillant près d'elle. Vite ! »

Hwyl envoya le portier chercher de l'eau au plus vite. Je criai à Tallaght et Peredur : « C'est la chaleur. Il faut la mettre à l'abri du soleil.

— Porte-la dans la grande salle », proposa Hwyl en passant devant moi.

Le temps que les deux guerriers mettent pied à terre, je courais déjà vers l'entrée du palais. Je devais faire appel à toutes mes forces pour porter la jeune femme, car ses convulsions menaçaient de nous jeter à terre à chaque pas. Je sentais les muscles de son dos et de ses bras, raides et tendus comme des ressorts d'acier. Je réussis néanmoins à atteindre la porte et entrai en trébuchant.

Grâce à son haut plafond et à son absence de fenêtres, la vaste pièce était sombre et fraîche. Le long d'un de ses murs, des cloisons d'osier isolaient une série d'alcôves. Je portai la jeune femme souffrante dans la première de celles-ci et l'étendis sur la litière de paille, puis je me relevai et regardai, impuissant, les convulsions qui lui secouaient le corps.

Deux femmes du caer entrèrent et accoururent au côté de la jeune femme. L'une d'elles portait une cruche d'eau, l'autre quelques morceaux de drap. S'agenouillant sur la paille, la première prit la tête de la jeune fille sur ses genoux pendant que l'autre mouillait son tissu et le lui appliquait doucement sur le front. Cela produisit un effet apaisant et, au bout d'un moment, il sembla que les spasmes les plus violents étaient passés : la jeune fille ferma les yeux et resta allongée, encore un peu tremblante, mais plus calme.

« Tu peux retourner à tes affaires, proposa la femme qui avait apporté la cruche d'eau. Nous allons veiller sur elle et nous te préviendrons s'il y a du changement. »

Je la remerciai chaleureusement et, laissant la jeune femme à leurs soins, j'appelai Tallaght et le chargeai de s'occuper des chevaux. Mais Hwyl s'interposa en disant : « Je vous en prie, ne vous inquiétez pas pour vos montures. Ket va s'en occuper. Rejoignez-moi à table. Nous allons partager la coupe de bienvenue. »

Nous gagnâmes donc avec Hwyl le fond de la grande salle où une table était dressée devant une vaste cheminée, près d'un grand fauteuil de chêne recouvert de trois ou quatre peaux de cerfs. Dès que nous fûmes assis, un jeune garçon apparut : il portait une coupe de bière qu'il posa sur la table. Il regarda le chef, quêtant son approbation, et l'ayant obtenue sous la forme d'un hochement de tête de son aîné, il tourna les talons et repartit.

« C'est Ffinn, mon jeune neveu. Je lui apprends le service du palais, expliqua Hwyl. Tous ceux qui étaient en âge de le faire sont partis guerroyer dans le Sud avec Urien, mais puisque vous êtes là, ils ne tarderont certainement pas à rentrer. » Levant la coupe, il but une gorgée avant de me la passer en disant : « Bienvenue, mes amis. Cette demeure est vôtre aussi longtemps que vous désirez y séjourner. »

Je bus — la bière était sombre, fraîche et douce — puis je passai à contrecœur la coupe à Tallaght. « Ton accueil me fait grand plaisir, dis-je au chef. Il y avait bien longtemps que je n'avais pas goûté si bonne bière. Je regrette déjà de ne pouvoir rester plus longtemps. »

Il fit repasser la coupe à la ronde et dit : « Qu'elle soit longue ou courte, votre visite est plus qu'agréable. Nous n'avons aucune nouvelle du Sud. »

Mieux vaut un coup bref et rapide, me dis-je en prenant une profonde inspiration. « Les nouvelles ne sont pas bonnes, lui dis-je. La guerre est finie, mais le prix en a été élevé.

— C'est bien ce que je craignais, déclara sombrement Hwyl. Urien est-il mort ?

— Non, répondis-je, saisissant l'occasion de présenter l'affaire sous un autre jour. Non, il n'est pas mort… même s'il préférerait sans doute l'être. »

Les traits de Hwyl se voilèrent de suspicion. « La mort est plus que suffisante pour bien des hommes, me semble-t-il.

— Hwyl, dis-je, ton seigneur a été banni de Bretagne. » Je le laissai réfléchir un moment avant d'expliquer : « Urien a trahi la confiance du Grand Roi et s'est joint à une faction qui s'est rebellée contre Arthur. La rébellion a été écrasée et ses chefs exilés en Armorique avec tous ceux qui ont voulu les accompagner. Urien ne reviendra pas dans le Rheged. »

Hwyl, contemplant la table vide devant lui, secoua la tête en marmonnant entre ses dents. J'aurais pu lui laisser apprendre la nouvelle plus tard au conseil, mais je savais que si j'avais été à sa place j'aurais voulu connaître le pire le plus tôt possible afin de pouvoir prévenir le caer et prendre mes dispositions.

« Je suis navré d'être porteur de si mauvaises nouvelles », poursuivis-je, avant d'asséner le dernier coup : « Les terres de ceux qui se sont joints à la rébellion ont été confisquées par le Grand Roi et données à un autre. »

Le chef releva les yeux à ces mots. Son visage était cendreux de surprise et de désarroi. Mais sa réponse me surprit. « De mauvaises nouvelles, dis-tu, murmura-t-il en secouant tristement la tête. Et ce n'est pas tout. » Il me dévisagea comme s'il regardait la fatalité en face. Puis, reprenant sa contemplation de la table nue, il dit : « En vérité, j'ai toujours craint le pire.

— Vraiment ?

— Hélas, Urien n'est pas un homme sage : enfant, c'était déjà un jeune écervelé… si différent de son père. J'espérais qu'il finirait par s'amender, mais non… il est devenu irréfléchi, inconstant et buté. Malsain chez n'importe quel homme, un tel caractère est dangereux chez un chef. Et pourtant, j'espérais toujours… » Il tourna vers moi des yeux empreints de tristesse, la bouche tremblante, la voix rauque. « Ce que je regrette le plus profondément, c'est que nous l'ayons choisi pour seigneur.

— Je suis navré que les choses aient tourné ainsi », lui dis-je.

Hwyl, luttant pour faire bonne figure, hocha simplement la tête : il était trop accablé pour parler. Peredur me tendit la coupe, me faisant signe de la donner au chef. Hwyl accepta la bière et but une longue gorgée.

« Ce n'est pas agréable pour toi, je n'en disconviens pas, dis-je quand il eut terminé, mais ce n'est pas nécessairement la catastrophe que tu redoutes.

— Non ? » J'avais éveillé son intérêt. « S'il est un moyen de conjurer ce châtiment, seigneur, je t'implore de me le dire.

— Il en est un, lui assurai-je, si tu veux t'y soumettre. » Je lui expliquai alors le petit espoir que j'avais apporté avec moi. « L'homme à qui ont été données ces terres ne veut en voir chasser personne. Il a dit que quiconque désirerait rester dans sa demeure pourrait le faire, et il a promis d'étendre sa protection à tous ceux qui resteront dans son royaume. »

Pensant voir la solution à ses problèmes, Hwyl accepta aussitôt la proposition. « Dans ce cas, nous resterons ! Par Dieu, nous resterons.

— Attends d'avoir écouté jusqu'au bout, l'avertis-je. Tu pourrais changer d'avis quand je t'aurai dit la suite. »

Hwyl, répugnant à repousser la promesse si promptement acceptée, dit : « Parle donc. Ce ne peut être pire que ce que j'ai déjà entendu.

— Voilà : l'homme dont je parle n'est pas un Breton.

— Non ? » Son front se barra d'un pli soucieux. Il imagina le pire et l'aborda de front. « C'est donc un Irlandais ?

— Ce n'est pas non plus un Irlandais », dis-je. Peredur et Tallaght savaient ce qui allait suivre et bandèrent leurs muscles comme pour parer un coup. Il n'y avait pas moyen de faire autrement, aussi lui appris-je la brutale vérité : « Cet homme est le seigneur des ennemis que nous avons affrontés dans le Sud.

— Dieu du Ciel », s'exclama Hwyl, stupéfait d'une justice aussi implacable.

Je le laissai méditer cela, regrettant de n'avoir pas une ou deux coupes de plus pour l'aider à digérer ce repas de cailloux. « Il s'appelle Mercia et c'est le seigneur des Vandali, que nous avons vaincus. Le roi qui faisait la guerre à la Bretagne a été tué et, en échange de la paix, ses seigneurs ont prêté serment de loyauté à Arthur Pendragon. C'est Mercia qui a décidé de s'installer sur des terres inoccupées : il veut que son peuple bâtisse ses propres villages et citadelles. Qui plus est, ce Mercia a juré qu'il ne prendrait rien qui ne lui soit librement donné et qu'il s'efforcerait de maintenir la paix entre son peuple et les Bretons qui resteront dans son royaume. »

Hwyl garda un moment le silence, réfléchissant à ce que je venais de dire. « Nous pouvons rester… c'est sûr ? demanda-t-il enfin.

— Mercia en a fait la promesse… en toute sincérité, je ne puis m'en porter garant. Mais tu n'as pas besoin de me répondre maintenant. Tiens conseil avec ton peuple, lui suggérai-je. Convoque les autres chefs et parles-en avec eux.

— Si nous quittons nos terres, où irons-nous ?

— Il n'y a rien de prévu pour vous ailleurs.

— Voilà donc quel choix nous est laissé, conclut amèrement Hwyl. Ou nous restons pour être gouvernés par un ennemi, ou bien nous devenons comme les Picti et errons dans les collines sans connaître demeure ni foyer. »

Je ne laissai pas à sa colère naissante le temps de s'épanouir. « Oui, c'est ainsi. Au nom du Pendragon, tes chefs et toi êtes convoqués à un conseil de tous ceux dont les terres ont été confisquées, lui dis-je. Vous y ferez alors part de votre décision. » Je fis signe à Tallaght et Peredur qu'il était temps de partir. Ils se levèrent aussitôt et je leur ordonnai de préparer les chevaux.

« Ne resterez-vous pas pour la nuit ? » demanda Hwyl, mais la chaleur de son hospitalité s'était refroidie. Il avait maintenant les épaules voûtées, comme sous le poids du chagrin et du cruel châtiment qu'il devait subir.

« Nous avons plus que suffisamment troublé la paix de ce lieu, répondis-je. Je pense que nous ferions mieux de vous laisser à vos délibérations. »

Hwyl ne protesta pas. Il hocha simplement la tête et dit : « Cela vaudrait peut-être mieux. »

Je lui dis où et quand se tiendrait le conseil et pris congé de lui. Il m'accompagna jusqu'à la porte, passant devant l'endroit où la jeune fille était étendue. Les deux femmes qui veillaient sur elle se levèrent à notre approche. « Elle s'est endormie, dit la plus âgée.

— Était-ce le soleil ? demandai-je.

— Oui, répondit-elle. Je suppose en outre qu'elle n'avait rien mangé depuis plusieurs jours.

— Elle ramassait des champignons quand nous l'avons trouvée. »

La femme me regarda d'un air soupçonneux. « Ceux-là ? Un seul d'entre eux suffirait à tuer un cheval », m'expliqua-t-elle, comme si j'aurais dû le savoir.

Hwyl demanda : « Que veux-tu que nous fassions d'elle ?

— Peut-elle rester ici ?

— Elle n'est pas des nôtres, répondit-il d'un ton ferme. J'en suis certain.

— Les siens sont peut-être à sa recherche, avança la femme. Mais elle n'est pas en état de voyager.

— Peut-être pourrais-tu prendre soin d'elle pendant quelques jours, suggérai-je, et l'amener avec toi quand tu viendras au conseil. Il y aura des gens d'autres villages de la région : quelqu'un la connaîtra peut-être.

— Nous le ferons, répondit Hwyl. À présent, je te dis adieu.

— J'aurais aimé te rencontrer en d'autres circonstances, lui dis-je. Je suis désolé. »

Le chef secoua la tête. « C'est Urien qui a attiré sur nous cette calamité, pas toi. Je dois parler aux autres et décider de ce que nous allons faire. Nous viendrons au conseil donner notre réponse. »

Nous quittâmes alors la forteresse et chevauchâmes aussi loin que nous le pûmes avant la nuit. Nous dressâmes un camp rudimentaire au bord du chemin et dormîmes sous les étoiles. Je restai toutefois longtemps éveillé à songer à la jeune femme que nous avions trouvée, et à l'étrangeté de cette rencontre. Mais des événements plus étranges étaient encore à venir.

V

Lorsque nous rejoignîmes les Cymbrogi, le lendemain, nous trouvâmes le camp en effervescence. Nous avançâmes parmi une foule attroupée devant la tente. Chacun était si excité qu'il me fallut un bon moment pour réussir à me faire entendre. Finalement, me penchant sur ma selle, je saisis par l'épaule le plus proche guerrier. « Quelle est la cause de ce tapage ? demandai-je. Des ennuis ?

— Des ennuis ! s'écria-t-il en faisant volte-face pour me regarder. Il n'y a aucun problème, seigneur Gwalchavad, répondit-il avec un large sourire, à moins que tu ne penses que le retour de notre Pendragon soit un sujet de discorde.

— Arthur est revenu ? m'étonnai-je. Si vite ? » Tendant au guerrier les rênes de mon cheval, je laissai l'animal à ses soins en récompense de son impudence et me frayai un chemin vers la tente. J'aperçus Cai qui tentait de calmer l'enthousiasme de la foule à grand renfort de grimaces et de gesticulations parfaitement inefficaces.

Me rapprochant de lui, je dis : « Où est-il ?

— Ah, Gwalchavad ! Dieu merci, te voilà. J'aurais bien besoin d'un coup de main.

— On m'a dit qu'Arthur était revenu...

— Oui, confirma-t-il. Il est à l'intérieur... » — Cai montra la tente dans son dos — « ... et il accueillerait avec joie un peu de calme. » Se retournant vers la foule, il fronça les sourcils. « Écoute-les donc ! »

Il renouvela ses efforts pour faire taire les clameurs des Cymbrogi, mais je le retins. Posant ma main à plat sur sa poitrine, je demandai : « Mais va-t-il bien, mon frère ? Dis-moi simplement cela.

— Vois par toi-même, répondit-il en repoussant ma main. Car si tu ne veux pas m'aider, évite au moins de rester dans mes jambes. »

La réponse de Cai ne m'était pas d'un grand secours. Je me dirigeai rapidement vers la tente et tendis le bras pour en écarter le rabat, ne sachant pas dans quel état j'allais trouver le roi. La joie des guerriers était à son comble, mais leur abattement était tel depuis que l'on avait emporté le Grand Roi qu'ils auraient pu facilement se méprendre sur la signification du retour d'Arthur et en concevoir plus d'espoir qu'il n'était raisonnable. Dieu sait si les foules sont portées à croire ce qui leur agrée le mieux.

Mais j'avais vu sa plaie. Les hommes à qui ont été infligées de telles blessures, même s'ils survivent, retrouvent rarement leur pleine vigueur… ainsi qu'en attesteront bien des vétérans couturés de cicatrices. Même si je ne suis pas un guérisseur, je sais de quoi je parle, car depuis que je suis en âge de jeter une lance sans tomber de mon cheval, j'ai suivi mon père à la bataille et ai vu ensuite les mourants et les blessés. Dieu me pardonne, j'ai moi-même envoyé devant le Trône du Jugement plus d'hommes que je ne puis me rappeler.

Oui, j'avais vu la blessure d'Arthur : elle était vilaine et profonde. Le sang en jaillissait par brûlantes et sombres giclées. Quand on l'avait emporté du champ de bataille, il avait le teint livide d'un cadavre, le cheveu plat et les yeux profondément enfoncés dans les orbites. Comme je l'ai dit, ce spectacle ne m'était pas étranger. Mais je n'aurais jamais pensé voir Arthur dans un tel état.

Prenant mon courage à deux mains, je saisis le rabat, l'écartai et entrai dans la tente. La foule était à peine moins dense dedans que dehors. Je m'ouvris un passage à coups d'épaule, cherchant à apercevoir Arthur, et vis la nuque de Bedwyr, près de Rhys. Cador et Llenlleawg étaient à leurs côtés. Je me rapprochai, tremblant presque d'appréhension.

Je me glissai entre Cador et Bedwyr. Ce dernier jeta un coup d'œil en arrière, me reconnut et s'écarta d'un demi-pas. Arthur était là, assis dans son fauteuil de campagne, regardant d'un air impatient Myrddin, penché sur lui. Gwenhwyvar se tenait derrière lui, les mains posées sur ses larges épaules, un sourire satisfait aux lèvres.

Arthur leva les yeux à mon approche et s'écria : « Gwalchavad ! Bienvenue, mon frère. J'espérais bien que tu n'allais plus tarder. » Il fit le geste de se lever pour me saluer, mais l'Emrys le repoussa dans son fauteuil.

« Laisse-moi terminer, marmonna Myrddin.

— Je ne peux pas rester assis comme cela toute la journée ! protesta Arthur. Les hommes attendent. Je dois leur parler.

— Nous resterons ici toute la journée si tu ne te tiens pas tranquille assez longtemps pour que je te passe ceci ! rétorqua Myrddin.

— Ah, voyez-moi cela, dit Arthur en jetant un coup d'œil à la ronde avec un large sourire. C'est le Ciel et la Terre de vous revoir, mes frères. » Il tendit la main pour saisir le bras de Bedwyr.

« Cesse de gigoter, insista Myrddin. Encore un instant. » Arthur leva les yeux au ciel tandis que l'Emrys se penchait sur son travail. « Voilà ! dit enfin Myrddin en reculant d'un pas. Nous en avons terminé. »

Arthur baissa les yeux et leva le bras en pliant le coude. J'aperçus l'éclat mat du vermeil qui encerclait le bras du Grand Roi. C'était un bracelet, mais il ne ressemblait à rien que j'eusse déjà vu : un dragon dont le corps s'enroulait tel un serpent, dardant sur le monde le regard farouche de ses yeux de rubis. Un superbe joyau, assurément : Dieu seul sait où Myrddin se l'était procuré.

Il me vint à l'esprit que la forme de ce bijou n'était pas très éloignée de l'image figurant sur l'étendard derrière lequel Uther allait à la bataille. Après avoir ressuscité avec un tel succès l'ancien titre d'Uther, Myrddin avait eu l'idée de parachever son œuvre par un digne rappel du lignage d'Arthur : la tradition, dit-on, est une puissante et influente amie pour ceux qui l'honorent.

« Enfin ! » s'exclama Arthur en se levant d'un bond pour se diriger vers l'entrée de la tente. Il n'y avait pas la moindre hésitation ni la moindre gêne dans ses mouvements. Si je ne l'avais pas vu gisant aux portes de la mort, la vie s'enfuyant à chaque battement de son cœur, j'aurais cru m'être trompé. Cela pouvait-il être le même homme ? Comment était-il possible qu'une aussi grave blessure guérisse aussi vite ?

Il fendit la foule de ceux qui s'entassaient sous la tente, leur assénant des claques dans le dos et les appelant par leur nom, mais sans s'arrêter, impatient de se retrouver dehors. « Nous allons boire une coupe ensemble, mes amis », cria-t-il en soulevant la peau de vache avant de sortir. C'était bien là Arthur, oublieux que nous n'avions que l'eau tiède du lac — et nous avions de la chance de l'avoir, bien plus que de la bière ! — avec laquelle fêter son retour sain et sauf.

Agrippant Llenlleawg au moment où il suivait Arthur à l'extérieur, je demandai : « Comment est-ce possible ? »

L'Irlandais efflanqué me regarda avec un large sourire, mais il passa sans répondre. Me tournant vers Myrddin, je dis : « Personne ne va-t-il rien m'expliquer ?

— Salutations, Gwalchavad, dit l'Emrys d'un ton lénifiant. Ta mission a été un succès, j'espère ?

— Ne t'inquiète pas pour moi, répondis-je. Comment se fait-il qu'Arthur soit guéri ? Que signifie ce bracelet ? Et pourquoi…

— Doucement ! s'écria Myrddin en levant les mains pour parer mon assaut. Je ne peux répondre qu'à une question à la fois. Nous sommes allés à Ynys Avallach, comme tu le sais… afin de chercher pour Arthur la guérison que nous ne pouvions lui offrir nous-mêmes.

— Vous y avez merveilleusement bien réussi », déclarai-je. Les autres avaient rapidement évacué la tente, nous laissant seuls, Myrddin et moi, pour un moment. Dehors, les acclamations redoublèrent d'intensité, avant de mourir quand Arthur prit la parole devant les Cymbrogi.

« Je n'y ai guère eu de part », m'assura Myrddin. Sa voix se fit solennelle. « Arthur était en vie, mais tout juste. » Il rapprocha son pouce de son index pour montrer combien Arthur était passé près de la mort. « Je ne sais pas comment il a pu se raccrocher à un fil aussi ténu, mais il l'a fait.

— Oui ? Et alors ?

— Le ciel était avec nous et il a été guéri, répondit Myrddin en me regardant benoîtement. Comme tu as pu le voir.

— Oui, oui, dis-je, gagné par l'impatience. Je l'ai bien vu, mais comment est-ce arrivé ?

— C'était un miracle, expliqua-t-il, mais un miracle d'une telle nature qu'il n'a admis aucun témoin. Je ne puis te dire comment, et Arthur n'en parlera pas. Peut-être nous le dira-t-il un jour, mais pas maintenant. »

Malgré les propos de Myrddin, je sentais qu'il y avait encore beaucoup de choses qu'il taisait. « Mais Cai a dit…

— Cai refuse de croire ses yeux, déclara sèchement Myrddin. Quant au bracelet d'or, poursuivit-il, il appartenait à Uther. Ygerna l'avait fait faire pour lui après l'avoir épousé : c'est ce qui lui avait donné l'idée de l'étendard au dragon. Quand Uther est mort, Ygerna l'a gardé pour son fils, certaine qu'il deviendrait un jour Grand Roi comme son père.

— Pourquoi as-tu attendu jusqu'à maintenant pour le lui donner ?

— Quand m'a-t-il été offert une meilleure occasion ? demanda Myrddin. Nous avons à peine eu le temps de respirer entre deux batailles.

— Je ne doute pas que cela change, dis-je, songeur. Maintenant que nous nous sommes débarrassés des envahisseurs et des Bretons rebelles, nous allons pouvoir jouir d'une saison de paix.

— C'est ce que je me suis dit toute ma vie », répliqua Myrddin d'un ton caustique.

VI

Je me souviens de l'Atlantide engloutie. J'avais beau n'être qu'une enfant au berceau quand la calamité s'est abattue sur nous, je revois encore l'Île des Pommes telle qu'elle était avant sa destruction. Le Grand Palais avait beaucoup perdu de son ancienne splendeur : il se délabrait, faute d'entretien, en raison de la longue maladie qui minait Avallach. Mais, dans mes souvenirs d'enfant, tout n'était que verdure printanière et lumière dorée, jardins immenses et salles mystérieuses où jamais personne ne s'aventurait.

Lile, ma mère, avait aménagé les jardins à son usage. Elle était fort avertie des propriétés des plantes et des racines. Elle connaissait les vertus des herbes et ses médecines étaient très puissantes. Nous passions des journées entières dans ces jardins, Lile et moi… elle à soigner ses simples, moi à jouer à ses pieds. Elle me croyait trop jeune pour comprendre, et pourtant elle me disait tout ce qu'elle savait sur les plantes. « Celle-ci s'appelle triolet jaune, disait-elle. On l'utilise pour cicatriser les plaies et pour purger les intestins. »

Lile éveilla ainsi en moi la soif de connaître les plantes qui guérissent et celles qui donnent la mort. Mais il y avait bien des choses qu'elle ignorait. Les mages de l'Atlantide avaient accumulé la sagesse de toutes les époques et de tous les royaumes, et même si cela me prit l'équivalent d'une vie entière pour un mortel, j'acquis moi aussi cette connaissance. Dans les profondeurs de la forêt de Brocéliande, je trouvai ce que je cherchais. Des rescapés de notre race s'y étaient établis — le peuple de Kian, fils d'Avallach et frère de Charis. Là, parmi les arbres majestueux et les ombres profondes, ils avaient édifié une cité. Je la découvris, et je découvris la connaissance dont j'avais soif.

Il s'y trouvait un ouvrage, provenant de la bibliothèque de Briséis. La reine aimait les livres. Je ne pense pas qu'elle ait jamais lu celui-ci, mais il avait été sauvé. Je crois qu'Annubi, le fidèle conseiller de la famille royale, y était pour quelque chose. Si Lile avait éveillé en moi la flamme de l'amour pour les arts occultes, Annubi l'avait attisée en un brasier dévorant. Au début, il prenait plaisir à m'enseigner : il se sentait seul, faut-il dire. Mais plus tard, il n'eut plus le choix. Je m'en assurai. Il me servait et vivait soumis à mes ordres.

Annubi fut le premier homme que je pliai à ma volonté, et cela m'en apprit beaucoup sur le pouvoir de mon sexe. Lorsque j'eus tout exprimé de lui, je le laissai aller. Ou plutôt je hâtai sa fin. Il fut le premier, mais pas le dernier. Loin de là ! Il y en eut tant. Chacun servait son dessein — richesse, pouvoir, situation, lignage — je les choisissais soigneusement et prenais ce qu'ils avaient à donner. Tout ce que je voulais, je le suis devenue : reine, épouse, amante, prostituée. Tout cela, c'est pour moi la même chose.

Myrddin avait raison, bien sûr : nous n'avions guère eu le temps de faire autre chose que nous battre. Il me semblait parfois que nous passions nos journées entières à entretenir nos armes : quand nous ne les aiguisions pas, nous les réparions, et quand nous ne les réparions pas, nous les aiguisions encore. Dès que nous avions un instant libre, nous soignions nos chevaux et pansions nos blessures, préparant toujours la prochaine bataille, la prochaine guerre.

Bien que les Vandali eussent été vaincus, nous restions sur nos gardes — n'osant peut-être pas penser que la paix régnait enfin dans l'Île des Forts. Nous avions déjà subi de cruelles désillusions.

Mais les jours suivants, comme l'avait suggéré l'Emrys, Arthur commença à nous faire le récit de sa guérison miraculeuse... un récit d'autant plus insolite que, en dehors d'Avallach, il en avait été le seul témoin, et comme il gisait alors aux portes de la mort, il n'était pas le mieux placé pour expliquer ce qui s'était passé. Et bien qu'il parlât avec un grand enthousiasme, et encore plus de révérence, les détails en demeuraient nébuleux.

J'en retins qu'il était question d'une coupe, d'une visitation céleste et d'une prière en une langue mystérieuse récitée par le seigneur Avallach. Il n'avait pas été fait mention des saints hommes de l'abbaye. J'en conclus donc qu'ils n'avaient pas eu un rôle déterminant dans l'histoire. À vrai dire, le principal agent du miracle semblait être la coupe, ou le bol, qu'Arthur avait vu, ou pensé voir, en possession du Roi Pêcheur.

« Tu as bu quelque chose à la coupe ? » demanda Bedwyr. Nous étions assis à table, avec Arthur, la reine, Myrddin et une douzaine de membres du Vol des Dragons — l'élite des guerriers du Pendragon — sous la tente qui nous servait de palais quand nous étions en campagne. Il était tard, mais le retour de notre roi nous avait plongés dans l'exultation et nous répugnions à quitter la tente. « Une potion ou un élixir ? Une des décoctions de Paulus ? »

Arthur fit la moue. « C'est possible, reconnut-il. Je ne m'en souviens pas. Avallach la tenait comme cela. Il mit les mains comme pour soutenir un bol. Non, attendez, dit-il en secouant la tête, c'était l'autre… Avallach n'y a pas touché.

— L'autre ? demanda Cai, de plus en plus désorienté. Tu veux dire qu'il y avait deux coupes, maintenant ?

— Non, pas deux coupes, répliqua Arthur, deux personnes : Avallach et quelqu'un d'autre.

— L'ange », suggéra Gwenhwyvar pour lui venir en aide, et tout le monde à table tourna vers elle de grands yeux. « Nous l'avons tous vu », insista-t-elle. Appelant Myrddin à la rescousse, elle ajouta : « Dis-leur, Myrddin. Tu dois l'avoir vu. »

Mais Myrddin, maussade, refusa de parler.

« C'était un ange, soutint Gwenhwyvar. Nous l'avons vu. »

Cai reprit son interrogatoire. « L'ange t'a-t-il parlé, Ours ? À quoi ressemblait-il ?

— Si vous dites que c'était un ange, soit, répondit Arthur d'un ton conciliant. J'ai cru que c'était une des servantes d'Avallach. »

Avec un reniflement dédaigneux, Myrddin croisa les bras et détourna la tête.

« Mais qu'ont-ils fait ? demanda Bedwyr. T'ont-ils touché ? As-tu tenu la coupe entre tes mains ? »

Non, dit Arthur, il ne pensait pas avoir été touché, ni avoir pris la coupe… sinon pour y boire, s'il y avait bu. Il avait entendu parler — une prière, pensait-il, à la façon dont Avallach s'était prosterné — mais dans une langue qui lui était inconnue. Il y avait eu de la lumière, oui, un vif éclat de chandelles qui baignait la pièce d'un rayonnement chatoyant, merveilleux à contempler. Et il lui semblait qu'il y avait eu de la musique. Oui, Arthur pensait avoir entendu de la musique, mais ni un chant, ni des harpes, ni des flûtes, ni quoi que ce fût qu'il eût déjà entendu. Mais comme ni Avallach, ni le serviteur céleste n'étaient à l'origine de cette musique, il était incapable de dire exactement d'où elle pouvait provenir. Il était plus sûr du délicieux parfum qui avait accompagné l'apparition de la coupe. C'était, dit-il, comme si toutes les fleurs de l'été avaient été rassemblées en un même bouquet, chacune prêtant à l'autre sa suavité pour se mêler en une fragrance aussi divine qu'indescriptible.

Ces propos entraînèrent d'autres questions de la part de Cai, de Bedwyr, de Cador et d'autres qui, malgré les souvenirs brumeux d'Arthur, semblaient décidés à élucider le mystère. Néanmoins, ceux qui s'étaient trouvés sur place paraissaient avoir des réticences à parler. Gwenhwyvar ne faisait que de simples commentaires pour rectifier un point ou un autre, tandis que Myrddin et Llenlleawg se taisaient. Je les soupçonnais de ne pas vouloir examiner le miracle de trop près et de se satisfaire de voir le mystère rester entier.

À la fin, toutefois, cette avalanche de questions exaspéra Myrddin. Se redressant de toute sa taille, il frappa la table du plat de la main. « Assez ! » cria-t-il d'une voix qui aurait imposé silence à un sourd.

Foudroyant du regard ceux qui s'entassaient sur les bancs, il dit : « Écoutez vos bavardages stériles ! Vous êtes en présence d'un saint miracle et vous jacassez comme des enfants écervelés.

— Nous voulons simplement comprendre, protesta Bedwyr d'un ton aigre.

— Silence ! » rugit Myrddin. Son terrible froncement de sourcils défiait quiconque d'ouvrir la bouche et nul n'osa s'y risquer. « Puisque vous désirez savoir, poursuivit-il d'un ton sec, je vais vous dire ce que l'on peut dire. La coupe, comme vous dites, s'appelle le Graal... sachez que ce n'est rien de moins que la coupe de bienvenue dont s'est servi notre Seigneur le Christ lors de son dernier repas avec ses amis. La nuit même il fut trahi, et le lendemain il fut flagellé et crucifié.

» L'un des nombreux disciples du Christ était un riche marchand d'étain qui nous est connu sous le nom de Joseph d'Arimathie, celui-là même qui avait offert le repas ce soir-là, et qui fit aussi don du tombeau. Joseph avait gardé la coupe, que le Seigneur avait bénie, et quand les premiers croyants furent chassés de Jérusalem, il emporta avec lui le saint vase en Bretagne. Joseph et ses amis y bâtirent la première église, et c'est là que fut dressé le premier autel d'Ynys Prydain consacré au Christ ressuscité.

» Hélas, cette première église disparut de ce monde, car les gens n'étaient pas prêts à recevoir la Vraie Parole. Joseph et ses compagnons moururent en leur temps et furent inhumés près du lac au pied du Tor, là où résident maintenant Avallach et Charis, et où les moines ont édifié leur abbaye, mais le Graal survécut. Par des moyens inconnus de tous, hormis Avallach, qui en est le seul gardien, la Coupe du Christ a été préservée.

» En vérité, c'est le plus saint objet qui soit sur terre. Ses merveilles dépassent l'entendement, et je sais de quoi je parle, car autrefois, alors que j'étais mourant, ce même Graal m'a protégé et guéri, et voyez, il a maintenant guéri Arthur ! » Levant une main en signe d'avertissement, il continua : « Mais je vous préviens, n'espérez pas découvrir le pourquoi et le comment : nul ne peut vous dire de quelle façon il opère, ni pourquoi certains sont guéris alors que d'autres périssent. En vérité, il suffit de savoir qu'il existe comme signe extraordinaire du bon vouloir de Dieu. Acceptez-le, révérez-le, et restez-en là. Plutôt que d'importuner les anges et les cieux par vos bavardages ignorants, vous feriez mieux de vous prosterner face contre terre et vous repentir de votre sottise. »

À ces mots, Myrddin tourna les talons et sortit. Nous demeurâmes quelques instants silencieux, réfléchissant à son curieux avertissement. Puis, lentement, les conversations reprirent, avec un peu plus de respect, cette fois, mais non moins d'excitation. Au bout d'un moment, Arthur, visiblement ébranlé par ce qu'avait dit l'Emrys, ouvrit sa pensée. « Myrddin a raison : c'est une chose trop sacrée pour faire l'objet de spéculations oiseuses. Nous ferions bien de tenir nos langues.

— Encore mieux, suggéra Cai, nous devrions rendre hommage à la coupe… pour avoir guéri notre roi. »

À l'étonnement manifeste de Cai, chacun acquiesça de tout cœur. Arthur le félicita de sa suggestion, à laquelle il ajouta un contingent de moines spécialement chargés de chanter psaumes et prières à l'intention du saint objet et du royaume. Cela marquerait le début du règne du Pendragon et l'instauration du Royaume de l'Été.

Éblouis par la splendeur de cette vision, nous nous retirâmes tous pour dormir, de grandes espérances dans le cœur. Certainement, maintenant, après les guerres contre les Saecsens et les batailles livrées pour soumettre les envahisseurs vandales, nous allions pouvoir déposer les armes et nous consacrer à la paix depuis si longtemps bannie de notre patrie. Nous rêvâmes cette nuit-là que nous retournions à de paisibles activités nous apportant bonheur et prospérité, et que nous jouissions des fruits durement gagnés à la pointe de notre épée. Après ce rêve glorieux, nous nous éveillâmes le lendemain pour saluer le soleil qui se levait sur une ère nouvelle et splendide, le début du Royaume de l'Été, la vision jadis chantée par Taliesin, une époque où la paix, l'amour et l'honneur gouverneraient les enfants de l'île de Bretagne.

Arthur regrettait de ne pouvoir chevaucher vers le sud sur le champ. « Détends-toi, Ours, le rassura Bedwyr, le conseil sera bientôt terminé… encore un jour ou deux et nous en aurons fini. »

Comme il fallait s'y attendre, l'idée ne plut guère à Myrddin. « N'est-il venu à l'esprit d'aucun de vous, demanda-t-il d'un ton acerbe, qu'il y avait une bonne raison pour que le Graal soit resté caché pendant toutes ces années ? J'ai toute confiance en Avallach pour savoir ce qu'il y a de mieux à faire. Écoute-moi, Arthur : n'essaie pas de t'en mêler. Laisse-le en paix. »

Mais Arthur ne voulut rien entendre. Après avoir remercié l'Emrys de son conseil, il entreprit de faire tout le contraire et le projet en vint rapidement à comporter, non seulement un simple service d'hommage, mais aussi un chœur perpétuel, et une église pour abriter le tout. « Un bel édifice, dit Arthur, dans lequel quiconque se sent las et accablé pourra venir voir la sainte coupe du Roi Sauveur. » Il était convaincu que le seul fait de contempler le vase sacré accomplirait des miracles pour ceux qui feraient le pèlerinage.

Ce serait, décréta-t-il, la première des entreprises merveilleuses par lesquelles il inaugurerait son règne. D'encore plus grandes suivraient, comme l'aube éclatante succède à la nuit tempétueuse.

Cependant, Bedwyr avait convoqué en son nom les seigneurs et petits rois de la région, et malgré son désir de retourner au plus tôt à Ynys Avallach, il dut attendre que le conseil prenne fin et que le problème des Vandali soit définitivement réglé. Cette nécessité lui était une torture, mais il la supporta, passant le temps en projets et en rêves qu'il exposait longuement à quiconque passait à sa portée. Oh, c'était un spectacle merveilleux, et que je pensais révolu à jamais : Arthur, dans l'éclatante vigueur d'une jeunesse enthousiaste, embrasé par sa vision d'une Sainte Bretagne entrant dans l'harmonie et la prospérité du Royaume de l'Été.

Myrddin gardait ses distances, contemplant d'un air revêche le cours des événements. S'il semblait mal disposé envers les projets d'Arthur, il paraissait répugner à étouffer la flamme qui les avait embrasés. Comme tout le monde, je suppose, il n'était que trop heureux de revoir le Grand Roi plein d'énergie et ne pouvait se résoudre à dérober la moindre miette de la joie du Pendragon, ou à tempérer son ardeur… si une telle chose avait été possible.

Quand je lui demandai ce qu'il pensait des projets d'Arthur, le Sage Emrys haussa simplement les épaules. « Ce que je pense n'a aucune importance, rétorqua-t-il sombrement. Le Grand Roi fera ce qu'il voudra, quoi qu'il advienne. »

Je trouvai cela étrange, ou tout du moins inhabituel. Le comportement de Myrddin était souvent inexplicable, mais rarement empreint d'orgueil, et jamais méprisant. Personne d'autre n'avait l'air de remarquer la lugubre indifférence de Myrddin, et cela me tracassait. Je méditai ce qu'il avait dit à propos du Graal, et qui semblait si loin de la ferveur d'Arthur, mais sans parvenir à une conclusion certaine.

Toutefois, en regardant autour de moi, je vis qu'au moins une autre personne partageait plus ou moins les réserves de Myrddin. L'enthousiasme de Gwenhwyvar, qui avait d'abord fait preuve de la même ardeur qu'Arthur, semblait maintenant se refroidir. Puisque tous les autres étaient trop éblouis par la splendeur de cette éclatante vision, je résolus de découvrir ce qu'en pensait Gwenhwyvar au fond de son cœur.

« Ce n'est pas par manque de foi que j'en suis arrivée là, mais par manque de force, me confia-t-elle. Cet homme m'épuise. Il a dix nouveaux projets avant le lever du soleil, et ceux-ci ont chacun donné naissance à dix autres avant le crépuscule. Il dort rarement, et toutes ces spéculations le rendent amoureux. Je n'ai pas de repos, Gwalchavad. En vérité, c'est comme dormir avec une tornade. » Quand Gwenhwyvar s'aperçut de ce qu'elle avait dit, la couleur lui monta aux joues. « Ne lui répète pas ce que je viens de dire.

— Jamais, gente dame, lui assurai-je. Mais penses-tu qu'il a raison ?

— Je voudrais le croire, affirma-t-elle. Et, assurément, il parle comme personne. Si le seul zèle peut suffire à instaurer le Royaume de l'Été, Arthur y réussira à merveille. Et si nous sommes capables de réaliser ne serait-ce que le dixième de ses projets, je ne doute pas que notre œuvre vive à jamais. »

Ses propos étaient nobles, assurément, mais je ne pus m'empêcher de déceler dans sa voix une trace d'hésitation. Ou peut-être de réticence. Quoi qu'il en soit, je me dis que les deux êtres les plus proches d'Arthur — Myrddin et Gwenhwyvar — n'étaient pas entièrement avec lui.

Le lendemain, les seigneurs de la région se présentèrent au conseil. Maintenant que j'y repense, ce fut alors que commencèrent les difficultés.

VII

Hwyl de Rheged fut parmi les premiers nobles à arriver : il se présenta au campement du lac avec les chefs des trois villages qu'il avait sous sa protection. Il était aussi accompagné de la jeune femme que nous avions trouvée et confiée à sa garde. À vrai dire, avec le retour inattendu d'Arthur, je n'avais pas eu une pensée pour l'étrangère avant de reposer les yeux sur elle.

Si elle se souvenait de moi, elle n'en laissa rien paraître, car, quand elle passa devant moi, son visage demeura impassible et son regard glissa sur moi comme si elle ne me voyait pas. Son séjour chez Hwyl et les siens semblait lui avoir été bénéfique — ses longs cheveux étaient soigneusement tressés et ses vêtements propres — et, comme elle avait l'air d'avoir été bien traitée, je détournai les yeux et n'y pensai plus.

D'autres seigneurs arrivèrent des royaumes environnants : Arawn, Gryffyd et Euan, qui tenaient des citadelles à l'est du Treont, Rhun, Hasner, Ensyth et Gwrgan Ffrych, de la région des collines, à l'ouest. Tous étaient venus accompagnés d'autant de chefs et de capitaines qu'ils avaient jugés convenables pour assister au conseil en l'absence de leurs rois respectifs. Nous les saluâmes et les invitâmes à se rassembler devant la tente du Pendragon, où les attendait le Grand Roi. Le fauteuil de campagne d'Arthur, qui lui servait de trône quand il était en déplacement, avait été disposé devant la tente sur une peau de vache rouge. Quatre lances avaient été plantées en terre derrière le siège, deux verticales et deux entrecroisées, pour servir de support au bouclier du Pendragon. Le Grand Roi reçut l'hommage de ses seigneurs avec bonne grâce et en toute simplicité, adressant des paroles amicales à chacun de ceux qui se présentaient devant lui.

Je crois qu'en tout plus de cinquante nobles avaient répondu à la convocation, accompagnés d'un grand nombre de femmes et de guerriers. Deux d'entre eux — Cyllin ap Caradoc et Cynfarch — avaient chevauché aux côtés d'Arthur pendant les guerres contre les Saecsens et étaient heureux de le revoir. S'ils avaient su que des barbares allaient bientôt être lâchés parmi eux, ils n'auraient peut-être pas embrassé si chaleureusement le Pendragon.

À ma connaissance, seul Hwyl — le chef que j'avais personnellement prévenu — savait à quoi s'attendre. Je n'osais songer à ce qui se passerait quand les autres seraient mis au fait de la décision d'Arthur.

La discorde était pourtant la dernière chose qu'Arthur eût en tête, et s'il n'avait pas oublié son décret ni les protestations qui s'ensuivraient inévitablement, je crois qu'il avait sous-estimé la violence des réactions qu'il déclencherait. Dans l'état d'esprit où il se trouvait, il ne pouvait concevoir les difficultés qu'auraient les autres à avaler la coupe amère qu'il leur présentait. Il se sentait lui-même si serein et bienveillant, que je pense qu'il s'imaginait vraiment que tous partageaient sa joie. Assurément, ses manières affables aplaniraient le chemin. Mais ce n'en était pas moins une chevauchée mouvementée en terrain accidenté.

Comme tout le monde sauf Arthur s'y attendait, l'annonce que leurs terres avaient été confisquées au profit de barbares ne fut pas bien accueillie par les nobles de la région. Abasourdis par la déclaration du Grand Roi, ils écoutèrent dans un silence glacial Arthur expliquer la nature de la rébellion contre lui et ses conséquences malheureuses. Puis, tout comme je l'avais fait avec Hwyl, il leur tendit leur unique espoir.

« Voici ce que j'ai décrété, et voici comment il en sera, dit-il solennellement. La félonie a reçu sa récompense. Toutefois, il a plu à Dieu de tempérer la justice de miséricorde, afin que les innocents ne souffrent pas outre mesure de la déloyauté de leurs seigneurs indignes. Aujourd'hui même, Mercia, Seigneur des Vandali, a juré devant moi de protéger ceux qui resteront sur leurs terres dans le royaume qui lui a été accordé. Vous pouvez garder vos biens et vos demeures, vos champs et vos troupeaux. Il s'est voué au Christ et a renoncé à tous les autres dieux. En plus de cela, il m'a fait la promesse solennelle qu'il ne vous prendra rien qui ne soit librement donné. »

Au lieu d'apaiser les seigneurs, ces mots attisèrent leur colère. En vérité, c'était comme si Arthur avait versé de l'huile sur une flamme vacillante. La réaction des nobles embrasa l'air lui-même.

« Prêter allégeance à un barbare ! rugit le seigneur Ensyth. Jamais ! Je suis Breton et ne reconnaîtrai personne d'autre qu'un authentique Breton pour seigneur ! Et je n'accepterai pas de voir mes terres données à des étrangers.

— Moi non plus ! » s'écria Arawn, son voisin du nord.

Comme si tous n'avaient attendu que ce signal, l'assemblée bondit comme un seul homme. Hurlant, brandissant le poing, chacun s'efforçant de couvrir la voix des autres, le conseil perdit promptement tout semblant d'ordre. Les Cymbrogi resserrèrent instinctivement les rangs autour du Pendragon, la main sur le pommeau de leur épée, prêts à rendre coup pour coup. Llenlleawg, Cai, Bedwyr, Rhys et moi prîmes place face aux seigneurs en effervescence.

Arthur, qui avait causé ce tumulte, paraissait surpris de la véhémence avec laquelle les nobles exprimaient leur opinion. Il regardait, stupéfait, le conseil sombrer dans le chaos autour de lui. Myrddin, fronçant les sourcils, se pencha sur son épaule et dit un mot à son oreille. Arthur se contenta de lever la main pour repousser sa suggestion, laissant se poursuivre le tapage.

Il pensait sans doute que cette éruption de colère s'épuiserait bientôt d'elle-même et qu'il pourrait plus facilement persuader les protestataires une fois qu'ils se seraient calmés. C'était, je le crains, faire preuve d'un bien grand optimisme. Car plus les seigneurs criaient, plus ils s'emportaient.

En vérité, je crois que cela se serait terminé par des coups et des effusions de sang, s'il n'y avait eu la brusque apparition de la jeune femme muette. Dans toute cette confusion, je ne sais comment elle était arrivée : j'eus l'impression qu'elle avait simplement surgi du néant pour apparaître parmi nous.

Pour ma part, je regardais Arthur, attendant ses ordres, et quand je tournai les yeux, elle était là — l'air aussi placide que si elle se promenait dans les champs, les mains croisées devant elle, calme et chaste, vêtue d'une simple robe blanche nouée à la taille par une bande de tissu bleu, sa blonde chevelure luisant au soleil : une vision, me dis-je, n'eût pas été plus adorable à mes yeux.

Sa présence inattendue ébranla le conseil. Les cris continuèrent un moment, puis ils s'arrêtèrent à mesure que, l'un après l'autre, les seigneurs en colère se taisaient, et un silence pesant s'abattit sur l'assemblée. La jeune fille ne paraissait pas se soucier de l'effet produit par son arrivée : en fait, elle ne semblait avoir conscience de rien d'autre que des Cymbrogi alignés devant elle. Elle les regardait avec l'innocente curiosité d'un enfant fasciné par un nouveau jouet.

Elle fit un pas hésitant, puis un autre, et s'arrêta, l'air modeste, écarquillant ses yeux verts illuminés de plaisir. L'extase qui se peignait sur son visage était un pur enchantement.

Il se passa un instant ou deux avant que le conseil ne retrouve la voix et, quand il le fit, la fureur auparavant dirigée contre Arthur exigeait maintenant de savoir qui était cette femme, et quelles étaient ses intentions en interrompant ainsi les délibérations.

Arthur, pris de court, regarda autour de lui pour voir si quelqu'un avait une explication à proposer. Je m'approchai de lui en hâte, disant : « Je connais cette femme, seigneur… ou plutôt elle ne m'est pas inconnue.

— Qui est-elle ? » demanda-t-il en reportant les yeux sur elle. Bedwyr se pencha vers nous pour écouter ce que j'avais à dire.

« Je l'ignore, mais…

— Que fait-elle ici ?

— Encore une fois, je l'ignore », répondis-je.

Se tournant vers moi, Arthur m'adressa un large sourire. « Si tu appelles cela connaître quelqu'un, Gwalchavad, je me demande s'il t'arrive jamais de rencontrer un étranger.

— Arthur, je t'en prie, implorai-je. Je voulais simplement dire que je l'avais déjà vue une fois… quand je me suis rendu à la forteresse d'Urien pour convoquer Hwyl au conseil.

— C'est donc une parente de Hwyl ? s'enquit-il en jetant un nouveau coup d'œil vers elle.

— Non, seigneur », répondis-je, et je lui expliquai rapidement comment nous l'avions rencontrée dans la forêt. « Elle avait l'air de souffrir de la faim et du soleil, dis-je, alors je l'ai laissée aux bons soins de Hwyl. Sur ma suggestion, il l'a amenée au conseil pour voir si quelqu'un saurait qui elle est.

— Pourquoi ? demanda Bedwyr. Ne peut-elle s'exprimer toute seule ?

— C'est bien le problème, lui dis-je. Elle est muette. Elle ne peut prononcer un mot. »

Arthur hocha la tête, puis il se mit debout, levant les mains pour faire taire les protestations qui menaçaient à nouveau de nous submerger. « Mes amis ! cria-t-il. Calmez-vous. Il n'y a là aucune raison de s'inquiéter. On me dit que cette jeune femme est muette et qu'elle a perdu son chemin. Je vous demande maintenant si quelqu'un parmi vous sait qui elle est, ou bien où peuvent se trouver les siens. »

Les nobles et les chefs débattirent brièvement entre eux de la question et, quand ils eurent terminé, déclarèrent que nul ne la connaissait, ni n'avait entendu parler d'un clan dont un membre aurait disparu.

Insatisfait de cette réponse, Arthur insista, leur demandant de faire un effort de mémoire. Le conseil s'offensa de sa suggestion et réagit vivement. Il fut vite établi que personne, en dehors de Hwyl et des siens, n'avait jamais posé les yeux sur elle avant ce jour. Sur ce point, du moins, tous étaient d'accord — avec presque autant de véhémence que dans leurs protestations contre Arthur.

Il était curieux, me dis-je, que la simple présence de la jeune femme suscitât des dénégations si passionnées. Les seigneurs étaient catégoriques dans leurs protestations d'ignorance. Leurs exclamations étaient unanimes — « Elle n'est pas des nôtres ! » ou « Je ne l'ai jamais vue ! » — et je me souvins de la brutale réaction de rejet qu'avait eue Hwyl la première fois qu'il avait posé les yeux sur elle.

Regardant la jeune fille, si belle et nullement déplaisante à contempler, je me demandai ce qui pouvait provoquer une si violente animosité. D'autant plus qu'elle n'avait soufflé mot. Que pouvaient-ils bien voir en elle qui les effrayât à ce point ?

Arthur se tourna vers Myrddin en haussant les épaules. « Je crois qu'elle n'est pas connue dans cette région. Que peut-on faire d'elle ? »

En entendant cette question, je jetai un coup d'œil au Sage Emrys, attendant sa réponse, et fus stupéfait de ce que je vis. Son visage, auparavant dur et fermé tandis que fusaient les protestations contre Arthur, était complètement transformé. Les yeux écarquillés, il la regardait fixement, avec une telle expression de tendre mélancolie que j'en fus gêné. Qui plus est, il ne semblait pas avoir entendu Arthur, et il continua de la contempler de cet air éperdu d'amour jusqu'à ce que le Pendragon lui donne un coup de coude et lui redemande son avis. Alors seulement Emrys revint à lui.

« Faire d'elle ? demanda-t-il en regardant Arthur d'un air légèrement condescendant... comme si le roi venait de proférer une sottise. La laisser rester avec nous jusqu'à ce qu'elle ait retrouvé les siens, bien sûr. »

Arthur ordonna à Rhys d'emmener la jeune fille pour la confier aux femmes du campement. Inexplicablement, Rhys parut décontenancé par cet ordre simple : il s'empourpra jusqu'aux oreilles et marmonna une réponse hâtive entre ses dents, implorant le Grand Roi de lui épargner cette tâche. S'il avait du mal à trouver ses mots, ses yeux plaidaient avec éloquence, et il se mit même à transpirer tandis qu'il bafouillait son excuse. Il était si troublé que

Gwenhwyvar intervint et dit qu'il vaudrait peut-être mieux pour tout le monde qu'elle prenne en charge la jeune femme.

Le Pendragon, impatient d'en finir, accéda aussitôt à la demande de sa reine, et Gwenhwyvar s'avança pour emmener la jeune fille. Mais celle-ci avait d'autres idées, car à l'instant où la reine s'écartait du trône, la jeune fille s'élança en avant : elle fit trois pas vers nous. Gwenhwyvar hésita, la laissant approcher.

La belle étrangère vint se placer devant nous, mais il fut vite évident qu'elle ne regardait pas Arthur, ni la reine, ni aucun d'entre nous. Le regard de ses yeux verts était fixé sur quelqu'un d'autre. Je jetai un coup d'œil à la ronde pour voir qui cela pouvait être : Myrddin ? Bedwyr ? Non, aucun des deux. Rhys ? Cai ? Cador ? Non.

La jeune femme s'approcha encore et s'arrêta devant Llenlleawg, qui se tenait figé, immobile, la lance contre l'épaule, regardant au loin par-dessus sa tête, comme s'il essayait de toutes ses forces de l'ignorer. Mais elle ne voulait pas être ignorée, car elle tendit la main et le prit hardiment par le bras, comme si elle le revendiquait pour sien. Alors seulement, il baissa les yeux pour la dévisager sans la moindre aménité.

« Il semblerait qu'elle ait choisi son champion, fit observer Arthur d'un ton sec, et je ne saurais lui reprocher ce choix. » Il cria alors à l'Irlandais d'emmener la jeune femme. Gwenhwyvar les accompagna et, dès qu'ils furent partis, le conseil put reprendre, mais cette fois bien plus calmement… comme si cette étrange interruption avait épuisé la colère et apaisé les passions.

Finalement, les nobles se laissèrent persuader d'accepter les conditions d'Arthur. Toute résistance résiduelle s'évanouit à l'arrivée de Mercia. Le prince vandale se dirigea droit vers Arthur, assis dans son fauteuil de campagne, et se prosterna de tout son long aux pieds du Grand Roi, face contre terre. Le barbare prit ensuite le pied du Pendragon pour le poser sur sa nuque et demeura étendu, comme mort, devant son souverain.

Arthur fit alors se relever le barbare, qui vint l'embrasser comme un frère. Cette manifestation de totale soumission fit beaucoup pour convaincre les nobles encore réticents de la sincérité des Vandali et de leur respect envers Arthur. Ne voulant pas être en reste sur les barbares dans l'affirmation de leur loyauté envers le Grand Roi, les Bretons se firent un point d'honneur de renouveler leur serment d'allégeance, se plaçant comme l'avait fait Mercia sous la souveraineté du Pendragon.

Arthur les félicita tous. « Réjouissez-vous, puissants chefs, dit-il en leur accordant la faveur de son sourire rayonnant, car un grand bien est né aujourd'hui en Bretagne. Vous avez renoncé aux combats et aux effusions de sang et accueilli l'étranger en votre sein afin que la paix règne dans le pays. Je vous en félicite, et je ne crains pas de prophétiser qu'à dater de ce jour, tant que le Royaume de Mercia prospérera, la Bretagne fera de même. »

Il décréta alors un festin en l'honneur du nouvel accord, et fit même une plaisanterie à ses propres dépens, disant que tout roi qui régalait ses seigneurs de pain et d'eau, au lieu de viande et de bière, était un roi qui s'aventurait dans la tanière d'un lion au péril de sa vie.

C'était une bien pauvre plaisanterie, mais les nobles rirent de bon cœur, car grâce à elle ils comprenaient que la sécheresse éprouvait tout autant, sinon davantage, le Grand Roi qu'eux-mêmes, et qu'il ne s'accordait pas plus de luxe et de confort que n'en possédait le moindre d'entre eux. En vérité, je crois que cela leur fit aimer Arthur et les lia à lui bien plus étroitement que tout ce qu'il aurait pu dire ou faire d'autre. Ils l'aimèrent pour cela, et les offenses de la journée furent oubliées.

Ainsi le conseil prit fin et les nobles se dispersèrent, s'interpellant bruyamment et bavardant ensemble en se dirigeant vers le lieu du festin. « C'était bien joué, Ours, dit Bedwyr en les regardant partir. Tu as remporté la bataille.

— Prions que dure la paix », répondit Arthur. Rhys l'appela alors pour s'occuper d'une autre affaire, et les Cymbrogi partirent eux aussi, nous laissant seuls, Myrddin et moi, près du trône vide.

« Étrange journée, dis-je en suivant les autres du regard.

— Oui, acquiesça Myrddin d'un air absent, bien étrange, en vérité.

— Je craignais que le conseil se termine en affrontement sanglant. Au lieu de cela, il s'achève par un festin entre amis.

— Oh, cela, oui, marmonna Myrddin, qui ne m'écoutait qu'à moitié. Qui l'aurait cru ? »

Puis, sans prendre congé, il tourna simplement les talons. Je le regardai partir et, tandis qu'il s'éloignait à pas lents, je crus l'entendre parler tout seul.

« Elle a choisi Llenlleawg, disait-il d'une voix étrangement tendue. Un choix curieux… mais l'est-il vraiment ? Grande Lumière, qu'est-ce que cela peut bien vouloir dire ? »

VIII

Nous ne nous attardâmes pas un instant de plus que nécessaire dans le Nord. La grande armée se rassembla pour la dernière fois afin que le Pendragon puisse rendre hommage à son indéfectible dévouement et récompenser son sacrifice par des paroles élogieuses... et de l'or étincelant, qu'il préleva sur les richesses de son coffre de guerre. Ensuite, il lui fit ses adieux et, assuré que Mercia vivrait en bons termes avec ses voisins, leva le camp et se mit en route vers le sud. En chemin, les guerriers prirent congé par petits groupes, faisant de notre voyage un long adieu à nos frères d'armes qui retournaient vers leurs demeures et leurs familles. Je crois bien qu'Arthur se fit un devoir d'embrasser chacun et de le renvoyer vers son foyer avec un mot de louange et de gratitude.

Nous parvînmes ainsi dans le Sud en bien plus petit nombre que quand nous en étions partis. Seuls le Vol des Dragons et une poignée de jeunes Cymbrogi entouraient encore le Grand Roi lorsque nous arrivâmes en vue de notre destination, Ynys Avallach, l'île d'Avallach, lieu de paix et havre de repos.

Le grand Tor domine les marais telle une montagne perdue dans les nuages. Au sommet se dresse le palais du Roi Pêcheur, immense édifice ceint de murailles de pierre couleur de miel. On y trouve une grande salle à haute voûte, de vastes écuries, et deux hautes tours qui encadrent une large porte de bois. Une chaussée relie le Tor à la colline voisine, sur laquelle est édifiée l'abbaye. Les champs cultivés par les moines s'étendent à l'est, et au nord s'élève la première d'innombrables buttes vallonnées.

Dans la lumière du couchant, le palais brille comme de l'or au soleil et son image se reflète dans le lac à son pied. En raison de l'habitude qu'il a prise de parcourir les eaux de ce lac dans sa petite barque, Avallach est surnommé le Roi Pêcheur. C'est un roi, assurément, mais il ne ressemble à aucun de ceux que j'aie jamais connus : c'est l'ultime monarque du Peuple des Fées, le dernier de cette gracieuse et élégante race. C'est aussi le père de Charis, mère de Myrddin. Il suffit de les voir tous les deux pour comprendre d'où viennent la stature et la royale prestance du Sage Emrys.

Il ne s'était pas écoulé si longtemps depuis la dernière fois que nous avions vu les douces collines du Sud, et pourtant la région était méconnaissable, car ce que le vent brûlant n'avait pas desséché, la peste l'avait détruit. En vérité, plus nous nous rapprochions de notre destination, plus nous rencontrions de villages désertés… dont beaucoup étaient encore habités lors de notre départ vers le Nord. Chaque jour de sécheresse chassait davantage de gens du pays : certains se réfugiaient dans les forêts, où ils pouvaient chasser et trouver à se nourrir, d'autres quittaient la Bretagne pour des rivages étrangers.

Même Arthur, malgré sa vision pleine d'espoir, contemplait d'un œil désolé les demeures abandonnées. Il parlait peu, mais son air lugubre montrait quel était son état d'esprit. Le roi considérait cela comme une calamité. Bedwyr, son ami le plus proche, essaya de le réconforter. « Ils reviendront, Ours, dit-il. Quand la sécheresse sera finie et que la peste sera oubliée, ils reviendront tous. »

Mais Arthur se contenta de hocher sombrement la tête et répondit : « Je prie pour que tu aies raison. »

Même la vue d'Ynys Avallach et du splendide Tor dressé au-dessus du lac aux eaux placides ne réussit pas à rendre sa bonne humeur au Pendragon. Ce qui avait toujours été une vision agréable, sinon joyeuse, nous apparaissait cette fois comme un lieu désolé, baignant dans une atmosphère funèbre et une lumière incertaine. Myrddin eut beau dire à Arthur qu'il se conduisait comme un enfant de s'affliger ainsi, le roi fit halte, calé sur sa selle, et contempla longuement le Tor solitaire et le palais qui le couronnait.

Finalement, Myrddin se lassa d'attendre et partit seul en avant pour avertir les moines et le Peuple des Fées de notre arrivée. L'accueil que nous reçûmes compensa plus que largement la fin maussade d'un voyage entamé dans la joie. Sachez bien que j'ai déjà rencontré le Peuple des Fées, et plus souvent que la plupart des mortels, mais il me stupéfie toujours : c'est comme si l'esprit ne pouvait conserver bien longtemps le souvenir d'une telle splendeur et le laissait peu à peu s'enfuir. Je ne puis me l'expliquer autrement. Dire que chaque fois que je renouvelle mon amitié avec Avallach et les siens je retombe sous le charme ne serait exprimer que la moitié de la vérité. Grâce à Charis et Avallach, il règne en ce lieu une atmosphère de paix comme il en existe peu en ce monde déchiré par les guerres, Dieu le sait.

Mais peut-être est-ce moi qui, doté d'un cœur froid et borné, ne puis facilement concevoir qu'il existe des endroits tels qu'Ynys Avallach. Hélas, je crains d'avoir tant vu de sang et de conflits que cela m'a corrompu l'âme. Et pourtant, l'espoir est toujours vivant ! Quand j'arrive au Tor, je suis accueilli comme un frère, je me souviens de la beauté oubliée, et je suis rappelé à la poursuite de buts supérieurs.

Il y a là Avallach, très vertueux seigneur, avec sa mine sombre et imposante, être dont la noblesse ne transparaît pas seulement dans ses paroles et dans ses actes, mais aussi dans chacun de ses traits. C'est un roi dont le royaume, comme il est dit, n'est pas de ce monde. Arthur est un homme de belle prestance, mais auprès d'Avallach, même notre bien-aimé Pendragon semble n'être qu'un jouvenceau efflanqué, gauche et disgracieux. Le Roi Pêcheur est grand et sa voix évoque un lointain roulement de tonnerre dans un ciel serein. Quand il sourit, c'est comme si le soleil venait de surgir de derrière un nuage pour illuminer de son éclat une morne route ténébreuse. Myrddin a dit que le seigneur Avallach était le dernier de son espèce, et je le crois. Mais tant qu'il demeure en vie, notre île cernée par les flots n'en est qu'un plus agréable séjour.

Et... il y a Charis : parler d'elle est avilir par des mots ce qu'il vaudrait mieux exprimer en musique. Une mélodie sans paroles, semblable à celles qui s'élèvent de la harpe quand la caresse la main de Myrddin, en serait la meilleure description, je crois, car ce que l'on éprouve à entendre chanter la harpe, lorsque le cœur se défait de sa lassitude pour s'envoler avec la musique, n'est guère différent de ce que l'on ressent à contempler la Dame du Lac. Ce nom lui a été donné par Taliesin, et il exprime bien le chatoyant mystère de son être. Elle est la grâce et la féminité incarnées. Dans chacun de ses gestes, le mot élégance prend tout son sens, et l'entendre parler donne une idée de la façon dont les radieux citoyens des cieux s'adressent à leurs immortels semblables.

Homme aux rudes manières habitué à la brutalité des armes, je sais que mes éloges discréditent l'objet qu'ils voudraient exalter, aussi ne dirai-je rien de plus, sinon ceci : imaginez l'être qui représente pour vous le comble de la douceur et du réconfort, qui incite à la vertu sans reproche tout en ruisselant de beauté, et vous commencerez à entrevoir la merveille qu'est Charis. Je ne suis pas seul de cet avis, sachez-le bien. Je sais de bonne source que les premiers de notre race à contempler Charis tombèrent à genoux pour vénérer cette vision qu'ils crurent envoyée par le ciel. Je ne suis pas convaincu qu'ils aient eu tout à fait tort.

Il y a aussi d'autres Fées, et j'en parlerai quand l'occasion m'en sera donnée, mais je tenais à expliquer ce que je ressentis en revoyant cette race enchanteresse. Comme je l'ai dit, il nous suffit de quelques instants en leur accueillante présence pour que notre mélancolie se dissipe, que notre chagrin disparaisse et que l'anxiété tenace qui s'attachait à nos pas batte en retraite dans son antre humide.

Notre repas dans le palais du Roi Pêcheur, ce soir-là, bien que simple, fut un festin. Nous gagnâmes nos chambres le cœur serein. Les jours suivants furent pour chacun de nous une pure félicité : en ce lieu noble et serein, nous ne tardâmes pas à oublier les peines et les épreuves de l'invasion vandale et à nous sentir l'âme en paix.

Mais je n'ai encore rien dit de Llenlleawg et de l'étrange jeune femme. Cette omission était volontaire : j'attendais de disposer cette pièce à la place qui lui revient. Soyez assurés que la jeune femme muette ne nous quitta pas de tout le chemin. Bizarrement, son silence insolite réussissait à capter l'attention de chacun. J'observais son effet sur les autres quand elle se trouvait à proximité : les yeux se tournaient sans cesse dans sa direction, les pensées vagabondes revenaient toujours vers elle. Bien qu'elle ne sollicitât rien, elle exerçait une influence mystérieuse et sa présence s'imposait parmi nous telle une grande pierre dressée sur une lande désertique.

Pour sa part, elle paraissait heureuse de voyager en notre compagnie, mangeant, dormant, chevauchant, endurant son sort avec patience et bonne grâce, selon toute apparence. Quant à Llenlleawg, nul ne soupçonnait que la situation lui déplût. Il est vrai que le grand Irlandais était peu enclin à se plaindre : il avait une fois combattu toute une journée avec une pointe de lance brisée plantée dans la cuisse et l'on ne s'en était aperçu que deux jours plus tard, quand il s'était évanoui en essayant de retirer lui-même l'éclat de fer.

Il est ainsi… un vrai fils d'Ériu, et qui le connaît un tant soit peu ne peut prétendre savoir ce qu'il est susceptible de dire ou de faire. Au combat, une tornade est plus modérée et une tempête plus sereine que notre Llenlleawg. Il est peut-être morose et indocile comme les vagues toujours changeantes qui cernent son humide patrie, mais je rouerais de coups quiconque irait dire du mal de lui.

Je vous dis cela afin que vous compreniez pourquoi personne ne s'inquiéta de l'Irlandais ou de sa compagne aux cheveux de cire durant notre long voyage vers le sud : Llenlleawg n'éleva pas une protestation, et l'étrange jeune fille demeura tout aussi impassible. Rien dans le comportement de l'un ou de l'autre n'éveilla le moindre soupçon. Même Myrddin, qui est toujours aux aguets des signes les plus subtils, ne trouva aucune raison d'exprimer la moindre inquiétude.

Par conséquent, avant d'arriver en vue du Tor, nul d'entre nous n'avait eu l'occasion de supposer que tout n'allait pas pour le mieux. Llenlleawg, qui aurait pu parler plus tôt, laissa alors échapper qu'il pensait que quelqu'un avait jeté un sort à la jeune femme. Il répondait à une question anodine de Gwenhwyvar, je crois, et il dit : « Tant que je ne la perds pas de vue, et qu'elle ne me perd pas de vue, elle est la résignation même. Mais si je quitte son côté ne serait-ce qu'un instant, elle est prise d'une telle angoisse que j'ai l'impression de commettre une atroce cruauté.

— Je suis désolée », répondit la reine d'un air songeur en tournant les yeux vers l'étrangère, assise toute droite sur son cheval quelques pas plus loin. « À vrai dire, cela m'avait échappé. » Comme si elle avait senti le regard de Gwenhwyvar se poser sur elle, la jeune fille s'agita sur sa selle et tourna le visage vers nous : la reine frissonna et baissa les yeux.

« Comment fais-tu pour dormir ? demanda Bedwyr, qui avait entendu leur conversation.

— Où que je pose la tête, répondit Llenlleawg, elle ne trouve pas le repos tant qu'elle ne s'est pas étendue près de moi.

— Tu veux dire que tu dors avec elle ? demanda Bedwyr, haussant la voix sous l'effet de la surprise.

— Pas plus que tu ne dors avec ta selle, répondit le champion irlandais en foudroyant Bedwyr du regard pour avoir osé poser une telle question.

— T'a-t-elle parlé ? » demanda la reine.

Llenlleawg secoua la tête. « Pas un son n'a franchi ses lèvres.

— J'aurais préféré que tu m'en parles plus tôt, lui reprocha gentiment Gwenhwyvar. Mais puisque nous sommes si près d'Ynys Avallach, je vais te demander d'attendre jusqu'à ce que nous puissions solliciter l'avis de Charis et du saint évêque Elfodd. Je leur fais confiance pour savoir la meilleure conduite à tenir. »

Llenlleawg se tut, et les choses se seraient sans doute passées comme l'avait suggérée Gwenhwyvar, sans l'étrange comportement de la jeune femme. Car plus nous approchions de l'Île de Verre et de l'abbaye, plus elle chevauchait en arrière de nous. Quand nous atteignîmes enfin la chaussée menant au Tor, nous ne la vîmes plus nulle part. La reine eut beau se renseigner, et beaucoup de Cymbrogi se rappeler l'avoir vue, nul ne savait où elle était passée. Apparemment, l'étrange jeune femme avait disparu sous les yeux de tous… et pourtant personne ne l'avait vue partir. C'était comme si elle s'était simplement évanouie dans les airs sans laisser la moindre trace.

Malgré son manque d'enthousiasme pour cette charge, Llenlleawg était confondu d'avoir échoué dans la simple tâche de veiller sur sa protégée. Je le soupçonne d'avoir été si soulagé quand elle avait enfin quitté son côté qu'il avait tout simplement refusé de voir qu'elle avait disparu. Il faut dire que nous étions en vue de notre destination. Qui aurait imaginé que quelqu'un puisse s'égarer alors que la fin du voyage était si proche ?

Llenlleawg partit aussitôt à la recherche de la disparue, et nul ne douta que nous les reverrions tous les deux avant le coucher du soleil. Nous écartâmes donc l'incident de nos esprits et fûmes bientôt pris dans la joie des retrouvailles. Nous étions arrivés à Ynys Avallach, après tout, d'où toutes les pensées malheureuses sont bannies, telles les ombres lugubres du chemin quand la lumière du soleil perce à travers les nuages à la fin du jour.

Je l'avoue, je ne repensai pas à ce qui était arrivé avant le lendemain, quand Myrddin me rappela l'absence de Llenlleawg. J'étais allé admirer les écuries d'Avallach. L'amour du Peuple des Fées pour les chevaux égale presque celui des Irlandais, et il élève des coursiers que même nos cousins d'Eiru pourraient envier. Je parle en homme qui a passé plus de journées en selle que sur ses propres pieds, vous pouvez donc tenir pour assuré que je sais de quoi je parle.

J'étais donc en train de flatter la longue et fine encolure d'une belle jument grise, quand j'entendis un léger bruissement de pas derrière moi. Je me retournai et vis Myrddin. « C'est une pure joie que de les regarder, déclara-t-il, m'ôtant les mots de la bouche. Je suis sûr qu'Avallach serait heureux de t'en laisser monter un si tu le voulais. » Il marqua un temps, me regardant de côté à sa façon si particulière — comme si son regard vous pénétrait le corps pour y scruter votre âme — puis il dit : « Peut-être aimerais-tu prendre celui-ci pour aller à la recherche de Llenlleawg. Il devrait être revenu, à présent, et je ne puis imaginer qu'il se soit égaré.

— Non, acquiesçai-je, c'est impossible. Mais ne t'est-il jamais venu à l'esprit qu'il pourrait avoir décidé de passer une nuit avec une jeune femme ?… à l'abri des regards indiscrets, en quelque sorte. »

Myrddin rejeta nettement mon insinuation. « Penses-tu vraiment qu'il défierait son seigneur et sa reine pour folâtrer dans la forêt avec une jeune fille qu'il a été chargé de protéger ?

— Eh bien, je...

— Il lui est arrivé quelque chose, affirma-t-il, sinon il serait déjà de retour.

— Je prends congé d'Arthur sur le champ », dis-je, et j'allai pour partir. Il m'attrapa par le bras pour me retenir.

« Emmène quelqu'un avec toi. Ceux qui t'accompagnaient quand tu as trouvé la jeune fille... qui étaient-ils ?

— Tallaght et Peredur, répondis-je. Ils sont encore parmi nous. Je vais les chercher.

— Laisse-moi m'en charger, dit Myrddin. Je les fais appeler. Occupe-toi des chevaux. » Il tourna les talons et sortit de l'écurie, s'arrêtant à la porte le temps d'ajouter : « Vite, mon ami : la piste est déjà froide. »

Avec l'aide des palefreniers d'Avallach, j'eus tôt fait de seller trois beaux chevaux. Tallaght et Peredur arrivèrent alors que je serrais la sous-ventrière de la jument grise que je m'étais réservée. Je saluai les deux jeunes guerriers et dis : « Il semblerait que nous allions une nouvelle fois voyager tous les trois ensemble. L'Emrys vous a-t-il expliqué où nous allions ?

— Non, seigneur, répondit Peredur. Il nous a dit de te rejoindre au plus tôt dans les écuries et d'apporter ceci, dit-il en montrant les sacs de provisions qu'ils avaient à la main.

— Fort bien, répondis-je. Voici ce qu'il en est : la jeune fille que nous avions trouvée dans la forêt a disparu avant que nous atteignions Ynys Avallach et Llenlleawg est parti à sa recherche. Il devrait maintenant être rentré. Myrddin nous a chargés de les retrouver... ou au moins de retrouver Llenlleawg.

— Allons-nous monter les chevaux des Fées ? s'enquit Tallaght en contemplant les bêtes d'un air appréciateur.

— Oui, mon garçon. S'il ne vous est pas trop pénible de chevaucher de telles montures.

— Nous sommes tes hommes, seigneur Gwalchavad, s'écria joyeusement Peredur. Nous irons où tu le voudras. »

Sur ces mots, nous sortîmes et traversâmes la cour avant de descendre le sentier sinueux vers les marais. C'était encore le matin et nous croisâmes quelques moines qui travaillaient aux champs derrière l'abbaye. Ils nous saluèrent en nous souhaitant bon voyage et nous donnèrent leur bénédiction.

Comme j'avais assisté au départ de Llenlleawg, je savais où commencer les recherches. Bien que le niveau du lac fût bas en raison de la sécheresse, la terre était encore assez meuble pour garder les empreintes et, effectivement, nous n'eûmes aucune difficulté à reconnaître le dessin caractéristique des sabots d'un cheval de guerre. Arthur avait depuis longtemps adopté la coutume romaine d'ajouter une barre transversale aux fers de ses chevaux, ce qui, quoique coûteux, renforçait considérablement l'efficacité de nos montures, particulièrement sur le champ de bataille. Aucune méprise n'était possible.

La piste se dirigeait vers l'est. Nos chevaux, merveilleuses créatures, nous firent franchir les collines aussi légèrement que des aigrettes de chardon portées par le vent et nous fûmes bientôt hors de vue du Tor. J'appréciais tant la chevauchée que je ne tardai pas à tout oublier de Llenlleawg et de sa dame. Le perçant coup de sifflet de Peredur me ramena brutalement à la réalité. Je fis halte et me retournai pour le voir qui montrait le sud.

« Pardonne-moi, seigneur, dit-il, mais je pense qu'il a quitté le chemin ici. »

J'allai le rejoindre et vis les traces de deux chevaux ferrés qui s'éloignaient vers la droite. Je le félicitai de son regard acéré et avouai que je m'étais laissé trop emporter par le plaisir de la chevauchée pour remarquer que la piste s'écartait du chemin. « Tu nous as évité d'avoir à revenir sur nos pas », lui dis-je, et je lui accordai le privilège de mener les recherches. « Passe devant ! Tallaght et moi, nous te suivrons. »

Je pris donc place derrière mes deux compagnons et nous nous remîmes en route. La piste, comme l'avait remarqué Peredur, bifurquait vers le sud. Une fois franchies les plaines marécageuses, nous nous enfonçâmes dans des collines pelées et des vallées empoussiérées, traversant des villages abandonnés là où, encore tout récemment, nous aurions pu nous attendre à trouver de quoi nous désaltérer.

La fin de la journée nous trouva loin au sud et nous cherchâmes un torrent ou un ruisseau auprès duquel nous pourrions dresser le camp pour la nuit. Les premières étoiles brillaient déjà quand nous découvrîmes enfin un maigre ruisselet où coulait encore un filet d'eau. J'aurais préféré un endroit mieux abrité, sous les arbres, mais je ne voulais pas trop m'écarter de la piste, car il était vraisemblable que, si Llenlleawg était passé par là, il pouvait y avoir campé, lui aussi.

Nous ramassâmes quelques morceaux de bois sec pour faire du feu et sortîmes les provisions des sacs fixés derrière nos selles pour préparer notre repas, après lequel nous nous enroulâmes dans nos manteaux pour contempler les cieux constellés d'étoiles en attendant que le sommeil nous gagne. Je venais juste de fermer les paupières, du moins en avais-je l'impression, quand je fus réveillé par un étrange cri plaintif. J'ouvris les yeux, me levai et écoutai un moment en retenant mon souffle, immobile comme une statue. Le cri, qui évoquait vaguement celui d'un loup hurlant à la lune, provenait d'un peu plus loin au sud.

Je m'écartai des braises rougeoyantes de notre feu pour regarder au loin les collines basses et j'aperçus la lueur tremblotante d'un fanal. Je l'observai un moment et scrutai les alentours du regard pour voir si un autre feu lui répondait, mais je n'en vis aucun. Pas plus que je ne réentendis le geignement. Le signal, s'il s'agissait d'un signal, s'éteignit aussi vite qu'une étincelle, laissant place aux ténèbres. J'attendis, mais la flamme ne réapparut pas, aussi retournai-je me coucher.

Le lendemain matin, après avoir laissé un tas de pierres pour marquer notre piste, nous partîmes à la recherche de l'endroit où avait brillé le signal lumineux, car j'espérais apprendre qui l'avait allumé, et pourquoi. Notre détour nous entraîna plus au sud que je ne l'avais escompté, mais nous trouvâmes l'endroit : un immense lit de cendres encore chaudes, entouré d'une levée de terre pour empêcher le flanc de la colline desséchée de s'embraser. Nous vîmes çà et là des traces de pas, mais très peu ; elles étaient brouillées et non identifiables.

« Ils ont pris soin de ne rien laisser derrière eux, fit remarquer Peredur.

— Qui peut avoir fait cela ? demanda Tallaght. Llenlleawg et la jeune fille ?

— Il vaudrait mieux se demander qui était censé le voir », répondis-je, et je me fis la réflexion que le geignement avait commencé seulement après que le feu fut presque épuisé. « Peut-être ont-ils craint que nous ne voyions pas le signal, alors ils ont attiré notre attention d'une autre façon », suggérai-je à mes compagnons, mais ni l'un ni l'autre ne trouva cela vraisemblable.

« Peut-être n'était-ce qu'un loup, avança Tallaght. L'odeur de la fumée l'a sans doute dérangé. »

J'avais entendu des loups hurler dans la nuit plus souvent que l'un ou l'autre de mes jeunes amis n'avait posé son arrière-train sur une selle, et je savais que ce n'était pas un loup que j'avais entendu. Mais je tins ma langue et en restai là. Comme il n'y avait rien de plus à voir, je retournai à mon cheval, attrapai les rênes et remontai en selle, prêt à reprendre la route. « Le temps presse, criai-je à mes compagnons.

— Un instant, seigneur », répondit Peredur. Je me retournai et le vis accroupi à l'intérieur du cercle de terre, en train de fouiller les restes du feu à l'aide d'un morceau de branche à demi brûlé. Puis il souleva quelque chose du tas de cendres fumantes et me l'apporta. « De quoi penses-tu qu'il s'agisse ? » demanda-t-il en tendant son bâton vers moi.

Je vis qu'il avait trouvé un morceau de drap — une belle étoffe, finement tissée — que les flammes n'avaient pas entièrement consumé. Prenant le bout de tissu entre mes doigts, je le regardai de plus près, et, à ma grande détresse, le reconnus aussitôt.

« Dieu lui vienne en aide, gémis-je d'une voix étranglée. C'est un morceau du manteau de Llenlleawg. »

IX

« Il me faut un enfant… une petite fille, mon amour. Je veux un enfant. »
Loth, il m'en souvient, haussa simplement les épaules. « Aucune difficulté, répondit-il d'un ton léger. Je vais envoyer un de mes hommes au village. Il y a toujours assez de ces morveux, et personne ne piaille trop quand il en manque un.
— Non, dis-je. Pas comme cela. » Prenant le coffret en bois de camphrier sur la table, j'en soulevai le couvercle et plongeai mes doigts dans la fine poudre grise.
« Ce n'est rien. La dernière fois, nous…
— C'est différent, insistai-je calmement. Ce n'est pas comme la dernière fois. »
Le jeune Loth hésita à la lueur vacillante de la chandelle. Beau jeune homme, il était tout le portrait de son père. Je laissai tomber une pincée de poudre grise sur la flamme entre nous. Un nuage de fumée s'éleva et un parfum subtil emplit la pièce. « J'ai besoin d'un enfant, dis-je en posant les mains sur mon ventre. Il faut que ce soit la chair de ma chair, le sang de mon sang. Ce doit être ma fille. »
Je jetai une autre pincée de poudre — un philtre d'obéissance — sur la flamme, refermai le coffret et m'approchai de lui, baissant légèrement la voix. « Et c'est toi qui dois me donner cet enfant, mon aimé.
— Moi ! Mais je…
— Je vais te parler de cette petite fille, veux-tu ? » Le prenant par la taille, je l'attirai à moi. « En grandissant, elle deviendra une sorcière aux pouvoirs exceptionnels et sera appelée le Fléau de Bretagne. Elle détruira ce nigaud de Myrddin et son assommant petit chien, Arthur. Elle dévastera le Royaume de l'Été et préparera la voie pour notre règne, à toi et à moi. Ensemble, nous fonderons une dynastie qui durera mille ans. »
Je me rapprochai tout en continuant à parler. « Viens, mon cher Loth. » Mes mains trouvèrent son bras et je commençai à l'entraîner. « J'ai préparé la chambre pour notre plaisir.

— Mère, je... » commença-t-il, puis il s'interrompit, encore hésitant. « Morgian, c'est...

— Chut, dis-je doucement. Je ne te demande rien que tu n'aies déjà fait avec d'autres femmes. J'ai fait venir un repas et du vin. Nous allons boire et manger, puis, à l'heure entre les heures, tu me donneras ta semence pour faire un enfant. »

Il regarda par la porte l'intérieur de la chambre illuminée de chandelles. « Viens, mon amour, dis-je d'une voix douce comme le miel, enivrante et séductrice, la nuit nous attend. »

« Je refuse de t'écouter parler ainsi, même pour plaisanter, déclara sombrement Tallaght.

— Aussi vrai que je respire, fils, ce n'est pas une plaisanterie. Si ce n'est pas là tout ce qui reste du manteau de notre frère d'armes, je me demande bien de quoi il peut s'agir. »

Tournant à nouveau les yeux vers le tas de cendres, il dit : « Dans ce cas, nous ferions mieux de nous assurer qu'il ne reste ici rien d'autre de lui. »

Ce que nous fîmes. Mais nous eûmes beau sonder les cendres, elles ne révélèrent rien de plus. Pendant ce temps, Peredur à l'œil acéré s'occupait de fouiller les alentours, et ses efforts portèrent leur fruit.

« Venez voir ! cria-t-il pour attirer notre attention. Ils sont passés par ici ! »

Nous hâtant de le rejoindre, nous vîmes les traces de deux personnes — et peut-être d'une troisième — qui s'éloignaient du cercle de terre. Je me penchai pour examiner les marques presque imperceptibles — guère plus que des brins d'herbe couchés et quelques éraflures sur le sol — et m'émerveillai une fois de plus des talents de Peredur. « Fils, dis-je, car il n'était guère plus vieux que cela, où as-tu appris à relever une piste ?

— Mon père s'occupait des terrains de chasse du roi Cadwallo, répondit-il. Je l'ai accompagné dès que j'ai été en âge de monter à cheval.

— Eh bien, mon garçon, il a été bon professeur. » Glissant le morceau de tissu brûlé dans ma ceinture, j'ajoutai : « Je pense qu'il vaut mieux suivre la piste qui nous est donnée. Passe devant. »

Nous reprîmes donc notre route, qui nous entraînait désormais vers le sud-est, laissant peu à peu derrière nous les terres du Pays de l'Été. Je prenais soin de garder en mémoire le chemin, car nous nous aventurions dans une région qui m'était inconnue. M'en remettant à Peredur pour suivre la piste, je m'occupai de surveiller les rochers et les collines environnantes, l'œil aux aguets pour m'assurer que nous n'étions pas observés. En dehors d'un occasionnel corbeau solitaire, je ne vis pas un être vivant.

Mais plus nous nous enfoncions dans cette étrange contrée, plus j'étais certain qu'un danger nous guettait. J'ai assez souvent chevauché à la bataille pour sentir quand un ennemi se terre à proximité en attendant l'occasion d'attaquer par surprise. C'était l'impression qui me gagnait en cet endroit. À un moment, alors que nous descendions une gorge escarpée entre deux à-pic, la peau de ma nuque se mit à me picoter, comme si quelqu'un nous suivait furtivement. La lance à la main, je me retournai brusquement pour voir… le sentier désert, et rien d'autre.

Cela se reproduisit trois fois avant que le soleil n'eût atteint son zénith, et à chaque fois cela me prit au dépourvu. Même s'il n'y a rien de glorieux à l'avouer, la dernière fois, cela me fit perdre mon sang-froid au point de crier à Peredur de s'arrêter au premier cours d'eau, dans l'idée d'abreuver les chevaux et de me calmer. L'occasion ne tarda pas à se présenter, car nous atteignîmes peu après l'embouchure d'une rivière et mîmes pied à terre. La berge, si on pouvait l'appeler ainsi, était constituée de plaques d'ardoise couvertes d'algues rejetées par la mer. Par malchance, la marée était basse, découvrant une étendue de boue aussi vaste qu'un champ de bataille, au milieu de laquelle coulait un mince ruisselet d'eau verdâtre.

Répugnant à faire boire aux chevaux ce liquide saumâtre, nous regardâmes à droite et à gauche pour voir si nous pouvions trouver un meilleur endroit, mais sans succès. L'estuaire s'enfonçait à perte de vue dans les terres sans diminuer de largeur.

« Dieu sait si ce lieu est sinistre, déclara Tallaght en contemplant la plaine de vase qui s'étendait devant nous.

— Nous aurons beau attendre, il n'en deviendra pas plus agréable », répondis-je. Ne voyant rien de mieux à faire que de poursuivre notre route et passer sur l'autre rive, je remontai en selle. « Plus vite nous quitterons cet endroit, mieux je me sentirai. »

Peredur, qui s'était éloigné de quelques centaines de pas vers l'amont, au pied d'escarpements rocheux, revint nous dire : « La piste s'arrête là-bas. Je n'ai pas pu trouver de meilleur endroit pour passer à gué. Ils ont dû traverser à marée haute, sinon nous pourrions voir leurs traces.

— Alors, nous n'avons pas le choix. » Sur ces mots, je pris mes rênes et m'engageai dans le marécage.

C'était une substance répugnante : une épaisse boue noire d'où s'élevait une odeur infecte. La vase fétide aspirait les sabots de nos chevaux et dégageait une puanteur qui assaillait nos narines et nous piquait les yeux. Je poursuivis néanmoins mon chemin, désireux de traverser au plus vite. C'était une erreur.

Car, ayant presque atteint le mince filet d'eau qui coulait paresseusement au milieu du champ de boue, je m'aperçus que ma fière monture s'enfonçait à chaque pas plus profondément. Je fis halte et me retournai pour prévenir ceux qui me suivaient. « N'avancez pas plus loin, criai-je. Il faut trouver un autre passage. »

Sur ce, je repris mes rênes et m'apprêtai à tourner bride. Le cri de Peredur m'arrêta net. « Attends, seigneur ! Ne bouge pas ! »

Jetant un rapide coup d'œil à la ronde, je ne vis rien pour justifier une quelconque inquiétude, et j'étais sur le point de le lui dire, quand Tallaght se joignit à lui. « Seigneur Gwalchavad, cria-t-il d'une voix tendue. Regarde autour de toi ! » Il tendit le bras, montrant la vase.

Je regardai, mais ne pus voir qu'une écume malsaine à la surface de la fange qui miroitait sous un soleil lugubre. Puis, sous mes yeux, toute la surface à l'éclat terne se mit à frémir et à trembler. Je regardai, incrédule, la plaine boueuse s'animer d'une vie léthargique, et l'horreur de ma situation m'apparut soudain. La mer remontait et la masse instable tout entière se soulevait en lentes ondulations : des sables mouvants.

« Demi-tour ! criai-je. Mettez-vous à l'abri ! »

Les deux guerriers tournèrent bride et repartirent péniblement vers la berge. J'allai pour les suivre, mais la jument grise s'était enfoncée encore plus profondément et ne pouvait plus lever les pattes.

Tirant de toutes mes forces sur les rênes, je parvins à la cabrer. Je fis alors pivoter la tête de la créature terrifiée et l'obligeai à se retourner. La jument grise réussit à avancer de deux pas avant de s'enliser à nouveau jusqu'au jarret.

Désespérant de sauver ma monture affolée, je sautai de selle et m'enfonçai aussitôt jusqu'aux genoux dans l'infâme bourbier. Tout autour de moi, la vase à laquelle les courants invisibles conféraient une vie surnaturelle frémissait et se soulevait, mais je serrai les dents et enroulai les rênes autour de ma main, puis j'extirpai péniblement mon pied de la boue et fis un pas.

À demi tourné vers l'arrière, j'encourageai ma monture à avancer, lui parlant d'une voix douce pour la calmer. Les yeux roulant de terreur, la jument grise tenta vaillamment d'avancer, se cabrant et ruant, mais ne réussit qu'à nous faire enfoncer tous les deux davantage. J'essayai de faire un pas et sentis le sol instable se dérober. J'étais à présent enfoncé jusqu'aux hanches et je pouvais sentir l'eau froide qui s'infiltrait dans la vase tourbillonner autour de mes jambes.

Tallaght et Peredur, après avoir atteint la berge, attachèrent leurs montures, ôtèrent leurs manteaux et se hâtèrent de revenir m'aider. Je les vis patauger dans la boue et tentai de les renvoyer, mais ils ne tinrent pas compte de mes avertissements.

« Jette-moi tes rênes ! » cria Tallaght. S'étant approché autant qu'il l'osait, il s'allongea dans la boue et tendit le bras. « Laisse-moi la sortir de là », dit-il. Comme je ne pouvais rien faire de plus pour la malheureuse bête, je lançai mes rênes au jeune guerrier et m'inquiétai de mon propre sort.

De son côté, Peredur, tenant sa lance au-dessus de sa tête, se dirigea vers moi. Se mettant à plat ventre dans le bourbier, il me tendit le fût de son arme. Je me penchai vers lui. L'eau s'engouffra autour de mes cuisses et je m'enfonçai jusqu'à la taille.

Peredur se rapprocha en rampant. « Attrape ! » cria-t-il.

Voyant la lance à portée de main, je levai la jambe droite et la détendis brusquement comme pour sauter. Je ne parvins à faire qu'une embardée, lançant mon corps en avant en une pâle imitation du saut de carpe de cuChullain. Bien que risiblement maladroite, la manœuvre me fit gagner un pouce de terrain. Je sentis mes doigts se refermer autour du fût de la lance de Peredur et m'y accrochai dans une étreinte quc même la Mort n'aurait pu faire lâcher.

Le jeune guerrier, à la seule force de ses bras, me tira vers lui. Je m'extirpai du bourbier et me dégageai dans un bruit de succion, mais je n'allai pas plus loin, et Peredur ne pouvait me tirer davantage sans se faire entraîner avec moi. Je tentai de ramper vers lui, mais au plus léger mouvement la masse visqueuse se mettait à trembler. Je m'immobilisai et recommençai aussitôt à m'enfoncer. « Il nous faudrait une cordc », cria Peredur.

Hélas, nous n'en avions pas, et il le savait bien.

« Un instant, seigneur. » Peredur rampa jusqu'à la terre ferme, où il rejoignit en courant son cheval dont il défit le harnais. Sortant sa dague, il sépara les rênes du mors et les lia ensemble, puis il revint au bord de la flaque de boue et me lança la lanière de cuir. Elle tomba juste hors d'atteinte, il la ramena donc à lui, s'avança de deux pas, se pencha en avant et me la renvoya. La deuxième fois, la courroie passa trop loin de moi, ainsi que la troisième, mais, au quatrième essai, je réussis à l'attraper et l'enroulai autour de mon poignet.

« Tire ! » criai-je, et Peredur, tirant à deux mains, recula lentement. Je craignis tout d'abord que la courroie ne cède, mais c'était du bon cuir et, bien qu'elle se tendît comme une corde de harpe, elle ne se rompit pas. Un pas… un autre… puis il atteignit la rive, y prit pied et me hala de toutes ses forces jusqu'à ce que je glisse sans effort sur le bourbier.

Arrivé sur la berge, je me remis debout. Avec un cri de joie, Peredur lâcha la lanière de cuir et courut vers moi, un large sourire aux lèvres. « Beau travail, mon garçon ! lui dis-je en lui assénant chaleureusement une claque dans le dos. Tu as l'esprit vif. »

Le cri de Tallaght nous rappela à notre tâche : « À l'aide ! Je suis en train de la perdre ! »

Je me retournai pour voir la jument grise enfoncée jusqu'au ventre dans la fange noirâtre, et le jeune guerrier jusqu'aux genoux, mais toujours fermement accroché aux rênes. Nous courûmes, Peredur et moi, à son aide. Dans ma hâte, je marchai sur une plaque d'ardoise et mon pied dérapa. Je tombai en arrière, mais me relevai aussitôt avec une idée.

« Par ici ! criai-je à Peredur. Viens m'aider ! »

Ce disant, je me penchai pour ramasser une brassée d'ardoises, choisissant les plus grandes que je pus trouver. Peredur vit ce que je faisais et se mit à creuser la couche superficielle. Il trouva plusieurs morceaux de belle taille et les porta au bord des sables mouvants.

Après avoir posé une première ardoise sur la vase, il monta dessus et constata qu'elle supportait son poids. « Cela va marcher ! » cria-t-il, et j'entrepris de lui passer d'autres ardoises qu'il déposa les unes à la suite des autres pour former un cheminement vers l'endroit où le pauvre Tallaght était maintenant enlisé jusqu'à la taille.

« Ne t'occupe pas de la jument ! lui dis-je, le cœur brisé à l'idée d'abandonner ma superbe monture.

— Si elle se fait emporter, répondit Tallaght en serrant les dents, nous partons ensemble.

— Cela ne sert à rien, fils, lui criai-je. Lâche-la. Sauve-toi. »

Les vagues invisibles de la marée montante faisaient onduler la surface du bourbier. L'eau commençait à apparaître en un anneau nauséabond autour de la taille du jeune guerrier.

Peredur posa la dernière ardoise à quelques pas de Tallaght. « Frère, dit-il en tendant le bras, la mer monte. Si tu ne prends pas ma main, tu te noies. »

Prenant enfin conscience du danger, Tallaght céda. Avec un grognement, il lâcha les rênes et tendit la main. Peredur tira et le dégagea. Les plaques d'ardoise commençaient à s'enfoncer, mais elles supportèrent néanmoins les deux jeunes gens qui réussirent à regagner la terre ferme.

Nous restâmes là tous trois un moment, essoufflés, à regarder, impuissants, la jument grise qui se débattait en hennissant de terreur. Les deux jeunes gens proposèrent de placer d'autres ardoises et d'y faire grimper l'animal. « Même si la jument y était disposée, répondis-je, tu ne pourrais jamais la hisser dessus. » Observant les sinistres frémissements de la vase, j'ajoutai : « De plus, la marée nous prend de vitesse. Je ne suis pas inconscient au point de risquer nos vies à tous trois dans une vaine entreprise. J'ai bien peur que nous ne devions la laisser emporter par la mer. »

Tallaght me regarda fixement et ouvrit la bouche pour protester, mais Peredur le prit par le bras et lui imposa silence d'un « le seigneur Gwalchavad a raison » sans appel.

J'ai les nerfs aussi solides que quiconque, mais je n'avais pas le cœur à rester regarder se noyer ce superbe animal. « Venez, dis-je à mes compagnons. Nous ne pouvons rien faire de plus. »

Tallaght résista. « Ne vas-tu même pas l'achever d'un coup de lance ? »

Jetant un coup d'œil en arrière, je secouai la tête et tournai les talons pour partir.

« Seigneur, insista-t-il, laisse-moi faire, si tu ne veux pas t'en charger. »

Je fis halte et, même si je n'avais aucun désir de le réprimander, je lui dis le fond de ma pensée. « Mon garçon, un guerrier doit avoir de l'amitié pour sa monture, et tes sentiments t'honorent. Mais nous sommes dans une contrée hostile et nous pourrions bien avoir besoin de nos lances avant peu. Même si nous avions des armes en trop, pour tuer un cheval à cette distance du premier jet de lance, il faudrait un prodigieux coup de chance. Je ne suis pas adroit à ce point, et je ne désire pas voir souffrir cette pauvre bête plus que nécessaire. À la lumière de ces tristes faits, je pense qu'il vaut mieux en rester là. » Tournant de nouveau les talons, j'ajoutai : « Cet endroit me rend malade et je voudrais ne jamais l'avoir vu. »

Peredur attrapa les rênes de sa monture et m'emboîta le pas. Au bout de quelques instants, Tallaght fit de même. Nous nous dirigeâmes vers l'intérieur des terres, escaladant les escarpements qui dominaient l'estuaire, au sommet desquels je fis une brève halte pour jeter un dernier coup d'œil à mon infortunée monture, à présent enlisée jusqu'aux flancs dans la fange meurtrière. Les terribles hennissements de la pauvre créature me fendaient le cœur. Je lui dis tristement adieu et me remis en marche, misérable, puant et trempé de la tête aux pieds. Oh, mon cœur était lourd, mais il n'y avait rien d'autre à faire que de nous traîner plus loin.

Mes deux compagnons s'étaient enfermés dans un silence maussade d'où je tentai de les tirer, mais j'y renonçai au bout d'un moment. Je me sentais aussi accablé qu'eux et, à mesure que la journée avançait, mon appréhension ne faisait que croître.

Je me surpris à me demander quel était le prochain désastre qui nous guettait, car si la calamité peut s'abattre sur n'importe qui à tout moment — particulièrement sur des voyageurs en terre inconnue — dans l'état d'esprit qui était le mien, je tenais notre infortune pour rien de moins que l'assaut d'une puissance hostile qui nous suivait pas à pas depuis que nous avions pénétré dans ce royaume maudit. Il me semblait que les rochers et les collines dénudées conspiraient contre nous, et que même le ciel bas et sombre nous voulait du mal.

Plus tard, tandis que je me réchauffais à notre feu de camp, je me consolai à l'idée que cela aurait pu être pire. Nous aurions pu perdre bien davantage qu'un bon cheval. Et, assurément, si j'avais voyagé seul, je serais mort avec ma monture. Je remerciai donc le Dieu de bonté de la vivacité d'esprit de mes jeunes amis et tins le danger auquel nous avions échappé de si peu pour un avertissement, promettant de me tenir désormais davantage sur mes gardes.

X

La recherche d'un gué praticable nous avait contraints à un large détour. Le temps que nous réussissions à traverser, le soir était tombé sur cette région désolée — pas une obscurité franche, mais une pénombre malsaine et brumeuse qui rendait l'atmosphère lourde et moite.

Nos vêtements étaient sales et trempés, mais nous n'avions pas trouvé d'eau claire pour les laver, aussi étions-nous obligés de nous en accommoder, que cela nous plût ou non. Et si nous avions ramassé assez de branches et de broussailles pour faire un feu, les flammes capricieuses n'arrivaient guère à nous réchauffer. La puanteur de la vase nous avait coupé l'appétit, si bien que nous n'avions pas pris la peine d'essayer de cuire ou de manger quoi que ce soit, nous contentant de quelques gorgées d'eau à l'outre que Tallaght transportait derrière sa selle.

Épuisés et abattus par nos épreuves, nous n'avions aucune envie de bavarder, aussi nous enroulâmes-nous dans nos manteaux pour essayer de dormir. Même le sommeil ne vint pas facilement. Nous n'avions pas plus tôt fermé les yeux que la lune se leva, gibbeuse et jaune, tel un énorme œil funeste dans les cieux. La lumière qu'elle répandait semblait sale, maléfique et pestilentielle... une lune morbide, ainsi que l'appela Peredur, et nous fûmes d'accord avec lui.

Nous passâmes donc une fort mauvaise nuit et nous levâmes mal reposés pour entamer une journée qui s'annonçait malgré tout belle : après notre navrante nuitée, nous saluâmes avec joie le ciel bleu et le brillant soleil. Mais le ciel et le soleil se fondirent rapidement en une morne blancheur d'ossements délavés qui faisait mal aux yeux et donnait la migraine.

Nous redescendîmes le long de l'estuaire, en quête de la piste que nous avions suivie la veille, toujours persuadés que Llenlleawg, et peut-être deux autres personnes, étaient passés par là. Comme je n'avais plus de cheval, nous marchions tour à tour à pied, et parfois Tallaght et Peredur partageaient une monture. La berge rocailleuse et accidentée ralentissait notre progression… que ce soit à cheval ou à pied, nous ne pouvions avancer plus vite. Quand nous finîmes par atteindre l'endroit où nous avions tenté de traverser la veille, nous ne pûmes retrouver la piste.

Malgré la vue perçante et le talent exemplaire de Peredur, nous ne décelâmes pas la moindre trace de ceux que nous suivions. « La vase les a engloutis, je suppose, déclara Peredur, la mine sombre, comme elle a emporté la jument grise. » Montrant l'étendue de boue déserte parcourue de lentes ondulations, il dit : « La jument a disparu, et les flots ont encore faim. »

Je n'avais pas besoin qu'il me rappelle ce désastre : avec ou sans carcasse, je n'étais que trop conscient du sort de la pauvre bête. Perdre un bon cheval est aussi triste que de perdre un bras ou une jambe. Et il n'y a rien à ajouter.

Au bout d'un moment, nous renonçâmes à chercher une trace sur les rocs de la berge et décidâmes de continuer dans la même direction que lorsque nous avions été arrêtés par le bourbier. J'avoue volontiers que cela n'avait pas grand sens : il n'y avait aucune raison de supposer que ceux dont nous suivions la piste avaient réussi à traverser l'estuaire alors que nous en avions été incapables… à moins qu'ils n'aient su où et comment passer à gué, et s'ils l'avaient fait, il nous fut impossible de trouver l'endroit. En fait, nous discutâmes de la question et les jeunes guerriers furent d'avis qu'il valait mieux continuer vers l'aval, car notre gibier pouvait très bien avoir traversé plus loin.

Mais quelque chose m'incitait à me hâter. Je ne suis pas un homme enclin aux coups de tête ou aux brusques illuminations et, en général, je leur prête rarement attention. Mais je fus pris d'un tel sentiment d'urgence que je mis de côté toute raison pour le suivre. Peut-être est-ce parce que je ne suis pas habitué à recevoir ces célestes avertissements, et que mon inexpérience m'avait rendu crédule. Encore une fois, quelque chose qui dépassait l'entendement humain était à l'œuvre, mais j'étais trop aveugle pour en déchiffrer les signes.

Nous montâmes tous les trois au sommet d'une colline voisine afin d'avoir une meilleure vue de la région. Nous fîmes halte pour scruter les environs et constatâmes que nous avions émergé d'une vallée pour nous retrouver sur une vaste lande désertique. En des temps plus heureux, ces mêmes collines désolées auraient pu paraître verdoyantes et agréables, un spectacle accueillant pour l'homme aussi bien que pour les animaux. Mais, au bout d'une ou deux saisons de sécheresse, la vue des innombrables crêtes dénudées se perdant dans le lointain — telles autant de têtes desséchées par les vents — ne faisait rien pour réconforter un cœur ployant déjà sous le fardeau de l'implacable tristesse engendrée par ce lieu aride.

Les quelques arbres qui y poussaient étaient de pauvres choses contournées, tordues en d'étranges formes par les vents marins. Car, oui, j'avais maintenant déterminé que nous voyagions dans le Llyonesse... une longue et étroite péninsule vomie par deux mers querelleuses pour séparer et calmer leurs natures contraires : la mer d'Eiru sur notre droite et Muir Nicht sur notre gauche. Depuis longtemps réputé être une contrée inhospitalière, c'est un lieu étrange, un royaume davantage fait pour les âmes errantes et les bêtes sauvages que pour les honnêtes hommes. Et, oui, je me rappelle : c'est aussi le champ de bataille sur lequel Myrddin affronta la perverse Morgian en un combat à mort.

Car sachez que la disparition de Pelléas, le serviteur et ami de l'Emrys, ne fut qu'une des infortunes découlant de ce combat désespéré. Une autre fut l'exil de mon frère jumeau, Gwalcmai. Il me manque énormément, car, avant ce funeste jour, mon frère et moi nous étions rarement perdus de vue plus d'une journée.

Pendant qu'Arthur et les Cymbrogi croisaient le fer dans le Nord avec les Saecsens, Myrddin, averti par des signes et des présages, était parti seul affronter la Reine de l'Air et de l'Ombre. Comme il ne revenait pas, Gwalcmai s'était mis en route avec Bedwyr pour découvrir ce qui lui était arrivé. Tous deux avaient trouvé le Sage Emrys aveugle et couvert de sang dans le Llyonesse. Hélas ! on n'avait jamais revu Pelléas, qui s'était lancé avant eux à sa recherche, et Gwalcmai, accablé de honte et de remords, s'était exilé. Ou, comme disait Myrddin : « En homme véritable qu'il était, Gwalcmai n'avait plus supporté son lignage corrompu et était parti à la recherche de la rédemption. »

Son lignage corrompu ! En vérité, Morgian ne m'est aucunement apparentée. Pour être franc, cette affaire me met tout aussi mal à l'aise aujourd'hui que quand j'en ai entendu parler pour la première fois. Laisser Gwalcmai s'en aller ainsi, combien noble fût son dessein, m'a toujours paru peu judicieux. Si j'avais été là, vous pouvez croire que j'aurais eu un mot ou deux à dire. Mais je n'y étais pas et on ne peut plus rien y faire… sinon prier que nous soyons réunis un jour, ce que je fais, et attendre ces heureuses retrouvailles.

J'avais donc cela à l'esprit tandis que nous cheminions lentement parmi les collines désertes. Je contemplais l'horizon lugubre tout en écaillant les croûtes de boue séchée sur ma tunique et mon pantalon. Après une assez longue chevauchée, nous parvînmes devant le lit envahi de ronces d'un petit torrent qui serpentait au fond d'une étroite gorge. Bien qu'il fût réduit à un mince ruisselet, l'eau en était claire, de sorte que nous fîmes halte pour abreuver nos chevaux et remplir les outres. Puis nous nous lavâmes de notre mieux, nous et nos vêtements, et nous assîmes pour nous reposer et manger un morceau de pain dur. Quand nos vêtements furent à peu près secs, nous reprîmes notre route jusqu'à ce que la lumière commence à décliner et que la nuit nous enveloppe petit à petit.

Au coucher du soleil, un crépuscule fuligineux s'étendit sur le pays. Découragés par cette longue et vaine journée, nous fîmes halte pour dresser le camp dans un creux du terrain. Tandis que Tallaght s'occupait des chevaux, Peredur s'évertuait à faire un feu. Le bois était pourri, incroyablement humide, et il produisait plus de fumée que de chaleur. Pendant qu'ils se chargeaient de ces tâches, je montai au sommet de la colline voisine pour voir ce que l'on pouvait apprendre du ciel nocturne.

Le halo qui avait voilé toute la journée l'azur persistait encore, s'épaississant à mesure que le jour déclinait, comme pour masquer la lumière des étoiles. Un vent du sud-ouest gémissait lugubrement sur les collines dénudées et faisait s'entrechoquer les rares branches des arbres rabougris d'une manière qui évoquait des claquements de dents. Il éclate souvent des orages par de telles nuits, mais il n'y avait pas le moindre signe de pluie dans l'air et le vent avait un goût de sel marin.

Je ne me sentis pas plus encouragé quand Peredur me cria qu'il pensait avoir trouvé une source au flanc de la colline. J'abandonnai mon observation pour descendre voir cette nouvelle découverte, espérant que nous aurions enfin un peu d'eau fraîche à boire. J'aurais dû deviner que mes espoirs, comme tout le reste dans cette lugubre région, mourraient sans rémission. Peredur eut beau creuser le flanc de la colline à mains nues et en retirer plusieurs pierres, la source ne demeura rien de plus qu'un maigre filet d'eau suintant du sol.

Je me désintéressai de la source et dis : « Même si son débit était dix fois plus fort, cela ne suffirait pas pour les chevaux. »

Peredur insista pourtant et recueillit assez d'eau pour nous trois dans un récipient. Comme c'était lui qui l'avait découverte, nous lui accordâmes la première gorgée… qui fut aussi la dernière : l'eau avait un goût d'œuf pourri.

« Bah ! » Il recracha, s'essuyant la langue avec sa manche pour ôter le mauvais goût de sa bouche.

Tallaght éclata de rire en voyant sa grimace, ce qui lui attira des invectives acerbes de son cousin. Tallaght répondit par des injures, sur quoi Peredur s'offensa de l'affront. Si je n'avais pas été là, il ne fait pas de doute qu'ils en seraient venus aux mains.

« Assez ! leur dis-je sévèrement. Ce n'est rien. Oubliez tout cela. »

Ils se dévisagèrent rageusement et se tournèrent le dos pour ruminer des griefs imaginaires le reste de la soirée. Je n'étais que trop soulagé de laisser la nuit apaiser nos nerfs à vif, mais il ne devait rien en être.

Quand le soleil eut disparu, les rafales de vent se firent plus fortes, soufflant de l'est, faisant tourbillonner autour de notre refuge la poussière des collines. Je nourris au début l'espoir de parvenir à l'oublier, mais le tonnerre qui grondait au loin chassa toute idée de sommeil. Enroulé dans mon manteau, j'écoutais l'orage de chaleur et eus l'impression d'entendre une cloche, comme celles dont se servent les moines pour appeler leurs frères à la prière.

Il me sembla que le bruit, lent et régulier, devenait de plus en plus fort. Je me levai et escaladai la pente pour jeter un coup d'œil aux alentours et, dans l'obscurité, je me heurtai à Peredur, qui s'était levé dans la même intention. Sursautant, il pivota brusquement vers moi et me frappa du poing avant que je ne réussisse à le convaincre qu'il n'était pas l'objet d'une attaque.

« Paix, mon garçon. C'est moi, Gwalchavad.

— Pardonne-moi, seigneur, dit-il, soulagé. Je ne savais pas que tu étais réveillé.

— La cloche m'a tiré du sommeil », répondis-je. Le jeune guerrier eut l'air si déconcerté par cette simple déclaration, que j'ajoutai, l'entendant à nouveau retentir : « La cloche des moines… là.

— En vérité, dit-il en secouant la tête, ce sont les chants qui m'ont réveillé. Je n'ai entendu aucune cloche. »

Je le regardai fixement, essayant de distinguer son visage dans l'obscurité. « Des chants ? »

Aussi étrange que cela puisse paraître, à l'instant même où je disais cela, j'entendis des voix qui s'élevaient en une lente psalmodie. Peut-être avais-je eu l'esprit trop occupé par la cloche pour l'avoir remarqué, mais je n'avais pas entendu ce bruit jusque-là. Néanmoins Peredur soutenait que c'étaient les chants qui l'avaient réveillé, et maintenant qu'il en avait parlé, je les entendais aussi.

Tandis que nous bavardions, debout dans la nuit venteuse, la lune se dégagea des nuages bas et répandit une pâle lumière aqueuse sur le paysage désolé. La cloche retentit et les chants redoublèrent d'intensité. Je me tournai en direction du bruit, mais je ne vis rien, aussi dirigeai-je mon regard ailleurs.

« Ils sont là, souffla Peredur en rapprochant sa tête de la mienne. J'en compte huit.

— Où ? » Je scrutai les ténèbres au clair de lune pour essayer d'entrevoir ce qu'il avait vu, mais je ne distinguai rien.

« Là-bas ! » répondit Peredur. Posant une main sur mon épaule, il me fit pivoter dans la direction où il était tourné… celle-là même dans laquelle je venais de regarder. Et je vis l'éclat tremblotant de huit lumières qui brillaient au sommet d'une colline. Sur mon honneur, je jure qu'elles n'y étaient pas un instant plus tôt. Mais elles étaient là, se balançant doucement le long de la crête : des torches, brandies par des mains invisibles, qui se rapprochaient lentement au son des chants accompagnés du tintement paresseux d'une cloche.

« Une bien mauvaise nuit, je pense, pour voyager dans cette contrée, fis-je remarquer.

— Qui peuvent-ils être ? » se demanda Peredur, puis il suggéra que nous prenions nos armes pour aller voir.

« Non, répondis-je, ils se dirigent par ici. Nous allons les attendre. »

Nous demeurâmes donc sur place et aperçûmes bientôt le reflet indistinct de visages à la lueur des torches fumantes. Ils se rapprochaient, disparaissant brièvement à la vue quand ils s'enfonçaient dans une vallée… pour réapparaître un peu plus près. Ils étaient maintenant assez proches pour que nous puissions voir qu'ils étaient neuf : huit porteurs de torches menés par un autre, qui tenait la cloche… des moines, comme je l'avais supposé, vêtus de longues robes qui se gonflaient au vent. Ils chantaient en latin avec une telle concentration qu'ils ne semblaient pas nous avoir remarqués : si j'avais été à leur place, je ne me serais assurément pas attendu à rencontrer d'autres voyageurs par une telle nuit.

Ils approchaient, robes claquant au vent, leurs pieds glissant lentement sur le sol, vacillantes silhouettes à la lueur dansante des torches. La poussière soulevée par les violentes rafales les enrobait d'un voile crasseux, si bien qu'ils semblaient flotter sur des nuages malpropres. Quand je jugeai qu'ils étaient assez près, je sortis de l'ombre, les mains levées pour montrer que je n'avais pas d'armes.

« La paix soit sur vous, bons frères », dis-je d'une voix forte pour me faire entendre parmi les hurlements du vent.

Il n'était pas dans mes intentions de les effrayer, mais on peut s'attendre à ce qu'un étranger surgissant brusquement des ténèbres par une nuit de tempête vous fasse battre le cœur plus vite. Bizarrement, la colonne fit simplement halte, cessant au même instant de chanter, comme si les moines n'étaient pas surpris par ma soudaine apparition.

« Je vous présente mes salutations », criai-je en m'avançant plus près. Ils se tournèrent vers moi et je vis alors que leurs visages étaient enveloppés dans des bandes de tissu comme celles dont on se sert pour panser les blessés.

Aucun d'entre eux ne dit un mot. Le grésillement des torches et le gémissement du vent étaient les seuls bruits audibles. Nous nous dévisagions en silence — Peredur et moi d'un côté, les neuf moines au visage emmailloté de l'autre.

« Que faites-vous ici par une telle nuit ? » finis-je par demander.

Le premier moine, celui qui portait la cloche, daigna répondre. « Nous allons vénérer notre seigneur, entonna-t-il. L'heure de notre délivrance est proche.

— Nous avons beaucoup chevauché aujourd'hui, mais nous n'avons pas vu d'église ou de chapelle dans les environs, lui dis-je. Où est votre abbaye ?

— Notre temple se trouve sous les collines caverneuses, dit-il d'une voix qui roulait comme un sourd et lointain grondement de tonnerre.

— Nous sommes disciples du Christ, nous aussi, et nous avons dressé le camp non loin d'ici, dis-je. Vous êtes les bienvenus auprès de notre feu.

— Le Christ ! cracha le moine dans une soudaine flambée de colère. Nous ne le connaissons pas. »

Interloqué par cette réaction, je demandai : « Qui donc adorez-vous ?

— Mithra ! » proclama-t-il d'un air triomphant, et les autres moines murmurèrent ce nom en signe d'approbation.

Si cette flèche avait été lâchée pour me blesser, j'avoue qu'elle rata largement sa cible. Car sa révélation m'avait tellement surpris que je me contentai de le regarder bouche bée. « Mithra ! Ce vieux tueur de taureaux a quitté la Bretagne avec les Romains », répondis-je... ainsi que me l'avaient rapporté l'évêque Tudno, Iltyd et Elfodd, tous hommes saints et instruits.

« Mithra est vivant ! » déclara l'homme à la cloche.

Ce disant, il leva la main vers son visage et écarta ses bandelettes comme s'il s'était agi d'un voile.

Je contemplai une face ravagée par la maladie : les joues et le nez du malheureux étaient entièrement rongés, son menton était à vif, ses lèvres deux chancres noircis, et sur son front l'os livide miroitait sous la peau couverte de croûtes. Il n'y avait pas un pouce de chair saine où que ce fût sur ce visage, car ce qui n'était pas pourri était aussi sec et craquelé que la terre assoiffée sous nos pieds.

Peredur hoqueta. « Des lépreux ! »

Ignorant les mauvaises manières du jeune homme, je refoulai ma terreur et grimaçai ce qui se voulait un sourire de bienvenue. « Je vous ai offert l'hospitalité de notre feu, leur dis-je. Je ne la reprends pas.

— Imbéciles ! dit le lépreux dans un murmure grinçant. Vous vous trouvez sur le sol sacré de Mithra. »

Une rafale de vent écarta son manteau et, dans la lumière incertaine, j'entrevis l'éclat terne d'une très vieille cuirasse. Une spathe à poignée de bronze pendait à sa hanche et, sur son épaule, il portait une broche où étaient gravés l'image d'une louve et les mots : « Legio XXII Augustus ».

« Gloire à Mithra ! siffla le lépreux. À genoux ! »

Ces paroles m'effrayèrent tant que je fis le signe de la croix — ainsi que procèdent les bons frères aux heures d'épreuve, quand ils cherchent le réconfort de la Céleste Présence — un réflexe instinctif, rien de plus, mais le résultat fut stupéfiant.

Instantanément, un éclair de chaleur déchira le firmament. Une clarté éblouissante embrasa les cieux et le tonnerre gronda. Je me cachai les yeux de la main. Quand j'osai regarder de nouveau, Peredur et moi étions debout au sommet de la colline, le vent faisant claquer nos manteaux autour de nos jambes tremblantes. Nous étions seuls. Les neuf lépreux avaient disparu, ne laissant rien derrière eux, sinon une puanteur de soufre brûlé.

XI

Le tonnerre éclata au-dessus de nos têtes comme si le ciel lui-même allait se fracasser à terre. Je sentis Peredur se serrer contre moi. « Il y a là quelque diablerie à l'œuvre, dis-je d'une voix que j'essayai de raffermir. Viens, nous allons monter la garde jusqu'au matin. »

Retournant vers notre pitoyable feu, nous y entassâmes notre petite réserve de branchages pour ranimer les flammes, puis nous nous blottîmes près de lui pour attendre que se termine la longue nuit de tempête. Tallaght continuait de dormir imperturbablement.

Quand une aube blafarde parut enfin sur la lande, je me levai et remontai au sommet de la colline pour chercher des traces de ce qui s'était passé durant la nuit, mais le vent avait bien fait son travail et tout effacé. J'aperçus toutefois un petit panache de fumée s'élevant un peu plus au sud. Après avoir réveillé Tallaght, nous sellâmes les chevaux et nous mîmes en route le plus vite possible dans sa direction.

L'atteindre nous prit plus longtemps que je ne l'avais imaginé et, à notre arrivée, nous trouvâmes le campement abandonné : seules restaient les cendres fumantes d'un feu. Une fois encore, Peredur montra son talent. Nous interdisant de mettre pied à terre, il fit le tour du camp, les yeux baissés, s'accroupissant de temps à autre, cherchant de-ci de-là des traces qu'il était seul capable de voir.

« Ils sont quatre, nous annonça-t-il brusquement. Ils se déplacent à cheval et…

— De quel côté sont-ils allés ? demanda Tallaght.

— En partant d'ici, répondit Peredur, ils se sont dirigés vers le sud. Mais…

— Quatre, as-tu dit ? l'interrompit Tallaght. Où gardaient-ils leurs chevaux ? Je ne vois pas…

— Tallaght ! dis-je sèchement. Laisse-le parler. » À Peredur, je demandai : « Que peux-tu nous dire d'autre ?

— Llenlleawg est avec eux, répondit-il. Un seul de leurs chevaux porte des fers à barre transversale. »

Tallaght, parcourant du regard le camp abandonné, protesta : « S'ils étaient si nombreux, il ne reste guère de traces de leur passage. Je regarde, mais je n'en vois aucune.

— Tu n'es pas censé les voir, répondit Peredur d'un ton hautain. Ils se sont donné du mal pour les effacer.

— Oh, maintenant tu regardes l'invisible et tu dis ce qui te passe par la tête », persifla Tallaght.

Offensé par cette insulte à ses talents, Peredur répliqua : « Peut-être que, si tu n'étais pas si aveuglé par la haute opinion que tu te fais de toi, tu pourrais…

— Arrêtez ! m'écriai-je, exaspéré et légèrement troublé par leur comportement agressif. Qu'est-ce qui te prend, Tallaght ? Et toi, Peredur, cela ne te ressemble pas.

— C'est lui qui a commencé », geignit Peredur.

Tallaght répliqua : « Menteur ! J'ai simplement dit que…

— Assez ! » hurlai-je. Tous deux me dévisagèrent dans un silence maussade, tels deux enfants trop vite grandis réprimandés par un adulte. « Écoutez-vous donc… en train de vous chamailler comme deux petits morveux ! Je ne veux pas de cela. » Je les foudroyai du regard, puis, m'adressant à Peredur, je dis : « Passe devant. Nous monterons à tour de rôle sur les chevaux, comme avant.

— Je préfère aller à pied, marmonna Peredur entre ses dents.

— Fort bien, répondis-je. Dans ce cas, tu prendras le premier tour. Allons-y, maintenant. »

Tallaght se permit un sourire aux dépens de Peredur, si bien que je me retournai contre lui. « Et toi, mon ami, tu peux fouiller les cendres et nous dire depuis combien de temps ils sont partis. »

Le jeune guerrier ouvrit la bouche pour protester, puis la referma en voyant mon expression. Mettant pied à terre, il se pencha au-dessus du feu de camp et se mit à disperser les braises éteintes. Avec un soupir, il s'accroupit et en prit quelques-unes dans sa main, les palpa, les rejeta et posa la main à plat sur le lit de cendres encore chaudes. « Je dirais qu'ils sont partis à l'aube », conclut-il. Il se releva en s'essuyant les mains sur ses braies et ajouta d'un ton provocant : « À moins que quelqu'un ne désire me contredire.

— Personne ne te contredit, Tallaght », dis-je, de plus en plus las de cette attitude revêche. J'adressai un signe de tête à Peredur et nous nous remîmes en route.

Je m'interrogeai sur les changements survenus chez les deux jeunes guerriers. Ils s'étaient jusque-là comportés en bons amis, prompts à l'éloge et peu enclins à la colère. Et voilà soudain qu'ils se montraient aussi querelleurs que des chats qui se disputent la domination du tas de fumier. J'attribuai ce changement à l'inquiétude et aux rigueurs du voyage, et j'en restai là. N'importe qui d'aussi fatigué et mal nourri que nous l'étions se serait montré irritable. Je décidai malgré tout qu'il valait mieux les tenir séparés en attendant qu'ils retrouvent leur bonne humeur.

La piste nous entraînait droit vers le sud. Le soleil brillait de tous ses feux mais, comme la veille, il était voilé d'une brume de chaleur d'un blanc éblouissant. Nous avançâmes à marche forcée toute la matinée, ne nous arrêtant que pour changer de cavaliers. Un peu après midi, Peredur nous guida jusqu'à un petit lac aux eaux boueuses, légèrement à l'écart de la piste. Nous ne pûmes nous résoudre à y boire, mais les chevaux étaient assez assoiffés pour ne pas rechigner. Ce fut pendant que nous attendions qu'ils aient bu leur content que nous remarquâmes la fumée.

En fait, je l'avais sentie depuis déjà un petit moment quand Peredur attira mon attention sur son odeur, mais, comme ma nuit à veiller près du feu m'avait laissé avec un manteau qui puait la fumée refroidie, je n'y avais pas pris garde. « Nous sentons tous le feu de bois, répondis-je.

— Non, dit-il avec insistance, cela sent différemment. » Levant le nez, il tourna lentement en rond, puis il s'arrêta et tendit le bras. « Cela vient de là-bas », dit-il.

Nous nous remîmes en marche, suivant l'odeur de la fumée qui se faisait plus forte à chaque pas. Nous parvînmes bientôt en haut d'une crête. J'ordonnai alors à mes compagnons de descendre de cheval et nous rampâmes prudemment jusqu'au sommet pour observer le terrain. Au loin sur la droite, j'aperçus les reflets gris-vert de la mer, plate et scintillant comme une enclume sous le marteau éblouissant du soleil. Sur la gauche, la colline redescendait par épaulements rocheux successifs vers le fond d'une vallée jonchée d'éboulis. Et là, droit devant, une épaisse colonne de fumée noire s'élevait vers les cieux avant d'être dispersée par le vent.

Le feu d'où elle provenait demeurait caché par une petite colline. Faisant signe aux autres de me suivre, je descendis pour regarder de plus près, mes compagnons guidant les chevaux. En atteignant le fond de la vallée, nous découvrîmes les empreintes de quatre chevaux — un muni de fers à barre transversale, les trois autres non ferrés — dans le lit d'un torrent à sec. Je n'avais pas besoin du regard acéré de Peredur pour voir que les cavaliers avaient traversé le lit à sec, gravi le versant opposé et qu'ils campaient maintenant derrière la colline.

Plutôt que de nous précipiter tête baissée au milieu d'un campement inconnu, j'estimai qu'il valait mieux voir quelle sorte d'hommes nous avions suivis. « Reste auprès des chevaux », dis-je à Tallaght et, demandant à Peredur de m'accompagner, je me rendis rapidement au sommet de la colline où, allongé à plat ventre, je regardai par-dessus la crête dans la vallée suivante. Ce que je vis me stupéfia.

Un tertre entouré de fossés occupait tout le fond de la vallée, formant l'assise d'une vaste forteresse de pierre. Les Romains construisaient parfois en pierre, mais la citadelle que j'avais sous les yeux ne ressemblait en rien à celles que les légions avaient jadis édifiées, sauf sur un point : elle aussi était en ruine. Ses énormes pierres gisaient en tas, les restes de ses hautes murailles emplissant les fossés. La carcasse éventrée de ce qui avait dû être une magnifique tour se dressait au-dessus des portes, un arbre poussant en son milieu. Les vestiges d'une centaine de logements gisaient dans le plus grand désordre à l'intérieur des murailles et, si la grande salle avait perdu son toit, plusieurs énormes poutres s'élançaient au-dessus de l'espace qu'elle avait occupé et deux de ses murs étaient intacts.

Juste au sud de la forteresse se trouvaient les restes flétris d'une grande forêt : rangée après rangée, des arbres d'un âge immémorial se dressaient, secs et dénudés, leurs troncs noircis et leurs branches tordues témoignant de leurs tourments, tandis que d'autres étaient entassés les uns sur les autres, tels de rudes guerriers tombés au combat.

Je pensai tout d'abord que la fumée devait provenir de la forêt, mais un examen plus attentif me révéla qu'elle montait de l'âtre immense au centre du palais en ruine.

« À la vérité, dit Peredur d'une voix chargée de crainte, ce sont des géants qui doivent avoir construit cet endroit.

— Peut-être, dis-je. Et seraient-ce aussi des géants qui ont allumé ce feu ? »

Peredur, après m'avoir jeté un coup d'œil pour voir si je me moquais de lui, déglutit et répondit : « Je n'en aperçois aucun.

— Dans ce cas, descendons », répliquai-je, puis je lui ordonnai d'aller dire à Tallaght de laisser les chevaux et de revenir avec lui protéger mes arrières.

L'œil et l'oreille aux aguets, je me laissai glisser le long du versant de la colline et me dirigeai lentement vers les portes délabrées qui béaient telle une bouche édentée au centre de la muraille écroulée. Là, je fis halte et attendis de voir Tallaght et Peredur derrière moi, puis je m'engageai dans l'ouverture. En entrant dans la cour, j'escaladai les gravats et faillis glisser dans un puits. Je regardai à l'intérieur et vis mon reflet qui me rendait mon regard, car si les parois du puits s'étaient éboulées, il y avait toujours de l'eau au fond.

C'était la première eau claire que j'avais vue depuis des jours et ma première pensée fut de boire... avant que la prudence me convainque qu'il valait mieux attendre de pouvoir la goûter dans les règles. « Il y a de l'eau », dis-je à mes deux compagnons, puis je leur conseillai : « Mais je préfère ne pas y toucher pour le moment. »

Je repris ma route vers la grande salle. Je voyais çà et là un rayon de soleil se refléter au passage parmi les décombres. Écartant les débris, je trouvai des morceaux de verre brisé enfoncés dans le sol. Du vrai verre. Plus je regardais, plus j'en trouvais. Il y en avait partout sous mes pieds ! Même les Romains, qui usaient à profusion de ce précieux matériau, n'en étaient pas aussi prodigues.

La grande salle éventrée se dressait devant moi, une épaisse fumée noire s'élevant au-dessus de ses deux murs intacts. Je ne voyais personne, ni aucun signe que quiconque eût mis le pied, encore moins allumé un feu, en cet endroit depuis des centaines d'années. Prudemment, précautionneusement, je m'avançai dans sa direction, puis je me glissai le long du mur. Arrivé au coin, le dos collé au mur, je jetai un coup d'œil dans ce qui avait été la cheminée du palais. Et là je vis un étrange spectacle : une énorme cage de fer, ronde avec un toit pointu, telle une maison des temps anciens.

Tout autour de cette maison de fer, des broussailles et des branchages avaient été entassés et enflammés. Comme il y avait plus de fumée que les seules flammes n'en auraient pu produire, je supposai qu'on avait répandu de l'huile pour aider à faire prendre le feu. Celui qui avait allumé le brasier était parti : il n'y avait personne en vue. Je fis signe à mes deux compagnons de me rejoindre et j'étais sur le point de leur crier que notre gibier nous avait à nouveau échappé, quand j'entendis un gémissement.

Sachez que j'ai assez souvent entendu les plaintes des blessés sur le champ de bataille après un carnage, et il ne faisait aucun doute dans mon esprit que c'était ce que je venais d'entendre, clairement et distinctement.

« Par ici ! appelai-je. Il y a un blessé ! » Je m'élançai en courant vers la maison de fer et regardai à l'intérieur.

Llenlleawg gisait sur le flanc, roulé en boule. Sa tête n'était plus qu'une masse sanglante et il avait les yeux clos. Je l'appelai, mais je ne pus le réveiller.

« C'est Llenlleawg ! criai-je aux autres. Vite ! »

Regrettant amèrement de ne rien avoir pour chercher de l'eau au puits, je me jetai sur la plus proche des poutres tombées à terre. Tallagh et Peredur accoururent à mon aide pour soulever l'antique pièce de bois. C'était du bon chêne, encore robuste, et, quoique brisé en son milieu, assez long pour ce que je voulais en faire. Traînant la poutre jusqu'à la cage, je m'en servis pour écarter les broussailles enflammées.

Peredur arriva le premier et joignit ses forces aux miennes. Une douzaine de battements de cœur plus tard, nous avions dégagé un chemin jusqu'à la maison de fer.

« Va chercher une autre poutre ! » criai-je à Tallaght, qui revint en portant l'autre moitié de celle que j'avais trouvée. Peredur vit mes intentions et, avant que je n'aie pu en donner l'ordre, il courut chercher une pierre, la prit dans ses bras et la porta jusqu'au chemin que nous avions dégagé. Là, il la jeta à terre et nous avançâmes avec nos morceaux de poutre pour les glisser entre les barreaux du bas, puis, nous servant de la pierre comme point d'appui, nous soulevâmes la cage de terre.

Hélas, celle-ci était lourde et la pierre n'était pas assez haute pour nous permettre de la soulever davantage. Mais, pendant que Tallaght et moi pesions de toutes nos forces sur nos leviers, Peredur bondit vers l'ouverture, creusant la terre à mains nues pour ménager de quoi laisser passer un homme.

Rampant sur le dos, le visage à un cheveu du métal brûlant, Peredur se glissa sous les barreaux et entra dans la cage. Après s'être remis debout, il courut auprès de Llenlleawg et tenta de le ranimer. N'y parvenant pas, il attrapa l'Irlandais sous les bras et se mit à le traîner vers l'ouverture.

« Vite ! grogna Tallaght entre ses dents. Je lâche prise ! »

La fumée nous piquait les yeux et nous brûlait les narines, mais nous demeurâmes arc-boutés sur nos poutres pendant que Peredur traînait l'Irlandais évanoui vers le trou qu'il avait creusé. Puis, plongeant sous le fer brûlant, il se mit à plat ventre et tendit le bras vers Llenlleawg.

« Pour l'amour de Dieu, grogna Tallaght, les tendons saillant sur son cou. Vite ! Je n'en peux plus !

— Tiens bon, mon garçon, lui dis-je sévèrement. C'est presque terminé.

— Agh ! » s'exclama Tallaght, le visage cramoisi, les yeux fermés sous l'effort. Ses épaules tremblaient.

« Courage, lui dis-je. Encore un petit moment. »

Pendant ce temps-là, Peredur avait réussi à tirer à demi le champion irlandais au-dehors. Mais son corps était coincé et le jeune guerrier ne parvenait pas à le dégager. « Il est bloqué, cria Peredur. Levez la cage plus haut !

— Seigneur Christ... implora Tallaght, pitié !

— Debout ! dis-je à Peredur. Attrape-le sous les bras. »

Se relevant, le jeune guerrier saisit Llenlleawg sous les bras et tira de toutes ses forces. Le corps inconscient bougea un peu, puis s'immobilisa. Tallaght geignit.

« Vite ! » grognai-je, sentant mes propres forces commencer à m'abandonner.

Voyant qu'il n'y avait rien à faire, Peredur leva un pied qu'il posa contre le métal chauffé à blanc. Tous les muscles bandés, il rejeta la tête en arrière et, d'un puissant effort, souleva Llenlleawg et le tira par l'ouverture. Au même instant, ses forces abandonnèrent Tallaght, et il s'évanouit. La brusque surcharge fit voler les poutres dans les airs et je fus projeté sur le flanc tandis que la cage de fer retombait bruyamment.

Llenlleawg était sauvé. Peredur, à demi écroulé sur lui, haletait de son effort. Je courus auprès d'eux. « Beau travail ! m'écriai-je. Vite, aide-moi à l'écarter des flammes. »

Ensemble, nous traînâmes le champion inconscient à l'écart de ce qui avait failli être sa tombe. Nous trouvâmes un endroit dégagé au pied d'un des murs encore debout et je les y laissai tous deux pour retourner près de Tallaght.

Je le tirai loin du feu, remarquant que les flammes commençaient déjà à s'étouffer. Le jeune guerrier reprit connaissance alors que j'essayai de le soulever et, avec mon aide, il réussit à se traîner en titubant jusqu'au mur, au pied duquel il s'effondra et resta étendu à geindre doucement. Je savais ce qu'il ressentait : des élancements dans la tête et le cœur battant à tout rompre, j'avais moi-même la respiration entrecoupée, les mains à vif et une douleur lancinante m'engourdissait le flanc, là où la poutre m'avait heurté, me faisant lâcher prise.

« Reposez-vous tranquillement, leur dis-je. C'est terminé. Nous sommes en sécurité, maintenant. Tout va bien. »

Mais j'avais peut-être parlé un peu vite.

XII

Un pouvoir tel que le mien n'est pas, comme beaucoup le croient, accordé en échange de votre âme. À écouter les ignorants, on pourrait penser qu'il s'agit d'un vulgaire pacte, d'un échange de promesses, et que le pouvoir recherché vous coule tout simplement des doigts pour l'avoir demandé. Mais non, ce n'est pas si facile ! Les dons les plus grands ne sont pas des dons, mais des trésors obtenus au bout d'une longue et difficile quête, des trophées gagnés au prix de dures batailles remportées contre d'implacables adversaires.

Le vrai pouvoir, tel que je le possède, ne s'atteint qu'au travers d'efforts aussi épuisants que rigoureux, et peu de mortels ont conscience de la discipline énorme qu'il faut s'imposer à chaque étape du voyage. Car c'est un voyage… qui vous fait progresser de degré en degré le long du dur chemin qui mène à la maîtrise totale.

Le premier degré est la maîtrise du silence, pour laquelle l'adepte doit renoncer à toute communication avec autrui. Aucune pensée, aucune parole extérieure ne doit venir le distraire, il ne doit entendre ou prêter attention à aucune autre voix. Il doit abandonner tout contact avec les autres esprits. Cela le conduit au deuxième degré, par lequel il acquiert la capacité de projeter images et pensées dans d'autres esprits, et où il peut engendrer et manipuler les émotions. Avec la maîtrise viennent aussi le contrôle de la vie animale et la faculté de commander aux bêtes.

Le troisième degré permet à l'adepte de projeter à volonté son image à distance… de se trouver en deux ou trois endroits à la fois, et sous des formes différentes. Avec le quatrième degré, l'adepte acquiert une profonde connaissance des essences végétales, la conscience intime de la nature et de l'usage des plantes pour fabriquer extraits et élixirs.

Parvenir au cinquième degré accorde la maîtrise du mouvement de l'air et de l'eau, et la capacité de commander au feu. L'adepte peut contrôler et manipuler le temps dans des régions déterminées. Le sixième degré conduit à la faculté de passer sous forme éthérée, de dissoudre sa présence corporelle... de disparaître en un lieu pour réapparaître en un autre.

Par la maîtrise du septième et dernier degré, l'adepte atteint le pouvoir de prolonger indéfiniment son existence physique. Il acquiert la capacité de suspendre le processus normal du vieillissement humain, et même de l'inverser, si nécessaire. Sans cela, les efforts auxquels il s'est astreint deviendraient bien vite inutiles.

Les ignorants parlent d'arts occultes, mais ils ne sont pas occultes. En fait, ils n'ont absolument rien de secret : ils sont à la libre disposition de quiconque désire les pratiquer. Ah, mais quel n'en est pas le prix ! Ce n'est rien moins que le sacrifice d'une vie entière. Les simples d'esprit ont donc peut-être raison, après tout, de considérer l'acquisition du pouvoir comme un pacte selon lequel on cède son âme. Il n'y a pas d'autre moyen.

Laissant mes compagnons se reposer, je retournai sur la colline chercher les chevaux pour les ramener, non sans difficulté, dans l'enceinte du caer en ruine. Ils répugnaient à s'en approcher et je dus faire appel à toute ma force de persuasion rien que pour leur faire franchir la porte. Une fois à l'intérieur, ils s'ébrouèrent en grattant nerveusement le sol et se mirent à frissonner comme s'ils avaient froid. Je les attachai néanmoins là et, prenant les deux outres derrière leur selle, je me hâtai de retourner vers le mur à demi écroulé.

M'agenouillant près de Llenlleawg, j'humectai le bord de mon manteau et le passai sur ses lèvres. Il ne réagit pas.

« Est-il mort ? » demanda Peredur. Il se leva et vint me rejoindre.

Approchant mon visage de celui de Llenlleawg, je sentis un souffle ténu sur ma joue. « Ne crains rien, il est vivant, dis-je au jeune guerrier. Voyons ce qu'ils lui ont fait. »

J'entrepris de nettoyer ses blessures : versant de l'eau sur un morceau de tissu arraché au bas de ma chemise, je lavai la terre et le sang de son visage et de son cou.

On l'avait sauvagement battu : il avait reçu de nombreux coups à la tête, dont plusieurs assez violents pour lui déchirer la peau. Son œil gauche était rouge et enflé, le sang lui obstruait les narines et suintait d'une vilaine entaille à sa lèvre inférieure. Son manteau avait disparu, ainsi que la plus grande partie de sa tunique, sa ceinture et ses armes. Ceux qui avaient eu l'audace de séparer l'Irlandais de sa lance et de sa dague devaient certainement l'avoir payé d'un terrible prix, cela ne faisait pour moi aucun doute.

En dehors de contusions sur ses épaules et d'égratignures sur ses bras et ses poignets, il n'avait pas d'autre blessure que je puisse voir. Apparemment, ses attaquants s'étaient contentés de le rouer de coups jusqu'à ce qu'il perde conscience avant de le jeter dans la maison de fer… sinon, ils n'auraient jamais réussi à l'y faire entrer.

Les chevaux se mirent alors à hennir, et Tallaght, qui avait plus ou moins récupéré, se leva pour aller voir ce qui les avait dérangés. Il s'éloigna en secouant ses bras pour en chasser les crampes.

« Une mort cruelle, fit remarquer Peredur en regardant craintivement autour de lui. C'est une chance que nous l'ayons trouvé à temps. Qui a bien pu faire une telle chose ?

— Quand nous le découvrirons, nous aurons percé le cœur du mystère », répondis-je, et je me retournai vers Llenlleawg. Je déchirai une autre bande au bas de ma chemise, l'humectai et l'appliquai sur son visage tuméfié. Cela tira un grognement de la gorge de l'Irlandais. Il toussa et un épais liquide noir lui vint aux lèvres. Je l'essuyai avec le bord du linge humide. « Là, recrache tout, lui dis-je. Débarrasse-t'en. »

Au son de ma voix, ses paupières s'ouvrirent et il se redressa brusquement comme s'il voulait fuir.

« Du calme, Llenlleawg, dis-je en posant ma main sur sa poitrine pour éviter qu'il se blesse. Étends-toi. Tout va bien. Tes ennemis sont partis. »

Il s'affaissa avec un gémissement sourd, puis il se mit à tousser si fort que je me dis qu'il allait se rompre les côtes. Il cracha longuement la vile humeur noirâtre.

« Bois un peu, lui proposai-je en portant l'outre à sa bouche. Cela te fera du bien. »

À l'instant où l'eau toucha ses lèvres, une expression d'inquiétude se peignit sur son visage et il tenta une fois de plus de se lever. « Repose-toi, mon frère, dis-je. C'est Gwalchavad. Tu n'as rien à craindre. »

Il parut enfin me reconnaître : il cessa de résister et se rallongea, me laissant lui donner à boire. Il but avidement, avalant à grandes goulées comme s'il n'avait pas approché une goutte d'eau depuis des jours. J'essayai de lui retirer l'outre, mais il me saisit le poignet, le maintint en place et but jusqu'à s'en étrangler, recrachant de l'eau teintée de noir par la bouche et le nez.

« Du calme ! Nous ne t'avons pas arraché aux flammes pour te noyer, dis-je. Bois doucement. Il y a tout ce qu'il faut. »

Il lâcha ma main et s'écroula. Sa bouche s'agita et il tenta de parler, mais il lui fallut un certain temps avant de se faire comprendre. « Gwalchavad, dit-il d'une voix éraillée, tu m'as… retrouvé…

— Nous suivons ta piste depuis des jours. Je suis navré de n'être pas arrivé plus tôt… nous aurions pu t'épargner ces mauvais traitements.

— Je suis… », commença-t-il, puis il se remit à tousser, « … vous m'avez trouvé…

— Qui t'a fait cela ? »

Avant qu'il n'ait pu répondre, j'entendis un cri. C'était Peredur qui me demandait de venir vite. Llenlleawg sursauta en l'entendant. « Paix, mon frère. C'est un des Cymbrogi, lui expliquai-je vivement. Laisse-moi faire.

— Combien… » — il s'étrangla — « … d'hommes avec toi ?

— Seulement deux des plus jeunes guerriers, dis-je en me levant. Si j'avais su que nous allions courir le Llyonesse de long en large, j'aurais amené le Vol des Dragons au grand complet. Ne bouge pas, je reviens tout de suite. »

Je trouvai Peredur auprès de Tallaght, qui se tenait debout, les bras levés, poignets entrecroisés, comme pour parer un coup. Peredur, la main sur l'épaule de Tallaght, lui parlait en le secouant doucement. Les chevaux n'avaient cessé de hennir de tout ce temps… leur nervosité n'avait même fait que croître.

« Que se passe-t-il ? demandai-je, irrité par son incapacité à accomplir la plus simple des tâches.

— Je n'arrive pas à le réveiller », dit Peredur.

Je lançai au jeune homme un regard aigre pour lui montrer ce que je pensais de cette explication ridicule, puis je me tournai vers Tallaght. Mais alors ! Bien qu'il se tînt debout les yeux grands ouverts, il avait néanmoins l'air profondément endormi, ne semblant ni voir ni entendre, impassible malgré tous les efforts de Peredur, une expression extatique sur le visage, comme sous l'emprise d'un rêve si plaisant qu'il refusait de se réveiller.

Déconcerté et inquiet, j'avançai la main pour prendre le jeune guerrier par le bras : ses muscles étaient tendus, durs comme du bois, et pourtant Tallaght paraissait tranquille, sans nul signe d'effort sur le visage ou dans son corps. J'approchai ensuite mon visage du sien et décelai un léger souffle sur ma peau.

« Tallaght ! criai-je brusquement. Réveille-toi ! »

Le jeune guerrier ne donna pas le moindre signe d'avoir entendu. Le prenant par l'épaule, je le secouai à lui ébranler les os. Cela ne déclencha toujours aucune réaction. Voyant que ses bras étaient croisés, je lui saisis le droit et tentai de le déplier, comme pour rompre le charme. J'aurais eu plus vite fait de lui casser le bras, car, malgré tous mes efforts, il était impossible d'y parvenir… sinon par violence, ce que je préférais éviter.

Au bout d'un moment, je reconnus ma défaite et renonçai. « En vérité, je te le dis, Peredur, déclarai-je en me tournant vers le jeune guerrier stupéfait, je n'ai jamais rien vu de tel. C'est devenu un cadavre vivant. »

Peredur me regarda bouche bée. « Qu'allons-nous faire de lui ?

— Je n'en sais rien, répondis-je en regardant le corps raidi devant nous. Mais il ne faut pas le laisser ainsi. Je suppose que nous devrions l'étendre quelque part. » Jetant un rapide coup d'œil vers le ciel, j'ajoutai : « Llenlleawg n'est pas encore en état de voyager et la journée est perdue. Nous allons dresser le camp dans la grande salle et voir ce que demain nous réserve.

— Passer la nuit ici ? s'exclama Peredur d'un air inquiet.

— Où d'autre ? rétorquai-je. Ici, nous avons au moins des murs solides dans notre dos, de l'eau et un feu. C'est le meilleur endroit que nous puissions espérer trouver dans cette contrée maudite. »

Trop accablé pour élever d'autres objections, Peredur ferma la bouche et me regarda d'un air consterné.

« À présent, dis-je, portons Tallaght dans la grande salle et installons-le confortablement en attendant son réveil.

— Et s'il ne se réveille pas ? demanda Peredur.

— Je n'aime pas cela plus que toi, répliquai-je, mais il n'y a rien d'autre à faire. »

Ensemble, nous couchâmes le jeune guerrier, puis, le prenant chacun à un bout, nous le portâmes dans la grande salle. Tallaght, les yeux perdus dans le ciel, demeura placidement inconscient du traitement qui lui était infligé : nous aurions aussi bien pu transporter une planche, elle n'aurait pas protesté davantage. Nous trouvâmes un endroit dégagé près d'un des murs encore debout et étendîmes le jeune guerrier sur le dos. Dans cette position, sa ressemblance avec un cadavre était encore plus forte. Déchirant un autre pan de ma chemise, je le mouillai, le pliai et le posai sur les yeux de Tallaght… autant pour cacher son regard fixe que pour protéger sa vue.

Ce fut pendant que je m'occupai de cette tâche que je vis la morsure — un petit cercle bien net de marques rouges sur le côté de son cou, où des dents pointues avaient percé la peau. Si je n'en avais pas déjà vu de semblable, j'aurais dit que c'était la morsure d'un animal, un petit chien ou une belette, peut-être. Mais j'en avais déjà vu une : sur le bras de Rhys. Ce dernier ne savait pas où cela lui était arrivé, et je n'étais pas plus avancé d'en avoir vu deux, mais je savais que Tallaght ne l'avait pas avant d'aller s'occuper de nos chevaux.

« Que faisons-nous, maintenant ? demanda Peredur quand j'eus terminé.

— Maintenant, nous dressons le camp », répondis-je. Je ne voyais aucune raison de parler de la morsure à Peredur : l'effrayer n'aurait servi à rien. « Va abreuver les chevaux, Peredur, puis… » Je m'arrêtai et me repris : « Encore mieux, nous allons abreuver les chevaux tous les deux et, quand cela sera fait, nous les attacherons dans la grande salle. »

Ce que nous fîmes, et nos diverses tâches nous occupèrent jusqu'au soir. Un voile de nuages gris venus de la mer avait obscurci le soleil, étalant un suaire ténébreux sur la forteresse en ruine. Nous prîmes du bois et des tisons au brasier qui finissait de mourir autour de la maison de fer et nous en servîmes pour faire notre feu de camp. De temps en temps, je m'arrêtai pour aller voir nos frères meurtris, mais il n'y avait pas grand-chose à faire pour eux. L'état de Tallaght n'avait pas évolué depuis que nous l'avions allongé par terre, et Llenlleawg, après avoir bu un peu d'eau et s'être fait panser ses blessures, dormait maintenant d'un sommeil agité et en toussant de temps à autre, mais sans se réveiller.

Tout en travaillant, nous bavardions, Peredur et moi, car cela nous aidait à garder notre courage : j'avoue que je sentais la peur s'insinuer en moi à mesure que la lumière du jour nous abandonnait à la longue nuit obscure. Tandis que les ténèbres s'étendaient sur les ruines, j'avais l'impression d'être épié. J'imaginais des yeux au regard froid qui nous guettaient dans les recoins sombres… qui nous observaient et attendaient.

Nous ramassâmes d'autres branches et broussailles — suffisamment pour entretenir le feu toute la nuit — et, pendant que le morne crépuscule se refermait sur nous, je préparai un modeste repas. Nous n'avalâmes guère plus de quelques bouchées chacun, pelotonnés devant le feu, contemplant les décombres autour de nous à la lueur des flammes tremblotantes.

Quand nous eûmes fini de manger, nous entassâmes du bois sur le feu et nous enroulâmes dans nos manteaux pour dormir… s'il nous était possible de dormir. Avec la nuit, un silence pesant s'était abattu sur la vallée et sur son antique citadelle — un silence glacé, surnaturel, qui étouffait tout bruit et nous donnait l'impression que chacune de nos laborieuses respirations pouvait être la dernière.

Par deux fois, ma somnolence fut troublée par le cri d'une chouette. Le hululement de la créature venait du haut de la tour en ruine. J'ouvris les yeux et regardai autour de moi pour voir une lune blafarde s'élever au-dessus de la muraille écroulée. En des temps plus anciens, l'appel de l'Oiseau de la Sagesse était considéré comme un présage de malheur pour l'infortuné qui l'entendait. Certains, me semble-t-il, y croient encore. Pour ma part, je ne suis pas d'un tempérament à me laisser effrayer par le cri d'un oiseau dans la nuit, mais ce soir-là son appel me fit penser à l'hiver, aux tombeaux et à la mort qui vient arracher la lumière et la vie aux yeux des hommes.

Au troisième appel, Peredur se réveilla. Je le vis sursauter, puis se lever d'un bond. La chouette, effarouchée par ce brusque mouvement au pied de la tour, s'envola, battant lentement de ses larges ailes. Peredur se tassa sur lui-même, les poings serrés, regardant furieusement autour de lui comme s'il avait l'intention de s'envoler, lui aussi.

« Paix, mon garçon, murmurai-je. Ce n'est qu'une chouette. »

Mais il parut ne pas m'avoir entendu. Il fit deux ou trois pas, s'arrêta, puis dit : « Non ! Attends ! Très bien, je viens avec toi ! »

Sur ces mots, il rejeta son manteau et se mit en marche, comme s'il s'apprêtait à suivre quelqu'un qui s'éloignait en hâte du camp. J'allai pour le rappeler, mais je me retins, me levai et le suivis. Peredur traversa le caer et franchit la porte, se dirigeant droit vers la forêt aux arbres flétris. Sans regarder à droite ni à gauche, il se mit à courir, bondissant comme un cerf par-dessus les troncs abattus, me distançant rapidement, moi qui avançais maladroitement dans le noir sans rien d'autre qu'un pâle quartier de lune pour éclairer mon chemin.

Tout à ma tâche, je pressai néanmoins le pas, me fiant au craquement de la végétation desséchée pour suivre sa course éperdue. Je faisais de mon mieux, essayant d'éviter de m'empaler sur les branches brisées. À un moment, je glissai sur un tronc abattu et sentis quelque chose de mou sous mon pied. Je me baissai, tendis la main et ramassai une chemise… celle de Peredur, certainement. Quelques pas plus loin, je trouvai ses braies pendues à une branche morte.

Est-il devenu fou ? me demandai-je en roulant les vêtements en boule sous mon bras avant de repartir.

Encore une douzaine de pas et le bruit de sa course cessa brusquement. Il me fallut un moment pour m'apercevoir que je ne l'entendais plus nulle part devant moi. Je tendis l'oreille, tournant la tête d'un côté et de l'autre pour déceler le moindre bruit pouvant me révéler où il se cachait. Encore une fois, je songeai à l'appeler, mais quelque chose me retint. Mes sens, déjà en éveil, s'exacerbèrent comme dans l'excitation de la chasse et je me remis furtivement en marche, m'arrêtant tous les quelques pas pour écouter avant de repartir.

Je progressai ainsi en silence dans le noir, l'oreille aux aguets, la peau me picotant d'une mystérieuse anticipation. Je parvins à un endroit de la forêt où trois immenses arbres abattus s'étaient enchevêtrés pour former une espèce d'enclos. Je m'approchai en rampant pour regarder par-dessus le tronc le plus proche et là, au centre de la clairière, Peredur gisait, nu, allongé sur le sol. Et, accroupie sur sa poitrine, une petite créature noire et bossue inclinait vers lui sa tête aplatie.

XIII

Mon cœur cessa de battre dans ma poitrine. Je regardai fixement la créature sans oser respirer. Elle était difforme et repoussante, avec deux longs bras et une large tête au crâne plat. Elle était assise sur son derrière, ses jambes courtes remontées contre sa poitrine, le dos arqué, tandis que sa tête noire descendait vers le visage de Peredur.

Je craignis tout d'abord qu'elle ne l'ait tué, car le jeune guerrier gisait, bras et jambes écartés, à l'endroit où il était tombé. Mais alors que la tête immonde se rapprochait, Peredur gémit. À cela, je sus qu'il était en vie.

Ma main se porta aussitôt à mon épée. Au moment où mes doigts se refermaient et commençaient à dégainer l'arme, la créature s'immobilisa et, vive comme un chat, tourna les yeux vers moi. Je voudrais ne plus jamais avoir à contempler un visage aussi grotesque : un front bas et des mâchoires étroites, avec un nez semblable à une feuille racornie, qui humait l'air en palpitant des narines. Sa bouche de chèvre aux longues dents jaunes s'ouvrit en poussant un sifflement de menace. Deux larges yeux pâles me dévisageaient tandis que sa tête s'enfonçait dans ses épaules et que ses longues mains agrippaient sa proie.

Grand Roi, protège ton serviteur ! me dis-je, et il fut répondu à cette pensée par un grognement guttural surgi en gargouillant de la gorge de l'hideuse créature. Je fis un pas en arrière.

Poussant un hurlement, la créature bondit de la poitrine de Peredur, chargeant droit sur moi avec une terrible vivacité. Je reculai d'un autre pas, trébuchai sur une branche cassée et tombai à terre. La chose se retrouva instantanément sur moi. L'haleine fétide de la bête dégageait une puanteur de viande avariée et d'infecte pourriture. Je sentis son poids s'abattre brusquement sur ma poitrine, me coupant le souffle. Je voulus la repousser, mais je ne pouvais même pas lever les bras. C'était comme si toute force avait abandonné mes membres : je ne pouvais que rester étendu et regarder, horrifié, la repoussante créature abaisser son visage vers le mien.

Hélas pour moi ! Je ne pouvais plus bouger. Je ne pouvais plus respirer.

La tête immonde descendait lentement, ouvrant sa gueule hérissée de crocs. J'avais beau faire appel à toutes mes forces, je ne pouvais lever ne serait-ce que le petit doigt. Je me sentais pris dans l'étreinte d'une force supérieure à la mienne.

Bavant, maintenant, la gueule répugnante se rapprochait de plus en plus. Je voyais ses dents fines et pointues qui se préparaient à mordre.

Mes poumons étaient en feu. Cloué au sol, je ne pouvais que regarder le mufle horrible descendre lentement. Les yeux au regard maléfique me masquaient tout le reste, emplissaient mon champ de vision, me pénétraient jusqu'aux tréfonds de l'âme.

Et sous mes yeux, le visage se transforma du tout au tout. Je me retrouvai soudain en train de contempler celui d'une femme d'une grande beauté, plus séduisante que toutes celles que j'avais jamais vues. Mince et souple, elle se pencha pour me prendre avec douceur dans ses bras, ses longs cheveux noirs cascadant sur ses blanches épaules. Sa poitrine était ronde et pleine, merveilleuse à regarder. Ses lèvres bien dessinées étaient douces et ses longues jambes repliées sous son corps. Elle me souriait de ses dents blanches et régulières. Une déesse n'aurait pu être plus belle, me dis-je, et malgré ma peur, le désir s'éveilla en moi.

Elle s'inclina pour me couvrir de son corps adorable et je me sentis attiré dans son étreinte. Mes poumons se gonflèrent à en éclater, et pourtant je ne pouvais respirer. Le sang battait à mes tempes et une brume noire se rassemblait devant mes yeux. Dieu me garde, je me redressai à sa rencontre.

Et alors, au moment où je sentais la douce chaleur de ses lèvres sur les miennes, un hurlement s'éleva, si fort, si perçant que je crus que mon crâne allait se fendre. Au même instant, la femme disparut et la bête réapparut, la gueule ouverte sur un cri de rage.

Je perçus un brusque mouvement au-dessus de moi et entrevis une masse obscure qui s'abattait. La créature hideuse tenta de s'écarter d'un bond, mais la forme sombre heurta son crâne aplati dans un terrible craquement. Le monstre rejeta la tête en arrière et hurla. La forme sombre la fit voler à terre.

Brusquement, je pus à nouveau respirer. L'air frais s'engouffra dans ma bouche et je l'avalai à grandes goulées, comme un homme qui vient d'échapper à la noyade dans des profondeurs meurtrières.

Peredur se tenait au-dessus de moi, l'extrémité d'une grosse branche entre les mains. Il avait les mâchoires serrées et ses yeux étaient de simples fentes. Encore haletant, je tournai les yeux dans la direction où il regardait et vis la bête noire qui se tordait sur le sol, se mordant elle-même de souffrance.

« Doux Jesu, hoquetai-je, aie pitié de nous. »

À ces simples mots, la vile créature poussa un hurlement atroce, le plus terrible que j'eusse jamais entendu. Il y eut un grésillement et elle disparut brusquement dans un nuage de fumée, ne laissant derrière elle que l'écho de son cri de souffrance, et une puanteur de bile et de vomi.

Peredur se tourna vers moi. Il essaya de parler, mais il n'avait pas de mots à la mesure de la situation, alors il referma la bouche et contempla, interdit, l'endroit où la bête avait disparu. Puis il leva la branche qu'il tenait à la main et la regarda comme s'il ne savait pas comment elle était arrivée là. Il rejeta son arme avec une expression de dégoût. « J'ai eu peur qu'elle ne te tue, dit-il, s'excusant presque.

— Tu as fait ce qu'il fallait », lui assurai-je.

Peredur frissonna et baissa les yeux. Alors seulement, il se rendit compte qu'il était nu. Il me regarda d'un air coupable, mais je me détournai pour lui éviter de me donner l'explication qu'il s'efforçait de trouver. Je savais fort bien ce qu'il avait en tête quand il s'était dépouillé de sa chemise et de ses braies.

« Tes vêtements sont là », lui dis-je en ramassant le ballot là où je l'avais laissé tomber. Il accepta ses habits avec une gratitude mêlée de honte. « Je n'ai pas vu où étaient passées tes bottes.

— Je... c'est-à-dire, c'était... bafouilla-t-il.

— Épargne ta salive, mon garçon, lui conseillai-je avec douceur. Tu ne me dois ni excuses ni explication. Nous avons été attaqués et nous nous sommes défendus. Il n'y a rien d'autre à dire. »

Peredur referma la bouche et enfila ses braies. Puis nous repartîmes vers le palais en ruine. Notre camp, je fus soulagé de le constater, n'avait pas été dérangé : Llenlleawg et Tallaght dormaient tous deux profondément.

« Seigneur, allons-nous en tout de suite, dit Peredur. Partons loin d'ici avant d'être à nouveau attaqués. »

Bien que ce fût le cœur de la nuit, et qu'il fît plus noir qu'au sein d'un tertre funéraire, j'acquiesçai. « Nous n'irons peut-être pas loin dans cette obscurité, lui dis-je, mais au moins nous serons ailleurs qu'ici. »

Nous sellâmes rapidement les chevaux et préparâmes notre départ, puis nous revînmes éveiller les dormeurs. Mais, malgré tous nos efforts pour les tirer du sommeil, tous deux continuaient de dormir. Tout ce que nous essayâmes n'y put rien changer. « Installons-les quand même sur les chevaux, suggéra Peredur en désespoir de cause.

— Il nous faudrait les attacher sur leurs selles pour les empêcher de glisser, répondis-je. Non, Peredur, quel que soit mon désir de m'en aller d'ici, nous serions exposés à de bien plus grands dangers à tâtonner comme des aveugles dans le noir. Si nous devons transporter des hommes comme des sacs de viande à dos de cheval, je pense qu'il vaut mieux attendre le jour. » Montrant ses pieds, je dis : « Tu ne peux pas retourner pieds nus à Ynys Avallach. »

Avec une grande appréhension, Peredur alla ranimer le feu et, ensemble, nous montâmes la garde le reste de la nuit, nos armes à la main, le dos aux flammes pour scruter les ténèbres, ne cessant de bavarder pour tenir la peur à distance.

L'aube fut longue à venir. Quand le soleil se leva enfin, il ne déversa sur nous qu'une lumière grisâtre… comme lors de ces journées dans le Nord où le brouillard s'accroche sur les collines de bruyère, mais il n'y avait pas de brume rafraîchissante et, autour de nous, les collines n'étaient couvertes que de ronces et de broussailles sèches.

Dès qu'il fit assez clair pour voir où nous posions le pied, nous levâmes le camp. Peredur revint sur ses pas jusqu'à la forêt flétrie et revint promptement avec ses bottes, impatient de s'éloigner au plus vite du caer en ruine. Nous nous tournâmes vers les dormeurs et tentâmes une fois de plus de les réveiller. Tallaght avait enfin perdu la rigidité anormale de ses membres et dormait maintenant paisiblement. Je me penchai pour retirer la bande de tissu lui couvrant les yeux et le jeune homme s'éveilla dès que je le touchai. Il se leva d'un bond, comme s'il avait été étendu sur un lit de braises ardentes. Il se jeta sur moi, battant des pieds et des mains, mordant, poussant des cris incohérents.

« Viens vite ! » criai-je en parant de mon mieux les coups.

Peredur bondit à mon aide et l'arracha à moi. « Paix ! hurla-t-il. Paix, mon frère ! » Prenant Tallaght à bras le corps, il le plaqua au sol sans cesser de hurler : « Paix ! Nous sommes tes amis. »

M'agenouillant près de lui, je giflai avec force le guerrier qui continuait à se débattre. « Tallaght, réveille-toi ! »

En entendant son nom, il cessa de lutter. Il tourna des yeux terrifiés vers chacun de nous tour à tour et nous reconnut peu à peu. « Oh ! » dit-il en refermant les paupières de toutes ses forces.

« Lâche-le, Peredur », dis-je, et nous l'aidâmes à se relever. Debout, il resta à vaciller comme un homme pris de boisson.

« C'est fini, Tallaght. Tu es de retour parmi les vivants », lui dis-je.

Il tituba vers moi et saisit mon bras à deux mains. « Pardonne-moi, seigneur Gwalchavad. J'ai cru… j'ai cru que tu étais… » Il me lâcha le bras et se prit la tête entre les mains comme si elle lui faisait mal. « Oh, Jesu me garde, j'ai fait le plus étrange des rêves.

— C'est fini, mon garçon, dis-je. Te sens-tu bien ?

— J'ai l'impression d'avoir dormi mille ans, répondit-il d'un ton rêveur, et pourtant c'est comme si je venais tout juste de fermer les yeux. » Il entreprit alors de nous raconter son rêve bizarre, mais je l'arrêtai avant qu'il n'ait pu aller plus loin. « Nous aurons tout le temps de parler sur la route, lui dis-je sèchement. Les chevaux sont prêts, nous partons sur le champ. »

Je le laissai à Peredur et me tournai vers Llenlleawg, qui, bien que raide et endolori, avait au moins toute sa tête. Il ouvrit lentement les yeux quand je le réveillai et essaya de s'asseoir, grimaçant de douleur sous l'effort. Je passai mon bras sous ses épaules et l'aidai à se relever. « Comment te sens-tu, mon frère ?

— Je ne me suis jamais senti mieux », répondit-il d'une voix rauque. Il se mit à tousser et cracha un caillot de sang mêlé de bile. « Combien de temps ai-je dormi ?

— Pas longtemps, lui dis-je. Seulement une nuit et la moitié de la journée d'hier.

— Je vois. » Il se passa la langue sur ses lèvres desséchées. « Comment m'avez-vous trouvé ?

— Nous avons vu la fumée. Peux-tu monter à cheval ?

— Je monterais sur une chèvre si elle pouvait m'emmener loin d'ici, répondit-il. Allons-y, mon frère, et plus tôt nous quitterons cette ruine maudite, mieux je me porterai. As-tu vu la jeune fille ?

— Nous n'avons vu personne d'autre que toi, lui dis-je. Était-elle avec toi ? »

Comme il ne répondait rien, je dis : « Llenlleawg, était-elle avec toi ? A-t-elle quelque chose à voir dans tout cela ? »

Llenlleawg tenta à nouveau de s'asseoir. Son visage se tordit de souffrance. « Attends un moment, lui dis-je. Laisse-moi t'aider. »

Ce disant, je ramassai une lance et la plaçai dans sa main droite. Puis je m'accroupis derrière lui et passai son bras gauche autour de mon cou. Le champion irlandais s'accrocha au fût de l'arme pour se hisser pendant que je le poussais et, avec force grognements et grincements de dents, il parvint à se mettre debout — tout tremblant, et vacillant comme un arbuste secoué par le vent, mais debout tout de même. Puis il fut pris d'une quinte de toux. Je le soutins pendant qu'il crachait les mucosités noirâtres lui encombrant les poumons.

« Ce n'est pas aussi grave que je le pensais, haleta Llenlleawg en grimaçant et en pressant sa main gauche contre son flanc, appuyé sur la lance. Du moins… il n'y a pas de sang.

— La jeune femme, Llenlleawg… était-elle ici ? redemandai-je.

— Je ne m'en souviens pas.

— Mais tu la suivais, insistai-je. Tu dois l'avoir suivie jusqu'en Llyonesse. Elle doit t'avoir conduit ici. »

Llenlleawg me regarda d'un œil terne, puis il détourna la tête. « Comme je viens de te le dire, je ne m'en souviens pas.

— Que te rappelles-tu ?

— Pas grand-chose, dit-il en secouant lentement la tête. Je sais que j'ai suivi la piste et suis entré dans le Llyonesse. J'ai aperçu un signal lumineux, alors je suis allé voir de quoi il s'agissait et… » — il s'interrompit brusquement — « … et après je ne me souviens plus de rien. »

Manifestement, il y avait autre chose dont il ne voulait pas parler, mais je ne savais pas comment le lui faire dire. « Très bien, déclarai-je, tu es en sécurité, maintenant, et nous rentrons à Ynys Avallach. Les souvenirs te reviendront sans doute plus tard. » Il hocha sombrement la tête et je criai à Peredur d'amener un des chevaux. « Viens, dis-je à Llenlleawg en le prenant par le bras, appuie-toi sur moi, je vais t'aider à monter. »

Ensemble, Peredur et moi soulevâmes le grand Irlandais pour le hisser sur sa selle, puis nous lui mîmes les rênes dans les mains. « Partons d'ici », dis-je en entraînant le cheval.

Nous quittâmes la forteresse en ruine, passant une fois de plus près de la tour à demi écroulée avant de franchir les portes et le fossé. Nous partîmes alors vers le nord, revenant sur nos pas le long de la piste qui nous avait amenés, voyageant vite et en silence — tout du moins aussi silencieusement que le pouvaient quatre hommes et aussi vite que possible quand deux d'entre eux doivent aller à pied. Nous marchions près de nos deux compagnons blessés, Peredur et moi, pour les aider à tenir en selle et les empêcher de tomber. Nous ne nous accordâmes que peu de repos, de sorte que, malgré notre allure fort modérée, nous couvrîmes une bonne distance dans la journée.

De fait, à l'heure où tomba le blême crépuscule, nous n'étions plus très loin de notre destination. Nous dressâmes le camp dans le lit à sec d'un petit torrent au fond d'un étroit vallon et dînâmes de ce qu'il restait de notre maigre réserve de vivres, puis nous montâmes la garde tour à tour durant la nuit et repartîmes à la première lueur de l'aube. Il ne survint pas d'autre désastre, et rien qui sortît de l'ordinaire ne vint raviver nos inquiétudes. Malgré tout, quand nous arrivâmes en vue de l'estuaire où j'avais perdu quelques jours plus tôt mon cheval dans les sables mouvants, un funeste pressentiment s'empara de moi.

Il ne restait bien sûr aucune trace visible de ce terrible drame, mais les lieux semblaient baigner dans une douloureuse mélancolie. Je pouvais presque en sentir l'esprit troublé, triste, affamé et désespéré. J'étais malheureux et gelé, et des pensées de mort et de désolation tourbillonnaient dans ma tête.

Il n'y avait rien d'autre à faire que de continuer notre chemin pour mettre la plus grande distance possible entre nous et cet endroit sinistre avant de dresser le camp pour la nuit. Le reste du voyage vers Ynys Avallach se passa sans incidents et l'état de Tallaght s'améliora suffisamment pour nous permettre, sinon de voyager plus vite, du moins de nous partager son cheval. Ainsi donc, le soir du sixième jour, nous arrivâmes en vue du palais du Roi Pêcheur… scintillant comme de l'or blanc dans la lumière déclinante, ses hautes murailles et ses tours se reflétant dans le lac bordé de roseaux. Épuisés, et les pieds plus qu'endoloris — je suppose que j'avais passé trop de temps en selle ces dernières années — nous nous arrêtâmes pour contempler ce paisible spectacle et le laisser emplir nos âmes de sa sérénité.

Puis, le cœur plus léger, et la vue de notre destination prêtant vitesse à nos pieds las, nous nous remîmes en marche pour arriver au moment où la cloche de l'abbaye appelait à la prière du soir. Je sais que les bons moines ont un mot pour cela, comme ils en ont pour tout le reste dans leur univers particulier, mais je ne le connais pas. Ou bien, si on me l'a dit, je l'ai oublié. Peu importe, cette prière à la tombée du jour m'a toujours semblé une des plus belles de leurs activités. Peut-être qu'un jour, quand la lance et l'épée ne régiront plus mon existence, je pourrai m'adonner à la contemplation comme les bons frères.

Tandis que le lent tintement de la cloche résonnait par le Royaume de l'Été, nous dépassâmes le sanctuaire et nous engageâmes sur le sentier tortueux montant vers le Tor, nous arrêtant à son sommet pour regarder les terres à nos pieds se fondre lentement dans les pâles ombres bleues. Puis, au moment où nous nous retournions pour entrer dans la cour, j'entendis un cri de bienvenue. Rhys arriva en courant, débordant de questions auxquelles je n'avais pas envie de répondre plus d'une fois.

« Paix, mon frère, dis-je en lui étreignant l'épaule. Nous allons tout raconter — et il y a beaucoup à dire — mais laisse-nous d'abord nous désaltérer.

— Laissez les chevaux, dit Rhys. Je vais envoyer quelqu'un s'en occuper. » Se tournant vers les autres, il cria : « Entrez. Le Pendragon vous attend, il a donné… » Ce fut alors qu'il aperçut Llenlleawg — la tête basse, écroulé sur sa selle, sur le point de perdre connaissance d'épuisement — et Peredur qui marchait près de lui en tenant ses rênes. « Que se passe-t-il ? s'exclama Rhys en se précipitant vers eux. Est-il blessé ?

— Aide-nous à le faire descendre », dis-je, et je lui expliquai que nous l'avions trouvé laissé pour mort après avoir été sauvagement battu. « Il se remettra, ne crains rien. Mais quelques jours de repos et de bonne nourriture ne seront pas de trop pour lui, je pense. »

Nous attrapâmes l'Irlandais qui nous laissa le descendre de selle sans résister, sur quoi il parut revenir à lui et prétendit qu'il pouvait marcher et ne voulait pas être porté à l'intérieur du palais comme un sac de grain. Il était si inflexible que nous n'insistâmes pas. En vérité, je pense qu'il avait réservé ses forces pour cet instant : il était si fier qu'il ne voulait pas être vu dans un tel état de faiblesse par ses frères d'armes, pas plus qu'il n'aurait supporté de causer à sa chère reine le moindre moment d'inquiétude.

Il s'avéra qu'il n'aurait pas eu de souci à se faire. Le palais était vide : pas un Cymbrogi en vue, et fort peu des hommes d'Avallach. Rhys, selon toute apparence, était roi du roc et avait autorité sur les rares personnes qui allaient et venaient. Il cria un ordre à un des jeunes garçons que je voyais courir s'acquitter de quelque tâche. Celui-ci pivota sur les talons et obéit aussitôt.

Si j'avais accordé à la question plus d'une pensée fugitive, je me serais attendu à ce que notre arrivée éveille un plus grand intérêt qu'elle n'avait fait jusque-là. « Où sont-ils tous passés ? demandai-je en entrant dans la grande salle.

— La peste s'aggrave dans le Sud, répondit Rhys. Charis et les moines sont partis à Londinium se joindre à Paulus pour la combattre. Sire Avallach est à ses prières. Quant aux autres, ils reviendront à la tombée de la nuit.

— Fort bien, lui dis-je. Mais où sont-ils en ce moment ? »

Rhys cria d'apporter la coupe de bienvenue, puis il se tourna pour me regarder. « Je croyais que tu le savais.

— Comment le saurais-je ? répliquai-je aigrement. Et, à moins que quelqu'un ne me le dise, je crains de mourir dans l'ignorance.

— Ils sont au temple, répondit Rhys, comme si nous aurions dû être au courant.

— Nous n'avons vu personne au sanctuaire, lui dis-je d'un ton bourru, sinon je n'aurais pas posé la question.

— Pas ce sanctuaire-là, répondit Rhys. Le nouveau... celui d'Arthur. Le roi fait construire un temple pour la coupe. »

Llenlleawg, entouré des deux jeunes guerriers, s'arrêta près de nous. « De quelle coupe s'agit-il donc ?

— La Sainte Coupe. » Rhys se tut et nous dévisagea d'un air étonné. « Aucun de vous ne sait-il rien de cela ? »

Je lui rappelai que nous arrivions tout juste du Llyonesse — à pied pour la plus grande partie du chemin — et n'étions pas d'humeur à apprécier les devinettes.

« Ce sera le Temple du Graal, annonça Rhys avec concision. Le Pendragon a ordonné de construire un sanctuaire pour abriter la Sainte Coupe, qu'il a prise pour symbole et emblème de son règne. Arthur est convaincu qu'une grande bénédiction coulera de ce Graal pour le bénéfice de la Bretagne et du monde entier.

— Est-ce la coupe qui a guéri Arthur ? demanda Peredur.

— Elle-même, confirma Rhys.

— Je sais de quelle coupe tu veux parler, dis-je, tandis que le souvenir m'en revenait, comme surgi d'un très lointain passé. Tu veux dire que tu l'as vue ?

— Personne ne l'a vue, répondit Rhys, hormis Avallach, Myrddin et, maintenant, Arthur. Avallach sait où elle se trouve... il la garde cachée quelque part, je pense. Maintenant vous en savez autant que n'importe qui. »

Le jeune garçon apparut avec la coupe de bienvenue. Rhys la prit, le remercia et me mit le récipient entre les mains. Je le passai à Llenlleawg et attendis que les autres aient terminé avant de la reprendre. La bière sombre, fraîche et mousseuse apaisa ma langue et ma gorge desséchées, tel du lait mêlé de miel. Je bus une longue gorgée et, à contrecœur, la refis passer. La coupe refit un tour et Rhys dit qu'il allait demander que l'on apporte à manger afin que nous puissions nous restaurer en attendant les autres.

« À présent, je dois faire appeler Myrddin, nous dit-il en s'apprêtant à nous quitter. Il a passé les trois derniers jours à demander à tout le monde de le prévenir dès votre retour. »

XIV

« Il ne fait pas de doute que ce nouveau sanctuaire tient tout le monde occupé », marmonna Tallaght, les yeux plongés dans la coupe comme s'il regardait au fond d'une tombe fraîchement creusée.

Seuls, assis devant une coupe vide dans une grande salle déserte, nous songions lugubrement à notre triste retour. Hagards et à bout de forces, gris de poussière, rompus jusqu'aux os, nous portions chaque pas de notre étrange voyage sur nos vêtements comme sur notre visage.

« Enfin, déclara Peredur, ce n'est pas comme si quelqu'un savait que nous allions rentrer aujourd'hui. Mais... »

Llenlleawg, trop fier pour montrer sa déception, ne disait rien, mais il gardait la tête basse et les yeux clos, exténué et découragé. L'accueil qu'il avait espéré par-dessus tout autre — celui de son roi — et pour lequel il avait rassemblé ses forces déclinantes, lui était refusé et la fatigue le gagnait rapidement.

« Nous aurons tout le temps pour de joyeuses retrouvailles, leur dis-je, essayant de présenter les choses sous un jour plus riant. Pour ma part, je ne vois rien de plus urgent que de manger un morceau et boire tranquillement avant de retrouver les autres. »

La nourriture arriva quelques instants plus tard et, après avoir envoyé le serviteur remplir la coupe, nous commençâmes notre collation, soulagés de jouir enfin d'un peu de calme pour apaiser nos âmes meurtries. Nous mangions en silence, et j'étais en train de tendre la main vers une deuxième miche de pain d'orge, quand j'entendis quelqu'un entrer d'un pas rapide et décidé dans la grande salle. Je sus avant de lever les yeux pour le saluer que c'était Myrddin.

« Enfin ! dit-il en glissant vers la table d'un mouvement coulé… tel un faucon qui fond sur sa proie sans méfiance. Vous êtes enfin revenus. La jeune fille est-elle avec vous ?

— C'est la Terre et le Ciel de te revoir, toi aussi, Sage Emrys, répondis-je. J'espère que tout s'est bien passé pour toi pendant que nous étions au loin. »

Il me dévisagea d'un œil dur et écarta ma pauvre tentative de raillerie d'un revers impatient de la main. « Dis-moi ce qui s'est passé.

— Je le ferai avec joie, répondis-je. Mais il serait peut-être mieux d'autoriser mes compagnons à prendre congé de nous… je sais qu'ils sont impatients de se laver et de se reposer. »

Les yeux dorés de Myrddin se tournèrent vivement vers Llenlleawg et il comprit aussitôt ce que je voulais dire. « Pardonne-moi, dit-il en s'approchant doucement de lui. J'étais trop distrait pour remarquer ton état. Que puis-je faire pour t'aider, Llenlleawg ? »

Le champion releva la tête et s'efforça de sourire. « Je vais bien, Emrys. Laisse-moi seulement prendre un peu de repos et je ferai meilleure figure pour saluer mon roi et ma reine. » Il essaya de se lever, mais les forces lui firent défaut et il retomba sur son siège.

« Attends ! dit Peredur en se levant d'un bond. Si tu veux bien nous excuser, seigneur Emrys, Tallaght et moi, nous allons nous occuper de Llenlleawg. »

Tous deux soulevèrent Llenlleawg. Trop fatigué pour résister plus longtemps, le fier Irlandais les laissa l'aider à se lever. Une fois debout, malgré tout, il repoussa leurs mains tendues et sortit de la salle d'un pas raide. Les jeunes gens prirent respectueusement congé et se rendirent sans tarder dans le quartier des guerriers pour prendre un bain et se changer.

Quand ils furent sortis, je repris ma place. Myrddin s'assit sur le banc en face de moi, croisa les bras sur la table et se pencha en avant. « Voilà, à présent il n'y a plus personne pour surprendre nos paroles, dit-il en posant sur moi le regard perçant de ses yeux de faucon. Ton confesseur attend. Dis-moi tout.

— Un danger nous guette, lui dis-je brutalement. J'ignore ce dont il s'agit, mais cela m'inquiète fort, Myrddin. »

J'entrepris alors de lui relater tout ce qui s'était passé durant notre séjour dans le Llyonesse, et cela me fit du bien, car je sentais mon âme se décharger de son fardeau à mesure que je lui parlais des étranges épreuves que nous avions subies dans cette contrée oubliée de Dieu... depuis la perte de mon cheval dans les sables mouvants jusqu'à notre rencontre avec la bête au cours de la nuit. Myrddin écoutait attentivement, hochant de temps en temps la tête, comme si les incidents que je lui racontais confirmaient ce qu'il savait ou soupçonnait déjà. Finalement, je conclus en disant : « Que nous en ayons réchappé sans perdre plus qu'un cheval est un prodige. Dieu me garde, Myrddin, c'est une région désolée... sans la moindre construction humaine, sinon une, et il s'agit d'une ruine.

— Le Llyonesse... » Il avait marmonné ce nom comme si cela lui blessait la bouche de le prononcer. « Une Terre Gaste s'il en est. Les morts n'y trouvent pas le repos.

— En effet », dis-je, et je lui parlai de notre rencontre avec les lépreux adorateurs de Mithra.

« Cela faisait longtemps que je n'avais pas entendu parler d'eux, dit Myrddin, songeur.

— Tu les connais ? demandai-je, étonné.

— Quand j'étais enfant, mon grand-père Elphin m'a souvent raconté l'histoire de la Légion Perdue. Je n'aurais jamais pensé en entendre reparler. » Il se tut un moment, plongé dans de tristes réflexions. Puis, reposant les yeux sur moi, il dit : « Cette forteresse... comment l'avez-vous trouvée ?

— Grâce à la fumée », répondis-je, puis je lui décrivis comment nous avions découvert la ruine et trouvé Llenlleawg enfermé dans la maison de fer à l'intérieur du caer. « Connais-tu cet endroit ? demandai-je.

— D'après ce que tu me dis, je crois qu'il s'agit de la citadelle de Belyn. »

Je lui dis que je n'avais jamais entendu ce nom.

« Belyn était le frère d'Avallach, expliqua Myrddin. Quand le Peuple de Fées est arrivé en Ynys Prydain, il s'est d'abord installé dans le Llyonesse, mais la région ne leur convenait pas, de sorte qu'Avallach et son peuple sont venus ici. Le roi Belyn, son frère, n'a pas voulu quitter le Sud, alors il y est resté avec son peuple, et maintenant ils ont l'un et l'autre disparu.

— L'endroit ressemblait plus à un cairn qu'à un caer, fis-je remarquer. Est-il possible que cela se soit passé il y a si longtemps ?

— Oui, répondit l'Emrys, hochant la tête à ce souvenir, il y a fort longtemps. » Revenant au sujet qui le préoccupait, il demanda : « La femme... l'avez-vous vue ?

— Jamais, Emrys, et j'ignore si Llenlleawg pourra t'en apprendre davantage. Il a dit qu'elle l'avait entraîné dans le Llyonesse, mais il ne semble se souvenir de rien d'autre.

— Je m'en occupe, dit Myrddin en se levant. Je lui parlerai quand il se sera reposé. Va, maintenant, je t'ai retenu assez longtemps loin de ton bain. Nous reparlerons plus tard. Je veux qu'Arthur entende ce que tu as à dire, mais cela peut attendre demain. Jusque-là, Gwalchavad, je te demande de ne parler de cela à personne. Je crois que la félonie rôde dans le Royaume de l'Été et je ne voudrais pas prévenir l'ennemi que nous sommes sur sa piste.

— La félonie ? » Son emploi de ce mot m'avait fait sursauter. « Emrys, veux-tu dire qu'il y a un traître parmi les Cymbrogi ?

— Exactement, répondit-il d'un ton solennel en se préparant à partir. Il ne s'est pas encore démasqué, mais je sens un sombre dessein à l'œuvre derrière tout cela… c'est sans doute pourquoi on t'a laissé retrouver Llenlleawg.

— On m'a laissé le retrouver ? protestai-je en me levant d'un bond pour le suivre. Mais ils avaient l'intention de le tuer ! Et ils y auraient réussi, en plus, si nous n'avions pas vu la fumée et n'étions pas arrivés à temps pour le sauver.

— Si l'ennemi avait voulu sa mort, une lame en plein cœur aurait suffi, répliqua Myrddin, écartant calmement mon objection. Quant à la fumée, elle était destinée à te guider vers notre ami irlandais de façon que tu puisses le sauver. C'est là, j'en suis persuadé, une des rares certitudes dans toute cette affaire. Tu l'as sauvé parce que tu étais censé le sauver… rien de plus.

— C'est absurde ! m'écriai-je en m'arrêtant net. Tu parles comme si nous étions de simples jouets. »

L'Emrys se retourna et me regarda en secouant lentement la tête, l'air solennel. « Ne dis pas cela, déclara-t-il gravement. Ne dis jamais cela, mon ami. Quelque chose de brutal, cruel et sinistre est à l'œuvre parmi nous… je le sens.

— Mais pourquoi ? demandai-je. Dans quel but ? »

Myrddin, troublé, maintenant, et hésitant, répondit : « À vrai dire, j'aimerais le savoir. Mais nous ferions bien de nous rappeler ceci : où règne un grand bien, un grand mal se rassemble. Il en est toujours ainsi, et nous avons été prévenus. Nous devons désormais faire très attention à l'endroit où nous mettons les pieds. »

Sur ce, il tourna le dos et s'en alla. Je jetai avec inquiétude un coup d'œil autour de moi — sentant des yeux invisibles qui me guettaient — puis je m'enfuis de la vaste pièce vide et me rendis au quartier des guerriers. J'avais espéré y retrouver les autres, mais ils avaient terminé lorsque j'y arrivai, si bien que j'eus les bains entiers pour moi.

La pièce était chaude et humide, l'atmosphère lourde de vapeur. Deux torches brûlaient sur leurs supports, de part et d'autre du bassin, leurs flammes tremblantes dansant sur l'eau. J'ôtai mes vêtements sales et me laissai glisser avec soulagement dans le bain. L'eau brûlante, chauffée par des fours à bois selon l'antique technique romaine, fit beaucoup pour me détendre. J'avoue y être resté fort longtemps, et sans doute la chaleur et la vapeur m'étaient-elles montées à la tête, car tandis que je paressais dans l'eau, je vis une brume noire qui se rassemblait devant mes yeux.

Je fermai ceux-ci de toutes mes forces pendant un long moment et pris une profonde inspiration. Quand je les rouvris, la brume avait disparu, mais j'avais le tournis et des nausées. En concluant que je m'étais attardé plus que je n'aurais dû, je me relevai, et j'étais sur le point de sortir de la piscine quand j'entendis appeler mon nom.

« Gwalchavad ! Je t'ai cherché. »

Je sentis un souffle glacé sur ma peau nue et je me retournai. Une femme me faisait face, de l'autre côté de la pièce. Vêtue d'une robe bleu et vert foncé, sa blonde chevelure miroitant à la lueur des torches, elle était grande et mince, et possédait une beauté que les hommes ne voient que dans leurs rêves. Elle me fixait d'un regard intense, un sourire approbateur aux lèvres.

« Qui es-tu, femme ? demandai-je.

— Tu n'étais qu'un petit garçon la dernière fois que je t'ai vu », dit-elle en se rapprochant d'un pas. Ses pieds ne produisaient aucun bruit sur les dalles de pierre. « Je suis contente de voir quel bel homme tu es devenu. Tout le portrait de ton père. Lot serait heureux. »

C'est étrange à dire : jusqu'à ce qu'elle prononce le nom de mon père, je ne l'avais pas reconnue. Mais à l'instant où celui-ci franchit ses lèvres, mon cœur cessa de battre et je sentis mes forces s'évaporer comme de l'eau répandue sur le sable. Ce fut tout juste si je parvins à rester debout.

« Morgian ! m'exclamai-je, tremblant intérieurement de froid, ou de rage glacée.

— Mon fils, dit-elle d'une voix douce en tendant vers moi les bras. N'as-tu pas un baiser de bienvenue pour ta mère ?

— Tu n'es pas ma mère, répliquai-je, révulsé. Ma mère est morte.

— Pauvre Gwalchavad, dit-elle en faisant la moue, les mains chastement croisées devant elle. Et dire que je t'ai traité comme mon propre fils.

— Éloigne-toi de moi, sorcière », dis-je. J'essayai de tourner le dos, mais mes membres n'obéissaient plus à ma volonté.

« Je voudrais te parler, cher Gwalchavad, répondit-elle, la voix aussi insidieuse qu'un serpent enroulant ses anneaux autour de sa proie. J'aimerais que tu fasses quelque chose.

— Jamais ! m'écriai-je. Je préférerais me couper la main plutôt que de lever le petit doigt pour toi.

— Oh, je pense que je peux trouver le moyen de te faire changer d'avis, dit-elle avec un sourire séducteur derrière lequel se cachait la trahison. Les hommes sont des créatures si simples, après tout. »

J'essayai de parler et sentis ma langue se figer dans ma bouche. Mes mâchoires demeuraient bloquées.

« Tu vois, il est inutile de me résister », poursuivit-elle en se rapprochant. Elle leva la main et décrivit d'un air absent une figure dans les airs. Je sentis ma gorge se contracter et ne pus plus respirer. « Ce n'est qu'une petite chose… une vétille sans grande importance. Je pense que tu trouveras bien plus facile d'obéir que de refuser.

— Plutôt mourir ! » J'avais forcé les mots à sortir entre mes dents serrées, les mâchoires douloureuses comme si elles allaient se briser.

Elle rejeta la tête en arrière et éclata de rire. « Charmant ! dit-elle d'une voix chaude et sensuelle en croisant les mains sous son menton. C'est exactement ce qu'a dit ton frère, m'apprit-elle joyeusement. Hélas, pauvre Gwalcmai. Il m'a obligé à le prendre au mot. Mais je ne m'attendais pas à ce que tu commettes la même erreur.

— Non ! hurlai-je en pressant mes poings sur mes yeux. Jesu, viens à mon secours ! »

Il y eut un bruit semblable à un battement d'ailes et, quand je rouvris les yeux, j'étais de nouveau allongé dans l'eau, seul. Une des torches s'était éteinte. Je me levai et allai examiner le dallage où s'était tenue Morgian, mais malgré la vapeur et l'humidité, il n'y avait pas la moindre trace de pas, ni aucun signe d'elle. Je criai et ne reçus en réponse que l'écho assourdi de ma voix.

Terrifié, je quittai les bains et courus au quartier des guerriers. Je n'y trouvai personne et, tandis que je me séchais et m'habillais, je me calmai petit à petit et me persuadai qu'il ne s'était agi que d'un mauvais rêve causé par la fatigue et les sinistres expériences de mon récent voyage.

Quand je ressortis enfin, j'avais fermement écarté l'incident de mon esprit et j'étais prêt à saluer mon roi et mes frères d'armes d'une humeur plus joyeuse. Je regagnai la grande salle, certain de pouvoir dévorer mon poids de viande rôtie et engloutir des torrents de bière. Le murmure de voix qui résonnait le long du couloir me donna à savoir que les bâtisseurs de temple étaient de retour et qu'un festin avait commencé.

De fait, la grande salle était illuminée par les torches et bondée. Les rires et les joyeuses conversations déferlaient comme une vague dans la nuit, les coupes circulaient et le feu avait été allumé dans la cheminée. Je fis halte quelques instants sur le seuil et me jugeai fortuné parmi les hommes de contempler une si noble compagnie. Quand de tels hommes et femmes auront quitté ce monde, celui-ci sera un lieu beaucoup plus inhospitalier.

Écartant cette pensée indigne d'une telle occasion, je redressai le dos et me joignis à la joyeuse assemblée. Aussitôt, je fus salué et on me mit une coupe entre les mains. Au moment où je levai celle-ci, je sentis une puissante claque dans mon dos et la voix de Cai retentit à mon oreille. « Voyez ! s'écria-t-il. Le voyageur est de retour ! Comment s'est passée la chasse, mon frère ? »

Avant que je n'aie pu répondre, Cador apparut et dit : « S'il faut en croire mes deux jeunes cousins, le désastre s'est attaché à vos pas de l'aube au crépuscule.

— Eh bien, euh... répondis-je, me conformant aux recommandations de Myrddin, il n'a jamais fait plus que nous mordiller les talons. »

Cai éclata de rire, mais ma réponse circonspecte éveilla la curiosité de Cador. Il se rapprocha. « Vous avez eu des ennuis ?

— Oui, répondis-je à contrecœur, quelques-uns. » Puis, levant la coupe, j'ajoutai : « Mais il y a de la bière dans ma coupe et du feu dans la cheminée. Parlons de choses plus plaisantes. » Je bus et passai la coupe. Essuyant la mousse sur mes lèvres, je dis : « Dis-moi donc, quelle est cette nouvelle que j'apprends au sujet du nouveau temple d'Arthur ?

— Oh ! s'exclama Cai. Tu n'es parti que quelques jours, mais il s'est passé tant de choses en ton absence que tu vas te mordre les doigts de ne pas avoir été là. »

Il se lança alors dans une récapitulation enthousiaste des événements exaltants des derniers jours. Son récit s'enjolivait à mesure qu'il parlait, ponctué des remarques de ceux qui venaient saluer mon retour parmi eux. Il m'apprit qu'Arthur, revenu sur les lieux de sa guérison miraculeuse, avait été réveillé au milieu de la nuit par la vision d'un temple où la Coupe du Christ brillait d'un éclat comparable à celui du soleil matinal. Le Pendragon avait tenu cette vision pour un signe du Grand Roi des Cieux lui demandant d'édifier une demeure pour le Graal. L'abbé et les moines avaient été consultés et, pendant deux jours, Arthur et l'évêque Elfodd étaient restés assis en tête à tête devant des morceaux d'ardoise sur lesquels le Pendragon traçait des dessins représentant le sanctuaire qu'il avait vu dans sa vision.

Elfodd et Arthur… je m'étonnai de cette collaboration, mais je gardai mes pensées pour moi et laissai finir Cai, ce qu'il fit en disant : « Nous avons fait venir de Londinium des hommes qui savent travailler la pierre.

— La pierre ? demandai-je. Le temple sera fait de pierre ?

— Oui, répondit Cai. Arthur veut qu'il dure mille ans !

— Dix mille ! s'exclama un de ceux qui nous écoutaient.

— Pour l'éternité ! renchérit un autre.

— Le travail est-il déjà commencé ?

— Il l'est, confirma Cador. Le site en a été choisi et le terrain défriché. Nous avons coupé des arbres et charrié des troncs toute la journée. En vérité, je te le dis, Gwalchavad, c'est toi qui as eu la meilleure part. Je ne suis pas né pour conduire des bœufs. »

Quand la conversation se reporta sur la façon dont s'était passé mon voyage, je m'excusai en disant que je mourais de faim et suggérai de nous rendre à table, où l'on commençait à servir à manger. Je cherchai du regard Arthur et Gwenhwyvar, mais ne les vis nulle part dans la foule… constituée pour l'essentiel des Cymbrogi, avec quelques moines et une poignée de Fées. Je ne vis pas non plus Myrddin, et je considérai leur absence à tous les trois comme une infortune à ajouter aux autres.

J'aurais pu me laisser aller à la mélancolie, mais, alléché par l'arôme de la viande rôtie et du pain chaud, et par la vue des chaudrons bouillonnants qui arrivaient des cuisines portés sur des perches de bois, je m'employai à manger. Lorsque ma faim fut quelque peu calmée, je regardai le long des bancs pour voir qui pouvaient être mes compagnons de table. Plus loin, je vis Tallaght et Peredur, et bien d'autres de ma connaissance, la tête penchée sur leurs tailloirs comme si rien au monde ne pouvait les déranger. Je vis cela et souhaitai pouvoir écarter aussi aisément qu'eux mes souvenirs déplaisants.

Puis l'intrusion importune de mon rêve éveillé me revint à l'esprit — comme si Morgian en personne venait de faire irruption dans la pièce pour me tourmenter encore.

Soudain trop indisposé pour continuer à manger, je repoussai mon bol, me levai, présentai mes excuses à mes compagnons et me dirigeai vers la sortie. Je n'avais pas traversé la moitié de la grande salle que les portes s'ouvrirent, et Arthur fit son entrée avec Gwenhwyvar. Myrddin, qui les suivait, me vit et me fit signe de les rejoindre.

À mon approche, le roi sourit et écarta les bras pour m'embrasser. « Gwalchavad ! s'écria-t-il. Te voilà !

— Dieu soit bon pour toi, mon roi, dis-je en lui étreignant le bras.

— Myrddin nous a dit que tu étais revenu sain et sauf.

— C'est juste, seigneur.

— Bienvenue, Gwalchavad, dit Gwenhwyvar d'une voix douce et grave. J'espérais te trouver ici. Llenlleawg est-il avec toi ? » Elle jeta un bref coup d'œil dans la pièce pour chercher son cousin.

« Non, gente dame, mais je suis sûr qu'il nous rejoindra dès qu'il sera reposé.

— Viens, Gwalchavad, dit joyeusement Arthur, viens à table avec moi. Il s'est passé bien des choses durant ton absence et j'ai beaucoup à te dire.

— Rien ne me ferait plus plaisir, seigneur », répondis-je, et je ne fus pas déçu. En vérité, son enthousiasme, quand il décrivait la grande œuvre qu'il avait entreprise, était communicatif. Au bout de quelques instants en la compagnie d'Arthur, j'avais tout oublié de mes tribulations et de l'étrange menace de mon rêve.

Car voyez ! Tel est le Pendragon de Bretagne : un homme dont l'amour de la vie est si fort que les autres trouvent en lui leur souffle, un homme dont la noblesse naturelle se transmet à ceux qu'il regarde, de sorte que tous en sont ennoblis. En vérité, il est l'un des fils du Roi Suprême, et il porte sa souveraineté avec une telle grâce que tous ceux qui plient le genou devant lui en sont exaltés.

Sachez que j'ai vécu de longues années auprès d'Arthur, je l'ai servi et l'ai suivi à la bataille plus de fois que je ne puis m'en souvenir, vous pouvez donc me croire quand je vous dis que j'avais rarement vu Arthur d'humeur si joyeuse. C'était comme si toutes les souffrances, tous les tourments des dernières années avaient été effacés d'un coup et qu'il avait retrouvé son caractère naturel — serein et inentamé par les dures nécessités de la royauté et de la guerre. Ce soir-là, il était encore plus lui-même que le jour de son mariage avec Gwenhwyvar, et ce n'est pas peu dire.

À rire et à bavarder avec lui, je sentais mon cœur s'élever pour baigner dans la chaleur de son amitié. Quand nous finîmes par nous séparer pour la nuit, je m'aperçus que la vision du Royaume de l'Été brûlait dans mon cœur, bien que ce nom n'eût jamais franchi ses lèvres. Ah, mais ce n'était pas nécessaire. Arthur en était embrasé !

Tel un feu de Beltane, il projetait des étincelles dans toutes les directions et illuminait la nuit. À lui parler, n'importe qui d'autre aurait été également ébloui, et je tenais pour une bénédiction d'avoir pris place à sa droite et de l'avoir écouté décrire ses projets pour le Temple du Graal. Ce n'était pas une grossière hutte qu'il avait l'intention de bâtir, mais un phare éternel de bonté pour guider ceux qui cheminaient dans les ténèbres, une fontaine de bénédiction pour les assoiffés de vertu, un festin qui n'aurait jamais de fin pour les affamés de justice et de vérité. La construction du Temple du Graal marquerait le début d'une saison de paix et d'abondance qui durerait mille générations.

La façon dont il s'y prendrait était encore un peu vague. En fait, s'il m'en souvient bien, Arthur n'avait pas mentionné une seule fois la façon dont il entrerait en possession de la Sainte Coupe. Mais une chose était très claire dans l'esprit du Pendragon : les actes que nous accomplissions aujourd'hui donneraient la matière d'une chanson qui durerait aussi longtemps que les hommes auraient des langues pour parler et des oreilles pour entendre.

Et quand nous nous levâmes enfin de table, la nuit était fort avancée et l'aurore, qui teintait de vermeil le levant, n'annonçait pas seulement le début d'une nouvelle journée… non, ce n'était rien de moins que l'aube d'un merveilleux Âge d'Or.

XV

Les premiers membres de la tribu des tailleurs de pierre se présentèrent trois jours plus tard… huit hommes conduisant d'énormes chars à bœufs chargés d'outils et de vivres. Ils ne se présentèrent pas au Tor, mais allèrent directement établir leur camp dans la vallée, au pied de la colline où devait être construit le nouveau sanctuaire.

Arthur, impatient de voir commencer le travail, fit seller son cheval et partit les saluer, accompagné de quelques Cymbrogi auxquels je me joignis. Nous regardâmes les nouveaux venus s'activer à leurs diverses tâches et, à la fin du jour, cinq grandes tentes de cuir, fort semblables à celles des Romains de jadis, occupaient la petite plaine. Cinq autres furent dressées le lendemain. Celles-ci, nous dirent-ils, étaient destinées à abriter leurs compagnons et leurs familles, qui arrivèrent quatre jours plus tard. Ils étaient en tout au moins une quarantaine, en comptant les enfants, qui semblaient toujours être partout à la fois.

Durant ces quelques journées, j'eus largement le temps d'observer les maçons pendant qu'ils s'occupaient d'aménager leur camp. C'étaient des hommes étranges : de petite taille, avec de larges épaules, des bras musclés et des jambes trapues. Ils étaient rudes à la tâche, vifs de caractère et fort bruyants — quand ils n'échangeaient pas des hurlements, ils chantaient à faire résonner toute la vallée — un peu à la façon des marins. J'aurais été surpris si un seul d'entre eux était jamais monté sur un cheval ou avait jamais brandi une épée, sans parler de manier une lance.

Les jours suivants furent consacrés, avec force discussions, à la préparation du site. Les tailleurs de pierre grommelaient à n'en plus finir que le terrain avait été mal défriché, ils se plaignaient de l'emplacement choisi et de l'affligeante rareté de matériaux convenables dans la région. Rien n'était jamais assez bien pour eux et ils ne se privaient pas de le faire savoir à tout le royaume.

« Dieu sait, Arthur, murmura Cai, las de leurs réflexions désobligeantes, si les plaintes étaient des pierres, le temple serait depuis longtemps construit...

— Et une cathédrale, en plus, ajouta Bedwyr d'un ton acerbe.

— Renvoyons-les tous à Londinium et qu'on n'en parle plus, renchérit Rhys. Nous nous en sortions suffisamment bien avant leur arrivée. »

Mais Arthur prenait les protestations sans s'émouvoir. « Ce sont des chiens sans maître, dit-il. Quand leur chef arrivera, il les mettra au pas. »

Le chef dont il parlait était un homme chauve aux jambes arquées, avec une barbe drue comme la toison d'un ours. Sa peau, tannée par des années de travail au soleil, au vent et à la pluie, était aussi épaisse que le cuir de sa tente, et tout aussi brune. Il s'appelait Gall, marchait en clopinant et mâchait des brindilles de noisetier qu'il gardait dans une bourse de cuir accrochée à sa ceinture. Solide comme une vieille souche, il n'avait qu'à dire un mot et ses hommes bondissaient pour obéir.

Arthur l'aima aussitôt.

Quand Gall et sa petite épouse brune furent arrivés, les plaintes se réduisirent à un niveau supportable et le travail commença pour de bon... malgré la pierre déplorable et le lamentable choix du site. Nous eûmes encore amplement l'occasion de les observer, car les Cymbrogi furent mis à contribution pour couper des arbres afin de leur fournir du bois. Je n'aurais jamais imaginé que les maçons puissent avoir besoin d'autant de bois pour leur curieuse activité.

« Ce que l'on bâtit en pierre, nous expliqua Gall, il faut d'abord le construire en bois. »

Je ne pus non plus m'empêcher de remarquer que Myrddin ne ratait pas une occasion de suivre le maître maçon, lui posant des questions sur chacun de ses gestes et de ses pensées afin d'apprendre tout ce qu'il pouvait de l'art des tailleurs de pierre.

Quand nous n'allions pas chercher du bois pour le chantier, nous nous occupions d'approvisionner le camp en eau. Bien que la sécheresse persistât alors que le long été torride tirait doucement à sa fin, la source au pied du Tor demeurait aussi douce et fraîche que jamais. Nous y remplissions des tonneaux à bière que nous ramenions au camp des maçons à l'aide de leurs chars à bœufs. Étions-nous remerciés pour ce rare service ? Jamais !

Au milieu de toute cette activité, il se produisit un bizarre et troublant événement qui aurait dû nous servir d'avertissement. C'était le jour du sabbath, au cours duquel les moines célébraient leurs saints offices. Beaucoup de chrétiens du royaume venaient à la chapelle assister aux cérémonies et se recueillir avec les prêtres. Les maçons ne travaillaient pas ce jour-là de la semaine, ce qui les laissait libres de se joindre à eux, ce dont ils ne se privèrent pas — chantant avec une belle vigueur hymnes et psaumes.

Cette manifestation de ferveur religieuse plut tant à Arthur qu'il alla assister aux vêpres, ce soir-là, puis il invita tout le monde — moines aussi bien que maçons — sur le Tor pour souper avec lui dans le palais d'Avallach. Nous étions donc tous réunis pour festoyer joyeusement, quand une étrange sensation parcourut la grande salle. Déferlant telle une vague d'un bout à l'autre de la vaste pièce, je la vis se propager à travers la foule et sentis un nœud au creux de mon estomac. Aussitôt suivi d'un curieux picotement, comme lorsque la froidure hivernale vous engourdit le nez, les joues et le bout des doigts.

Le silence s'était fait dans la salle où régnait maintenant une atmosphère d'attente inquiète semblable à celle qui précède la tempête. À la lueur subtilement mouvante des torches et de l'âtre, l'assemblée entière regardait, immobile, certains la bouche ouverte comme pour parler, d'autres la coupe à mi-chemin des lèvres comme pour boire. Je vis Arthur et Gwenhwyvar, à demi tournés vers la porte, le rire pétrifié sur leurs visages. Dans l'attitude et l'expression de chacun se lisaient les dernières traces d'une joie qui s'effaçait rapidement.

Je tournai la tête et en vis la cause : à quelques pas de la porte se tenait une jeune femme. Grande et mince, ses longs cheveux bouclés ruisselant telle une eau miroitante sur ses épaules aux doux arrondis, sa svelte silhouette revêtue d'une robe vert foncé et d'un mantelet à capuchon d'or étincelant, elle avait le port altier d'une reine qui reçoit l'hommage de son peuple.

Durant un long moment au cours duquel le temps sembla s'être arrêté, le silence régna dans la salle, suspendu entre un souffle et le suivant, sans que nul ne bouge ni ne parle. Puis j'entendis un bruit de pas à l'extérieur de la grande salle. Cette approche avait dû la surprendre, car elle tourna la tête en direction du bruit. Au même instant, comme sur commande, la salle revint à la vie et Myrddin apparut derrière la jeune femme dans l'encadrement de la porte.

Elle lui fit face et il s'arrêta net. Je vis son sourire se figer tandis que ses salutations mouraient sur ses lèvres.

La dame en vert se dirigea vers lui et posa la main sur son bras. Puis elle se retourna et, ensemble, ils franchirent le seuil en souriant de plaisir... en tout semblables à un couple royal faisant son entrée à son festin de noces.

Mon étonnement devant l'étrange comportement de Myrddin céda immédiatement place à une encore plus grande stupéfaction, car, quand elle se fut rapprochée, je m'aperçus que cette dame était la jeune fille que j'avais trouvée errant pieds nus dans la forêt. Celle à la recherche de qui Llenlleawg s'était lancé et au cours de laquelle il avait failli perdre la vie... ainsi que trois autres personnes. Disparus les haillons, disparue l'expression terrifiée, disparus aussi les pieds nus, les mains sales et les cheveux en désordre. Son apparence était en tout celle d'une reine, depuis l'ourlet de sa robe jusqu'à sa soyeuse chevelure bouclée.

Je restai cloué sur place par la surprise, mais la foule se précipita en avant, poussant des exclamations. Myrddin, d'un seul mot, les fit taire. « Paix ! » dit-il d'une voix qui résonna d'un bout à l'autre de la salle. Dressé de toute sa taille, la main levée, il mit fin au tapage aussi vite que celui-ci avait commencé.

Puis, se tournant vers la jeune femme, il dit : « Ainsi, tu nous fais une fois de plus l'honneur de ta présence. J'aimerais savoir à qui nous devons souhaiter la bienvenue. Gente dame, je te l'ordonne, dis-moi ton nom. »

Son ton était doux mais ferme, et rares sont les mortels capables de défier ses ordres. Mais je savais fort bien que la jeune femme ne jouissait pas du pouvoir de la parole... quel ne fut donc pas mon étonnement quand elle répondit : « Pardonne-moi, seigneur Emrys, je m'appelle Morgaws. »

Une onde d'excitation se propagea à travers l'assemblée. « Elle parle ! » s'exclamèrent certains. « Que signifie ? » demandèrent d'autres.

Arthur se fraya un chemin dans la foule pour les rejoindre, Gwenhwyvar sur les talons. « C'est un prodige ! déclara-t-il, rayonnant de plaisir devant ce retournement inattendu. Comment une telle transformation est-elle advenue ? »

Myrddin, qui observait toujours attentivement la jeune femme, ne fit pas un geste lorsque Morgaws s'avança vers le roi. « Merci, seigneur Arthur, dit-elle en inclinant joliment la tête. Je te suis obligée de ta gentillesse. » Elle parlait d'une voix basse et rauque, comme rouillée, faute d'exercice. « Il y a un an, une femme de notre caer m'a jeté un sort, me privant de l'usage de la parole et de la raison. Depuis, j'ai erré où je le pouvais, captive à l'intérieur de moi-même, sans savoir qui j'étais ni d'où je venais.

— Tu sembles t'être remarquablement bien rétablie, fit remarquer Gwenhwyvar en venant prendre place près de son époux. J'aimerais entendre comment c'est arrivé. »

Les deux femmes se dévisagèrent avec froideur. Morgaws joignit les mains avec grâce et dit : « Effectivement, noble reine, ma guérison fut soudaine. Mais je serais bien en peine de l'expliquer. Tout ce que je sais, c'est qu'en arrivant en vue du Tor, j'ai senti une grande confusion s'emparer de moi. Je ne savais plus qu'une chose, c'était qu'il fallait m'éloigner.

— Tu nous as quittés bien brusquement, fit sèchement remarquer Gwenhwyvar. Nous nous sommes inquiétés pour toi et avons envoyé de valeureux guerriers à ta recherche. Ils ont bravé pour toi de grands dangers et subi de dures épreuves... l'un d'entre eux en souffre encore. Cela nous aurait épargné bien des peines et de non moindres tracas si simplement tu nous avais fait signe. Nous aurions pu t'aider. »

Morgaws baissa humblement les yeux. « Hélas, je ne puis qu'implorer ton pardon, noble reine. Mon imprudence a été une bien pauvre réponse à la grande bienveillance que vous m'avez témoignée. Je n'avais pas tous mes esprits, je le confesse. Je me suis enfuie dans les bois et j'ai galopé jusqu'à ne plus pouvoir chevaucher. Puis j'ai dormi et, quand je me suis réveillée, toute confusion m'avait abandonnée et je me suis retrouvée moi-même. Au bout de si longtemps, je n'ai eu de trêve que je ne sois retournée chez moi. » Elle sourit joliment. « Je suis venue remercier ceux qui se sont occupés de moi pendant mon affliction. »

Une moue dubitative jouait sur les lèvres de Gwenhwyvar. « Et où cela se trouve-t-il, chez toi ?

— Non loin d'ici, répondit Morgaws. Ma demeure se trouve près de Caer Uintan, et... » Elle s'interrompit, comme plongée dans de tristes réflexions, puis elle reprit : « Une fois redevenue moi-même, je n'ai eu de repos que je ne sois revenue vous remercier de la bonté dont vous avez fait preuve envers moi. » Bien qu'elle répondît à la reine, je remarquai qu'elle n'avait pas quitté Arthur du regard et, quand elle eut terminé, elle lui sourit.

« Tu es venue seule ? demanda Myrddin. Après ce qui t'est arrivé, on pourrait s'attendre à ce que ton peuple prenne davantage soin de toi. Assurément, il n'est pas prudent pour une jeune femme de voyager sans escorte. »

Cette question parut dérouter Morgaws. Son regard se détourna d'Arthur et elle baissa la tête, hésitante… comme pour chercher une réponse plausible. Mais le roi la sortit d'embarras. Arthur, expansif et généreux, dit : « Je serais moi aussi intéressé d'entendre ton histoire, mais nous aurons tout le temps plus tard pour les explications. Tu es guérie, et c'est une cause suffisante de se réjouir. Viens, prends place avec nous et fêtons ton retour saine et sauve. »

Sur ce, le roi conduisit son élégante invitée à table, où il la fit asseoir à son côté. Gwenhwyvar s'installa auprès d'eux, l'air d'un chat aux aguets, ne laissant rien échapper de ce qui se disait. Comme toujours, le Sage Emrys gardait ses pensées pour lui-même, mais je ne pus m'empêcher de remarquer qu'il ne se joignit pas à eux à table ce soir-là.

Les jours suivants, seuls les commentaires à propos du nouveau temple surclassèrent le retour inattendu de Morgaws comme sujet de conversation. J'avais beau écouter tout ce qui se disait, je n'en étais pas plus éclairé. En ce qui concernait la dame, certains disaient une chose, certains une autre. Les diverses spéculations concernant son malheur et sa miraculeuse guérison étaient de plus en plus désespérément embrouillées, et la vérité semblait difficile à cerner. C'était une noble dame dont la citadelle avait été détruite et le peuple massacré par les Vandali, disaient les uns. D'autres prétendaient que c'était une fille des Belgæ dont les parents avaient fui en Armorique à cause de la peste, l'oubliant sur place. D'autres encore avaient d'autres idées, mais nul ne semblait savoir laquelle de ces diverses histoires était vraie.

Pendant ce temps, le travail au temple avançait rapidement et les jours s'étaient installés dans un rythme paisible. De retour à Ynys Avallach parmi mes amis et mes frères d'armes, j'en venais de plus en plus à considérer comme sans importance les terribles événements survenus dans le Llyonesse. À chaque jour qui passait, le souvenir s'en estompait, de plus en plus lointain et insignifiant. Je finis même par me convaincre que le rêve où m'était apparue Morgian était le résultat d'un étourdissement consécutif à la fatigue, aux soucis et à un séjour prolongé dans un bain trop chaud.

Il n'est qu'humain, je suppose, de repousser la peur et la souffrance, de s'éloigner au plus vite de tout désagrément. Je ne différais en rien de qui que ce fût à cet égard. Même le retour de Morgaws ne parvint pas à éveiller en moi le moindre soupçon durable. Après tout, Gwenhwyvar et Arthur l'avaient acceptée : la méfiance de la reine ayant cédé la place à une authentique affection, ils s'en étaient littéralement entichés. Qui étais-je pour remettre en question leurs sentiments ?

Je me disais : cette dame a manifestement beaucoup souffert et sa délivrance est cause de réjouissance. Nous n'avons aucune preuve qu'elle ait fait quoi que ce soit de mal. Elle est parfaitement en droit de jouir des attentions de la cour d'Arthur. Ces choses, je ne cessais de me les répéter et les croyais à demi. De temps en temps, le doute s'insinuait néanmoins en moi — oh, guère plus que de vagues impressions — de sorte que, malgré l'excitation et la gaîté qui m'entouraient de toutes parts, je ne pouvais me résoudre à me sentir heureux pour elle. Et je n'étais pas le seul à avoir cette attitude. Peredur se tenait lui aussi visiblement à l'écart des réjouissances.

Un soir, peu après le retour de Morgaws, je le vis assis à table, sa coupe près de son coude, en train d'observer le roi et la reine fascinés par leur invitée. Me glissant près de lui sur le banc, je dis : « Pourquoi cette triste mine, mon ami ? Je pensais que, comme tout le monde, tu te réjouirais du retour de l'égarée.

— Je le pourrais, marmonna-t-il sombrement, si tous ne se laissaient aveugler par l'adoration qu'ils lui portent. Je ne vois pas grand-chose à admirer chez cette femme.

— Morgaws ? »

Il me regarda d'un air soupçonneux, puis il tourna lentement son visage renfrogné vers la salle bondée. « Morgaws, dit-il d'une voix si basse que je l'entendis à peine.

— Tu ne l'aimes pas beaucoup, à ce que je vois. »

Peredur haussa les épaules. « Je ne pense rien d'elle, dans un sens ou dans l'autre. » Prenant sa coupe, il la vida d'un trait. « Pourquoi le devrais-je ? demanda-t-il. Elle n'est rien pour moi. Je voudrais n'avoir jamais posé les yeux sur cette catin. »

Je fus surpris de cette véhémence inusitée, mais je répondis : « Je sais ce que tu veux dire, mon frère. Notre mystérieuse invitée me met moi aussi mal à l'aise.

— C'est toi qui l'as trouvée. » Son ton suggérait que j'étais responsable de tous les malheurs du monde. « Elle n'avait alors pas l'air de te mettre mal à l'aise. »

C'était sans doute vrai. Quand nous l'avions trouvée dans la forêt, je n'avais éprouvé que compassion pour son infortune. Peredur, me rappelai-je, avait eu une réaction d'effroi dès l'instant où il l'avait vue.

« Eh bien, lui accordai-je, tu as peut-être raison. Ma façon de voir a sans doute été altérée par notre séjour dans le Llyonesse. Et je vais te dire autre chose : nous ne sommes pas les seuls à nourrir des soupçons. »

Peredur se contenta de grogner.

« Myrddin aussi se méfie.

— Dans ce cas, peut-être l'Emrys est-il aussi sage qu'on le dit. » À ces mots, le jeune guerrier reposa bruyamment sa coupe vide sur la table, puis il se leva brusquement. « Il faut me pardonner, seigneur Gwalchavad, je me sens de mauvaise humeur, ce soir. Je t'assure que je n'avais nulle intention de t'offenser. Je te prie de ne pas y prêter attention. »

Et il me quitta, s'éloignant à grands pas. Je le vis disparaître dans la foule rassemblée devant la cheminée, aussi décidai-je de découvrir qui d'autre pouvait ne pas partager l'enthousiasme général pour l'honorable dame. Au bout d'un moment, je localisai l'insaisissable Llenlleawg, qui ne pouvait, à mon sens, que partager l'aversion de Peredur. Si quelqu'un avait une raison de se méfier de Morgaws, c'était bien lui. À mon grand étonnement, je n'aurais pu me tromper davantage.

« Elle est merveilleuse, n'est-ce pas ? » dit-il lorsque je m'arrêtai près de lui. Il n'y avait pas à se méprendre sur la personne dont il parlait : il regardait fixement l'autre bout de la grande salle, où, tout sourires et modestes réponses, elle conversait aimablement avec Arthur, Gwenhwyvar et Elfodd, venu de l'abbaye voisine.

« Sans doute », répondis-je en l'examinant attentivement.

Ignorant ma réponse évasive, Llenlleawg poursuivit : « En vérité, c'est une fille des Tuatha DeDannan. » Satisfait de sa comparaison, il dit : « En fait, c'est une véritable Sidhe. Comme son visage resplendit sous ses boucles flamboyantes ! Et ses yeux… » Il laissa mourir sa voix dans un murmure si extatique que je me retournai pour regarder mon ami dans les yeux. L'avais-je déjà entendu parler ainsi ? Non. Jamais.

« Est-il possible que ce soit le même homme qui a tant souffert d'être parti à sa recherche ? m'exclamai-je.

— Elle n'avait rien à voir dans tout cela, déclara-t-il. Rien du tout.

— Cela veut-il dire que tu t'es souvenu de quelque chose ?

— Non, dit-il d'un ton catégorique. Je ne me rappelle rien de ce qui est arrivé. Mais elle n'en était pas la cause… Je le sais.

— Si tu ne te souviens de rien, comment peux-tu en être sûr ? »

Le grand Irlandais me jeta un regard sombrement désapprobateur avant de s'éloigner.

Incapable de trouver un sens à cette réaction, je repris mes recherches ailleurs. Je trouvai Myrddin, debout à l'entrée de la grande salle, qui contemplait les convives royaux assis à table. Voyant vers où étaient tournés ses yeux, j'approchai ma tête de la sienne et dis, quelque peu étourdiment. « Eh bien, il semblerait que Morgaws se soit fait une place parmi nous.

— Oh, elle est fort habile pour s'insinuer dans l'affection des hommes, répondit Myrddin avec un sourire forcé. Souviens-toi de mes paroles, Gwalchavad, nous n'avons pas fini de nous interroger sur Morgaws. Je la regarde et ne vois que des questions qui attendent une réponse. Pourquoi nous a-t-elle faussé compagnie pour revenir ainsi ? Ses riches vêtements… où les a-t-elle trouvés ? Elle parle avec l'aisance d'une noble dame… mais où est sa famille ? Pourquoi tout le monde perd-il la tête en sa présence ?

— Llenlleawg a assurément perdu la tête, répondis-je, avec l'intention de rapporter à Myrddin notre conversation. Savais-tu qu'il… » Mais le Sage Emrys n'écoutait plus. Il s'était tourné et regardait Morgaws. Son froncement de sourcils avait cédé la place à un air extasié.

« Ah, mais elle est belle, nul ne peut le nier », murmura-t-il. Cette simple remarque m'emplit d'une encore plus grande frayeur que tout ce qu'il aurait pu dire d'autre. Je le regardai fixement, mais, sans s'occuper de moi, il s'éloigna.

Je dormis mal, cette nuit-là, et me levai tôt le lendemain pour me rendre au nouveau temple dans l'espoir d'oublier Morgaws. Une fois sur le site, je fus stupéfait de voir le travail accompli depuis l'arrivée de Gall.

Le mont où devait se dresser l'oratoire était une colline basse en vue du Tor et de l'abbaye, située à peu près à égale distance des deux. Malgré l'heure matinale, quand je parvins en vue de l'endroit, j'aperçus des travailleurs à l'œuvre partout sur la colline. Des chariots allaient et venaient, certains chargés de pierres pour le temple, d'autres de pavés pour le chemin y menant, d'autres encore repartaient après avoir déposé leur chargement.

Je mis pied à terre, attachai mon cheval et m'avançai vers le pied de la colline, m'arrêtant çà et là pour parler à l'un ou l'autre des Cymbrogi qui aidaient à construire la route. Tous travaillaient avec entrain aux côtés des maçons, plaisantant haut et fort : les Cymbrogi allaient chercher les pierres que les maçons choisissaient d'un œil sûr avant de les mettre en place à petits coups de leurs maillets de bois. Je saluai ceux que je connaissais, les félicitai de leur zèle et poursuivis mon chemin, montant lentement vers le sommet de la colline, qui avait été aplani pour accueillir les fondations du temple.

Des fosses avaient été creusées aux quatre coins et remplies de moellons sur lesquels on avait étalé une épaisse couche de pierraille destinée à recevoir les fondations... les premières pierres en avait été posées la veille. À présent les ouvriers s'activaient à dresser un échafaudage de bois le long de ce qui deviendrait un mur.

Je trouvai l'affable Gall joyeusement occupé à crier des ordres à un groupe de Cymbrogi qui s'efforçaient de traîner un chariot de pierres vers le sommet de la colline. « Bloquez les roues ! hurlait-il. Servez-vous des cales de bois pour bloquer les roues ! » Se tournant vers moi, il dit : « Ils les remplissent trop, vois-tu. Je leur répète que des demi-charges font moins peiner les bœufs. Le temple ne sera pas bâti en un jour, leur dis-je, mais ils refusent d'écouter. » Puis, me regardant plus attentivement : « Je te connais, seigneur ?

— Je m'appelle Gwalchavad, pour te servir », répondis-je. J'éprouvai immédiatement de la sympathie pour lui : le visage ouvert, les traits resplendissants de santé et d'exaspération bon enfant, il posait sur le monde deux yeux brun clair, le soleil luisant sur son crâne rose et dégarni.

Il me contempla un moment en clignant des yeux, ses robustes bras croisés, une moue songeuse aux lèvres. Puis : « Doux seigneur ! Gwalchavad, bien sûr. Oui. Du célèbre Vol des Dragons. Au nom du Christ, je te présente mes salutations. » Il sourit, toute irritation envers les volontaires étourdis oubliée. « Je m'appelle Gall. Si le Grand Roi de Bretagne ne me pressait pas quotidiennement pour savoir quand le travail sera terminé, je t'inviterais à déjeuner avec moi. Mais il n'y a pas de repos pour les damnés ! »

Bien que son discours eût adopté la forme d'une doléance, il ne semblait pas se soucier le moins du monde de ses épreuves. « Je vois que tu ne manques pas d'aide », dis-je.

Il me dévisagea d'un air dubitatif. « Es-tu venu m'aider, toi aussi ?

— Ne crains rien, répondis-je en souriant, car, à moins que tu ne trouves une tâche qui exige mon attention personnelle, je me contenterai de regarder de loin.

— Brave homme. »

Le chariot surchargé atteignit à cet instant le sommet de la colline et le maître maçon s'empressa d'aller superviser le déchargement des pierres. Je fis le tour du site, contemplant les champs environnants, grillés par le soleil et la sécheresse. Combien de temps la terre pourrait-elle encore survivre sans une pluie bienfaisante ? Je ne pus m'empêcher de songer que, malgré la chaleur persistante, la saison des moissons serait bientôt là, et quelles pauvres moissons ce seraient. Du moins le temps sec facilitait-il le travail des maçons. Mais les habitants de la région regarderaient-ils d'un bon œil le temple du roi, quand leurs ventres et leurs greniers seraient vides ?

Ma méditation fut interrompue par un cri en provenance du pied de la colline. Je me retournai et baissai les yeux pour voir Cai qui gravissait la pente dans ma direction. Après l'échange de salutations, il dit : « Je te cherchais, mon frère. C'est le dernier endroit où je m'attendais à te trouver.

— Mais tu m'as trouvé. »

Il hocha la tête en jetant un coup d'œil circulaire sur les travaux en cours, puis il dit : « Arthur a fait mander le Vol des Dragons pour tenir conseil avec lui.

— C'est bien soudain. Sais-tu pourquoi ? demandai-je, commençant déjà à redescendre le versant de la colline vers l'endroit où attendaient nos chevaux.

— Il se trouve que oui, dit Cai en m'emboîtant le pas. Je crois qu'il va nous exposer ses projets pour la garde du temple. » Devant mon regard interrogateur, Cai poursuivit, d'un ton suggérant qu'il trouvait indigne de lui d'expliquer ce qui était évident : « Une fois que la Sainte Coupe sera installée dans le temple, il faudra la garder, tu sais. Qui est mieux placé pour cela que le Vol des Dragons, la fine fleur des guerriers de Bretagne ?

— Qui, effectivement ? répondis-je. Mais où est la coupe en ce moment ?

— Je crois que c'est Avallach qui la détient. Mais bientôt elle appartiendra à tout le monde.

— Peut-être Myrddin a-t-il raison, rétorquai-je, et devrions-nous la laisser tranquille. Il me semble qu'Avallach l'a suffisamment bien gardée pendant toutes ces années.

— Quel tracassier ! s'exclama Cai. Que peut-il bien arriver à la coupe avec nous pour la garder ? »

XVI

Un des traits les plus curieux, chez les humains, veut que l'apparence d'une chose soit tenue en plus grande estime que sa véritable nature. J'ai constaté qu'il en était toujours ainsi. Peut-être est-ce parce qu'une image plaisante éveille, chez ceux qui la contemplent, la sympathie et le désir d'être associés à ce qu'ils admirent. Ou bien alors, insensés qu'ils sont, peut-être croient-ils simplement que rien de ce qui les séduit ne peut jamais leur faire de mal.

En cela, ils se trompent lourdement, bien sûr, comme en beaucoup d'autres choses. Quoi qu'il en soit, c'est précisément cette bizarrerie qui m'a si bien servi. Que Morgaws soit belle, cela ne fait pas de doute. Je l'ai créée, chair et sang, dans ce but. Je lui ai enseigné tout ce qu'elle avait besoin de savoir pour accomplir ma volonté et mon désir. Je lui ai tout appris, et bien appris. Elle est le réceptacle vide qui peut être appelé à contenir tout ce que veut son possesseur.

Née de l'union entre mon fils dévoué, Lot, et moi, Morgaws est véritablement la chair de ma chair et le sang de mon sang. Depuis l'instant où elle est venue au monde, je l'ai modelée à ma volonté. Comme tous les enfants, elle avait un désir inné de faire plaisir à ceux sous l'autorité desquels elle était placée, ceux qui lui procuraient nourriture et abri, chaleur et sécurité. Avec un talent consommé, j'ai manipulé ses désirs enfantins pour servir mes desseins, et elle y a magnifiquement répondu. Morgaws est ma plus belle création : la vengeance faite chair.

Avec les Cymbrogi, nous regagnâmes en hâte le Tor afin de nous préparer pour le conseil qui devait se tenir à midi. Dans le quartier des guerriers, les hommes se rendaient aux bains ou en revenaient, pendant que d'autres se rasaient et passaient leurs plus beaux vêtements. D'autres encore s'occupaient de polir leur épée, la pointe de leur lance et l'ombon de leur bouclier.

Suivant leur exemple, je me lavai et me rasai, moi aussi, puis je revêtis mes meilleurs habits et, le temps que je finisse de polir mon épée, les Cymbrogi se rassemblaient déjà dans la grande salle. Je retrouvai Rhys et Cador et allai avec eux rejoindre les autres. La grande salle avait été vidée de ses tables et de ses bancs, et les guerriers étaient regroupés d'un côté de l'énorme pièce.

Nous nous frayâmes tous trois un chemin jusqu'au premier rang, où se trouvait notre place, pour constater que le Pendragon était déjà arrivé. Il était assis dans le grand fauteuil d'Avallach, face au Vol des Dragons disposé en demi-cercle autour de lui, depuis Bedwyr à sa droite jusqu'à Llenlleawg à sa gauche. Gwenhwyvar se tenait derrière le trône, la main posée sur l'épaule droite d'Arthur, et Myrddin était debout près d'elle, aussi silencieux que le bâton de chêne qu'il tenait à la main.

Nous prîmes place, Cador, Rhys et moi, dans le cercle face au roi, qui salua notre arrivée d'un lent hochement de tête. Voyant que tout le monde était là, il tendit une main vers Myrddin, qui s'avança alors devant lui et, brandissant son bâton, en frappa trois fois le sol.

Puis, le calant à la verticale sur le dallage, il en fit le tour, une fois, deux fois, trois fois, regardant au passage chaque homme droit dans les yeux. Cela fait, il saisit son bâton à deux mains et le tint en travers de sa poitrine, puis, d'une voix profonde et solennelle, il prit la parole :

« Fortunés êtes-vous parmi les hommes ! Je répète, fortunés êtes-vous, ainsi que tous ceux qui entendront ce qui se sera passé dans cette salle. En vérité, je vous le dis : de nombreuses générations avant vous ont vécu et sont mortes en attendant ce jour. »

Myrddin fit une pause, parcourant de ses yeux dorés la compagnie rassemblée devant lui. « Écoutez la Tête de Sagesse : aujourd'hui, le soleil s'est levé sur le Royaume de l'Été. Désormais, et jusqu'à ce que les étoiles tombent du haut des cieux et que les mers engloutissent notre île, le royaume qui naît aujourd'hui prévaudra. Vous tous, qui vous tenez devant votre roi, soyez témoins : le Seigneur de l'Été a pris place sur son trône et son règne a commencé. »

À ces mots, l'assemblée des guerriers poussa une puissante clameur… un cri de joie pour prévenir tout Ynys Prydain qu'un nouveau royaume avait vu le jour sous l'autorité du Grand Roi. Il se passa un long moment avant que l'Emrys puisse se faire entendre à nouveau. Finalement, quand les acclamations se furent apaisées, il poursuivit :

« Les louanges des hommes véritables sont un bienfait d'une grande vertu, et l'avènement du Royaume de l'Été est effectivement digne de louanges, dit-il. Or le Royaume de l'Été ne sera pas honoré seulement en paroles, mais aussi en actes. Pour cette raison, et dans ce dessein, est née la Compagnie du Graal. »

Si la première déclaration avait déclenché les acclamations, celle-ci fut suivie d'un silence aussi assourdissant, à sa façon, que l'avaient été les ovations. Avec tous les autres, je retins mon souffle tandis que le Pendragon se levait de son trône pour venir se placer près du Sage Emrys. Arthur, portant son torque d'or et son bracelet à l'image d'un serpent, Caledvwlch luisant, dénudée, à son côté, leva les mains en un geste de souveraine autorité.

« La Compagnie du Graal, dit Arthur d'une voix qui fit retentir ces mots étrangement exaltants, est la première expression du Royaume de l'Été. Mais de quoi s'agit-il ? Est-ce une fraternité consacrée au service du Très Saint Graal ? Oui, il s'agit de cela, et de bien davantage : une alliance d'esprits fraternels, apparentés non pas par le sang, mais par leur dévouement à une tâche commune. Cette tâche est de garder, de protéger le Graal et tous ceux qui viendront en pèlerinage au temple de la Sainte Coupe.

» Cymbrogi, écoutez-moi ! C'est un haut et saint devoir auquel je vous appelle. Durant de nombreuses années, le Graal a été tenu au secret, caché pour sa protection et veillé par son gardien, le seigneur Avallach. Mais bientôt la Sainte Coupe sera dévoilée pour la plus grande bénédiction de la Bretagne et de son peuple. Libérée du secret, elle sera confiée à notre garde et nous deviendrons ses protecteurs. Les talents que nous avons appris à la guerre, et affûtés en d'incessants combats, seront convertis au service de la paix. Nos épées deviendront les armes de notre Seigneur le Christ sur terre. Nos ennemis ne seront plus de simples adversaires de chair et de sang, mais les puissances et les princes des ténèbres.

» La Compagnie du Graal commence avec vous, mes loyaux amis. Vous serez les premiers, et ceux qui viendront après vous suivront le chemin que vos pieds auront tracé. Je vous enjoins donc, Cymbrogi, de vous montrer dignes de votre vocation. »

À ces mots, il baissa les mains et retourna s'asseoir. Le Vol des Dragons, enthousiasmé par ces nobles paroles et par la perspective de glorieux exploits, accueillit la déclaration du Pendragon par une puissante clameur. Les guerriers se mirent à pousser des vivats et à prêter serment de loyauté à la nouvelle Compagnie. Au bout d'un moment, lorsque le tumulte se fut un peu calmé, Cai cria pour se faire entendre.

« Seigneur et Pendragon, dit-il de sa voix sonore pour couvrir les clameurs, je sais fort bien que je ne fais qu'un avec mes frères d'armes pour saluer l'avènement du Royaume de l'Été, et comme eux, je voue ma personne et mon épée à la cause que tu viens de proclamer. Tes paroles sont belles et justes, ainsi qu'il sied à l'occasion, et je suppose que tu répugnes à rabaisser la noble Compagnie par de fastidieuses explications. Néanmoins, au risque d'encourir le mépris de ceux qui ont été gratifiés d'un esprit plus vif que le mien… » — Cai se tourna d'un côté et de l'autre, comme pour saluer ceux qu'il considérait supérieurs à lui — « … j'estime qu'il vaut la peine de poser la question : de quelle manière accomplirons-nous la tâche dont tu nous as chargés et que nous acceptons bien volontiers ? »

Cela déclencha les rires joviaux de toute l'assemblée. Cai, toujours pratique, ne pouvait entendre proclamer une cause sans chercher à savoir comment la servir. Bien sûr, une fois qu'il eut ouvert la brèche, tout le monde s'y engouffra pour demander au roi ce que nous étions censés faire, et de quelle façon.

Je ne pus m'empêcher de remarquer que Myrddin ne faisait pas un geste pour venir en aide au roi, mais qu'il restait appuyé sur son bâton et observait la scène avec une froide indifférence, comme pour dire : Qui dérange la ruche doit braver les bourdonnements.

Arthur se contenta de sourire et se leva, venant reprendre place au centre du cercle. « Seigneur Cai, mon vaillant ami, je plie le genou devant ton humble prière. » Se tournant vers l'assemblée, Arthur déclara : « Ton approbation de la Compagnie est aussi gratifiante que ton zèle est encourageant. Si je n'ai pas révélé entièrement mes pensées, c'est pour cette raison : la Compagnie du Graal doit être une véritable union des cœurs et des esprits, et une telle chose, j'en suis persuadé, ne peut advenir que par l'attachement librement consenti de ceux qui y sont appelés, non par décret royal.

» Je vous demande donc, mes nobles amis, de choisir parmi vous ceux qui décideront en votre nom de l'organisation de cette Compagnie. À cette fin, je vous exhorte à prier que vous soit accordée la sagesse qui vous aidera à bien choisir vos chefs… car les règles qu'ils établiront auront dès à présent et à jamais force de loi. »

En cela, je crus voir la main de l'évêque Elfodd, car la Compagnie du Graal telle qu'il nous la décrivait semblait inspirée d'un ordre monastique. Quoi qu'il en soit, Arthur ne nous donna pas d'instructions sur la façon de prendre nos décisions, et il paraissait ne pas vouloir en dire plus. Après avoir prononcé ce discours, il prit congé de nous, nous demandant de le prévenir dès que nous aurions choisi nos chefs.

Nous nous retrouvâmes donc seuls, échangeant d'un air songeur des coups d'œil perplexes. C'était là une activité à laquelle nous autres, hommes de guerre, étions le moins préparés. Le mieux que l'on puisse dire c'est que, aussi inégal qu'ait pu être le combat, du moins ne déposâmes-nous pas les armes et ne désertâmes-nous pas le champ de bataille. Endossant notre responsabilité de notre mieux, nous nous engageâmes dans une longue et infructueuse dispute.

À la fin, le Vol des Dragons, inaccoutumé à prendre des décisions de cette sorte, se tourna d'un air expectatif vers ses chefs de guerre. Le premier à parler fut Bedwyr. Peut-être, en tant qu'ami le plus proche du Grand Roi, avait-il mieux compris que nous les intentions d'Arthur, car il dit : « Frères, si vous me permettez d'interrompre vos réflexions, je voudrais faire une suggestion.

— Parle ! s'écria Cai, impatient d'en finir. Nous t'en serons éternellement reconnaissants. Si personne ne prend la barre, nous allons à jamais tourner en rond dans ces eaux. »

Tout le monde éclata de rire et notre fardeau en fut considérablement allégé. L'embarras guindé où nous avait plongés notre haute vocation — ainsi que l'avait appelée Arthur — s'estompa et nous redevînmes de simples camarades placés devant une tâche à accomplir.

« Voici ma suggestion, poursuivit Bedwyr : Que chacun désigne trois d'entre nous, et ceux dont les noms viendront le plus souvent sur les lèvres de leurs camarades iront reconnaître le chemin sur lequel nous devons nous engager. »

C'est un bon plan, me dis-je, mais un des plus jeunes Cymbrogi se permit d'amender la proposition de Bedwyr. « Si vous voulez bien m'excuser, nobles seigneurs, dit-il, saisissant sa chance dans la clameur d'approbations qui suivit la déclaration de Bedwyr, il me semble que l'affaire dont il nous faut débattre est aussi profonde que sacrée… et non moins solennelle que la bataille, au cours de laquelle nous risquons nos vies sous les ordres de ceux qui nous guident. »

Me penchant vers Cai, je murmurai : « Il parle bien. Qui est-ce ?

— Un cousin de Cador, répondit-il. Il s'appelle Gereint, je crois.

— Ah, oui. » Je me souvenais vaguement de lui, mais, à vrai dire, nous avions été si occupés à nous battre contre les Vandali qu'il me restait encore à faire plus ample connaissance avec ceux qui avaient rejoint récemment nos rangs.

Gereint poursuivit : « Par conséquent, je me soumettrai avec joie dans la paix à ceux que j'ai de bon gré suivi dans la chaleur de la bataille. Pourrais-je donc avoir la hardiesse de proposer que nous accordions l'honneur d'organiser cette Compagnie à ceux-là mêmes à qui nous avons déjà loyalement juré soumission, c'est-à-dire les chefs de guerre du Pendragon ? »

Cette proposition fut adoptée dans une bruyante vague d'enthousiasme. Dans l'impatience générale de la mettre en pratique, la suggestion de Bedwyr, éminemment raisonnable, quoique moins vaillante, fut oubliée. Les Cymbrogi donnèrent leur approbation au projet et quittèrent la salle dans un joyeux désordre, convaincus d'avoir bien rempli leur devoir... tous, sauf les cinq chefs de guerre qui devaient maintenant s'atteler à la tâche : Bedwyr, Cai, Cador, Llenlleawg et moi.

J'ai honte d'avouer ce qui se passa ensuite, aussi dirai-je simplement que nous nous enlisâmes dans une longue et fiévreuse discussion sur la façon dont nous allions procéder. Cela nous donna aussi fort soif et, à mesure que la journée s'avançait et que ce pesant fardeau minait nos forces, nous eûmes recours à la bonne bière d'Avallach pour nous rafraîchir... un remède contestable, peut-être, mais si cela ne fit pas grand-chose pour alléger le poids de la décision, cela nous aida à considérer notre tâche d'un meilleur œil... pendant un court moment, tout du moins.

Au bout d'un interminable débat, nous nous retrouvâmes exactement à notre point de départ. Prenant Arthur au mot, nous formulâmes cette modeste proposition : le Très Saint Graal, ce plus rare des trésors, devait être protégé. « Cela signifie, déclara Cai par-dessus le bord de sa coupe, une garde permanente.

— Fort bien, répondit Bedwyr. Mais la Compagnie du Graal doit être plus qu'un service de garde. Arthur a dit que ce devait être une vocation sacrée...

— Nous devons aussi protéger les voyageurs et les pèlerins, renchérit Llenlleawg. Cela veut dire qu'il nous faut des troupes armées pour parcourir le pays.

— Il n'a pas parlé de patrouilles, dit Cador.

— Il en a dit fort peu, rétorqua Bedwyr, qui commençait à s'impatienter.

— Qu'y a-t-il de si difficile ? demanda Cai. Nous avons toute liberté pour organiser la Compagnie à notre gré, et tout ce que tu trouves à faire, c'est de te plaindre qu'Arthur nous en ait confié l'honneur.

— L'*onus*, veux-tu dire, marmonna Cador.

— L'*onus* ! » Cai agita impatiemment la main en direction de Cador, qui but une longue gorgée à la coupe. « Où vas-tu chercher de tels mots ?

— C'est du latin, l'informa Cador d'un air hautain. Cela signifie *fardeau*.

— Sommes-nous donc maintenant des moines, demanda aigrement Llenlleawg, pour bredouiller du latin et des psaumes entre nous ?

— C'est un bien triste jour qui se lève, quand un homme ne peut dire ce qu'il pense, geignit Cador dans sa coupe.

— Et moi, je dis : donnez-moi une épée et je garderai ce Graal, déclara Llenlleawg.

— Voyez ! Voyez ! s'écria Cai, qui faillit renverser la cruche de bière dans sa précipitation à asséner une claque dans le dos de l'Irlandais. Llenlleawg est d'accord... la Sainte Coupe doit être gardée. Nous serons les Gardiens du Graal.

— Doucement, mon frère », dit Bedwyr en rattrapant la cruche. Il remplit sa coupe et but une longue gorgée avant de la reposer bruyamment. « Je dis que nous avons assez parlé pour aujourd'hui. » Il se frotta les tempes du bout des doigts. « J'ai mal à la tête. »

La boisson et la frustration nous avaient épuisés, et nous commencions à avoir les nerfs à vif. Je n'aimais pas voir se quereller mes frères d'armes, si bien que je décidai de mettre fin à la discussion avant que nous nous sautions à la gorge. « Je suis d'accord avec Bedwyr... nous avons assez parlé pour aujourd'hui, déclarai-je. Séparons-nous tant que nous sommes encore bons amis et retrouvons-nous demain.

— Oui, et que suggères-tu que nous disions au roi ? demanda Cai. Arthur attend de nos nouvelles.

— Dis-lui que nos délibérations ont bien commencé, lui dis-je, mais qu'une tâche d'une telle importance demande du temps... un jour ou deux, tout au plus, dirais-je. »

Cela plut bien aux autres, et ils furent d'accord pour dire qu'un jour ou deux de plus nous donneraient amplement le temps de terminer notre tâche. Il fut décidé que nous nous retrouverions le lendemain matin pour régler la question. Cai partit avertir Arthur et Cador rejoignit son lit pour faire une sieste. Llenlleawg prit rapidement congé de nous pour s'occuper d'affaires personnelles, nous laissant méditer, Bedwyr et moi, l'échec de cette journée.

« Il faut en finir demain, me confia Bedwyr. Je ne pourrais pas supporter encore deux jours comme celui-là. Tout le monde est-il donc toujours aussi chicanier ?

— Toujours », lui assurai-je.

Il haussa les épaules. « Je ne l'avais jamais remarqué. » Tournant les yeux vers la porte par laquelle Llenlleawg venait de disparaître, il ajouta : « Notre ami irlandais a quelque chose en tête.

— Tu veux dire qu'il aimerait être ailleurs ? »

Bedwyr me gratifia d'un regard entendu. « Par exemple avec la mystérieuse Dame Morgaws.

— Oh, oui, acquiesçai-je. J'ai rarement vu quelqu'un d'aussi épris.

— Plus on tombe de haut, plus la chute est dure, fit remarquer Bedwyr en secouant lentement la tête. Non que je sois au courant de rien. » Il se tut, pensif. « Je l'envierais presque. »

XVII

Ce soir-là, à table, je cherchai Llenlleawg et Morgaws du regard, mais ni l'un ni l'autre ne se montra. Je trouvai cela fort révélateur, mais si quelqu'un d'autre remarqua leur absence, personne n'y fit allusion. Une fois de plus, ni Arthur ni Gwenhwyvar ne nous rejoignirent pour le souper, et nul ne trouva à y redire... pourquoi quelqu'un l'aurait-il fait ? Le roi et la reine prenaient souvent leur souper en tête-à-tête, et c'était bien leur droit.

Je décidai néanmoins qu'une conversation avec Myrddin ne serait probablement pas superflue. Je désirais en outre lui demander ce qu'il pensait de la construction du temple et de cette histoire de Compagnie du Graal.

Expédiant en vitesse mon repas, je sortis retrouver l'Emrys... chose plus facile à dire qu'à faire, car il est bien connu que l'on trouve rarement Myrddin où l'on pense d'abord à le chercher. Ses occupations sont nombreuses, et aussi diverses qu'obscures. Un moment le voit aux côtés du Pendragon, le suivant le trouve en route pour Caer Edyn, ou bien en train de voguer vers Ierna, pour rendre visite à tel ou tel seigneur, consulter évêques ou abbés, guetter des présages dans le vent, se plonger dans la science druidique... et Dieu sait quoi d'autre.

Ce ne fut donc que beaucoup plus tard que je réussis à trouver l'insaisissable Myrddin. « Un peu inattendu, cette Compagnie... non ? » dis-je en m'avançant vers lui tandis qu'il faisait accoster sa barque. Il était allé pêcher sur le lac au pied du Tor, un de ses passe-temps favoris depuis l'enfance, crois-je savoir.

« Vraiment ? demanda-t-il. Viens te promener avec moi, Gwalchavad. »

Me prenant par le bras, il m'entraîna sur l'étroit sentier longeant le lac. Le jour cédait lentement place à la nuit. L'or du crépuscule s'estompait et les premières étoiles brillaient déjà.

« Je trouve cela bien soudain, dis-je.

— Quand le moment a-t-il jamais été plus propice ? demanda-t-il en se penchant pour cueillir un roseau sur la berge. Le bien doit-il rester à jamais dans l'ombre, attendant sans fin l'occasion de resplendir ?

— Le ciel nous en préserve ! répondis-je. Mais il me semble que nous n'avions pas plus tôt fait la paix avec les Saecsens que nous avons été forcés de combattre les Vandali. Et, comme si ce n'était pas assez, il nous faut aussi faire face à une saison de sécheresse et de pestilence qui pousse notre peuple à abandonner ses demeures et à quitter nos rivages pour des contrées étrangères. J'aurais pensé que nous avions suffisamment à faire sans... » — je ne trouvais pas les mots — « ... sans tout cela ! » Je fis un geste vague de la main en direction du Tor.

Myrddin me contempla un long moment de ses yeux dorés. Quand il reprit enfin la parole, il dit : « Tu exprimes exactement ma pensée.

— Vraiment ?

— Cela te surprend ? »

J'avouai que oui, et j'ajoutai : « Mais tu es le Sage Conseiller d'Arthur.

— Notre roi a un cerveau, lui aussi, ne l'aurais-tu pas remarqué ?

— Oui, mais...

— Il est impatient ! me coupa Myrddin. Il est impétueux et buté. J'ai essayé de lui dire : "Attends un peu, Arthur. Nous avons fait beaucoup de chemin. Notre quête est près d'aboutir. Ce serait une erreur de précipiter les choses maintenant." M'écoute-t-il ? Non ! "Le Royaume de l'Été est en train d'éclore, Myrddin, me dit-il. Nous ne pouvons le retenir. Le monde a assez longtemps attendu. Ce serait un péché de retarder ce qui peut apporter tant de bien." Et tu as vu le résultat, conclut Myrddin. Il se précipite d'une chose à une autre, plein de ferveur sacrée et de céleste ambition. Et nul ne peut rien lui dire, car il ne veut rien entendre.

— Et Elfodd ? demandai-je. Le roi a l'air de passer beaucoup de temps en compagnie du bon évêque. Peut-être pourrait-il...

— Épargne ta salive, m'interrompit Myrddin. Elfodd a perdu la tête tout autant que le roi. Depuis la guérison d'Arthur, l'évêque est persuadé que le royaume des cieux est proche et que le Grand Roi est l'instrument envoyé par Dieu pour l'établir ici et maintenant. C'est sans espoir, ils ne font que s'encourager l'un l'autre.

— Et Gwenhwyvar ? Ne pourrait-elle pas trouver un moyen de ramener son époux à la raison ? »

Myrddin soupira d'un air las. « Ah, elle le pourrait... si elle n'avait pas vu son époux gisant aux portes de la mort en ce lieu même il n'y a pas si longtemps. Gwenhwyvar est bien trop heureuse de l'avoir retrouvé sain et sauf, de sorte que, à ses yeux tout du moins, cet Arthur débordant d'enthousiasme est préférable à l'autre. Non, elle ne peut se résoudre à lui faire le moindre reproche. »

Eh bien, ce n'était pas pire que je l'avais craint. Arthur, miraculeusement guéri et débarrassé pour toujours de ses ennemis, s'était soudain embrasé d'ardeur pour la vertu et les bonnes œuvres. Où était le mal ? Qui aurait pu se permettre de dire qu'il avait tort ? En tant que bénéficiaire du miracle, ne se pouvait-il pas qu'il possédât une plus vive intuition ? Celui qui avait eu la vision n'était-il pas le mieux placé pour en parler ?

« Je croyais que le Royaume de l'Été était pour toi la terre et les étoiles, Myrddin, dis-je alors que nous nous remettions en route. Je croyais que tu le désirais par-dessus tout. »

Vif comme un faucon qui fond du haut des cieux, l'Emrys réagit à ma remarque. « Oh oui ! s'exclama-t-il. Nul ne sait à quel point j'y aspire, ni ce que son avènement m'a coûté. » Il adopta un ton solennel. « En vérité, Gwalchavad, je le désire plus que ma vie. Mais pas de cette façon. »

J'attendis qu'il poursuive, et il le fit, après avoir mordu l'extrémité tendre du roseau pour en aspirer la sève. « Le Royaume de l'Été est proche, Gwalchavad, plus proche qu'il ne l'a jamais été... tu peux en être sûr. Mais il n'arrivera pas par la contrainte. Si nous essayons de forcer sa venue, je crains que nous ne lui fassions une grande violence, à lui comme à nous-mêmes. Une occasion nous est aujourd'hui offerte — une occasion qui pourrait ne jamais revenir — et mon instinct me dit que nous devons avancer avec la plus grande prudence.

— Cela semble effectivement l'attitude la plus raisonnable, acquiesçai-je.

— Ah, mais si je me trompais ? murmura Myrddin, et je perçus de l'angoisse dans sa voix. Si je me trompais, et si Arthur avait raison ? Si la main de Dieu s'était posée sur lui pour l'aider à accomplir ce glorieux exploit ? Y résister, ne serait-ce que par la plus petite hésitation, serait s'opposer à Dieu lui-même. Je me pose la question : Dieu n'accomplit-il maintenant son œuvre en ce monde qu'avec la permission de Myrddin ? »

Je laissai la question sans réponse.

L'Emrys poursuivit, cinglant les airs du roseau qu'il tenait à la main. « Se pourrait-il que moi, qui ai si longtemps travaillé à la venue du Royaume de l'Été, je sois incapable de le reconnaître maintenant qu'il est devant moi ? Est-il possible que la volonté de Dieu soit de récompenser ses fidèles serviteurs avant même qu'ils n'aient terminé leur labeur ? »

Je ne savais pas ce qu'il voulait dire par cette dernière phrase, mais avant que je n'aie pu le lui demander, il déclara : « Une chose est sûre, et une seule : si cela vient de Dieu, rien ne peut se dresser contre.

— Et si cela ne vient pas de Dieu ?

— Alors, cela ne peut durer », conclut-il simplement en jetant son roseau dans le lac.

Sage est Myrddin, et pénétrante sa vision. Il avait non seulement discerné la nature de mes sentiments et perçu mes objections, mais il m'avait aussi offert une consolation lucide.

Passant à ce qui me préoccupait le plus, je demandai : « As-tu découvert quelque chose sur Morgaws ?

— Uniquement que c'est une noble dame de Caer Uintan, répondit-il, le visage dur dans la lumière déclinante. Du moins est-ce ce que l'on dit. » Je pus presque entendre des portes me claquer au nez. Pourquoi ? Sans tenir compte de ses réticences, j'insistai.

« Llenlleawg a l'air d'avoir révisé du tout au tout son opinion sur elle, fis-je remarquer. Avant sa disparition, il ne pouvait la souffrir. Depuis son retour, il ne peut supporter de la perdre de vue.

— Oui, c'est fort étrange, acquiesça Myrddin.

— Est-ce tout ce que tu as à dire ? Cela semblait te préoccuper davantage, avant.

— Vraiment ? »

Ce fut tout ce qu'il dit, mais je me sentis soudain stupide de m'être immiscé dans des affaires qui ne me concernaient pas. Après tout, s'il y avait eu un problème, le Sage Emrys l'aurait su : toujours attentif aux subtiles fluctuations d'énergie et à la signification cachée des événements, Myrddin aurait été au courant.

« Eh bien, concédai-je, j'ai sans doute été trop hâtif dans mon jugement. Elle n'a fait aucun mal. »

Hochant la tête, Myrddin fit demi-tour et nous revînmes sur nos pas. Au sommet du Tor, le palais se découpait, noir contre le ciel pourpre. « Veille et prie, Gwalchavad, dit Myrddin d'un air absent. Veille et prie. »

Il repartit alors vers le Tor, me laissant à mes pensées. Il me vint à l'idée de me rendre au sanctuaire — là où le marchand d'étain Joseph avait édifié la première église de l'Île des Forts et où le Graal avait été vu pour la première fois en ce royaume. Guère plus qu'une hutte de terre et de bois, il se dresse à l'endroit même de cette première église, sur la colline qui domine le lac.

Les bons frères de l'abbaye viennent souvent y prier, et je me demandai si j'en rencontrerais, mais en m'approchant je vis que j'aurais l'endroit pour moi tout seul, ce dont je me réjouis, car je préférais être seul pour mes dévotions. Dieu sait si je n'ai rien contre les bons frères, mais je n'ai pas leur instruction et je me fais toujours l'effet d'un païen quand je rencontre des moines en prière. Ils ne sont pas à blâmer pour cela : j'en endosse bien volontiers la faute. Peut-être est-ce la pureté de leur exemple qui me fait honte. Une vertu et une dévotion telles que les leurs sont fort louables, mais je ne suis pas fait de cette étoffe. Ma vie se passe à cheval, avec un bouclier à l'épaule et une lance à la main. Soit !

Le sanctuaire se détachait, noir contre le ciel qui allait en s'obscurcissant, et je restai un moment à contempler sa silhouette, les yeux levés vers lui, m'imprégnant de l'âge immémorial du lieu. Lentement, et avec une extrême révérence, je gravis le flanc de la colline et entrai dans l'édifice. Il est constitué d'une simple pièce nue, assez grande pour accueillir trois ou quatre personnes, mais pas plus. Une unique et étroite fenêtre s'ouvre au-dessus de l'autel, fait de trois dalles de pierre taillée. Une chandelle était posée sur ce dernier, mais elle n'était pas allumée, et il faisait aussi sombre que dans une caverne.

Malgré l'obscurité, je n'avais conscience que de la paix immense qui semblait emplir la petite chapelle d'une sérénité aussi vaste que la mer. Une fois entré, je m'agenouillai et fermai les yeux, m'immergeant dans cet océan de quiétude. Son flux irrésistible m'attirait de plus en plus loin dans ses abysses insondables.

Je ne priai pas — je veux dire que je ne parlai pas à haute voix — me contentant de laisser mon esprit dériver sur le courant de profonde paix. Je ne pensais qu'à une chose, baigner un moment dans le calme des calmes, et peut-être toucher un instant à la source de toute sérénité. Peut-être est-ce une autre façon de prier, je ne sais.

Pas plus que je ne saurais dire combien de temps je restai ainsi : le temps s'était fondu dans l'éternité, je pense, car il me semblait résider dans le sanctuaire depuis la durée de plusieurs vies — sans rien savoir du tumulte et des querelles du monde, sans rien savoir du désir ou de l'effort, sans rien connaître d'autre qu'une infinie béatitude, et le désir de pouvoir demeurer ainsi à jamais. Ce serait là, me dis-je, une joie surpassant tous les plaisirs.

Je retins cette pensée dans mon esprit, je m'y accrochai et, m'y accrochant, je criai du plus profond de mon âme : Grand Roi, ne me rejette pas ! Ce cri s'était élevé à mon insu, mais je savais que c'était moi qui l'avais poussé, car il exprimait ma plus profonde angoisse. Et la réponse ne fut pas longue à venir. Car soudain mes mains et mon visage furent parcourus d'une sensation exquise et j'imaginai des rayons de lumière, ou des flammes, dansant sur ma chair. J'étais plongé, non pas dans l'eau, mais dans une lumière vivante ! Cette impression devint si forte que j'ouvris les yeux et vis la chapelle baignée d'une pâle luminescence dorée qui jouait sur les murs comme des reflets sur l'eau.

À tout autre moment, ce prodige m'aurait stupéfait. Dans l'état d'esprit où je me trouvais, cela paraissait parfaitement naturel. La seule chose étrange était que la lumière dansante n'avait pas de source : elle brillait simplement par elle-même, et était partout visible, tapissant le rustique sanctuaire d'or miroitant. Oh, voir son éclat était un pur délice, et je fus transporté d'une indicible extase. Mon cœur prit son essor et j'eus l'impression d'être redevenu enfant, étreint d'une félicité qui dépassait toute compréhension.

Et puis… et puis : un miracle. La lumière s'intensifia, son rayonnement se fit plus vif, prenant de la substance, et je sentis une chaleur m'envelopper… comme celle qui naît lorsque le soleil perce à travers les nuages qui le cachaient et que la terre entière se réchauffe aussitôt sous la force pénétrante de ses rayons. Au même instant, j'entendis le son de clochettes d'argent qui s'entrechoquent, accrochées aux branches d'un arbre. Le son était la lumière, et la lumière était le son : je compris que tous deux n'étaient que l'émanation d'une chose que je n'avais pas encore perçue.

Le son, comme la lumière, prit force et substance. Et à l'instant où je me faisais la réflexion que le monde entier devait entendre le tintement des cloches invisibles, un mot se forma. Ce mot n'avait pas été prononcé, mais exhalé, un mot sonore qui semblait faire partie de moi-même autant que mes propres os.

Vois !

Je cherchai en moi ce que pouvait vouloir dire cet ordre, car je ne voyais rien d'autre que l'autel de pierre nue. Et puis, à l'instant même où mes yeux se posaient sur la pierre, celle-ci se mit à luire d'un vif éclat, teintée d'or par la lumière. Le chant des cloches s'intensifia et j'entendis de nouveau l'ordre exhalé dans un souffle : *Vois !*

Soudain, il sembla que des écailles me tombaient des yeux et je vis, rayonnant sur l'autel, le Graal.

XVIII

Le Graal !

Mon souffle se bloqua dans ma gorge. Je contemplais le vase sacré, resplendissant d'une glorieuse et flamboyante lumière. L'intensité de son éclat me brûlait le visage, mes yeux étaient comme des charbons ardents. Je retenais ma respiration, de crainte de me brûler les poumons si jamais j'osais inhaler l'atmosphère embrasée. Le sang battait à mes oreilles, produisant un rugissement semblable à celui de l'océan. Par-delà cette lancinante pulsation, j'entendais comme une harpe qui déversait un son céleste, une incomparable mélodie qui tombait comme une sainte pluie des cieux.

Pétrifié par la beauté de la Sainte Coupe, j'essayai de lever les mains pour me protéger les yeux, mais j'étais incapable de bouger le petit doigt. Pas plus que je ne pouvais détourner le regard. Le Graal emplissait mon champ de vision, il était toute ma vision. Des images telles que je n'en avais jamais vues avaient pris forme sous mes yeux. Je voyais le sentier de ma vie s'étirer devant moi, et il s'étendait à l'infini.

Je pensai en moi-même suivre ce sentier pour découvrir où il menait, quand soudain je sentis une présence dans le sanctuaire — une force puissante, écrasante dans sa vitalité, majestueuse dans sa puissance — telle une tempête sur la mer, lorsque soufflent les rafales et s'entrechoquent les vagues impétueuses. Et, oh ! ce poids ! C'était comme si une montagne s'était posée sur ma misérable carcasse pour l'écraser. Je ne pouvais le supporter.

Je savais que ma dernière heure était venue. Dans ma poitrine, mon pauvre cœur défaillit, puis s'arrêta. Je fermai les yeux.

Pitié ! criai-je intérieurement. Pitié, Seigneur !

Ces mots avaient à peine quitté mon esprit que le poids disparut. Mon cœur se remit à battre et je pus à nouveau respirer. L'air frais, tel un baume bienfaisant, se précipita dans mes poumons et j'inspirai profondément, manquant m'étouffer. Libéré de la force qui m'avait tenu sous son emprise, je tombai face contre terre devant l'autel.

La poitrine me brûlait, je tremblais de tous mes membres. Je gisais, haletant comme un poisson échoué sur le rivage. Mais, oh, l'air me revivifia merveilleusement, car il était aussi doux sur ma langue que le plus riche hydromel : la délicieuse saveur m'emplissait la tête et la bouche, je l'avalai à grandes goulées avides, comme si je n'avais jusque-là jamais respiré. Quand je relevai enfin les yeux, la tête me tournait, grisée de ce parfum enivrant.

Le Graal avait disparu, comme je m'y attendais, mais il subsistait dans la chapelle un écho du céleste rayonnement du vase sacré. Puis il s'effaça rapidement sous mes yeux et la pièce se retrouva plongée dans l'obscurité. Je restai un moment étendu, immobile, l'esprit en harmonie avec le silence de la nuit. Et lorsque j'entendis enfin, tel un appel venu d'un autre monde, la cloche de l'abbaye sonner la prière de minuit, je me relevai, chancelant. À la porte, je fis halte et regardai en arrière, dans l'espoir, je pense, d'entrevoir fugacement une dernière fois le saint objet, mais l'autel n'était plus que pierre nue, dure et froide. Le Graal n'y était plus.

Je ne rentrai pas au Tor cette nuit-là, mais restai près du sanctuaire sur la colline, incapable de dormir et étrangement agité : je ne pouvais me concentrer sur une idée plus d'un instant avant qu'elle ne m'échappe et s'enfuie. Quoi que je fasse, mes pensées s'éparpillaient tels des oiseaux effarouchés. De temps à autre, l'une d'entre elles revenait se percher — je dois en parler à quelqu'un ! me disais-je — et puis s'envolait à nouveau !... Elle disparaissait et une autre prenait sa place. Je l'ai vu ! J'ai vu le Graal !

La nuit passa de cette façon. Finalement, lorsque le soleil parut à l'orient au-dessus des collines, je me levai et revins vers le palais du Roi Pêcheur. Dans la cour, les Cymbrogi se préparaient déjà pour leur journée de labeur au temple. J'entrai sous les regards curieux de ceux qui s'apprêtaient à partir : la plupart me dévisagèrent en souriant, d'autres éclatèrent de rire et je me demandai ce qu'ils trouvaient si amusant. S'imaginaient-ils que je m'étais égaré dans le noir et avais été forcé de passer la nuit dehors ? Ou bien croyaient-ils que j'avais dormi dans le lit d'une servante ?

Ignorant leurs airs moqueurs, je me dirigeai vers la grande salle et croisai au milieu de la cour Cai et Bedwyr venus superviser les préparatifs. « Je te souhaite le bonjour, mon frère », dit Bedwyr. Puis, me regardant plus attentivement, il ajouta : « Il semblerait d'ailleurs que tu as déjà bien profité de la journée. »

Cai fut plus direct. « Mon frère, la prochaine fois, trouve un buisson sous lequel faire la sieste », me conseilla-t-il, puis tous deux s'éloignèrent en riant et en secouant la tête.

Je les regardai, bouche bée : le comportement inexplicable de tous ceux qui m'entouraient minait rapidement ce qui me restait de tranquillité — je sentais ma bonne humeur se dissiper comme rosée au soleil de midi. Je me promis que le prochain qui se moquerait de moi en répondrait. Il se trouve que ce fut Arthur.

Le roi surgit de la grande salle alors que je regardais disparaître Cai et Bedwyr. Il m'asséna une claque dans le dos et dit : « Salutations, mon frère ! Tu m'as manqué, ces jours derniers. Je vais au temple. Viens avec moi.

— Rien ne me ferait plus plaisir, dis-je en faisant deux pas avec lui, puis je me rappelai que j'étais attendu au conseil. Pardonne-moi, Arthur, j'oubliais », dis-je, et je lui expliquai que ma tâche au conseil m'empêchait de l'accompagner.

« Ah, eh bien, demain, alors », répondit-il, puis il fit brusquement halte et me regarda droit dans les yeux. « La Compagnie du Graal est d'une importance primordiale, Gwalchavad. Sa renommée s'étendra bientôt sur toute la face de la Terre. Quand les hommes en entendront le nom, leurs cœurs s'embraseront dans leur poitrine. Ce sera un phare dont l'éclat illuminera toute la Bretagne. »

Soudain, il sourit. « À propos de brasier, il semblerait que tu te sois tenu trop près des flammes, mon ami. Adieu ! »

Déconcerté et contrarié par cette surprenante réception, j'entrai dans la grande salle pour me procurer un peu de pain et de bière. Les Cymbrogi avaient fini de déjeuner, mais leurs restes étaient amplement suffisants pour constituer un repas. J'en garnis un tailloir et m'installai sur un banc pour manger en paix, et voir si je pouvais retrouver un peu de ma bonne humeur. Je pris une boule de pain, la rompis et commençai mon repas… et me rappelai alors seulement que j'avais sauté le souper de la veille au soir et que j'étais affamé. J'étais en train d'avaler mon pain, quand je vis Myrddin passer en hâte devant la porte de la grande salle. Pressé comme il l'était, je n'eus que le temps de crier son nom et de me lever d'un bond, pensant le rattraper avant qu'il ne disparaisse à nouveau.

Mais je n'avais pas fait six pas qu'il réapparut dans l'encadrement de la porte. « Je te cherchais, dit-il en venant à ma rencontre. On m'a dit que tu n'étais pas rentré hier soir et j'ai pensé... » Il se tut brusquement et me regarda de plus près. Puis ses yeux s'écarquillèrent et il prit un air entendu.

« Qu'y a-t-il ? demandai-je, me souvenant soudain de l'étrange comportement de mes camarades. Quelqu'un va-t-il enfin me dire ce qui se passe ?

— Tu l'as vu, déclara gravement Myrddin. Tu as vu le Graal. »

Je l'attrapai par le bras et l'entraînai au fond de la salle, comme pour éviter que mon secret ne soit surpris. « Qu'est-ce qui te fait penser cela ?

— Ton visage, répondit-il en me prenant le menton pour tourner ma tête sur le côté. Tu as l'air de quelqu'un qui se serait endormi au soleil... ta peau est rouge.

— Rouge !

— Un coup de soleil, dit-il. Seulement nous savons bien, toi et moi, que le soleil ne s'est pas levé la nuit dernière.

— Un coup de soleil, dis-je, mais... » Je me tâtai la figure du bout des doigts : la peau en était toute sèche et couverte de petites cloques, mais je ne sentais ni gêne ni douleur, et ma chair était fraîche au toucher. Je le crus néanmoins.

« Étant donné que tu n'es pas rentré au Tor, j'en déduis que tu as passé la nuit au vieux sanctuaire, expliqua le Sage Emrys. C'est là que j'ai vu pour la première fois le Graal. »

Hésitant à avilir la radieuse vision par de pauvres paroles, je répondis : « Je ne puis dire exactement ce que j'ai vu. »

Il sourit d'un air entendu. « Ce n'est pas la peine, Gwalchavad. Je l'ai vu, moi aussi, souviens-toi.

— Mais pourquoi moi, Myrddin ? demandai-je. Je ne suis pas le plus dévot des hommes... loin de là ! Il y a de meilleurs chrétiens que moi, et ils sont nombreux par ici. Pourquoi moi et pas l'un d'entre eux ?

— Dieu seul le sait », répondit-il. Devant mon froncement de sourcils désapprobateur, il ajouta : « Ce qui revient à dire que l'Esprit souffle où il veut, et nul homme ne peut prétendre l'en empêcher.

— Mais je croyais que le Graal était réel... que c'était une véritable coupe, je veux dire. Ce que j'ai vu était... » J'hésitai. Qu'avais-je vu ?

« Oh, c'est bien une vraie coupe, s'empressa de m'assurer Myrddin. Mais les *hagiasmes* de ce monde, les objets sacrés qui nous sont donnés pour notre bienfait et notre édification, ne sont jamais limités à une simple manifestation physique. »

Devant mon air déconcerté, le Sage Emrys expliqua : « Le Graal n'est pas un objet matériel ordinaire… une coupe de bronze ou d'argent, comme tu le supposes. Bien qu'il soit aussi cela, c'est aussi une entité spirituelle pourvue d'une existence spirituelle.

— Un *hagiasme*… est-ce bien ainsi que tu l'as appelé ?

— Oui. Ce que tu as vu la nuit dernière dans le sanctuaire était *l'hagiasme*. C'est-à-dire la manifestation spirituelle du Graal.

— Une vision de la coupe réelle.

— Si tu veux, m'accorda Myrddin. Mais l'un n'est pas moins réel, comme tu dis, que l'autre.

— J'ai donc vu *l'hagiasme*, mais quel est le sens de cette vision ? »

Il haussa les épaules. « Je n'en ai aucune idée.

— Mais ce doit être un signe, insistai-je. Cela doit présager quelque chose… quelque chose d'important.

— Dieu seul sait le pourquoi et le comment.

— Ce n'est pas une réponse, protestai-je.

— Alors, demandes-en une autre à Dieu. »

Myrddin s'apprêtait à partir, mais je le poursuivis de mes questions. « Que dois-je faire, Myrddin ?

— Veille et prie, me conseilla-t-il, répétant son homélie de la veille.

— C'est tout ? » demandai-je, commençant à perdre patience devant sa réticence. Je suppose que j'aurais dû savoir qu'il était inutile de demander à un barde le sens d'une vision. Ils se complaisent à poser des devinettes, mais les réponses ne les intéressent pas le moins du monde.

« Que voudrais-tu que je te dise de plus ?

— Tu pourrais au moins me dire ceci : Pourquoi me cherchais-tu ?

— Quand j'ai appris que tu n'étais pas rentré au Tor, j'ai eu peur pour toi.

— Tu t'es dit que ce qui était advenu à Llenlleawg aurait pu m'arriver.

— C'est un peu cela », acquiesça Myrddin, mais il ne dit rien de plus. Un instant plus tard, Cai et Bedwyr rentrèrent dans la grande salle, nous virent en train de parler et vinrent nous rejoindre. L'Emrys les salua et dit : « Vous devez vaquer à vos affaires. Venez me voir quand vous en aurez terminé, voulez-vous. » Puis il sortit et nous prîmes place à une table pour attendre les autres. J'en profitai pour finir mon repas.

À mon grand soulagement, ni Llenlleawg ni Cador ne firent allusion à la rougeur de ma peau et nous reprîmes nos délibérations où nous les avions abandonnées la veille. Nous discutâmes toute la journée, et avec une plus grande résolution : personne ne voulait passer une troisième journée à ergoter sur des formalités.

Par conséquent, nous fûmes tous d'accord avec la remarque de Cai de la veille pour dire que le Graal était un rare trésor qui requérait protection. La première règle de la Compagnie du Graal serait donc de veiller sur le temple où serait conservé le saint vase. Tous les cinq — c'est-à-dire les chefs de guerre d'Arthur — nous choisirions les gardes parmi les membres de la Compagnie. De plus, afin d'assurer toute la révérence et la vigilance nécessaires, chaque membre de la Compagnie devrait prêter serment d'allégeance et de loyauté, non seulement à Arthur, Seigneur du Royaume de l'Été, mais aussi au Seigneur Christ, dont nous étions chargés de protéger la coupe.

Sur ce point, il fut aisé de nous accorder, et la question fut promptement réglée… mais ensuite notre rapide marche en avant ne tarda pas à s'enliser dans le bourbier des détails. Des questions que nous n'avions pas prévues s'élevèrent, pour lesquelles il fallut trouver des réponses. Que faire, par exemple, si un membre de la Compagnie manquait à son devoir, ou bien s'il faillait à l'honneur ? Qui déciderait des sanctions à lui infliger ? Devait-il y avoir un ordre de préséance parmi les membres de la Compagnie ? Et si oui, comment le déterminer ?

Pour chaque question à laquelle nous répondions, il en surgissait deux nouvelles. La journée s'avançait et je commençais à craindre que notre tâche nous occupe indéfiniment, quand Bedwyr proposa un compromis : que nous commencions avec ce sur quoi nous étions tombés d'accord, mais que nous conservions le droit d'amender ou d'ajouter des règles à l'organisation de la Compagnie quand le besoin s'en ferait sentir.

Nous commencions à nous sentir les nerfs à vif et avions l'impression d'avoir marché toute la journée sur des œufs. Nous mourions littéralement de soif et Cador partit chercher à boire. Il n'était pas plus tôt sorti que Llenlleawg, qui s'était montré de plus en plus irritable à mesure qu'avançait la journée, se leva et déclara qu'il n'avait pas si soif qu'il ne puisse attendre le souper. « Si nous en avons terminé, dit-il d'un ton sec, je vous demande de m'excuser pour la suite de la discussion. Une autre affaire réclame mon attention.

— Oui, va, je t'en prie, lui dit Bedwyr. Nous en avons fini, Dieu merci. Si tu n'y vois pas d'inconvénient, je vais informer Arthur que nos délibérations ont porté leur fruit et que nous en avons terminé pour le moment. »

Le grand Irlandais marqua son assentiment d'un hochement de tête et prit aussitôt congé de nous.

« Il était bien impatient de nous quitter, fit remarquer Bedwyr. Cela ne lui ressemble pas d'être si pressé.

— Surtout quand la bière va arriver, ajouta Cai.

— Sans nul doute, le maniement des armes convient mieux à sa nature, déclarai-je. Ces joutes verbales sont fort fastidieuses, elles me donnent mal à la tête.

— Oui, acquiesça Cai, à moi aussi. » Il réfléchit un moment et ajouta : « Je pense que nous devrions aller au nouveau sanctuaire parler à Arthur. Après être resté assis toute la journée dans cette salle, un peu d'air frais me ferait du bien.

— Après la bière, le reprit Bedwyr.

— Oh, oui, après la bière », répondit Cai, pour qui la question ne se posait même pas.

Quand Cador revint avec la cruche et les coupes, nous le saluâmes en héros, bûmes notre bière et partîmes au plus vite rejoindre les travailleurs au temple.

Il n'y avait pas eu de grands changements depuis ma dernière visite au site. Quelques pierres de plus avaient été disposées le long de la muraille circulaire et de nouveaux échafaudages dressés. Le tas de pierre était un peu plus gros, mais c'était tout… malgré l'abondante main-d'œuvre, car tous les Cymbrogi étaient venus apporter leur aide.

« Le travail avance bien », annonça joyeusement Arthur en s'essuyant le front avec son avant-bras. Nous l'avions trouvé debout au sommet de la colline, nu jusqu'à la ceinture et couvert de poussière. La sueur dégoulinait en petits ruisselets boueux sur son dos et ses flancs. « En fait, bien mieux que je ne l'espérais. Je pense que nous pourrons organiser la cérémonie de consécration pour la Nativité du Christ.

— Regarde-toi, Ours, commenta Bedwyr. Gris comme un fantôme et couvert de boue. Te serais-tu roulé dedans ? »

Que le Pendragon de Bretagne s'échinât dans la poussière ne me surprit pas le moins du monde. Arthur était si impatient d'installer le Graal dans son temple afin que le Royaume de l'Été puisse enfin commencer que je crois qu'il aurait déplacé des montagnes entières à mains nues si cela avait pu servir à quelque chose. Nous fûmes tous d'accord pour dire que, si le travail continuait à ce rythme, le sanctuaire serait certainement terminé à temps pour la nouvelle année.

« Et vous, demanda le roi, êtes-vous parvenus à un résultat ?

— Oui, seigneur », répondit Bedwyr, et il lui relata tout ce dont nous avions débattu et les décisions auxquelles nous étions arrivés. Nous l'interrompions de temps à autre pour apporter nos commentaires personnels à son résumé admirablement succinct, quoique un peu simpliste.

Arthur écoutait, hochant de temps à autre la tête, et quand Bedwyr eut terminé, il se déclara fort satisfait du résultat. « C'est exactement ce que j'avais espéré, dit-il avec un chaleureux sourire d'approbation. Vous avez rendu grand service à votre roi. »

Quand il tourna le regard vers le tas de pierre et de bois, je vis une étincelle s'allumer dans ses yeux et il dit : « Gardiens du Graal… je suis content. » Nous faisant à nouveau face, il ajouta : « Il vous est accordé le plus grand honneur que puisse recevoir un guerrier en ce monde. Ainsi soit-il. »

Les jours suivants, quelques améliorations furent apportées à l'organisation de la Compagnie, mais la structure de base que nous avions élaborée demeura intacte. Les Cymbrogi avaient manifesté leur adhésion enthousiaste à la Compagnie et leur zèle croissait au même rythme que le temple. Il semblait que leur ardeur, comme celle du roi, ne connût pas de bornes.

Au fil des jours, un sentiment proche de la ferveur religieuse s'était emparé de tous ceux qui travaillaient au nouveau temple. On aurait dit la seule force de la foi dressait le cercle de pierre. En fait, les événements étranges se multipliaient, au point d'en devenir banals : une lourde pierre glissa et tomba sur la main d'un homme alors qu'il essayait de la hisser sur le mur, mais au lieu de se faire écraser les doigts, il souffrit d'une simple égratignure. Deux ouvriers retinrent à mains nues un chariot chargé de pierres dont l'attelage s'était rompu et l'empêchèrent de dévaler la pente… il avait fallu deux bœufs pour le monter jusque-là. Un autre homme, qui avait travaillé avec tant d'ardeur que ses mains s'étaient retrouvées couvertes d'ampoules, vit celles-ci guéries en une nuit pendant son sommeil, si bien qu'il put se remettre au travail le lendemain matin.

Il y eut bien aussi quelques petits accidents : un cheval lourdement chargé marcha sur le pied d'un malheureux, lui écrasant deux orteils qu'il fallut amputer. Un autre infortuné glissa dans la boue et s'ouvrit le crâne contre une marche : le sang jaillit à flots d'une vilaine entaille et on dut lui raser la tête pour pouvoir panser sa blessure. Ni l'un ni l'autre ne fut miraculeusement guéri, et il fallut les transporter, ainsi qu'un ou deux autres, à l'abbaye pour qu'ils y soient soignés par les moines.

Une fois hors de vue, les blessés furent rapidement oubliés dans l'excitation générale. Ainsi les petits miracles prirent-ils peut-être une plus grande dimension qu'ils n'auraient dû, ce qui ne fit qu'ajouter à l'euphorie. L'évêque Elfodd déclara que ces miracles étaient des signes annonçant l'aube d'une paix qui durerait mille ans. Une fois le Temple du Graal consacré, ajouta-t-il, pourrait débuter l'Ère de la Paix et toute la Bretagne verrait des signes et des prodiges.

C'est étrange à dire, mais plus l'exaltation de ceux qui m'entouraient croissait, plus ma propre ferveur diminuait. Perverse créature que je suis, l'intense jubilation, presque extatique, de mes camarades se combinait à ma vanité pécheresse pour déclencher en moi la réaction inverse. J'en vins bientôt à considérer avec dégoût aussi bien le temple que la Compagnie : ce que j'avais naguère tenu en haute estime me devint déplaisant. Je ne pouvais supporter de regarder le temple sans un mouvement de recul. La simple évocation de la Compagnie du Graal me faisait grincer des dents. La faute m'en incombe entièrement, je l'admets et le confesse librement, afin que vous voyiez quel genre d'homme je suis.

Sachez que je ne recule pas devant la vérité, même quand celle-ci m'est défavorable. En vérité, bien que cela ne m'apporte aucun plaisir, j'écris ceci afin que chacun me croie quand je relaterai l'horreur de ce qui va suivre.

XIX

Dans le Llyonesse, j'ai appris mon art — Annubi possédait de vastes réserves de sagesse, que j'ai entièrement dévorées, tout comme je l'ai dévoré, lui aussi — mais dans les Îles Noires, je l'ai pratiqué. L'Orcadie m'a fourni la solitude qui m'était nécessaire, et aussi les ressources d'un riche et puissant époux pour me protéger et se prêter à mes caprices pendant que je me perfectionnais.

Le pauvre Lot n'était guère au courant de mes travaux, parce que je ne lui en laissais voir que fort peu... juste assez pour qu'il respecte mes longues périodes de retraite. Son impétueux fils me méprisait, mais ses petits-fils, Gwalcmai et Gwalchavad, auraient pu me servir — les hommes pleins d'ardeur ont leur utilité, après tout — et j'aurais pu facilement les plier à mes desseins. Mais ils avaient renoncé à leurs droits de naissance pour suivre cet imbécile d'Arthur. J'ai donc dû persuader le vieux roi de me donner un fils, un enfant de moi que je puisse façonner à ma guise, afin qu'il gouverne le royaume après son père.

J'aurais pu régner en personne sur l'Orcadie, mais j'avais de plus grandes ambitions et j'ourdissais déjà mes plans concernant Merlin. Je lui avais jadis offert de se joindre à moi — unis, nous aurions créé une force plus puissante qu'il n'en avait jamais existé depuis la destruction de l'Atlantide ! Mais cet idiot moralisateur avait eu le front de me repousser. Il se prend pour un barde comme son père, et il s'accroche aux vieux idéaux des druides... ainsi qu'à cette pathétique vision qu'il a baptisée du pompeux nom de « Royaume de l'Été ».

Comme Merlin avait refusé de me suivre, il devait être détruit. À l'aide de divers moyens, je l'avais surveillé et je savais qu'il était parvenu de son côté à une vague maîtrise de la magie qui, s'il lui était permis de s'épanouir, pouvait me créer des difficultés. J'avais chèrement payé mes propres pouvoirs — ceux-ci ne s'acquièrent qu'au plus grand prix — et je ne pouvais permettre à personne de s'immiscer dans mes projets. Je l'avais donc attiré dans le Llyonesse, où il m'était plus facile de contrôler la confrontation.

Le tuer aurait été un jeu d'enfant, bien sûr, et, à y repenser maintenant, je sais que c'est ce que j'aurais dû faire. Mais ce que je voulais, ce n'était pas seulement le dépouiller de son pouvoir, mais le faire si complètement et si absolument qu'il abandonnerait tout espoir dont il s'était jamais bercé pour son ridicule Royaume de l'Été.

Je l'avais toutefois sous-estimé : il était plus retors que je ne m'y étais attendue. La rencontre avait tourné à mon désavantage et j'avais été obligée de cesser mon attaque. Merlin s'imagine m'avoir vaincue. Bien plus, il croit que mon pouvoir est brisé. Mais en cela, il fait grossièrement erreur. Quand j'ai vu que je ne pourrais remporter une victoire totale, j'ai renoncé à ma tentative afin de préserver le pouvoir qui m'a coûté tant d'efforts. À vrai dire, j'ai permis à cette sale fouine de m'échapper, sinon il aurait été annihilé... tout comme sa petite vermine de Pelléas. Celui-là, je l'ai détruit par pur dépit, et pour montrer à Merlin combien il avait eu de chance d'en réchapper.

Oui, j'ai laissé Merlin s'en tirer cette fois-là, mais, la prochaine, il ne m'échappera pas. Il a fait de l'ascension de ce lourdaud d'Arthur sur le trône l'œuvre de sa vie. Ce sera un rare plaisir d'effacer ce travail, de les faire disparaître tous les deux. En fait, c'est beaucoup mieux ainsi. Les voir se débattre dans les affres de la mort sera un spectacle dont je jouirai à jamais.

Oh, ils mourront d'infâme façon, l'anathème aux lèvres et en grinçant des dents : c'est inévitable, inéluctable. Ils mourront dans la honte et le désespoir, mais pas avant d'avoir vu réduit en ruine tout ce en quoi ils croyaient. Je me le suis promis. Il en sera ainsi.

Morgaws est maintenant dans la place. Elle a enjôlé la cour entière, et elle a choisi celui qui deviendra l'agent de la trahison. Rhys, à mon sens, nous aurait admirablement bien servis en cela. En fait, nous avons tenté de le séduire, mais nous avons rencontré une résistance inexplicable. Peu importe... son influence a été réduite à néant : il ne nous gênera pas. Gwalchavad aurait aussi été un choix ironiquement plaisant, mais je savais qu'il nous créerait des difficultés. Nous continuerons à essayer, bien entendu, mais que nous le corrompions ou non ne change pas grand-chose. D'autres ont été gagnés à notre cause et n'attendent qu'un ordre pour frapper. Cet ordre ne sera plus long à venir. Il ne reste qu'un ou deux détails à régler, et la destruction pourra commencer.

Le jour de la revanche de Morgian est proche. Voyez, vous tous, votre perte est prête à s'abattre sur vous ! Versez d'amères larmes de désespoir, car vous n'avez aucun moyen d'y échapper.

Les saisons suivaient leur cours. Les moissons arrivèrent : une bien triste affaire qu'il vaut mieux oublier. Les longs mois de sécheresse avaient accompli leur œuvre. Il n'y avait rien à faire, sinon espérer que les pluies d'hiver amèneraient un meilleur printemps. Mais nous avions beau guetter le moindre nuage gris qui passait dans le ciel, il ne tombait jamais une goutte.

Le manque de pluie signifiait néanmoins que le travail pouvait se poursuivre sans interruption au nouveau temple et les gens commençaient à considérer que son achèvement serait le salut du pays. « Quand le Temple du Graal sera terminé ! » était devenu la litanie par laquelle débutait chaque conversation entre ceux qui se tournaient, pleins d'espoir, vers un avenir meilleur. Chaque jour, le Pendragon et les Cymbrogi se rendaient au travail, et chaque soir ils revenaient délirant de fatigue et de camaraderie. Le jour de l'achèvement, hâté par le temps favorable et l'inextinguible ardeur des Cymbrogi, arriva donc bien plus tôt que prévu.

Même si je ne mettais pas moi-même la main à la tâche, j'allais souvent regarder les constructeurs qui rivalisaient d'efforts, pris de frénésie créatrice, pour se surpasser les uns les autres dans la qualité de leur travail. Et, malgré mon inexplicable aversion, je devais avouer que le temple était un superbe édifice de plan hexagonal, avec des murs bien droits sur un soubassement en gradins, surmonté d'un toit pointu couvert de tuiles romaines — Dieu sait où ils avaient pu se les procurer ! — auquel on accédait par une volée de marches incurvées. Il n'était pas très grand, mais Arthur faisait valoir que ce n'était, après tout, qu'un début. Plus tard, il serait toujours possible de l'agrandir, ou bien de lui adjoindre un bâtiment plus vaste. « Mais cela suffira pour le moment », disait-il, fort content du résultat.

À l'approche de la fin de l'année, Arthur commença à dresser des plans pour la consécration du Temple du Graal. Il demanda des messagers pour aller convoquer ceux qui désiraient assister à l'auguste événement. Je me portai aussitôt volontaire, car une telle mission m'offrait l'occasion d'échapper à la folie qui semblait s'être emparée de presque tout le monde.

Je dis « presque », parce qu'il y en avait d'autres qui, comme moi, regardaient cette absurde euphorie avec une suspicion croissante. Myrddin, comme toujours, ravi de recueillir tout ce qu'il pouvait sur l'art des bâtisseurs, ne disait pas un mot contre le Temple du Graal, mais ses louanges étaient toujours mesurées et il se gardait bien de s'impliquer dans tous ces récits de miracles ou de règne de paix millénaire. De même, Bedwyr semblait toujours trouver une affaire importante ou une autre pour s'occuper — je sais qu'il allait souvent pêcher avec Avallach. Quant à Llenlleawg, je crois qu'il ne se donnait même pas la peine de venir sur le site : on murmurait que

Dame Morgaws réclamait toute son attention. Cai apportait souvent son aide, néanmoins, et Cador de temps en temps, lorsque l'envie lui en prenait.

Donc, par une belle et fraîche matinée, Bedwyr, Cador et moi, ainsi qu'une vingtaine de Cymbrogi, nous mîmes en route vers nos diverses destinations, nous dispersant par tout le royaume et au-delà. Je devais aller à Londinium chercher Charis, qui y luttait encore contre la peste. Avant de partir, je demandai à Llenlleawg s'il voulait m'accompagner — car il avait l'air si hagard et mal à l'aise que je m'étais dit qu'un petit séjour loin de l'atmosphère surchauffée du Tor ne lui ferait pas de mal — mais il avait refusé. « Non, m'avait-il dit, ma place est auprès d'Arthur.

— Bien sûr, avais-je répondu, personne n'en doute. Mais Arthur en personne m'a ordonné d'aller chercher Charis pour la ramener.

— Alors, va. Cela ne me concerne en rien. »

Je le regardai s'éloigner à grands pas et ne pus m'empêcher de penser que ce n'était plus l'homme que je connaissais. Je résolus d'attirer l'attention de Myrddin sur ce point dès mon retour. Quoi qu'il en soit, c'est avec un certain soulagement que je quittai le Tor — soulagement de me voir épargnée la fastidieuse et hypocrite obligation de faire semblant d'approuver le projet alors que mon cœur n'y était pas.

Prenant un cheval supplémentaire, je partis, après une brève halte à l'abbaye pour demander où je pourrais trouver Paulus. Certains des moines venaient juste de rentrer d'un long séjour dans le sud, non loin de Caer Lundein, où il avait installé un campement un peu à l'écart de la vieille voie romaine. Charis s'y trouvait, ainsi que bon nombre de frères des monastères voisins, pour aider à combattre la Mort Jaune. « Elle a terriblement ravagé Londinium, me dit un des moines. Je crois que la situation est bien pire là-bas qu'elle ne l'a jamais été ici. Paulinus est facile à trouver et tu n'auras pas à entrer dans la ville.

— Peut-être ne verras-tu pas d'objections, suggéra Elfodd, à emporter quelques provisions pour eux. Ils en ont grandement besoin, et c'est le moins que nous puissions faire. Cela ne te dérange pas ?

— Pas du tout », lui assurai-je, puis je regardai les bons frères entasser ballot après ballot sur les chevaux : élixirs et plantes médicinales, manteaux et vêtements d'hiver pour les moines, viande séchée et tonneaux de bière et d'hydromel grâce auxquels ils pourraient fêter la Nativité du Christ, qui approchait. Quand ils eurent enfin terminé, je pris congé et me dirigeai vers la Voie de Londinium. Je songeai que cela faisait longtemps que je n'avais pas emprunté cette route : la dernière fois, c'était pour me rendre au couronnement d'Arthur. Depuis, il s'était passé tant de choses qu'il semblait s'être écoulé une vie entière. Peut-être en est-il comme le dit Myrddin : le temps n'est pas le passage d'une succession ininterrompue de moments, mais la distance qui sépare les événements. La première fois que je l'ai entendu, j'ai trouvé cela inintelligible. Aujourd'hui, quand j'y repense, je crois que je commence à comprendre ce qu'il voulait dire.

Le chemin le plus rapide pour rejoindre la Voie de Londinium traverse une forêt… c'est une très, très vieille route, utilisée depuis des temps immémoriaux. La forêt est encore plus vieille, bien entendu, peuplée de grands arbres centenaires : ormes sur lesquels la mousse est si épaisse qu'ils paraissent gris-vert de vieillesse et chênes aux troncs aussi larges que des maisons. La lisière de l'antique forêt, où la lumière parvient encore jusqu'au sol, ne suscite pas la peur, mais quand les hommes doivent s'enfoncer en son cœur ténébreux, ils se dépêchent de la traverser au plus vite.

C'est ce que je fis, tassé sur ma selle, une des incantations protectrices du Sage Emrys aux lèvres. Tout en chevauchant, je récitais :

Puisse le manteau de Michel Combattant m'envelopper,
Puisse le manteau de l'Archange me recouvrir,
Le manteau du Christ, Bienheureux Sauveur, me protéger,
Le divin manteau de grâce et de force me sauvegarder !

Me protéger par-derrière,
Me préserver par-devant,
Et du sommet de mon crâne
à la plante de mes pieds !

Le manteau du Grand Roi des Cieux entre moi
et toutes choses qui me veulent du mal,
et toutes choses qui veulent me nuire,
et toutes choses qui nourrissent de sombres desseins !

Je traversai ainsi la partie la plus obscure de la forêt. Au bout d'un moment, le sentier s'éclaircit devant moi et je sus que mon épreuve était bientôt terminée. Je sortis des bois au galop et gagnai les collines surplombant la route où je fis halte pour regarder derrière moi le Tor qui se perdait au loin dans les brumes bleutées. Je chevauchai jusqu'à la tombée du jour, puis je dressai le camp pour passer la première de plusieurs douces nuits sous les étoiles d'hiver.

Le voyage se déroula sans incidents et, quatre jours plus tard, j'aperçus à travers un voile de fumée brunâtre — comme si la peste était un nuage visible sous lequel suffoquait la cité — Londinium terrée à l'abri de ses hautes murailles. Celles-ci, érigées bien avant le règne de Constantin, étaient écroulées en plusieurs endroits. C'était parmi les décombres d'une de ces brèches, près de la porte nord, que frère Paulus avait établi son campement.

Plutôt que de compter sur l'hospitalité de cette ville ravagée par la peste, je dressai le camp au bord de la route et attendis le lendemain matin pour aller plus loin... de toute façon, les portes étaient déjà fermées pour la nuit.

À l'aube, elles s'ouvrirent et des gens en sortirent, portant ou traînant les victimes de la peste. Je remontai en selle et, à mesure que je me rapprochai, la puanteur de l'endroit assaillit mes narines — une odeur infecte de maladie, de pourriture et de mort qui me donna envie de vomir.

Je déglutis, me signai, et poursuivis mon chemin.

Une colonne de fumée s'élevait d'un vaste monceau d'ordures pour s'étaler tel un haillon crasseux au-dessus du camp et je vis ce qui semblait des tas de vieux vêtements répandus par centaines tout autour. De plus près, je m'aperçus que ce n'étaient pas des tas de vêtements, mais des corps. J'attachai les chevaux un peu à l'écart sur une étendue d'herbe roussie et m'approchai à pied, me frayant précautionneusement un chemin parmi les victimes de la Mort Jaune.

Il y en avait tant ! Partout où je tournais les yeux j'en voyais davantage. Je crois que leur nombre me bouleversa plus que leur vue ou leur odeur, toutes deux effroyables. Je regardais, épouvanté, les corps éparpillés d'hommes, de femmes et d'enfants — il y en avait des centaines, et à chaque instant on en apportait d'autres — la plupart jetés au bord de la route tels des chargements d'ordures et oubliés là. Ceux qui avaient renoncé à se battre gisaient, immobiles et silencieux, mais ceux qui s'accrochaient encore à la vie geignaient et poussaient des cris en se tordant de douleur.

Les gémissements de ces infortunés emplissaient les airs d'une sourde et funèbre mélopée. Leurs visages étaient tordus et couverts de taches, leurs yeux rouges, leurs plaies purulentes, et ils gisaient dans leurs propres déjections. Je n'avais jusque-là pas été témoin des ravages de la Mort Jaune, mais à en juger par ce qui m'entourait, je constatai qu'elle était bien nommée : les pauvres hères qui geignaient et criaient dans les affres de l'agonie avaient le teint uniformément jaune — comme si leur chair avait été colorée par une pernicieuse teinture — leur peau était boursouflée et d'infectes mucosités leur coulaient du nez et des yeux. Ils transpiraient et haletaient comme si un feu les consumait de l'intérieur.

Beaucoup tendaient les mains vers moi, implorant mon aide, mais je ne pouvais rien pour eux.

Je savais que la peste s'était aggravée dans le sud : j'avais écouté les sinistres nouvelles, comme tout le monde, mais je n'avais pas imaginé que ce pût être un tel désastre. Si cela ne cessait pas bientôt, me dis-je, il ne resterait plus personne à Londinium pour enterrer les victimes, sans parler de les soigner. Une atmosphère oppressante pesait sur le campement, telle la fumée nauséabonde des petits feux crachotants allumés çà et là pour brûler les vêtements des pestiférés. Cela ne faisait qu'accentuer la sensation de détresse et d'affliction, qui en devenait si palpable que je pouvais presque voir la Mort planer silencieusement dans les airs, ses ailes noires largement déployées.

Je voyais aussi des dizaines de moines au travail parmi les victimes de la maladie. Ces vaillants religieux apportaient de l'eau à ceux qui souffraient de la fièvre et des manteaux à ceux qui frissonnaient. Ils priaient avec les affligés et réconfortaient les mourants. Mais ils avaient beau se battre courageusement contre un puissant et insidieux adversaire, leur lutte était vaine. Ils étaient bien trop peu nombreux pour changer le cours de la bataille. La cause, pour autant que je pouvais le voir, était perdue... et pourtant ils n'abandonnaient pas le combat.

Les bons frères s'étaient servis des décombres de la muraille pour construire des centaines de petits enclos au-dessus desquels ils avaient tendu des toiles et des peaux pour former des abris où pouvaient reposer les malades les moins atteints. Mais les besoins avaient de loin dépassé les prévisions des moines, qui alignaient maintenant les pestiférés flanc contre flanc en rangées innombrables au pied de la muraille croulante. Débordés, les bons frères s'activaient parmi les corps étendus.

J'arrêtai un moine en robe brune et lui demandai où je pourrais trouver frère Paulus. Il me montra une tente près de la muraille, non loin des portes, et je me dirigeai aussitôt vers elle. Au bout de quelques pas, alors que j'enjambais ce que j'avais pris pour un cadavre, je sentis une main me saisir le pied. Une voix pitoyable cria : « S'il te plaît ! »

Saisi de répulsion, je lui arrachai mon pied.

« S'il te plaît... gémit le malheureux. J'ai soif... j'ai soif. »

Honteux de ma réaction, je regardai autour de moi pour voir si je pouvais trouver de l'eau à donner à ce pauvre homme et aperçus un moine qui portait deux cruches. Je le rejoignis en courant, lui dis que j'avais besoin d'une cruche et revins vers le malade, puis je m'agenouillai près de lui et lui soulevai légèrement la tête pour l'aider à boire. Il avait les cheveux trempés et la peau froide et humide. Ses yeux larmoyants roulèrent dans leurs orbites quand je portai la cruche à ses lèvres. Je regardai avec horreur sa langue noire sortir de sa bouche pour laper l'eau.

« Sois béni, murmura-t-il dans un souffle.

— Bois, lui dis-je. Encore un peu. »

Ce fut seulement après lui avoir donné une deuxième fois à boire que je me rendis compte que je tenais un cadavre. Je posai la cruche, reposai sa tête à terre et me relevai après m'être essuyé les mains sur le sol. Endurcissant mon cœur, je repartis, ignorant les suppliques de ceux auprès de qui je passais. Dieu ait pitié de moi, je continuai sans m'arrêter, de crainte de devenir comme eux à leur contact.

Et si Arthur avait raison, me dis-je, et si le très Saint Graal pouvait mettre fin à cette souffrance ? S'il pouvait accomplir les miracles qu'espérait Arthur ? Alors, il nous fallait essayer. Quiconque possédait la moitié d'un cœur n'aurait pas hésité un instant. En vérité, il aurait fallu que le roi soit un monstre d'insensibilité ou un fou pour ne pas tenter tout ce qui renfermait le moindre espoir de guérir son peuple. Certainement, un roi de la trempe d'Arthur devait faire tout ce qui était en son pouvoir pour favoriser une telle guérison.

Je me dis cela et commençai, enfin, à comprendre l'obsession d'Arthur pour le temple. Je regrettai mes doutes et me repentis de mon incrédulité. Qui étais-je, moi, guerrier ignorant, pour remettre en question les choses divines ? Je me mis donc à prier tout en marchant : Grande Lumière, puisse Arthur avoir raison. Hâte l'achèvement du temple, Seigneur Miséricordieux, que le Graal accomplisse son œuvre salvatrice et que commence la guérison.

J'avais atteint la tente et, non sans un certain soulagement, je m'engouffrai à l'intérieur, où je trouvai Paulus penché sur une table basse, en train de verser sa potion curative d'une grande cruche dans de plus petits récipients pour la distribuer aux affligés. « Frère Paulus », dis-je, et il leva les yeux, me reconnut et sourit. C'était le sourire triste et las d'un homme au bord de l'épuisement. Il avait le cheveu terne, les yeux caves, et son teint avait la pâleur de quelqu'un qui est resté trop longtemps enfermé.

« Dieu soit loué, c'est Gwalchavad ! s'exclama-t-il, sincèrement heureux de me voir. Salutations ! » Il fit deux pas vers moi, puis se reprit. « Tu ne devrais pas être ici, me prévint-il. Dis-moi vite ce que tu as à dire, et repars. »

Le prenant au mot, je dis : « Salutations, Paulus. J'apporte des provisions pour tes frères moines. Je viens aussi t'annoncer que Dame Charis doit rentrer au Tor. Le Pendragon m'envoie la chercher. Si tu veux bien me dire où la trouver, nous partirons aussitôt que mes chevaux auront été déchargés.

— Cela vaudrait mieux, acquiesça le moine à bout de forces en reposant la cruche et en passant sa manche sur son front en sueur. Viens, je vais te conduire.

— Je t'en prie, je ne voudrais pas te déranger. Dis-moi simplement où elle est et je la trouverai moi-même. »

Le dévoué moine écarta ma protestation d'un geste de la main. « J'aurai plus vite fait de te conduire », insista-t-il.

Il me guida le long de la muraille, passant près du tas d'ordures… où je vis, à ma grande horreur, que c'était en fait une immense fosse creusée dans le sol et emplie de bois pour y brûler les morts. Par deux ou trois, les corps étaient jetés sur le monticule fumant. Une atroce puanteur se dégageait des cadavres grésillants. Au fond de la fosse, des crânes noircis et grimaçants gisaient parmi les braises rougeoyantes. Je détournai le regard, retins mon souffle et pressai le pas.

« Je suis désolé, cria Paulus par-dessus son épaule, mais nous n'avons pas le choix. La peste est bien plus terrible en ville, où les gens vivent les uns sur les autres… cela la rend plus virulente, je pense.

— Tout est pire, en ville », acquiesçai-je, puis j'avalai une âcre bouffée de fumée et fus pris d'une quinte de toux.

Après avoir dépassé la fosse, Paulus me conduisit vers une autre partie du campement, où s'élevaient encore plus d'abris de fortune sous lesquels étaient allongées encore plus de victimes. Mais ici, du moins, des frères en robe de moine passaient parmi les pestiférés avec des flacons d'élixir. « Tous ne meurent pas, me dit Paulus. Beaucoup de ceux-ci peuvent encore guérir. Ceux qui ont cette chance sont transportés ici, où nous pouvons nous occuper d'eux. »

À cet instant, quelqu'un sortit d'un des abris, non loin de nous, pour se diriger vers une malade allongée à terre. Je vis que c'était Charis, la Dame du Lac, sa blonde chevelure retenue par une bande de tissu nouée autour de sa tête, son élégante silhouette vêtue d'une simple robe de bure telle qu'en portaient les moines qui l'entouraient. S'agenouillant près de la malade — une jeune femme à la peau cireuse — elle lui posa doucement une main sur le front. La pestiférée s'éveilla à son contact et, voyant qui s'occupait d'elle, sourit. Malgré sa souffrance, elle sourit à Charis et je vis reculer la mortelle maladie, même si ce n'était que pour un instant.

Charis lui dit quelques mots de réconfort, sur quoi la jeune femme ferma les yeux et, tandis que Charis se relevait pour poursuivre sa tâche, se rendormit, mais d'un bien meilleur sommeil, je pense, car ses traits étaient maintenant sereins. Paulus allait pour appeler Charis, mais je le retins, disant : « Non, je t'en prie. Je vais aller la voir. »

Je regardai un moment Charis passer parmi les malades, se penchant ici pour une caresse, là pour dire un mot. Comme les moines, elle portait un flacon d'élixir qu'elle distribuait, versant quelques précieuses gouttes du philtre guérisseur de Paulus dans les bols et les coupes des victimes de la peste, puis les aidant à boire. Partout où elle allait, je voyais la paix et la consolation la suivre — une bienfaisante présence, telle une lumière, plus belle et plus éclatante que celle du soleil, qui apaisait et qui calmait, adoucissant les affres de la maladie et de la mort.

Arrivée au dernier de ses malades, Charis se releva, lissa sa robe, se retourna et regarda les rangées de victimes. Elle ferma les yeux et resta ainsi un moment, la tête inclinée, remuant légèrement les lèvres. Puis elle ouvrit les yeux, me vit et m'adressa un sourire de bienvenue. Ainsi souriante, elle redevint la reine du Peuple des Fées dont je me souvenais. Oh, c'est une belle race, cela ne fait pas de doute. Je vis s'éclairer son regard et ma gorge se serra.

Je la regardai approcher, me sentant à la fois humble et fier d'être tenu pour digne d'adresser la parole à une si noble dame. « Tu viens de la part d'Arthur, je suppose, dit-elle quand elle nous eut rejoints.

— Je te présente mes salutations, Dame Charis, répondis-je en inclinant respectueusement la tête. C'est effectivement le Pendragon qui m'envoie.

— Es-tu venu nous aider ? demanda-t-elle en souriant. Ou bien nous apporter des provisions, peut-être ?

— L'évêque Elfodd envoie effectivement de l'approvisionnement en abondance, mais je suis venu te servir d'escorte pour rentrer à Ynys Avallach.

— Je vois. » Son sourire s'effaça aussitôt et je vis l'épuisement reprendre possession de ses traits.

« Pardonne-moi », dis-je, puis je lui parlai du Temple du Graal et du désir d'Arthur de le faire consacrer lors de la cérémonie de Nativité du Christ. Je dus bien mal m'expliquer, car elle s'assombrit de plus en plus en m'écoutant.

« Ainsi, dit-elle d'un ton indigné lorsque j'eus terminé, Arthur tient la construction de son temple pour plus importante que le salut de vies humaines. Et mon fils... Merlin encourage-t-il cette entreprise ?

— Gente dame, dis-je, le roi espère que la consécration du Temple du Graal chassera à jamais la guerre et la maladie de nos rivages. Arthur pense qu'il sera notre salut à tous. Myrddin, comme toujours, aide son roi. »

Charis me regarda d'un œil pénétrant. « Tu éludes ma question. Je me demande bien pourquoi.

— Pardonne-moi, Dame Charis, mais le Sage Emrys ne m'honore pas souvent de ses confidences.

— Mais tu as des yeux, non ? Tu as un esprit pour t'interroger sur ce que tu vois. Penses-tu que ce Temple du Graal mettra un terme à la peste et à la guerre ? demanda-t-elle. Crois-tu que ce sera le salut de la Bretagne ? »

Les pensées tourbillonnaient dans ma tête, cherchant une réponse appropriée. « Je crois, répondis-je lentement, que la Main Prompte et Sûre s'est posée sur notre roi pour l'aider à accomplir bien des choses. Qui suis-je pour dire si le Dieu de Bonté doit ou non bénir les efforts d'Arthur ? »

Charis se laissa fléchir. « Tu as raison, bien sûr. Ma question était injuste. Je te prie de m'excuser, Gwalchavad. » Elle sourit encore et, de nouveau, je vis la fatigue dans ses yeux clairs : comme Paulus, elle était au bord de l'épuisement. Elle jeta un coup d'œil sur la rangée d'abris de fortune et secoua la tête. « Tu vois quelle est la situation. Je ne peux pas partir. » Elle avait parlé à voix basse, comme pour elle-même. Puis, se tournant vers moi, elle dit : « Au risque d'encourir le déplaisir du roi, je crains que tu ne doives dire à Arthur que je ne pourrai assister à la cérémonie. On a besoin de moi ici. »

Paulus s'avança et posa une main sur son bras. « Tu as été convoquée par le Grand Roi : tu dois y aller. » Son ton se fit calmement insistant. « Va, maintenant, et reviens vers nous quand tu seras reposée.

— J'ai amené un cheval pour toi », lui dis-je, heureux d'avoir l'approbation du moine. J'avais vu mon content de pestilence et de mort, et j'étais impatient de repartir. « Si tu le veux bien, nous pouvons partir sur le champ. »

Charis hésita. « Va, lui enjoignit Paulus. Gwalchavad a raison. Le nouveau temple d'Arthur pourrait être tout aussi important en ce combat que ta présence à nos côtés. Sinon, il ne t'aurait pas convoquée.

— Très bien », décida Charis. À mon intention, elle dit : « Prépare les chevaux. Il vaut mieux que tu ne t'attardes pas ici. Je te rejoins dès que je suis prête. »

Je remerciai Paulus et lui demandai où il aimerait que je range les provisions. « Décharge-les simplement, me conseilla-t-il. Ce sera mieux ainsi. Nous pourrons les ranger après ton départ. »

Je retournai en hâte près des chevaux, désireux de quitter au plus vite cet endroit. J'empilai soigneusement les paquets et les tonnelets, puis je m'assis pour attendre. Quelques instants plus tard, Charis me rejoignit et, sans un regard en arrière, nous prîmes la route d'Ynys Avallach. À l'aller, j'avais repéré un ruisseau — un des rares que j'avais rencontrés qui ne fût pas complètement à sec — et nous y fîmes halte pour la nuit. J'étais heureux d'avoir laissé la peste derrière moi, mais ce ne fut pas avant de m'être lavé de la tête aux pieds que je me sentis à nouveau en pleine santé.

Pendant que je montais la garde, ma compagne de voyage dormit d'un profond et paisible sommeil — reconnaissante, je suppose, de ce répit dans ses tâches accablantes — puis nous repartîmes le lendemain matin. Le voyage de retour nous prit un peu plus longtemps que l'aller, car j'avais choisi un autre chemin qui nous faisait passer bien à l'écart de la forêt. Ayant bravé une fois le guetteur invisible, je ne voyais aucune nécessité de recommencer. De plus, je me disais que ce serait une honte de mettre à contribution les Célestes Armées pour ma protection alors que je pouvais si facilement éviter les ennuis.

Nous contournâmes donc la forêt et parvînmes au Tor le lendemain, après être passés en vue du Temple du Graal. Même si je n'étais resté absent que quelques jours, je trouvai le site totalement méconnaissable.

Disparus les chariots et les tas de pierres brisées. Disparues aussi les cordes, les poutres et les cohortes de travailleurs s'activant autour d'un bâtiment à demi achevé. Sur la colline silencieuse, seul se dressait maintenant un gracieux édifice de pierre blanche qui miroitait dans la lumière de l'aube. Élégant dans sa simplicité — Maître Gall avait bien fait son travail — le temple paraissait irradier d'une luminosité intérieure. La sécheresse avait depuis longtemps réduit l'herbe environnante à de maigres plaques jaune pâle, de sorte que l'endroit tout entier, temple et colline inclus, luisait dans le petit matin du lustre et de l'éclat de l'or.

Nous fîmes halte pour admirer ce merveilleux spectacle. C'était, à tous les égards, une demeure idéale pour abriter la Sainte Coupe du Christ. Qui plus est, pour la première fois depuis que j'avais entendu parler du projet d'Arthur, je le trouvai juste. Il est magnifique, me dis-je : en vérité, il annonce un nouveau et glorieux règne de paix et de bien-être.

À notre arrivée au Tor, nous fûmes accueillis par Arthur et Gwenhwyvar, qui apparurent dans la cour pendant que nous mettions pied à terre. Charis et Gwenhwyvar s'embrassèrent chaleureusement pendant qu'Arthur se tenait près d'elles, rayonnant de plaisir. Du coin de l'œil, j'entrevis l'insaisissable Avallach debout près d'une colonne, les bras croisés sur la poitrine. Depuis que nous nous étions installés sur le Tor, je l'avais rarement vu — le plus souvent durant les longues soirées où il allait pêcher avec Bedwyr ou Myrddin — et seulement de loin.

Je savais que le Roi Pêcheur souffrait d'un mal incurable qui le tenait souvent confiné dans ses appartements. Je supposais que c'était pour cela que nous ne le voyions guère. Je fus donc surpris de le trouver dehors. Il resta là un moment à regarder notre petit groupe avant de venir nous rejoindre.

« Charis ! » s'écria-t-il, les bras largement écartés pour l'embrasser. Sa voix résonnait comme un tonnerre amical et, serrant sa fille contre lui, il lui dit combien elle lui avait manqué. « Tu es le soleil de mon bonheur, et maintenant c'est de nouveau l'été.

— As-tu vu le temple ? demanda Arthur, incapable de se contenir plus longtemps.

— Oui », répondit Dame Charis, et elle déclara que c'était l'œuvre d'un maître qui connaissait et respectait l'objet que le temple devait protéger.

« C'est juste, affirma le Roi Pêcheur… un peu à contrecœur, me sembla-t-il.

— Arthur, demanda Charis, es-tu sûr que c'est la bonne façon ? » Elle saisit Arthur par le bras comme pour exiger des comptes.

« Aussi sûr que je le suis du soleil et des étoiles, répondit le Pendragon, le regard aussi ferme que l'étreinte de son bras. Le Royaume de l'Été est là. Nous sommes sur le seuil d'une ère telle qu'il n'en a jamais existé depuis le commencement de notre race. Les nations ouvriront des yeux stupéfaits quand elles apprendront ce que nous avons accompli. Tous les bienfaits prennent ici leur source et se répandront par toute la Bretagne et jusqu'aux confins de la Terre. Les habitants des contrées les plus lointaines viendront assister à ce miracle. La Bretagne sera première parmi les nations et son peuple sera exalté. »

Avallach hocha la tête, un air de profonde résignation dans le regard. Arthur tendit la main pour étreindre le bras du Roi Pêcheur. « Nous sommes si près, mon ami. Vraiment tout près. Aie confiance et attends de voir ce que fera Dieu ! »

Arthur parlait avec une telle assurance et une telle passion qu'il aurait fallu avoir le cœur mort pour ne pas le sentir battre plus vite à ses paroles. Sa ferveur était une flamme qui consumait la paille de toute opposition. Qui pouvait se dresser contre le Pendragon, alors que le cœur, l'esprit et la volonté étaient unis dans la poursuite d'un but si élevé ?

Qui, en vérité ?

Pendant que nous étions encore en train de parler, d'autres membres de la cour d'Arthur vinrent saluer Avallach et souhaiter la bienvenue à la Dame du Lac : Cai et Bedwyr d'abord, puis Rhys et Cador. Je cherchai des yeux Llenlleawg, mais je ne le vis pas, et ce ne fut pas avant que nous soyons tous rassemblés dans la grande salle pour le souper que l'Irlandais sortit de sa cachette.

La salle avait été apprêtée pour le retour de la Dame du Lac, Avallach avait déjà prié ses invités de s'asseoir et nous nous dirigions vers nos places… certains d'entre nous plus lentement, afin de saluer nos amis. Charis et Myrddin venaient d'arriver et conversaient tranquillement près de la porte, tandis que d'autres entraient encore dans la pièce.

Ce fut alors que je vis apparaître Llenlleawg dans l'encadrement de la porte, Morgaws à son côté. Tous deux pénétrèrent dans la salle et se dirigèrent vers leurs places à une des tables les plus proches. Comme je m'avançais moi-même vers cette table, j'eus toute opportunité de remarquer leur entrée et d'observer ce qui suivit :

L'Emrys, la tête penchée un peu en avant, parle d'un air grave à sa mère, qui l'écoute attentivement. Elle sent un mouvement près d'elle et tourne les yeux pour voir passer Llenlleawg. Elle le reconnaît, bien sûr, je le vois dans ses yeux tandis que ses lèvres esquissent un sourire… sourire qui se fige instantanément quand elle aperçoit aussi Morgaws.

Ce n'a été qu'un simple regard, mais il se passe une chose des plus étranges : comme si elle avait une conscience aiguë de l'attention que lui porte Charis, la jeune femme tourne la tête. Leurs regards se croisent. Morgaws tressaille, son pied s'arrête à mi-pas.

Elle fait une embardée, comme frappée par une lance projetée de l'autre côté de la grande salle. Elle chancelle, les traits tordus de souffrance, ou de rage, et je crains qu'elle ne tombe. Mais la main de Llenlleawg l'attrape par le coude et la retient. Morgaws retrouve aussitôt l'équilibre et l'aplomb de sa démarche. Cela s'est passé le temps d'un clignement d'yeux et, seul à l'avoir vu, je reste à me demander ce dont je viens d'être témoin.

Les deux nouveaux arrivants obliquent et se fondent dans la foule enjouée qui se presse autour de la table. Je regarde à nouveau vers Charis et Myrddin. L'Emrys est toujours en train de parler, mais sa mère n'écoute plus. Elle regarde fixement l'endroit où sont apparus Morgaws et Llenlleawg avec une expression d'horreur, le visage drainé de toute couleur. C'est étrange à dire, mais cela me rappelle la première fois que Peredur a posé les yeux sur la jeune femme, le jour où nous l'avons trouvée dans les bois… son visage reflétait le même mélange de surprise et de terreur.

Sentant qu'on ne l'écoute plus, Myrddin lève les yeux : les traits figés de sa mère le font taire au milieu d'une phrase et il lui touche le bras. La Dame du Lac sursaute à son contact, elle revient à elle — comme brusquement tirée d'un rêve — voit son fils et sourit, portant la main à son visage. Myrddin, toujours sur le qui-vive, se tourne pour voir ce qui altéré les traits de sa mère. Mais il n'y a plus rien à voir : Morgaws et son compagnon ont disparu dans la foule. Myrddin prend sa mère par le bras et ils gagnent leur place à table près d'Arthur et de Gwenhwyvar.

Je m'installai près de Bedwyr et remarquai le froncement de ses sourcils. Pour le dérider, je dis : « Il semblerait que notre ami Llenlleawg soit devenu le champion de la mystérieuse Morgaws. Je me demande si Arthur est au courant de ce revirement de loyauté.

— Je n'ai jamais vu un homme avoir l'air si épris. Il en est malade, notre Llenlleawg. Je redoute ce qui peut advenir de lui.

— Oh, il s'en remettra certainement. L'amour s'avère rarement fatal, me suis-je laissé dire. »

Bedwyr eut un petit rire de dérision.

« Qu'y a-t-il ? Se serait-il passé quelque chose en mon absence ?

— Ah, répondit-il avec un sourire aussi amer que le ton de sa voix, le temple d'Arthur est presque achevé et nous nageons tous dans une joie sans borne, bien sûr. »

Un serviteur apparut à cet instant et posa des coupes devant nous. Bedwyr leva la sienne dans ma direction et but une longue gorgée.

« Et pourtant ? demandai-je en le poussant du coude.

— Pourtant, poursuivit Bedwyr, le Pendragon converse avec Dieu et avec les anges, et il ne faut pas évoquer les préoccupations des mortels ordinaires. » Le lugubre sourire de Bedwyr vira à l'aigre. « Bref, notre roi se tient la tête dans les nuages et les pieds dans le tas d'ordures. Il s'imagine sentir une douce odeur de prairie, mais pour moi cela pue le fumier.

— Tu me surprends, mon frère. Si quelqu'un peut faire s'épanouir le Royaume de l'Été, c'est bien Arthur. Cela pourrait se passer exactement comme il le dit. »

Bedwyr but une nouvelle gorgée, reposa sa coupe et dit : « Ne fais pas attention à moi, Gwalchavad, je pleure simplement le passé. Ou peut-être suis-je jaloux... c'est une très belle jeune femme, n'est-ce pas ? » Il rit, se forçant à surmonter sa mélancolie, mais il y avait une note d'amertume dans sa voix quand il ajouta : « Deux jours, mon ami... deux jours et tous les doutes et soupçons seront balayés. Dans deux jours, le temple sera consacré, le Graal y sera installé et le Royaume de l'Été pourra commencer. Je suis sûr que tout ira bien. »

Malgré cette affirmation, la conviction de Bedwyr paraissait aussi fragile que la mienne, mais après ma pénible visite au campement des pestiférés, j'avais essayé de croire que le miracle pouvait avoir lieu. Et si, comme l'avait dit Myrddin, la Main Prompte et Sûre avait chargé Arthur du salut de ce monde ? Qui pouvait s'opposer à Dieu ?

XX

Je me retournai toute la nuit sur ma couche, en proie à des rêves de chats furieux et de serpents sifflants. J'entendis un rire étrange et fus réveillé par quelqu'un qui appelait mon nom. Mais le quartier des guerriers était silencieux et, voyant se lever le soleil sur une nouvelle journée, je décidai de chasser les derniers maléfices de la nuit en allant plonger dans l'eau glacée du lac.

Je me glissai hors du palais et descendis rapidement le sentier en lacets. La brume s'élevant du lac dans la lumière de l'aube me donnait l'impression que je descendais du haut des cieux limpides vers la Terre voilée de nuages. Au bord du lac, je me dévêtis et m'avançai dans l'eau… assez loin, car, à cause de la sécheresse, son niveau était maintenant très bas.

Rassemblant mon courage, je plongeai avant d'avoir eu le temps de me raviser et nageai rapidement jusqu'au milieu du lac. L'eau était claire et glaciale, mais pas autant qu'elle aurait dû l'être en cette saison. La Nativité du Christ était presque là et les vents d'hiver auraient dû souffler en hurlant, alors que, en dehors de quelques fraîches soirées, les journées, quoique courtes, restaient aussi chaudes et sèches qu'en début d'été. Personne ne se plaignait de la douceur, mais le manque de pluie réduisait le pays en poussière.

Depuis que j'ai été en âge de quitter le caer paternel pour me rendre au bord de l'eau, j'ai toujours aimé nager. Lot soutenait que quiconque né et élevé sur un rocher au milieu de la mer devait savoir nager pour sauver sa vie, de sorte que mon frère et moi avions appris tôt, et bien. J'avais cette pensée en tête tandis que je gagnai le milieu du lac, pris une profonde inspiration et plongeai dans les froides profondeurs.

Je descendis le plus profond possible, sentant l'eau me picoter la peau comme un millier d'aiguilles. Je recommençai plusieurs fois de suite : quand je n'y tenais plus, je remontais pour replonger, essayant à chaque fois de descendre plus bas. La dernière fois, je jaillis simplement hors de l'eau et me laissai flotter à la surface, les yeux perdus dans le ciel radieux, laissant mes pensées dériver aussi paresseusement que les nuages.

Pendant que j'étais en train de paresser ainsi, l'écho d'une chanson me parvint... une mélodie au rythme joyeux. Silencieusement, sans le moindre clapotis, je m'enfonçai sous l'eau et tournai les yeux vers la berge, où je vis une silhouette voûtée qui se hâtait sur le sentier menant au Tor : une femme, toute vêtue de noir. Je ne la reconnus pas, car un nuage avait voilé le soleil et ses traits étaient cachés dans l'ombre. Bizarrement, cette ombre se déplaçait avec elle, l'enveloppait, de sorte que je ne pouvais voir de qui il s'agissait.

Ce fut alors que je me rappelai avoir entendu cette même étrange chanson... c'était elle qui m'avait guidé le jour où j'avais trouvé Morgaws dans la forêt. Cette pensée ne m'avait pas plus tôt effleuré l'esprit que la femme s'arrêta brusquement... un peu comme si quelqu'un l'avait appelée. Au même instant, l'ombre disparut et je vis qu'il s'agissait de Morgaws, et que ce que j'avais pris pour du noir était, en fait, son vert habituel. Je le voyais si clairement que je me demandai comment j'avais pu me méprendre un peu plus tôt. En dehors de cela, je trouvai curieux qu'elle fût debout si tôt dans la matinée et, naturellement, je me demandai où elle avait pu aller.

Elle resta un long moment figée sur place, puis elle se tourna lentement vers le lac. Quelque chose en moi me poussait à la discrétion, de sorte que je me laissai sombrer un peu plus. C'est étrange à dire, mais quand ma tête s'enfonça sous la surface, je sentis une curieuse impression de chaleur à l'endroit où son regard passa sur l'eau. Cela ne dura qu'un instant, comme une vague déferlant au-dessus de moi, puis tout redevint comme avant. Quand je refis surface, Morgaws était partie. Je surveillai un moment les alentours et crus l'apercevoir sur le sentier du Tor juste avant qu'elle ne franchisse les portes du palais, mais, ébloui par le soleil, j'aurais fort bien pu me tromper.

Je nageai jusqu'à la berge, me séchai et m'habillai, puis je me hâtai d'aller retrouver Myrddin : j'avais l'intention de lui raconter ce que j'avais vu. Mais, le temps d'atteindre le Tor, je m'étais convaincu que mes inquiétudes étaient ridicules. Qu'avais-je vu, après tout? Simplement quelqu'un en train de faire une promenade matinale.

Elle chantait, oui, ainsi que l'aurait fait n'importe quelle jeune femme profitant de la vie et des simples splendeurs d'une nouvelle journée. De toute façon, Myrddin était occupé à organiser la cérémonie et n'aurait pas apprécié d'être dérangé.

Avec le reste du Vol des Dragons, je passai la journée à me préparer pour la consécration du temple. Commençant par un jeûne, nous nous rassemblâmes dans la grande salle pour apprendre quels seraient nos devoirs au cours de la cérémonie, et pour savoir comment seraient ordonnés nos rangs. Puis nous prîmes soin de nos armes et de nos vêtements : nous lavâmes nos chemises et nos braies, nous brossâmes nos manteaux, nous polîmes nos lances et nos épées, avant de blanchir nos boucliers à la chaux et de peindre dessus la croix du Christ. Ce soir-là, à la place du repas, nous nous réunîmes dans la grande salle pour veiller : sous la conduite d'un prêtre de l'abbaye, nous priâmes toute la nuit que le Seigneur veuille bien bénir le nouveau royaume.

Puis, quand l'aube parut à l'horizon, nous revêtîmes nos plus beaux habits et nous apprêtâmes comme pour la bataille. Tous les participants s'assemblèrent dans la cour, chacun prenant place comme il en avait reçu l'instruction : Arthur et Gwenhwyvar en tête, devant Charis et Myrddin, suivis de divers moines, prêtres et nobles de la région, puis, derrière ceux-ci, le Vol des Dragons et le reste des Cymbrogi. La procession franchit les portes, menée d'un pas solennel par l'évêque Elfodd qui brandissait sa crosse. Près de lui marchait le seigneur Avallach, un coffret de bois finement ouvré dans les mains.

Nous descendîmes ainsi lentement, deux par deux, le sentier du palais du Roi Pêcheur. Parvenus au lac, les moines entonnèrent un psaume, doucement, tout d'abord, puis avec de plus en plus de force et d'entrain. Quand nous passâmes devant le monastère, sa cloche se mit à tinter, d'une voix plaintive qui résonnait dans la campagne pour appeler le monde à assister à la naissance d'une nouvelle ère.

Le pays entier semblait en avoir été averti, car des centaines et des centaines de personnes étaient déjà rassemblées dans la vallée pour attendre la cérémonie. Les tailleurs de pierre et leurs familles étaient là, bien sûr. En outre, je suppose que les moines avaient répandu la nouvelle par toute la région et beaucoup, malgré la peste — ou, en fait, peut-être à cause d'elle — étaient venus voir débuter le règne du Seigneur de l'Été.

Le Temple du Graal brillait tel de l'or blanc dans la lumière matinale, la froide pierre miroitante et radieuse contre le bleu limpide du ciel. La procession atteignit le pied de la colline et fit halte, puis l'évêque Elfodd se retourna et dit une prière. Nous gravîmes ensuite la colline — accompagnés par la foule qui se pressait autour de nous pour voir et entendre ce qui allait se passer — et fîmes halte au sommet pour une autre prière. Une troisième fut récitée pendant que l'on faisait faire au Graal le tour du bâtiment, puis une quatrième à l'entrée du temple. À chacun de ces endroits, Avallach présenta le coffret aux quatre points cardinaux, tandis que le bon évêque disait une prière : ensemble, ils sanctifiaient la terre par la présence du saint objet.

À haute et forte voix, l'évêque Elfodd appela tous ceux qui se trouvaient présents à porter témoignage. « À dater de ce jour, le sol sur lequel vous vous tenez est sacré. Que l'on sache bien, et qu'on le proclame par toute la Bretagne, que le Seigneur Christ a béni cet endroit et l'a élu pour sien. Dorénavant, ce sera un refuge et un asile pour tous ceux qui s'y présenteront, personne n'en sera écarté, nul ne sera contraint d'en partir et nul n'en sera chassé par la force. Ainsi personne ne se verra interdire d'accéder à la paix de Dieu. »

Puis Myrddin, dont la dignité et la noblesse de port n'avaient jamais été plus grandes, gravit les marches du temple, se tourna vers la foule et écarta les bras. Si quelqu'un avait oublié que Myrddin avait jadis été roi, il ne pouvait qu'en retrouver le souvenir. J'avais vécu toute ma vie dans la compagnie des nobles et des rois, et c'était bien un roi que je voyais, majestueux dans ses manières et son apparence. Grand et droit, la tête haute, l'air grave et fier, ses yeux dorés embrasés par la lumière de la droiture, Myrddin parcourut du regard les visages tournés vers lui et le silence s'abattit sur la colline tandis que tous tendaient l'oreille pour entendre ce qu'il allait dire.

« Mon peuple ! s'écria-t-il d'une voix forte. C'est un jour semblable à nul autre dans la longue histoire de notre race. »

Il fit une pause et je sentis l'air vibrer d'attente autour de moi. La foule, comme une seule créature frémissante d'impatience, retint son souffle.

« Réjouissez-vous ! » s'écria soudain l'Emrys, et je jure que j'entendis son cri se répercuter tel le tonnerre dans les collines environnantes.

« Réjouissez-vous ! répéta-t-il, levant haut les mains. Car aujourd'hui commence le Royaume de l'Été, puisse-t-il durer à jamais.

» Écoutez ! Oyez les paroles du Chef Barde de Bretagne, Taliesin ap Elphin ap Gwyddno Garanhir : “Il est un pays rayonnant de bonté, où chaque homme protège la dignité de son frère avec autant d'empressement que la sienne, d'où la guerre et le besoin ont disparu et où toutes les races vivent sous la même loi d'amour et d'honneur. C'est un pays irradiant de vérité, où la parole d'un homme est son gage, d'où le mensonge est banni, où les enfants dorment en sécurité dans les bras de leur mère sans jamais connaître la peur ni la souffrance. C'est un pays où les rois étendent leurs mains pour rendre la justice plutôt que pour tirer l'épée, où la pitié, la douceur et la compassion ruissellent comme l'eau sur la terre, où les hommes révèrent la vertu, la vérité et la beauté plus que le confort, le plaisir ou le profit égoïste… un pays où la paix règne dans le cœur des hommes, où la foi rayonne tel un phare du haut de chaque colline, et l'amour tel un feu dans chaque foyer, où le Vrai Dieu est vénéré et sa doctrine proclamée par tous."

» Ainsi parlait Taliesin, léguant son éclatante vision à un monde régi par les Puissances des Ténèbres. Aujourd'hui, il a plu au Grand Roi des Cieux d'honorer les paroles que son serviteur prononça il y a si longtemps. Peuple de Bretagne, écoute-moi ! Réjouis-toi et sois heureux, le jour si longtemps attendu s'est levé. »

Le Grand Roi prit alors place auprès de Myrddin. En posant les yeux sur Arthur, grand et fort, son beau visage illuminé par l'éclat doré du matin, la pierre blanche du temple miroitant derrière lui, je sus que le Sage Emrys, comme toujours, avait dit la vérité. Le Grand Roi dégaina son épée, Caledvwlch, et brandit devant lui la lame dénudée, telle une croix.

« En ce jour s'accomplit sous vos yeux la prophétie de Taliesin, dit-il. Mes amis, le Royaume de l'Été est né. La douce vision de Taliesin est devenue réalité. Puisse le Dieu Vivant couronner nos efforts de toutes les vertus. »

Arthur leva plus haut son épée, et la foule immense poussa une grande clameur. « Pendragon ! Pendragon ! » Son cri était comme un torrent dévalant la colline pour se répandre sur tout le pays. « Pendragon ! » En cet instant, le Grand Roi devint le Seigneur de l'Été si longtemps attendu.

Au bout d'un moment, les acclamations finirent par se taire, permettant à Arthur de poursuivre. Baissant sa grande épée, il en posa la pointe contre la pierre à ses pieds et croisa les mains sur le pommeau. Puis, levant les yeux au-dessus de la foule et de la vallée au-delà, comme pour scruter le lointain avenir, il dit : « Ce qui débute aujourd'hui brûlera dans le cœur de tous ceux qui en entendront parler. Ce qui débute aujourd'hui sera une riche bénédiction pour les gens de toutes races et de toutes tribus.

» Ce qui débute aujourd'hui, dit Arthur Pendragon, le visage éclatant dans la lumière matinale, durera jusqu'à la fin des temps, quand Dieu roulera les cieux comme un parchemin et reviendra sur Terre pour régner dans la justice pour toute l'éternité. Ainsi soit-il ! »

Confiant son épée à Myrddin, le roi se retourna, se dirigea vers l'endroit où attendait Avallach et, inclinant la tête pour remercier le premier Gardien du Graal, posa la main sur le coffret et ouvrit le couvercle. Le monde fut illuminé d'un éclat intense… comme si la foudre, jusque-là captive, avait brusquement été libérée. Les spectateurs regardèrent, bouche bée, Arthur plonger la main dans le coffret et en retirer le Graal qu'il brandit au-dessus de sa tête. Je ne sais pas ce que virent les autres, mais je contemplai une coupe qui miroitait au soleil comme si elle était animée d'une vie propre par la lumière qui dansait autour d'elle. Une rangée de rubis et d'émeraudes scintillait autour de son pied et son rebord était incrusté de perles. Ses flancs étaient ornés d'un large bandeau de ciselures qui captaient la lumière et la renvoyaient telles des étincelles d'or.

Mon cœur prit son essor et j'emplis mon regard de ce spectacle enivrant. Je me sentais devenir plus fort et, oui, plus noble… comme si la lumière avait révélé l'homme que j'étais censé être, mais que j'étais si rarement. Et je n'étais pas le seul à avoir ce sentiment : aux murmures de stupéfaction qui m'entouraient, je devinais que tous ceux qui contemplaient la coupe du Seigneur Christ se voyaient accorder en ce même instant une vision de la grâce rédemptrice du Dieu de Bonté.

Cela ne m'avait pris que le temps de cligner des yeux dans le bref intervalle qui sépare deux mots… car Arthur était encore en train de parler. « Voyez ! Je vous donne la Coupe du Christ, qui sera l'emblème du Royaume de l'Été, ainsi qu'un rappel permanent de la source de notre félicité. »

À ces mots, il pénétra dans le temple et déposa le Graal sur l'autel de pierre qui lui avait été préparé. Cela fait, il s'inclina avec respect devant la coupe et s'écarta de l'autel. Une fois ressorti, il reprit son épée des mains de Myrddin, la brandit et déclara : « À dater de ce jour, j'en ai terminé avec la guerre et les tueries. La violence et les conflits n'ont pas leur place dans le Royaume de l'Été. Dorénavant la Bretagne sera une terre de paix. » Rentrant de nouveau dans le temple, il déposa Caledvwlch près du Graal, la pointe sur le sol et la poignée reposant contre l'autel de pierre, ainsi qu'une croix. Le Grand Roi s'agenouilla alors et récita une prière.

Père céleste, fais que je n'oublie jamais ce spectacle : Arthur à genoux devant l'autel, la tête renversée en arrière, le visage tourné vers le ciel, ses robustes bras largement écartés, paumes vers le haut pour recevoir la bénédiction divine. Et, au-dessus de lui, brillant avec tout l'éclat du soleil et emplissant le temple d'une vive et sainte lumière, le Graal.

Combien de temps il resta dans le temple, je ne saurais le dire... car cet instant était éternel et toute la création retenait son souffle. Quand il ressortit, ce fut dans un monde subtilement, mais indéniablement, transformé. Arthur lui-même semblait plus beau, plus fort, plus noble... comme si ces royales qualités, qu'il possédait déjà en une rare abondance, avaient été accrues, renforcées, multipliées en lui, et qu'il avait acquis une encore plus grande stature qu'auparavant. Quiconque doutait de ses propres sens n'avait qu'à regarder Gwenhwyvar : l'expression de son regard, où se mêlaient l'amour et l'admiration, aurait suffi à convaincre le plus endurci des sceptiques que devant nous se tenait un seigneur transfiguré.

Le Grand Roi, le visage rayonnant du glorieux reflet de la Sainte Coupe, leva lentement les mains en un geste plein de bienveillance et dit : « Puisse le Graal que nous avons installé en ce temple servir de phare d'espérance à l'humanité tout entière. Puissent les générations à venir se dire que, dans cette Île des Forts, les hommes et les femmes ont aimé la vertu plus que leur propre vie et qu'ils se sont sacrifiés pour que triomphent la justice et la vérité.

» Mes amis, nous avons allumé une flamme qui brûlera jusqu'à la fin du monde. Nous ne sommes que des hommes, mais les propres Cymbrogi de Dieu contempleront avec un profond respect nos accomplissements. En ce moment même, les anges se rassemblent pour nous assister dans le voyage que nous avons entrepris. Les signes et les prodiges deviendront ordinaires, les miracles se multiplieront à l'infini et la paix déferlera sur l'Île des Forts telle une vaste mer portée sur les ailes de la tempête.

» Je vous le demande, qui peut arrêter les vagues ? Qui peut dompter la fureur de l'océan ou contenir la force colossale de la mer ? Qui peut ordonner au soleil de s'arrêter dans le ciel ou interrompre la marche régulière des saisons ?

» En vérité, je vous le dis, nous ferons tout cela et davantage en gage de loyauté envers le Royaume de l'Été et son Seigneur Éternel. Car si nous restons loyaux en toutes circonstances, la Bretagne sera la merveille du monde : une torche qui ne s'éteint jamais, un feu sacré qui ne peut être étouffé. Et toutes les nations qui restent plongées dans les ténèbres lèveront les yeux vers nous et verront la lumière de leur salut, aussi brillante qu'un phare dans la nuit. Elles lèveront les yeux, et elles se réjouiront, et si grande sera leur joie que son écho submergera le fracas de la guerre. Cet art haïssable disparaîtra à jamais et nul ne s'en souviendra. »

Si les précédentes acclamations avaient rivalisé avec le grondement du tonnerre, le hurlement d'approbation qui accueillit cette déclaration fut assourdissant. Il semblait ne jamais devoir prendre fin. Durant cet exubérant et joyeux débordement, l'évêque Elfodd s'avança et, levant ses saintes mains vers le Roi des Cieux, bénit le temple par des prières de consécration. La cérémonie était terminée : avant même qu'il ait fini de prier, les gens accoururent en foule pour voir de plus près la coupe sacrée.

Arthur fit signe aux Gardiens du Graal de prendre leur place, ce que nous fîmes, nous disposant sur deux rangs pour former un étroit couloir par lequel les gens pourraient accéder au temple. Hommes et femmes, jeunes et vieux se bousculaient dans leur impatience de s'agenouiller devant le Graal et de lui adresser leurs prières les plus sincères.

Une fois le mouvement lancé, le flot devint une lame de fond qui prit d'assaut le flanc de la colline pour s'engouffrer dans le temple. Nous, les Gardiens, attendions, immobiles, et les regardions venir, certains nerveux et hésitants, certains si tremblants de crainte qu'ils pouvaient tout juste avancer, d'autres avec une touchante révérence, d'autres encore pleins d'assurance, comme s'ils voulaient s'emparer du royaume et s'attribuer ses éclatantes promesses.

Peu importe comment ils entraient, tous ressortaient transformés… certains davantage, d'autres un peu moins, mais nul de ceux qui avaient pénétré dans le temple n'était le même après avoir vu le Graal. Je vis une vieille femme à la main desséchée repartir guérie, et un paralytique émerger en marchant sur deux jambes robustes et jeter ses béquilles aussi loin qu'il le pouvait. Un autre homme, si malade qu'il n'avait plus la force de marcher, fut porté devant l'autel par ses amis et ressortit en gambadant et en sautant de joie.

Ce n'étaient que les premières des nombreuses guérisons de la journée. Je vis des hommes et des femmes, entrés dans le temple pliés en deux par le chagrin et les soucis, en repartir la tête haute, le feu de l'espoir brillant sur leurs traits. Beaucoup ressortaient les yeux et les joues baignés de larmes. Et il fallut en évacuer plus d'un du sanctuaire : éblouis par la gloire de la Sainte Coupe et terrassés par la sainteté du moment, beaucoup se retrouvaient plongés dans une telle extase qu'ils devaient être portés dehors par leurs parents ou leurs amis.

Les étoiles du soir scintillaient à l'orient quand les derniers fidèles quittèrent les lieux. L'évêque Elfodd alluma des torches de part et d'autre de l'entrée et replaça le Graal dans son coffret de bois. Alors seulement nous pûmes nous asseoir pour reposer nos pieds endoloris. Bien qu'ils eussent monté la garde toute la journée, Cai, Bedwyr et Cador se portèrent volontaires pour la première veille de nuit. Llenlleawg et moi fûmes autorisés à retourner au Tor... après que Cai nous eut recommandé de ne pas oublier le souper des veilleurs.

La première nuit s'écoula paisiblement dans le Royaume de l'Été et le lendemain demeura si calme et serein que l'on aurait facilement pu croire que le monde avait effectivement changé. Les quelques visiteurs qui se présentèrent au temple en repartirent manifestement heureux — une femme infirme, une jeune fille sujette à des convulsions et deux jeunes garçons atteints d'une maladie de peau furent guéris. L'atmosphère de paix et de joie qui régnait faisait de notre garde un pur plaisir. La fin de cette deuxième journée de félicité nous laissa pleins d'amour fraternel et d'amicales pensées pour l'humanité tout entière.

Mais le bruit des miracles qui s'accomplissaient en présence du Graal se répandait par tout le pays. Déjà la nouvelle avait franchi les frontières du royaume et, telle la lance une fois que la main l'a lâchée, il n'y avait pas moyen de la rappeler.

XXI

Tout le long de la nuit, les visiteurs affluèrent dans la vallée. À la surprise générale, il se trouvait parmi eux bon nombre de Saecsens. Comment la nouvelle s'était répandue aussi loin et aussi vite dépassait mon entendement. Manifestement, tous avaient voyagé jour et nuit pour atteindre le Temple du Graal et, une fois arrivés, ils attendirent patiemment, assis par petits groupes sur le sol ou dormant à flanc de colline. Les moines leur apportèrent à boire et à manger et soignèrent toute la nuit les malades qui ne pourraient être admis à voir la Sainte Coupe qu'au petit matin.

Arthur, quand il apprit que des Saecsens se présentaient au temple, fut visiblement enchanté et déclara que le Graal remplissait déjà ses plus nobles fins. « Un jour, dit-il, chaque habitant de Bretagne sera venu voir le Très Saint Graal et le monde sera régénéré. »

Il y avait beaucoup de vrai dans ce que disait le Pendragon. Car, le troisième jour, le flot ne se tarit pas, et les arrivées ne cessèrent pas avec le crépuscule, après la fermeture du Temple du Graal. Le quatrième jour, les visiteurs furent encore plus nombreux : leur torrent continu se déversa dans la vallée tout le long du jour et de la nuit. Le lendemain, il fut évident que leur nombre augmentait régulièrement. La tâche s'avérait donc de plus en plus éprouvante pour les cinq Gardiens du Graal.

En vérité, si un seul d'entre nous avait vu plus loin que le premier jour de notre charge, nous aurions peut-être compris à quel point nos dispositions étaient stupides. Si nous ne nous étions pas laissé emporter par l'enthousiasme, et si nous avions réellement compris la nature de l'objet confié à notre garde, nous nous serions peut-être attendus à l'impatience de la population poussée par le désespoir et le besoin d'obtenir la guérison.

Il n'était donc nul besoin de posséder la sagesse d'un barde pour voir que notre idée naïve de cinq Gardiens du Graal montant une garde perpétuelle volait en éclats, au bout d'à peine quelques jours, sous le simple poids du nombre. Manifestement, il fallait revoir nos plans.

« Mes frères », dit Bedwyr en regardant les pèlerins assemblés dans la lumière déclinante — il en était tellement arrivé au cours de la journée qu'ils ne pourraient pas entrer voir le Graal avant le matin suivant — « vous êtes tous de puissants guerriers, et bien meilleurs que moi à tous les égards. Je ne doute pas que vous puissiez monter la garde devant le temple jour et nuit pendant mille ans sans jamais éprouver la moindre fatigue, mais pas moi. Bref, je suis épuisé. »

Comme pour confirmer ses propos, il bâilla et dit : « Nous avons besoin d'aide et je ne vois aucune raison pour que les Cymbrogi passent leur temps à musarder pendant que nous nous échinons à la tâche. Ce n'est ni juste ni convenable.

— Nous suggères-tu d'obliger nos frères d'armes à nous aider dans l'exercice de notre devoir ?

— Très exactement, confirma Bedwyr avec un nouveau bâillement.

— Mon frère, pourquoi n'as-tu pas parlé plus tôt ? s'exclama Cai. C'est tout juste si j'arrive à mettre un pied devant l'autre et je commençais à croire que vous preniez plaisir à rester plantés comme des piquets toute la journée.

— Malgré le vif plaisir que j'y prends, dit Cador, je pourrais me laisser persuader de céder ma place à quelques-uns des Cymbrogi… si mes frères Gardiens n'y voient pas trop d'inconvénients.

— Voilà bien le Cador que je connais, généreux jusqu'au bout, répondit Bedwyr, adoptant un ton admiratif. Quant à moi, je considère que l'honneur n'est pas moindre si je le partage avec mes frères d'armes. Que chacun en ait son lot !

— La question est donc réglée, dis-je. Nous sommes tous d'accord pour que la tâche soit répartie entre les Cymbrogi.

— Llenlleawg n'a pas dit ce qu'il pensait, fit remarquer Cai en montrant le grand Irlandais, immobile comme une statue.

— Eh bien ? demanda Bedwyr en se tournant vers celui-ci. Qu'en dis-tu, Llenlleawg ? »

Le champion d'Arthur haussa les épaules. « Si tout le monde est d'accord, marmonna-t-il en détournant le regard, je le suis. »

Bedwyr le dévisagea un moment, comme s'il essayait de deviner ce qui pouvait bien tracasser notre compagnon. « Bien ! s'exclama-t-il en lui tournant brusquement le dos. Nous venons d'apporter le premier additif à nos règles. »

Tandis que les derniers visiteurs de la journée s'avançaient vers le temple, nous discutâmes de la façon de répartir les tours de garde et il fut vite décidé que chaque Gardien du Graal aurait huit Cymbrogi sous ses ordres. Pour alléger davantage notre tâche, la garde de jour serait relevée au coucher du soleil par ceux qui auraient été choisis pour la garde de nuit. Par conséquent, nous n'aurions à monter qu'une garde sur cinq... un progrès indéniable, car cela nous laissait une pleine journée de repos. Nous tirâmes alors à la courte paille pour savoir qui inaugurerait le nouvel ordre de rotation. La chance voulut que je tire la garde de jour du lendemain, mais Llenlleawg tira la paille la plus courte et fut obligé de monter la garde la nuit même, après l'avoir fait toute la journée. Mais, bien que la chance lui eût été contraire, il ne se plaignit pas.

Malgré la foule encore nombreuse qui attendait dans la nuit tombante, nous n'eûmes d'autre choix que de déclarer le temple fermé. Bedwyr annonça aux visiteurs que le Temple du Graal rouvrirait à l'aube, et les moines présents invitèrent ceux qui étaient dans le besoin à venir au monastère, où ils trouveraient nourriture et abri. À cette annonce, un vieil homme perdit son calme et se mit à crier. « J'ai patienté toute la journée ! dit-il. Je ne peux attendre plus longtemps.

— Simplement jusqu'à demain, mon ami, dit le moine d'un ton ferme, mais non sans douceur.

— Demain, il sera trop tard », insista l'homme, sa voix et ses épaules tremblant sous l'effort. Il tenait à la main un long bâton sur lequel il s'appuyait. « S'il te plaît, je dois voir la Coupe du Christ ce soir.

— Viens à l'abbaye et nous prendrons soin de toi, lui dit le moine. Tu pourras revenir demain matin.

— Je suis vieux et malade. Je peux mourir dans la nuit ! » dit l'homme d'un air buté, puis il se tourna pour en appeler à Bedwyr. « Toi, là ! Tu es l'homme du roi... tu peux me laisser voir la coupe avant de mourir. S'il te plaît ! »

Le moine prit le vieillard par le bras et s'apprêta à l'entraîner. Mais Bedwyr intervint. « Attends ! Laisse-le entrer. Mais ce sera le dernier pour aujourd'hui. »

Le moine se laissa fléchir et guida le vieil homme vers le temple. Ils entrèrent et Bedwyr se chargea d'expliquer aux autres visiteurs que tous ceux qui en avaient besoin trouveraient de quoi manger à l'abbaye et qu'ils pourraient revenir dès l'aube au temple, où ils seraient admis de bon cœur. Des murmures s'élevèrent, mais les gens acceptèrent leur sort et commencèrent à redescendre vers la vallée, où la plupart passeraient la nuit.

Pendant ce temps, nous nous concertâmes afin de savoir qui désigner pour la garde de nuit. Nous choisîmes rapidement huit Cymbrogi et en informâmes Bedwyr quand il vint nous rejoindre. Un instant plus tard, le vieillard ressortit du temple. Il se dirigea droit sur Bedwyr, lui prit la main et la baisa. « Sois béni, fils. Sois béni. Sois béni, dit-il en inclinant la tête à chaque bénédiction. Je peux mourir heureux. » Puis il s'éloigna, son bâton à la main.

« Tu t'es fait un ami pour la vie, déclara Cai. À présent, allons-y. »

Llenlleawg nous souhaita une bonne nuit dans nos lits douillets et nous rappela de ne pas oublier son souper. Il nous pressa ensuite de partir, de crainte de mourir de faim avant que la nourriture lui soit parvenue.

Nous promîmes de lui envoyer son souper en même temps que ceux qui devaient monter la garde avec lui, sur quoi Cai, Bedwyr, Cador et moi regagnâmes Ynys Avallach. Nous franchîmes les portes pour trouver la cour illuminée de torches et pleine de gens et de chevaux. « Quelqu'un d'important est arrivé, me dit un des Cymbrogi pendant que je mettais pied à terre.

— Qui ? » demandai-je, mais il ne le savait pas.

Pensant que ce pouvait être Gwalcmai, je lui jetai mes rênes et lui ordonnai de s'occuper de ma monture. Pendant que Bedwyr appelait ceux qui avaient été désignés pour le tour de garde, je courus à la grande salle pour saluer, non pas mon frère, hélas, mais quelqu'un qui m'était presque aussi cher : Bors.

Jugez donc : je connaissais Bors depuis fort longtemps. Lui et son frère, le roi Ban de Benowyc, avaient été parmi les premiers partisans du Pendragon. Après avoir soutenu Aurelius et Uther — le père et l'oncle d'Arthur, premiers Grand Rois de Bretagne — ils avaient aidé le jeune Dux Britanniarum dans ses combats pour unir les seigneurs de Bretagne et vaincre les Saecsens. Bors avait fait bien davantage que lui fournir simplement des hommes : il avait rejoint les Cymbrogi et mis son épée à notre service.

Pendant sept ans, comme le reste d'entre nous, il avait combattu aux côtés d'Arthur. Après la défaite des Saecsens à Baedun et le couronnement d'Arthur, Bors était rentré chez lui pour aider son frère à repousser des envahisseurs. Rappelé d'Armorique pour nous aider dans la lutte contre les Vandali, il était enfin arrivé — juste à temps pour fêter l'inauguration du Temple du Graal — et buvait à présent de la bière en riant avec Arthur et Gwenhwyvar. « Si tu n'as pu résister à l'envie d'occire le Sanglier

Noir, disait le prince de Benowyc, tu aurais pu au moins me garder un de ses marcassins. J'espérais m'en délecter avec toi... et je ne me vois offrir que de la bière et des gâteaux.

— Comptais-tu combattre tout seul les Vandali ? demandai-je.

— Où est ton armée ? s'enquit Bedwyr.

— Bienvenue, mon frère, dit Cai. Nous craignions que ton pilote n'ait perdu son chemin sur l'océan.

— Gwalchavad ! Bedwyr ! Cai ! » s'écria-t-il d'une voix légèrement pâteuse en nous enlaçant de sa main libre. « Quel plaisir de vous revoir. En vérité, nous avons rencontré le messager d'Arthur à mi-chemin, alors j'ai renvoyé mes guerriers chez eux et je suis venu seul. »

Il ne l'avait pas dit, mais avec la Bretagne ravagée par la peste et la sécheresse, il était effectivement plus sûr pour ses hommes de rester en Armorique. Se tournant vers Arthur, il dit : « Je suis profondément désolé de n'avoir pu venir plus tôt, Ours. Mais les Frencs se font de plus en plus querelleurs et ne se laissent plus apaiser aussi facilement que par le passé. Nous avons eu fort à faire tout l'été, je te le dis. Quoi qu'il en soit, Ban m'a demandé d'implorer ton pardon pour ce retard.

— Il n'y a rien à pardonner, dit Arthur, écartant du geste ses excuses. Dis-moi, comment va ton frère ?

— Ban envoie à tous ses salutations et se rappelle au souvenir de ses anciens frères d'armes. Comme toujours, il aimerait venir un jour prochain en Bretagne, « quand les devoirs de ma charge pèseront moins lourdement sur ma tête couronnée », a-t-il dit.

— Dans ce cas, avançai-je, il y a toutes les chances qu'il reste éternellement en Benowyc. Je n'ai jamais vu un homme aussi habile pour s'inventer des obligations.

— Ce n'est que trop vrai, acquiesça Bors. Je ne cesse de le lui dire, mais il trouve toujours mille choses qui réclament son attention, disant : "Qui s'en occupera si je m'en vais ?", et il se tient ainsi occupé année après année. » Se tournant vers Arthur, il dit : « Mais quelle est cette histoire de Graal dont j'ai entendu parler ?

— Il a sauvé la vie d'Arthur, répondit Gwenhwyvar. Sans le Graal, la Bretagne serait maintenant en deuil. La Sainte Coupe a guéri ses blessures et lui a rendu la vie.

— C'est donc vrai ? s'émerveilla Bors en tournant de grands yeux vers Arthur. Depuis l'instant où nous avons touché terre, je n'ai entendu parler de rien d'autre que de ce Saint Graal. Je pensais qu'il devait s'agir d'une de ces rumeurs étranges qui remontent de temps en temps à la surface... comme cette histoire d'énorme serpent qui vivrait au fond d'un lac, là-haut dans le Nord.

— Afanc, lui dis-je. Je connais un homme qui l'a vu s'emparer d'une de ses vaches sur la rive du lac où elle broutait. Moi-même, je l'ai vu.

— Le serpent ? demanda Bors, stupéfait.

— Non, le lac. »

Tout le monde éclata de rire et Bors me mit la coupe dans les mains. « Bois, mon frère ! Ah, qu'il est bon d'être de retour parmi de vrais amis. »

Rhys arriva pendant que Bors était en train de parler et il chuchota quelque chose à l'oreille du roi. « Seigneur Bors, je crains que Gwenhwyvar et moi soyons appelés ailleurs. Nous devons parler à Myrddin avant qu'il ne disparaisse une fois de plus. Mais nous nous retrouverons ce soir à table, promit Arthur, et je te dirai tout sur les batailles que tu as manquées. »

Le Pendragon et son épouse nous quittèrent et Bedwyr s'excusa, lui aussi, pour aller s'occuper de la garde de nuit et du souper de Llenlleawg. Il sortit donner ses ordres aux Cymbrogi, nous laissant, Cai et moi, aider Bors à vider la coupe de bienvenue. « Où est notre Irlandais ? s'enquit Bors.

— Au temple », répondis-je, et je lui parlai de la Compagnie du Graal. « Nous nous relayons pour monter la garde au temple, conclus-je. Le hasard a voulu que Llenlleawg tire la plus courte paille... c'est lui qui passe la nuit là-bas.

— Seul ? demanda Bors en me passant la coupe.

— Non, répondit Cai, il a huit Cymbrogi avec lui — ou il les aura bientôt — de sorte qu'il ne manquera pas de compagnie.

— Quand es-tu arrivé ? demandai-je avant de boire une gorgée et de passer la coupe à Cai.

— En milieu de journée », répondit Bors. Il se fit curieux. « Mais dites-moi, avez-vous vu ce Graal ?

— Mon frère, s'esclaffa Cai, depuis trois jours, je n'ai rien fait d'autre que de rester debout près de lui de l'aube au crépuscule.

— Où est ce temple ? demanda Bors avec une excitation croissante. Emmenez-moi le voir.

— Maintenant ? demanda Cai. Nous venons à peine d'en rentrer.

— Maintenant, insista Bors. Je veux voir cette merveille de mes yeux. S'il en est comme vous dites, même un instant est une trop longue attente.

— Mais le temple est fermé, à cette heure, expliquai-je. Même s'il ne l'était pas, des centaines de gens ont attendu toute la journée pour le voir, et maintenant il leur faut aussi patienter toute la nuit.

Ils passent avant toi, mon frère. Mais ne crains rien, c'est moi qui suis de garde demain, je t'y emmènerai pour m'assurer que tu aies une occasion de le voir. »

Bors céda de bonne grâce. « Très bien, dit-il, si je dois attendre, ce sera au moins en bonne compagnie. Mais je suis navré d'avoir manqué les combats. Cela a-t-il été dur ?

— Assez, répondis-je. Les Saecsens étaient pires, bien sûr, mais les Vandali les valaient presque... encore plus sauvages quand ils étaient acculés. Heureusement, Arthur a veillé à ce que cela n'arrive pas trop souvent. La plupart du temps, nous les poursuivions d'un bout à l'autre des vallées. Ils avaient leurs femmes et leurs enfants avec eux.

— Dieu du Ciel ! » Il secoua la tête, incrédule.

« Parfaitement, déclarai-je. Il semblerait qu'ils aient été forcés de fuir leur pays, quelque part dans les mers du Sud, et qu'ils cherchaient de nouvelles terres où s'installer.

— Ils ont choisi le mauvais endroit en portant leur dévolu sur la Bretagne, dit Bors.

— Ils ont d'abord essayé Ierna, dis-je, et quand nous les avons chassés de ces vertes collines, ils sont venus ici. Cela nous a pris tout l'été, mais nous les avons enfin vaincus. Malgré tout, ils ne s'en sont pas trop mal tirés.

— Non ? » Il nous regarda, l'air intrigué.

« C'est vrai, déclara Cai en hochant la tête. En échange de la paix et de leur allégeance au Grand Roi, Arthur leur a accordé des terres dans le Nord.

— Il n'a pas fait une chose pareille !

— Mais si », dis-je, et je lui relatai comment Arthur avait affronté le Sanglier Noir en combat singulier et reçu la blessure mortelle, dont, par bonheur, il avait été miraculeusement guéri. « Je crois que tout est pour le mieux, conclus-je. Le Temple du Graal est achevé, la Bretagne est en paix et le Royaume de l'Été a été instauré. Jamais il n'y a eu de meilleure époque pour vivre. »

Bors me dévisagea avec curiosité, essayant de déterminer si j'étais sincère ou non. Incapable de se décider, il attrapa la coupe et but une longue gorgée de bière. Sur ces entrefaites, un serviteur apparut pour dire qu'Avallach invitait ses hôtes à prendre place à table. Nous gagnâmes en hâte la grande salle, où nous fûmes rejoints par Bedwyr et Cador, ainsi que quelques autres, impatients de saluer Bors. La conversation fut affable et brillante, la bière coula à flots et nous passâmes la soirée à renouveler nos serments d'indéfectible amitié.

« J'aimerais que Llenlleawg soit ici, dit soudain Bedwyr. C'est exactement le remontant qui lui ferait du bien.

— À Llenlleawg ! s'exclama Cai. Le meilleur guerrier qui ait jamais tiré l'épée ou enfourché un cheval.

— Je bois à sa santé, déclara gaiement Cador en levant haut sa coupe.

— Au meilleur guerrier qui ait jamais tiré l'épée ! » leur fit écho Bedwyr, et nous nous joignîmes à eux en entrechoquant nos coupes.

Nous fûmes alors saisis d'une brusque et irrésistible impulsion de boire à la santé et à la vaillance de chaque membre du Vol des Dragons, tous hommes de qualité. La nuit était bien avancée quand je me retirai enfin pour dormir. Les quartiers des guerriers étaient combles, si bien que j'ôtai mes bottes et me pelotonnai dans un coin. Il semblait que je venais tout juste de fermer les yeux, quand je fus réveillé en sursaut par quelqu'un qui me secouait l'épaule.

« Réveille-toi ! fit une voix à mon oreille. Seigneur Gwalchavad, je t'en prie, réveille-toi ! »

J'ouvris un œil et reconnus le visage penché sur moi dans le noir. « Tallaght, que fais-tu ici ?

— J'essaie de te réveiller, seigneur, dit-il.

— Tu y as réussi, répondis-je, et je me tournai sur le flanc. Maintenant, va-t'en et laisse-moi dormir. »

Il se remit à me secouer. « Pardonne-moi, seigneur. Tu dois venir avec moi. Il y a un problème. »

Je m'assis. « Quel problème ? demandai-je en enfilant mes bottes.

— Je l'ignore, répondit-il. Rhys dit que le Pendragon a convoqué le Vol des Dragons. Nous sommes attendus dans la cour sans retard. »

Comme nous n'étions pas très loin de la grande salle, je pouvais entendre des hommes passer rapidement en silence dans le couloir. Le temps de les rejoindre, la cour était en effervescence : les guerriers s'affairaient en tous sens, sellant leurs chevaux et allant chercher leurs armes à la lueur des torches. J'aperçus Rhys qui sortait la monture d'Arthur des écuries.

« Rhys ! criai-je en courant à sa rencontre. Sommes-nous attaqués ?

— Le temple, cria-t-il dans un souffle, passant sans ralentir. Il est arrivé quelque chose au temple.

— Et quoi donc ?

— Comment le saurais-je ? »

Il s'éloigna rapidement pendant que je finissais de seller mon cheval et de m'armer. Je venais de ceindre une épée sur ma hanche et de prendre une lance, quand la corne de chasse de Rhys sonna l'ordre de monter à cheval. Je sautai en selle et vis Arthur de l'autre côté de la cour, le visage figé sur une expression que j'en étais venu à bien connaître : le calme serein, impassible, d'un artisan rassemblant ses outils. À la différence de bien des hommes, quand il part au combat, le Pendragon garde plus que jamais son sang-froid.

De tempérament égal par nature, au combat Arthur n'est jamais nerveux ni inquiet, jamais préoccupé ni angoissé, jamais craintif et encore moins effrayé. Myrddin croit qu'il ne vit vraiment qu'à la bataille. « Bien des guerriers vivent pour se battre, m'a-t-il dit une fois, mais Arthur devient vivant au combat... de la même façon qu'un aigle ne devient vivant que quand il prend son vol.

— Il est courageux, acquiesçai-je.

— Qu'est le courage, sinon la maîtrise de sa peur ? demanda le Sage Emrys. Mais il n'y a nulle peur en Arthur. Dis-moi, l'aigle a-t-il peur du vent qui le porte dans son vol ? »

Eh bien, l'Aigle de Bretagne était prêt à prendre son essor, et ceux qui connaissaient ce spectacle savaient bien ce qu'il signifiait.

Nous franchîmes les portes et descendîmes le sentier tortueux dans le noir... il devait bien y avoir cinquante hommes ou plus qui dévalaient la colline à la suite d'Arthur. Nous nous engageâmes sur le sentier qui longeait le lac, dépassâmes le monastère, traversâmes la plaine et chevauchâmes droit vers le mont du Temple, où régnait la plus grande confusion.

Les gens couraient en tous sens dans l'obscurité, car la lune s'était couchée et l'aube était encore loin, s'interpellant à grands cris. Les femmes poussaient des gémissements et les enfants pleuraient, mais je ne voyais pas ce qui avait pu se passer pour causer un tel émoi. Il y avait une indescriptible cohue au pied de la colline : Rhys lança sonnerie de cor sur sonnerie de cor pendant que nous nous frayions un chemin à travers la foule pour gagner le sommet.

Autour du temple lui-même, le silence régnait, et nous découvrîmes vite pourquoi : les guerriers chargés de le garder étaient morts. Ils gisaient sur les marches menant à l'entrée. Tous avaient été attaqués à l'épée et avaient subi de terribles blessures... plusieurs avaient perdu des membres et l'un d'eux avait été décapité.

Arthur jeta un coup d'œil sur le carnage et dit : « Qui était de garde cette nuit ? » Sa voix était étranglée, comme s'il parlait avec une immense difficulté.

« Llenlleawg », répondis-je.

Sans un mot de plus, le roi se retourna et gravit les marches du temple. Il pénétra à l'intérieur pour en ressortir un moment plus tard, livide et les traits tendus.

« Arthur ? dit Bedwyr quand le roi passa devant lui. Il est à l'intérieur ? »

Mais le roi ne répondit pas et, sans un regard en arrière, redescendit la colline à grands pas.

Arrachant une torche à la main du plus proche guerrier, Bedwyr courut vers l'entrée du temple. « Alors ? » lui cria Cador.

Comme Bedwyr ne répondait pas, il gravit les marches d'un bond et s'engouffra dans le temple. Je vis la lueur de la torche danser à l'intérieur du bâtiment, puis Cador apparut dans l'encadrement de la porte, l'air hagard. Pensant trouver Llenlleawg mort dans une mare de sang, je courus à la porte et regardai à l'intérieur... mais il n'y avait ni sang ni cadavre. En fait, le temple était entièrement vide...

Tout à mon soulagement de n'avoir pas trouvé le corps de Llenlleawg, il fallut un moment pour que m'en apparaisse la terrible signification. Mais quand elle m'apparut, elle éclata avec toute la fureur de la tempête : le temple était vide... le Graal avait disparu, Caledvwlch avait disparu, et on ne voyait nulle part Llenlleawg.

XXII

« Rhys ! Cai ! » cria le Pendragon en redescendant vers le pied de la colline. « Trouvez quelqu'un qui ait vu ce qui s'est passé ! »

Tandis que tous deux s'empressaient d'exécuter son ordre, Arthur, qui s'était remis du choc, se tourna brusquement vers les Cymbrogi. « Le Graal a disparu, et Caledvwlch avec lui. Les gardes sont morts. Trouvez d'autres torches. Fouillez la colline. Je veux savoir combien ils étaient et par où ils sont partis. » Dans le moment d'hésitation stupéfaite qui suivit, il rugit : « Tout de suite ! » et les hommes s'éparpillèrent dans vingt directions différentes.

Attrapant une torche sur son support à l'entrée du temple, je commençai à chercher autour de l'édifice et fus bientôt rejoint par Cador. Nous marchions lentement, courbés pour examiner la terre meuble à la recherche d'empreintes fraîches ou de tout autre signe que les agresseurs se seraient glissés par derrière pour surprendre les gardes.

Il y avait toutes sortes de traces sur le sol — les empreintes de pas des maçons et les marques laissées par des pierres ou des outils — mais toutes étaient anciennes et brouillées. « Rien de récent par ici », conclut Cador.

Toutefois, pour être sûr que nous n'avions rien manqué ni laissé échapper une possible trace, si petite soit-elle, nous fîmes une deuxième fois le tour du temple. Cette fois, les seules empreintes fraîches que nous vîmes furent celles que nous avions laissées la première fois : je pus assez facilement les identifier sur le sol sec et poussiéreux… ce qui me confirma qu'il n'y en avait eu aucune lors de notre premier tour, car nous les aurions remarquées.

« Va le dire à Arthur, me dit Cador. Je vais regarder de ce côté. » Il montra le versant nord de la colline.

Revenant en hâte vers l'avant du temple, je trouvai le flanc de la colline illuminé par les torches des Cymbrogi qui fouillaient le sentier et ses alentours. À mi-chemin du sommet, Arthur et Bedwyr parlaient à Myrddin, qui était encore à cheval. Après un bref échange de paroles, l'Emrys tourna bride et repartit au galop. Entendant le bruit de mes pas derrière lui, le roi pivota vers moi. « Alors ? demanda-t-il.

— Nous n'avons rien trouvé, Pendragon, dis-je.

— Cherchez encore, ordonna-t-il.

— Nous avons déjà cherché deux fois et...

— Recommencez ! » L'ordre était sec et ne souffrait aucune réplique.

Bedwyr, l'air lugubre dans la lumière papillotante, acquiesça. « Nous devons être sûrs », dit-il.

Comme il était plus facile d'obéir que de discuter, je fis de nouveau le tour du temple, encore plus lentement et plus soigneusement. Une fois de plus, je ne vis rien que je n'eusse déjà vu. Pas plus que les recherches de Cador n'avaient révélé le moindre signe suggérant que le temple aurait été approché par l'arrière. Cador me rejoignit au sommet en secouant la tête. « Rien, dit-il. Ceux qui ont fait cela n'ont pas frappé par derrière. »

Nous redescendîmes et arrivâmes près du roi à l'instant même où Rhys et Cai remontaient le sentier en compagnie de deux hommes.

« Il y a au moins trois morts de plus en bas, nous informa sombrement Rhys. Le crâne fendu d'une oreille à l'autre. Et quatre autres blessés.

— Ces deux-là ont vu ce qui s'est passé, ajouta Cai. Ce sont un père et son fils, arrivés de l'Est après la tombée de la... »

Arthur lui coupa la parole en levant la main. S'adressant aux deux hommes, il demanda : « Qu'avez-vous vu ? »

Le plus âgé des deux déglutit, puis regarda du coin de l'œil Cai, qui l'engagea à parler d'un bref hochement de tête. L'homme se passa la langue sur les lèvres et dit : « Il faisait noir, seigneur Pendragon. Mes yeux ne sont plus ce qu'ils étaient... surtout en pleine nuit.

— Dis simplement ce que tu as vu », lui enjoignit Arthur avec impatience.

L'homme cligna des yeux, grimaçant avec nervosité à la lueur des torches. Il se passa à nouveau la langue sur les lèvres et ouvrit la bouche. Son fils, un jeune homme affligé d'un pied-bot, bafouilla :

« C'était affreux, seigneur Pendragon. Affreux. J'ai compris que quelque chose n'allait pas quand j'ai entendu un cri, là-haut… comme un cri de mort. Nous venions juste de trouver un endroit où nous allonger par terre et de nous enrouler dans nos manteaux pour dormir, et ça nous a fait relever bien vite. »

Son père marqua son accord en hochant la tête. « Ça oui, c'est la vérité vraie.

— Oui, oui, grogna Bedwyr d'un ton impatient. Mais qu'avez-vous vu !

— Dites-le nous, et soyez brefs, les encouragea Cai avec un nouveau hochement de tête.

— Là-haut, dit le jeune homme en montrant le temple, les hommes étaient tout soudain en train de se battre pour leur vie. Tous, hein, papa ? »

L'homme acquiesça. « Jusqu'au dernier, murmura-t-il.

— Ils se battaient avec acharnement, poursuivit le jeune homme, et ils devaient bien être six ou sept contre un… mais celui-là, il savait se battre. Il volait de-ci de-là, assénant des coups d'épée. Et ces cris, ces épées qui tournoyaient, je n'ai jamais vu un tel spectacle. Il les a tous tués, tous.

— Jusqu'au dernier, répéta son père.

— Qui ? » demanda Bedwyr.

Le jeune homme regarda Cai, comme pour quémander son aide.

« Son nom ! dit sèchement Arthur.

— Je ne sais pas son nom, répondit le jeune homme. Mais il était grand… plus grand que les autres, en tout cas. » Il hésita, jetant un bref coup d'œil autour de lui, puis ajouta : « Et la reine était avec lui. »

Ces derniers mots me frappèrent comme une lance aux entrailles. Llenlleawg et Gwenhwyvar ? Était-ce possible ? Je regardai Arthur pour voir sa réaction, mais, en dehors de ses mâchoires serrées, je ne vis pas de changement appréciable.

Bedwyr, en revanche, s'était empourpré et tremblait presque de fureur contenue. « Comment as-tu pu voir tout cela de là-bas ? » cria-t-il en montrant le pied de la colline, où s'étaient trouvés les deux hommes.

« Grâce aux torches sur les côtés du temple, expliqua le jeune homme. Nous avons tout vu. Il les a tués, puis il est descendu en courant par ici, en courant comme si ses jambes étaient en feu. Nous l'avons vu agiter cette grande épée d'une main, portant quelque chose sous son autre bras.

— Qu'est-ce qu'il portait ? » demanda avec rudesse Bedwyr.

Le jeune homme haussa les épaules. « Un coffret de bois.

— C'est bien ce que tu as vu, toi aussi ? » Bedwyr tourna des yeux furibonds vers le plus âgé des deux.

« Dis la vérité », avertit Arthur, la voix tendue.

L'homme se passa la langue sur les lèvres et dit : « En bas, des gens se sont mis à crier : « Le Graal ! Le Graal ! Il a pris le Graal ! » Je ne sais rien de plus... tout ce que j'ai vu, c'est le coffret, et lui qui se sauvait avec.

— Tu as dit que tu avais vu la reine... où était-elle ? demanda Cai.

— Eh bien, après, le grand a couru vers les chevaux, là-bas. » Il montra du doigt l'endroit où les gardes avaient attaché leurs montures. « La reine l'y attendait... je ne l'avais pas vue jusque-là, parce que toute la bataille s'était déroulée devant le temple. Mais je suppose qu'elle attendait là depuis le début.

— Et ensuite, que s'est-il passé ? dit Arthur à voix basse, presque tremblant de rage.

— Eh bien, ils vont pour partir. Quelques-uns de ceux qui sont près de là essaient de se saisir du tueur. Quelqu'un crie : « Il a volé le Graal ! Il a volé le Graal ! » et ils tentent de l'arrêter.

— Et c'est la mort qu'ils reçoivent pour leur peine, enchaîna l'aîné des deux hommes.

— Son épée se lève et il frappe tous ceux qui posent la main sur lui. Et puis tous les deux s'en vont par là. » Le jeune homme tendit la main vers l'est.

« C'est tout ? demanda Arthur.

— C'est tout, répondit le jeune homme. Nous n'avons plus rien vu après cela jusqu'à votre arrivée. »

Le plus âgé hocha la tête et cracha par terre, ajoutant : « Nous avons eu peur que vous ne veniez pour nous tuer, vous aussi.

— Il n'y a rien eu d'autre... vous en êtes sûrs ? » Bedwyr les dévisagea tous deux d'un regard dur, les mettant au défi d'ajouter ou de retrancher quoi que ce fût à ce que nous venions d'entendre.

Tous deux secouèrent la tête et gardèrent le silence. Arthur les congédia alors, leur enjoignant de ne rien dire de tout cela à qui que ce fût tant que nous n'en aurions pas appris davantage. Dès qu'ils furent partis, nous nous tournâmes les uns vers les autres. « Ce ne peut être Llenlleawg qui a fait cela ! affirma Cai avec véhémence. Ce n'étaient pas Llenlleawg et Gwenhwyvar.

— Qui, alors ? grogna Bedwyr. Llenlleawg est le seul d'entre nous qui manque... pourquoi donc, à ton avis ?

— C'était quelqu'un d'autre ! soutint Cai. Quelqu'un qui lui ressemblait.

— Ces deux-là ont tout embrouillé, suggérai-je vivement. Il faisait noir. Ils étaient endormis quand tout a commencé. Ils n'ont rien pu voir de ce qui est arrivé.

— C'est vrai, approuva Cai. Ils ont sans doute aperçu Llenlleawg qui prenait un cheval pour se lancer à la poursuite des assaillants, et ils ont supposé que c'était lui le coupable.

— Oui, il a pris un cheval, rétorqua Bedwyr dans un affreux ricanement, et il a emporté le Graal avec lui.

— Et Gwenhwyvar ? demanda Cador.

— Gwenhwyvar était avec moi, dit Arthur d'un ton sec.

— Llenlleawg n'a pas pu faire cela, insista Cai. De toute façon, Llenlleawg avait juré de protéger le Graal au prix de sa propre vie. S'il s'est élancé à la poursuite du meurtrier, il ne pouvait pas le laisser derrière lui. »

Bedwyr rejeta sans pitié cette piètre suggestion. « Dans ce cas, pourquoi ne pas être allé au Tor ? Il aurait pu y apporter le Graal pour le mettre à l'abri et donner l'alarme. Si la nouvelle du massacre ne nous avait pas été apportée par ces pauvres gens bouleversés, nous n'en saurions toujours rien.

— Puisque la reine était avec Arthur, suggéra Cador, ce devait être Morgaws qui l'accompagnait. »

Le regard d'Arthur était dur dans la lumière incertaine. « Oui », acquiesça-t-il d'un air revêche. Se tournant vers Cador, le roi dit : « Va au Tor et raconte à la reine ce qui s'est passé. Ensuite, cherche Morgaws... si elle est là, amène-la moi. »

Cador bondit aussitôt en selle et disparut au galop dans l'obscurité. Pivotant vers Bedwyr, Arthur ordonna : « Rhys et toi, prenez huit hommes et voyez si vous pouvez relever la piste. »

Bedwyr s'apprêtait à protester, mais l'expression d'Arthur l'en dissuada et il s'éloigna, réclamant des hommes et des torches.

« Gwalchavad, reprit le roi, Cai et toi, voyez ce que l'on peut faire pour ceux qui ont été blessés, puis allez avertir Elfodd et transportez les morts à l'abbaye.

— Je n'aime pas cela, Arthur », murmura Cai à mi-voix.

Arthur l'ignora et dit : « Je vais parler à ces gens. Quelqu'un a peut-être vu autre chose. »

Le roi se dirigea à grandes enjambées vers la foule angoissée. Cai allait lui emboîter le pas, mais je le retins par le bras et dis : « Viens, les blessés ont besoin d'aide. Si tu veux aller au monastère, je me chargerai de ce qu'il y a à faire ici.

— Non, toi, va au monastère, dit Cai en regardant s'éloigner Arthur. Je veux parler à certains des autres et voir si quelqu'un a vu quelque chose de différent. »

Je me rendis donc sans tarder à l'abbaye prévenir l'évêque Elfodd. Comme quelques moines étaient restés au temple pour s'occuper des pèlerins pendant la nuit, la nouvelle avait atteint l'abbaye avant moi. En entrant dans la cour, je fus accueilli par l'évêque et cinq ou six moines qui sortaient en courant de leurs cellules.

« Je prie pour qu'il s'agisse d'une terrible erreur, dit Elfodd.

— Ce n'est pas une erreur, lui dis-je. Il y a des morts et des blessés. Le roi te demande.

— Oui, oui, répondit vivement Elfodd. Nous ferons tout ce que nous pourrons. Retournes-tu au temple ?

— Immédiatement.

— Je viens avec toi. » Posant une main sur l'épaule du moine le plus proche, il dit : « Frère Hywel, je te confie l'autorité. » Il ordonna ensuite aux moines de se munir de baumes et de bandages, puis de se rendre sans tarder au temple.

« Monte avec moi, dis-je en lui tendant la main. Le chemin est court et nous serons vite arrivés. »

Deux moines se précipitèrent pour aider l'évêque et, quelques instants plus tard, nous chevauchions à travers la vallée obscure. Sitôt arrivés, nous mîmes pied à terre et nous dirigeâmes vers le temple, où Arthur tenait conseil avec Bors et Myrddin à la lueur des torches.

« Combien grande soit la peine que nous en concevions, disait l'Emrys, ce pourrait être la vérité. »

Le Grand Roi dévisagea son Sage Conseiller, l'air morose à la lueur incertaine des torches grésillantes.

« Tout du moins, dit Bors pour édulcorer la déclaration de Myrddin, ce qui passe pour la vérité… tant que nous n'aurons pas retrouvé Llenlleawg et appris pourquoi il s'est conduit de cette façon.

— C'est donc vrai ? demandai-je. Llenlleawg a disparu ?

— C'est une tragédie, intervint l'évêque Elfodd. Je suis choqué au-delà de toute raison. Je pensais le temple bien gardé. Je n'aurais jamais imaginé qu'un de ses Gardiens…

— Nous ne sommes pas moins consternés que toi, évêque, dit Myrddin d'un ton mordant. Mais les circonstances requièrent ta compassion et ton soutien, pas tes reproches. »

L'évêque accepta de bonne grâce cette réprimande. Il inclina la tête pour reconnaître son erreur et dit : « Je suis profondément navré, seigneur Arthur, et je tiens à ce que tu saches que mes frères et moi sommes à tes ordres. Nous ferons tout ce qui est en notre pouvoir pour t'aider par tous les moyens. »

Arthur le remercia et dit : « Vos talents seront mieux employés à soigner les blessés et à prier pour le prompt retour de Llenlleawg.

— Nous allons soigner les blessés, bien sûr, répondit le prêtre, et je vais immédiatement ordonner que soient dites en permanence des prières pour que l'on retrouve la Sainte Coupe. » Jetant un coup d'œil à Bors et Myrddin, il ajouta : « Faites-moi savoir si vous avez besoin de quoi que ce soit. » Puis il partit diriger les moines qui s'occupaient des morts et des blessés.

Cador revint du Tor et monta la colline au grand galop. Sans même prendre la peine de descendre de cheval, il se pencha sur sa selle et approcha la tête de l'oreille d'Arthur. À mesure qu'il parlait, l'expression du Pendragon se transforma. Certes, j'avais déjà assisté à la fureur de l'Ours de Bretagne, mais je ne l'avais jamais vu ainsi : son visage s'assombrit, ses mâchoires se crispèrent, les veines de son cou et de son front saillirent.

Saisissant Cador par le bras, le roi l'arracha pratiquement de sa selle. « Mon épouse... disparue ? s'écria-t-il.

— Elle demeure introuvable, répondit Cador tout en essayant de rester en selle. Je suis passé aux écuries... le cheval de la reine n'y était pas, non plus que celui de Morgaws et un troisième. » Il hésita. « Les palefreniers dormaient, mais l'un d'entre eux a dit qu'il pensait avoir vu la reine emmener les chevaux. Il ne faut toutefois pas oublier qu'il était à moitié endormi à ce moment-là. »

Ajouté à ce qu'avait déjà dit Myrddin, il semblait que les deux témoins avaient raison : le champion du roi avait tué ses frères d'armes et volé le Très Saint Graal. Qui plus est, cette atrocité avait apparemment été perpétrée avec l'aide de nulle autre que la reine.

Que Llenlleawg puisse être coupable d'une telle félonie était impensable. Que Gwenhwyvar y ait pris part était impossible. Et pourtant les faits étaient là... une double trahison d'une telle abomination que l'esprit reculait d'horreur à cette simple pensée. Il doit y avoir une autre explication, me dis-je. Morgaws est impliquée : trouvons-la et tout deviendra clair.

J'allai rapidement rejoindre ceux qui se tenaient aux côtés d'Arthur pour attendre ses ordres. Cador disait : « Avallach voulait venir ici, mais je l'ai persuadé de rester au palais. Il m'a demandé de dire qu'il attendrait le retour du Pendragon dans sa chambre. Charis est allée à l'abbaye aider les moines. » Son devoir accompli, Cador poursuivit : « Ce n'est pas possible, Ours. Nous les trouverons, mais jusque-là nous ne saurons pas ce qui s'est vraiment passé.

— Je suis entièrement d'accord, dis-je. Il ne faut pas juger sur les seules apparences. Ce n'est pas possible.

— Je prie pour que vous ayez raison, dit Bors. Dieu sait si j'ai fait confiance à cet homme dans le feu du combat plus de fois que je ne m'en souviens, et je ne peux me résoudre à douter de lui maintenant.

— Tant que nous n'aurons pas retrouvé Llenlleawg, dit Myrddin, nous ne saurons pas ce qui s'est passé. Par conséquent, il vaut mieux consacrer tous nos efforts à le rechercher.

— Rhys et Bedwyr ont déjà commencé, rétorqua Arthur d'un ton irrité.

— Il va bientôt faire jour, déclara Bors, s'efforçant d'avoir l'air confiant et plein d'entrain. Ils retrouveront la piste, ne crains rien. Nous saurons la vérité avant la fin de la journée. »

Au loin à l'est, l'aube teintait le ciel de gris. « Viens, Arthur, dit Myrddin en prenant le roi par le bras. Je veux voir le temple. » Ensemble, ils s'éloignèrent pour examiner l'édifice vide et, je crois, s'entretenir en tête à tête.

« Que veux-tu que nous fassions, maintenant ? cria Cador dans leur direction.

— Enterrez les morts », répondit Arthur d'un ton sec.

Plongés dans nos pensées, nous regardâmes en silence la fine ligne grise virer à l'argent, puis au rouge vif, tandis que le soleil se levait sur la pire journée que j'aie jamais connue depuis le mont Baedun.

XXIII

Maintenant, le combat est engagé. J'ai asséné le premier coup. Il est à porter à l'éternel crédit de Morgaws que personne ne l'a vu venir. Elle a bien choisi son serviteur et l'a attaché à elle par de puissants enchantements. Il est nôtre, et il serait difficile de trouver une arme plus puissante.

Oh, cela aurait été une pure joie de voir leurs visages quand ils ont découvert le traître en leur sein. J'aurais voulu être présente pour savourer pleinement cet instant. Mais ce n'est pas encore le moment de me dévoiler. Je dois me contenter de savoir que ma gloire n'en sera que plus grande d'être restée si longtemps sans être démasquée.

Néanmoins, le choc de la trahison est un plaisir exquis. Et qu'elle ait suivi de si près la naissance du Royaume de l'Été est particulièrement piquant. La pure traîtrise, quand elle est appliquée avec une si prompte et totale efficacité, peut être vraiment dévastatrice. La confiance est, à mon sens, la plus fragile des vertus : toujours vulnérable, elle vole facilement en éclats et, une fois brisée, ne peut jamais être complètement restaurée. D'un seul et unique coup, j'ai fait douter Arthur de ceux en qui il avait la plus profonde confiance. Il n'est aucune force sur Terre qui puisse obliger un homme à continuer d'accorder sa confiance après avoir reçu en pleine figure les faits cruels et brutaux.

Le doute et la peur sont de toujours fidèles alliés et, associés à la suspicion, peuvent merveilleusement affaiblir un ennemi. Ils sont tels deux chiens assoiffés de sang. Infatigables et sans merci, ils poursuivent, mordent et hurlent, harcelant leur proie jusqu'à ce que, drainée de tout courage et de toute volonté, leur infortunée victime s'effondre épuisée.

Je ne m'attends pas à ce qu'Arthur rende facilement les armes, et Merlin encore moins. Ils s'avéreront certainement de rudes adversaires. Mon triomphe final n'en sera que plus doux.

Et qu'apprends-je ? Morgaws m'annonce qu'elle est entrée en possession d'un talisman… quelque trésor auquel Arthur et Merlin attachent un grand prix. Un objet de pouvoir — pouvoir de guérison, entre autres, apparemment — dont elle s'est servie pour appâter son piège. Elle ne m'a pas dit de quoi il s'agissait, mais je soupçonne que c'est le Graal.

Ce serait effectivement un trésor. Des rumeurs ont couru, il y a bien des années, sur ce Graal, une coupe miraculeuse détentrice d'un tel pouvoir qu'elle est capable d'accomplir des miracles de sa propre initiative. Enfin, ce genre de contes excite toujours le bon peuple. La superstition a ses usages, ai-je constaté. Mais je n'aurais jamais imaginé que Merlin se laisse aller à cela, lui qui se croit au-dessus du troupeau et de ses bovines croyances.

Mon cher neveu m'a déjà surprise, malgré tout. Je me ferai donc un devoir d'en découvrir davantage sur ce trésor qu'a trouvé Morgaws. En attendant, j'ai moi aussi un petit talisman à révéler. Viens, mon ennemi, la chasse va commencer.

« C'est le dernier ? » demanda Cai en pelletant de la terre sèche sur le corps au fond de la tombe.

L'aube flamboyante avait cédé la place à un ciel gris pâle comme un manteau de moine… une sinistre journée, bien en accord avec l'atmosphère de mort et de deuil. La terre recuite au soleil était compacte et les tombes peu profondes. Nous travaillions en silence, songeant aux terribles événements de la nuit précédente. Douze hommes avaient été enterrés et trois autres cadavres transportés de la colline au petit cimetière au bord du lac, au pied de l'abbaye. Cai et moi, en compagnie de Bors, de Cador et de quelques Cymbrogi, avions inhumé d'abord nos frères d'armes, avant de nous occuper des pèlerins. La plupart des morts avaient avec eux leur famille, qui se tenait plus loin, pleurant en silence pendant que l'on confiait leur parent à la terre.

« Encore un », lui dis-je en montrant le dernier des trois.

Ensemble, nous traînâmes le dernier cadavre jusqu'à la tombe fraîchement creusée et le fîmes rouler au fond. Je plantai ma pelle dans le monticule de terre et en poussai une partie sur le corps. Cai s'apprêta à faire de même, puis il hésita. « Dieu le garde, murmura-t-il dans un souffle. Je connais celui-là. » Je levai les yeux et il dit : « N'est-ce pas le vieil homme qui a fait tant d'histoires quand nous avons fermé le temple ? »

Je me retournai et regardai le visage exsangue du cadavre dans la tombe. « C'est lui », confirmai-je. La dernière fois que je l'avais vu, il s'éloignait à grands pas, un air d'extase sur son vieux visage buriné.

« Il a dit qu'il voulait voir le Graal avant de mourir, se souvint Cai.
— Alors, au moins est-il mort heureux », répondis-je, et je me remis à jeter de la terre sur lui.

Un instant plus tard, un cavalier arriva du Tor. « Arthur vous demande, dit le guerrier. Bedwyr est rentré. Vous devez venir sur le champ. »

Laissant les pèlerins aux soins des moines d'Elfodd, nous regagnâmes le Tor pour affronter le courroux du roi. Arthur, debout derrière son siège de campagne — le fauteuil qui avait servi de trône à Uther — nous attendait dans la chambre du Roi Pêcheur. Rhys et Bedwyr se tenaient devant le fauteuil, les bras croisés et l'air chagrin.

« Il nous a trahis ! dit Arthur d'une voix semblable au grondement d'un animal blessé. Il a trahi le Royaume de l'Été, il a trahi son roi et il a trahi la Bretagne.

— Nous ne savons pas ce qui s'est passé, fit remarquer Rhys.

— Vraiment ? demanda le Grand Roi, la voix dure et glaciale. Vraiment ? Nous savons que le Graal a disparu, et Llenlleawg avec lui. Nous savons que huit Cymbrogi ont été occis de sa main, ainsi que quinze pèlerins. Nous savons que le Royaume de l'Été gît en ruine. Nous savons qu'il a volé, tué et détruit. Si ce n'était pas suffisant pour le condamner, il a emmené la reine avec lui — que ce soit par force ou par ruse, je l'ignore — la reine qu'il avait juré de protéger en toutes circonstances. Il sera pourchassé comme un chien enragé qu'il est, et il sera tué.

— Ours, l'implora Bedwyr, sois raisonnable. Nous le trouverons, et nous saurons alors la vérité.

— Nul ne dira qu'Arthur Pendragon se soit jamais montré déraisonnable, répondit le roi d'un ton glacial. Nous serons un véritable modèle de raison. Si un serviteur trahit son maître, il est raisonnable qu'il s'attende à être châtié. Il est raisonnable que le meurtrier paie son crime de sa vie. Il est raisonnable d'aspirer à la justice et d'exiger réparation.

— La justice, certainement, acquiesça Bedwyr. Mais qu'en est-il de la pitié ?

— Ah, dit Arthur, tu nous trouves trop dur. Dans ce cas, nous allons tempérer notre justice de pitié, comme tu le suggères. Sache donc qu'il sera accordé la même pitié à celui qui a tué qu'à ceux qui ont été tués. »

Bedwyr jeta un coup d'œil gêné à Rhys. Manifestement, ils voulaient en dire plus, mais, en raison de l'humeur exécrable d'Arthur, ils sentaient que leur intercession ne ferait qu'envenimer les choses.

Dans un silence tendu, Cai et moi prîmes place près de nos frères d'armes et attendîmes qu'éclate la tempête.

« Vingt-trois morts! Le Graal disparu! rugit soudain le Pendragon, frappant du poing le dossier de son fauteuil. Mon épée dérobée et la reine enlevée! » C'était la première fois que j'entendais prononcer ce mot, mais il ne faisait nul doute qu'il eût raison. Le roi regarda à la ronde d'un air furieux, défiant quiconque de contester son analyse des événements. « Les faits ne sont-ils pas là ? »

Nul n'osa répondre. Arthur nous dévisagea d'un regard meurtrier : je ne l'avais jamais vu dans une telle colère. « Toi! hurla-t-il en montrant Bedwyr du doigt. N'as-tu rien à dire ?

— À vrai dire, répondit prudemment Bedwyr, je pensais que nous ne pouvions échouer. Nous avons relevé la piste dès la première lueur, mais... »

Arthur lui coupa la parole. « Épargne-moi tes excuses. Vous avez échoué.

— Oui. » Bedwyr ferma la bouche et regarda droit devant lui.

« Il y a quelques instants, poursuivit Arthur, marchant de long en large derrière son fauteuil tel un ours en cage, j'ai annoncé à Avallach que ses pires craintes s'étaient réalisées. Il était opposé à l'installation du Graal dans le temple, mais je l'ai persuadé qu'il y serait en sécurité. Je m'y suis engagé sur l'honneur : « Les meilleurs guerriers du Vol des Dragons le protégeront. Rien ne lui arrivera. » Mais maintenant... » Il nous contempla avec un réel mépris et je sentis la profondeur de sa colère, contenue pour le moment, mais dangereusement proche de l'explosion. « Maintenant, il a été volé par un des nôtres, et nous ne sommes pas plus près de le retrouver que quand l'alerte nous a tirés du lit. Le blâme en retombera sur moi, et à juste titre. Mais, Dieu me soit témoin, je jure que...

— Ne prête pas de serment que tu ne pourras tenir » l'avertit Myrddin. Il était entré dans la pièce si silencieusement que personne ne l'avait remarqué.

Arthur pivota rageusement vers l'importun. Foudroyant du regard son Sage Conseiller, il reprit son souffle avant de laisser à nouveau libre cours à sa colère, mais Myrddin dit : « Morgaws aussi a disparu. Ou bien l'aurais-tu oublié ? »

J'avoue que je ne compris tout d'abord pas le sens de la phrase de Myrddin. Préoccupés par ce que nous tenions pour de bien plus graves problèmes — telle la vile trahison du roi par son champion — que pouvait nous faire la disparition d'une invitée dont nul ne savait rien ?

Arthur toisa Myrddin d'un regard dur. « Cela peut attendre, finit-il par grogner. Des affaires plus importantes réclament notre attention… ou bien l'aurais-tu oublié ? »

Tout impatient et furieux qu'il fût, il n'aurait pas dû dire ces derniers mots. « Mes bavardages t'importuneraient-ils ? » demanda sèchement Myrddin. Se redressant de toute sa taille, il prit son souffle et lui décocha d'un ton cinglant comme un coup de fouet : « Je suis un Vrai Barde. Si je parle, sache que ce que j'ai à dire est digne de ton attention, Ô Puissant Roi. Conteste mes propos, si tu le veux, mais doute de moi à tes risques et périls.

— Paix, Myrddin, grommela Arthur. Je n'avais pas l'intention de te manquer de respect. »

Mais le Sage Emrys ne se laissa pas si facilement apaiser. « Pendant que tu t'affairais à tes grands et glorieux projets, l'ennemi insidieux s'est tranquillement introduit dans les salles les mieux protégées de ta forteresse. Retrouve Morgaws et tu retrouveras le Graal. »

Arthur regarda son conseiller d'un air maussade, comme pour essayer de peser les conséquences de la décision qu'il allait prendre. « Rassemblez le Vol des Dragons », dit-il enfin.

Bedwyr n'était toujours pas convaincu. « Penses-tu que Rhys et moi serions revenus si vite si nous avions trouvé quelque chose ? Il y a eu tant d'allées et venues ces derniers jours qu'il était impossible de voir quoi que ce soit.

— Serait-il possible que vous ayez cherché au mauvais endroit ? » demanda onctueusement Myrddin.

Bedwyr ouvrit la bouche pour protester, mais il la referma bien vite. Il savait qu'il valait mieux ne pas discuter avec le Sage Emrys quand celui-ci était d'humeur querelleuse. Nous quittâmes donc bientôt le Tor en force. Sur ma suggestion, le roi avait accepté de laisser Peredur conduire les recherches. Je connaissais et appréciais les talents de pisteur du jeune guerrier, et lui-même était fort désireux de rendre service.

La journée était déjà avancée quand nous nous mîmes en route, mais nous reprîmes espoir quand, en atteignant la berge du lac, nous découvrîmes les traces d'un cheval non ferré qui s'éloignaient vers l'ouest. Tous les chevaux d'Arthur sont ferrés, bien entendu, ainsi que ceux d'Avallach. « Ce pourrait être la monture de Morgaws, suggéra Peredur, légèrement dubitatif. Mais bien des visiteurs se sont présentés au Tor, ces derniers temps. Ce pourrait être n'importe lequel d'entre eux.

— C'est juste, approuva Myrddin, mais l'un quelconque de ces visiteurs est-il parti vers l'ouest ces deux derniers jours ? Qui peut affirmer avoir vu quelqu'un chevaucher seul ? »

Il n'en fallait pas plus pour Arthur. « Voyons où mène cette piste. Nous découvrirons vite si nous nous sommes trompés. »

De fait, au début, la piste était facile à suivre et nous filâmes comme le vent sur les sentes forestières, notre confiance croissant toute la journée, pour retomber brusquement quand les traces disparurent. Je ne veux pas dire que nous perdîmes simplement la piste, car ce ne fut pas le cas : les empreintes — celles d'un cheval solitaire et de son cavalier — nous menèrent tout autour du lac, évitant l'abbaye, avant d'obliquer vers le mont du Temple. Apparemment, le cavalier était arrivé en vue du Temple du Graal, mais ne s'était pas approché, avait fait halte, puis était reparti au galop vers l'est, en direction des bois.

Nous suivîmes la piste sans la moindre difficulté : les traces étaient nettes et la terre sèche gardait bien les empreintes. Elle nous entraîna jusqu'à une petite clairière au milieu des bois : là, le cavalier s'était arrêté.

« Il semblerait qu'il ait rencontré quelqu'un ici, seigneur », dit Peredur en se relevant après avoir examiné les traces. Même sans descendre de selle, je pouvais voir l'endroit où s'étaient tenus deux autres chevaux, grattant çà et là le sol d'un sabot impatient. « Ils sont partis par là. » Peredur tendit le bras vers les arbres, du côté opposé de la clairière.

Nous reprîmes notre poursuite, mais pas pour longtemps : de l'autre côté de la clairière — guère plus de deux ou trois cents pas plus loin — les empreintes de sabots des trois chevaux cessaient purement et simplement. Les traces étaient là, bien visibles aux yeux de tous, puis elles disparaissaient.

« On dirait qu'ils se sont évanouis entre un pas et le suivant », déclara Bedwyr en enfonçant le doigt dans la dernière empreinte. Ne se fiant pas complètement à ses yeux — encore moins à ceux de Peredur ou de quiconque — Bedwyr avait mis pied à terre pour regarder de plus près, et maintenant il se détourna de son examen des empreintes dans la terre pour contempler le cercle irrégulier de ciel qui apparaissait à travers les branches étroitement entrelacées. La brève journée était fort avancée, la pâle luminosité s'estompait déjà.

Pendant ce temps, Cai avait poussé les recherches plus loin dans la direction où semblait mener la piste et quelques autres avaient rapidement exploré la lisière de la forêt. N'ayant rien trouvé, tous revinrent attendre les ordres du Pendragon.

« Que veux-tu que nous fassions, seigneur ? » demanda Bors. Arthur contempla sans un mot la piste interrompue, aussi nous mîmes-nous à délibérer de la meilleure ligne de conduite à suivre après cette décourageante découverte.

Finalement, il fut décidé que Rhys et Cador poursuivraient les recherches, avec Peredur et une petite compagnie. Le reste d'entre nous retournerait à Ynys Avallach… ce que nous fîmes, atteignant le Tor bien après la nuit, après avoir chevauché tout le chemin dans un silence morose.

Il ne s'était rien passé en notre absence : les morts étaient toujours morts, le Graal toujours introuvable, Llenlleawg n'était pas revenu expliquer sa conduite et Morgaws ne s'était pas montrée. Pas plus que Gwenhwyvar n'était revenue pour nous accueillir et dire que nous nous étions inquiétés pour rien, que tout allait bien. Épuisés et les nerfs à vif, nous considérions d'un œil vitreux la perspective d'une autre longue et désespérante nuit suivie d'une succession sans fin de navrantes journées.

Totalement abattus, nous nous traînâmes dans la grande salle pour manger un peu et nous reposer de nos efforts aussi vains qu'éreintants. Mais d'autres nouvelles troublantes nous y attendaient. Nous entrâmes pour trouver la vaste pièce vide, à l'exception d'un des serviteurs d'Avallach, qui s'approcha dès que nous eûmes franchi le seuil, salua le Grand Roi et dit : « Avec ta permission, seigneur, j'ai pour ordre de te dire que Sire Avallach et Dame Charis ont quitté le palais pour reprendre le travail avec les bons frères à Londinium. Ils te souhaitent bonne chance dans tes recherches, avec l'aide de Dieu. »

Arthur se raidit. « Je vois, dit-il. Autre chose ?

— Non, seigneur, répondit l'intendant. C'est tout ce que j'avais à dire. »

Alors que certains auraient pu accueillir cette nouvelle avec soulagement — après tout, affronter un Avallach encore fou de colère n'aurait pas été le plus agréable couronnement d'une journée déjà riche en désastres — Arthur en fut fort affecté. « Je suis déshonoré », murmura-t-il, puis, se reprenant, il ordonna au serviteur d'apporter à boire et à manger pour ses hommes.

Nous nous laissâmes tomber sur les bancs les plus proches, l'air plus pitoyable que jamais. La seule chose positive que l'on pouvait dire de cette journée était qu'elle serait bientôt terminée. En tout cas, elle ne finirait jamais assez vite pour moi. Malgré tout, trop las pour manger et trop découragés pour dormir, nous fîmes durer notre supplice : avachis sur nos bancs, serrant nos coupes entre nos mains engourdies, chacun berçait de son mieux sa peine.

Bors fit une timide tentative pour détendre l'atmosphère avec un récit de chasse en Benowyc. Ses efforts s'étant révélés vains, il partit dormir. Bedwyr le suivit peu après, ne laissant que Cai, Myrddin et moi pour tenir compagnie au roi.

Au bout d'un moment, Myrddin se leva, vida sa coupe et dit : « Cela ne sert à rien. Les soucis peuvent attendre à demain. Reposez-vous tant que vous en avez l'occasion. »

Sur ce, il sortit. Nous nous levâmes aussi, Cai et moi, pour partir, mais nous hésitâmes en voyant qu'Arthur ne faisait pas un geste. Cai se rassit. « Va, me murmura-t-il. Je l'accompagnerai jusqu'à son lit quand il sera prêt. »

Cela ne me plaisait pas de les laisser ainsi, mais je vacillais sur mes jambes et ne pouvais garder plus longtemps les yeux ouverts. « Très bien, dis-je à contrecœur. Veille simplement à ce que vous preniez un peu de repos, tous les deux.

— Oh, oui, acquiesça Cai en tournant les yeux vers le roi abattu. Bientôt. »

Je suis sûr qu'ils restèrent assis là toute la nuit, car, le lendemain matin, Cai était irritable et avait les yeux rouges, et l'humeur du Pendragon ne s'était pas améliorée. Et la lumière blafarde ne faisait rien pour arranger les choses.

La journée se résuma à une morne attente, l'humeur d'Arthur s'assombrissant avec la lente progression du soleil dans le ciel. Il rongeait son frein, s'irritant de cette inactivité, puis, lorsque les ombres commencèrent à s'allonger dans la cour, il s'enfonça dans un silence maussade.

« Rhys et Cador feraient mieux de se montrer demain », marmonna Bedwyr quand nous abandonnâmes notre veille pour la nuit, laissant le roi à sa détresse. Mais ils ne revinrent pas et Bedwyr, incapable de supporter une troisième interminable journée d'attente impuissante, prit six Cymbrogi avec lui et partit voir ce qu'il pouvait trouver.

Il revint à la tombée de la nuit sans avoir rien accompli de plus utile qu'épuiser sept chevaux. Finalement, vers le soir du quatrième jour, Cador apparut, seul, de mauvaises nouvelles aux lèvres.

« Nous avons cherché dans toutes les directions imaginables, nous informa-t-il, les vêtements poussiéreux, le visage gris de fatigue, sans pouvoir retrouver la piste. Mais Peredur a trouvé ceci… » Il porta la main à sa ceinture et en retira un morceau de métal.

Dans notre impatience, nous nous pressâmes autour de lui et je vis, posée sur sa paume, une broche en argent qui avait dû servir à attacher un manteau. Le métal avait été travaillé en forme de torque, avec un petit rubis à chaque extrémité. L'épingle manquait et la broche était tordue — comme si un cheval avait marché dessus — mais c'était toujours un superbe bijou ayant certainement appartenu à un homme ou une femme de haut rang. Je ne l'avais jamais vu... du moins pas qu'il m'en souvienne.

Mais Myrddin y jeta un simple coup d'œil et faillit s'évanouir. Ses genoux cédèrent et Cai dut le prendre par les épaules pour le soutenir. « Emrys, vas-tu bien ? Là, assieds-toi. »

Mais Myrddin le repoussa et s'avança en titubant. « Donne-moi cela ! » hurla-t-il en arrachant la broche à Cador. Il l'examina attentivement, puis il referma les doigts autour et porta le poing à son front. « Grande Lumière ! gémit-il. Non... non... non... murmura-t-il d'un ton angoissé. Cela recommence. »

Nous le dévisagions, pleins d'appréhension, ne sachant que faire, ignorant la raison de son émoi. Que pouvait-il voir dans ce simple bijou ?

« Est-elle à Gwenhwyvar ? demanda Bors, la voix rauque d'inquiétude.

— Non, dit Arthur. Elle n'a jamais appartenu à Gwenhwyvar... ni d'ailleurs à Llenlleawg.

— Alors, à qui ? demanda Cador, aussi désarçonné que le reste d'entre nous. J'ai pensé que ce devait être... »

Myrddin poussa un gémissement. « Ah, insensé... » dit-il, plus à sa propre adresse, je pense, qu'à celle de quiconque. Il regarda autour de lui, le visage cendreux. « Elle appartenait à Pelléas. »

XXIV

Sachez que le Roi Pêcheur avait deux filles — Charis, l'aînée, et Morgian, qui lui avait été donnée par sa deuxième épouse. Un différend opposa les deux sœurs, je n'ai jamais su lequel, mais il poussa Morgian à renier sa famille. Elle quitta Ynys Avallach, il y a fort longtemps de cela, et trouva refuge dans le Nord sauvage, aussi loin que possible de Charis et d'Avallach. Finalement, elle arriva dans les Orcades et, au sein de cette poignée d'îles aux douces collines, se bâtit une forteresse parmi les antiques pierres dressées et les tumulus.

Dieu ait pitié de moi, cette même Morgian est devenue l'épouse de mon grand-père. Elle n'a jamais été ma mère, ni même celle de mon père. Le Ciel m'en garde ! Écoutez-moi donc, car je suis le fils de Lot ap Loth, roi d'Orcadie. Mon père a chevauché aux côtés d'Arthur contre les Saecsens et les Vandali. Que chacun se souvienne bien de cela. Le malheur a voulu que mon grand-père devienne la proie de Morgian et de son appétit de pouvoir. Il était roi, et elle voulait un royaume. L'union fut scellée avant que quiconque prenne conscience du danger.

Le pauvre Loth, dans son vieil âge, s'imaginait être un riche et influent seigneur, et elle était très belle. Certains disent que c'était déjà une habile sorcière et qu'elle avait jeté un sort à mon grand-père. Sous l'empire de son influence pernicieuse, il crut que Lot, son fils dévoué, complotait pour voler son trône. Il attaqua mon père et essaya de le tuer, mais Lot réussit à s'échapper avec la plus grande partie de son armée et s'installa sur un des nombreux rocs imprenables d'Orcadie. Gwalcmai et moi y avons été élevés, avant de partir dans le Sud servir le Duc Arthur. Nous n'étions guère plus que des enfants, mon frère et moi, et Arthur n'était pas beaucoup plus âgé. Nous fûmes parmi les premiers Cymbrogi du jeune chef de guerre.

Il ne fait aucun doute dans mon esprit que c'est Morgian qui a fini par retourner Loth contre Arthur, mais, en véritable seigneur qu'il est, celui-ci ne retint pas contre nous l'attitude de notre parent. Pourtant l'infamie n'est jamais loin de moi — chaque fois que je vais au combat, c'est pour rendre quelque lustre à notre nom. Si le Seigneur miséricordieux le veut, nous pouvons encore laisser de nous un autre souvenir que celui des petits-fils jumeaux de Loth le dévoyé, le roi fou qui a fait sa reine de la perfide Morgian.

Tandis que nous luttions pour notre survie, Morgian se plongeait dans la magie noire qui la possédait désormais tout entière. Myrddin dit qu'elle a été consumée par le pouvoir qu'elle cherchait à maîtriser. Le mal, dit-il, ne connaît pas de repos et n'est jamais rassasié : c'est un invité qui toujours dévore son hôte, une arme qui blesse tous ceux qui cherchent à la manier. Et Myrddin en sait quelque chose : il l'a affrontée et il l'a vaincue. Elle a fui le champ de bataille, son précieux pouvoir fracassé, sa sorcellerie défaite.

Cette victoire a toutefois eu un prix : elle a coûté à Myrddin sa vue et son ami le plus proche. Quand il est parti affronter Morgian, il y est allé seul. Craignant pour la vie de son maître, Pelléas, l'ami fidèle et serviteur de Myrddin, l'a suivi. Hélas, on ne l'a plus jamais revu, et son corps n'a jamais été retrouvé. Il n'y a qu'une personne au monde qui sache ce qu'il est advenu de lui, et cette personne avait laissé derrière elle la broche de Pelléas.

« Tu demandes ce que cela signifie ! dit Myrddin Emrys, étreignant la broche en argent. Ne reconnais-tu pas la noirceur de la tombe quand tu la vois ? Te réveilles-tu au milieu de la nuit en pensant que c'est le plein jour ? »

Il pressa le dos de sa main contre sa bouche et regarda autour de lui d'un œil égaré.

« Calme-toi, Myrddin, dit Bors pour essayer de l'apaiser. Nous ne comprenons pas.

— Mort et ténèbres ! dit-il d'une voix rauque de souffrance. Morgian est revenue !

— Morgian ! » murmura Bedwyr.

À l'énoncé de son nom, je sentis se hérisser les poils sur ma nuque et ma bouche devint sèche.

Myrddin, le visage cendreux, les mains tremblantes, quitta brusquement la pièce, nous laissant abasourdis. Dès qu'il fut sorti, tout le monde se mit à parler à la fois. La plupart avaient entendu parler de la Reine de l'Air et de l'Ombre — en dehors de Myrddin, je crois que c'étaient Bedwyr et moi qui la connaissions le mieux — mais Bors ignorait tout d'elle. Il me prit à part et demanda : « Cette Morgian... elle et Morgaws sont une seule et même personne, n'est-ce pas ?

— Non », répondis-je, mais au fond de mon cœur, je me demandai : serait-ce possible ? Morgian aurait-elle adopté l'apparence de Morgaws ? Cette pensée me fit frissonner.

« Mais tu la connais ? insista-t-il. Qui est-elle, pour détenir de tels pouvoirs ?

— C'est une sorcière, et l'ennemie jurée de l'Emrys et de son œuvre, lui dis-je. Ses pouvoirs sont aussi vastes que ses façons sont subtiles, elle est perverse et rusée, et l'Antique Adversaire en personne n'est pas plus redoutable qu'elle.

— Myrddin l'a autrefois affrontée et a failli y perdre la vie, ajouta Bedwyr. Elle l'a rendu aveugle et l'a laissé pour mort. Je crois que, sans Pelléas, il n'aurait pas survécu.

— Je me souviens de Pelléas... » dit Bors, et il laissa sa phrase en suspens.

« Cela n'a peut-être rien à voir avec Morgian », suggéra timidement Cai. Dieu le garde, si jamais la mer et le ciel échangeaient leurs places, Cai serait le premier à le contester, et le dernier à le croire.

J'aurais aimé posséder une parcelle de son opiniâtreté. Aussi têtu qu'il avait le cœur grand, il refusait de croire le pire sur qui ou quoi que ce fût. Mais moi, j'y croyais, car j'avais quelque expérience des pouvoirs de Morgian, et cela me glaçait la moelle de songer qu'elle pouvait être impliquée dans le vol du Graal.

Nous restâmes silencieux. Personne ne pensait que Cai avait raison, mais aucun de nous n'avait le cœur de le contredire. Au bout d'un moment, Arthur se tourna calmement vers Cador. « Et Rhys ? » demanda-t-il doucement.

Le changement survenu chez le Pendragon me stupéfia. Le feu de sa colère s'était complètement éteint. Abattu par les révélations de Myrddin, il avait l'air défait.

« Je ne voulais pas te faire attendre plus longtemps, répondit Cador. J'ai pensé qu'il valait mieux rapporter la nouvelle, mais également commencer à étendre les recherches. Rhys et les Cymbrogi sont partis vers les plus proches villages et forteresses pour demander leur aide.

— Bientôt, le monde entier sera au courant de mon échec », déclara tristement Arthur. Le roi congédia alors Cador, lui enjoignant de se reposer et de revenir à la cour quand il aurait repris des forces.

Quand Cador fut sorti, le Pendragon se tourna vers les Gardiens du Graal restants et vers Bors, qui pour tout le monde avait pris la place de Llenlleawg. « Voici ce que votre négligence a accompli, dit-il, la ruine d'un royaume. » Il regarda le cercle de visages qui l'entourait. « Si vous avez quelque chose à dire, je vous implore de le faire maintenant, mes amis. Car je vous le dis, en vérité, si la Sainte Coupe n'est pas retrouvée, la Bretagne est perdue. »

Nous le regardâmes tous sans un mot, ne désirant pas envenimer les choses en disant ce qu'il ne fallait pas. Hélas, c'était vrai : les Gardiens avaient failli à leur devoir sacré et maintenant le royaume était en péril. Qui pouvait répondre à cela ?

Malheureusement, le roi se méprit sur notre silence. Faisant un pas en arrière, il s'effondra sur son trône. C'était comme si un coup du plat de l'épée l'avait jeté à terre. « Même mes amis m'abandonnent », gémit-il. Je ne pouvais que regarder, au comble de la détresse, son angoisse devenue douloureusement visible.

Puis, comme pour lutter contre le désespoir qui le tenait dans ses rets, le Pendragon se releva et se campa devant nous d'un air de défi… tel un homme face à ses accusateurs. Il parla, et il y avait du feu dans sa voix. « Chaque jour, il se présente au temple plus de pèlerins, et ils le trouvent vide. La nouvelle des miracles s'est répandue : « Venez ! disent-ils. Venez au Royaume de l'Été et vous assisterez à des prodiges ! » Et donc les gens viennent, s'attendant à des merveilles, mais au lieu de cela ils ne voient que la folie d'Arthur. » Son sourire grotesque était terrible à voir. « Ah, peut-être est-ce la plus grande de toutes les merveilles : l'arrogance et l'orgueil d'un homme réduits à une coquille vide, un édifice de pierre sans âme. »

Il nous regarda d'un œil morne, puis il agita la main dans notre direction. « Laissez-moi ! »

Personne ne dit mot, et personne ne bougea. « Comment ? s'exclama le roi. Vous êtes-vous transformés en souches ? Laissez-moi, vous dis-je. Partez donc ! Je ne peux plus supporter votre vue ! »

Myrddin, debout la tête baissée, les bras croisés sur la poitrine, ne fit pas un geste. Perdu dans ses pensées, il semblait ne plus prêter attention à ce qui se passait dans le monde. Mais Bedwyr, muré dans son silence, tourna les talons et donna le signal de la retraite, abandonnant son roi à sa détresse.

Oh, c'était dur et cruel, mais que pouvions-nous faire d'autre ? Tant qu'Arthur était de cette humeur exécrable, il n'y avait rien d'autre à faire que de quitter la chambre. Rester n'aurait été d'aucun secours. Bedwyr et les autres se rendirent dans la grande salle, mais je ne pus me résoudre à les accompagner.

Je m'éloignai seul, allant où m'entraînaient mes pieds, et me retrouvai bientôt dehors, sur le haut rempart au-dessus des portes — la cour intérieure d'un côté, la pente abrupte de l'autre, avec son sentier tortueux et le lac à son pied. Je regardais le lugubre crépuscule s'obscurcir, et avec lui un sinistre brouillard s'élever du lac et des marais pour draper le Tor d'un épais manteau humide et silencieux — le silence de la tombe, aurait dit Myrddin.

Fermant les yeux, je laissai vagabonder mes pensées, oiseaux turbulents qui ne pouvaient trouver de perchoir où se reposer. Quand je regardai à nouveau autour de moi, la nuit était tombée sur Ynys Avallach, mettant enfin un terme à une journée désastreuse. Je me fis la réflexion, sans plaisir, que si une nouvelle année était arrivée, elle n'avait pas apporté de pluie : la sécheresse persistait.

Mort de fatigue et complètement découragé, je quittai le rempart, mais pas avant d'avoir jeté un dernier coup d'œil à l'est, vers la forêt où le Graal et tous nos espoirs avaient disparu. Un banc de nuages bas, plus sombres encore que le ciel nocturne, s'était levé au-dessus des bois... comme si les ténèbres que redoutait Myrddin se refermaient autour de nous. Je fus pris d'un frisson irrépressible et m'empressai de rentrer.

Le lendemain, Arthur ne nous reçut pas. Bedwyr alla le trouver pour prendre ses ordres, mais il revint en disant que le roi s'était enfermé dans sa chambre et ne voulait voir personne.

« Ce n'est pas juste, déclara Cai.

— Tu lui fais reproche ? » rétorqua Bedwyr. Sa colère s'embrasa instantanément. « Sans nous, rien de tout cela ne serait arrivé. C'est notre faute. » Il se frappa la poitrine du plat de la main. « C'est notre faute !

— Je vais le voir », dit Cai, et il sortit d'un pas décidé.

Il revint quelques instants plus tard sans avoir vu le roi, et la morne journée s'écoula dans une atmosphère d'amer désespoir. Les Cymbrogi ne cessèrent d'aller et venir tout le jour, dans l'espoir d'entendre une bonne nouvelle, mais il n'y avait rien à leur dire. Abattus, découragés, nous nous enfonçâmes davantage dans l'obsédante morosité. Finalement, incapable de supporter plus longtemps le fiel de notre culpabilité, je laissai mes compagnons affligés et partis à la recherche de Myrddin.

Quittant la grande salle, je m'engageai dans le long couloir menant au quartier des guerriers et passai devant la chambre d'Avallach. La porte en était entrouverte et j'entendis au passage le gémissement d'un homme en peine. Je m'arrêtai pour écouter et, comme le bruit ne se reproduisait pas, je m'approchai de la porte, la poussai doucement et entrai.

Arthur était toujours assis dans son fauteuil, la tête penchée sur la poitrine, à la pâle lueur d'une unique chandelle qui luttait vainement contre la pénombre envahissante. Oh, cela me brisa le cœur de le voir, lui qui était pour moi la Terre et le Ciel, assis seul dans cette chambre obscure. Je regrettai aussitôt mon intrusion et me tournai pour ressortir. Mais le roi entendit le bruit étouffé de mes pas et dit : « Laissez-moi. »

Sa voix n'était plus la sienne, et son étrangeté m'emplit de crainte. Je ne puis le laisser ainsi, me dis-je, si bien que je me retournai et m'avançai. « C'est Gwalchavad », murmurai-je en m'approchant du fauteuil.

À ces mots, il releva légèrement la tête. Des ombres noires s'accrochaient à lui comme pour l'entraîner dans les profondeurs. La pièce était devenue glaciale, et le roi n'avait ni manteau ni feu pour le réchauffer… un dragon assoupi dans son antre hivernal. Pourtant les yeux qui me contemplaient sous son front torturé étaient brillants de fièvre.

« Va-t'en, murmura-t-il. Tu ne peux rien pour moi.

— J'ai pensé que je pourrais te tenir compagnie », dis-je, me demandant comment il était possible à un homme de décliner si vite et si complètement. À peine quelques jours plus tôt, il était embrasé d'une juste colère, désormais celle-ci n'était plus que cendres, et ces cendres étaient froides.

Il n'y avait pas d'autre siège dans la pièce, si bien que je restai gauchement debout, certain d'avoir fait une erreur en entrant. Je réfléchissais au meilleur moyen de battre en retraite, quand le roi dit : « Il ne m'a élevé que pour fracasser ma tête contre les rochers. » Le désespoir qui perçait dans sa voix me fit frissonner, car je savais de qui il voulait parler.

Au bout d'un moment, il reprit : « Je pensais que les temps étaient venus, Gwalchavad. Je pensais que le monde allait changer et que nous allions apporter la paix et la guérison au pays. J'avais vu si nettement le Royaume de l'Été, et je le désirais tellement… » La voix d'Arthur n'était plus qu'un gémissement étranglé. « Dieu me vienne en aide… je le désirais tellement. »

Il garda le silence un long moment, comme s'il réfléchissait à ce qu'il venait de dire. J'attendais sans un mot, et il ne semblait plus avoir conscience de ma présence. « Peut-être est-ce là mon échec… d'avoir trop voulu, reprit-il enfin. Je pensais qu'il le voulait, lui aussi. J'en étais si sûr. Je n'ai jamais eu une telle certitude. »

Le roi se tassa davantage sur son fauteuil, pour en jaillir aussitôt, comme si la colère s'était brusquement emparée de lui. « Trois jours ! s'écria-t-il, son hurlement rauque résonnant dans la pièce vide. La vision de Taliesin ! L'œuvre de toute la vie de Myrddin ! Le royaume promis de lumière et de paix… et il ne dure que trois pauvres jours ! » Son cri se mua en gémissement. « Pourquoi, mon Dieu ? Pourquoi m'as-tu fait cela ? Il y avait tant de bien à en retirer… pourquoi t'es-tu retourné contre moi ? Pourquoi m'as-tu rejeté ? »

Comme s'il se rappelait soudain ma présence, Arthur se tourna dans son fauteuil et me regarda. « J'ai été trahi, cracha-t-il d'une voix rauque. Trahi par un des miens. Je l'aimais comme un frère et je lui avais accordé ma confiance. Je lui aurais confié ma propre vie ! Et je n'ai reçu que félonie en retour. Il a pris le Graal, et il a pris mon épouse.

— Si Morgian est derrière tout cela, avançai-je doucement, Llenlleawg a vraisemblablement été ensorcelé. Sinon, il aurait été incapable d'un tel acte. »

Mais le roi n'eut pas l'air de m'entendre. Serrant le poing, il s'en frappa la poitrine, comme pour châtier la souffrance qui s'y était logée. Il recommença et je m'avançai pour l'empêcher de se blesser. Mais son accès de colère passa et il s'affaissa sur son fauteuil, faible et misérable.

« La folie d'Arthur… murmura-t-il en fermant les yeux. Ils viennent… ils viennent assister à un miracle, et ne trouvent qu'un tas de pierres élevé par un roi dément. »

Je ne pouvais plus supporter de le voir se morigéner si durement. Au risque d'éveiller son courroux, je pris la parole. « Il ne t'était pas possible de savoir ce qui allait arriver, dis-je pour tenter de l'apaiser.

— Roi des Insensés ! s'écria Arthur. Écoute-moi bien, Gwalchavad, ne fais jamais confiance à un Irlandais. À chaque fois, il te frappera dans le dos.

— S'il en est comme le pense l'Emrys, c'est Morgian, et non Llenlleawg, qui est coupable, dis-je. Tu n'avais aucun moyen de le prévoir.

— Tu me crois sans reproche ? ricana-t-il. Dans ce cas, pourquoi la destruction s'est-elle abattue sur moi ? Pourquoi ai-je été abandonné ? Pourquoi Dieu s'est-il retourné contre moi ? »

Craignant d'envenimer les choses, j'hésitai. Arthur prit mon silence pour une confirmation de son échec.

« Là ! s'écria-t-il. Tu le vois, toi aussi ! Tout le monde l'a vu, sauf moi. Oh, mais je le vois, maintenant... » Il se frappa violemment la tête contre le dossier du fauteuil. « Je le vois, maintenant, répéta-t-il d'une voix qui se brisa, seulement il est trop tard.

— Arthur, il n'est pas trop tard, répliquai-je. Nous retrouverons Llenlleawg et nous récupérerons le Graal. Tout redeviendra comme avant. Le Royaume de l'Été n'est pas un échec... il devra attendre encore un peu, c'est tout.

— Je l'ai vu, Gwalchavad, dit-il, refermant les yeux. J'ai tout vu. »

Il était épuisé, et je me dis qu'il allait peut-être enfin se laisser gagner par le sommeil si j'empêchais son esprit de s'égarer sur les sentiers les plus affligeants. « Qu'as-tu vu, seigneur ?

— J'ai vu le Royaume de l'Été, répondit-il d'une voix qui se fit douce et rêveuse. J'étais mourant... je le sais. Myrddin ne l'a pas dit, mais je sais que je devais être aux portes de la mort pour qu'il convainque Avallach de recourir au Graal. Avallach était contre le fait de se servir ainsi de la Sainte Coupe. »

Il se tut, et je m'enhardis à suggérer qu'il devrait se reposer. « Dors, seigneur, tu es fatigué.

— Dormir ! gronda Arthur. Comment puis-je dormir alors que mon épouse est en danger ? » Il pressa le bout de ses doigts contre ses yeux, comme pour se les arracher de la tête. Au bout d'un moment, il laissa retomber ses mains et poursuivit : « Gwenhwyvar est venue à moi. Elle a été si courageuse... elle n'a pas voulu me laisser la voir pleurer. Elle m'a embrassé pour la dernière fois, ainsi qu'elle le croyait, et elle m'a laissé — Myrddin m'a laissé, lui aussi — tout le monde a quitté le Tor, et puis Avallach est entré dans la chambre... »

Je compris que j'étais sur le point d'entendre comment Arthur avait été guéri et rendu à la vie par le Graal, aussi renonçai-je provisoirement à lui parler de se reposer.

« Tout d'abord, je ne les ai vus ni l'un ni l'autre, dit Arthur d'une voix qui se réduisit à un murmure, perdu dans ses souvenirs. Mais je savais qu'Avallach était entré dans la chambre, et qu'il avait avec lui le Saint Graal, car la pièce s'était soudain emplie de la plus exquise des senteurs — comme toute une forêt de fleurs, ou une prairie printanière après la pluie — les plus doux parfums qu'il m'ait jamais été donné de sentir. Cette senteur m'a réveillé et j'ai ouvert les yeux pour voir Avallach agenouillé près de moi, tenant dans ses mains un objet qui ressemblait à une coupe… » Arthur se passa la langue sur les lèvres comme il devait l'avoir fait à ce moment-là. « Puis j'ai ouvert la bouche pour recevoir le breuvage, et j'ai goûté la plus douce des saveurs — le meilleur hydromel n'est qu'eau boueuse auprès de cela — mais c'était simplement la douceur de l'air que je goûtais, car il ne m'avait pas apporté à boire comme je l'avais supposé. C'était le Graal lui-même qui infusait dans l'air sa saveur exquise. »

Arthur emplit d'air ses poumons comme il l'avait fait alors. Ses traits tourmentés s'adoucirent tandis qu'il revivait le prodige qui l'avait sauvé.

« J'ai respiré l'air parfumé et les brumes de la mort qui voilaient mon esprit se sont dissipées. Je suis revenu à moi et j'ai su que j'étais en présence d'un éminent et puissant esprit — pas uniquement Avallach, car même s'il possède une grande spiritualité, l'Autre lui était de loin supérieur. Mon propre esprit, suspendu entre la vie et la mort, semblait une faible et fragile chose — un oiseau prisonnier d'un buisson qui bat faiblement des ailes pour se libérer. Je n'étais rien auprès d'eux… rien. J'avais gâché ma vie… »

Là, je l'interrompis. « Arthur, ce n'est pas vrai. Tu as toujours été fidèle à ce qui t'a été donné. »

Mais le roi ne voulut rien entendre. Il secoua la tête. « J'ai gâché ma vie à la poursuite de buts vils et ordinaires… de choses insignifiantes, vides de sens et vite oubliées.

— La paix et la justice n'ont rien d'insignifiant, répliquai-je, effrayé de l'entendre parler ainsi. Conquérir la liberté pour notre peuple et notre pays n'est pas vide de sens, pas plus que ce ne sera vite oublié. »

Cela lui tira un pâle sourire apitoyé. « Poussière, dit-il. Rien que de la poussière entraînée au loin par le premier souffle de vent, à jamais perdue et oubliée. Qui d'autre qu'un insensé prête attention à la poussière sous ses pieds ? »

J'allai pour protester une nouvelle fois, mais il leva la main, disant : « Laisse, Gwalchavad. Cela n'a pas d'importance. » Reprenant son récit, il ferma les yeux et baissa la tête. « La honte, dit-il. Je n'ai jamais connu une telle honte : elle brûlait — combien elle brûlait ! — comme si elle allait me consumer de l'intérieur. La culpabilité me submergeait. Culpabilité d'avoir fait si mauvais usage de ma vie et de celle de tant d'autres. J'avais été jugé et je me savais condamné mille et mille fois. Pas plus Avallach que l'Autre n'avait levé ne serait-ce qu'un doigt pour m'accuser. Ils n'en avaient pas besoin… mon propre esprit me condamnait. Mourir avant d'avoir expié m'emplissait d'un tel remords que les larmes se sont mises à couler à flots de mes yeux comme pour emporter la montagne de ma culpabilité.

» Mais, oh, le Graal ! Le Graal était là, et à l'instant où le monde s'obscurcissait devant mes yeux, Avallach a levé la coupe sacrée devant moi, y a plongé le doigt et m'en a touché le front. Il m'a signé de la croix du Christ. C'était, ai-je pensé, le dernier sacrement à un mourant. Bientôt mon âme allait se présenter devant le Grand Roi des Cieux et je me retrouverais face à mon juge.

» Mais au moment où Avallach m'a effleuré du bout de son doigt, j'ai senti la vie jaillir en moi. J'étais vivant ! Bien plus, j'étais pardonné. Au contact d'Avallach, j'avais aussitôt été guéri et délivré de ma culpabilité et de la honte de mon existence dilapidée. Mes anciennes habitudes se sont détachées de moi comme un manteau trempé et, tel un aigle porté par des vents tempétueux, mon âme s'est arrachée à l'enfer pour prendre son essor.

» La joie, la félicité, l'extase m'ont submergé et ont allumé en moi un feu rayonnant d'amour pour la justice et la bonté. C'était comme si je me tenais au sommet d'une haute montagne avec le monde tout en bas à mes pieds. J'ai regardé et vu une verte et paisible contrée reposant sur la poitrine de la mer émeraude.

» À cet instant, une voix venue des Cieux a dit : “Nourris le peuple, guéris le pays.” La voix a répété trois fois ces mots, et j'ai vu la Bretagne briller tel de l'or dans l'éclat d'une lumière plus resplendissante que le soleil. J'ai regardé d'où venait cette lumière, et c'était le Graal ! J'ai vu un temple de pierre au sommet d'une colline et, installée dans ce temple, la Sainte Coupe du Christ.

» Quel pouvait être le sens de cette vision, sinon que je devais édifier ce temple et y déposer le Graal afin qu'il brille tel un phare de justice et de vérité sur tout le pays ? De la Bretagne ruissellerait tout bien et toute perfection, apportant le salut au monde entier. Les hommes de tous pays regarderaient vers l'Île des Forts et l'espoir serait restauré. Ynys Prydain deviendrait le vase à partir duquel se répandrait une suprême bénédiction pour l'humanité entière.

» J'ai fait le serment que telle serait désormais ma tâche : bâtir le Temple du Graal, afin que la Sainte Coupe puisse commencer à transformer le monde. Je me suis donc relevé de mon lit de mort, complètement guéri et fermement déterminé à donner corps à la vision qui m'avait été accordée. Je suis sorti et j'ai salué mon épouse — Myrddin et Llenlleawg étaient là, eux aussi, ainsi que tout le Peuple des Fées.

» Le lendemain, je me suis mis au travail et j'ai commencé à tracer des plans pour le Temple du Graal. Depuis ce jour, je n'ai plus eu qu'une idée : honorer mon serment pour la gloire de Dieu et pour le bien de la Bretagne. C'est ce que j'ai fait… » — il se tut, levant brièvement les yeux, pour les détourner aussitôt — « … et pour cela, mon orgueil a été puni. »

Arthur laissa retomber la tête sur sa poitrine et porta une main à son front. « Laisse-moi », dit-il, la gloire de sa vision engloutie par l'abîme de sa résignation. « Je suis fatigué, Gwalchavad. Laisse-moi. »

J'attendis un moment, cherchant un mot de réconfort pour apaiser sa douleur. « Je suis désolé, Arthur », dis-je enfin, puis je sortis, abandonnant le roi à la froide détresse de son chagrin.

XXV

Combien de royaumes Morgian a-t-elle dévastés ? Combien d'hommes a-t-elle tués ? Dans sa poursuite acharnée du pouvoir, combien de vies a-t-elle détruites ?

Myrddin avait dit qu'elle était revenue, et je n'en doutais pas un instant. De fait, il n'était pas difficile de croire que l'implacable et vindicative Morgian eût réussi à préserver une parcelle de son pouvoir quand elle s'était enfuie pour regagner sa citadelle. En sécurité dans le lointain refuge de son sinistre domaine, elle avait inlassablement rassemblé les restes épars de son art maléfique. Même si elle n'était plus aussi forte qu'avant, elle était toujours beaucoup plus puissante que tout autre adversaire auquel puisse être confronté un mortel. La terrible Morgian était encore une force avec laquelle il fallait compter, un ennemi implacable, aussi sournois et mortel que n'importe quel dragon, et plus mauvais, plus haineux, plus vicieux et rapace que toute une armée de démons.

Ces choses, je les pensais, et elles étaient vraies. Mais, malgré tous mes efforts, je ne pouvais trouver d'explication satisfaisante concernant Morgaws. Qui était-elle ? Quel était son rôle dans les cruelles félonies qui nous frappaient ?

Myrddin, me dis-je, détenait peut-être les réponses, aussi allai-je le trouver. Au bout de recherches qui me prirent presque toute la journée, je le trouvai, non avec le roi, mais dans le vieux sanctuaire de bois près de l'abbaye. Un des moines l'y avait vu entrer au point du jour. « Je ne l'ai pas vu ressortir, seigneur, me dit-il. Peut-être y est-il encore. »

Pénétrant silencieusement dans le sanctuaire, je trouvai Myrddin à plat ventre devant le petit autel, les bras étendus dans l'attitude de prière propre aux prêtres en robe brune.

« Seigneur Emrys ? » dis-je, osant à peine parler... mais il était si immobile que je craignais qu'il ne fût mort.

Au son de son nom, il bougea. « Gwalchavad », dit-il en redressant la tête. Il commença à se relever et je l'aidai à se mettre debout. « Comment as-tu su où me trouver ?

— Je savais que tu devais être ici », répondis-je. Il releva un sourcil d'un air surpris et j'ajoutai : « J'ai cherché partout ailleurs... c'était le seul endroit qui restait. »

Il sourit à ces mots et je vis que la flamme s'était rallumée dans son œil vif et clair. « J'ai prié, dit-il.

— Toute la journée ? »

Il haussa les épaules. « Je n'ai pas vu passer le temps.

— Je voudrais qu'Arthur ait été avec toi... plutôt que de se ronger le cœur dans sa chambre. » Je lui racontai ma conversation de la veille avec le roi.

« Il y est encore ? demanda Myrddin pendant que nous sortions.

— Je le pense. Il nous a claqué la porte au nez et ne veut voir personne. »

Myrddin tourna vers les cieux ses yeux au regard perçant. Le soleil se couchait et un crépuscule glacial tirait rapidement un voile de brume sur une lugubre journée. « Vas-tu aller le voir ? demandai-je. Il a besoin de toi, Myrddin.

— Je vais aller le voir, promit le Sage Emrys en s'engageant sur le chemin menant au lac. Mais pas tout de suite.

— Il a besoin de toi tout de suite, insistai-je en lui emboîtant le pas.

— Laisse-le s'imbiber de son désespoir, dit Myrddin. En vérité, tant qu'il n'aura pas bu la coupe jusqu'à la lie, il n'écoutera pas un mot de ce que je dirai.

— Combien de temps devrons-nous attendre ?

— Dieu seul le sait. » Je fronçai les sourcils à cette réponse et il s'en aperçut. « J'ai l'impression que ce n'est pas ton souci pour le roi qui t'a envoyé à ma recherche.

— Non, avouai-je, bien que la raison eût été suffisante. C'est Morgaws.

— Oui ? » Il s'arrêta brutalement et se tourna vers moi. « T'es-tu souvenu de quelque chose ? »

La question me prit au dépourvu. « Souvenu ? Que veux-tu dire ? » L'Emrys émit un grognement légèrement dégoûté du fond de la gorge avant de se remettre en marche et je dus courir pour le rattraper. « Je me demandais qui elle pouvait être, dis-je vivement. Je sais qu'elle n'est pas Morgian.

— Pourquoi dis-tu cela ?
— Morgian pourrait adopter n'importe quelle apparence, je la reconnaîtrais toujours, répondis-je avec assurance.
— Moi aussi, déclara Myrddin.
— De plus, poursuivis-je, elle m'est apparue. »
Myrddin s'arrêta net et je faillis le heurter. « Morgian t'est apparue ? » Ses yeux étaient des poignards acérés et étincelants pointés sur moi. « Quand ?
— Il n'y a pas très longtemps », dis-je, un peu plus hésitant.
Myrddin me saisit le bras et serra de toutes ses forces. « Pourquoi as-tu attendu jusqu'à maintenant ? demanda-t-il avec colère, me relâchant le bras et le repoussant.
— Elle est venue à moi en rêve, expliquai-je précipitamment. Du moins, j'ai pensé que ce n'était qu'un rêve.
— Insensé ! s'écria Myrddin. Ce n'était qu'un rêve, dit-il ! Tu aurais dû m'en parler.
— Je suis désolé, Emrys. Crois-moi, je n'avais pas l'intention de te cacher quoi que ce fût. »
Myrddin me dévisagea durement, puis il détourna les yeux et se remit en marche ; nous avions presque atteint le lac. Nous poursuivîmes notre chemin en silence pendant un moment avant qu'il reprenne la parole. Quand il le fit, il dit : « Morgaws est la créature de Morgian… j'ignore si c'est sa fille ou une enfant trouvée, mais elle sert bien sa maîtresse. »
Je ne doutais pas de lui, mais je demandai quand même : « Dans ce cas, pourquoi ne l'avons-nous pas soupçonnée plus tôt ?
— C'est le plus simple de tous les enchantements », répondit-il, et j'attendis qu'il s'explique, mais il dit simplement : « Nous voyons ce que nous voulons voir.
— Et Llenlleawg ?
— Encore une fois, il n'est pas difficile d'ensorceler qui se montre faible et consentant », répondit-il.
Quelque chose en moi se hérissa à l'idée que l'Irlandais se serait joint volontairement à la trahison. « Et Gwenhwyvar ? Il me semble improbable que la reine se soit montrée faible ou consentante.
— Qui sait ce qu'ils lui ont dit ? répondit simplement Myrddin. Morgian est la duplicité en personne. Son pouvoir de mystification est surprenant.
— Tu es donc sûr que Morgian est en cause.
— S'il y avait le moindre doute, trouver la broche de Pelléas l'a dissipé.

— Tu es convaincu que la broche appartenait à Pelléas ?

— Comment ne le serais-je pas ? dit-il. Je la lui avais offerte. »

À notre retour au Tor, Myrddin partit de son côté. Je sortis sur le rempart, où je veillai tard dans la nuit, réfléchissant à la trahison de Llenlleawg et à la raison pour laquelle tout le monde avait l'air si pressé de le tenir pour responsable de tout ce qui était arrivé, alors que manifestement, si Morgian était impliquée, il avait sans doute été ensorcelé et contraint de servir ses desseins maléfiques. J'étais encore en train de me débattre avec ces pensées quand, peu avant l'aube, Myrddin fit appeler le Vol des Dragons dans la chambre du roi.

Je me hâtai de rejoindre mes frères d'armes, dont beaucoup, comme moi, semblaient avoir passé une nuit de plus sans dormir, en proie à la culpabilité et à la honte de notre échec. Nous nous dirigeâmes sans un mot le long du couloir vers la chambre d'Arthur. Là, Myrddin attendait dans le passage plongé dans la pénombre, son bâton à la main, son torque d'or scintillant à la lueur des torches.

« Bien », dit-il et, poussant la lourde porte, il entra hardiment pour affronter le Pendragon. Il s'avança au pied du trône, leva son bâton de chêne et l'abattit brusquement sur le dallage de pierre. « Debout, Arthur ! » s'écria-t-il d'une voix forte, puis il frappa à nouveau le sol.

« Le moment est venu de t'arracher au sommeil du désespoir. Réveille-toi, et debout ! » Il leva son bâton et en frappa une nouvelle fois le sol dans un fracas de tonnerre. « L'ennemi est à nos portes et ta reine a été enlevée. Elle appelle : "Où est celui qui me délivrera ? Je crie du fond de ma cruelle captivité. Où est mon sauveur ? Quand mon roi va-t-il réagir ?" »

Arthur sursauta. Les paroles du barde l'avaient frappé au cœur et tiré de son apitoiement sur lui-même. « Gwenhwyvar ! »

Brandissant son bâton, Myrddin vint se placer devant le trône. Le Barde de Bretagne éleva la voix et embrasa le cœur de tous ceux qui se tenaient, muets et abattus, dans la pièce.

« Pourquoi languis-tu dans cette pièce alors que l'ennemi pille le Trésor de Bretagne ? Pourquoi te vautres-tu dans la mélancolie alors que ton épouse est meurtrie par ses ravisseurs ? Pourquoi attends-tu encore alors que le mal ravage ton royaume ? »

Les épaules d'Arthur s'affaissèrent et il baissa la tête. Mais Myrddin ne lui permit pas de se laisser aller au désespoir : il se campa devant le roi, hissant par la force de sa voix le monarque désemparé hors du gouffre.

« Redresse le dos, Ô Roi ! Prends ta lance et ton bouclier, s'écria-t-il. Ceins-toi pour la bataille et prends place à la tête du Vol des Dragons. Le nom de l'ennemi est connu : Morgian est de retour ! La Reine de l'Air et de l'Ombre s'avance contre toi, et son but est la destruction. »

Un murmure, tel un mince filet de peur, courut parmi les rangs des Cymbrogi. « Morgian... »

Myrddin frappa encore le sol de son bâton. « Lève-toi, Ô Puissant Pendragon ! Sauve ta reine et ton royaume. Car en vérité, je te le dis : si tu restes assis sans rien faire, tu perdras tout ce qui t'est le plus cher. Et quand ce sera fait, la Terrible Morgian prendra aussi ta vie. Ton ennemie ne connaîtra aucun repos tant qu'elle ne t'aura pas détruit corps et âme. »

Je regardai le roi et vis son visage cendreux reprendre des couleurs. Le Cœur de la Bretagne se remettait à battre.

« Debout, Arthur ! Arme ta hanche d'acier et ton âme de courage. Le moment est venu de choisir : te battre ou mourir, il n'y a pas de moyen terme ! »

Je sentis en moi un frisson familier tandis qu'Arthur saisissait les bras de son fauteuil et se mettait debout. Il avait encore l'air hagard, mais un éclair de détermination brillait dans ses yeux.

« Voyez ! s'écria Myrddin en faisant un moulinet de son bâton. Le Chef Dragon se dresse dans toute sa force. Tremblez, vous qui combattez la justice et la vertu ! Fuyez vers vos antres infects, habitants de l'Enfer ! Vous qui vous adonnez au mal, prenez garde : vos jours sont comptés. Le Grand Roi de Bretagne s'est levé contre vous et l'heure de votre châtiment est proche. »

Arthur se redressa de toute sa taille et regarda ses Cymbrogi. D'un geste de la main, il fit signe à l'Emrys de prendre place à son côté. « Cai, dit-il doucement, appelle le Vol des Dragons aux armes. »

Le vaillant Cai pivota sur les talons et s'écria d'une voix forte : « Mes frères ! Vous avez entendu votre roi ! Prenez vos épées et préparez-vous à la bataille ! »

D'une seule voix, les Cymbrogi poussèrent une puissante clameur et la chambre résonna de l'écho de leur cri de guerre. Chacun se rua hors de la pièce dans sa hâte d'être prêt le premier.

« Bedwyr, dit le roi, trouve-moi une épée. »

La main de Bedwyr se porta aussitôt à la poignée de sa propre épée. Il dégaina la lame et la posa en travers de ses paumes, s'avança jusqu'au trône et l'offrit à Arthur. « Prends la mienne, Ours. Elle te servira jusqu'à ce que tu retrouves Caledvwlch. »

Le roi hésita, mais Bedwyr tendit les mains avec insistance, si bien qu'Arthur prit l'épée, quitta son trône et sortit de la pièce. Nous lui emboîtâmes le pas, ainsi que le devaient les chefs de guerre du Pendragon.

Les chevaux furent sellés, les chariots chargés de provisions. Nous faisions nos préparatifs dans la fièvre, comme pour bannir les jours de détresse et d'accablement. Quand tout fut prêt, nous nous rassemblâmes dans la cour du palais pour attendre l'ordre d'Arthur. Il ne fut pas long à venir. Le roi apparut devant nous, lavé et rasé, les cheveux tirés en arrière et attachés sur la nuque. Calme, résolu, il portait son manteau rouge et sa cotte de maille, l'épée de Bedwyr à son côté. Deux poignards étaient passés dans sa ceinture et il avait son bouclier à l'épaule. C'était un spectacle que j'avais vu des centaines de fois, et il enflammait toujours mon ardeur.

« Braves Cymbrogi, dit-il lorsque les acclamations se turent, la bataille que nous allons engager ne sera pas gagnée par la seule force des armes. Écoutez donc la Tête de Sagesse et prenez ses paroles à cœur. »

Sur ce, Myrddin Emrys vint se placer près du roi. « Écoutez-moi, Fils de Prydain, dit-il en levant les mains dans l'antique attitude des bardes. Morgian est aussi redoutable que mauvaise. Quel que soit votre point faible, elle le trouvera, et c'est là qu'elle concentrera ses pouvoirs pour frapper. Que chacun prenne donc garde. Veillez sur vos âmes, mes frères, car c'est une bataille spirituelle que nous allons livrer. Même si nous cherchons la Coupe du Graal et partons délivrer la reine, sachez une chose : ce n'est rien moins qu'une quête pour la restauration de la sainteté et la bénédiction de la faveur de Dieu.

» En vérité, je vous le dis, poursuivit-il, solennel, les pouvoirs de Morgian sont grands et beaucoup d'entre nous risquent de mourir. Mais si nous perdons la vie devant elle, nos âmes resteront dans le Christ et à jamais hors d'atteinte du Malin. Nous ferions bien de nous en souvenir quand le jour de l'épreuve sera sur nous. En conséquence, si l'un de vous se trouve en état de péché, qu'il se confesse maintenant et reçoive la sainte absolution pour ses fautes. »

Montrant une rangée de moines en robe brune de l'autre côté de la cour, il dit : « L'évêque et ses prêtres se tiennent prêts à entendre notre confession et à nous donner le pardon. »

À ces mots, le bon évêque s'avança. « Mes amis, courageux guerriers, je voudrais que vous chevauchiez à la bataille sûrs de votre salut. Souvenez-vous, l'incorruptible ne peut supporter la corruption, et dans la quête qui vous attend, seuls peuvent réussir les cœurs purs. Approchez donc et purifiez vos cœurs de toute iniquité. »

Toute gêne qu'il aurait pu y avoir à venir demander l'absolution se trouva promptement dissipée quand Arthur, sans aucune considération pour sa royale dignité, s'avança vers l'évêque, s'agenouilla aux pieds du prêtre, croisa les bras sur sa poitrine et inclina respectueusement la tête. Si le Grand Roi de Bretagne pouvait s'abaisser ainsi, nul homme de moindre rang n'avait besoin de se sentir humilié aux yeux de ses amis. De fait, plus d'un guerrier qui s'estimait offensé fit la paix avec son frère d'armes afin d'entrer réconcilié en présence de Dieu.

Il n'y a pas de déshonneur à vous dire que, moi-même, inquiet pour mon âme et pour les tribulations à venir, je me mis à genoux sur la pierre froide de la cour poussiéreuse et fis ma confession, sachant que ce pourrait bien être la dernière.

Après les confessions, nous reçûmes l'assurance de notre pardon et l'évêque nous invita à partager le pain et le vin à la table du Christ en un dernier repas de sainte communion. Nous mangeâmes le pain du corps du Bienheureux Jesu et bûmes le vin de son sang, puis cinquante guerriers se levèrent comme un seul homme pour affronter un impitoyable ennemi, subtil et retors.

Nous quittâmes ensuite le Tor, phalange guerrière équipée pour le combat contre un adversaire tel que nous n'en avions jamais affronté. Arrivés à la route, derrière l'abbaye, nous bifurquâmes, non pas vers l'est, mais vers le sud. Myrddin Emrys tenait pour futile toute tentative de relever la piste vieille de plusieurs jours. « Je crois que les seules traces que nous verrions seraient celles que Morgian a voulu que nous trouvions, déclara-t-il. Nous sommes son jouet depuis le début. Écoute-moi bien, Arthur, c'est dans le Llyonesse que se déroulera la bataille. »

Le Llyonesse... je frémis intérieurement à ce nom. La crainte s'insinua en moi et il me fallut un très grand effort de volonté pour tenir la peur en échec. Courage, les Preux Guerriers des Cieux se tiennent prêts à nous venir en aide, les propres serviteurs de Dieu avancent devant nous pour nous ouvrir le chemin à travers la Terre Gaste.

XXVI

À chaque pas nous rapprochant du Llyonesse, l'appréhension croissait en moi. À l'heure où la brève journée d'hiver se fondait dans la froidure d'un crépuscule humide, je trouvai l'occasion de parler à Myrddin. Tandis que les Cymbrogi dressaient le camp, je vis l'Emrys en train de préparer un feu devant la tente à demi montée du roi et j'allai le trouver. « Laisse-moi m'en occuper, Emrys, dis-je.

— Ce n'est pas la peine, répondit-il. À une époque, si je voulais de la chaleur, c'était ma tâche de préparer le feu. J'en fais assez peu pour rendre service, ces jours-ci. » Il me jeta un bref coup d'œil, puis il continua à disposer le petit bois et à casser les plus grosses branches. « Assieds-toi, Épervier d'Été », dit-il — personne d'autre que mon père ne m'appelait ainsi — « et dis-moi ce que tu as en tête. »

Repliant sous moi mes jambes, je m'assis par terre devant le feu. Je le regardai rompre les branches avec dextérité avant de les placer soigneusement sur le tas. Au bout d'un moment, je vis s'élever un mince filet de fumée — sans que je l'aie vu frapper le silex sur l'acier.

« Tu as l'air sûr que Morgaws s'est enfuie dans le Llyonesse, dis-je en regardant la fumée monter lentement dans l'air du soir. Comment le sais-tu ? » Je ne doutais pas que l'Emrys eût une bonne raison de s'être forgé cette opinion. Je désirais simplement l'entendre.

« Je le sais parce que Morgian la guide, et le Llyonesse est le seul endroit en ce monde où Morgian puisse se déplacer à sa guise, répondit-il.

— Elle ne semble avoir aucune difficulté à aller où il lui plaît, déclarai-je sombrement.

— Nullement, rétorqua Myrddin. C'est pourquoi elle a besoin de Morgaws. Je crois que Morgian ne maîtrise plus tous les pouvoirs qu'elle possédait autrefois et qu'il lui faut maintenant recourir à d'autres pour la seconder dans ses sombres desseins. Morgaws nous a entraînés dans le Llyonesse, où Morgian attend, telle une araignée dans sa toile, entourée de mensonges et d'artifices.

— Mais c'est pourtant dans le Llyonesse que ses pouvoirs ont été vaincus, fis-je remarquer, faisant allusion à la dernière fois qu'il avait affronté la Reine de l'Air et de l'Ombre.

— Oui, acquiesça-t-il en s'asseyant sur ses talons tandis qu'une flamme jaune naissait en tremblotant parmi les brindilles sèches. C'est dans le Llyonesse qu'ont été brisés les pouvoirs de Morgian, et je crois qu'elle est retournée dans cette contrée abandonnée du ciel afin de les retrouver à l'occasion de notre défaite. »

Songeant au vol du Graal et à la facilité avec laquelle avait été enlevée la reine, je dis : « Elle les a peut-être déjà retrouvés.

— Peut-être, m'accorda Myrddin, sans manifester de crainte ni de surprise à cette idée. Quoi qu'il en soit, le Llyonesse sera le lieu de notre perte ou de notre salut.

— Où la trouverons-nous ?

— Je pense que c'est elle qui nous trouvera, répondit le Sage Emrys. Mais je crois qu'elle nous attirera sur le lieu de sa défaite. Je le connais : une colline non loin de la côte ouest… une citadelle du Peuple des Fées se dressait jadis à son sommet. Si elle ne nous attaque pas en chemin, c'est là que nous irons.

— La redoutes-tu, Myrddin ? »

Il contempla un moment le feu avant de répondre. « Je la redoute énormément, Gwalchavad, répondit-il calmement. Renonce à tout espoir que tu pourrais nourrir que nous échappions au plein impact de sa malignité. Il n'en sera rien. Morgian a décidé de se battre, et elle a choisi le champ de bataille qui lui convient le mieux. La Reine de l'Air et de l'Ombre ne nous épargnera aucun tourment. Notre expédition sera une rude épreuve.

— Et pourtant, nous allons à sa rencontre.

— Nous allons à sa rencontre, répondit-il, parce que nous n'avons pas d'autre choix. »

Contrairement à son habitude quand nous étions en campagne, Arthur ne se joignit pas à nous auprès du feu ce soir-là, mais prit son repas dans sa tente, n'admettant personne d'autre que Rhys, venu le servir, et n'en ressortit que le lendemain à l'aube, au moment où nous nous apprêtions à lever le camp. Nous nous remîmes en route comme la veille, chevauchant sur deux longues colonnes vers le sud-ouest, laissant peu à peu derrière nous les douces collines du Royaume de l'Été pour nous enfoncer dans les landes arides du Llyonesse.

Le Pendragon, Myrddin sur sa droite, ouvrait la route, et moi, qui avais déjà suivi ce périlleux chemin, je chevauchais juste derrière eux avec Rhys, de façon à me trouver le plus près possible si mon aide était nécessaire. Bors venait derrière moi, suivi des longues rangées de guerriers, cinquante en tout. Bedwyr, Cai et Cador s'étaient vu confier le commandement de l'arrière-garde et fermaient la marche.

Un pâle soleil cheminait bas dans le ciel et finit par disparaître derrière les collines. La lugubre journée céda la place à un interminable crépuscule. Une brume épaisse envahissait la piste et de sombres nuages se rassemblaient au-dessus de nos têtes. Les voix des guerriers se turent progressivement et nous finîmes par nous retrouver dans un néant entre deux ciels, un monde privé de couleur, de lumière et de tout bruit, hormis le clopinement régulier des sabots de nos chevaux, lent et sourd sur le sol dur et nu.

Alors que la dernière lueur s'estompait à l'ouest, nous aperçûmes un banc de brouillard plus loin sur la piste. Plus nous nous rapprochions, plus il devenait dense, montant de plus en plus haut jusqu'à ressembler à une muraille massive dressée devant nous.

Ne voulant pas s'enfoncer à l'aveuglette dans le brouillard, Arthur fit arrêter la colonne à une centaine de pas afin de pouvoir observer un moment la situation. « Il est étrange qu'il ne bouge pas », dit Myrddin à Arthur. Bien qu'il eût parlé bas, sa voix porta loin dans l'air anormalement immobile. « Je conseille la prudence.

— Le jour s'achève et il va faire noir, déclara le roi. Nous pourrions dresser le camp ici, en espérant que le temps se dégage demain.

— Il n'y a pas de bois pour faire du feu, fit remarquer Bedwyr.

— Dans ce cas, nous nous en passerons, dit Arthur, prenant sa décision. La nuit sera froide, mais cela vaut mieux que de risquer de nous rompre le cou sur une piste que nous ne pouvons voir. »

Sur un signe du roi, Rhys porta la corne de chasse à ses lèvres et donna aux Cymbrogi le signal de mettre pied à terre. Nous dressâmes le camp et passâmes une nuit humide et glaciale sur la piste. Au matin, l'aube nous révéla que le banc de brouillard n'avait pas bougé. À vrai dire, il paraissait encore plus dense et imposant que la veille : une masse compacte, parcourue de lentes ondulations, que ni l'œil ni l'oreille ne pouvaient pénétrer. La muraille de brume se dressait en travers de notre chemin comme pour délimiter la ligne de bataille — comme si un ennemi avait édifié un rempart défensif et gravé dessus les mots : « Franchissez-le si vous l'osez. »

Nous le franchîmes, bien sûr. N'ayant pas d'autre choix — il était impossible de le contourner, et attendre était vain — nous serrâmes les rangs et nous mîmes en marche, nous enfonçant dans la brume. Je pouvais distinguer Rhys près de moi, mais Arthur et Myrddin, devant nous, et ceux qui nous suivaient étaient des silhouettes indistinctes flottant à la limite de mon champ de vision, et au-delà je ne voyais plus rien.

Tandis que le brouillard se refermait tel un gant de laine autour de nous, j'eus une pensée fugace pour la légion fantôme. Était-ce ainsi que la Legio XXII Augustus avait rencontré son tragique destin ? S'était-elle, comme nous, enfoncée dans le brouillard, et dans le royaume des morts-vivants, pour ne plus jamais en revenir ?

La brume, dense et humide, absorbait tous les sons, même le bruit sourd des sabots de nos chevaux et le tintement étouffé de leur harnais. Le monde semblait immobile, froid et silencieux, comme pour nous offrir un avant-goût de la mort. J'ignorai l'humidité glaciale et regardai droit devant moi le néant immuable et silencieux, et je fus surpris quand, au bout d'un moment, je commençai à entendre un étrange tambourinement. Jetant un coup d'œil à la ronde, je ne pus localiser la source de ce bruit inquiétant — jusqu'à ce que je m'aperçoive que c'était le sang qui pulsait à mes oreilles à chaque battement de mon cœur.

Non content de nous masquer la vue et d'étouffer les sons, le brouillard était lourd et humide. Quelques instants après être entré dans la brume, je sentis le froid glacial s'abattre sur mes épaules et un ruisselet d'eau couler le long de ma colonne vertébrale. Des gouttelettes se formaient sur mon front et sur ma moustache avant de me dégouliner dans le cou. Je me drapai dans mon manteau trempé, baissai la tête et poursuivis mon chemin, me disant : J'ai déjà eu froid. Ce n'est pas la première fois que je chevauche dans la brume, et ce ne sera pas la dernière. C'est l'hiver, après tout, et il faut bien s'attendre à rencontrer du brouillard. Ce n'est que du mauvais temps, rien de plus.

Nous cheminâmes ainsi pendant ce qui nous parut une éternité. Sans ombres ni lumière pour indiquer l'heure de la journée, c'était comme si le temps s'était étiré pour finir par s'arrêter. À un moment, mon cheval trébucha sur une pierre et je me réveillai en poussant un cri. Jetant un bref coup d'œil à la ronde, je trouvai tout comme avant : un épais brouillard nous assaillait de toutes parts. Rien n'avait changé, mais je me sentis vexé de m'être assoupi car, malgré tous mes efforts, je ne pouvais me rappeler être tombé endormi.

« Gwalchavad ? » dit la voix de Rhys tout près de moi.

Mon compagnon m'apparaissait telle une tête privée de corps qui me dévisageait d'un air inquiet comme à travers des eaux troubles... le visage d'un noyé, exsangue et glacé, pâle comme un poisson. Il me vint soudain à l'esprit d'avertir Arthur...

« La rivière ! m'écriai-je, moi-même surpris de cette brusque exclamation. Arthur ! Halte ! Il y a une rivière devant nous ! »

La réaction d'Arthur fut immédiate. « Rhys, le cor, dit-il. Sonne la halte. »

Un battement de cœur plus tard, la sonnerie du cor s'élevait, donnant à la colonne le signal de s'arrêter. Arthur fit passer dans les rangs l'ordre de mettre pied à terre et de laisser se reposer les chevaux. Je me laissai glisser de selle et franchis les quelques pas me séparant d'Arthur et de Myrddin. « Le lit de la rivière est traître en raison des sables mouvants, leur dis-je. J'y ai perdu mon cheval, la dernière fois. »

Arthur me regarda d'un air intrigué. « Nous ne voyons même pas la piste devant nous, comment peux-tu être sûr que nous sommes près de cette rivière ? »

Sa question me prit de court. Avant qu'il ne la pose, j'étais persuadé que nous étions sur le point de nous enliser. Mais devant son air perplexe et inquiet, cette certitude, si solide l'instant d'avant, se réduisit à néant. Je regardai la piste devant nous et ne vis que la grisaille uniforme du brouillard.

Il me fut épargné d'avoir à m'expliquer quand Myrddin, calme mais soucieux, dit : « Venez, cela ne nous fera pas de mal d'aller voir. » Arthur et lui descendirent de cheval et nous avançâmes sur la piste.

Nous n'avions fait que quelques pas, quand je sentis mon pied glisser sur de la boue. Près de moi, Arthur fit un pas de plus et son pied s'enfonça dans une flaque d'eau. Il s'immobilisa aussitôt, se tourna vers moi et ouvrit la bouche pour parler. Mais avant qu'il n'ait pu dire un mot, son pied fut aspiré par le bourbier. Il lança une main dans ma direction. Je la saisis et le tirai à moi. Nous regagnâmes la terre ferme à reculons.

« Bien vu, Gwalchavad, me félicita-t-il.

— Le premier cavalier à s'y engager était perdu, déclara Myrddin.

— Ce premier cavalier aurait été moi, dit Arthur en secouant la boue glacée de ses bottes. Et d'autres m'auraient suivi.

» Reste près de moi, ajouta le roi en m'agrippant par l'épaule. J'ai besoin de ton discernement. »

Ce fut tout ce qu'il dit, mais je perçus son anxiété dans la façon dont il m'étreignait l'épaule. « Le peu que je possède est tien, seigneur, dis-je promptement.

— Comment allons-nous traverser ? demanda Cador, qui venait de nous rejoindre.

— Il y a un gué un peu plus en amont, lui répondis-je.

— Passe devant, Gwalchavad, ordonna le roi, nous te suivons. »

Comme la première fois, lorsque nous atteignîmes le gué, la nuit était tombée. Plutôt que de tenter de traverser dans le noir, nous dressâmes le camp afin d'attendre le lendemain matin... espérant contre tout espoir que la brume se lèverait pendant la nuit. Genêts et mûriers poussaient en abondance le long de la rivière et les Cymbrogi entreprirent d'en tailler les racines avec leurs épées, rassemblant des buissons entiers dont ils firent un grand tas que Myrddin enflamma sans tarder. Le brasier dégageait une épaisse fumée noire, mais sa lumière et sa chaleur n'en étaient pas moins les bienvenues. Nous étendîmes nos vêtements trempés sur les branches épineuses de buissons bas et nous exposâmes aux flammes pour essayer de chasser le froid et l'humidité de nos membres. Certains avaient enfilé leurs bottes sur des bâtons et les tenaient devant le feu pour les sécher.

Quand les flammes eurent baissé, nous préparâmes notre souper, heureux de pouvoir enfin prendre un repas chaud. Nous mangeâmes par petits groupes, penchés sur nos bols comme si nous craignions que le froid et les ténèbres ne tentent de dérober le peu de chaleur et de lumière dont nous jouissions. Mais il était bon d'avaler quelque chose de chaud et notre humeur s'améliora considérablement... au point même que Cai, son repas terminé, posa son bol, se leva et réclama une chanson.

« Allons-nous laisser les épreuves de la journée ronger nos âmes jusqu'à ce qu'il n'en reste plus qu'une écorce amère ? » Il éleva la voix comme pour défier un ennemi. « Allons-nous rester assis, tremblants devant le feu, marmonnant telles des vieilles femmes qui prennent peur de chaque ombre ? »

Plusieurs des guerriers les plus âgés, connaissant Cai, lui répondirent sur le même ton. « Jamais ! s'écrièrent-ils en frappant leurs bols avec leurs couteaux. Jamais !

— Ne sommes-nous pas le Vol des Dragons d'Arthur Pendragon ? s'exclama-t-il, le bras dressé. Ne sommes-nous pas les valeureux guerriers d'Ynys Prydain ?

— Nous le sommes ! répondirent les Cymbrogi, plus nombreux à chaque cri. Nous le sommes !

— Dans ce cas, déclara Cai, sa large figure rayonnant de plaisir à la lueur du feu, défions donc cette nuit exécrable par une chanson !

— Une chanson ! » crièrent les Cymbrogi. Chacun s'était à présent joint à lui, réclamant à grands cris une chanson pour repousser le froid et les ténèbres.

Sur ce, Cai tendit le bras vers Myrddin, assis quelques pas plus loin. « Eh bien, Myrddin Emrys ? Tu as entendu les hommes. Nous voulons une chanson pour insuffler la vigueur dans nos âmes et le courage dans nos cœurs. »

Sous les chaleureuses acclamations de tous, l'Emrys se mit lentement debout, faisant signe à Rhys d'aller chercher sa harpe. Il prit place devant le feu et les Cymbrogi s'attroupèrent autour de lui. « Puisque vous désirez entendre un conte, commença Myrddin, écoutez bien ce que je vous vais vous dire : l'ennemi nous cerne et s'attache à chacun de nos pas. Munissons-nous donc de toutes les armes que nous trouverons à notre portée. Ce soir une chanson, demain une prière… et un jour prochain une épée. Durant les sombres journées à venir, que chaque homme prenne la résolution de s'accrocher à la lumière qui lui a été accordée. »

À ces mots, Myrddin prit la harpe que Rhys lui avait apportée et se mit à en caresser les cordes. Il courba la tête, posa la joue contre le bois poli de l'instrument et ferma les yeux. En quelques instants, les notes apparemment égrenées au hasard se réunirent pour former une mélodie. Tout le monde, y compris Arthur, se pencha en avant tandis que le Barde de Bretagne ouvrait la bouche et se mettait à chanter.

XXVII

« Quand la rosée de la création était encore fraîche sur le sol, chanta Myrddin d'une voix qui s'éleva tel un oiseau prenant gracieusement son essor, un grand roi apparut à l'Ouest, et Manawyddan était son nom. C'était un roi si puissant, et d'une telle renommée, que toutes les nations le reconnurent pour seigneur et envoyèrent leurs meilleurs guerriers à sa cour pour lui prêter allégeance et mettre leurs armes à son service. Et voici ce qu'il en fut :

» Manawyddan, juste et vertueux, accueillit les guerriers et les invita à l'attendre dans sa grande salle. Lorsque tous furent rassemblés, le noble seigneur revêtit son plus beau manteau, prit son sceptre royal et monta sur son trône. Il parcourut l'assemblée du regard et se dit : Je suis mille fois béni ! Nul n'a jamais souhaité meilleurs compagnons. En vérité, chacun d'entre eux aurait pu être roi dans son propre royaume, s'il n'avait choisi de me prêter allégeance.

» Le cœur du grand roi fut touché par la gloire de son armée, aussi décida-t-il de donner un festin en son honneur. Quand celui-ci fut prêt, les guerriers, tous nobles seigneurs, prirent place à table, où il leur fut servi la meilleure nourriture jamais placée devant des hommes de valeur. Qui plus est, quel que fût le mets préféré de chacun — qu'il s'agisse de la viande de cerf, de porc ou de bœuf, de la chair délicate de la volaille rôtie ou bien du succulent saumon — il lui suffisait de plonger son couteau dans son bol pour s'en délecter.

» Les guerriers furent émerveillés de ce prodige et acclamèrent leur hôte à grands cris. Si bruyants furent leurs éloges qu'ils incitèrent Manawyddan à opérer un autre prodige. Il ordonna de disposer des cuves en or à chacun des quatre coins de la salle, et une auprès de son trône. Il dit ensuite à ses serviteurs d'apporter des coupes en or et en argent à ses nobles hôtes, puis il convia ceux-ci à les plonger dans le breuvage écumant emplissant les cuves. Ce qu'ils firent, et quand chaque guerrier porta sa coupe à ses lèvres, il y trouva sa boisson favorite — bière, vin ou hydromel.

» Quand ils eurent bu à la santé de leur hôte, ses nobles invités le couvrirent d'éloges si flatteurs que le grand cœur de Manawyddan s'emplit de joie à les entendre. Il retira son torque d'or de son cou, ôta son beau manteau et descendit de son trône pour se joindre au festin, passant de table en table et de banc en banc, buvant et mangeant avec ses invités, festoyant comme s'il était l'un d'entre eux.

» Quand la munificence des tables ployant sous les victuailles eut émoussé le tranchant acéré de la faim, le roi Manawyddan fit venir ses bardes pour régaler la compagnie par des récits de hauts faits, des chansons d'amour et de mort, de courage et de compassion, de traîtrise et de loyauté. L'un après l'autre, les bardes se présentèrent, prodiguant pour l'âme un festin encore plus délicieux que celui qui avait rassasié les corps.

» Le dernier à chanter fut Kynwyl le Diseur de Vérité, Chef Barde de Manawyddan, qui venait tout juste de commencer le Conte des Trois Prodigieuses Beuveries, quand à l'extérieur s'éleva une lamentation si épouvantable qu'elle ébranla la forteresse jusqu'à ses fondations, au point qu'entre ses robustes murailles chaque créature mortelle dut se boucher les oreilles et se mit à trembler.

» Puis, au moment où la vaillante assemblée pensait qu'elle allait en être terrassée, le terrible cri cessa. Les guerriers s'entre-regardèrent et se virent couverts d'une sueur froide, car nul n'avait jamais entendu un hurlement aussi tourmenté.

» Avant qu'ils n'aient eu le temps de se demander qui pouvait avoir poussé un cri dénotant une si insupportable souffrance, les hautes portes de la grande salle s'ouvrirent à la volée et un terrible coup de vent s'engouffra dans la pièce — une violente rafale comme il en survient au cours des tempêtes hivernales sur les mers nordiques. Les guerriers rentrèrent la tête dans les épaules pour résister au souffle glacé, puis, quand celui-ci se fut enfin calmé, ils relevèrent les yeux et virent une dame debout au milieu de la salle. L'étrangère, tout de gris vêtue de la tête aux pieds, avait l'allure d'une reine. Son visage était dissimulé sous un capuchon gris et trois lévriers gris marchaient à son côté.

» Manawyddan fut le premier à recouvrer ses esprits. Il s'approcha de la femme, les mains écartées d'un air accueillant. "Je te présente mes salutations, dit-il d'une voix douce. Tu es la bienvenue parmi nous, mais tu trouverais peut-être la compagnie des femmes plus à ton goût. S'il en est ainsi, je vais faire appeler les dames de ma cour, de manière à ce que tu puisses prendre tes aises en leur présence.

» — Penses-tu que je sois venue chercher aises et plaisir ? répliqua la Dame Grise d'un ton hautain.

» — Je ne faisais que t'offrir l'hospitalité de ma cour, répondit Manawyddan. À moins que tu ne nous le dises, nous ne saurons jamais pourquoi tu as fait irruption parmi nous. Serait-ce pour mettre un terme à nos réjouissances ?

» — Tu peux garder ton hospitalité ! déclara sèchement la femme. Je n'ai que faire de ta prévenance et de ta générosité. Les plaisirs auxquels je m'adonnais autrefois me sont aujourd'hui plus amers que la mort et les cendres.

» — En vérité, je suis navré de l'apprendre, répondit tristement Manawyddan. Dis-moi ce que je peux faire pour rendre chaleur et tendresse à ton cœur et sois assurée que, avant que le soleil ne soit couché, j'aurai fait tout mon possible. Qui plus est, les hommes que tu vois rassemblés dans cette salle ne sont pas moins prêts à m'apporter leur aide dans cette entreprise."

» La généreuse proposition de Manawyddan lui fut renvoyée au visage, car la dame ne lui adressa en retour qu'un sinistre rire moqueur.

» "Gente dame, dit Manawyddan, pourquoi persistes-tu dans cette attitude discourtoise ? Tu as reçu ma royale promesse que je ferai tout ce que tu pourras me demander. Je suis sûr que, mes hommes et moi, nous pouvons affronter et vaincre n'importe quelle difficulté, mettre un terme à n'importe quelle oppression, redresser n'importe quel tort, et par là mettre fin à tout dommage qui a pu t'être infligé."

» Cet exaltant discours déclencha les acclamations de tous ceux qui l'entendirent. Les nobles louèrent leur monarque et se vouèrent au service de la Dame Grise.

» Mais l'étrange dame repoussa d'un air méprisant leurs serments de loyauté. "Peux-tu faire se relever les morts, Ô Grand Roi ?" Elle rit, et son rire était l'amertume même. "Peux-tu rendre vie à un cadavre dont se sont repus les corbeaux ? Peux-tu faire à nouveau couler le sang dans les veines lorsque ce sang a détrempé la terre, ou faire battre de nouveau un cœur qui n'est plus qu'un morceau de viande froide dans la poitrine ? Peux-tu, Ô Merveilleux Manawyddan, rendre la chaleur de l'amour au regard d'un œil qui a été arraché et jeté aux chiens ?"

» En entendant cela, le grand cœur de Manawyddan se gonfla de pitié pour la détresse de la dame. “Noble dame, ton chagrin est mon chagrin, et ton deuil est le mien. Mais sache une chose : quel que soit le poids de la tristesse que tu éprouves aujourd'hui, il sera infligé le septuple à celui qui t'a causé un tel tourment.”

» À ces mots, la mystérieuse dame inclina la tête et s'avoua fort aise, sachant que Manawyddan tiendrait parole jusqu'au dernier souffle de son corps. Elle entreprit alors de lui raconter ce qui s'était passé pour amener sa ruine. Les guerriers se pressèrent autour d'eux pour entendre — et, de raconter ou d'écouter, il était difficile de dire ce qui était le plus affligeant.

» “Je n'ai pas toujours été la vieille femme grise que tu vois aujourd'hui devant toi, dit la dame. Autrefois, j'étais très belle, mais le deuil m'a rendu vieille et sèche avant l'heure. Écoute donc, si tu veux apprendre la raison de ma peine.

» “Je suis la fille d'un roi des montagnes qui avait pour nom Rhongomynyad, souverain sage et bon. Un soir, il tomba malade et mourut peu après. Je restai seule pour régner à sa place en attendant de pouvoir prendre un époux qui me soulage de cette pénible tâche. Ainsi qu'il fallait s'y attendre, sitôt que la nouvelle du décès de mon père se répandit dans le monde, le chemin de ma citadelle se couvrit de prétendants qui cherchaient à gagner mon consentement. Malheureusement, parmi tous ces jeunes gens pleins d'espoir, je n'en trouvai jamais un qui fût à mon goût, mais je ne me lassai pas de chercher.

» “Un jour, alors que l'habituelle foule de prétendants franchissait les portes de la forteresse, mon œil se posa sur un grand jeune homme bien fait de visage et de corps : mince sans être trop maigre, beau sans être vaniteux, fier sans être arrogant, doux sans être affecté, généreux sans être prodigue, intelligent sans être suffisant, amical sans être frivole, honnête sans être austère. Bref, mon cœur s'embrasa pour lui dès l'instant où son regard croisa le mien.

» “Nous passâmes la journée, et toutes celles qui suivirent, dans la compagnie l'un de l'autre, et mon amour ne cessait de croître à chacune de nos retrouvailles. Avant la fin de l'été, nous étions fiancés. Nos noces devaient avoir lieu au printemps, me déchargeant enfin des devoirs de souveraineté qui pesaient si lourdement sur moi. Comme tous les fiancés, nous avions nos rêves et nos projets, et mon amour pour mon bien-aimé était aussi ardent que la flamme d'un feu éternel.

» “Puis, un jour, alors que mon bien-aimé vaquait à ses affaires dans le royaume de son père, un homme vêtu de noir entra d'un pas décidé dans mon palais. Sans même un regard de tendresse en ma direction, il se déclara roi par la vertu de son habileté aux armes et défia quiconque lui contestait ce droit de tirer l'épée ou de brandir la lance contre lui. À ma grande honte, personne ne voulut prendre ma défense. Tous les jeunes gens de ma cour se dérobèrent, tremblants de peur.

» “Car, semblable à un homme à presque tous les égards, cet homme noir était un véritable géant par sa stature ! D'une taille égale à celle de deux hommes ordinaires, il était large d'épaules et long de bras. Ses armes étaient de fer noir. Il fallait deux hommes rien que pour soulever sa hache, et trois pour porter son lourd bouclier.

» “Or mon bien-aimé ne tarda pas à apprendre ce qui était arrivé. Il bondit aussitôt, ordonnant qu'on lui apporte sa lance et son épée, qu'on selle son cheval et qu'on polisse son bouclier. Puis il sauta en selle et se mit en route sur le champ pour relever le défi. Les deux adversaires se rencontrèrent sur le chemin menant à ma forteresse, et l'étroite vallée encaissée entre deux montagnes leur servir de champ de bataille.

» “Ils s'affrontèrent ! Le combat fut farouche et, hélas, mon bien-aimé se fit tuer !

» “Le Noir Oppresseur fondit sur le corps de mon bien-aimé, lui arracha les yeux de la tête et les jeta aux chiens. Puis il sépara sa tête de ses belles épaules et la planta sur la pointe de sa lance. Il fit ensuite disposer cette lance au-dessus des portes de ma forteresse pour rappeler à tous ceux qui passent sous la tête exsangue qu'il dirige désormais le royaume. Le même jour, il décréta qu'il me prenait pour épouse, me fit lier pieds et poings et porter dans ma chambre, qu'il avait prise pour sienne. Il demanda alors que l'on prépare un repas et qu'on le serve dans la grande salle. Il dit que ce serait notre festin de noces. Le glouton dévora sept cochons, trois bœufs, neuf agneaux et but quatre tonneaux de bière, tandis que je n'avais pas droit à la moindre miette.

» “Pendant que le Géant Noir festoyait dans mon palais, j'armai mon cœur de courage et décidai que, quand il viendrait à moi, je n'y serais plus ou bien je serais morte. Je réussis à me défaire de mes liens et cherchai comment m'échapper. Hélas, la porte était bien verrouillée et il n'y avait pas d'autre issue. Je dis adieu à la vie. Prenant les cordes qui avaient servi à m'entraver, je les attachai bout à bout pour confectionner un nœud coulant que je passai, les mains tremblantes, autour de mon cou.

» “J’étais en train de resserrer le nœud, quand une de mes servantes entra dans la chambre. Elle était venue allumer le feu dans la cheminée afin qu’une douce chaleur règne dans la pièce pour mon hideux époux et moi. Quand elle vit la corde autour du cou de sa dame, elle se jeta sur moi et promit de m’aider à m’évader si je voulais bien l’emmener avec moi. J’acceptai immédiatement et nous nous glissâmes hors de la chambre, ne prenant que le temps de mettre le feu au lit.

» “Depuis cette néfaste journée, conclut la Dame Grise, j’ai erré au hasard, cherchant justice et vengeance. Malheureuse que je suis ! Jamais aucun homme ne s’est avéré assez courageux pour affronter le Géant Noir et sauver mon peuple et mon royaume.

» “Mais, pour te montrer que je suis sérieuse et que la vertu accompagne mes pas, je te fais cette promesse : tout homme qui tuera le Noir Oppresseur m’aura le jour même pour épouse — ainsi que mon royaume et tout ce que je possède. Fortuné est l’homme qui me prendra pour femme, car je sais bien ce que je vaux.”

» Le grand Manawyddan posa les yeux sur les guerriers rassemblés, tous plus accomplis et plus vaillants les uns que les autres. “ Vous avez entendu la triste histoire de cette dame, dit-il. Qui parmi vous relèvera le défi ? Qui tuera cette vile créature et sauvera son royaume ? Qui parmi vous se couvrira de gloire et fera honneur à cette cour ?”

» Aussitôt une terrible clameur s’éleva, chacun de ces preux guerriers s’efforçant de couvrir la voix des autres pour se faire entendre. Mais le plus prompt à répondre fut le propre champion du roi, un guerrier d’une grande renommée qui avait pour nom Llencellyn. “Mon seigneur et roi, dit Llencellyn quand il eut gagné l’oreille de son souverain, que je sois chargé de chaînes et jeté à la mer si je ne venge pas cette dame et ne lui rends pas son royaume avant que trois jours soient écoulés.”

» Le Grand Roi sourit, car il n’en attendait pas moins de son champion. Manawyddan loua la détermination de son guerrier et dit : “ Va donc, Llencellyn, avec ma bénédiction. Je t’exhorte à te souvenir que, tous les démons de l’Enfer se dresseraient-ils contre toi, avec l’aide de la Main Prompte et Sûre, tu dois absolument vaincre.”

» À ces mots, Llencellyn cria que l’on apprête ses armes et son cheval. Quand il se fut armé, il enfourcha son beau destrier et demanda à la dame de le conduire à sa citadelle, qu’il puisse tuer le géant sans retard et se conquérir un royaume et une épouse. La Dame Grise monta sur sa jument jaune paille et se mit en route, précédant le champion du roi.

» Les hommes de la cour de Manawyddan ne pouvaient se résoudre à attendre sans rien faire l'issue du combat. "Comment pouvons-nous rester là alors que notre frère d'armes affronte ce péril ? s'écrièrent-ils. Ô, Puissant Roi, permets-nous de le suivre sur le lieu du combat afin que nous puissions voir ce qu'il advient de Llencellyn."

» Ce qu'ils firent, suivant la piste du champion jusqu'au champ de bataille, et ils arrivèrent juste à temps pour voir Llencellyn porter le premier de bien des puissants coups dont chacun aurait suffi à occire l'ennemi le plus robuste. Curieusement, plus Llencellyn frappait, plus le géant semblait redoubler de vigueur. À chaque coup habile de l'épée du champion, les forces du Géant Noir s'accroissaient, tandis que celles de Llencellyn déclinaient.

» Le roi et son armée entière regardèrent, horrifiés, les forces de leur valeureux champion s'amenuiser, jusqu'à ce que, incapable de brandir plus longtemps l'épée, le bras de Llencellyn le trahisse. Le Noir Oppresseur, ivre de sang, chargea à l'instant même où la lame tomba à terre. Il leva sa cruelle hache de fer et l'abattit sans merci sur le crâne du champion. La lame du géant fendit le casque et traversa la peau, la chair, l'os et le cerveau, ouvrant de haut en bas la tête de l'intrépide guerrier.

» Figée sur place, l'armée entière regarda, pleine d'angoisse et de chagrin, le géant bondir sur le cadavre et tailler le pauvre Llencellyn en menus morceaux qu'il piétina jusqu'à les enfoncer dans le sol — tout du moins ceux que les chiens ne dévorèrent pas. Il se tourna ensuite vers les guerriers accablés et les provoqua : "Qui veut être le prochain à braver la mort ?"

» Comme nul n'osait répondre au malfaisant seigneur, Manawyddan s'écria : "Si mes hommes ont perdu leur courage, soit ! Mieux vaut pour moi, et de loin, mourir en me battant que d'aller au tombeau en lâche et en roi des lâches. Que l'on m'apporte mon épée et mon bouclier !"

» Ces propos couvrirent de honte les guerriers assemblés — mais pas suffisamment pour qu'ils surmontent leur terreur du géant. Ils s'entre-regardèrent en haussant les épaules, comme pour dire : "Si c'est là ce que désire le roi, de quel droit le contredirions-nous ?" Entre-temps, les armes du roi lui avaient été apportées et il se ceignit pour la bataille, qu'il craignait devoir être la dernière.

» Mais alors que Manawyddan bouclait son ceinturon, un frêle jeune homme s'approcha, s'agenouilla devant lui et dit : "Seigneur, je suis ton serviteur."

» Le roi, qui n'avait jamais vu ce jeune homme, dit : "Pardonne-moi, mon garçon, mais je n'ai pas le temps d'y mettre les formes. D'ici peu, je nourrirai les corbeaux affamés et j'imbiberai le sol desséché de mon sang. Qui es-tu, et que veux-tu ?

» — Mon nom, répondit le jouvenceau, n'a guère d'importance. Je suis nouveau à ta cour et ne me suis pas encore distingué aux armes. Par conséquent, j'ai sans nul doute échappé à ton attention.

» — Oui, oui, répliqua Manawyddan avec impatience. Si tu as quelque chose à dire, dis-le vite.

» — Je sollicite l'honneur de me mesurer au Noir Oppresseur, répondit simplement le jeune homme.

» — Eh bien, tu ne manques pas de courage, mais je doute de ton intelligence. De grands et puissants guerriers ont essayé de tuer ce Géant Noir, et ils dorment maintenant sous la terre. Qu'est-ce qui te fait penser, toi, tout juste sorti de l'enfance et frêle comme un roseau, que tu pourrais réussir là où des chefs de guerre tels que Llencellyn ont si lamentablement échoué ?"

» À ceci, le garçon répondit : "Je suis peut-être jeune, mais je n'ai encore jamais rencontré un ennemi qui puisse me tenir tête.

» — Manifestement, tu ne peux avoir rencontré beaucoup d'ennemis, déclara tristement le roi. C'est là, je le soupçonne, le secret de tes victoires.

» — Ne porte pas sur moi un jugement trop hâtif, avertit le jouvenceau avec une assurance intacte. Car je vaincs en raison d'un étrange don qui m'a été accordé."

» Manawyddan s'appuya sur sa lance et poussa un soupir. "Vais-je enfin en finir avec ceci ? Peut-être est-ce ta conversation oiseuse qui a eu raison de tes adversaires.

» — Nullement, assura solennellement le jeune homme. Je dois mes victoires au fait que, n'ayant aucune force en propre, quand je m'engage sur le champ de bataille, il m'est octroyé le double de la puissance de mes adversaires.

» — Fils, répondit Manawyddan en secouant tristement la tête, j'ai vécu très longtemps en ce bas monde et j'ai vu bien des choses étranges, mais je n'ai jamais rien entendu de tel." Il s'interrompit, contemplant d'un air soupçonneux le frêle jouvenceau. "Si je pensais qu'il y avait la moindre part de vérité dans ce que tu viens de me dire, je pourrais te laisser tenter ta chance. Mais cela ne ferait que retarder ma propre mort au prix de la tienne, je le crains. En tant que roi d'une grande renommée et chef de valeureux guerriers, je juge bien en dessous de moi de simplement y songer.

» — Eh bien, répondit joyeusement le jeune homme, il y a du vrai dans ce que tu dis, bien sûr. Mais il semblerait que ton armée tant vantée ait fait meilleur marché de ta vie que toi de la mienne. En fait, tes guerriers, hommes sans peur s'il en est, sans nul doute, te tiennent pour mort avant même que tu aies brandi la lance ou tiré l'épée.

» — Prends garde, gronda le roi d'un air menaçant, car tu parles d'hommes éprouvés au feu du combat. Mais je me sens fort tenté d'accéder à ta prière, qui serait ainsi ta dernière. Je pourrais toujours affronter le géant demain, après tout."

» Le jouvenceau au visage imberbe sourit et s'inclina devant le Grand Roi. "En vérité, tu es un souverain digne de ce nom, dit-il. Tu n'as qu'à m'accorder ce que je demande, et en récolter le fruit."

» Manawyddan poussa un soupir. "J'aimerais qu'il en soit ainsi.

» — Sois assuré que tu n'entendras jamais un mot de reproche de ma part, dit le jeune homme. Donne-moi simplement une épée, puis tiens-toi à l'écart et regarde-moi faire."

» Le seigneur Manawyddan, Chef Dragon de l'Île des Forts, donna au jeune homme l'épée qu'il avait à la main et cria à ses hommes d'armer le garçon d'une lance et d'une dague, ainsi que d'un casque et d'un ceinturon. Mais le jouvenceau secoua la tête et dit d'un ton ferme : "Ou cette lame sera suffisante, ou elle ne le sera pas. Si elle l'est, je n'aurai besoin de rien d'autre. Si elle ne l'est pas, rien ne pourra m'être d'aucun secours. Appelle le géant et finissons-en. La journée avance et je commence à avoir faim."

» Le Noir Oppresseur, qui s'était depuis longtemps retiré dans son palais pour se rengorger de son infâme victoire, fut dûment appelé par une sonnerie de la corne du roi. "Qu'est-ce que cela ? grommela le géant d'une voix qui résonna comme un roulement de tonnerre. Qui trouble mon repos ? Se pourrait-il que le Puissant Manawyddan ait enfin rassemblé son courage et qu'il veuille maintenant en mesurer la valeur à l'aune de ma lame ?

» — Ne dis rien que tu risquerais de regretter, lui conseilla le vaillant seigneur. Ce n'est pas à moi de te juger, mais au dieu qui t'a fait… et c'est pour bientôt. Devant toi se tient l'homme qui va te faire ce que tu as fait à tant d'autres."

» Le Géant Noir éclata de rire à ces mots. Puis il posa les yeux sur le jeune homme, frêle et blême devant lui, simplement armé d'une épée si grande qu'il devait l'empoigner à deux mains pour parvenir à la soulever.

» “Mon garçon, gronda le géant en essuyant des larmes de rire de ses yeux, de tous les guerriers que j'ai occis, je ne puis me souvenir avoir tué quelqu'un d'aussi ridicule que toi.”

» Le frêle jouvenceau s'avança crânement à sa rencontre, traînant son épée derrière lui. “Contente-toi de semer ce que tu désires récolter”, répondit-il d'un ton égal. S'il y avait le moindre frémissement de peur dans sa voix, nul ne l'entendit.

» Dans son impatience de tuer encore, le géant pourlécha ses lèvres immondes et grimaça un sourire à l'intention du beau jeune homme. Levant sa hache de combat et éprouvant le tranchant de la lame avec son pouce, le Noir Oppresseur dit : “Viens, dans ce cas. Ce sera une joie de te faire passer de vie à trépas.

» — Prends garde, je ne me laisse pas si facilement tuer que tu le penses.”

» Rendu furieux par l'indifférence du jouvenceau, le Géant Noir poussa un rugissement qui glaça la moelle de tous ceux qui l'entendirent à dix lieues à la ronde. Il brandit sa hache de fer au-dessus de sa tête et la laissa retomber en un coup si puissant que tous détournèrent le regard de crainte d'assister à un spectacle qu'ils souhaiteraient sincèrement oublier par la suite. Comme la hache n'avait produit aucun bruit, ils rouvrirent les yeux et se tournèrent vers l'endroit où s'était tenu le jeune homme… s'attendant, sans nul doute, à voir son corps tranché en deux comme une carcasse prête pour la broche.

» Mais non ! Le jeune homme était toujours debout. En fait, il semblait plus grand d'une main, et ses membres frêles étaient plus épais. Le géant le dévisagea, stupéfait, puis il regarda la hache qu'il tenait à la main comme s'il s'attendait à ce qu'elle lui fournisse une explication. La fureur bouillonna en lui tel du plomb fondu et il poussa un nouveau rugissement qui ébranla le sol. Sa hache se leva et retomba. Le jouvenceau, sans plus d'effort qu'un roseau au printemps, fit avec légèreté un pas de côté tandis que la lame perfide sifflait dans le vide.

» “Mon père m'a toujours dit que la guerre était un fléau, et la première affliction des hommes”, déclara calmement le jeune homme. Sa voix était plus profonde et ses bras, maintenant bien musclés, brandissaient fermement l'épée devant lui. “Peut-être est-ce une leçon que tu aurais dû apprendre.”

» En proie à une rage meurtrière, le visage noir de colère, le géant hurla : “Comment oses-tu me parler ainsi ? Tiens-toi un peu tranquille et nous verrons qui est le plus fort.”

» Le géant s'élança sauvagement vers le jeune homme, qui riposta à son assaut par un vif coup de pied, arrêtant net le noir ennemi. Le géant, étourdi par le coup, se plia en deux de douleur. Le jouvenceau, appuyé quelques pas plus loin sur son épée, regarda son adversaire rendre son dîner sur le sol. "C'est une honte de gâcher un si bon repas, railla-t-il, mais il est vrai que ton seul plaisir est de détruire et de gaspiller. Dis-moi, quel goût a maintenant pour toi la victoire ? Est-elle toujours aussi douce dans ta bouche... ou bien a-t-elle tourné à l'aigre ?"

» Avec un hurlement à déchirer les cieux, le Noir Oppresseur leva sa hache de fer. L'arme cruelle paraissait maintenant beaucoup plus lourde, et il lui fallut toute sa force pour réussir à la soulever et à la brandir au-dessus de sa tête. La lame resta suspendue dans les airs, son tranchant effilé scintillant au soleil.

» Le jeune homme, la tête et les épaules au niveau de celles du Noir Oppresseur, fit voler d'un coup d'épée la hache au loin comme s'il s'était agi d'une plume. S'être laissé désarmer avec une telle facilité embrasa la colère du géant au-delà de toute retenue et de toute raison. Baissant la tête, il écarta largement les bras et se rua sur son adversaire dans l'intention de l'écraser dans une étreinte prodigieuse.

» Mais il n'avait pas fait trois pas que ses jambes se dérobèrent sous lui, et il s'effondra face contre terre. Le choc chassa l'air des poumons de la malfaisante créature et fit trembler la terre à en ébranler les montagnes. Mais le jeune homme, dominant à présent le géant de toute sa taille, s'avança vers le vil ennemi et, d'un coup négligent de l'épée de Manawyddan, lui trancha la tête, disant : "Jamais plus tu ne tourmenteras les braves gens de ce royaume."

» Le roi et toute sa tribu restèrent figés sur place, clignant des yeux de stupéfaction devant ce qu'ils avaient vu. L'espace de six battements de cœur, nul bruit au monde ne se fit entendre, puis, avec un grand cri de soulagement, tous se ruèrent en avant pour acclamer le merveilleux jouvenceau et sa prodigieuse victoire sur le Noir Oppresseur.

» Manawyddan fut le premier à féliciter le vainqueur et il entraîna son peuple dans un chant de louanges en son honneur. La Dame Grise rejeta son capuchon en arrière, courut vers le jeune homme et passa les bras autour de son cou — car le géant n'était pas plus tôt mort qu'il avait retrouvé sa taille et son aspect. La dame l'embrassa et déclara à haute et forte voix pour que chacun entende : "En vérité, tu es un champion parmi les hommes. En ce jour, tu as conquis ton royaume, et ta reine."

» Déconcerté par tout ce tumulte, le jeune homme s'empourpra de la tête aux pieds. Se dégageant des bras de la dame, il dit : "Bien que ton offre soit la générosité même, je suis obligé de refuser. Ma voie est tracée, car une autre main me dirige."

» Le seigneur Manawyddan fut attristé d'entendre ces paroles. "Comment ? s'écria-t-il. Ne resteras-tu donc pas avec nous ? Mon champion est mort et il m'en faut un autre. Tu as plus que mérité cette place, me semble-t-il."

» Le jeune homme se contenta de sourire, et demanda que cet honneur lui soit épargné. "Hélas, je ne puis rester un instant de plus", dit-il, et il expliqua que son destin était de parcourir le monde de long en large pour offrir son aide partout où il en était besoin.

» "Pars si tu le dois, dit Manawyddan, mais, je t'en prie, ne t'en va pas les mains vides. Tu n'as qu'à nommer ta récompense et, serait-ce la moitié de mon royaume, elle sera tienne."

» Toujours souriant, le jeune homme refusa encore une fois. "J'ai tout ce dont j'ai besoin, davantage ne me servirait à rien." Regardant les guerriers attroupés autour de lui, il ajouta : "Généreux roi, honore plutôt en mon nom ceux qui te servent. Ne retiens pas contre eux leur frayeur… les hommes ne sont que poussière, après tout."

» Le roi s'émerveilla d'autant plus à ces mots. "Va, donc, dit Manawyddan, avec ma bénédiction. Mais je ne voudrais pas te laisser partir avant d'avoir appris ton nom."

» Le jeune homme sourit à cela. "Ne m'as-tu pas reconnu ?" demanda-t-il.

» Le roi répondit : "Fils, je n'avais jamais posé les yeux sur toi avant ce jour. Qui es-tu, mon garçon ?"

» Ce à quoi l'inconnu répondit : "Je suis le Jeune de Mille Étés." Il fit alors ses adieux à tous et, passant parmi eux, disparut de la même façon qu'il était arrivé : sans que nul ne sache comment.

» Quand il fut parti, la Dame Grise ouvrit en grand les portes de sa citadelle et convia Manawyddan et ses guerriers à festoyer avec elle et les siens pour fêter leur délivrance. Le roi, quoique fort dépité de la couardise de son armée, accepta. Tous se réunirent dans la grande salle de la reine et festoyèrent pendant trois jours et trois nuits dans la plus agréable des compagnies. Hommes et femmes prirent place ensemble et se retrouvèrent bientôt partager le festin avec qui charmait leur cœur. Tour à tour, chaque couple se présenta devant son souverain pour solliciter la permission de se marier. Tous furent dûment unis, la fête devint un festin de noces et leur joie fut complète.

» Contemplant les couples en train de festoyer, la reine déclara : "Il est juste et bon que nos peuples scellent ainsi l'union de nos royaumes. Je voudrais seulement pouvoir partager leur bonheur et l'accroître du mien."

» À cela, le seigneur Manawyddan répondit : "Dieu sait si j'offre un piètre exemple à mon peuple si chacun d'entre eux est marié et n'ai moi-même pas de reine." Se tournant vers la dame à son côté, il dit : "Je ne suis peut-être pas un tueur de géants, mais je sais que je serais de loin un meilleur roi si tu étais ma reine. Gente dame, dit-il en lui prenant la main, veux-tu m'épouser ?"

» La Dame Grise sourit calmement et dit : "Et moi qui pensais que tu ne le demanderais jamais. Oui, mon roi, je veux bien t'épouser."

» Cela fit grand plaisir au roi. "Voilà que nous allons être mariés, déclara-t-il, et je ne sais même pas ton nom.

» — Je m'appelle Rhiannon", répondit la Dame Grise. À ces mots, la reine rejeta sa capuche grise et son manteau pour révéler une robe tissée de fils d'or ornée de joyaux — tous plus splendides les uns que les autres — et de petites perles attachées par des fils d'argent. Ses cheveux étaient roux mordoré, coiffés en petites tresses, sa peau blanche comme le lait, sa chair douce et son visage aux joues lisses d'une beauté sans égale. Sa vue plut fort à Manawyddan et il décida de l'épouser aussitôt, de crainte qu'elle ne lui glisse entre les doigts.

» Le roi présenta ensuite sa nouvelle reine à son peuple, puis le noble couple passa dans la salle, offrant à chacun des présents. Les réjouissances reprirent de plus belle, pour la plus grande joie de tous ceux, aussi humbles fussent-ils, qui vivaient dans le royaume.

» Et voyez ! Quand ils se levèrent de table, trois cents ans s'étaient écoulés sans qu'ils s'en rendissent compte. Pas plus qu'ils n'avaient souffert de l'outrage des ans, car chaque homme et chaque femme était aussi vigoureux qu'en s'asseyant à sa place. En fait, on ne pouvait voir le moindre cheveu d'argent sur leurs têtes, et même ceux dont le front avait été ridé par les soucis étaient redevenus aussi lisses et joyeux que le jour de leur naissance.

» À dater de ce jour, les royaumes unis de Rhiannon et de Manawyddan furent connus sous le nom d'Île des Immortels. Le pays connut une prospérité sans précédent, suscitant l'envie du monde entier.

» Beaucoup de récits parlent de cette île enchantée, mais cette histoire est terminée. L'entende qui voudra. »

XXVIII

Le Graal est mien! Le plus puissant talisman qui soit au monde m'appartient!

Oh, Morgaws, mon adorée, tu as fait mieux que tu ne le penses... encore mieux, même, que ne le saura jamais mon imbécile de neveu. Et dire que pendant tout ce temps, la coupe était en possession d'Avallach! Toutes ces années, il l'a tenue cachée, sans jamais en partager le secret avec personne.

Bien sûr, si j'avais eu le moindre soupçon qu'Avallach possédait une telle relique, je m'en serais emparée depuis longtemps. Il ne me l'aurait jamais donnée... quand Avallach m'a-t-il jamais offert quoi que ce soit? En vérité, s'il m'avait jamais accordé ne serait-ce que la miette de considération qu'il manifestait envers le chien qui reniflait autour de ses écuries, les choses auraient pu être fort différentes.

Mais le puissant Roi Pêcheur a-t-il jamais levé un doigt pour moi? Jamais! Tout était pour Charis, toujours pour Charis. Elle avait tout, et je n'avais rien. Taliesin aurait dû être mien! Ensemble, nous aurions gouverné à jamais la Bretagne.

Charis, Déesse des Foules Puantes, aura encore l'occasion de maudire le jour de sa naissance. J'aurais pu la tuer un millier de fois... cela m'aurait été si facile! Mais la mort ne ferait que mettre fin à ses souffrances, et je veux que celles-ci durent très longtemps.

Non, ce ne sera pas Charis qui mourra. Ce seront Merlin et sa misérable créature, Arthur, promptement suivi de sa catin minaudante de reine et de son abruti de champion. Ils iront en pleurant et en geignant à la tombe... mais pas avant d'avoir vu leur rêve ridicule détruit par le seul véritable pouvoir qui soit en ce monde. Les imbéciles, ils avaient le Graal, ils l'avaient entre leurs mains, et ils n'ont pas su voir ce qu'ils détenaient.

Eh bien, avant que j'en aie terminé, ils se repentiront de leur ignorance. Ils se rongeront les entrailles de regret. Ils s'arracheront les yeux en voyant leur Royaume de l'Été, tout de lumière et de douceur, se racornir comme une bouse sur un roc surchauffé.

Cela causera à Avallach une souffrance sans fin... littéralement. Car, maintenant que je possède le Graal, ses tourments seront vraiment éternels.

Le lendemain matin, après nous être levés, nous formâmes les colonnes et nous enfonçâmes plus profondément dans la Terre Gaste. Un vent froid soufflait du nord-ouest, mais le ciel était clair et dégagé, et je repris espoir, car je n'avais pas vu le Pendragon d'aussi bonne humeur depuis la disparition du Graal. C'était, je suppose, à mettre au crédit de Myrddin : sa chanson avait redonné du cœur à chacun. Bien que je visse, au loin sur l'horizon, les sombres nuées grises d'une tempête hivernale qui se levait au sud, je considérais que nous étions largement de taille à affronter tout ce qui pouvait se dresser sur notre chemin.

À midi, la tempête ne s'était guère rapprochée et je commençais à me dire qu'elle allait peut-être passer au large, ou bien ne pas éclater du tout. Quand nous fîmes halte afin de dresser le camp pour la nuit, je me rendis avec Myrddin en haut d'une colline voisine pour voir ce que nous pouvions apprendre sur la région. Le soleil se couchait dans un flamboiement de rouge et de gris. Montrant la large bande de ténèbres frangées de bleu à l'horizon, je dis : « Je l'ai observée toute la journée, mais la tempête n'a pas avancé le moins du monde.

— Oui », murmura Myrddin d'un air absent. Clignant de ses yeux dorés, le visage tourné vers le rougeoiement du ciel, il observa la longue ligne bleu-noir. Je remarquai que le vent, que nous avions eu dans le dos toute la journée, s'était maintenant calmé et que tout était silencieux — en dehors d'un lointain grondement, telles des vagues venant battre contre des falaises.

Le Sage Emrys dit enfin : « Quand tu m'as raconté ton séjour dans le Llyonesse, tu n'as pas parlé d'une forêt. Pourquoi donc, Gwalchavad ?

— Seigneur Emrys, dis-je en me tournant vers lui, je n'en ai pas parlé pour la simple raison qu'il n'y en avait pas. »

Levant une main vers l'épais et ténébreux bandeau qui barrait l'horizon, Myrddin répondit : « Il y a maintenant une forêt.

— Comment est-ce possible ? » m'étonnai-je à haute voix : douter de lui ne m'était jamais venu à l'esprit. « Je ne pensais pas que nous nous étions autant écartés de notre route. Nous avons dû nous égarer dans le brouillard plus que je ne l'aurais imaginé.

— Non, Gwalchavad, dit Myrddin, nous ne nous sommes pas écartés de notre route. » Il tourna les talons et repartit vers le camp, me laissant méditer sur les subtiles implications de ses paroles.

Avait-il voulu dire, me demandai-je, que la forêt avait poussé depuis mon dernier passage ? Ou bien qu'elle avait toujours été là, mais que je ne l'avais pas vue ? Aurais-je pu chevaucher à travers une forêt sans remarquer un seul arbre ?

Chacune de ces explications était aussi peu vraisemblable que les autres. Peut-être quelque sortilège m'avait-il aveuglé, ou m'avait-il incité à oublier. Je décidai d'interroger Peredur et de découvrir ce dont il se souvenait.

Je trouvai le jeune guerrier en train de s'occuper des chevaux. Comme à la guerre, Arthur avait ordonné de les accouer, plutôt que de les entraver, afin de pouvoir les détacher plus rapidement si le besoin se présentait. Je l'arrachai à son travail. « Suis-moi. J'ai quelque chose à te montrer », dis-je en l'entraînant avec moi.

Il m'emboîta le pas et je demandai : « Te souviens-tu de la dernière fois que nous sommes passés ici ?

— J'ai fait de mon mieux pour l'oublier.

— Eh bien, je te demande si tu te rappelles avoir traversé une forêt durant notre séjour dans le Llyonesse.

— Une forêt ! s'exclama-t-il. Mais cette région est aussi aride qu'un désert, tu le sais fort bien. Si nous avions... » Se rendant compte que j'étais sérieux, Peredur s'arrêta et me regarda d'un air bizarre. « Seigneur ? Pardonne-moi, mais j'ai cru que tu plaisantais. Pourquoi poses-tu une telle question ? »

Nous gagnâmes le sommet de la colline sur laquelle je m'étais tenu avec Myrddin. Là, je tendis la main en direction de la ligne bleuâtre qui épousait au sud les molles ondulations de l'horizon et dis : « Vois ! Il y a maintenant là une forêt. »

Peredur regarda, bouche bée, puis tourna les yeux vers moi, avant de les reporter sur les rangées d'arbres, maintenant visibles comme une bande bleu-noir sous un ciel qui s'obscurcissait rapidement. « Ce pourrait n'être que des nuages.

— L'Emrys n'a aucun doute, répondis-je. Ce sont des arbres. »

Le jeune homme fronça les sourcils. « Myrddin ne peut pas se tromper, je suppose, m'accorda-t-il à contrecœur. Il est possible que nous nous soyons écartés de la piste dans le brouillard. »

Le ton de sa voix ne fit rien pour apaiser mon inquiétude, mais j'acquiesçai et nous retournâmes au camp, où nous aidâmes ceux qui finissaient d'attacher les chevaux avant de nous rendre vers l'un des quatre grands feux allumés pour tenir à distance la froidure de la nuit. Nous mangeâmes pour souper un ragoût de porc salé avec des lentilles noires et du pain : une chère bien insipide, mais chaude et consistante après une froide journée en selle. Notre repas terminé, certains des guerriers essayèrent d'inciter Myrddin à chanter de nouveau, mais il refusa. Il dit qu'une épée finissait par s'émousser à force d'être dégainée et qu'il voulait une lame bien affilée la prochaine fois qu'il en aurait besoin.

Nous nous pelotonnâmes donc près du feu pour bavarder ou somnoler, et la nuit resserra sur nous son étreinte. Les uns après les autres, les Cymbrogi succombèrent au silence oppressant de cette contrée désolée. Nous nous enroulâmes dans nos manteaux et fermâmes les yeux pour essayer de dormir. À un moment, au cours de la nuit, le vent se leva à nouveau, soufflant cette fois du sud. Je sentis le goût de la neige dans l'air glacial et me rapprochai du feu.

Nous nous éveillâmes par un froid vif et un vent qui transperçait nos manteaux tel un couteau. Il n'y avait pas de neige, mais un genre de grésil tombait du ciel gris et bas, conférant une atmosphère lugubre à ce début de journée. Nous déjeunâmes et nous mîmes en route, pour faire halte presque aussitôt au sommet de la première colline.

Myrddin leva la main et Arthur tira sur ses rênes, faisant cabrer sa monture. La colonne s'arrêta derrière nous, prête à faire face au danger. J'entendis le bruissement des armes qui sortaient des fourreaux. L'Emrys jeta un coup d'œil par-dessus son épaule et me fit signe d'approcher.

Je me retrouvai aussitôt auprès du roi et de Myrddin et vis ce qui les avait fait s'arrêter net. La forêt, que nous avions vue pour la dernière fois sous forme d'une épaisse ligne au loin sur l'horizon, se dressait maintenant droit devant nous… un enchevêtrement de hêtres, d'ormes et de chênes, de l'autre côté de la vallée.

Incapable de dire un mot, je regardais les bois comme si je n'avais jamais vu un arbre. Il n'y avait rien, pour autant que je puisse le déterminer, pour suggérer que les troncs que je voyais devant moi n'étaient pas ce qu'ils semblaient : robustes, épais et, comme tous les arbres en tous lieux, profondément enracinés sur place par des années de lente et inexorable croissance.

Contemplant, incrédule, les inextricables fourrés, je pris lentement conscience d'un bruit étrange, inquiétant. Je pense qu'il devait être présent depuis le début, mais je ne le remarquai qu'une fois passée ma surprise. Et je n'étais pas le seul à l'entendre.

« Qu'est-ce que cela ? » demanda Arthur à voix basse. Il tourna à demi la tête, mais sans quitter un instant des yeux la sombre forêt. « On dirait des claquements de dents. »

C'était exactement cela : le bruit de nombreuses dents, grandes et petites, qui s'entrechoquaient — non pas violemment, mais doucement, presque délicatement, pour produire comme un bredouillement.

Arthur parcourut du regard, de gauche à droite, la rangée d'arbres aux troncs serrés, en quête d'une trouée dans la futaie. La lisière de la forêt se dressait devant nous comme une muraille de bois et il n'y avait aucune brèche visible sur toute sa longueur, excepté droit devant nous.

La piste que nous suivions s'enfonçait au cœur de cette forêt obscure. Qui plus est, la brume se levait à nouveau : elle emplissait déjà la vallée entre nous et l'orée du bois.

Bedwyr et Cador nous rejoignirent à ce moment. Après avoir observé le prodige de leur place à l'arrière de la colonne, ils venaient voir ce qu'en pensaient le roi et son Sage Conseiller. « À moins qu'elle n'ait été cachée par le brouillard, déclara Bedwyr, je ne comprends pas comment elle a pu arriver là.

— Peut-être, suggéra Cador, à l'instar des guerriers de ton histoire, Myrddin, avons-nous dormi pendant mille ans, et la forêt a poussé autour de nous. »

Bedwyr fronça les sourcils devant la frivolité de Cador et lui en fit reproche par un grognement indigné. Mais Myrddin dit : « En ces lieux, c'est une explication aussi raisonnable qu'une autre.

— Si c'est ce qui passe pour raisonnable, dit sombrement Bedwyr, alors l'absurde est roi et la folie règne.

— Un mur devant nous, le brouillard derrière nous. Il n'y a qu'un passage, dit Arthur, et pas moyen de revenir en arrière. »

À ces mots, il leva la main et fit signe à la colonne d'avancer. Je repris ma place derrière Myrddin. « Eh bien, dis-je à Rhys tandis que nous talonnions nos chevaux, nous continuons.

— A-t-il jamais été question de faire autre chose ?

— Non, répondis-je. *Alea jacta est.*

— Qu'est-ce que cela signifie ? demanda-t-il.

— "Les dés sont jetés", lui dis-je. C'est une phrase qu'a dite autrefois César.

— Qui t'a appris cela ?

— Mon père avait l'habitude de l'employer... je n'ai jamais su pourquoi. Mais je crois que je commence à comprendre ce qu'il voulait dire. »

Nous traversâmes la vallée et pénétrâmes en silence dans les bois. Personne ne disait mot et chacun gardait l'œil aux aguets pour parer une attaque éventuelle, mais je remarquai que beaucoup jetaient un dernier regard vers le ciel avant que les branches entrelacées ne se referment au-dessus de leurs têtes. C'était comme entrer dans un tombeau... tant la sinistre forêt était sombre et silencieuse. Le sentier se rétrécissait en s'enfonçant entre les larges troncs, mais plutôt que d'aller sur une seule file, les hommes obligèrent leurs chevaux à se serrer pour chevaucher flanc contre flanc.

Comme tout le monde, je jetai un coup d'œil nostalgique derrière moi en entrant dans les bois et vis le même air d'appréhension angoissée sur tous les visages. Mais il n'y avait rien à y faire. Nous étreignîmes plus fort nos armes et nous tassâmes sur nos selles comme pour échapper à l'attention des arbres.

Gardant les yeux fixés sur Arthur et Myrddin devant moi, je tendais l'oreille aux bruits qui m'entouraient, mais il n'y avait pas grand-chose à entendre : un épais tapis de feuilles mortes étouffait les pas de nos chevaux et les hommes ne faisaient aucun bruit. On n'entendait pas davantage de chants d'oiseaux... ni rien d'autre, en fait, sinon le bruit ténu des respirations dans l'air lourd et humide et l'incessant cliquetis.

Je découvris au bout d'un moment l'origine de ce son étrange : le vent qui agitait les hautes branches dénudées. Capricieux et inconstant, il ne parvenait pas à pénétrer dans la forêt, mais soufflait et tourbillonnait sans cesse au-dessus de nos têtes, faisant osciller la cime des arbres et trembler les branches les plus frêles. Celles-ci étaient si rapprochées, si entremêlées, que le mouvement les faisait s'entrechoquer. Mais ce bruit frappait l'oreille sans la moindre vigueur, ne nous parvenant que comme un faible murmure étouffé par les frondaisons et le sol meuble du sous-bois.

La forêt avalait tout ce qui y pénétrait — la lumière comme le vent, et maintenant le Pendragon et son armée. Quiconque s'enfonce dans une dense futaie éprouve ce sentiment d'oppression : c'est ce qui pousse le voyageur à éviter les ombres et à ne pas s'écarter du sentier, s'avançant avec la plus extrême prudence. Qui plus est, cette angoissante sensation semblait s'accroître à chaque pas qui nous entraînait plus profond dans la forêt, jusqu'à devenir presque suffocante, telle une écrasante présence invisible.

Nous parvînmes à un cours d'eau — guère plus qu'un ruisselet boueux qui traversait la piste — où nous fîmes halte pour abreuver les chevaux, les menant boire deux par deux avant de laisser la place aux suivants. Puis nous nous remîmes en route. Nous cheminions déjà depuis un long moment, quand Arthur s'arrêta brusquement, se retourna sur sa selle et regarda la longue colonne de cavaliers. Sans un mot, Myrddin remonta les rangs, passant entre les guerriers.

« Que vois-tu, seigneur ? demandai-je en me retournant pour voir ce qui avait attiré son attention.

— Ce n'est pas ce que je vois qui me préoccupe », répondit le roi, regardant toujours vers l'arrière.

Les arbres de chaque côté et les branches entrelacées au-dessus de nos têtes faisaient de la piste un tunnel obscur, telle l'entrée d'une caverne ou d'une mine. Les Cymbrogi, immobiles côte à côte sur leurs selles, attendaient l'ordre de repartir. En raison de l'obscurité et de l'étroitesse du chemin, je ne pouvais voir au-delà des vingt ou trente premiers guerriers. Pourtant je ne discernais rien d'anormal.

J'étais sur le point de le dire, quand Myrddin cria quelque chose et vint nous rejoindre au petit trot.

« Alors ? demanda le roi.

— Je ne les vois pas, répondit Myrddin. Ils devraient nous avoir rattrapés, maintenant. »

Alors seulement, je compris de quoi ils parlaient. La trentaine de guerriers que je voyais derrière nous était, en fait, tout ce qui restait de la longue colonne. Les autres n'étaient pas cachés dans l'ombre… ils avaient complètement disparu. Manifestement, nous avions été séparés du reste de l'armée. L'arrière-garde menée par Cador et Bedwyr s'était évanouie.

« Seigneur, permets-moi de retourner en arrière voir ce qui leur est arrivé, proposai-je. Je les retrouverai sans doute avant d'avoir parcouru plus d'une centaine de pas.

— Très bien, accepta Arthur, mais prends Rhys avec toi… qu'il nous fasse signe quand vous les aurez rejoints. Nous vous attendrons ici. »

Je retournai à mon cheval et, sautant en selle, j'expliquai à Rhys ce que le roi attendait de nous. Nous remontâmes la colonne de guerriers. J'en comptai treize paires : vingt-six hommes sur cinquante, me dis-je, et je me demandai ce qu'il était advenu des autres. Vingt-quatre cavaliers pouvaient-ils disparaître ainsi ?

Une fois dépassés les derniers Cymbrogi, nous lançâmes nos montures au galop sur la piste. Comme, au bout d'une assez longue chevauchée, nous n'avions toujours pas aperçu les retardataires, je fis halte. « Nous devrions les avoir vus, maintenant, dit Rhys en arrêtant son cheval près du mien. Qu'a-t-il bien pu leur arriver ?

— Tant que nous ne les aurons pas retrouvés, nous ne ferons que gaspiller notre salive à poser de telles questions », fis-je remarquer. Dans le Llyonesse, tout peut arriver, me dis-je, mais je gardai pour moi cette pensée.

« Dans ce cas, que suggères-tu, Ô Tête de Sagesse ? » Rhys m'adressa un froncement de sourcils revêche.

« Soit nous continuons à chevaucher jusqu'à ce que nous les ayons retrouvés, soit nous retournons sur nos pas », répondis-je, et Rhys roula des yeux pour montrer à quel point il était impressionné par ma perspicacité. « Que faisons-nous ? »

Avant qu'il ait pu répondre, le son le plus étrange que j'aie jamais entendu s'éleva sur le sentier derrière nous. Si vous pouvez vous représenter le bruit d'un cerf bramant de fureur tandis qu'une meute de chiens hurlants s'élance à la curée… imaginez cela, puis multipliez-le par dix et ajoutez-y le grondement d'une rivière en crue, et vous aurez une petite idée du bruit qui éclata à nos oreilles à la façon d'une sonnerie de cor.

Puis un silence menaçant reprit possession de la piste. Les chevaux bronchaient, prêts à s'emballer, mais nous les tenions d'une main ferme. Au bout de quelques instants, le bruit se fit à nouveau entendre, plus proche. Les arbres aux branches dénudées frémirent et je sentis le sourd tremblement de la terre au creux de mon estomac. Ce qui avait produit ce bruit venait à toute vitesse dans notre direction.

XXIX

Le bruit que j'entendis ensuite fut le claquement sec du cuir sur l'encolure du cheval de Rhys quand il fit faire volte-face à l'animal terrifié et le laissa libre de s'enfuir. Je m'empressai de l'imiter, ne m'arrêtant que le temps de jeter un bref coup d'œil en arrière. Je ne vis rien que le sentier ombreux et, plus loin, les ténèbres. Mais le tremblement des arbres me disait que la chose arrivait droit sur nous.

Je lâchai la bride à ma monture et, un battement de cœur plus tard, je galopais sur le chemin forestier, essayant de rattraper Rhys.

Il nous fallut plus longtemps que je ne l'aurais cru pour rejoindre l'endroit où nos compagnons attendaient, et je commençais à craindre que nous ayons perdu le roi et les Cymbrogi comme nous avions perdu les autres. Mais à cet instant Rhys ralentit et je vis, juste derrière lui, deux chevaux sur le sentier. Les Cymbrogi avaient mis pied à terre pour reposer leurs montures en attendant notre retour. Ils nous interpellèrent, demandant ce que nous avions trouvé, mais nous ne nous arrêtâmes pas avant d'avoir rejoint Myrddin et Arthur.

Rhys se laissa glisser de selle avant même que son cheval se soit immobilisé. Arthur et Myrddin s'étaient levés, la même question aux lèvres. « Nous ne les avons pas trouvés, seigneur, était en train de dire Rhys quand je mis pied à terre.

— Mais que… », commença le roi.

Avant qu'il ait pu en dire davantage, la créature qui nous suivait poussa son cri à ébranler les os. La forêt trembla autour de nous et les chevaux se mirent à hennir et à se cabrer. Les hommes bondirent vers leurs montures, saisissant les rênes ballantes avant d'attraper leurs lances derrière les selles.

Arthur, l'épée à la main, fit disposer les guerriers en ordre de bataille et, un instant plus tard, nous étions armés et prêts à faire face à ce qui venait vers nous. Le sentier était trop étroit pour manœuvrer à cheval, aussi Arthur décida-t-il que l'on se battrait à pied. « Le monstre va arriver par le sentier, s'écria le roi d'un ton impérieux. Laissez-le venir ! Ouvrez un chemin devant lui — faites-lui un couloir — deux hommes de chaque côté. Laissez-le avancer... puis refermez les rangs derrière lui. »

C'était une tactique désespérée, empruntée à la chasse, à laquelle on recourt principalement quand un homme s'est fait désarçonner en poursuivant le gibier. Arthur prit place en première ligne, Myrddin sur sa droite, Rhys et moi sur sa gauche. Les Cymbrogi conduisirent les chevaux en sécurité plus loin sur le chemin, avant de se disposer rapidement derrière nous par rangs de quatre.

Nous scrutions la pénombre, les troncs des arbres tremblant autour de nous. Je sentais les secousses transmises par la terre se répercuter dans mes pieds et mes jambes. Une centaine de chevaux martelant le sol de leurs sabots n'auraient pu le faire résonner ainsi. De quoi pouvait-il s'agir ?

Le hurlement effrayant retentit encore. Plus près. La forêt entière sembla onduler comme une vague. Un frisson de terreur courut dans les rangs.

Le tambourinement sur le sol se faisait de plus en plus fort. Les Cymbrogi agrippaient leurs lances sans un mot, regardant droit devant eux la forêt obscure.

Le rugissement s'éleva de nouveau. Encore plus près : un cri surnaturel qui vous transperçait jusqu'au cœur. Une peur glacée, nauséeuse, s'empara de moi et la forêt parut vaciller : une brume noire se rassembla devant mes yeux tandis que le sol tremblait sous le martèlement de sabots invisibles.

Je raffermis ma prise sur ma lance et secouai la tête pour l'éclaircir, me disant : « La chose doit être presque sur nous... mais où est-elle ? »

Puis je vis, forme ténébreuse se découpant dans les ombres, la silhouette d'une bête : une grande masse sombre qui se précipitait sur nous à une vitesse incroyable. Dieu nous vienne en aide, elle était énorme !

Elle jaillit des ténèbres. J'entendis plusieurs exclamations étouffées derrière moi, tandis que d'autres hoquetaient et murmuraient à la hâte des prières.

Curieusement, la créature n'avait pas de substance, pas de solidité. La regardant se rapprocher rapidement, je ne parvenais pas à me faire une idée précise de son apparence. La chose semblait n'être qu'ombre et mouvement. En fait, j'apercevais à travers elle la forme indistincte des arbres et des branches.

Puis elle fut sur nous. Le sol se souleva sous nos pieds et je sentis une âcre odeur de suint animal. Mais nous avions beau attendre de pied ferme, nos lances prêtes à frapper, il n'y avait rien de tangible contre quoi nous battre.

La forme d'ombre nous chargea et je distinguai confusément une bête massive à l'échine saillante et aux épaules arquées comme celles d'un ours, recouverte d'une toison nauséabonde qui tombait en longues mèches comme les lambeaux d'un manteau en loques. J'imaginai deux immenses yeux jaunes qui luisaient sinistrement au-dessus d'un groin de cochon surmontant une mâchoire proéminente d'où deux grandes défenses brunes incurvées surgissaient telles des lames de faux. De puissantes pattes, courtes et épaisses, martelaient la terre, propulsant la créature sur des sabots fourchus de cerf.

Ce n'était, comme je l'ai dit, qu'une impression, une image qui s'était gravée dans mon esprit. Il n'y avait pas vraiment de créature, rien de matériel — juste une brume tourbillonnante d'ombres en mouvement.

Certains des guerriers laissèrent échapper leurs armes, et un ou deux tombèrent à genoux.

« Courage ! s'écria Arthur, la voix ferme comme un roc au milieu de la vague déferlante de peur. Tenez bon ! »

La chose abominable fondit sur nous à la vitesse d'une avalanche, ébranlant le sol à chacun de ses pas. J'étreignis ma lance et m'accroupis, prêt à la projeter si quoi que ce soit de tangible se présentait.

Le monstre poussa son hurlement assourdissant. L'air glacé vibra du bruit d'un millier de chiens hurlants et du brame de cent cerfs aux abois.

Le cri porta la créature au milieu de nous.

« Tenez bon ! exhorta Arthur. Gardez la position. »

Sous mes pieds, le sol résonnait comme un tambour.

« Restez sur place… cria Arthur de toutes ses forces pour couvrir le vacarme de la course de la bête. Tenez bon… »

Mon estomac se noua dans l'attente du terrible choc. Je sentis un déplacement d'air et eus la nette sensation qu'un vaste flanc velu passait devant moi — telle une sombre muraille de muscles ondulants.

La lance à l'horizontale, je ramenai le bras en arrière et me préparai à frapper.

Le guerrier qui se tenait en face de moi lança la sienne… trop tôt ! L'arme vola au-dessus de ma tête. Je m'abaissai pour l'éviter et, au même instant, entendis un cri bref et perçant quand la créature se retourna en pleine course et frappa. Je ne vis qu'un brusque bouillonnement, une accélération du tourbillon de ténèbres, et le monstre nous dépassa.

Je bondis au secours du guerrier blessé et une puanteur de chair putréfiée me frappa comme un coup de poing. La bile me monta à la gorge et je m'étranglai. Je me couvris la bouche et le nez de la main pour m'empêcher de vomir. Autour de moi, les Cymbrogi geignaient, toussaient et crachaient, et le blessé se tordait sur le sol.

Il avait le flanc ouvert de la hanche à la poitrine et le sang jaillissait, sombre et chaud, de la blessure. « À l'aide ! hurla-t-il. À l'aide !

— Tallaght ? » dis-je. Dans la pénombre, ses traits tordus de douleur, je ne l'avais tout d'abord pas reconnu. « Ne bouge pas, mon frère. Nous allons t'aider.

» Myrddin ! criai-je. Par ici ! Vite ! »

Tallaght m'agrippa la main. Son étreinte était poisseuse de sang, mais il s'accrochait à moi comme à la vie elle-même. « Je suis désolé, seigneur, dit-il d'une voix qui faiblissait. Je ne voulais pas déshonorer…

— Chut, dis-je doucement. Cela n'a pas d'importance. Tiens-toi tranquille.

— Dis à Arthur que je suis désolé… » murmura-t-il, puis il se mit à tousser sans pouvoir reprendre son souffle. Il mourut, étouffé par son propre sang, avant que Myrddin n'ait pu arriver jusqu'à lui. « Va dans la paix de Dieu, mon ami », dis-je, et je posai sa main sur sa poitrine.

Tout aussi vite qu'elle était arrivée, la bête avait disparu. Le sol continua à trembler et à résonner pendant un moment, mais la créature n'était plus là. Myrddin surgit à mon côté et se pencha sur le guerrier à terre. « C'est Tallaght, dis-je tandis que l'Emrys tendait la main vers le visage du jeune homme. Il est mort. »

Certains des guerriers les plus proches répétèrent mes paroles et firent passer la nouvelle dans les rangs. Un instant plus tard, un cri s'éleva plus loin sur la piste. « Arrêtez-le ! hurla un des guerriers. Arrêtez-le ! »

Levant les yeux, je vis un cavalier jaillir de parmi les chevaux. Rhys lui cria de s'arrêter tout de suite, et plusieurs hommes tentèrent d'intercepter son cheval, mais il était trop rapide, déjà lancé au galop. Il atteignit la piste et disparut dans l'ombre.

Arthur donna aussitôt l'ordre de le poursuivre, mais Myrddin conseilla de n'en rien faire. « Il est trop tard, dit-il. Laisse-le aller.

— Nous pouvons encore le rattraper, protesta le roi.

— Nous venons de perdre un guerrier, lui dit Myrddin. Combien d'autres voudrais-tu mettre en danger ? »

Arthur fronça les sourcils, mais il accepta le conseil de l'Emrys. « As-tu vu qui c'était ?

— Non. » Myrddin secoua lentement la tête.

« Je l'ai vu, dis-je. C'était Peredur. Il est certainement parti venger la mort de son cousin.

— Le jeune écervelé, marmonna Arthur.

— Son sort est maintenant entre les mains de Dieu, dit Myrddin. Écarte-le de tes pensées et réfléchis plutôt au moyen de retrouver les guerriers égarés. »

La nuit était presque là et, plutôt que de risquer de perdre le reste de l'armée dans le noir, Arthur décida de dresser le camp et d'attendre le matin. Nous inhumâmes le corps de Tallaght à l'endroit où il était tombé et Myrddin dit une prière sur sa tombe. J'aurais aimé faire davantage pour ce garçon, mais nous n'avons parfois pas le choix. Le Pendragon ordonna au reste des Cymbrogi de ramasser de quoi faire un feu. Les hommes eurent tôt fait de rassembler un grand tas de bois mort et, en moins de temps qu'il n'en faut pour le dire, les premières flammes dansèrent parmi l'enchevêtrement de branches sèches.

Après avoir calmé les chevaux, nous nous rassemblâmes pour nous réchauffer et, nous serrant les uns contre les autres, pour nous consoler. L'amitié de loyaux compagnons n'est pas à négliger : elle est source de grand réconfort, et donc sacrée. En ordonnant de faire un feu, le Pendragon ne cherchait pas seulement à nous tenir chaud, mais aussi à nous aider à retrouver notre assurance, fortement ébranlée. Personne n'aurait pu imaginer que les choses tourneraient ainsi.

Rassurés par le feu, les hommes se mirent à bavarder, et certains se demandèrent à haute voix quel genre de créature ils avaient repoussé. D'autres exprimèrent leur surprise d'avoir simplement réussi à la chasser. Les spéculations se révélèrent vaines et, à court de suggestions, tout le monde se tourna vers Myrddin, accroupi près du feu, les bras croisés sur les genoux et le regard perdu dans les flammes.

« Alors, Myrddin, l'interpella affablement Arthur. As-tu déjà entendu parler d'une telle bête ? »

Il sembla tout d'abord que l'Emrys n'avait pas entendu la question du roi. Il ne fit pas un geste mais continua à contempler fixement le cœur rougeoyant du feu.

« Qu'en dis-tu, barde ? » demanda le roi d'une voix qui retentit dans le silence de la forêt.

Les Cymbrogi attendirent sans un mot tandis que l'Emrys, sans détacher les yeux des flammes, tirait lentement son capuchon sur sa tête et se levait. Il resta ainsi un moment, comme fasciné par le feu, puis il se pencha et y plongea la main. Plusieurs Cymbrogi poussèrent des exclamations inquiètes en le voyant faire, mais Myrddin retira calmement une poignée de cendres brûlantes. Malgré la chaleur, il garda les braises dans sa main, souffla dessus, puis contempla les charbons ardents.

Nous le regardâmes dans un silence stupéfait tenir les braises incandescentes dans sa main, le visage illuminé par leur rougeoiement. Soudain, il les rejeta dans le feu. Il demeura un moment immobile, se tenant la main — si c'était de douleur, ou bien du choc de ce qu'il avait vu, je ne saurais le dire — puis, comme en transe, il porta la main à sa bouche et se lécha la paume.

Nul ne fit un geste ni ne dit un mot tandis que le Barde de Bretagne prenait son bâton et le brandissait au-dessus de sa tête. Lentement, il se tourna vers nous. Mon cœur se serra dans ma poitrine, car son visage était aussi pâle et figé que celui d'un mort.

Les yeux qui nous regardaient sous le capuchon n'étaient plus ceux d'un homme, mais d'un faucon en chasse, vifs et perçants. Étendant la main, il la tint à l'horizontale et, ouvrant la bouche, se mit à parler. Ou peut-être était-ce un autre qui parlait à travers lui, car sa voix semblait venir de l'Autre Monde.

« Écoutez, Hommes de Bretagne, Valeureux Guerriers, dit-il d'une étrange voix caverneuse, la Tête de Sagesse vous parle. Soyez attentifs et entendez l'avertissement. La Bête Noire envoyée aujourd'hui parmi vous n'était qu'un avant-goût des puissances liguées contre nous. La bataille est commencée et quiconque désire arriver au terme de la quête devra affronter bien des dangers. Ne soyez pas effrayés, et ne prenez pas peur, mais faites face aux épreuves à venir avec patience, car la Main Prompte et Sûre vous soutient, et le Saint Graal attend ceux qui iront jusqu'au bout. »

Ayant délivré son message, il abaissa son bâton et se rassit. Presque aussitôt, il fut pris de frissons et de tremblements. Cherchant à lui venir en aide, le guerrier le plus proche tendit la main et lui saisit le bras. Aussitôt, l'homme poussa un cri et fut rejeté en arrière comme s'il avait été frappé par la foudre.

D'autres se précipitèrent pour l'aider. « Laissez-le, leur enjoignit Arthur. Il ne lui arrivera rien. »

Le guerrier se remit rapidement et les Cymbrogi s'occupèrent de préparer les chevaux pour la nuit avant de s'étendre pour se reposer. Mais j'eus beau essayer de dormir, les étranges événements de cette funeste journée conspiraient à réduire à néant mes meilleures résolutions et je me retrouvai à penser à Morgian, et à me demander quand viendrait la prochaine attaque, et quelle forme elle prendrait.

XXX

Il faisait encore noir quand je me réveillai. À en juger par la profonde obscurité de la forêt, l'aube était encore loin. Je refermai tout d'abord les yeux et essayai de me rendormir, mais j'entendis alors le bruit qui devait m'avoir tiré du sommeil : les chevaux étaient éveillés et s'agitaient nerveusement, aussi me levai-je, dans l'idée de voir ce que je pouvais faire pour les calmer.

Le feu n'était plus qu'un tas de cendres et je dus enjamber les corps endormis de mes frères d'armes, en réveillant quelques-uns qui me rejoignirent auprès des chevaux. « J'ai l'impression d'avoir dormi des siècles, dit l'un des guerriers. Mais on dirait que l'aube n'est pas près d'arriver. » Il jeta un coup d'œil circonspect autour de lui. « En fait, si je ne savais pas que le jour est proche, je dirais que la nuit est de plus en plus sombre. »

En l'entendant, un frisson me passa dans le dos. Je levai les yeux vers les ténèbres au-dessus de moi, denses et lourdes comme du fer. D'autres nous rejoignirent et se mirent à échanger des observations. Certains soutenaient que la nuit était finie et que nous verrions bientôt les rayons du soleil, d'autres affirmaient que l'heure du lever de soleil était passée sans apporter la lumière.

Mais avant que la discussion ne s'envenime, Arthur mit un terme aux spéculations en posant la question directement à Myrddin. « Est-ce l'œuvre de l'ennemi ? »

L'Emrys hésita, puis il jeta un bref coup d'œil aux guerriers qui guettaient sa réponse. « Oui », dit-il simplement.

Le roi hocha la tête. « Cela ne change rien. » Se tournant vers les Cymbrogi, il dit : « Nos frères d'armes auraient dû nous rattraper, maintenant. Partons à leur recherche. » Il donna l'ordre de seller les chevaux et de cesser tout bavardage inutile. Il nous fit préparer des torches, puis, une fois que nous fûmes en selle et prêts à nous mettre en route, ordonna de les allumer.

Nous partîmes donc à la recherche des Cymbrogi perdus, revenant sur nos pas sur la piste que nous avions suivie la veille. J'aurais été incapable de dire si le soleil brillait par-delà le couvert de la forêt. Tout ce que je savais, c'est que la lumière du jour ne parvenait pas jusqu'à nous et que nous chevauchions dans une obscurité aussi totale que par la plus sombre nuit de tempête.

Sans le soleil, aussi pâle fût-il, pour marquer le lent passage du temps, il nous sembla voyager pendant une éternité, ne nous arrêtant que pour abreuver les chevaux et renouveler nos torches, sans cesse aux aguets de ce qui nous entourait. Au bout de ce qui devait correspondre à une journée dans le monde extérieur, nous dormîmes un peu avant de reprendre notre route, sans savoir où finissait une nuit ni où commençait l'autre, avançant d'une étape à la suivante sans échanger plus d'une douzaine de mots. Et les ténèbres persistantes usaient nos nerfs, telle une pierre à aiguiser, recouverte de soie noire, peut-être, mais une pierre malgré tout, qui frottait sans relâche, acharnée à nous réduire en poussière.

La peur s'attachait aux pas du vaillant Vol des Dragons — une peur semblable à l'immense bête d'ombre lâchée pour se déchaîner dans nos rangs inquiets. Ces hommes au cœur d'ordinaire intrépide sursautaient au moindre bruit et se signaient de la croix dès qu'ils pensaient que personne ne regardait.

Arthur — hélas, même Arthur — qui ne craignait nul ennemi, trouvait des raisons d'avoir peur… non pas pour lui, certes, mais pour sa reine. Son nom n'était jamais loin de ses lèvres. De temps en temps, il s'arrachait à ses moroses méditations et s'efforçait de remonter le moral de son armée — il criait des encouragements à ceux qui avaient l'air désemparés et faisait la conversation à ceux qui semblaient avoir le plus besoin de distraction… mais ses efforts restaient vains.

Par moments, la piste paraissait repartir en arrière, et nous rencontrions parfois un sentier qui divergeait du chemin principal… mais la question ne se posait jamais de savoir lequel suivre. Le Pendragon nous entraînait sans hésiter. Il devenait néanmoins de plus en plus évident que nous n'arriverions jamais nulle part, aussi longtemps ou aussi loin chevaucherions-nous.

« Encore un peu de patience, disait Arthur. Nous devons être près du but.

— Arthur, répondait doucement Myrddin, nous aurions dû l'atteindre depuis longtemps.

— Nous continuons », insistait Arthur, aussi continuions-nous.

Le sentier était si monotone, les ténèbres si totales et persistantes — et notre moral si bas — que la clairière fut un choc pour nos sens endormis.

Sans le moindre avertissement, nous sortîmes simplement du couvert de la forêt pour déboucher dans une vaste prairie que ceignait le méandre d'une rivière. Même dans l'obscurité, nous vîmes que la clairière était immense. Le bruit de l'eau courante se faisait entendre de l'autre côté et l'atmosphère humide et confinée de la forêt avait fait place aux brusques rafales d'un glacial vent d'hiver.

Comme nous avions longtemps chevauché depuis notre dernière halte, le roi jugea préférable de dresser le camp, d'abreuver les chevaux et de renouveler notre provision d'eau. Nous choisîmes donc un endroit près de la rivière pour attacher nos montures et entreprîmes de ramasser des branches mortes dans les bois environnants.

Mieux aurait valu pour nous, et de loin, subir le froid et les ténèbres, notre lot habituel. Mieux aurait valu, en vérité, n'avoir jamais mis le pied dans la Terre Gaste !

Car, dès que nous fûmes rassemblés autour de notre feu de camp pour nous réchauffer, les flammes révélèrent un grand chêne non loin de nous. Notre première pensée fut qu'il s'agissait d'un vrai seigneur de la forêt, vénérable et majestueux, suprême souverain de son domaine, dressé, solitaire, au centre de la clairière qui, bornée par le méandre de la rivière, formait autour de lui un cercle presque parfait.

Mais en levant les yeux vers ses énormes branches noueuses, nous aperçûmes d'étranges formes allongées qui se tordaient dans le vent. Nous regardâmes et notre courage, déjà ébranlé par les ténèbres interminables, s'envola. Sans rien pour les retenir, nos imaginations aux abois envisagèrent aussitôt le pire.

Ah, mais la vérité qui nous attendait dans ces branches contournées était bien pire que tout ce que nous aurions pu imaginer.

Nous regardâmes vers l'endroit où se tenait Arthur, Myrddin à son côté, les yeux tournés vers le grand chêne. Le roi se pencha et prit une branche enflammée, puis il se releva et se dirigea vers l'arbre. Prenant nous aussi des tisons ardents, nous nous empressâmes de le suivre.

De plus près, je vis que les étranges formes pendues en grappes aux basses branches ressemblaient à d'énormes chauve-souris. Ce ne fut pas avant d'être arrivé en dessous que je pris conscience de ce que nous avions devant les yeux.

Un terrible silence s'était fait. Je ne pouvais plus respirer. Je ne pouvais plus parler. Mes forces m'abandonnaient. Un formidable tambourinement emplissait mes oreilles, résonnant dans ma tête. Je reculai en titubant et, Dieu me vienne en aide, vomis de la bile à mes pieds.

Puis, me forçant à rassembler un courage que je ne possédais pas, je m'essuyai la bouche avec le bras et repris place auprès de mon roi. Myrddin se tenait à son côté, une main sur son épaule et se couvrant les yeux de l'autre, comme pour les protéger de la vue des horribles fruits de cet arbre.

Seul Arthur, son tison à la main, regardait encore fixement les cadavres nus de ses braves Cymbrogi pendus aux branches.

« Viens, Ours, entendis-je murmurer Myrddin. Il n'y a plus rien à faire ici. »

Arthur ne répondit pas, mais il repoussa d'un haussement d'épaules la main de Myrddin, sans détourner les yeux du macabre spectacle. Chacune des basses branches portait les cadavres d'au moins quatre guerriers — attachés individuellement ou par groupes de deux ou trois — et encore davantage étaient pendus aux branches supérieures. D'après ce que je pouvais voir dans la lumière incertaine, la plupart étaient morts au combat. Beaucoup avaient perdu des membres et plusieurs avaient été éventrés. Chaque cadavre avait les mains et les pieds tranchés, et nous découvrîmes ceux-ci disposés en un effroyable cercle autour des racines de l'arbre. Quelques-uns devaient être encore vivants quand on les avait accrochés aux branches, car certains de mes frères d'armes — Cai, Cador et Bedwyr — avaient le visage bleu et boursouflé.

Le preux Cai, la langue enflée jaillissant de sa bouche, le cuir chevelu retombant en lambeaux sur son crâne… Cador, ami et vaillant compagnon, les bras réduits à deux moignons sanglants et les jambes brisées, la bouche béante sur un dernier cri silencieux… et Bedwyr, héros et champion, la mâchoire fracassée pendant sur la poitrine, un œil arraché, les restes d'une lance brisée saillant du ventre…

Les larmes me montèrent aux yeux et je dus détourner le regard. Mon Dieu ! me dis-je, submergé d'angoisse et de chagrin. Pourquoi, mon Dieu ? Pourquoi eux ?

Myrddin essaya encore une fois d'entraîner le roi, et encore une fois le Pendragon refusa. « Mes hommes sont ici, dit-il d'une voix grinçante qui résonna dans le silence de mort. Ma place est avec eux.

— Tu ne peux rien pour eux, dit Myrddin, presque durement.
— Je peux les enterrer, rétorqua Arthur.
— Non, Ours, lui conseilla Myrddin. C'est aux vivants qu'il faut maintenant penser. » Je m'étonnai de cette réponse, mais je me dis que l'Emrys devait avoir une bonne raison.

Tendant la main vers l'arbre, Arthur dit : « Je ne puis les laisser ainsi et continuer à me donner le titre de roi. Va, si tu le dois, et prends les hommes avec toi. Je reste. »

L'Emrys jeta un coup d'œil au chêne macabre en fronçant les sourcils.

« Alors ? » s'impatienta Arthur.

Myrddin hésita, puis une lueur s'alluma dans son œil. « Il y a peut-être encore un moyen de préserver une parcelle de courage et de dignité. » Son ton s'animait à mesure qu'il parlait. « Écoute-moi, Fier Roi. Nous n'abandonnerons pas nos loyaux frères d'armes dans la mort. Nous allons saluer dignement leur départ pour le dernier voyage, en un cinglant défi au mal qui les a si cruellement massacrés. Le veux-tu ?
— Tu sais bien que je le veux.
— Alors, écoute-moi. » Ce disant, le Sage Emrys posa la main sur la nuque d'Arthur et l'attira vers lui.

Ils parlèrent ainsi un long moment, puis le roi se retourna, se redressa de toute sa taille et dit : « Un très grand mal a été commis en ce lieu, et nous, qui aspirons à la lumière, sommes témoins de ce vil forfait et le condamnons devant le trône de Dieu. Mais, si la vie a quitté nos frères, nous ne les abandonnerons pas dans une ignoble défaite.

» Ici, dans le camp du Malin, nous allumerons une lumière, et nous la projetterons telle une lance en plein cœur des ombres qui nous oppressent. De même que la lumière brillant au milieu des ténèbres vainc l'obscurité, nous allons arracher ces ténèbres à la main de l'ennemi qui cherche à les utiliser comme une arme contre nous. L'arbre hideux aux branches duquel sont accrochés les corps de nos amis deviendra un bûcher funéraire dont les flammes éclaireront le chemin de nos frères et resplendiront tel un phare pour défier la nuit. »

Quand Arthur eut fini de parler, j'ajoutai ma voix aux acclamations qui saluèrent sa royale déclaration. Oh, nous fîmes résonner ce bois désolé de nos ferventes ovations. Puis nous allâmes promptement ramasser dans la forêt des monceaux de bois mort et, quand nous en eûmes bâti un tas montant à hauteur d'homme autour du vieux chêne, Myrddin fit disposer ce qui restait du Vol des Dragons en un vaste cercle autour de l'arbre.

Il nous ordonna alors de tourner lentement dans le sens du soleil. Menés par Arthur, nous nous mîmes en marche. Pendant ce temps, l'Emrys se dirigea vers le tas de bois et leva haut son bâton. D'une voix forte, il s'écria : « Grande Lumière, toi dont la vie donne lumière et force à tes créatures, écoute ton serviteur ! »

Saisissant son bâton à deux mains, il le brandit au-dessus de sa tête et cria : « Nous qui voyageons dans les ténèbres, nous avons besoin de ta lumière. Nous qui sommes privés d'espoir et assiégés de tous côtés par le mal, nous avons besoin de ta force. Seigneur, au jour de notre épreuve, entends notre cri !

» Grande Lumière, nos frères ont été sauvagement massacrés et leurs corps livrés à la mort. » Sa voix résonnait à travers la prairie. « Toi seul, Seigneur, détiens l'autorité sur le tombeau. De même que ta voix éveille l'esprit dans la matrice, tu convoques les âmes des disparus devant ton trône. Nous te demandons donc d'accueillir nos frères dans ton royaume de l'Au-delà et de leur offrir des places d'honneur à la table de ton banquet.

» Cette nuit, un grand mal se rassemble, qui cherche à nous détruire. Mais nous avons foi en toi, Seigneur, pour nous délivrer. S'il ne peut en être ainsi, nous avons foi en toi pour venir à notre rencontre sur le chemin et nous guider jusqu'à ton palais. En gage de notre foi, nous allumons ce bûcher pour tenir les ténèbres en respect. Qu'il brûle comme un phare pour éclairer la route de nos frères d'armes et écarter d'eux le mal. »

Sa canne de chêne brandie au-dessus de sa tête, il demeura un long moment immobile, puis il rabaissa lentement son bâton et le tendit vers le tas de bois sec. Il y eut un éclair de lumière bleue accompagné d'un bruit évoquant le déchirement d'un manteau entre les mains d'un géant. Le feu décrivit un arc dans les airs tel un liquide miroitant, bondit de rameau en rameau et se propagea en une éclatante et sinueuse traînée bleue parmi les branchages. En quelques instants, les flammes crépitaient, chaudes et brillantes, dansant dans le tas de bois, de plus en plus haut avant de sauter vers les grandes branches étalées.

Se tournant vers les Cymbrogi, Myrddin dit : « Chantez ! Que vos voix poussent une clameur à réveiller les Célestes Armées ! » Et il entonna un psaume tel qu'en chantent les moines en robe brune pendant la Sainte Messe :

Le Seigneur est mon rocher !
Le Seigneur est ma forteresse et mon libérateur !
Dieu est mon refuge, Il est mon bouclier !
Et ma corne de salut, ma citadelle.

Les flammes montèrent plus haut, s'étirèrent parmi la ramure du chêne, caressant les premiers cadavres. Ceint d'un anneau de feu, le massif tronc noir commençait à fumer tandis que les flammes jaunes gagnaient les plus hautes branches.

Sans cesser de marcher, nous nous mîmes à chanter avec l'Emrys.

J'invoque le Seigneur, digne de toutes louanges,
Et je suis délivré de mes ennemis.
Les liens de la mort m'emprisonnaient,
Les torrents de la destruction me submergeaient.

Les filets du sépulcre m'enveloppaient,
Les rets de la mort me guettaient.
Dans ma détresse, j'ai invoqué mon Dieu.
De son temple, il a entendu ma voix.

La chaleur du brasier nous força à reculer et à élargir davantage notre cercle. Les cadavres, maintenant embrasés, commençaient à se tordre et à se balancer dans les tourbillons engendrés par les flammes qui sautaient de branche en branche, toujours plus haut vers le ciel.

La terre trembla et chancela,
Et les assises des montagnes frémirent.
Sous sa colère elles furent ébranlées.

Il y eut un long craquement accompagné de sifflements. Soudain, le puissant chêne s'effondra sur lui-même. Attaqué par le feu, le tronc de l'arbre se fendit, projetant des gerbes d'étincelles qui jaillirent en spirale sur les courants ascendants tels des milliers d'étoiles filantes. Il me sembla voir les esprits de nos amis prendre leur envol vers les Cieux.

Dans sa colère, il a baissé les yeux et il a dit :
Parce qu'ils ont placé en moi leur amour,
je les libérerai.
Je les délivrerai du danger, car ils connaissent
mon nom.

Je serai avec eux à l'heure de l'épreuve,
Je les sauverai du tombeau,
Et je les couvrirai d'honneurs à ma cour.
Je leur accorderai la vie éternelle
pour jouir pleinement de leur salut.

Je répétais ces paroles à mesure que les prononçait Myrddin, tout en regardant s'élever les étincelles, et je dis en moi-même : Adieu, Cai, valeureux compagnon, fidèle en toutes circonstances. Adieu, Bedwyr, frère loyal, vaillant au combat. Adieu, Cador, brave et droit. Adieu, mes amis, allez dans la paix du Christ. Adieu...

Ma gorge se serrait et les larmes me montaient aux yeux. Soudain, le chêne embrasé se fondit en une masse flamboyante de lumière mouvante, miroitante, et j'entendis le rugissement formidable du vent aspiré par les flammes gigantesques. La lumière qui rayonnait de ce bûcher emplissait maintenant la vaste prairie, repoussant de tous côtés les ténèbres.

Des rafales glacées tourbillonnaient autour de nous. Mon dos était gelé, mon visage et mes mains brûlants à la chaleur de la fournaise. Le gémissement se fit plus fort et je pris conscience que ce n'était pas le hurlement du vent, mais la plainte sauvage d'une créature torturée au-delà du supportable. Bien plus, cette créature arrivait rapidement vers nous, attirée par le feu.

Myrddin entendit lui aussi le hurlement et s'écria : « Ne craignez rien ! Plus grand est celui qui a entendu notre prière que celui qui agresse les cieux de son cri. »

Tandis qu'il s'élevait au-dessus du gémissement du vent, ébranlant la forêt tout autour de nous, je sentis le cri sauvage et plaintif au creux de mon ventre, puis dans la vibration de la terre sous mes pieds. Je pensai tout d'abord que c'était la Bête d'Ombre revenant à l'attaque, mais le tremblement s'accroissait régulièrement et je sus qu'il devait s'agir de quelque chose de beaucoup, beaucoup plus immense et redoutable.

« Écoutez-moi ! » s'écria Myrddin, et il nous expliqua comment survivre à l'attaque que nous allions bientôt subir. Nous devions nous donner le bras pour former un cercle tourné vers l'extérieur, un mur d'enceinte de nos corps. Là où les hommes étaient trop éloignés les uns des autres, ils devaient tenir une lance entre eux, mais en aucune circonstance nous ne devions rompre la chaîne. « Même si l'Enfer lui-même s'abattait sur vous, ne lâchez pas prise, dit l'Emrys. Quoi que vous puissiez voir, quoi que vous puissiez entendre, ne brisez pas le cercle. Conservez l'anneau intact et, le Diable en personne mènerait-il l'attaque, nous ne souffririons d'aucun mal. »

Je tendis le bras vers mon voisin — c'était Rhys, le visage sévère dans la lumière blafarde. Nous nous donnâmes le bras, puis nous prîmes par la main les guerriers de chaque côté et nous préparâmes à l'assaut. Le sol se mit à vibrer et j'entendis un bruit tel qu'auraient pu en faire des géants s'avançant dans la forêt, déracinant les arbres pour les jeter au loin. La terre elle-même tremblait sous nos pieds, et tout autour de nous la forêt retentissait de grincements et de craquements de branches brisées. Quel monstre peut bien causer de tels ravages ? me demandai-je.

Brusquement, le bruit se tut et le sol cessa de trembler. Derrière nous, le rugissement des flammes parut s'interrompre, et même le vent s'apaisa. J'avais déjà vu cela et je savais que c'était le calme illusoire qui précède l'assaut ennemi.

« Tenez bon ! cria Arthur. Les voici ! »

XXXI

Nous scrutions les ténèbres. Le feu, dans notre dos, projetait nos ombres devant nous telle une armée de fantômes aux formes mouvantes.

Nous attendions, n'osant respirer.

De l'autre côté de la prairie, les arbres commençaient à s'agiter comme sous l'effet d'une violente tempête, mais l'air demeurait calme. J'entendis un grincement sinistre et les arbres s'écartèrent, se couchant sur les côtés, comme séparés par la main d'un géant.

Au même instant, derrière nous, le chêne embrasé émit encore un terrible craquement, projetant aux alentours des étincelles et des morceaux de bois enflammés. Dans notre dos, le feu bondit, de plus en plus haut dans la nuit : nos ombres dansaient et papillotaient sur la prairie obscure. Dans la brèche qui venait de s'ouvrir, là où la forêt rencontrait la rivière, une silhouette apparut — un guerrier solitaire sur son cheval.

« Là ! » cria quelqu'un et, du coin de l'œil, j'entrevis un mouvement tandis que celui qui avait parlé tendait la main pour montrer le cavalier qui s'avançait vers nous.

« Ne rompez pas le cercle ! s'écria Myrddin d'une voix terrible dans le silence. Aussi vrai que Dieu est la vie et que le mal est la mort, tenez bon et ne lâchez pas votre voisin ! »

Le cavalier approchait lentement. Il portait un bouclier noir cerclé de fer poli. Le rebord de son bouclier et la pointe effilée d'une lance dressée scintillaient à la lueur du feu, et la lame sur sa cuisse brillait d'un éclat rouge sombre. Le guerrier était tout de noir vêtu de la tête aux pieds et il portait un manteau à capuchon, de sorte que je ne pouvais voir son visage. Sur l'encolure et sur les flancs de son cheval, de longues bandes de fin drap noir ondulaient et voltigeaient à chaque mouvement de l'animal, donnant l'impression que la bête venait en flottant vers nous.

Quand le cavalier fut arrivé à un jet de lance, l'Emrys l'interpella. « Halte ! cria-t-il de sa voix d'autorité. La Main Prompte et Sûre nous protège. Tu ne peux faire ici aucun mal. Va-t'en. »

Le cavalier noir ne répondit rien, se contentant de nous regarder tandis que sa monture grattait impatiemment le sol.

« Regagne l'enfer d'où tu es sorti, cria encore Myrddin. Tu ne peux nous faire de mal. »

En guise de réponse, le guerrier se couvrit la poitrine de son bouclier et, d'un imperceptible mouvement de rênes, fit tourner son cheval et se mit en marche autour de notre cercle. Il fit un tour, puis un autre, et un autre, prenant à chaque fois un peu plus de vitesse. Au sixième ou septième tour, son cheval avait atteint le petit trot.

Il chevauchait en un vaste cercle, les sabots de sa monture frappant le sol dans un martèlement de tambour. Il tournait autour de nous — du petit trot il passa au trot... du trot au galop... un galop de plus en plus rapide, le tambourinement des sabots allait en s'accélérant.

Les étranges bandes de tissu noir accrochées aux flancs du cheval produisaient comme un bruissement d'ailes. La respiration de l'animal me parvenait, haletante, maintenant que son allure commençait à le fatiguer. Le manteau du guerrier se gonfla derrière lui et son capuchon glissa de sa tête, révélant un visage que je connaissais bien.

« Llenlleawg ! »

C'était Arthur qui avait poussé cette exclamation de surprise et de désarroi. Il cria à nouveau, dans l'espoir, je pense, d'attirer l'attention de son ancien champion. D'autres ne tardèrent pas à se joindre à lui, et bientôt tout le monde criait le nom de Llenlleawg. Je criai, moi aussi, me disant que nous pouvions encore le dévier de sa course.

Mais, sans regarder à droite ni à gauche, le champion irlandais poussa sa monture au grand galop et abaissa sa lance.

« Tenez bon, mes braves ! cria Arthur. Ne rompez pas le cercle ! »

Avant même qu'il ait fini de parler, je vis le léger coup de rênes et le cheval obliqua vers le cercle des Cymbrogi pour arriver sur nous de biais, un peu sur ma droite. La lance décrivit un arc de cercle par-dessus l'encolure du cheval et s'abaissa à l'horizontale. Les Cymbrogi, sans cesser de se tenir par les bras, poussèrent des cris pour effaroucher l'animal et bandèrent leurs muscles dans l'attente du coup mortel.

Mais l'attaque n'était qu'une feinte et le cavalier tourna bride bien avant d'avoir mené sa charge jusqu'au bout.

« La Main Prompte et Sûre nous soutient ! » s'écria Myrddin.

La charge suivante survint alors que les paroles de l'Emrys résonnaient encore dans l'air — le cavalier obliqua de nouveau, cette fois un peu moins en biais. De nouveau les Cymbrogi poussèrent des cris pour effrayer le cheval, et encore une fois Llenlleawg rompit l'attaque — mais il la porta plus loin avant de tourner bride.

« Llenlleawg ! s'écria le roi. Je suis ici ! Viens ! »

Le champion continuait de galoper, le visage fermé, inexpressif, le regard fixe et vide comme celui d'un mort.

La troisième attaque le porta presque de front contre nos rangs. À la lueur dansante du feu, je vis sa lance se pointer vers moi quand Llenlleawg lança sa charge. Cette fois, il venait droit sur nous et je sus qu'il avait l'intention de rompre nos rangs. « Dieu nous vienne en aide », murmurai-je, et je raffermis mon étreinte sur le bras de Rhys.

Les sabots du cheval noir faisaient voler les touffes d'herbe à mesure qu'il prenait de la vitesse, se rapprochant rapidement. Je sentais déjà le fer de la lance s'enfoncer dans ma chair et mes os se briser sous les sabots meurtriers. Je bandai mes muscles dans l'attente du choc.

Llenlleawg arriva à un cheveu de notre ligne. J'entendis la pointe de sa lance chanter dans l'air. Mais à l'instant où elle aurait dû me transpercer la poitrine et me jeter à terre, la lame se détourna et le cheval passa devant moi en coup de vent — si près que je pus sentir la chaleur dégagée par l'animal.

La ligne tint bon et, dans leur soulagement, les Cymbrogi poussèrent des cris de joie.

Mais en voyant que Llenlleawg ne changeait pas d'allure, je sus que les préliminaires étaient terminés. La prochaine charge serait la bonne : l'homme choisi pour la supporter mourrait et le cercle serait brisé.

Llenlleawg continuait à tourner, bien droit sur sa selle, carrant les épaules, sans prêter attention aux insultes et aux invectives de ses anciens amis. Au dernier passage, il lança sa charge. Sa monture s'élança en avant, martelant la terre de ses sabots. La lance s'abaissa tandis que le cheval piquait vers sa victime et je vis qui avait été choisi. La lance était pointée sur Arthur.

« Tenez bon ! cria ce dernier tandis que la lame mortelle se rapprochait rapidement. Ne lâchez pas pied ! »

Les Cymbrogi, au désespoir de ne pouvoir aider leur roi, se rongeaient d'angoisse et d'impuissance. Obéissants jusqu'à la mort — chacun aspirant de tout cœur à prendre la place du Pendragon dans les rangs, mais incapable de lever une main ou de faire un pas en raison même de cette obéissance — les membres du Vol des Dragons défièrent de leurs cris le traître qui se précipitait vers eux.

Je ne pouvais supporter de voir la lance cruelle transpercer mon seigneur et ami, pas plus que je ne pouvais détourner les yeux. Donc, comme tous les autres, je regardais, impuissant, la pointe meurtrière filer vers sa cible à la vitesse de l'éclair. Et, comme tous les autres, je hurlais dans une futile tentative pour la détourner de cette cible.

Les sabots volant au-dessus du sol, le cheval noir et son cavalier silencieux fondaient sur nous.

La ligne se tendit comme pour supporter le choc en lieu et place du roi. « Tenez bon ! » cria une dernière fois Arthur.

Au même instant, le cheval en pleine charge trébucha, ses antérieurs se dérobant sous lui. La vitesse et le poids de l'animal le portèrent en avant, projetant le cavalier par-dessus son encolure pour le jeter à terre.

Llenlleawg tomba la tête la première et s'étala de tout son long. La lance se ficha en terre à moins de deux pas du pied d'Arthur et s'y s'enfonça profondément, le fût vibrant sous la force de l'impact.

La ligne avait tenu et nous accueillîmes par des acclamations le salut de notre seigneur. Nous nous serions certainement rués sur Llenlleawg si Myrddin ne nous en avait empêchés. « Ne bougez pas ! cria-t-il d'une voix autoritaire. Ne rompez pas le cercle, car le Grand Roi nous soutient encore ! »

Llenlleawg se remit presque instantanément debout. Il se releva d'un bond, la main sur la poignée de son épée. Quand il dégaina la lame, je la reconnus aussitôt. Comment en aurait-il été autrement ? Je l'avais vue chaque jour durant les sept années passées. C'était Caledvwlch, la propre arme du Pendragon : l'ultime preuve, s'il en était besoin, de la vile trahison de Llenlleawg.

Le félon empoigna l'épée à deux mains et, la brandissant au-dessus de sa tête, s'avança vers nous.

Sa chute l'avait sans doute blessé, car au moment où il levait les bras, il fit un faux pas et ses jambes se dérobèrent. Il tomba à genoux, puis il roula sur le côté comme s'il avait été frappé à la tête.

Avant que quiconque ait pu réagir, le tonnerre gronda sur la prairie. Je vis trois autres cavaliers accourir vers nous, surgissant de la nuit. Comme Llenlleawg, ils étaient tout de noir vêtus, la tête dissimulée sous un capuchon. Les inconnus arrivèrent près de Llenlleawg. Le premier prit position, lance à la main, pendant que ses deux compagnons descendaient de cheval, relevaient Llenlleawg et le hissaient rapidement sur la plus proche monture. L'un d'eux monta derrière le guerrier blessé tandis que l'autre saisissait les rênes pendantes du cheval de Llenlleawg et sautait en selle. Sans un mot, ils tournèrent bride d'un même mouvement et s'éloignèrent, se fondant dans l'obscurité sous les sarcasmes et les quolibets de nos guerriers.

Le Vol des Dragons ne désirait rien tant que pourchasser nos assaillants, et nous l'aurions fait, mais Myrddin, nous exhortant avec la force de persuasion des bardes, nous retint. Restez fermes dans le cercle de la protection de Dieu, nous dit-il. Rompre maintenant l'anneau sacré ne ferait qu'attirer sur nous le désastre auquel nous avons jusque-là échappé.

Mais comme cela me faisait mal au cœur de voir s'enfuir nos ennemis sans même pouvoir jeter une lance dans leur direction.

Les cavaliers noirs atteignirent la rivière, disparaissant dans les ombres qui cernaient la lueur du chêne en flammes. Ils entrèrent dans l'eau — j'entendis les éclaboussures de leurs sabots — et tout d'un coup la forêt devant eux s'embrasa.

Peut-être des étincelles projetées par le chêne enflammé, traversant la clairière, avaient-elles mis le feu au bois sec. Peut-être les flammes couvaient-elles depuis un moment sans que nous les remarquions, préoccupés que nous étions par l'attaque de Llenlleawg. Ou bien encore, peut-être quelqu'un avait-il allumé le brasier. Je ne saurais le dire. Tout ce que je sais, c'est qu'à l'instant même où les cavaliers parvinrent au bord de l'eau et entrèrent dans le courant, un grand rideau de flammes chatoyantes se dressa devant eux. Dans un rugissement de vent impétueux, il bondit vers le ciel.

En un instant, le feu se propagea de toutes parts. Les guerriers ennemis passèrent sans hésitation à travers le mur de flammes et disparurent de l'autre côté.

Alors seulement Myrddin nous donna l'autorisation de rompre le cercle. Le Pendragon nous rassembla autour de lui et, tout en louant notre vaillance, entreprit d'organiser la poursuite. Pendant que l'on allait détacher les chevaux, il se tourna vers l'Emrys et dit : « Myrddin, il l'avait... Caledvwlch ! Ce chien galeux l'a brandie contre moi... ma propre épée. Dieu du Ciel, entends-moi, cette même lame tranchera bientôt la tête de ce traître. »

Le bois, depuis longtemps privé d'eau, était prompt à s'enflammer. Le chemin par lequel les cavaliers ennemis avaient fui était maintenant impraticable. Le temps de monter à cheval, les flammes avaient presque complètement encerclé la prairie, ne laissant qu'une étroite trouée permettant de nous échapper.

Le Pendragon adressa un dernier salut aux morts qu'il laissait derrière lui. Levant sa lance, il s'écria : « Au nom du Seigneur qui m'a fait roi, je n'aurai pas de repos tant que cette dette de sang n'aura pas été acquittée. La mort répondra à la mort. Arthur Pendragon en fait le serment. »

Myrddin, sombre à son côté, fronça les sourcils à ces paroles, mais ne dit rien. Une grande partie des Cymbrogi firent écho au serment du roi. Puis, tournant bride, Arthur donna le signe du départ. Nous nous mîmes en route vers la rivière et la trouée qui se rétrécissait rapidement. Mais, avant que nous soyons parvenus à mi-chemin de l'eau, les flammes qui encerclaient la clairière refermèrent la brèche.

Un bref coup d'œil en arrière confirma ce dont je me doutais déjà : la forêt était embrasée de toutes parts et nous étions complètement cernés par un anneau de feu. Des nuages de fumée roulaient à travers la prairie. Des bouffées de chaleur déferlaient sur nous comme des courants chauds dans un océan gelé. Un bruit semblable à un roulement de tonnerre continu emplissait la nuit, et nous lançâmes nos chevaux au grand galop.

Sans la moindre hésitation, Arthur chevaucha droit vers la rivière, où il descendit de selle, s'agenouilla dans l'eau et s'aspergea de la tête aux pieds, nous criant de suivre son exemple. Les chevaux, les naseaux irrités par la fumée, renâclaient et se dérobaient, effrayés de s'approcher si près des flammes.

Ôtant son manteau mouillé, le roi le jeta sur la tête de sa monture pour lui masquer la vue du feu. « Suivez-moi ! » cria-t-il, tirant derrière lui l'animal terrifié.

Il n'y avait rien d'autre à faire que de lui emboîter le pas. Jetant mon manteau trempé sur la tête de mon cheval et lui murmurant des paroles d'encouragement, je m'avançai dans la rivière, m'aspergeant davantage au passage. Arthur, qui avait déjà atteint l'autre rive, fit halte pour exhorter les hommes à rester groupés, puis il nous entraîna à sa suite dans le feu.

XXXII

Morgaws a ses prisonniers bien en main. Arthur a rejoint sa souillon de reine, Rhys, bâtard royal, partage leurs chaînes, et Merlin, ce barde prétentieux, sent à présent combien puissants peuvent être les charmes d'un vrai sorcier. Seule parmi eux, Gwenhwyvar aurait pu faire une amie utile. Elle avait suffisamment de ruse et de caractère, mais Charis l'a pourrie — elle l'a retournée contre moi, comme elle a toujours retourné tout le monde. Gwenhwyvar disparaîtra donc avec les autres. Cette reine des catins professe un grand amour pour son Arthur, mais elle est bien vite sortie de son lit, sans imaginer un instant qu'elle le mènera à sa ruine. Elle pense sauver le Graal, et sauver son lourdaud d'époux. En vérité, elle ne fera que hâter sa fin.

Ils sont si naïfs. Ils croient vraiment que leur dieu viendra à leur secours. Peut-être pensaient-ils que les cieux s'ouvriraient et que leur misérable Jesu descendrait sur un nuage pour les emporter dans les célestes hauteurs où ils seraient à jamais en sécurité.

Leur déception, quand la terrible vérité les a frappés en pleine face, était trop délectable. Leurs expressions de désespoir continueront à me ravir pendant les siècles à venir. De fait, j'ai pris tant de plaisir à la poursuite qu'il est presque dommage de la voir arriver bientôt à son terme.

Mais la fin approche à grands pas. Il ne me reste plus qu'à extirper les dernières bribes de peur et de souffrance à mes infortunés adversaires. Ce sera bientôt fait.

Morgaws a suggéré de nous servir du Graal pour concourir à leur destruction. Quelle bonne idée ! Nous pourrions leur accorder un Dernier Repas, une ultime communion au cours de laquelle ils se passeront la coupe et en partageront le contenu. Oh, il existe des poisons atrocement douloureux qui entraînent une mort lente… la victime agonise parfois pendant des jours. Les voir se tordre dans les affres de la mort tout en maudissant leur dieu inepte sera fort distrayant.

Je peux déjà entendre les voix des mourants rendre en hurlant leur dernier souffle de vie dans le plus complet désespoir. L'absolue désolation est une chose d'une rare beauté — la pure terreur du tombeau quand toute espérance vole en éclats — que peut-on imaginer de plus délicieux ?

Mais non, je ne veux pas qu'ils meurent tout de suite. Ils n'ont pas encore commencé à endurer les souffrances que je leur réserve. J'ai l'intention de les pousser au désespoir. Je veux qu'ils maudissent les cieux de leur avoir donné la vie et de les abandonner à leurs tourments. Je veux les harceler, leur ôter un à un leurs espoirs jusqu'à ce qu'il ne leur reste plus rien, sinon l'effroyable certitude de l'oubli — l'insoutenable silence de la tombe… éternel… éternel… éternel.

Le chaos régnait. Tout n'était qu'épaisse fumée et ténèbres vrillées de feu. Les hommes couraient en poussant des cris pour trouver la force de braver les flammes. Les chevaux, affolés par l'âcre odeur de la fumée, hennissaient et se débattaient, tentant désespérément de s'échapper. Nous nous accrochions aux rênes et tirions les animaux terrifiés à travers les broussailles inextricables. La forêt retentissait du crépitement du feu et des cris des hommes encourageant leurs montures à franchir la muraille ardente.

Plongeant sous les branches enflammées, courant tête baissée, droit devant nous, nous fuyions à travers bois la voracité du feu. Nous passâmes ainsi à travers les flammes et nous retrouvâmes au cœur de la forêt, encore étourdis par l'assaut diabolique et les dangers que nous venions de braver. Comme les autres, j'appelais et essayais de repérer mes compagnons au son de leur voix pour nous regrouper.

Mais la forêt exerçait sur nous son pouvoir maléfique, car ce qui aurait dû être une tâche simple se transforma bien vite en cauchemar. Une fois franchi le rideau de feu, tout sens de l'orientation nous abandonna. Sur ma vie, je n'aurais su dire où j'étais, ni où je dirigeais mes pas.

J'entendais des hommes s'appeler et courir l'un vers l'autre, pour les réentendre un peu plus loin, et souvent dans une autre direction. Une fois, j'entendis crier deux guerriers — ils ne devaient pas être à plus de cinquante pas — et ils répondirent à mon appel. Je leur dis d'attendre que je vienne à eux… pour découvrir qu'ils n'étaient pas à l'endroit où ils auraient dû se trouver. Je les entendis à nouveau deux fois qui m'appelaient, mais à chaque fois de plus loin. Puis je n'entendis plus personne.

Il était étrange d'entendre crier des hommes tout autour de moi — certains proches, d'autres plus éloignés — et de ne pas être en mesure de les atteindre. C'était comme si la forêt elle-même — ou bien quelque autre force, plus puissante, dont la forêt n'était qu'une simple émanation — nous écartait les uns des autres, nous empêchant de nous rejoindre. Je gardai néanmoins mon sang-froid et, quand j'entendis le cliquetis d'un harnais de cheval juste devant moi, je me précipitai à travers bois en criant : « Pour l'amour de Dieu, attendez-moi !

— Qui est-ce ? » cria quelqu'un alors que je me frayais péniblement un chemin dans les broussailles.

Je reconnus aussitôt la voix qui avait appelé. « Bors !

— Gwalchavad ? dit-il, surpris. Comment es-tu arrivé là ? Nous venons de t'entendre devant nous.

— Restez où vous êtes », lui recommandai-je sans cesser d'avancer en traînant derrière moi ma monture réticente. La lueur spectrale du feu se reflétait sur les visages surpris de Bors et de son compagnon, le jeune Gereint.

« Enfin, dis-je en essuyant la sueur de mon visage, j'ai trouvé quelqu'un.

— Nous avons entendu des Cymbrogi partout autour de nous, dit Gereint, mais nous n'avons pas pu les trouver. Tu es le premier.

— Espérons que je ne serai pas aussi le dernier, répondis-je. Avez-vous vu Arthur ?

— Comment voir quoi que ce soit dans cette obscurité ? bougonna Bors. Nous sommes trois à être sortis ensemble du feu, et nous ne nous sommes pas quittés.

— Je n'en vois que deux devant moi en ce moment, fis-je remarquer.

— Je sais ! s'exclama-t-il. Nous n'avons même pas réussi à rester tous les trois ensemble, comment aurions-nous pu trouver quelqu'un d'autre ! » Il gonfla les joues d'un air exaspéré. « Personne ne veut rester en place !

— Écoutez, dit Gereint, ils s'éloignent encore. »

Tendant l'oreille, nous entendîmes les voix s'amenuiser autour de nous. Nous criâmes à plusieurs reprises, mais sans obtenir de réponse et, quelques instants plus tard, nous n'entendîmes plus rien du tout. « Eh bien, conclus-je, brisant le silence au bout d'un moment, on dirait que nous sommes livrés à nous-mêmes.

— C'est ce qu'il semblerait, acquiesça Bors. Nous pouvons rester ici jusqu'au matin pour voir si nous arrivons à relever une piste, ou bien nous pouvons aller de l'avant et essayer de retrouver les autres.

— Jusqu'au matin ? m'étonnai-je. Tu me surprends, Bors. Crois-tu vraiment que cette horrible nuit prendra fin ? J'ai l'impression qu'elle va durer à jamais. »

Le vaillant Bors me dévisagea d'un air placide. « Dans ce cas, reposons-nous au moins un peu, car je suis las de trébucher dans cette maudite forêt dans le noir et de me cogner les chevilles à chaque pas. »

Cette suggestion me paraissant raisonnable, j'acquiesçai et nous attachâmes les chevaux, puis nous nous assîmes pour nous reposer avant de reprendre les recherches. « Je préférais encore le feu, dit Bors au bout d'un moment. Au moins, il me tenait chaud. Mes vêtements sont tout trempés. » Il bâilla et ajouta : « Je meurs de faim.

— Nous ferions mieux de ne pas trop y penser, dis-je, et je suggérai d'essayer plutôt de dormir.

— Je vais prendre le premier tour de garde, proposa Gereint.

— Très bien, répondis-je. Réveille-moi quand tu seras fatigué et je te remplacerai.

— Réveille-nous si tu entends quoi que ce soit », lui recommanda Bors dans un bâillement. Quelques instants plus tard, j'entendis s'élever le léger ronflement de Bors qui s'était assoupi. Quoique épuisé, je ne parvenais pas à m'endormir, aussi fermai-je simplement les yeux et laissai vagabonder mon esprit.

Je repensai à mes frères d'armes décédés et un élancement de chagrin me transperça comme une lance en plein cœur. Grande Lumière, songeai-je, employant les termes de Myrddin, prends mes camarades tombés au combat dans tes mains aimantes pour les emporter en sécurité dans ton inexpugnable forteresse. Offre-leur la coupe de bienvenue dans ton palais splendide et accorde-leur une place au premier rang de ta Céleste Armée. Puissent-ils connaître la paix et la joie, et festoyer à jamais en ta compagnie, Seigneur de Tous, et accorde-moi la force de supporter mes épreuves jusqu'à ce que je dépose moi aussi l'épée et prenne place parmi eux.

Je dis cette prière, non comme prient les prêtres en capuche brune, mais comme un cri venu du fond de mon cœur meurtri. Je me sentis mieux de m'être ainsi épanché et, même si je regrettais toujours la mort de mes frères d'armes, j'éprouvais quelque réconfort à la pensée qu'ils allaient être accueillis dans le splendide palais des Cieux. Je restai étendu, écoutant la calme respiration de Bors.

C'était bien là un prodige : un homme qui pouvait dormir au milieu du camp ennemi, sans être troublé par la peur ou l'agitation d'un cœur inquiet. Un guerrier si plein d'assurance et si en paix avec lui-même qu'il pouvait oublier ses soucis sitôt que sa tête touchait le sol. Comme un nouveau-né, avec la confiance d'un enfant dans le moment présent… c'était là, assurément, un être d'exception.

« Gwalchavad, appela doucement une voix dans l'obscurité. Tu dors ?

— Non, mon garçon.

— Je réfléchissais.

— Moi aussi, Gereint », répondis-je. Je l'entendis se rapprocher dans le noir. « As-tu pensé à un moyen de retrouver nos compagnons égarés ?

— Non, répondit-il. Je me disais combien cela a dû être difficile pour le Pendragon — voir tous ses hommes tués ainsi, et ensuite se faire attaquer par son propre champion.

— Je suppose que cela a dû être difficile, oui, acquiesçai-je. Mais Arthur s'est bien souvent trouvé en difficulté, et il n'a jamais été vaincu. Songe à cela.

— C'est le plus grand seigneur que j'aie jamais connu », déclara Gereint. Il n'y avait dans sa voix que respect et adulation — comme si l'affliction de notre présente infortune, et tout ce qui était survenu avant, n'était rien pour lui.

« Quand as-tu rejoint les Cymbrogi ? demandai-je au jeune guerrier.

— Cador est venu nous trouver et a dit que le Pendragon avait besoin d'aide contre les Vandali. Tallaght, Peredur et moi avons répondu à son appel et rejoint l'armée.

— Ainsi, vous êtes des cousins de Cador ?

— Oui, confirma Gereint.

— C'était un homme de bien, et un magnifique chef de guerre. J'étais fier de pouvoir l'appeler mon ami. Il nous manquera terriblement.

— Oui, répondit le jeune guerrier, et nous pleurerons sa mort quand nous aurons le loisir de le faire. » Il marqua un temps et ajouta tristement : « Celle de Tallaght et de Peredur aussi. »

J'eus grand honte de les avoir oubliés. À vrai dire, la mort de mes amis et frères d'armes avait complètement chassé le décès du pauvre Tallaght de mes pensées. Nous gardâmes le silence, chacun plongé dans d'amers souvenirs, et je me rappelai la fois où Tallaght, Peredur et moi étions allés informer les habitants du Rheged de la rébellion de leur seigneur et de la confiscation de leurs terres. C'était au cours de cette mission que nous avions trouvé Morgaws. Puissé-je n'avoir jamais posé les yeux sur elle ! Et maintenant Tallaght était mort, ainsi que tant d'autres valeureux guerriers, et probablement Peredur, lui aussi.

La forêt était silencieuse, et sombre, comme je l'ai dit — noire comme la nuit quand la lune s'est couchée et que le soleil n'est pas encore levé. L'air était immobile et il n'y avait pas un bruit.

L'obscurité et le silence surnaturel me plongeaient dans une humeur lugubre, et je me mis à penser à mes frères d'armes décédés : Bedwyr, Cai, Cador et tous les autres… morts et disparus. Je souffrais de leur perte. Les ténèbres semblaient m'attirer à elles pour m'engloutir. J'aurais voulu m'abandonner à mon noir chagrin, mais quelque chose en moi résistait — un noyau de défiance obstinée qui refusait de céder à la tristesse ou à la résignation.

Tant que nous resterions dans le royaume de l'ennemi, je ne me laisserais pas aller au chagrin. Par déférence envers mon roi, je devais lutter de toutes mes forces. Je résolus donc de demeurer à l'affût de tout danger, de crainte de tomber, moi aussi, victime du mal qui avait pris la vie de mes amis. Quand la bataille sera finie, me dis-je, je m'abandonnerai à mon chagrin. Un jour prochain, je porterai leur deuil. Bientôt, mais pas maintenant, pas encore.

Cette pensée m'apporta quelque consolation, et j'en tirai un léger réconfort, quand soudain s'éleva un bruit qui, une fois qu'on l'avait entendu, ne pouvait plus jamais s'oublier : le hurlement étrange et tourmenté de l'infecte Bête d'Ombre. Le mystérieux mugissement semblait venir de devant nous, mais encore d'assez loin. Bors se réveilla en sursaut. « Vous avez entendu ?

— La bête, dit Gereint dans un murmure rauque. Ce doit être la même que celle qui nous a déjà attaqués.

— Peu importe, je tuerai cette vile créature si elle s'approche encore de moi. Dieu m'est témoin, ce monstre ne m'échappera pas une fois de plus. »

Le hurlement retentit de nouveau, plus loin, cette fois, et dans une direction légèrement différente. La bête s'éloignait rapidement.

« Tu n'en auras peut-être pas l'occasion, mon frère, dis-je à Bors. La créature part dans une autre direction. »

Bors grogna d'un air méprisant et nous nous levâmes pour repartir à la recherche de nos compagnons perdus. Nous allions à pied, menant les chevaux. De crainte d'être séparés les uns des autres, nous avions attaché ensemble les brides de nos montures : Bors ouvrait la marche, suivi de Gereint, et je venais en dernier… errant au sein d'une forêt hostile dans l'obscurité d'une nuit sans fin. C'était moins une expédition de recherche, me dis-je, qu'une aventure désespérée.

Dans le silence qui nous oppressait, j'entendis les paroles de Myrddin : *Dans la quête qui nous attend, seuls peuvent réussir les cœurs purs.*

Cette pensée s'était à peine formée dans mon esprit que je sentis une légère vibration se transmettre par la plante de mes pieds et me remonter le long des jambes. Je m'arrêtai net. Dans ma main, les rênes se tendirent brusquement, car Gereint, juste devant moi, continuait à marcher. Je pris mon souffle pour parler, mais à l'instant même où je criai aux autres de s'arrêter, le son de ma voix fut couvert par le hurlement terrifiant de la bête maléfique.

La monstrueuse créature se rapprochait rapidement. Je sentais le tambourinement de la terre jusque dans mes entrailles. Bors et Gereint firent halte sur le sentier. Dans la pénombre, je vis Bors se retourner. Il ouvrit la bouche.

« Fuyez ! »

Au même instant retentit un terrible craquement et, juste devant nous, les arbres se brisèrent comme des brindilles, volant en tous sens. Le monstre était sur nous.

XXXIII

Ma monture terrifiée se cabra, rompant la bride qui l'attachait aux autres, et les trois chevaux s'enfuirent dans la forêt. Des branches volaient en tous sens et pleuvaient autour de moi. J'entrevis une massive silhouette noire semblable à une montagne mouvante qui chargeait dans ma direction et je sus que le monstre nous avait retrouvés.

Je me jetai dans les épaisses broussailles et tentai de m'échapper. Les branches me griffaient le visage et les mains. J'entendis crier Bors, mais ne pus distinguer les mots. Rampant tel un serpent affolé, je me traînai à travers la végétation inextricable.

J'aperçus un trou au pied d'un buisson, pas plus large qu'un terrier de blaireau, et je m'y précipitai tête la première. Mais, alors que je me tortillais pour me glisser à l'intérieur, je sentis mes jambes happées comme dans un étau et je fus soulevé dans les airs. Au même instant, la plus infecte des puanteurs assaillit mes narines : une odeur putride de chair en décomposition, de vomi et d'excréments.

Toussant, crachant, je luttai pour reprendre mon souffle. Les larmes m'emplirent les yeux et ruisselèrent sur mon visage. La bête raffermit sa prise et se mit à agiter sa tête hideuse d'arrière en avant, me secouant avec telle violence que je craignis de sentir se briser les os, dans l'intention de m'avaler d'une bouchée.

Griffant et donnant des coups de pieds, je me contorsionnai pour tenter d'arracher un des yeux de la créature. Dans ma frénésie, ma main rencontra, sous la mâchoire massive, un cou recouvert d'une fourrure poisseuse. Je refermai le poing sur cette répugnante toison et m'y accrochai de toutes mes forces, hurlant au secours.

La souffrance devenait insupportable. Sans cesser de crier, je frappais la chair coriace de mes poings. La douleur déferlait sur moi par vagues, tandis que les ténèbres — de terribles ténèbres qui m'engourdissaient l'esprit — se refermaient sur moi. Je sentis ma vie qui s'enfuyait lentement et je sus que mon prochain souffle serait le dernier.

« Dieu du ciel ! m'écriai-je avec angoisse. Viens-moi en aide ! »

Jamais prière ne fut plus sincère, et les mots n'eurent pas plus tôt quitté ma bouche que Gereint apparut.

Il paraissait suspendu en l'air au-dessus de moi, comme s'il volait, ou flottait. Puis je compris qu'il avait dû réussir à escalader le dos de la bête. Enfonçant son poignard jusqu'à la garde pour s'assurer une prise, il se mit à frapper la créature à coups d'épée.

Ce jeune écervelé va se faire tuer ! me dis-je tout en essayant désespérément de libérer mes jambes.

La lame s'élevait et retombait, tailladant l'arrière du crâne de la vile créature. Celle-ci releva brusquement le cou et ouvrit grande sa gueule. Elle rugit de douleur et je fus projeté à terre. Je me reçus brutalement sur le flanc et cherchai précipitamment à m'écarter, de crainte de me faire piétiner à mort.

Ma jambe gauche refusait de bouger. Je me jetai en avant et, rampant sur les coudes, me traînai dans les buissons. Une fois à l'abri de la bête, je jetai un coup d'œil par-dessus mon épaule pour voir ce qu'il était advenu de Gereint. Il avait disparu, mais son épée était toujours plantée dans l'échine protubérante du monstre, à la base du crâne. La créature poussa un hurlement atroce, capable d'éventrer la terre. Je me plaquai les mains sur les oreilles et me roulai en boule pour essayer de ne pas entendre ce son haïssable.

Je ne saurais dire ce qui se passa ensuite. La seule chose dont je me souvienne, c'est de m'être réveillé au cœur de la forêt obscure et silencieuse. La bête noire était partie et j'étais seul. J'avais l'impression que l'on m'avait roué de coups et lacéré le flanc avec une lance. Ma jambe me brûlait. Bien qu'il me fût douloureux de respirer, j'aspirai de grandes goulées d'air pour éviter de m'évanouir à nouveau.

Une masse tourbillonnante de terreur bouillonnait en moi, mais j'avais déjà eu peur, et dans des circonstances tout aussi éprouvantes. Me forçant à rester calme, je m'étendis sur le dos et tendis un moment l'oreille. Comme je n'entendais rien, j'essayai de me lever. Je fus terrassé par une explosion de douleur et retombai en arrière.

Bors et Gereint se sont lancés à la poursuite des chevaux et ne vont pas tarder à revenir, me dis-je. Ils savent que je suis ici et ne m'abandonneront pas. Je m'accrochais à cette idée pour ne pas perdre espoir.

Ma jambe gauche pulsait d'une douleur lancinante, si vive et si profonde qu'elle m'en faisait oublier celle de mon flanc. Péniblement, je me redressai pour m'adosser à un tronc d'arbre abattu. Je tendis le bras pour toucher l'endroit où la douleur semblait la plus aiguë et je ramenai ma main poisseuse de sang. J'essayai de bouger la jambe : l'effort déclencha un éclair flamboyant dans ma tête et je faillis m'évanouir, mais je pouvais au moins plier un peu la jambe et aucun os ne semblait cassé.

Ma dague était toujours passée dans ma ceinture, mais je n'avais plus mon épée. Ma lance avait disparu avec mon cheval. À l'aide de mon couteau, je parvins à couper dans ma chemise une bande que j'enroulai autour de ma jambe pour étancher le sang. L'effort m'épuisa. Je serrai le nœud et me rallongeai, haletant. Un fragment du psaume qu'avait chanté Myrddin me vint à l'esprit et je le récitai à haute voix. Là, dans la forêt obscure, étendu sur le dos, le sang chaud suintant de mes blessures, je dis :

Le Seigneur est mon rocher !
Le Seigneur est ma forteresse et mon libérateur !
Dieu est mon refuge, Il est mon bouclier !
Et ma corne de salut, ma citadelle.

Il y avait du réconfort dans ces mots. Le simple fait de les dire à haute voix dans cet endroit sinistre me redonnait du courage, si bien que je poursuivis :

J'invoque le Seigneur, digne de toutes louanges,
Et je suis délivré de mes ennemis.
Les liens de la mort m'emprisonnaient,
Les torrents de la destruction me submergeaient.

C'était un acte de défi, je crois, d'invoquer la Grande Lumière en ce lieu, et je sentis frémir mon cœur tandis que le courage me revenait. À vrai dire, j'étais surpris de me souvenir aussi bien de ce psaume. Me sentant l'âme d'un vrai barde, je lançai dans la forêt ténébreuse ces paroles inspirées par le ciel :

Les filets du sépulcre m'enveloppaient,
Les rets de la mort me guettaient.
Dans ma détresse, j'ai invoqué mon Dieu.
De son temple, il a entendu ma voix.

Merveille des merveilles, à l'instant même où je prononçais ces mots, je vis une lumière briller dans les bois : si pâle et indistincte que je crus d'abord être victime de mon imagination. Je regardai plus attentivement et la faible lueur disparut, mais quand je détournai le regard, je la revis. Je me redressai et tournai les yeux dans sa direction — comme pour la maintenir en place afin qu'elle ne disparaisse pas de nouveau, me laissant seul dans le noir.

Je ne pouvais voir la lumière directement à cause des arbres et des buissons. Désespérant de retenir la fragile luminescence, j'essayai de me rappeler la suite de la prière de Myrddin. Comment cela faisait-il ?

Dans sa fureur, il a regardé...

Non, non... ce n'était pas cela. La douleur de ma jambe me faisait oublier tout le reste. Je ne pouvais pas réfléchir. Je pris une profonde inspiration et m'obligeai à me concentrer. Par bribes, les mots me revinrent et je les récitai.

Dans sa colère, il a baissé les yeux et il a dit :
Parce qu'ils ont placé en moi leur amour,
je les libérerai.
Je les délivrerai du danger, car ils connaissent
mon nom.
Je serai avec eux à l'heure de l'épreuve,
Je les sauverai du tombeau,
Et je les couvrirai d'honneurs à ma cour.
Je leur accorderai la vie éternelle
pour jouir pleinement de leur salut.

À mesure que je parlais, la lueur ténue semblait se renforcer pour se transformer en un rayonnement diffus, tel celui de la lune par une brumeuse nuit d'hiver. Je me dis que la lumière pouvait encore percer, mais j'eus beau répéter encore et encore le psaume, elle demeura un simple miroitement perlé.

Au bout d'un moment, je sentis le froid de l'hiver s'insinuer dans mes os. Mes vêtements étaient trempés de sueur et l'air était glacé. Je me mis à frissonner. À chaque tremblement qui ébranlait ma jambe, un élancement de douleur me transperçait. Je serrai les dents et fis appel à toute ma volonté pour empêcher la lumière de disparaître.

Je ne sais combien de temps je restai étendu là, tremblant de froid et de douleur, grinçant des dents et priant cette faible lueur de rester. Mais cela me parut long — assez long pour commencer à soupçonner que j'avais réellement perdu Bors et Gereint, et que j'étais désormais complètement seul. Quand ce soupçon fut devenu certitude, je décidai d'essayer de me lever et de me diriger vers la lumière.

Cherchant autour de moi un bâton robuste qui puisse me servir de canne, je posai la main sur une branche noueuse. Elle était vieille et l'écorce pourrie s'effrita sous sa main, mais le bois était assez solide pour me soutenir, aussi m'en servis-je pour me relever. Ma jambe blessée m'élançait encore au moindre mouvement, mais je serrai les dents et me mis en marche.

Je ne pus que clopiner quelques pas avant que la douleur ne devienne trop forte, me forçant à m'arrêter. Puis, après quelques instants de repos, je repartis en boitillant. Je constatai que je suivais la piste ouverte par la bête noire à travers bois. Cela rendait ma progression un peu moins difficile, car je pouvais prendre appui sur les arbres abattus et les branches cassées.

Progressant ainsi par à-coups, j'avançai sur l'étroit sentier. Malgré le froid, je me retrouvai bientôt en nage, mon souffle planant en nuages fantomatiques autour de ma tête. Je gardais sans cesse l'oreille aux aguets des moindres bruits de la forêt. J'attendais à tout moment le retour de Gereint, ou de Bors. Ou bien de la bête noire.

Mais non. J'étais seul. À nouveau la peur monta en moi, mais je la refoulai et poursuivis mon chemin, maudissant mes compagnons de s'être lancés, comme je le supposais, à la poursuite des chevaux. Comment cette idée avait pu me venir, je ne saurais le dire. Absorbé par mes problèmes, je n'avais pas eu la moindre pensée pour eux. En fait, ils auraient aussi bien pu être morts ou blessés quelque part dans la forêt, je ne m'en serais pas davantage occupé.

« Bienheureux Jesu, pardonne à un insensé », soupirai-je à haute voix, puis je dis en silence une prière pour le salut de mes amis. Ces pensées et ces prières m'occupèrent tandis que je m'avançais lentement en claudiquant sur le chemin vers la pâle lueur.

Enfin, le sentier obliqua légèrement et je me retrouvai devant un énorme massif de ronces — un enchevêtrement infernal de branches hérissées d'épines. Eût-ce été un rempart de pierre, il n'aurait pu être plus formidable. Et pourtant la monstrueuse créature semblait s'être jetée contre cette muraille et, dans sa rage aveugle, avoir ouvert une brèche grossière dans cette végétation inextricable. Bien que je ne pusse en discerner la source, la lumière paraissait provenir de quelque part derrière cette haie.

Cramponné à mon bâton noueux, je contemplai le buisson. La douleur de ma jambe était devenue un élancement continu, et j'avais l'impression que des charbons ardents brûlaient sous la peau de mon flanc. Je tremblais de froid et de douleur, et je transpirais en même temps. Je fermai les yeux et m'appuyai plus fort sur mon bâton. « Jesu, aie pitié, gémis-je. Je suis blessé et je suis seul, et je suis perdu si tu ne me viens pas en aide. »

J'étais encore en train de rassembler mes forces déclinantes pour affronter la haie, quand j'entendis un bruit de pas rapides derrière moi. Ma première pensée fut que le monstre était revenu. Cette crainte s'évanouit bien vite à l'appel de mon nom.

« Gwalchavad !

— Ici ! criai-je. Je suis ici ! » Je me retournai pour regarder l'étroit sentier qui m'avait conduit jusqu'en ce lieu. Un instant plus tard, je vis Gereint accourir vers moi, les traits fantomatiques dans la pénombre. Il portait une épée — c'était la mienne — et sur son visage le soulagement se mêlait à la stupéfaction.

« Seigneur Gwalchavad, tu es en vie », dit-il en arrivant près de moi. Hors d'haleine, il planta l'épée en terre et se pencha en avant, les mains sur les genoux. « Je craignais que tu ne sois… » Il s'interrompit pour reprendre son souffle, puis dit : « Je craignais de t'avoir perdu, mais alors j'ai vu la lumière et je l'ai suivie. »

Voyant ma jambe, il demanda : « C'est grave ?

— Je peux le supporter, répondis-je. Et Bors ? L'as-tu vu ?

— Pas depuis l'attaque, répondit-il.

— Dieu le garde », répondis-je. Puis, laissant le sort de Bors entre les mains de Dieu, je me retournai vers le buisson. « C'est la lumière qui m'a attiré, moi aussi. Elle a l'air de venir de l'autre côté de cette haie.

— Nous allons la traverser ensemble », dit Gereint. Prenant l'épée, il s'avança jusqu'à la brèche et se mit à tailler les ronces. Il dégagea le chemin devant nous, puis il me tendit la main.

« Passe devant, lui dis-je. Je te suis. »

Il me regarda d'un air indécis, puis il se retourna et se remit à tailler dans l'entrelacs de branches. Il maniait l'épée tel un vrai champion, frappant inlassablement. Son haleine faisait un nuage autour de lui, et sa chevelure ne tarda pas à être luisante de sueur, mais il s'en tenait à sa tâche, balançant les bras, ses épaules roulant sous sa peau tandis qu'il tranchait à travers les broussailles.

Je le suivais en clopinant, un pas à la fois, tandis que la haie cédait devant sa lame. Nous progressâmes ainsi, jusqu'à ce que…

« Nous avons traversé ! » s'écria triomphalement Gereint.

Levant les yeux, je vis la lumière qui brillait à travers les branches et Gereint, debout devant la brèche, l'épée à la main. Ce qui se trouvait de l'autre côté de la haie accaparait son attention.

XXXIV

Vacillant, j'émergeai derrière Gereint dans une vaste clairière. Au-delà des broussailles, le sol était inégal et caillouteux, cerné par la muraille d'épines. Au centre de la clairière se dressait une hutte de pierre au toit en pente, lui aussi de pierre. Ses murs étaient carrés, solides, sans aucune ouverture, et le toit était recouvert de mousse — une fort curieuse demeure, en vérité.

Près de la maison se trouvait un socle évoquant ceux sur lesquels les Romains érigeaient leurs statues ou leurs colonnes. Il ne s'y trouvait plus ni colonne ni statue, mais un tas de pierre à son pied suggérait qu'il y en avait jadis eu.

Ce furent les choses que je remarquai en premier, et ce ne fut que quand Gereint parla que je pris conscience du silence des lieux. « Cet endroit est fort paisible », dit le jeune guerrier dans un murmure qui sembla retentir comme un roulement de tambour.

Posant un doigt sur mes lèvres, je lui intimai de ne pas parler à haute voix tant que nous n'aurions pas découvert si nous étions seuls. Il acquiesça et passa son épaule sous mon bras, puis nous nous avançâmes prudemment vers la maison.

Nous avions été attirés vers cette clairière par la lumière. Maintenant que nous y étions, toutefois, nous ne pouvions la trouver — il n'y avait aucune source lumineuse visible : ni feu de camp, ni torches, ni éclat voilé du soleil dans le ciel — et pourtant la hutte de pierre était baignée d'une douce et chatoyante luminosité fort semblable à celle de la lune. Cette lueur vaporeuse inondait toute la clairière d'une luminescence irisée qui miroitait légèrement à la lisière de mon champ de vision. Dès que je regardai un objet en face, cet éclat fantomatique se dissipait, bien que le rayonnement diffus demeurât.

Avançant à pas prudents, nous nous approchâmes de la hutte de pierre et nous glissâmes le long du mur le plus proche vers ce qui nous semblait être la façade. Là, nous trouvâmes une porte, à la fois basse et étroite, au seuil envahi d'herbes folles. Cette entrée était si petite qu'il était impossible de passer plus d'un à la fois, et qu'il fallait pour cela se mettre pratiquement à genoux.

Gereint tailla les herbes en quelques brefs coups de sa lame, puis, l'épée à la main, il baissa la tête et entra.

Un instant plus tard, son visage réapparut dans le cadre de la porte et il dit : « C'est vide, seigneur. Il n'y a personne ici. »

Avec quelque difficulté, et non sans douleur — car je ne pouvais plus du tout plier ma jambe blessée, et je dus m'allonger à plat ventre pour me traîner dans l'ouverture — je le rejoignis à l'intérieur. Il m'aida à me relever et nous vîmes que nous étions dans un saint lieu.

« C'est un genre de chapelle », dit Gereint d'une voix qui résonna entre les murs de pierre.

La même étrange lumière qui jouait dans la clairière emplissait l'intérieur de la pièce unique au plafond voûté, nous permettant de voir tous les détails d'une riche décoration — car la moindre surface était gravée de merveilleux dessins : frises et panneaux ornés d'entrelacs compliqués, d'innombrables triskèles et volutes, de silhouettes entremêlées d'hommes et d'animaux. Je reconnus ces motifs pour ceux tant prisés des Celtes d'antan. Il y avait aussi d'innombrables croix gravées sur les murs et sur le sol, dont beaucoup agrémentées d'étranges symboles runiques que je ne savais déchiffrer.

La pièce, austère dans sa simplicité, semblait danser au rythme de ces splendides sculptures. Le simple fait de contempler ce sol, ces murs et ce plafond vous plongeait au sein d'un psaume ou d'un joyeux chant de louanges. J'emplis mon regard de la gracieuse danse de la pièce et sentis mon âme prendre en moi son essor.

« En vérité, c'est là un lieu sacré, dis-je.

— Un lieu très ancien, répondit Gereint. Vois comment...

— Écoute ! » Je tendis la main pour lui imposer silence.

Un bruit de pas étouffé nous parvint... quelqu'un marchait à l'extérieur. Gereint me fit signe de ne pas bouger et gagna silencieusement la porte, l'épée à la main.

Je demeurai immobile comme une statue, tendant l'oreille dans le silence. Il ne nous parvenait ni cris, ni appels à l'aide. Je retenais mon souffle et n'entendais que le rapide battement de mon cœur. Puis…

Un vif mouvement à la porte et une forme sombre fit irruption dans la pièce, se redressa, et je reconnus une silhouette familière.

« Bors ! »

Gereint abaissa sa lame et recula. Il avait été très près de frapper.

« Vous voilà ! s'écria Bors, abaissant sa propre épée. Et moi qui pensais vous avoir perdus pour de bon. »

Son soulagement fut aussitôt balayé par la stupéfaction quand il vit les murs et le sol. Il tourna des yeux étonnés vers les magnifiques sculptures et nous nous joignîmes à lui dans son admiration muette. Les explications pouvaient attendre : un plus grand mystère retenait notre attention.

Quand il reprit la parole, ce fut d'une voix humble et respectueuse. « C'est splendide.

— Oui, acquiesçai-je. Je n'ai jamais rien vu de tel.

— Cela me rappelle les cellules que construisent les moines en Armorique. Voyez là, dit-il en se dirigeant vers le fond de la chapelle, l'autel est encore debout et… »

Il s'interrompit si brusquement que je regardai vivement son visage, qui arborait maintenant une expression d'horreur : les lèvres retroussées et les yeux plissés en une grimace de dégoût. Appuyé sur mon bâton noueux, je traversai la pièce pour le rejoindre. « Qu'ils aillent en enfer », murmura-t-il en détournant le visage.

Puis je vis ce qu'il avait vu et détournai moi aussi les yeux. La vue et l'odeur me firent monter la bile à la gorge et je m'étranglai. « Sacrilège. »

Devant nous sur l'autel gisaient les parties génitales tranchées d'un taureau, son membre posé sur un tas d'excréments humains. Les cornes ensanglantées de l'animal, encore attachées à des morceaux de crâne, et sa queue accompagnée d'une partie de l'anus étaient disposées de part et d'autre du puant monticule, et la langue de la pauvre bête, arrachée jusqu'à la racine, complétait le répugnant arrangement.

« Vous avez trouvé quelque chose ? » Gereint s'empressa de venir près de nous. J'essayai de le prévenir de ne pas approcher, mais il était trop tard et il se glissa près de Bors.

Le jeune guerrier regarda l'autel. Se plaquant une main sur la bouche, il s'étrangla et se détourna vivement.

« C'est immonde, dis-je.

— Doux Jesu, murmura Gereint d'une toute petite voix.

— Ce n'est pas juste, déclara solennellement Bors. Je ne le permettrai pas. »

Ce disant, il se dépouilla de son manteau qu'il jeta sur l'obscène étalage. Je crus qu'il avait simplement l'intention de le recouvrir, mais il avait une autre idée, car il étala le manteau, puis il ramassa le tas infect et le replia dans le vêtement. Tenant le ballot à bout de bras, il le porta hors de la chapelle et revint un moment plus tard avec une poignée d'herbe dans chaque main.

Il rejoignit l'autel à grandes enjambées et se mit à frotter la pierre avec l'herbe. « Il me faudrait de l'eau, dit-il entre ses dents serrées.

— Il y a peut-être un puits à l'extérieur », dit Gereint, qui sortit en courant.

Épuisé, je m'appuyai contre le mur pendant que Bors s'activait à nettoyer la pierre vénérable. À mesure qu'il travaillait, celle-ci se teintait de vert.

« Viens voir, Gwalchavad, m'appela Bors en me faisant signe d'approcher. Qu'est-ce que c'est ? »

Je le rejoignis en sautillant. C'est alors seulement qu'il remarqua mon état. « Mais tu es blessé, mon frère. Pardonne-moi, j'aurais dû…

— Je survivrai, ne t'en fais pas », dis-je en écartant d'un geste ses excuses. Montrant l'autel, je dis : « Qu'as-tu découvert ?

— C'est un cercle, et des mots, je pense. » Il désigna des lignes arachnéennes qui semblaient gravées dans la pierre. « Mais je ne peux distinguer les lettres.

— Moi non plus, lui dis-je. Peut-être que si nous pouvions en voir davantage… » Bors se remit à frotter, comme si par la force brute il pouvait faire apparaître les mots. Mais, malgré tous ses efforts, les fines lignes craquelées ne s'améliorèrent pas. « Cela ne sert à rien, Bors. Ce qui est écrit sur cette pierre est trop usé et il n'y a pas moyen de le lire. »

Bors cessa de frotter et se redressa, des touffes d'herbe dans ses poings serrés. « Je devrais aller voir ce que devient Gereint, déclara-t-il, mais ses yeux ne quittaient pas la surface gravée de la pierre.

— Oui, et nous pourrons alors décider que faire. »

Bizarrement, nous répugnions tous deux à quitter l'autel. Nous restâmes à regarder fixement les incisions à demi effacées sans faire un geste… jusqu'au retour de Gereint, quelques instants plus tard. Il fit irruption dans la chapelle, tout excité.

« Il y a un puits ! s'écria-t-il, se précipitant vers nous. Et j'ai trouvé cette coupe au bout d'une chaîne. J'ai eu du mal à la détacher sans renverser d'eau, mais... » Il s'arrêta net en voyant ce que nous regardions. « On dirait une écriture.

— Oui, mon garçon, c'en est une, affirma Bors. Mais nous ne pouvons rien en tirer.

— Peut-être cela pourra-t-il aider », répondit Gereint. S'approchant rapidement, il leva le récipient et en déversa le contenu sur l'autel.

L'eau frappa la pierre en sifflant et en grésillant, soulevant de grands nuages de vapeur et projetant des gouttelettes crépitantes — comme si l'autel avait été de fer chauffé à blanc dans une forge. Bors et Gereint reculèrent d'un pas, et je me protégeai le visage du bras en me tournant de côté, de crainte de me faire ébouillanter par les projections brûlantes.

« Jesu soit loué ! s'exclama Gereint. Regardez ! »

Baissant mon bras, je regardai de nouveau l'autel. À travers la vapeur, je vis les signes gravés dans la pierre luire d'un éclat doré. Sous mes yeux, les fines lignes discontinues se rejoignirent, se faisant plus épaisses et plus profondes. La pierre d'autel avait changé, elle aussi : lisse et brillante comme un joyau fraîchement taillé, elle irradiait de la luminescence laiteuse d'un cristal veiné d'argent et constellé d'incrustations d'or et de pourpre.

Nous pouvions maintenant distinguer un cercle doré avec une croix au milieu. Autour était finement gravée une inscription. De part et d'autre du cercle et de la croix se tenaient deux silhouettes — des créatures dont le corps semblait fait de feu — aux ailes largement étendues, comme en supplication ou en adoration.

« C'est magnifique, murmura Gereint.

— Les mots, dit Bors d'une voix chargée de crainte respectueuse. Que disent-ils ?

— Je n'ai jamais vu une telle écriture, dis-je.

— C'est du latin ? demanda-t-il.

— Peut-être, répondis-je, dubitatif, mais cela ne ressemble pas au latin des moines. Vois comme les lettres s'incurvent et se replient les unes sur les autres. Je pense qu'il s'agit d'une autre écriture. »

Gereint, le visage illuminé par le doux rayonnement doré, regardait les silhouettes gravées sur l'autel avec une expression de béatitude. Oublieux de tout le reste, il tomba à genoux devant l'autel, remuant les lèvres sur une prière silencieuse. La pureté de cet acte simple, spontané, me couvrit de honte et je détournai les yeux. Puis j'entendis un froissement de tissu près de moi et, tournant la tête, vis que Bors s'était joint au jeune guerrier agenouillé.

Tous deux étaient à genoux, épaule contre épaule, les mains levées dans l'attitude de moines. Eussé-je été capable de plier la jambe, je me serais moi aussi joint à eux. Au lieu de cela, je m'accrochai à ma grossière béquille et élevai ma voix vers les cieux.

« Bienheureux Jesu, priai-je d'une voix claire qui résonna dans ce lieu sacré, je viens à toi tel un mendiant dans le besoin. Dans cette forêt rôde un grand mal et nous ne sommes pas assez forts pour le vaincre. Viens-nous en aide, Seigneur. Ne nous rejette pas et ne nous abandonne pas en proie aux pouvoirs du Malin. » Puis, me souvenant de la chapelle oubliée et de sa profanation, j'ajoutai : « Dieu Très Saint, accepte cette modeste offrande d'eau répandue sur la pierre. Sanctifie cette chapelle de ta présence et restaure la gloire de ton nom en ce lieu. Ainsi soit-il. »

Dans le silence de la chapelle s'éleva l'écho d'une chanson — telle une de celles que joue parfois Myrddin, quand la harpe paraît tisser d'elle-même la mélodie : des Chants Accordés, ainsi que les appelle l'Emrys — si doucement qu'il me fallut un moment pour prendre conscience que ce n'était pas mon imagination. Bors et Gereint interrompirent leurs prières et levèrent les yeux.

Je regardai moi aussi, car la musique semblait provenir des hauteurs. Je ne vis rien d'autre que les recoins obscurs du haut toit. La mélodie, exquise dans son élégante simplicité, se fit plus forte, et je vis les ombres se dissiper tandis que les sculptures des murs et du plafond se mettaient à miroiter et à scintiller.

Nous regardâmes, émerveillés, les antiques motifs dont les délicates incisions entrelacées s'emplissaient du même rayonnement chatoyant qui avait transformé l'autel. Bientôt, nous fûmes tous trois baignés d'une douce lumière dorée. Soudain la chapelle résonna d'un bruit qui évoquait celui du vent dans les branches des saules, ou le bruissement d'ailes battant les airs quand des oiseaux prennent leur vol. Avec ce son vint une autre musique, très faible, mais nettement audible et dont l'origine ne pouvait faire de doute : la musique éthérée des royaumes célestes.

Une joie pareille à celle que j'avais connue agenouillé seul en présence du Graal m'emplit de nouveau le cœur, qui se gonfla à en éclater d'entendre les échos de cette glorieuse chanson tourbillonner tel un vent gracieux et s'insinuer dans les moindres recoins de la chapelle. Je fermai les yeux, le visage tourné vers les cieux, et sentis sur ma peau la chaleur de la lumière dorée. Et je fus transporté d'une délicieuse et sainte extase.

Puis, prodige encore plus merveilleux, il me parvint un parfum surpassant de loin celui de toutes les fleurs jamais écloses. J'inspirai à pleins poumons la senteur enchanteresse et respirai l'air qui baigne les cieux eux-mêmes. Et sur ma langue je goûtai la douceur de miel de la plus rare des atmosphères.

Je la goûtai et sus, avant même d'ouvrir les yeux, que nous n'étions plus seuls.

XXXV

Gereint la vit le premier. Encore agenouillé devant l'autel, il releva la tête et ses yeux s'écarquillèrent, mais il n'y avait ni crainte ni inquiétude dans son expression, uniquement du ravissement. La lumière qui se reflétait sur son visage lui donnait l'air sage et bon.

Bors — à genoux près de Gereint, la tête inclinée — n'avait pas encore perçu la présence de notre visiteuse parmi nous.

Elle avait pris l'apparence d'une femme de la terre : le teint hâlé, la peau lisse et lumineuse comme du miel ambré, elle se tenait devant nous, aussi calme et naturelle qu'une simple mortelle, mais avec la grâce et la dignité que seules possèdent les créatures célestes. Ses yeux, bleus comme un ciel sans nuages, contrastaient avec la teinte basanée de sa peau veloutée. Ses cheveux châtains tombaient en longues boucles sur ses épaules et ruisselaient sur le doux arrondi de ses seins. Vêtue d'une robe du pourpre le plus profond, avec une ceinture de laine bleue entrelacée de fils d'or, elle me parut l'image et l'essence mêmes de la beauté, de la sagesse et de la dignité.

J'aurais pu demeurei unc vie entière en sa présence et n'en éprouver que joie. Je serais volontiers resté à jamais en transe, tout au plaisir de voir la plus belle des servantes du Grand Roi se pencher sur l'autel sans quitter des yeux l'objet qu'elle tenait dans ses mains.

Elle contemplait celui-ci avec une telle dévotion que je le regardai à mon tour et vis ce qu'elle venait de poser sur l'autel : le Graal.

Ma première pensée fut que la Sainte Coupe avait été retrouvée, que la jeune fille l'avait arrachée à ceux qui l'avaient dérobée et qu'elle nous la rendait maintenant. Mais cette idée s'évanouit aussitôt, car, comme en réponse à mes pensées, la Demoiselle du Graal tourna la tête et me regarda dans les yeux, et le feu qui brûlait dans son limpide regard bleu était terrible à contempler.

« Détournez-vous, Enfants de Poussière, dit l'ange d'une voix aussi inébranlable que l'autel de pierre. La coupe qui se trouve devant vous est sacrée. Vous la souillez de votre présence. »

Muet de surprise et de honte, je ne pouvais que la regarder et sentir toute la profondeur de mon indignité à ses yeux. Jetant un coup d'œil à Gereint, je vis qu'il avait courbé la tête sous le poids de son impuissance et tenait ses mains jointes serrées contre sa poitrine. Bors s'était recroquevillé sur lui-même, les mains à plat sur le sol, la tête sur les genoux.

« Me pensiez-vous incapable de défendre ce qu'il m'avait été ordonné de protéger ? Pauvres aveugles ! Comment se fait-il que vous en voyiez tant et compreniez si peu ? » Ses paroles étaient un feu qui me brûlait les oreilles par la véhémence de sa colère. « Je ne sais ce qui est le pire, de votre ignorance ou de votre arrogance. Pensez-vous que le Grand Roi requiert l'aide d'aucun mortel pour accomplir sa volonté ? Le Seigneur de la Création serait-il impuissant à protéger ses trésors ? »

Son juste mépris jaillissait comme une flamme, flétrissant mon amour-propre et mon honneur mal placé de sa chaleur indignée.

« Ô Puissants Gardiens, demanda-t-elle, où étiez-vous quand l'ennemi a fait main basse sur votre trésor ? Vous imaginiez-vous que la Coupe du Christ serait protégée par la frêle chair ? »

Je la regardais, plein d'effroi, et ne pouvais répondre.

« Écoutez-moi, Enfants de Poussière ! Le Royaume de l'Été était à votre portée et vous l'avez rejeté. Vous avez détruit l'unique occasion qui vous était accordée d'apporter la paix aux peuples de la terre. »

Je ne pus supporter plus longtemps sa colère. « Je t'en prie ! m'écriai-je. Je suis un ignorant, c'est vrai. Mais si j'ai failli à…

— Silence ! cria l'ange, et les murs de la chapelle tremblèrent à ce mot. La Coupe du Graal est revenue dans la main qui l'avait donnée. Contemple-la, Enfant de Poussière ! Contemple-la et pleure sa perte, car c'est la dernière fois qu'on la verra en ce monde. »

Se penchant sur la coupe, elle tendit le bras pour la reprendre et je sus qu'aucun mortel ne connaîtrait plus sa présence salvatrice.

« Non, attends ! » dis-je, et la Gardienne du Graal hésita, l'éclat de sa juste colère flamboyant à nouveau dans ses yeux. Je l'avais bravée une fois, et j'aurais recommencé mille fois pour pouvoir simplement retenir sa main un peu plus longtemps. « Pardonne-moi, gente dame. Mes paroles et mes manières sont rudes, je le sais, mais je n'ai nulle intention de te manquer de respect. C'est juste que je ne sais pas parler comme il le faudrait. En vérité, je ne pourrais supporter de savoir que cette Sainte Coupe a disparu du monde des hommes en raison de mon échec. S'il est un quelconque moyen de racheter ce précieux vase, dis-le moi, et je vouerai ma vie et tout ce que je possède à sa rédemption. »

La jeune fille me lança un regard à la fois perçant et apitoyé. Sa réponse fut tranchante comme une lame. « Pourquoi importuner les cieux de tes misérables prières ? Penses-tu infléchir ce qui a été ordonné avant que la terre soit formée et les étoiles lancées dans leur course ?

— S'il te plaît, implorai-je, faisant appel à ma dernière miette de courage pour une ultime supplique. Ce n'est pas pour moi que je le demande, ni même pour ceux dont c'était le devoir de défendre le Graal, mais pour ceux qui luttent dans les ténèbres en quête de la lumière. Ils possèdent si peu, et leurs besoins sont si grands, que le simple fait d'entrevoir la Sainte Coupe est suffisant pour leur donner le courage de supporter les infortunes de leur sort dans l'espoir et la foi en la vie à venir. C'est pour eux que je t'implore. Je t'en supplie, ne remporte pas le Graal. »

La jeune fille écouta ma prière, mais son visage demeura dur comme le silex et son regard farouche inaltéré. « Les mots ne peuvent expier ton échec et ton péché.

— Alors emporte-moi à la place, je t'en prie. Je supporterais avec joie les feux de la damnation, si ma souffrance pouvait œuvrer au rachat du Royaume de l'Été et de la coupe qui lui apporte son soutien.

— Tu es un homme, en vérité, m'accorda-t-elle, se radoucissant quelque peu. Mais ce n'est pas possible. »

À ces mots, elle se pencha et prit la coupe entre ses mains. Je sus que je voyais pour la dernière fois le Très Saint Graal.

Elle se redressa et s'apprêta à repartir, mais soudain elle s'arrêta et leva la tête. Ses yeux se tournèrent vers le haut… comme pour écouter une voix que je ne pouvais entendre.

Je vis cela et l'espoir bondit dans mon cœur.

Elle hocha une fois la tête, puis s'adressa à moi. « Tu es le plus fortuné des hommes, dit-elle, car le Seigneur des Armées a entendu la prière de ton cœur et en a été ému au point de vous accorder une seconde chance de prouver votre valeur. Le Graal restera. »

Je fus emporté par un vertigineux déferlement de joie. N'eût été ma jambe blessée, je me serais jeté à genoux devant elle et, de gratitude, j'aurais baisé l'ourlet de sa robe. « Merci, haletai-je. Merci.

— Ta requête a été exaucée, me dit-elle, au nom du roi que tu sers, et en celui de ceux qui ont besoin de la bénédiction de la Sainte Coupe. »

Avant que j'aie pu trouver une réponse, elle poursuivit d'un ton redevenu autoritaire : « Écoutez-moi, Enfants de Poussière : il a été décidé de vous montrer ce que vous avez juré de protéger de vos vies, et de vous révéler qui vous soutiendra dans votre devoir. »

Reposant la coupe sur l'autel, ses doigts décrivirent une gracieuse figure dans les airs et le Graal se mit à resplendir, irradiant d'un éclat rosé comme s'il reflétait les rayons de l'aube de la création. Quand elle retira ses mains, je vis qu'un léger cercle de lumière s'était formé au-dessus du rebord de la coupe.

« Voyez ! » dit-elle, et elle écarta largement les bras.

Aussitôt, j'entendis un son semblable à celui d'une harpe, une vive lumière jaillit et l'autel s'illumina d'un doux et saint éclat. Je ne sais comment dire autrement, mais ce rayonnement se dilata pour englober la totalité de la chapelle. Les murs de pierre se mirent à briller et les figures qui y étaient gravées parurent grandir, s'entremêlant et s'étendant pour constituer des motifs de lumière miroitante. Et soudain ces mêmes murs ne furent plus de pierre, mais d'or ! Les changements ne s'arrêtèrent pas là, car les dessins continuèrent de croître et de se transformer, et l'or pâlit en marbre blanc, puis celui-ci laissa place à un cristal si pur que je pouvais voir à travers ces murs le monde qui nous entourait… vert et luxuriant sous un firmament doré.

« Lève les yeux vers moi, Enfant de Poussière, et sache qui je suis », dit la dame. Je ne crois pas qu'elle avait parlé à haute voix, cette fois, mais je l'avais entendue clairement et, enhardi par la tendresse de son invitation, je regardai et vis que, comme la chapelle, elle s'était métamorphosée.

La femme qui se tenait maintenant devant moi était plus grande et beaucoup plus noble de port et de visage. Sa longue chevelure était argentée, ainsi que la robe qui revêtait sa svelte silhouette. Sa peau était pâle comme le lait, ou un clair de lune, et elle semblait, malgré son apparence et l'évidente maturité de son corps, posséder la fougueuse jeunesse d'un enfant. La manifestation visible de son pouvoir s'élevait derrière elle en deux arcs irisés, subtils, et pourtant perceptibles à la façon d'un arc-en-ciel miroitant au soleil, chatoyants de force vitale, se déployant telles de grandes ailes protectrices. Son visage, déjà beau, avait acquis une éclatante perfection, presque effrayante dans sa symétrie et dans l'élégance absolue de ses proportions. Éclatant, aussi, était le rayonnement qui émanait d'elle — presque aveuglant, et d'une qualité qui transperçait le cœur aussi bien que l'œil, et illuminait les deux. Car la voir était savoir que l'on contemplait une gloire qui participait du céleste et était l'héritage de ceux qui servaient à la cour du Grand Roi des Cieux.

« Regarde », dit-elle, et je vis que la coupe s'était transformée. Ce n'était plus un vase de métal incrusté de pierreries — en vérité, il était dépourvu de tout ornement : ni or, ni perles, ni joyaux, ni volutes ciselées, ni aucune autre décoration de ce genre — et pourtant il resplendissait d'un éclat dansant comme s'il était fait de la matière même du soleil, car il avait maintenant revêtu sa forme céleste, et il surpassait en beauté la coupe terrestre autant que la Demoiselle du Graal surpassait ses sœurs mortelles.

Ceci, me dis-je, *est la Vraie Coupe du Christ !*

Ces mots s'étaient formés dans mon esprit avant que je sache ce qu'ils signifiaient. Mais j'entendis en eux l'accent irrécusable de la vérité. La Demoiselle du Graal prit la Sainte Coupe sur l'autel de pierre devenu translucide, se retourna et, Saint Sauveur, me l'offrit ! J'hésitai, jetant un coup d'œil vers Bors et Gereint pour quêter leur aide, mais ils avaient la tête baissée et les yeux clos, comme plongés dans un sommeil extatique. C'était à moi seul qu'elle tendait le vase miraculeux. Mais j'hésitai encore, de crainte de souiller la Sainte Coupe.

Prends, noble Gwalchavad, me pressa l'ange avec douceur, d'un ton où se mêlaient le miel et l'éclat du soleil. J'avançai en tremblant les mains et reçus le Saint Vase.

Le sang du Christ, versé pour toi, Gwalchavad, dit-elle. *Bois-y longuement et sois renouvelé en corps, en âme et en esprit.*

Le cœur battant telle une créature captive qui sent proche la délivrance, je portai le Vase Sacré à mes lèvres et le vis empli d'un liquide aux profonds reflets de pourpre. Je posai ma bouche contre le bord, fermai les yeux et vidai la coupe. Le vin dansait sur ma langue tel un feu rafraîchissant : il était légèrement sucré, mais avec une pointe d'acidité, presque d'amertume, qui révélait une extrême complexité de saveurs. Sans être connaisseur, je dirai qu'il surpassait de loin le meilleur vin jamais versé dans la coupe d'un empereur.

En l'avalant, je sentis sa chaleur régénératrice se répandre de ma gorge et de mon estomac jusqu'au bout de mes doigts et de mes orteils. Cette sensation, après nos innombrables privations, était si agréable que je ne pus m'empêcher de sourire. Ma jambe blessée se mit à me picoter et je pris conscience que la douleur se dissipait rapidement pour ne plus être qu'un lointain souvenir. Je pliai la jambe et constatai qu'elle était de nouveau indemne.

La Demoiselle du Graal tendit les mains et je lui remis la coupe miraculeuse. En la prenant, elle inclina la tête et, pour mon plus grand ravissement, sourit, puis, posant la main à plat au-dessus du bord de la coupe, se tourna vers Gereint.

Bien que je n'eusse rien entendu, à l'instant où elle se détourna de moi, le jeune guerrier releva la tête et ouvrit les yeux comme si on l'avait appelé. L'ange lui tendit la coupe, de la même façon qu'elle l'avait fait pour moi, et Gereint la prit à deux mains, la porta à ses lèvres et but, la vidant à grandes goulées, comme s'il ne pouvait avaler assez vite le breuvage. Puis, gêné de son manque de retenue, il baissa la tête et rendit la Sainte Coupe à la jeune fille, qui l'accepta avec grâce. Elle dut lui dire un mot d'encouragement, car il releva la tête et sourit.

Puis ce fut au tour de Bors de boire à la coupe, ce qu'il fit avec son habituelle exubérance. Saisissant à deux mains le récipient qu'on lui tendait, il l'éleva une fois, deux fois, trois fois devant l'autel, puis le porta à sa bouche et le vida d'un trait — ainsi que je l'avais vu faire à d'innombrables occasions dans le palais d'Arthur. Renversant la tête en arrière, il avala, puis marqua un temps, savourant le breuvage avant de rendre la coupe vide à l'ange. « Noble dame », dit-il, le seul d'entre nous à parler à haute voix.

La Demoiselle du Graal le remercia d'un hochement de tête et reposa la Coupe Sacrée sur l'autel de pierre, après quoi elle leva les mains à hauteur des épaules, paumes grandes ouvertes, et dit : « Relevez-vous, amis. »

Cette fois, elle avait parlé à voix haute et, oh ! entendre cette voix était connaître l'extase d'un amant quand s'adresse à lui sa bien-aimée. Elle nous avait appelés amis, et je me fis le serment d'être digne de ce nom jusqu'à la fin de ma vie.

« En ce jour, il vous a été accordé par grâce un avant-goût du festin céleste, nous dit-elle. À qui il est beaucoup donné, il sera beaucoup demandé. Approchez-vous dans la foi et présentez-vous devant l'autel où sont sondés les reins et les cœurs. »

Levant son visage vers les cieux, elle parut écouter un instant, puis se mit à réciter les mots tels qu'ils lui étaient dictés. Elle dit :

« Recevez la parole du Seigneur ! Le Royaume de l'Été est proche, mais le Malin l'est encore davantage. Il hurle et il tempête, il rôde à la surface de la terre, perpétuellement en quête de destruction.

Restez fidèles à la vérité, mes amis, et sachez au fond de vos cœurs que, là où est honoré le Roi des Rois, le mal ne peut prévaloir. Souvenez-vous, plus grand est Celui qui est en vous que celui qui est dans le monde. Ne craignez rien, mais ceignez-vous pour la bataille à venir et étreignez fermement l'Épée de votre Salut.

» En vérité, je vous le dis, le plus grand parmi vous est tombé en disgrâce par péché d'orgueil. Se fier à la force était sa faiblesse, se fier à la sagesse était sa folie. Convoitant les honneurs, il s'est laissé ensorceler par qui n'honore que la convoitise et le mensonge. Ainsi les puissants vont-ils à leur perte. Ne vous fiez donc ni à la force de votre bras, ni à la sagesse de votre esprit. Ayez plutôt foi en Celui qui vous a créés et qui de sa main Prompte et Sûre soutient toutes choses.

» Écoutez bien mon avertissement : le combat est périlleux, et il est mortel. Mais, dans le fracas de la bataille, comme au plus obscur de la nuit, vous n'êtes pas seuls. Le Champion des Cieux chevauche devant vous : remportez la victoire en Son nom. »

La Demoiselle du Graal nous fit alors ses adieux : « Le Graal reste. Au nom de tous ceux qui ont besoin de ses bienfaits, je vous charge de le bien garder. » Levant la main droite, elle fit le signe de la croix et dit : « Toute grâce, toute puissance et toute vertu soient avec vous maintenant et à jamais. Ainsi soit-il ! »

À ces mots, elle se mit à grandir, et sa silhouette sembla devenir immatérielle avant de disparaître à la vue dans une explosion d'éblouissante lumière d'étoile. La lueur s'en attarda un instant à l'endroit où elle s'était tenue, puis disparut elle aussi. Quand je regardai l'autel, le Saint Graal n'y était plus et à sa place je vis le vase que j'avais vu entre les mains d'Arthur lors de la consécration du temple. L'autel était redevenu simple pierre, et la chapelle n'était plus qu'une pièce vide aux murs de pierre décorée.

Nous revînmes tous trois lentement à nous, tels des hommes se réveillant d'un rêve partagé. Je regardai Bors et Gereint, et mon cœur s'émut de les voir. Bons et fidèles amis au cœur noble, loyaux en toutes choses — jusqu'à la mort et au-delà. Comment avais-je pu mériter une telle amitié ?

Gereint vit mon expression et dit : « Si c'était un rêve, que l'on ne me réveille plus jamais.

— Ce n'était pas un rêve, répondit Bors en s'ébrouant et en regardant autour de lui. N'as-tu pas bu à la Sainte Coupe ?

— Quel goût avait-elle, pour vous ? demanda Gereint.

— C'était du vin, bien sûr, lui dis-je. Et du bon vin, en plus.

— Du vin ! rugit Bors. Tu me surprends, Gwalchavad. Cela n'a jamais été du vin. Ai-je si longtemps vécu pour ne pas reconnaître de l'hydromel lorsque j'en bois ? » Il regarda Gereint, en quête d'une confirmation. « Qu'en dis-tu, mon frère ? Vin ou hydromel ?

— C'était l'eau la plus douce, la plus pure qu'il m'ait jamais été donné de goûter, répondit Gereint, ignorant joyeusement la question de Bors. Telle l'eau d'une source vivante.

— Du vin et de l'eau ! s'exclama Bors, secouant la tête de stupéfaction incrédule. C'était de l'hydromel, vous dis-je. De l'hydromel ! Doux élixir de vie et breuvage des rois ! Comment peut-on prétendre le contraire ? »

Je regardai l'autel avec regret. La coupe était toujours présente, mais il ne subsistait pas le moindre reflet de l'éclatante lumière. « Comme c'est étrange, murmurai-je pour moi-même. Nous tenions l'éternité dans nos mains, si seulement nous l'avions su.

— Hein ? dit Bors en me jetant un coup d'œil par-dessus son épaule. Que veux-tu dire ?

— Il nous a été accordé une deuxième chance, dis-je. Faisons le serment de nous montrer dignes de notre devoir, cette fois.

— Oui, répondit solennellement Bors. Elle nous a appelés Gardiens, et je mourrai plutôt que de laisser cet endroit sans défense. »

Gereint acquiesça, et nous nous jurâmes de monter la garde auprès du Graal jusqu'au retour d'Arthur, ou bien jusqu'à ce que la mort nous emporte. « Nous ferions mieux d'aller voir à l'extérieur, dis-je en me dirigeant vers la porte.

— Seigneur Gwalchavad, ta jambe… commença Gereint.

— Elle a été guérie par la coupe, déclarai-je. Je te le dis, Bors, je me sens plus vivant et mieux reposé que je ne l'ai été depuis des années. »

Il m'adressa un large sourire. « Je te crois, mon frère. Pour ma part, je ne crois pas m'être jamais senti aussi bien. » Il regarda autour de lui d'un air émerveillé, comme s'il s'attendait à voir un écho de la splendeur dont nous avions été témoins à peine quelques instants plus tôt. « En vérité, je commence à comprendre ce qu'Arthur doit avoir ressenti quand il a été arraché aux portes de la mort. »

Avec la plus grande réticence, nous nous éloignâmes de l'autel pour nous diriger vers la porte où, l'un après l'autre, nous nous baissâmes pour passer par l'étroite ouverture. En remerciement pour ma guérison, je déposai ma béquille de fortune auprès de la porte avant de sortir. Une fois dehors, l'obscurité nous frappa comme un coup de poing. Bien que la clairière fût encore baignée d'une pâle lueur, comme par un clair de lune, nous vacillâmes un moment sur nos jambes avant de retrouver notre équilibre.

« Tout est calme », dit Bors, songeur, en jetant un coup d'œil à la ronde sur la forêt, sombre et menaçante, qui se dressait autour du petit cercle de la clairière. « Malheureusement, je doute que cela dure. »

J'étais sur le point de suggérer que l'un d'entre nous fasse le tour de la chapelle pour s'assurer que tout allait bien, quand Bors dit : « Chut ! » Il se raidit, les paupières plissées, scrutant les ténèbres.

Nous nous immobilisâmes, Gereint et moi, et attendîmes que Bors reprenne la parole. « Quelqu'un nous observe », dit-il au bout d'un moment, la voix basse et tendue. J'entendis Gereint tirer son épée du fourreau et regrettai de n'avoir rien de mieux qu'un couteau.

« Où ? chuchota Gereint en se rapprochant. Je ne vois personne.

— Là, répondit Bors en montrant un endroit de la pointe de sa lame. Toi, là... qui guettes dans l'ombre. Sors !

— Prudence, mon frère », conseillai-je. Prenant place en retrait sur la droite de Bors, je fis signe à Gereint de protéger son flanc gauche. « Il pourrait y en avoir d'autres cachés un peu plus loin dans la forêt. »

Nous allâmes nous placer au centre de la clairière. « Toi, là-bas ! cria Bors, la voix dure. Sors et viens te montrer. »

Des profondeurs obscures, une voix appela : « Bors ! Gwalchavad !

— C'est Peredur ! » dit Gereint en s'élançant vers lui.

Bors le rattrapa par le bras et le tira en arrière avec un coup d'œil d'avertissement tandis qu'une silhouette solitaire surgissait des bois environnants pour s'avancer dans la clairière. Nous attendîmes. Le jeune guerrier se rapprocha et je reconnus enfin sa démarche familière.

« C'est Peredur, insista Gereint en se précipitant pour saluer son ami. Je craignais que tu ne te sois fait depuis longtemps tuer par la bête. As-tu vu les autres ?

— N'y a-t-il personne d'autre, ici ? demanda Peredur en nous regardant, Bors et moi, derrière Gereint. Arthur et Myrddin... sont-ils ici ?

— Il n'y a que nous trois, lui dit Gereint. Nous n'avons vu personne depuis que nous sommes arrivés dans cette partie de la forêt. » Tendant une main vers la chapelle, dans notre dos, il ajouta : « Nous avons vu le Graal. Il était ici.

— Vraiment ? s'exclama Peredur. J'aurais donné beaucoup pour voir cela. »

Cette remarque était l'innocence même, mais sa façon de le dire donnait le sentiment que notre sainte expérience n'était qu'une chose insignifiante. Si nous avions dit que nous venions de voir un chien vert, ou un veau à deux têtes, cela aurait pu attirer la même remarque.

Bors examina attentivement le jeune homme. « Où est ton cheval ? demanda-t-il.

— Oh, pas très loin, répondit Peredur d'un air indifférent. J'ai eu une rude chevauchée et l'animal est fatigué. J'ai trouvé une piste… je pense que d'autres l'ont suivie il n'y a pas très longtemps. Venez, nous pouvons les retrouver et…

— Es-tu passé près du chêne en feu ? » demanda brusquement Bors. Je remarquai qu'il n'avait toujours pas rengainé son arme.

« Non, répondit Peredur. Je suis venu par un autre chemin. »

Le jeune guerrier semblait peu disposé à en dire davantage, mais Bors n'en resta pas là. « Et de quel chemin s'agit-il donc ? » demanda-t-il sur un ton plus inquisiteur qu'interrogatif.

Peredur se retourna et regarda Bors en face. « Je suis venu par un autre chemin », dit le jeune homme, d'un ton sourd. Il y avait dans sa voix une âpreté que je n'y avais jamais entendue.

« Qui peut trouver son chemin dans ces bois ? dit Gereint.

— Depuis combien de temps attends-tu là-bas ? » demanda Bors.

Peredur regarda Bors en plissant les paupières, mais il ne répondit rien.

Bors ne voulut pas laisser sa question sans réponse. « C'est très simple, dit-il, frémissant d'animosité. Depuis combien de temps es-tu là à nous épier ? »

Gereint, bouillant de s'interposer entre les deux hommes, quêta mon aide du regard. Je l'en dissuadai du geste et il battit en retraite. Peredur écarta les mains en signe de bonne volonté. « Vos soupçons sont déplacés, mes amis, dit-il avec un rire gêné. Mais je ne vous en veux pas. En fait, je vous pardonne bien volontiers. Allez, oublions cette dispute et réfléchissons à ce que nous pouvons faire pour retrouver nos frères d'armes. »

Peredur s'apprêta à contourner Bors. Il n'avait pas fait un pas que Bors le saisit par l'épaule et le repoussa en arrière. « Reste où tu es ! s'écria-t-il. Gwalchavad, prends-lui son épée. »

Mon couteau à la main, je m'avançai lentement vers le jeune guerrier en disant : « Du calme, mon frère. Il n'y a rien à craindre. Nous sommes tes amis.

— Vous vous comportez en ennemis ! » gronda-t-il en faisant un pas en arrière. La haine contenue dans sa voix me frappa comme un coup de poing.

« Ne bouge pas ! » dit Bors, qui accompagna son ordre d'un mouvement de son épée.

L'homme qui se tenait devant nous ouvrit la bouche pour protester, puis hésita... à peine un instant, mais quand il reprit la parole, son comportement avait complètement changé. Haine et suspicion s'étaient envolées et il avait l'air si doux et contrit que j'eus honte d'avoir douté de lui.

« Cymbrogi, dit-il, c'est moi, Peredur. Pourquoi me traitez-vous ainsi ? » Levant la main d'un air inoffensif, il fit un pas vers nous. « Je suis si content de vous voir. À vrai dire, je pensais ne plus jamais revoir aucun de vous. Depuis combien de temps êtes-vous ici ?

— Pardonne-nous, mon frère, dit Gereint avec un soupir de soulagement. Nous n'avions pas l'intention de t'offenser. » Il rengaina son épée et lança un coup d'œil interrogateur à Bors. Celui-ci baissa sa lame à son tour.

« Nous devons essayer de retrouver Arthur et Myrddin, dit Peredur. Ils ne peuvent pas être loin. Je vais vous montrer la piste. Venez avec moi, c'est tout près. »

Aussitôt, mes sens furent en éveil. Je sentis un mince frisson de peur entre mes omoplates. Sans réfléchir à deux fois, je m'approchai rapidement de Peredur. Du même mouvement, mon couteau jaillit et j'en pressai le tranchant sur sa gorge.

« Écarte-toi de nous, Gereint, ordonnai-je. Bors, prends son arme. »

Peredur resta bouche bée d'incrédulité. « Êtes-vous devenus fous ?

— Peut-être », répondis-je tandis que Bors, l'épée prête à frapper, arrachait promptement la lame de la main du jeune homme. Puis je regardai la chapelle et je sus comment découvrir la vérité. « Mais je pense que tu nous pardonneras notre folie. Nous ne nous laisserons pas duper une fois de plus. »

Je l'attrapai par le bras et, le couteau toujours pressé contre sa gorge, je l'entraînai avec moi.

« Où m'emmènes-tu ? demanda-t-il, effrayé.

— Devant l'autel, répondis-je, où sont sondés les reins et les cœurs. »

XXXVI

Le Graal a disparu.

Morgaws me dit qu'il n'est plus là. Cette sale menteuse soutient qu'elle l'avait rangé dans un endroit sûr et que, depuis l'instant où Llenlleawg le lui a remis, elle n'a jamais quitté des yeux le coffret. Ce dernier est toujours en sa possession, mais plus la coupe : elle prétend que celle-ci s'est volatilisée quand le champion a attaqué son roi.

Morgaws me paiera cette bévue. Oh oui, et cher. A-t-elle donc tout oublié de ce que je lui ai appris ? N'a-t-elle pas vu quel prix ils attachaient à ce Graal ? Ce seul fait aurait dû l'inciter à rester sur ses gardes. Comment a-t-elle pu être si aveugle ?

Cette chienne insolente insinue que c'est de ma faute, que je ne l'ai pas avertie de la véritable puissance de la coupe. Dois-je lui rappeler que, en dehors de toute considération sur sa nature, la coupe n'est qu'un appât au fond d'un piège, et que, quels qu'en soient les pouvoirs, ce colifichet d'un goût douteux n'a pas écarté le désastre qui s'apprête à fondre sur nos ennemis ?

La disparition de la coupe ne fait pas la moindre différence, elle ne changera rien. Tout se déroule comme prévu et la fin se rapproche inexorablement. Mon plan touche enfin à son but : mon couronnement, et le règne de terreur qui s'ensuivra. Mon triomphe sera dévastateur.

Certains monarques, en accédant au trône, décrètent la grâce de leurs adversaires, et le pardon des péchés commis à leur encontre. Je ferai tout le contraire. Le sang ruissellera dans toute la Bretagne ! Je crois que je commencerai par les évêques, et ensuite… enfin, chaque chose en son heure.

Tout d'abord, il me faut cette coupe. Morgaws doit se consacrer tout entière à la retrouver — avant que ces imbéciles ne comprennent ce qu'ils ont laissé échapper. L'idée qu'ils puissent remettre la main dessus ne me plaît guère. Il serait peut-être temps pour moi d'intervenir.

« Mon frère, dit Peredur, qui avançait en traînant les pieds, il n'est pas besoin de cela. Tu t'inquiètes pour rien. »

Je réussis à lui faire faire encore quelques pas avant qu'il ne s'immobilise. « Gereint, dit-il, implorant, tu es mon cousin. Dis-leur... dis-leur. »

Bors prit place derrière nous et lui enfonça la pointe de son épée au creux du dos. « Avance, l'ami. »

Peredur, sans armes et seul contre trois, parut se résigner à son sort. Il hocha la tête et avança docilement. « Vous avez raison d'être soupçonneux, dit-il au bout de quelques pas. Mais vous me connaissez. Où voulez-vous en venir ? C'est absurde. »

À ces mots, je me mis à douter. Qu'espérais-je prouver en lui faisant prêter serment devant l'autel ? C'était, comme il l'avait dit, une comédie ridicule qui ne prouverait rien.

Le doute s'empara de moi. Imbécile ! Que fais-tu ? Le Malin t'a-t-il troublé l'esprit au point de ne plus distinguer l'ami de l'ennemi ? Relâche-le !

Comme en écho à mes pensées, Peredur dit : « Lâche-moi — je ne t'en voudrai pas. Fais-moi confiance... nous pouvons encore retrouver les autres, mais il faut faire vite. »

Si j'avais été seul, je crois que je l'aurais libéré sur le champ. Mais Bors, une fois en colère, ne se laisse pas facilement amadouer. « Épargne ta salive, dit-il sèchement au jeune guerrier. Ce sera vite fait et il ne t'arrivera aucun mal. »

Sur ce, nous nous avançâmes vers la porte de la chapelle, devant laquelle je retirai mon couteau de la gorge de Peredur et, posant ma main libre sur sa nuque, l'obligeai à se baisser pour s'engager dans l'étroite ouverture. Mais quand son pied se posa sur le seuil, il s'immobilisa brusquement. « Non ! » cria-t-il, et il essaya de se dégager. Je l'empoignai par le bras et le maintins fermement. « Cela ne prouve rien. Je refuse d'entrer. »

Bors, juste derrière nous, tendit le bras et poussa Peredur vers l'ouverture. Le jeune homme arqua le dos et planta ses talons dans le sol.

« Avance donc, dit rudement Bors. Il n'y a rien à craindre.

— Non ! » cria de nouveau Peredur, presque frénétique, cette fois, les doigts griffant les colonnes de pierre de l'entrée. « Non ! »

Bors, plus grand et plus fort, le poussa dans l'ouverture. Se contorsionnant et se débattant, Peredur résistait de toutes ses forces. Il hurlait qu'on le relâche, son angoisse virant rapidement à la fureur. Mais Bors, de plus en plus déterminé, ne se laissa pas ébranler. Il se baissa et, d'une puissante poussée, propulsa le jeune guerrier à l'intérieur de la chapelle.

Il le suivit et je me glissai rapidement derrière eux. Peredur avait atterri à quatre pattes sur le dallage et Bors, penché sur lui, tendait la main pour l'aider à se relever. Je les rejoignis et, saisissant le bras du jeune homme, dis : « Allez, maintenant... viens devant l'autel. »

Au moment où je lui prenais le bras, je sentis un frisson lui parcourir le corps. Sa tête pivota brusquement, bouche ouverte pour me mordre la main. À peine avais-je entrevu son visage que je lâchai prise et fis un bond de côté. « Bors ! m'écriai-je. En arrière ! »

Au même instant, Peredur poussa un terrifiant grognement et se releva, projetant Bors au loin, comme s'il n'était rien de plus qu'un enfant sachant à peine marcher. Le guerrier chut sur le flanc et sa tête frappa le sol de pierre. Il tenta de se relever, mais retomba, inconscient. Je m'élançai à son secours tandis que Peredur, tremblant de tous ses membres, se mettait à hurler comme un animal.

« Bors ! criai-je en le secouant pour essayer de le réveiller. M'entends-tu ? Relève-toi ! »

Un feulement rauque emplissait la chapelle. Je jetai un coup d'œil par-dessus mon épaule en direction de Peredur. Il était totalement méconnaissable : la nuque cassée, la tête pendant sur la poitrine, la mâchoire inférieure proéminente et la bouche béante, découvrant des dents pointues et bizarrement recourbées. Ses bras et ses épaules étaient plus épais, son dos plus large, avec des muscles puissants qui roulaient sous la peau. Mais ce furent ses yeux qui m'effrayèrent le plus... rouges et hagards, ils saillaient de leurs orbites comme s'ils allaient lui jaillir de la tête.

Toujours hurlant, il se tourna et s'avança lentement vers moi, tendant de longues mains frémissantes aux ongles acérés. Bors était toujours inconscient et je ne pouvais l'abandonner. Je cherchai son épée du regard, mais ne pus la trouver.

« Gereint ! » appelai-je.

Il entra en courant dans la chapelle et, sans la moindre trace d'hésitation, s'interposa entre le monstrueux Peredur et moi, l'épée tirée. Indifférente à son intervention, la chose se rapprocha, grondant et bavant tel un loup prêt à tuer.

Gereint ne lâcha pas pied : pas un instant la lame dans sa main ne trembla. Sans se soucier de l'épée, Peredur plongea en avant et lança un coup de griffe que le jeune guerrier détourna adroitement, entaillant le bras de la brute hurlante. « Au nom de Dieu, arrière ! » cria Gereint.

À ces mots, la créature leva la tête vers le ciel et poussa un cri perçant, grinçant des dents et griffant les airs. Puis, toujours hurlante, elle s'élança une fois de plus en avant. Bors revint à lui à ce bruit. Il prit appui sur les bras et tenta de se relever… mais il retomba, évanoui. « Je suis près de toi, mon frère », dis-je, me plaçant devant lui afin de le protéger.

Pris d'une soudaine inspiration, Gereint empoigna la lame dénudée et la retourna dans sa main, présentant l'épée garde vers le haut à l'image de la Sainte Croix — ainsi qu'Arthur l'avait fait au cours de la consécration du Temple du Graal. Saisissant la lame à deux mains, il la brandit à bout de bras au visage de la brute.

La créature rugit et recula en titubant. Gereint s'avança, tenant toujours l'épée devant lui et criant : « Au saint nom de Jesu, disparais ! »

La brute poussa un hurlement effroyable et se griffa la tête, comme pour en arracher ses oreilles hideuses. Elle tomba à genoux, sans cesser de geindre et de grincer des dents. L'intrépide Gereint la poursuivit, invoquant le nom du Christ pour la chasser.

La chose malfaisante hurlait sans discontinuer, noyant tout autre bruit que celui de son tourment. Puis, devant nos yeux, elle se transforma de nouveau : son corps s'étira, de plus en plus mince, jusqu'à presque toucher de la tête les poutres de la chapelle… puis ne put plus supporter son propre poids et retomba, se repliant sur lui-même, pour se contorsionner en frappant le sol.

Gereint, imperturbable, le visage dur comme le silex, brandissait implacablement sa croix improvisée. Poussant des gémissements pitoyables, la créature poursuivit sa hideuse métamorphose : son corps allongé se couvrit d'écailles et sa terrible voix se réduisit à un sifflement perçant. Elle s'enroula en anneaux ondulants, puis rampa vers la porte de la chapelle où elle glissa vivement par-dessus le seuil et disparut dans la nuit.

Le jeune guerrier, étreignant toujours son épée, me rejoignit près de Bors. « Il est parti », fit-il d'une voix blanche, le visage livide.

« Beau travail, Gereint », lui dis-je, puis je remarquai le sang dégoulinant de ses mains. Il avait serré si fort la lame de l'épée qu'il s'était entaillé les doigts et les paumes. Je tendis la main vers la poignée. « Tu peux la lâcher, maintenant, fils. La bataille est terminée. »

Gereint lâcha son épée, que je replaçai dans son fourreau, puis je l'aidai à découper des bandes de son manteau pour en panser ses mains. Nous nous occupâmes ensuite de Bors. Nous le fîmes rouler sur le dos et repliâmes son manteau pour le glisser sous sa tête et l'installer le plus confortablement possible. Puis nous nous assîmes côte à côte, Gereint et moi : adossés au mur robuste, nous parlâmes de ce qui venait de se passer.

« Qu'est-ce que c'était ? demanda Gereint. Un loup-garou ?

— Peut-être, répondis-je. J'ai entendu l'évêque Elfodd évoquer de telles créatures.

— Est-ce pour cela que tu as eu l'idée de le faire entrer dans l'église ?

— À vrai dire, je ne sais pas à quoi je pensais, avouai-je. Je savais simplement que Peredur était un homme pieux et qu'il n'aurait pas hésité à prêter serment devant l'autel.

— Mais comment as-tu su que ce n'était pas Peredur ?

— Quelque chose dans son attitude a éveillé mes soupçons. Je ne saurais dire ce que c'était. Et pourtant... » — je haussai les épaules — « ... il semblait idiot de retenir contre lui un si petit détail. J'ai douté de moi et j'ai failli le laisser partir.

— Mais comment as-tu su ? » demanda-t-il, puis il ajouta tristement : « Je m'y suis complètement laissé prendre.

— Il n'y a pas de honte à cela, lui assurai-je. Quant à ce qui m'a alerté, je puis simplement dire que je n'ai pas aimé son attitude. Quand j'ai parlé du Graal, il a réagi comme s'il s'agissait d'une chose sans importance.

— Oui ! s'exclama Gereint. Le vrai Peredur aurait voulu le voir.

— J'ai donc pensé le mettre à l'épreuve devant l'autel. Il m'a semblé qu'un suppôt du mal ne pourrait supporter la présence du Graal. »

Gereint hocha la tête d'un air admiratif. « Tu es un vrai druide, Gwalchavad. Je n'aurais jamais songé à cela.

— Je voudrais simplement qu'il se fût agi de Peredur », répondis-je, et je me rappelai comme nous étions passés près de croire à son mensonge. Les choses auraient facilement pu tourner autrement, et maintenant nous serions certainement morts, laissant la chapelle sans défense.

Comme pour me tirer de ma maussade rêverie, Bors reprit conscience en poussant un grognement et s'assit, la tête entre les mains. « Du calme, mon frère, dis-je en me penchant vivement vers lui. Tout va bien. La malfaisante créature est partie. Repose-toi.

— Hum, dit-il en regardant autour de lui. J'ai l'impression qu'un mur m'est tombé sur la tête. Viens, aide-moi à me lever. » Je le pris par le bras et il commença à se redresser, puis il retomba en arrière, fermant les yeux de toutes ses forces pour lutter contre la douleur. « Ahh ! Non, non… tout bien réfléchi, je crois que je vais rester assis encore un petit moment.

— Rien ne presse, lui dis-je. Nous allons te chercher à boire. Gereint, prends la coupe et apporte de l'eau à Bors. »

Le jeune guerrier alla ramasser la coupe près de l'autel et se dirigea vers la porte. « Tu devrais aller avec lui, proposa Bors en se frottant la nuque.

— C'est tout près, protesta Gereint.

— Va, insista Bors. Je me sens assez bien pour rester seul. Allez-y.

— Je boirais bien un peu, moi aussi », dis-je, puis j'ajoutai à l'intention de Gereint : « Viens, montre-moi le puits. »

Gereint me conduisit à l'extérieur et contourna la chapelle. Derrière celle-ci, le sol recouvert de pierres moussues montait en pente douce vers un petit affleurement rocheux.

« Par ici ! cria-t-il en bondissant sur les rochers. Le puits est juste là. »

Le puits, comme il l'avait appelé, était en fait une petite fontaine : à une époque plus ou moins lointaine, elle avait été ceinte de pierres non équarries formant autour d'elle un muret ovale. À une cheville métallique fixée à une des pierres pendait une chaîne de bronze. C'était au bout de celle-ci que devait avoir été accrochée la coupe dont s'était servi Gereint pour rapporter l'eau avec laquelle il avait nettoyé l'autel profané.

Nous puisâmes de l'eau et, tout en buvant à tour de rôle, nous nous interrogeâmes sur les origines de la chapelle et du puits. « Ce doit avoir été autrefois un endroit agréable, fit Gereint, songeur, en parcourant la clairière du regard.

— J'aurais aimé le voir en des temps plus heureux.

— Y en a-t-il jamais eu ? se demanda-t-il.

— Le Graal nous y est apparu, répondis-je. Celui qui a construit cette église devait savoir que c'était un lieu sacré. »

Oh, oui, pensai-je, mais il se trouve dans le Llyonesse, cette contrée aride et désolée, à l'atmosphère empoisonnée, où rôdent des créatures étranges. Peut-être n'en a-t-il pas toujours été ainsi. Cette petite chapelle en témoigne, après tout. Peut-être y a-t-il encore un espoir pour le Llyonesse.

« Nous devrions rentrer avant que Bors se demande ce qui nous est arrivé », dis-je et, me penchant sur l'eau, je remplis la coupe avant de retourner en hâte vers la chapelle.

Bors s'était traîné jusqu'au mur le plus proche pour s'y adosser. Prenant la coupe que nous lui tendions, il but son content, reposa le récipient et se déclara reposé et prêt à reprendre sa tâche de Gardien du Graal.

Comme en réponse à cette déclaration, Gereint pencha la tête sur le côté, à demi tourné vers la porte, et murmura : « Avez-vous entendu ?

— Non, absolument rien, avouai-je.

— Moi non plus, dit Bors.

— Écoutez ! » chuchota Gereint. Dégainant son épée, il se glissa vers la porte et sortit. Je le suivis de près et nous scrutâmes les environs de la chapelle. Je ne voyais rien, et j'étais sur le point de le dire, quand Gereint pointa son épée et dit : « Ils sont là. »

Avant qu'il parle, je n'avais rien vu d'autre que la silhouette des arbres écrasant de leur masse sombre la muraille de ronces qui encerclait la clairière. Mais, au moment où il leva son épée, je vis la tête et les épaules de trois guerriers surgir de l'obscurité de la haie pour s'avancer à découvert. Je vis les longues lances qui se dressaient au-dessus de leurs grands boucliers jaunes, et je sus qu'il allait nous falloir livrer bataille.

XXXVII

« Va chercher Bors, ordonnai-je. Dis-lui de se préparer au combat.

— Je suis prêt », répondit le grand guerrier en prenant place à mon côté tandis que trois autres ennemis rejoignaient ceux qui marchaient déjà sur nous dans la clairière. D'autres émergeaient de la haie de ronces.

En l'espace de six battements de cœur, nous étions encerclés. Il devait y avoir au moins vingt guerriers, tous armés d'une lance et d'un bouclier. Certains portaient des casques pointus et d'autres la cotte métallique des Saecsens, mais la plupart étaient nus jusqu'à la taille et je pouvais voir la pâleur de leur peau tandis qu'ils s'avançaient dans la pénombre de la clairière.

Comme si notre infériorité numérique n'était pas un désastre suffisant, nous n'avions que deux épées pour trois — celles de Bors et de Gereint — en plus de mon couteau. « Deux lames et une dague ne servent pas à grand-chose contre vingt adversaires, fis-je observer, regrettant d'avoir perdu ma lance.

— Cette lame est tienne, seigneur, répondit Gereint en la plaçant dans ma main.

— Garde-la, mon garçon », lui proposai-je, mais il ne voulut rien entendre.

Il s'élança dans la clairière, se pencha, ramassa quelque chose à terre et revint avec l'épée qu'il avait prise au faux Peredur. « C'est une bonne arme, assura Gereint en la maniant pour en éprouver l'équilibre. Elle fera l'affaire.

— Brave garçon », dit Bors d'un ton approbateur. Tournant son attention vers la troupe armée qui s'avançait, il ordonna : « Épaule contre épaule, mes frères. Gardez le dos à la chapelle et n'en laissez pas un passer derrière nous. »

Silencieux, ils approchaient, bouclier contre bouclier, formant devant nous un mur hérissé de lances. Puis, sans même un ordre chuchoté, leurs lances s'abaissèrent à l'horizontale et ils s'apprêtèrent à attaquer.

« Maintenant ! » criai-je, et nous nous élançâmes comme un seul homme, en faisant tournoyer nos épées et en poussant des cris. Je réussis à trancher deux pointes de lances en autant de coups. Bors et Gereint firent de même. Quand nous rompîmes notre charge, six des ennemis avaient perdu l'usage de leur arme.

Mais si je m'attendais à ce que la perte de leurs lances les décourage, je me leurrais, car ils continuèrent d'avancer sans s'en soucier, nous menaçant de leurs lances épointées comme si elles n'avaient pas été privées de leur lame meurtrière.

Avançant tous les trois épaule contre épaule, nous frappions sans relâche et les corps tombaient devant nous comme bois de chauffage sous la cognée du bûcheron. À coups redoublés nous frappions, et l'acier dans nos mains résonnait d'un tintement de cloches. Les ennemis devaient maintenant escalader les cadavres de leurs compagnons pour parvenir jusqu'à nous, et toujours nous les abattions… et toujours ils arrivaient.

« Cela ne sert à rien, se plaignit Bors alors que l'ennemi se regroupait pour un nouvel assaut. Ils ne vont pas rompre les rangs.

— Peut-être pouvons-nous les faire changer d'idée », suggérai-je. Scrutant les rangs ennemis, je vis un endroit où plusieurs d'entre eux étaient armés de fûts de lance dont la pointe avait été tranchée. « Là ! criai-je en pointant mon épée. Suivez-moi ! »

À ces mots, nous nous élançâmes vers l'endroit que j'avais désigné. Les ennemis tinrent leur position, apparemment indifférents au fait que leurs lances étaient privées de lame. Ils tinrent la position, mais comme leurs armes étaient épointées, il était facile de les abattre. Trois d'entre eux tombèrent sans même un murmure, et nous fûmes récompensés par une confusion passagère pendant que les survivants se bousculaient pour combler la brèche dans leur mur de boucliers.

Frappant de toutes mes forces sur ma droite, je réussis à tuer un guerrier de plus, et Gereint encore un autre. Nous nous tournâmes ensuite pour aider Bors, aux prises avec deux adversaires. Leur sort fut réglé par une manœuvre audacieuse de Gereint, qui roula sous leurs boucliers et les faucha au moment où ils brandissaient leurs lances pour frapper.

Puis nous nous retrouvâmes soudain seuls tous les trois tandis que l'ennemi battait en retraite pour reformer sa muraille de boucliers.

« C'est la bataille la plus calme que j'aie jamais livrée, fit observer Bors. Je n'ai jamais pris part à un combat sans être assourdi par le vacarme. »

C'était vrai : la plus petite escarmouche s'accompagne généralement d'un véritable tintamarre, et la plupart des batailles d'un rugissement assourdissant. Les hurlements des combattants, le fracas des armes, les cris des blessés et des mourants — tout se mêle pour produire une clameur caractéristique qui s'entend de loin et ne peut s'oublier une fois qu'on l'a entendue.

Mais ces ennemis s'activaient à leur sinistre tâche dans un silence complet — pas d'ordres criés, pas même un juron ou un cri de douleur quand un coup leur était porté. Qu'ils fussent en train de combattre ou de mourir, les seuls bruits audibles étaient celui de leurs pieds dans les hautes herbes et le morne tintement de leurs boucliers quand nos armes les heurtaient.

Qui plus est, les ennemis étaient curieusement léthargiques. Leurs gestes maladroits étaient dépourvus de force. Leurs visages — quand je les entrevoyais derrière leurs boucliers — étaient lugubres et gris, mais sans expression, ne trahissant ni haine ni colère. La bouche close et l'œil morne, ils semblaient accomplir une laborieuse et pénible corvée, et non livrer quelque chose d'aussi dangereux ou désespéré qu'une bataille. En fait, ils titubaient comme des hommes endormis, le pas lourd et les réactions lentes.

À l'instant où je me retournai pour faire part de cette observation à mes compagnons, Bors murmura : « Je n'y crois pas. »

Il regardait l'endroit où les premiers combattants étaient tombés. Je me tournai dans la même direction et vis se relever les guerriers morts. Tels des hommes arrachés au sommeil, ils se redressaient d'une saccade, se mettaient debout et rejoignaient leurs compagnons muets.

Les étranges et silencieux adversaires se remirent en marche. Le désespoir, noir et sinistre, s'ouvrit devant moi telle une tombe béante quand la réalité m'apparut soudain : nous pouvions les tailler en pièces, mais nous ne pouvions les tuer.

« Dieu nous garde », s'exclama Bors. Il n'eut pas le temps d'en dire plus, car les ennemis repassaient à l'attaque, et nous nous retrouvâmes vite occupés à tenter de regagner le petit espace que nous nous étions taillé.

Dans la confusion de l'attaque, Gereint parvint à s'emparer d'un des boucliers ennemis. Il s'en servit pour garder son flanc gauche, nous procurant à tous deux une meilleure protection de ce côté, car il s'était fait un devoir de rester près de moi. Nous nous battions côte à côte, et cela me rappela l'époque où mon frère Gwalcmai et moi luttions ensemble contre la horde des Saecsens.

L'attaque — aussi pauvrement conçue que les précédentes — s'enlisa bientôt et la bataille s'installa dans un rythme languissant. Taille et estoc, estoc, taille et estoc… nous abattions nos adversaires avec une facilité déconcertante, car leur lenteur et la mollesse de leurs réactions jouaient contre eux. Ils tombaient comme ils se battaient, sans proférer un son, s'effondrant d'un coup et expirant sans un murmure… pour se relever quelques instants plus tard et reprendre le combat comme s'il ne s'était rien passé.

Cela rendait Bors fou de colère. Il injuriait les ennemis, emplissant le morne et terrible silence de railleries et de défis qui ne recevaient pas de réponse. Il assénait de grands coups d'épée. À un moment, il trancha au ras de l'épaule le bras d'un infortuné guerrier : sans répandre une goutte de sang, le membre décrivit un arc tourbillonnant dans les airs, agrippant toujours le fût de sa lance de sa main morte.

L'ennemi tomba à terre et Bors poussa un cri de victoire. Mais la créature insensible se releva simplement et repartit à l'attaque… bien qu'elle fût incapable de brandir une arme.

Cela mit le grand guerrier dans une telle fureur qu'il décapita d'un coup son adversaire. « Prends donc, créature de l'enfer ! » cria-t-il, pensant avoir enfin réussi à éliminer au moins un des combattants.

Hélas, il se trompait. Le torse sans tête resta un moment immobile, pour simplement se relever et repasser à l'attaque, une plaie béante à la place du cou. Comme avant, aucun sang ne jaillit de la blessure, et l'obstination de la créature ne fut en rien diminuée : le cadavre s'avança en titubant, tendant une main qui s'ouvrait et se refermait.

Malheureusement, nous n'avions pas la résistance des morts-vivants, car s'ils pouvaient tomber et se relever encore et encore — même si nous tranchions leurs armes dans leurs mains, ou si nous leur coupions les mains elles-mêmes, sinon la tête ! — nous en étions incapables. Nos bras et nos mains se fatiguaient, et le sang coulait de nos blessures.

« Peu leur importe de mourir, fit remarquer Bors tout en frappant les doigts d'une main qui s'approchait un peu trop, parce qu'ils sont déjà morts. En revanche, quand je tomberai, je ne pense pas que je me relèverai aussi vite. Que pouvons-nous faire, mon frère ? »

Il n'y avait pas moyen de les arrêter. Malgré l'efficacité avec laquelle nous harcelions nos ennemis, nous n'obtenions que le plus bref des répits avant qu'ils ne se relèvent pour reprendre le combat.

La fatigue se faisait sentir dans mon bras et dans mon épaule. J'avais des crampes dans les doigts à force d'agripper la poignée de mon arme et la lame semblait avoir doublé de poids. Bors commençait à peiner, lui aussi : j'entendais sa respiration saccadée tandis qu'il frappait sans relâche. La lame de Gereint s'abattait inlassablement, mais même sa jeune force ne pouvait durer éternellement. Nul doute qu'il s'agissait là de leur seule tactique : nous épuiser jusqu'à ce que nous ne puissions plus brandir une lame pour nous défendre, après quoi ils n'auraient qu'à nous noyer sous leur nombre et à nous démembrer.

Mais nous n'avions pas d'autre choix que de tenir bon et de nous battre. Je levai donc sans discontinuer mon épée, frappant à coups redoublés les morts-vivants qui tombaient sous nos lames. La sueur me dégoulinait dans le cou, dans le dos et sur la poitrine, se mêlant aux larmes d'épuisement qui ruisselaient de mes yeux et m'inondaient le visage. Jesu, viens-nous en aide ! priai-je tout en tranchant le bras du misérable qui se dressait devant moi. Le guerrier se porta en avant, me jetant son bouclier au visage. Esquivant son attaque maladroite, j'abattis mon épée sur sa nuque et il chut comme une enclume, roula dans mes jambes et me déséquilibra. Je tentai de repousser son corps d'un coup de pied, mais je ne pus déplacer le poids mort et tombai.

Deux guerriers ennemis fondirent sur moi. Je me tortillai sur le dos en leur agitant mon épée au visage et essayai de me relever tandis qu'ils me visaient gauchement de leurs lances. J'appelai Bors à l'aide, mais je ne pouvais le voir. Je criai encore et évitai un coup de lance : la pointe manqua ma poitrine, mais me fit une vilaine estafilade sur le flanc. Empoignant de ma main libre le fût de l'arme qui venait de me blesser, je fis tournoyer mon épée et réussis à me mettre à genoux.

Saisissant la poignée de mon arme à deux mains, je frappai de droite et de gauche, désespérant de me ménager assez de place pour me remettre debout. Mais la lame heurta le bord de fer d'un bouclier ennemi. Mes doigts, depuis longtemps engourdis par leur labeur acharné, n'avaient plus la force de tenir la poignée et l'épée me sauta des mains.

Les longues lances convergèrent sur moi. Je roulai sur le côté dans un effort désespéré pour les esquiver. L'une d'elles m'égratigna la joue. Saisissant le fût de l'arme, j'essayai de l'arracher à mon adversaire, mais sa prise était d'acier. Pendant que je luttais de toutes mes forces, une deuxième lance m'effleura le flanc et je sentis se déchirer ma tunique quand la pointe transperça le tissu, manquant de peu mes côtes.

Détendant brusquement les deux jambes, je fauchai celles de mon plus proche adversaire qui recula en chancelant. Je me relevai en hâte, et me retrouvai tout aussi vite encerclé. Trois autres guerriers s'étaient joints aux deux premiers et tous marchaient sur moi, visant mon ventre et ma poitrine de leurs lances.

À l'instant précis où ils se préparaient à l'assaut final, j'aperçus du coin de l'œil ce que je pris pour un éclair et j'entendis Gereint pousser un grand cri. Prenant son bouclier par le bord, il fit volte-face et le projeta sur le plus proche de mes assaillants. Le cerclage de fer frappa l'infortunée créature au moment où elle se retournait, lui écrasant le visage, et elle s'effondra, en entraînant deux autres avec elle.

Avant que je n'aie pu me remettre debout, Gereint fut sur moi et me traîna hors d'atteinte. Bors fendit en deux le crâne d'un autre guerrier et les ennemis, momentanément repoussés, battirent en retraite pour se regrouper en vue d'une nouvelle attaque.

« Tu es blessé, seigneur Gwalchavad, constata Gereint en voyant le sang ruisseler sur mon flanc.

— J'ai perdu mon épée », lui annonçai-je, la respiration entrecoupée par la douleur qui s'épanouissait telle une flamme en train de prendre dans du bois sec.

Ignorant mes protestations, Bors examina la plaie et fit : « Je n'aime pas son aspect. Est-ce douloureux ?

— Pas trop, répondis-je.

— Ce le sera bientôt.

— Aide-moi simplement à bander la blessure avant qu'ils ne reviennent à l'attaque, repris-je.

— Nettoyons-la, au moins, suggéra Bors d'un ton hésitant. Viens, mon garçon, aide-moi à l'emmener au puits. Pour ma part, je boirais bien un peu. »

Ils me portèrent jusqu'au bord de la fontaine et me firent asseoir sur une pierre. Gereint posa son épée à terre, tomba à plat ventre et se mit à boire bruyamment.

« Je pense que nous devrions abandonner le champ de bataille, conseilla Bors en soulevant le pan de ma tunique pour jeter de l'eau sur ma blessure.

— Nous avons promis de nous battre, protestai-je, fermant les yeux de toutes mes forces pour lutter contre le choc de l'eau froide sur ma plaie brûlante.

— Plutôt mourir que de fuir un combat », déclara Gereint d'un ton ferme. Il se pencha à nouveau vers la fontaine et but à grandes goulées dans sa main en coupe.

« Ai-je proposé d'abandonner le combat ? grogna Bors en déchirant à ma chemise une bande de tissu qu'il enroula autour de ma taille. Je voulais simplement dire que nous devrions nous réfugier dans la chapelle. L'entrée est basse et étroite… il ne leur sera pas facile de nous y atteindre. »

Je reconnus en cela la tactique désespérée d'une armée poussée à la dernière extrémité. Une fois à l'intérieur, nous ne pourrions plus ressortir. Mais au moins mourrions-nous sur un sol sacré en protégeant la Sainte Coupe que nous avions juré de défendre.

Bors noua le bandage, regarda son ouvrage et dit : « Voilà… c'est le mieux que je puisse faire pour le moment.

— Je suis sûr que cela ira », lui affirmai-je. Avec difficulté, je me retournai et me penchai péniblement pour boire. Je puisai de l'eau dans ma main et la portai à ma bouche, en répandant la plus grande partie avant de pouvoir m'humecter la langue.

Gereint, qui avait bu son content, regardait de l'autre côté de la clairière, où l'ennemi, mutilé et mal en point, était encore en train de reformer la ligne de bataille. « Il faut faire vite, nous informa-t-il, si nous voulons atteindre la chapelle. »

Je bus une dernière gorgée, puis je me penchai bas sur l'eau pour me mouiller le visage. Bors s'approcha et me tendit une main. Comme j'allais pour me lever, un reflet mat au fond de l'eau attira mon regard.

À vrai dire, je ne sais pas comment je fis pour le voir : l'obscure clarté d'un pâle clair de lune baignait la clairière, et tout autour de nous régnaient les profondes ténèbres de la forêt. Mais je vis ce que je vis… un faible éclat doré en forme de croix.

Ma première pensée fut que j'avais trouvé l'ornement d'autel. Bien sûr ! Ce devait être la croix qui ornait l'autel de la chapelle. Celui qui l'avait profané devait avoir pris la croix pour la jeter dans le puits. Maintenant que je l'avais retrouvée, j'allais pouvoir la remettre en place.

« Attends ! m'exclamai-je, le cœur bondissant sous l'excitation de ma découverte. Je te donne la croix prise à l'autel. »

Sous les yeux étonnés de mes compagnons, je plongeai le bras dans la fontaine. Mes doigts se refermèrent sur le métal froid et, saisissant la branche supérieure de la croix, je la sortis lentement de l'eau. Leur expression stupéfaite était merveilleuse à voir et me fit oublier un moment la douleur cuisante de mon flanc. En fait, je me délectais tellement de leur surprise que je ne vis pas l'objet avant de l'avoir entièrement sorti de l'eau.

« Un bien curieux ornement d'autel », fit remarquer Bors. Gereint, les yeux écarquillés, hocha la tête.

Ce fut seulement alors que je baissai les yeux pour constater que je ne tenais pas une croix, mais une épée. Un enchevêtrement de lierre et d'algues pendait autour de la lame effilée — on l'en avait enveloppée pour la dissimuler aux regards, supposai-je — mais j'aurais reconnu cette arme n'importe où. Comment n'en aurait-il pas été ainsi ? Je l'avais vue presque chaque jour pendant les sept dernières années.

« C'était bien joué, s'exclama Gereint. Tu t'es trouvé une autre épée.

— Pas simplement une épée, mon garçon, lui dis-je, étreignant la poignée à deux mains. C'est celle d'Arthur. »

XXXVIII

« Caledvwlch ! »

Gereint s'agenouilla prestement près de moi et tendit les bras pour recevoir l'épée que je remis entre ses mains impatientes. Prenant l'arme, le jeune guerrier entreprit d'en arracher l'enchevêtrement visqueux, puis il la plongea dans le puits pour la nettoyer.

« Voilà, dit-il en ressortant l'arme de l'eau. Elle est prête à servir de nouveau le roi. »

Puis, avant que nous ayons compris ce qu'il faisait, le jeune guerrier brandit l'épée de combat du Pendragon, rejeta la tête en arrière et cria : « Pour Dieu et pour Arthur ! »

Sur ce, il s'élança, son cri résonnant à travers bois. Bors bondit pour le retenir, mais le jeune homme était déjà hors de portée.

« Gereint ! » cria Bors. Le jeune guerrier, chargeant droit devant lui à la rencontre des morts-vivants, ne ralentit même pas.

« Pour Dieu et pour Arthur ! cria-t-il encore une fois.

— Va avec lui, pressai-je Bors. Aide-le. »

Remettant l'épée de Gereint entre mes mains, Bors promit : « Je reviens dès que possible. »

Il s'éloigna aussitôt à grands pas fatigués pour affronter une dernière fois l'ennemi. Je m'assis sur la margelle du puits et priai pour la protection de mes amis. « Grand de Puissance, dis-je à haute voix, nous sommes las et nous sommes écrasés sous le nombre. Nous n'avons d'autre aide que toi, et si tu ne nous délivres pas maintenant, nous sommes perdus. »

Ayant ainsi libéré mon esprit, je fis le signe de la croix sur mon cœur, puis, me servant de l'épée comme d'un bâton, je me remis debout et partis laborieusement rejoindre mes frères d'armes au combat.

Les non-morts s'étaient regroupés et s'avançaient une fois de plus. Bors avait presque atteint le front de bataille, mais Gereint le précédait d'une douzaine de pas. Poussant un perçant cri de guerre, l'impétueux guerrier bondit en avant, la grande épée décrivant autour de lui un cercle d'acier étincelant tandis qu'il se jetait tête baissée au milieu des rangs ennemis.

Oh, c'était hardi. C'était courageux. C'était d'une folle témérité, mais mon cœur prit son essor de le voir charger seul dans la mêlée, brandissant son épée et hurlant son farouche péan guerrier.

Mais voyez ! Avant même que Gereint n'ait pu porter un coup, l'avance inexorable de l'ennemi s'arrêta brusquement. Sans s'en soucier, Gereint poursuivit sa course et les rangs des morts-vivants se dispersèrent devant lui. Il faisait tournoyer Caledvwlch autour de sa tête et bondissait à droite et à gauche. Partout vers où il se tournait, les ennemis reculaient.

Ils battaient en retraite, trébuchant les uns sur les autres dans leur hâte de s'enfuir. Merveille des merveilles, c'était comme s'ils ne pouvaient supporter la vue de l'épée, et encore moins lui faire front !

La simple vision de l'Épée Souveraine de Bretagne leur faisait pousser des cris d'angoisse et de désarroi, car dès qu'approchait Gereint ils ouvraient leurs bouches muettes et emplissaient les airs de pitoyables gémissements. Le son exsangue et ténu jaillissait de leurs gorges vides en longues plaintes perçantes qui se terminaient en sanglots grinçants et en claquements de dents. Leurs visages, jusque-là impassibles, se tordaient maintenant en de hideux rictus d'abjecte terreur. Si elle se voit rarement ailleurs, c'est une expression assez commune sur le champ de bataille et je l'avais vue plus de fois que je n'aime à m'en souvenir — sur le visage d'hommes privés de tout espoir qui se savaient condamnés à une prompte destruction.

Que la vue de Caledvwlch pût inspirer une telle horreur me surprit tellement que je restai cloué sur place et regardai, tout autour de moi, les ennemis abandonner leurs armes et fuir le champ de bataille dans un vain et désespéré effort pour s'échapper. Ils se piétinaient les uns les autres, trébuchaient, rampaient sur le corps de leurs camarades dans une panique aveugle.

Mais Gereint ne faiblissait pas. Bondissant et tournoyant, frappant à coups précis, il les taillait en pièces tandis qu'ils fuyaient devant lui. À chacun de ses coups, un ennemi tombait... et cette fois il ne se relevait pas, mais expirait en poussant des cris atroces.

Dieu me garde, leurs hurlements étaient plus effroyables que leur silence abominable. Cela me fendait le cœur de les entendre, même si je me réjouissais de la victoire.

Le jeune guerrier était devenu un véritable moissonneur, fauchant un andain de mort et de dévastation dans les rangs de plus en plus clairsemés des morts-vivants. Alors que le dernier d'entre eux tombait devant la fureur de Caledvwlch, je vis Bors, debout un peu plus loin, les épaules voûtées, son épée au bout de son bras ballant. « Mon frère, dis-je, il semblerait que nous allions vivre pour nous battre encore. »

Gereint, exultant dans son triomphe, nous rejoignit en courant, le visage empourpré d'épuisement et de fierté. « Avez-vous vu ? demanda-t-il, presque tremblant de jubilation. Avez-vous vu ?

— Nous avons vu, mon garçon, lui assura Bors. Toi en train de balancer cette épée et de les faucher dans leur fuite... c'est un spectacle que je n'oublierai jamais.

— Un glorieux spectacle, acquiesçai-je. Gereint, mon ami, tu es un vrai Barde de la Bataille.

— Ce n'était pas moi, répondit Gereint. C'était l'épée. » Il la leva devant lui et la regarda avec respect. « Caledvwlch parlait et je ne faisais qu'obéir.

— Si tu n'avais pas obéi ainsi, déclara Bors, je suis sûr que nous respirerions désormais tous trois l'air de l'Autre Monde. »

Nous fîmes alors silence, chacun plongé dans ses pensées. Je fermai les yeux et dis une prière de remerciement pour avoir survécu à cette épreuve. J'étais encore en train de prier, quand un bruit frappa mes oreilles — tel le gargouillement d'un chaudron laissé trop longtemps dans l'âtre. Il semblait provenir des cadavres étendus à terre. Je me tournai dans sa direction et vis que les morts se décomposaient — et ce avec une telle rapidité que leurs corps paraissaient se recroqueviller de l'intérieur, se fondant les uns dans les autres pour se répandre en un répugnant limon qui bouillonnait et crachait de méphitiques fumerolles.

Alors que nous contemplions cet horrible spectacle, une âcre odeur d'entrailles en putréfaction s'éleva des corps en rapide liquéfaction. Tout autour de la clairière, les tas de cadavres se dissolvaient en une masse puante tandis que la chair naguère ferme se changeait en un écœurant magma tremblotant. Au milieu de cette fange, je voyais pointer de longs ossements blafards — ici une jambe, là un bras ou les arceaux d'une cage thoracique — tous en train de se dissoudre dans le répugnant liquide.

Les vapeurs qui se dégageaient de l'immonde bourbier restaient en suspens dans l'air, diffusant un rougeoiement malsain. L'atmosphère était si chargée de l'atroce puanteur de cette boue putride que je m'en étranglai et vomis de la bile à mes pieds. M'essuyant les lèvres avec ma manche, j'essayai de chasser le mauvais goût de ma bouche, mais en vain.

« Je crois que je les préférais quand ils essayaient de nous tuer », dit Bors en serrant les dents.

Nous battîmes en retraite dans la chapelle, où nous nous effondrâmes sur le frais dallage de pierre. Étendu à terre, j'emplis mes poumons d'air pur, soulagé d'avoir atteint le havre paisible de ce saint lieu. Épuisés par notre épreuve, nous nous reposâmes, satisfaits d'attendre simplement ce qui allait nous arriver. Je dormis et me réveillai un peu plus tard, bien reposé : la douleur de mon flanc s'était beaucoup atténuée et je constatai que je pouvais me déplacer sans difficulté. Laissant les autres à leur sommeil, je me levai, allai à la porte de la chapelle et regardai dehors pour constater que les immondes tas de chairs putréfiées avaient disparu.

Je réveillai les autres et nous sortîmes.

On ne voyait nulle part la plus petite esquille d'os ni le moindre lambeau de vêtement. Toute trace de la bataille que nous avions livrée avait également disparu : pas de lances rompues ni de lames brisées, pas de casques bosselés ni de boucliers abandonnés… rien. Le sol était aussi intact et nu que lorsque nous l'avions vu pour la première fois.

« C'est un prodige, déclara Bors. Il ne reste même pas une trace de pas.

— Le sol sacré a fait son œuvre », répondis-je, et les reproches de la Demoiselle du Graal me revinrent en mémoire : *Pensez-vous que le Grand Roi requiert l'aide d'aucun mortel pour accomplir sa volonté ? Le Seigneur de la Création serait-il impuissant à protéger ses trésors ?*

Non, le Grand Roi des Cieux ne demandait rien de nous que l'obéissance. C'était pour nous qu'il dispensait ses présents, ses ordres de même. Ce que nous faisions, nous le faisions pour notre propre bien, et non le sien.

Il nous avait été ordonné de garder le Graal, et c'était afin de protéger ses bienfaits que nous obéissions. Nous nous tenions donc devant la chapelle, l'arme à la main, tous les sens aux aguets. Mais nul bruit plus fort que le murmure du vent dans les arbres dénudés ne nous parvenait aux oreilles.

Je sentis le premier souffle d'une faible brise sur mon visage et Bors dit : « Le vent se lève. »

À l'instant même où il parlait, je sentis une rafale glacée et la muraille épineuse de la haie se mit à trembler tandis que le soupir dans les arbres se muait en gémissement annonciateur de tempête.

Nous attendions devant la chapelle, écoutant le vent qui prenait des forces, soufflant par rafales dans les hautes branches qu'il faisait geindre et grincer. Au loin, j'entendais le hurlement plaintif d'un vent d'orage qui accourait vers nous, et je sentais l'air devenir de plus en plus glacé. Quelque chose approchait qui haïssait toute chaleur et toute lumière, et cette chose avançait sur les ailes de la tempête.

XXXIX

Morgaws commence à montrer des signes de faiblesse. Quand j'aurai établi mon règne, je lui enseignerai les vrais usages du pouvoir. Elle doit apprendre, comme je l'ai fait, à endurcir son cœur et à plier toutes choses à sa volonté. Pitié, compassion, merci... qu'est-ce, sinon d'autres noms de la veulerie ? La Reine de l'Air et de l'Ombre est au-delà de la faiblesse, au-delà de toute défaillance, au-delà de toute imperfection humaine. Morgaws devra l'apprendre, ou elle mourra.

Elle nie avoir commis la moindre erreur, et dans le même souffle m'informe que Llenlleawg a échoué, qu'elle n'a pas récupéré le Graal et que trois des guerriers d'Arthur nous ont opposé une pitoyable résistance. Cela n'a aucune importance, lui dis-je, mais elle insiste, affirmant qu'ils ont réussi à découvrir la chapelle et qu'elle les soupçonne d'avoir retrouvé le Graal.

Tant mieux : cela nous épargne la peine de le rechercher. Ce rustre d'Irlandais rejoindra son maître obtus dans la tombe et toute opposition sera écrasée. Mais Morgaws proteste que la résistance est très forte... assez forte, du moins, pour vaincre les guerriers que j'ai conjurés pour elle.

Oublie les lances et les épées... ce sont des jouets d'enfants. Souviens-toi de ce que je t'ai appris, Morgaws. Je t'ai allaitée de fiel et de venin, ma fille — sers-t'en !

Il y a d'autres moyens, lui dis-je... d'autres moyens. La fin a été décrétée. Elle viendra. Je suis lasse d'attendre. Je suis prête à monter sur le trône qui me revient de droit. Finissons-en !

« Nous devrions faire un feu », dit Bors pour essayer de repousser la sensation de menace qui déferlait de la forêt avec le vent glacial.

Nous ne répondîmes ni l'un ni l'autre et reprîmes notre veille inquiète. Le vent, instable et fantasque, geignait dans les branches et agitait la haie de ronces.

De sinistres présages tourbillonnaient dans les feuilles mortes à nos pieds, et les hautes herbes sifflaient en ondulant tels des serpents d'un bout à l'autre de la clairière. Les longs doigts glacés du désespoir se tendaient vers moi, s'étirant depuis le cœur noir de la forêt pour empoisonner mon esprit à leur contact maléfique. Combien de temps devrons-nous endurer cela ? me demandai-je. Ces tourments prendront-ils jamais fin ? Je mourrais volontiers sur le champ... si seulement cela pouvait me délivrer de ces épreuves incessantes. Oui, la mort... la mort serait une délivrance bienvenue.

La stérilité de cette pensée me fit revenir à moi. Ce n'était pas mon désir, mais celui de l'ennemi qui cherchait à m'affaiblir. Je jetai un coup d'œil à Gereint, près de moi, et vis qu'il avait les yeux clos.

« Reprends courage, mon frère, lui dis-je. Il n'y a pas de réconfort dans la mort. Nous devons supporter cela, et nous le ferons. »

Il ouvrit les yeux et me regarda. « Comment as-tu su à quoi je pensais ?

— Parce que j'y ai pensé moi-même, répondis-je. Mais écoute-moi, nous sommes les guerriers du Royaume de l'Été, les Gardiens du Graal. J'ai bu à la Coupe du Christ : j'ai goûté le vin de son sang sur ma langue et j'ai été guéri... nous l'avons tous été. Et quand bien même le Diable en personne et tous les démons de l'Enfer nous attaqueraient, je te dis que nous tiendrons. Mais que nous résistions ou que nous tombions, nos âmes reposent au creux de la Main Prompte et Sûre et aucune puissance sur terre ne peut nous arracher à son étreinte. »

Bors, le visage sombre, ne dit rien, mais raffermit sa prise sur la poignée de son arme et regarda sans ciller la nuit qui approchait. Les ténèbres bouillonnaient autour de nous telle une mer en furie. Des nuages plus noirs que la forêt environnante tourbillonnaient en lisière de la clairière, rivières fuligineuses roulant des flots sinistres gonflés de menace.

Bientôt la forêt entière sembla se mettre en mouvement. La haie de ronces s'agitait en tous sens, comme sous l'étreinte de mains monstrueuses déterminées à l'arracher. Des brèches commencèrent à apparaître dans la muraille épineuse pour laisser passage à l'ennemi.

Le vent glacé nous cinglait les chairs. Frissonnant, claquant des dents, nous attendions, immobiles, l'apparition de nos assaillants.

Soudain, ils furent là.

Les bois semblèrent pris de convulsions et une armée surgit de la forêt... rangs sur rangs de sombres guerriers encerclant la chapelle. J'essayai d'en voir la fin, mais leur multitude s'étendait loin dans la forêt et se perdait dans les ténèbres d'où ils étaient sortis.

À la brutale apparition de l'ennemi, le vent capricieux tomba soudain, laissant place à un calme surnaturel, chargé de menace. Une malsaine luminescence jaune, semblable à une fausse aurore maléfique, se leva sur la clairière et la chapelle. La lumière maladive répandait une lueur putride qui salissait tout à son contact.

Dans cette aube blafarde, les multitudes ne cessaient d'arriver, avançant parmi les arbres telle une marée silencieuse. Les casques saillant au-dessus de leurs boucliers ronds évoquaient une vaste grève rocailleuse. Les lances dressées par petits groupes de dix ou de vingt faisaient penser à des bouquets d'oyats sur la crête de dunes successives.

Ils étaient si nombreux !

« Dieu nous garde », s'exclama Bors. Gereint fit le signe de la croix sur sa poitrine et déglutit, mais ne dit rien.

« Qu'attendent-ils ? » m'étonnai-je à haute voix.

Ils attendaient sans un bruit, à part le léger froissement de leurs vêtements quand leurs épaules s'effleuraient, ou le cliquetis étouffé du bord de leurs boucliers qui se heurtaient doucement. Ils attendaient, rang après rang, silencieux comme un brouillard nocturne sur la mer. J'examinai les plus proches visages — ce qui ne fit qu'ajouter à ma frayeur, car tous étaient impassibles : traits allongés au nez aplati dont la bouche n'était guère plus qu'une fente livide dans leur face d'une pâleur cireuse. Leurs yeux au regard fixe étaient grands et noirs — sans la moindre trace de blanc — comme ceux de bêtes féroces. Et bien que leur visage demeurât inexpressif, les yeux qui nous dévisageaient de l'autre côté de la clairière étaient sinistres et malveillants. Je pouvais presque sentir leur haine brûler à travers la courte distance nous séparant d'eux telles les flammes d'un feu glacé.

Un coup d'œil à ces regards qui ne cillaient pas me suffit pour savoir sans le moindre doute qu'ils voulaient notre mort, oui, et plus que notre mort : notre extermination. Nous devions être complètement détruits et nos âmes anéanties. Et pourtant ils attendaient, masse lugubre et malfaisante sous un macabre ciel jaune.

« Pourquoi restent-ils là sans rien faire ? demanda Gereint d'une voix tremblante — de froid, je pense, et non de peur.

— Leur chef n'est peut-être pas encore arrivé, avança Bors. Ou bien ils attendent l'ordre d'attaquer.

— Approchez, murmura Gereint. Qu'on en finisse !

— Patience, mon garçon, fit Bors. La vie est courte et la mort longue. Utilise le temps qu'il te reste pour faire la paix avec toi-même.

— Dieu sait que je suis plus que prêt, répondit calmement Gereint. Commençons donc.

— Regardez là-bas », dis-je, attirant leur attention sur un mouvement dans les derniers rangs. Quelques instants plus tard, nous vîmes l'armée se scinder en deux.

« Ils se préparent à attaquer, constata Bors en rejetant son manteau sur ses épaules pour dégager ses bras.

— Je crois que leur chef de guerre est arrivé, signalai-je. Il vient prendre place à la tête de son armée. »

Les rangs continuèrent à se séparer jusqu'à ce que s'ouvre une large allée. J'aperçus la silhouette de plusieurs guerriers qui avançaient vers nous sur le chemin ainsi dégagé. L'un d'entre eux, plus grand que les autres, semblait marcher en tête.

Quand il se fut rapproché, je reconnus son allure familière.

« C'est Arthur, dit Bors. Il est vivant. »

Le Pendragon parvint à l'orée de la clairière et s'arrêta, nous regardant en silence. Ses vêtements étaient sales et déchirés... comme s'il avait été traîné par des chevaux à travers bois. Le visage creusé par la fatigue, il avait l'air vieux et hagard. Sa joue droite était marquée par une vilaine contusion, mais il se tenait bien droit, la tête haute.

« Arthur ! criai-je. Par ici ! Viens nous rejoindre ! »

Le roi ne répondit rien, mais se tourna et fit un pas de côté. Alors seulement, je remarquai qu'il avait les mains enchaînées. Llenlleawg, la lance à la main, venait sur ses talons, avec Morgaws à son côté. Je vis aussi derrière eux Myrddin et Gwenhwyvar, en compagnie de Rhys et de Peredur. Leurs mains étaient également liées, et ils se tenaient la tête baissée. Les vêtements déchirés et couverts de sang, eux aussi, ils arboraient l'expression de guerriers qui savent que la bataille est perdue et que leurs vies approchent rapidement d'une fin misérable et sanglante.

Sur un signe de Llenlleawg, Arthur se tourna vers nous. Il nous appela par nos noms et dit : « Vous avez bien combattu, mes amis. Mais la bataille est perdue. Il est temps de se rendre.

— Est-ce vraiment le Pendragon ? chuchota Gereint d'un ton dubitatif.

— Certainement pas ! déclara Bors. Le vrai Arthur n'a jamais même songé à se rendre, et il ne le fera jamais. » Plaçant sa main en cornet, il cria : « Remporte tes idées de reddition en enfer avec toi ! Nous sommes les hommes du Pendragon, nous avons juré devant Dieu de protéger le Graal. Nous ne capitulerons devant personne. »

Le Pendragon, humble et attristé, l'implora, disant : « Bors, mon vieil ami, fais ce que je te demande. Tu m'as prêté serment de loyauté dans la victoire ou la défaite. Il est temps de mettre fin à cette bataille.

— Pour l'amour de Dieu, Arthur, hurla Bors, que t'ont-ils fait ? Rejoins-nous, seigneur, et combattons-les ! Nous péririons ensemble ! »

Ignorant cet éclat, le roi poursuivit calmement : « Ils viennent chercher Caledvwlch et le Graal. Les tueries peuvent s'arrêter, mais tu dois faire ce que je te dis et apporter la coupe et l'épée. »

Je sentais monter en moi un sombre et amer désespoir. J'avais connu la défaite par le passé, mais jamais ainsi. Jamais ! Ce... cette ignoble soumission n'était pas digne du Pendragon que je connaissais. Myrddin aurait remué Ciel et Terre avant de céder, et même le plus humble des Cymbrogi se serait battu jusqu'à son dernier souffle plutôt que de se prêter à une si infamante capitulation.

Je regardai de l'autre côté de la clairière comme si un profond fossé venait de s'ouvrir entre mon roi et moi. Pouvais-je le défier et continuer le combat ? Ou bien devais-je lui obéir, fût-ce au prix de ma honte et de mon avilissement ?

Car quiconque n'a jamais servi un Vrai Seigneur, et n'a pas prêté serment de loyauté en toutes choses jusqu'à la fin de sa vie, ne peut savoir ce que l'on ressent à contempler ce seigneur vaincu par de perfides ennemis, humilié et déshonoré. Ceux qui ne savent rien de l'honneur ne peuvent comprendre les affres du déshonneur. En vérité, je vous le dis, c'est une souffrance pire que la mort, et elle ne connaît pas de fin.

Je regardais donc Arthur, la tête baissée dans la défaite, et les larmes me vinrent aux yeux. Je ne pouvais supporter ce spectacle et dus me détourner.

« Les tueries peuvent prendre fin, répéta le Pendragon, la voix lasse et éraillée. Apporte le Graal. Donne-le nous. »

Le visage de Bors se crispa comme un poing, et son refus fut dur comme une enclume. « Jamais ! » hurla-t-il, tremblant de fureur. Prenant Caledvwlch à Gereint, il la fit tournoyer en criant : « Pour reprendre le Graal, il te faudra m'arracher cette lame des mains après ma mort. »

Il s'agissait peut-être d'un tour que me jouait la lumière, mais je crus voir l'ombre d'un sourire passer sur le visage d'Arthur quand il reçut la réponse de Bors. Se tournant vers Morgaws, il eut un geste des mains— comme pour dire : Eh bien, j'ai essayé — et Llenlleawg le repoussa avec les autres du talon de sa lance.

Le champion irlandais saisit Myrddin et le tira en avant. Mais Morgaws, impatientée par les médiocres efforts de persuasion d'Arthur, sortit des rangs ennemis. La chevelure flamboyante, les traits embrasés comme une torche d'une expression où se mêlaient haine, triomphe et rancune, elle était à la fois terrible et magnifique. Les flammes de la passion lui avaient conféré une effrayante et mortelle beauté, telle une louve affamée prête à se ruer sur sa proie, ou un éclair jailli d'un ciel d'orage. Avec son front lisse et blanc, ses traits farouches, ses cheveux ruisselant sur ses épaules, ses lèvres étirées en un féroce sourire de rage et de domination, elle ressemblait à une déesse de la destruction — la redoutable Morrighan des anciens contes n'aurait pu revêtir un aspect plus effroyable.

« La coupe ! Donnez-moi la coupe ! » s'écria Morgaws d'une voix vibrante de rage. La jeune fille que j'avais trouvée errant dans les bois avait depuis longtemps disparu : comme tout en elle, son innocente mutité n'avait été qu'un mensonge.

J'observai Morgaws et me souvins de notre première rencontre. J'étais sorti du couvert des arbres et elle était là, assise par terre, ses champignons laborieusement cueillis éparpillés autour d'elle. Elle avait trébuché et était tombée, répandant sa récolte. Je me rappelais l'avoir aidée à les ramasser. Tallaght et Peredur étaient avec moi, et nous étions simplement tombés sur elle, seule et perdue... ah, non, non, cela ne s'était absolument pas passé ainsi. C'était la chanson — la chanson nous avait menés à elle. Nous l'avions entendue chanter et nous avions suivi la chanson, c'était ainsi que tout avait commencé.

Si je n'avais été envoûté de la sorte, j'aurais peut-être pris le temps de me demander comment il se faisait qu'une jeune fille privée de l'usage de la parole puisse chanter. Hélas, je m'étais laissé abuser comme tout le monde. Je baissai la tête et implorai Jesu de me pardonner mon aveuglement.

Comme en réponse à mes lourds remords, je réentendis la chanson qui avait charmé mes oreilles par cette journée d'été dans la forêt. Relevant les yeux, je vis Morgaws debout devant moi, la chanson encore aux lèvres. Elle sourit et je sus aussitôt que je l'avais jugée bien trop durement.

« Ne pense pas de mal de moi, preux Gwalchavad », dit-elle d'une voix douce et grave. Elle se rapprocha. « Je suis comme toi. J'ai souffert, moi aussi, des mains de Morgian. »

C'était vrai, me dis-je. Comme nous tous, elle était victime des machinations de la perverse Morgian. Et, comme tous, elle en avait souffert. Un poignant élan de compassion me transperça le cœur et j'ouvris la bouche pour lui exprimer mon chagrin devant sa détresse.

Mais elle me fit taire. « Ne dis rien, chuchota-t-elle en posant le bout de ses doigts sur mes lèvres. C'est terminé, mon amour. Nous pouvons oublier les souffrances et les épreuves et tout recommencer. Nous devons prendre un nouveau départ, et nous le pouvons. Crois-moi, Gwalchavad. Nous pouvons le montrer aux autres, à ceux qui doutent. Nous pouvons le leur montrer, toi et moi. »

Elle sourit à nouveau et mes derniers doutes fondirent au brillant soleil de son sourire. Elle me regardait et je ne voyais rien d'autre que l'amour dans ses yeux. « Viens avec moi, Gwalchavad. Viens avec moi, mon amour. Nous serons ensemble, toi et moi. Ensemble pour toujours. »

Oh, je la croyais. Et je désirais tant que prennent fin les épreuves. En cet instant, je crois que j'aurais fait tout ce qu'elle demandait. « Viens, apporte-moi le Graal, mon amour. Tu n'as plus besoin de le protéger. Apporte-le moi, et nous pourrons tout recommencer. »

Comme j'hésitais toujours, elle me pressa, disant : « J'ai envie de toi, mon amour. La coupe est-elle à l'intérieur ? » Elle regarda vers la chapelle d'un air impatient. « Va la chercher, Gwalchavad. Rapporte-moi la coupe. Vite ! Ensuite nous pourrons quitter à jamais cet endroit. »

J'entendis Bors élever une protestation derrière moi, mais je ne pus distinguer ce qu'il disait. Cela n'avait pas d'importance. Morgaws, belle et offerte, se tenait devant moi, le désir dans les yeux. « Viens à moi, mon amour », dit-elle en tendant les mains pour me prendre dans ses bras. Je regardai ces longs bras adorables — si doux et tentateurs — et la flamme de la luxure s'alluma en moi. Je regardai ses hanches et ses seins ronds et l'envie d'elle s'empara de moi. Je brûlais de la tenir dans mes bras et de la prendre.

À cet instant, le monde extérieur disparut — l'armée ennemie avec ses rangées successives de guerriers au regard sinistre, mes amis et compagnons, la chapelle et la forêt tout autour — tout disparut dans la chaleur intense de mon ardeur et fut aussitôt oublié. C'était comme si un épais et pesant brouillard s'était abattu sur le monde, masquant tout en dehors de Morgaws et de mon désir lancinant. Rien d'autre n'existait, rien d'autre ne comptait. Seuls restaient Morgaws et moi, tous deux face à face, un homme et une femme. Un coup d'œil à la faim qui brûlait dans ses yeux me suffit pour savoir qu'elle me désirait autant que je la désirais.

« Viens à moi, mon amour. Prends-moi, partage ma couche… fais-moi l'amour. Je te veux, Gwalchavad. Viens. »

Je fis un pas vers elle, le souffle rauque, chancelant de désir. Je sentais se déliter les derniers lambeaux de ma volonté.

Morgaws sourit d'un air entendu. Ses lèvres s'écartèrent tandis qu'elle rejetait la tête en arrière pour se laisser embrasser dans le cou. Au même instant, elle ouvrit sa robe de façon que je puisse admirer son corps. Sa peau d'un blanc de lait, ses cuisses pleines et ses seins aux pointes roses m'apparurent. Je vis l'invite dans ses yeux et la tentation sur ses lèvres entrouvertes dont j'étais impatient de goûter la douceur.

« Gwalchavad, dit-elle en s'approchant d'une démarche lascive. Prends-moi. » Sa voix était rauque de désir et elle gémit de plaisir quand elle pressa son corps contre le mien. Je sentis ses mains sur les miennes qui m'attiraient plus près. « Le Graal, mon amour, murmura-t-elle, son souffle chaud dans mon oreille. Donne-moi le Graal et je suis tienne… »

Dieu me pardonne, je me tournai et me mis en marche vers la chapelle afin de chercher le Graal et de le lui remettre. Mais au moment où je faisais demi-tour, un éclat doré attira mon œil — Caledvwlch, serrée dans le poing de Bors — et je réentendis l'exhortation de la Demoiselle du Graal à étreindre fermement l'Épée de notre Salut. Son avertissement solennel me revint en mémoire : *Convoitant les honneurs, il s'est laissé ensorceler par qui n'honore que la convoitise et le mensonge. Ainsi les puissants vont-ils à leur perte.*

« Apporte-moi la coupe », dit Morgaws, une subtile insistance perçant dans sa voix. Elle se rapprocha. « Donne-la-moi et je suis à toi pour toujours, mon amour.

— Non, dis-je, et le son de ma voix était rude à mes oreilles. J'ai prêté serment de protéger la coupe.

— Le Graal, gémit Morgaws en frottant son corps contre le mien. Je suis tienne, Gwalchavad. Prends-moi tout de suite. »

Je sentis son contact me brûler la peau quand elle leva ma main jusqu'à sa bouche. « J'ai envie de toi », murmura-t-elle en penchant la tête vers ma main. Je vis ses lèvres s'ouvrir sur ses dents ivoirines qui s'apprêtaient à mordre.

J'écartai brusquement la main, comme devant un serpent. Cela la mit en colère. « Gwalchavad ! dit-elle d'un ton cinglant. Tu vas me donner la coupe. »

Le désarroi m'assaillit. La voix de Morgaws résonnait, pressante, insistante, dans ma tête. Le Graal ! Donne-moi le Graal !

« Non, dis-je, ébranlé, confus.

— Vermisseau ! » Morgaws s'avança sur moi, comme pour m'écraser. « J'ai tué tous les autres, et je vais aussi te tuer. Pour la dernière fois, apporte-moi la coupe.

— Non, dis-je, mettant toute la force que je pouvais dans ma voix. Je ne le ferai pas. »

Elle pivota sur les talons et gagna l'endroit d'où Llenlleawg, la lance à la main, observait nos faits et gestes d'un œil hostile. « Ils ont le Graal, mon aimé, dit-elle d'une voix redevenue douce et enjôleuse. Tue-les et il est nôtre. Nous pouvons régner à jamais, toi et moi. »

Le regard de Llenlleawg passa de moi à Morgaws. Je le vis suivre des yeux les courbes de son corps et une expression de mépris se peignit sur son visage. « Tu avais dit que tu m'aimais, dit-il d'une voix grinçante, si tendue qu'il avait du mal à former les mots.

— Le Graal, murmura-t-elle en se rapprochant. Ils ont la coupe, mon amour. Tue-les et elle sera nôtre ! »

Les mâchoires de Llenlleawg se crispèrent et il se tourna vers moi. Morgaws posa la main sur sa joue et approcha son visage du sien. Elle lui murmura quelque chose à l'oreille et se plaqua contre son corps. Je vis la main libre de Llenlleawg se glisser dans le dos de Morgaws pour la serrer contre lui tandis qu'elle ouvrait les lèvres pour l'embrasser. La main de Llenlleawg remonta de sa taille à ses épaules et se perdit dans ses tresses entremêlées.

Morgaws embrassa encore Llenlleawg et, toujours plaquée contre lui, tourna le visage dans ma direction, l'air hautain, triomphant. « Tue-les, mon am... » commença-t-elle, mais elle ne put finir, car sa tête bascula brusquement en arrière.

Elle essaya de crier, mais Llenlleawg raffermit sa prise sur ses cheveux et tira sa tête encore plus en arrière. Le cri se coinça dans sa gorge. Ses yeux saillirent de terreur lorsque Llenlleawg posa les lèvres sur sa joue blême.

« Adieu, mon amour », gronda-t-il, puis il lui tordit brutalement la tête. Les os de son cou gracile se rompirent avec un claquement sec et Morgaws tomba morte.

J'entendis ensuite un étrange cliquetis étouffé. Au même instant, le brouillard qui embrumait mon esprit se dissipa et je relevai les yeux du cadavre de Morgaws pour voir un millier de lances s'abaisser à l'horizontale.

Et les sinistres cohortes de la sombre Morgian attaquèrent.

XL

« Détache-moi ! » cria Arthur.

Je m'avançai en titubant vers lui, étonné de pouvoir à nouveau bouger.

« Vite, Gwalchavad ! » Derrière lui, j'apercevais les hordes de Morgian montant à l'attaque.

Il n'y avait pas eu d'ordre lancé, pas de cri de guerre. Un instant plus tôt, ils se tenaient prêts à charger, le suivant ils étaient en marche, accourant vers nous.

« Gwalchavad ! cria le Pendragon en tendant ses mains enchaînées. Pour l'amour de Dieu, détache-moi ! »

Je me retrouvai près de lui en un battement de cœur. Levant mon épée, je visai soigneusement et abattis brusquement ma lame. Le coup n'entailla même pas la chaîne. J'essayai une fois de plus, et une autre — sans plus de succès que la première — puis l'ennemi fut sur nous.

Me retournant pour faire front aux assaillants, je me plaçai entre le roi et la charge ennemie tout en criant aux autres de me rejoindre. « Bors ! Gereint ! »

Du coin de l'œil, je vis Bors qui courait prendre place à ma droite. M'attendant à voir Gereint sur ma gauche, je me tournai et, ne le voyant pas, je l'appelai. Il ne répondit pas.

« Gereint ! criai-je à nouveau.

— Je suis là ! »

J'entendis sa voix derrière moi et crus qu'il venait se placer à ma gauche. Mais, arrivé à ma hauteur, il ne s'arrêta pas. Au lieu de cela, il continua sa course. J'entrevis au passage un éclat doré dans ses mains.

« Il a le Graal ! » s'écria Bors.

Gereint, la Sainte Coupe entre les mains, courait seul sus à l'ennemi. Brandissant le Vase Sacré, il hurla : « Au nom du Christ Jesu, disparaissez ! »

La confusion s'empara de l'armée ennemie. Les premiers rangs s'immobilisèrent en pleine course et se mirent à reculer. Les suivants, continuant sur leur lancée, bousculèrent ceux qui les précédaient et les piétinèrent avant de pouvoir s'arrêter.

Le jeune guerrier, intrépide et provocant, se dressait au milieu du chaos. « Au nom de Dieu le Père, de son Fils Bienheureux et du Saint-Esprit, cria encore Gereint, je vous ordonne de quitter ces lieux. Retournez en Enfer ! »

Soudain s'éleva le bruit de milliers d'ailes prenant leur envol et les ennemis se débandèrent. Ils parurent se recroqueviller sur eux-mêmes, se ratatinant telle la chair de fruits pourrissant au soleil. Sous nos yeux, ils ne devinrent guère plus que de la balle de blé, sèche et cassante, et bien qu'il n'y eût pas de vent, ils semblèrent s'élever dans les airs, comme éparpillés par une puissante rafale. Le pouvoir qui les avait évoqués et soutenus était brisé et maintenant ils s'enfuyaient, loin du royaume de la lumière et de la vie, pour regagner la fosse innommable d'où ils étaient sortis.

Tourbillonnant dans le vide, les derniers d'entre eux disparurent et il n'en resta plus un seul. Un grand coup de tonnerre éclata et je levai les yeux pour voir se déchirer les cieux plombés et un pinceau lumineux plonger dans l'obscurité de la forêt. Telle une lance projetée des hauteurs, le rayon frappa la chapelle, changeant la pierre en argent, aveuglant nos yeux depuis si longtemps privés de lumière. Au même instant un cri vrilla les airs loin au-dessus de nous — un hurlement de douleur qui mourut sitôt né. À ce bruit, Myrddin releva la tête et murmura : « Morgian est défaite. » Sa voix était vieille et lasse, mais l'éclat de son regard était intact. « Nous l'avons repoussée dans son antre ténébreux et, si Dieu le veut, elle ne reviendra plus nous tourmenter de longtemps. »

Le tonnerre gronda de nouveau et je sentis une goutte d'eau s'écraser sur mon visage. « Il pleut ! » s'écria quelqu'un, et au moment où s'élevait ce cri, les vannes célestes s'ouvrirent pour déverser leur précieux trésor. La pluie bienfaisante tombait du ciel, abreuvant la terre depuis si longtemps assoiffée.

Nous levâmes nos visages vers le merveilleux liquide et le bûmes avidement. « Les chaînes… s'exclama Gwenhwyvar en écartant les mains. Je suis libre ! » Myrddin et Arthur tendirent leurs mains, de même que Rhys et Peredur. Comme pour Gwenhwyvar, partout où l'eau les frappait, leurs chaînes se rompaient et les morceaux tombaient à terre, les maillons brisés fondant comme de la glace.

Debout sous la pluie, sous ce ciel bas et gris, je regardai autour de moi et compris que nous étions seuls à avoir survécu. Sur la multitude des Cymbrogi, il ne demeurait plus que nous : Arthur et Gwenhwyvar, Bors, Gereint, Peredur, Rhys, Myrddin et moi. Et aussi, hélas, Llenlleawg. Étourdis et stupéfaits, nous nous dévisagions, essayant de comprendre notre miraculeuse survie.

Arthur se dirigea vers l'endroit où nous nous tenions, Bors, Gereint et moi. Mettant un genou en terre, il plaça devant lui Caledvwlch, pointe vers le bas, et saisit la lame dénudée à deux mains. Puis, comme pour prêter un serment solennel sur la Sainte Croix, il dit : « Très nobles amis, je vous dois mon royaume et ma vie. Nul roi ne fut jamais servi par plus honorables et loyaux sujets, et nul roi ne fut jamais plus conscient de ses manquements. J'implore votre pardon et vous fais la promesse, comme je la fais à Jesu en personne, que je n'oublierai jamais la dette de gratitude et d'honneur dont nous vous sommes redevables, moi et toute la Bretagne. »

Bors, ému par les paroles du roi, se précipita en avant et l'embrassa, ajoutant : « Relève-toi, Arthur, relève-toi. Tu ne me dois rien, et il n'y a rien à pardonner. Je n'ai fait que ce que j'ai toujours fait à ton service. »

Gereint, honteux de voir son roi agenouillé devant lui, baissa nerveusement la tête et détourna les yeux. Je m'avançai et me prosternai devant Arthur. « Seigneur Pendragon, dis-je, c'est à moi d'implorer ton pardon. C'est en raison de ma faiblesse que ce malheur nous est arrivé. »

Arthur se remit debout, tendit la main et m'aida à me relever. « Où est la faute ? Tu es resté constant en toutes choses. Quel seigneur pourrait demander plus ? »

Nous nous tenions donc face à face sous la pluie, mon roi et moi. Gwenhwyvar, Rhys et Peredur nous rejoignirent et, de joie et d'impatience, tout le monde se mit à parler en même temps.

« Dieu te garde, Ours, mais c'est la Terre et le Ciel d'être à nouveau près de toi, fit Bors avec un large et radieux sourire. Je pensais ne jamais te revoir. »

C'était exactement ce qu'aurait dit Bedwyr, et mon chagrin s'éveilla à ces mots. « Seigneur, repris-je en me tournant vers Arthur, je redoute la réponse, mais je dois savoir. Qu'est-il advenu du reste des Cymbrogi ?

— Je n'en ai plus vu un seul après le feu, répondit tristement Arthur. Nous nous sommes tous retrouvés séparés dans la forêt. Je crains qu'ils ne soient morts. Rhys, Myrddin et moi avons réussi à demeurer ensemble. Je pensais qu'il ne restait que nous avant de vous voir. » Il nous raconta ensuite comment ils avaient été attaqués dans le noir pendant leur sommeil. Llenlleawg, à la tête d'une horde d'ennemis, les avait livrés à Morgaws, près de qui ils avaient trouvé Gwenhwyvar et Peredur enchaînés. « Nous n'avons rien pu faire, reconnut Arthur. Tu as vu à combien de guerriers elle commandait. Nous nous sommes battus, mais nous avons été écrasés sous le nombre. »

Nous rapportâmes alors à Arthur ce qu'il nous était arrivé de notre côté : comment nous étions tombés sur la chapelle et avions nettoyé les souillures qui profanaient l'autel. Nous lui racontâmes comment la Demoiselle du Graal nous était apparue et nous avait rendu la Sainte Coupe, comment nous avions trouvé Caledvwlch dans le puits et avions repoussé chacune des attaques contre la chapelle.

« Vous avez bien agi, déclara Myrddin. Le Ciel a béni vos efforts. Votre récompense est assurée. » Tendant une main vers la chapelle, il ajouta : « Venez, allons remercier Dieu de la victoire qu'il nous a accordée.

— Tu as raison de nous rappeler la source de notre salut, répondit Arthur. Mais ne dis pas que nous avons remporté aujourd'hui une victoire. Dis plutôt que Dieu, dans sa miséricorde, a coupé court à nos tribulations et a épargné nos vies. »

Le Sage Emrys fit signe à Gereint qui, portant le Très Saint Graal, entra dans la chapelle. Nous le suivîmes en silence, chacun plongé dans ses pensées, et le rejoignîmes devant l'autel. Il y avait replacé la coupe qui, posée sur la pierre, rayonnait doucement de sa propre lumière. Le roi contempla longuement le vase, puis il baissa la tête et pleura ses Cymbrogi disparus. En cela, il n'était pas seul : moi aussi, je m'abandonnai à mon chagrin pour les morts, comme nous tous.

Au bout d'un moment, Myrddin se redressa et, d'une voix forte et claire, entonna une lamentation funèbre. Il chanta le Dernier Retour, poignant hommage à un guerrier tombé au combat qui ne rentrera pas chez lui avec son roi. Puis le Sage Emrys nous fit réciter des actions de grâce pour notre délivrance.

Nos voix emplirent la chapelle et nos cœurs prirent leur essor sous la bénédiction des réconfortantes paroles de Myrddin. Tenir pendant si longtemps la peur à distance est une pénible tâche et je sentais mon esprit s'apaiser à mesure que les prières faisaient leur œuvre. Je ne saurais dire combien de temps nous passâmes dans la chapelle, mais quand je me relevai enfin, mes épaules avaient été libérées d'un pesant fardeau.

Les gravures sur les murs avaient attiré l'attention de Myrddin. Pendant que les autres bavardaient à voix basse devant l'autel, je le rejoignis pour lui demander ce qu'il pensait de ces étranges inscriptions. « Te parlent-elles ? demandai-je.

— Oui. » Le Barde de Bretagne passa ses fortes mains sur les symboles gravés comme une mère peut passer les doigts sur le visage endormi de son fils bien-aimé. Fasciné, il fit le tour de la chapelle, examinant les messages dans un émerveillement silencieux.

« Ne te méprends pas, Gwalchavad, dit-il en se tournant enfin vers moi. Le Llyonesse n'a pas toujours été la Terre Gaste que tu vois maintenant, et il sera racheté. Un jour, le Llyonesse se révélera une grande bénédiction pour la Bretagne. »

Les autres nous rejoignirent alors, et le roi, impressionné par la chapelle, s'interrogea sur le mystère de ce lieu. « Et dire, fit-il, songeur, que cette chapelle était ici — dans cette contrée désolée — depuis le début.

— Le début ? répéta Myrddin. Tu sais, le début remonte à très, très longtemps.

— Et pourtant la chapelle demeure, fit remarquer Bors. Elle n'a pas été détruite.

— Oui, la chapelle demeure, acquiesça le Sage Emrys. Que tous ceux qui aiment la vérité y réfléchissent et qu'ils le gravent dans leur cœur. »

Tournant brusquement les talons, il s'avança vers l'autel et, sous nos yeux, prit le bord de son manteau entre ses mains et en déchira un morceau. Puis, s'inclinant avec déférence devant lui, il recouvrit soigneusement le Graal du tissu. Cela fait, il prit le vase dans ses mains et s'adressa à nous. « La Sainte Coupe du Christ a été retrouvée. Il est temps de rentrer à Ynys Avallach. » Le Graal serré dans ses bras, Myrddin descendit de l'autel.

Nous ressortîmes de la chapelle par une aube grise et froide. Les nuages avaient été nettoyés de leur jaune maladif et la pluie crépitait autour de nous. Nous demeurâmes un moment immobiles à regarder le ciel tandis que l'averse bienfaisante ruisselait sur nos visages. Tout autour de nous, l'eau s'égouttait des branches, emplissant l'atmosphère d'une senteur d'écorce humide et de feuilles mortes. Même dans la pâle lueur de l'aube, j'y voyais plus loin dans la forêt qu'auparavant. Les ténèbres avaient relâché leur emprise sur le pays et les ombres ne régnaient plus en ces lieux.

Le cadavre de Morgaws gisait à l'endroit où elle était tombée, les yeux grands ouverts sous le choc de sa défaite. Llenlleawg était assis un peu à l'écart, lui tournant le dos, la tête basse sous la pluie battante. Arthur, calme et résolu, se dirigea vers lui et contempla longuement son champion déchu. « Debout », ordonna-t-il au bout d'un moment.

Llenlleawg ne leva même pas la tête.

Appelant Peredur et Gereint, le roi leur fit signe de soulever l'Irlandais. Ils hissèrent Llenlleawg sur ses pieds et restèrent à côté de lui — plus pour le soutenir que pour l'empêcher de s'échapper.

Llenlleawg se tenait devant le roi comme s'il ne possédait plus l'usage de ses membres, ou bien peut-être comme s'il n'avait plus la volonté de se tenir debout. La tête baissée, les épaules voûtées, une expression abjecte sur le visage, il vacillait légèrement sur ses jambes. Le remords dégoulinait de lui comme la pluie qui s'écrasait sur sa tête et coulait en rigoles de ses cheveux trempés, ruisselant sur son visage défait. La culpabilité pesait sur lui de tout son poids et il ployait sous ce terrible fardeau.

Arthur regardait son ancien champion et ami. Je voyais sur les traits du roi le conflit intérieur qui l'agitait : la bouche tordue de répugnance et de dégoût tandis que ses yeux, doux et chagrinés, cherchaient un signe de rédemption. « Sais-tu ce qu'a entraîné ta trahison ? » demanda enfin le roi, la voix étranglée, sur le point de se briser.

Llenlleawg ne donna pas le moindre signe qu'il avait entendu, aussi Arthur répéta-t-il sa question. Llenlleawg ne lui fit toujours pas de réponse.

« Je prends ton silence pour l'acceptation des conséquences de tes actes, dit le roi. As-tu quelque chose à dire pour ta défense ? »

Incapable de s'obliger à regarder le seigneur qu'il avait trahi, Llenlleawg ne releva pas les yeux, mais marmonna d'une voix si basse que je ne pus rien entendre.

Gwenhwyvar, se rapprochant, lui dit quelque chose et l'Irlandais, lui jetant un bref coup d'œil, répondit posément avant de rebaisser la tête. Gwenhwyvar, grave et solennelle, répéta ses paroles au roi. Elle ne quitta pas son cousin des yeux en disant : « Il ne présente rien pour sa défense, mais implore de son seigneur le juste châtiment de ses crimes. Il désire être tué sur le champ et que son corps soit abandonné aux oiseaux et aux bêtes sauvages.

— Soit, déclara Arthur. Pour ta traîtrise, je te condamne à la mort que tu as infligée à tes frères d'armes. » Sur ces mots, il saisit Caledvwlch à deux mains et brandit la grande épée.

« Arthur, non ! » cria Gwenhwyvar. Elle s'interposa hardiment entre son cousin et l'épée levée du roi. « Ne le tue pas.

— Écarte-toi, femme, commanda le roi. Justice doit être rendue. »

À ces mots, Gwenhwyvar explosa. Se redressant de toute sa taille, ses yeux verts embrasés d'une juste colère, elle foudroya son époux du regard. Se tournant vers Myrddin, elle demanda : « Ne suis-je pas reine ? Ne suis-je pas fille et femme de roi ?

— Tu l'es », répondit Myrddin.

Faisant face à Arthur, elle expliqua : « En tant que Reine de Bretagne, je fais valoir mon droit d'intercéder pour la vie de cet homme.

— Il a trahi son seigneur, massacré les hommes placés sous ses ordres et aidé un ennemi qui méditait de nous détruire tous, répondit Arthur d'un ton ferme. Nies-tu qu'il ait commis ces actes ?

— Je ne le nie pas, rétorqua calmement Gwenhwyvar. Pas plus que je ne nie que chacun de ces crimes mérite la mort.

— Dans ce cas, écarte-toi, ordonna Arthur.

— Je n'en ferai rien, seigneur. Je parle au nom de mon champion... notre champion. Il nous a sauvé la vie à tous deux à maintes reprises. Quand il a pris conscience de son erreur et de la perversité de Morgaws, il s'est dressé pour notre défense et a tué le véritable traître.

— Sans lui, répliqua le Pendragon, retournant à la reine son regard de défi, une telle défense n'aurait pas été nécessaire. Il connaît son crime et accepte son châtiment.

— Alors, punis-le donc ! répondit Gwenhwyvar d'un air méprisant. Mais sache une chose... écoutez-moi, vous tous. » Elle se retourna pour nous prendre à témoin. « Llenlleawg s'est laissé séduire et ensorceler. Il a manqué de volonté et a choisi de suivre cette tentatrice, oui. Mais nous nous sommes tous laissés abuser par Morgaws, et nous nous sommes tous prêtés à ses intrigues. »

Arthur rabaissa ses bras et planta son épée en terre. « Chacun est responsable de ses actes, insista-t-il calmement. Certains cèdent au mal et s'y abandonnent, d'autres non. Je ne lui demande pas de répondre du mal, mais de son échec à lui résister. Pour cet échec, je le condamne. »

La reine Gwenhwyvar croisa les bras sur sa poitrine et dévisagea d'un air impérieux les hommes qui l'entouraient. « Il me semble que tu ne le condamnes pas pour son échec, mais pour sa faiblesse. Qui plus est, c'est une faiblesse qu'ont tous les hommes en partage.

» Dites-moi donc, demanda-t-elle, sublimement belle dans sa colère, lequel d'entre vous n'a jamais connu un moment de faiblesse à la vue d'une jolie femme ? » Comme nul ne répondait, elle scruta nos visages et nous appela chacun par notre nom. « Gwalchavad ? Bors ? Peredur ? Si Morgaws avait jeté sur vous son dévolu, auriez-vous pu résister ? Rhys ? Myrddin ? Combien de temps vous aurait-il fallu pour céder ? Regardez au fond de vos cœurs, tous autant que vous êtes, et dites-moi que vous n'auriez pas faibli si vous aviez été à la place de Llenlleawg. Si vous aviez été la proie que traquait la chasseresse, vous en seriez-vous sortis indemnes ? »

Je ne pouvais parler pour les autres, mais je savais combien j'étais passé près de céder aux artifices de Morgaws. Je n'étais que trop douloureusement conscient de ma faiblesse, et je n'avais expérimenté qu'une infime parcelle de ce qu'elle avait dirigé contre Llenlleawg.

« Il a succombé, les autres non, soutint Arthur. Penses-tu que je prenne plaisir à rendre ce jugement ? Noble dame, il n'en est rien. Mais justice doit être faite.

— N'y a-t-il aucune place pour la miséricorde dans ta justice, Ô Grand Roi ? » Gwenhwyvar s'approcha de lui et plaça ses mains sur les siennes, posées sur la poignée de l'épée. « Je t'en prie, Arthur, reprit-elle doucement, suppliant pour la vie de son cousin, nous avons tous été ensorcelés d'une façon ou d'une autre. N'ayons pas la présomption de juger Llenlleawg plus durement que nous-mêmes. »

Le Pendragon regarda son Sage Conseiller, quêtant son avis, et nous nous tournâmes tous pour voir ce que Myrddin allait dire. L'Emrys rejoignit Gwenhwyvar, prenant place entre Arthur et Llenlleawg. « Dieu sait si la mort est neuf fois justifiée pour ses crimes, admit-il. Le châtier est ton droit, et la justice le réclame. Mais il y a encore beaucoup de choses que nous ne savons pas des insidieuses machinations de Morgian. Je t'implore donc de suspendre ton jugement jusqu'à ce que nous ayons pénétré le cœur noir de cette regrettable affaire. »

Le Pendragon regarda longuement son épouse et son conseiller, réfléchissant à ce qu'il devait faire. Nous attendions tous sa décision. Finalement, il dit : « Très bien, qu'il en soit comme tu le dis. Je ne rendrai pas de jugement tant que notre compréhension ne sera pas totale. » Il fit un geste de la main. « Maintenant, écartez-vous. »

Gwenhwyvar et Myrddin vinrent reprendre place avec le reste d'entre nous. Le roi regarda son ami avec tristesse et dit : « Écoute-moi bien, Llenlleawg : à dater de ce jour, tu n'es plus mon champion et ton nom ne sera plus jamais prononcé en ma présence. En outre, tu vas rentrer avec nous à Caer Melyn, d'où tu seras mis sur un navire et exilé en Ierna, où ton crime sera connu de ton peuple. Tu y resteras jusqu'à mon jugement définitif. » Ayant rendu sa décision, Arthur dévisagea le traître. « Comprends-tu ? »

Guerrier moi-même, je ne comprenais que trop bien. Llenlleawg aurait préféré être séparé de sa tête plutôt que de son seigneur et de ses frères d'armes. En Irlande, il serait un réprouvé parmi les siens — une honte pour tous comme pour lui-même. L'honneur de Llenlleawg, ou ce qu'il lui en restait, ne pourrait le supporter longtemps… et ensuite, qu'adviendrait-il de lui ?

Le champion irlandais hocha lentement la tête. « Combien de temps devrai-je attendre ta décision ? » demanda-t-il et, oh, la défaite dans sa voix me transperça le cœur.

Mais Arthur ne se laissa pas émouvoir. « Dieu seul le sait », répondit-il, avant d'ajouter : « Implore son aide… peut-être te montrera-t-il la voie de ton salut. »

À ces mots, le roi pivota sur les talons, abandonnant à son sort l'ancien champion — privé de dignité et d'amitié, oui, mais non, je pense, sans espoir de rédemption, aussi lointain fût-il.

À la suite de notre roi, nous quittâmes alors la clairière. Gwenhwyvar attendit qu'Arthur ait atteint l'orée de la forêt, puis elle fit de rapides adieux à son cousin. Elle lui étreignit la main et, après un dernier regard lourd de chagrin, partit rejoindre son époux. Peredur, sur un signe d'Arthur, se chargea de la surveillance du prisonnier et se mit en route avec lui.

Avec fort peu d'armes et sans provisions à transporter, nous étions en mesure de voyager rapidement jusqu'à la plus proche habitation où nous pourrions nous procurer de la nourriture. Et, comme nous ne savions pas quand nous trouverions à nouveau de l'eau potable, nous nous désaltérâmes tous longuement à la fontaine sacrée avant de partir. Je fus le dernier à boire et, après un dernier coup d'œil à la Chapelle du Graal, je lui tournai le dos et me hâtai de rejoindre mes amis.

XLI

Ainsi commença notre long voyage de retour. Nous cheminions en une colonne silencieuse derrière Myrddin sur la piste détrempée par la pluie. Bientôt, le soleil surgit des nuages et darda ses éblouissants rayons à travers les branches.

Cela faisait si longtemps que je n'avais pas vu l'astre du jour que je m'arrêtai net et tournai le visage vers sa merveilleuse lumière comme pour en abreuver mon âme. C'était un soleil d'hiver, mais il n'en était pas moins bienvenu. Je le sentis baigner mes traits et remerciai le Seigneur qui m'avait créé de pouvoir encore parcourir le monde des vivants.

Nous poursuivîmes notre chemin et, au bout d'un moment, je remarquai un phénomène étrange. Tout autour de moi, la forêt se mettait à fumer quand le soleil atteignait les arbres et le sol humides. Non que cela fût en soi remarquable, mais à mesure que les volutes vaporeuses s'élevaient et tourbillonnaient dans l'air strié de soleil, la forêt semblait se déliter, se dissiper avec la vapeur — comme si les arbres eux-mêmes n'étaient rien de plus qu'une brume nocturne qui disparaît aux premiers rayons du jour. La forêt perdait de sa substance et s'effaçait sous mes yeux.

Nous fîmes tous halte, bouche bée, devant ce spectacle prodigieux. Devant nous s'ouvrait maintenant un large chemin bordé d'arbres épars. Nous nous remîmes en route et ne tardâmes pas à nous regrouper deux par deux — Arthur et Gwenhwyvar cheminaient côte à côte, penchés l'un vers l'autre pour converser. Bors avait entrepris de questionner Rhys sur ce qui s'était passé après que les Cymbrogi se furent retrouvés séparés dans la forêt. Peredur marchait consciencieusement derrière son prisonnier, qui avançait d'un pas lourd, tête basse et épaules voûtées. Pour ma part, je me retrouvai au côté de Gereint, qui semblait tout disposé à m'écouter, mais j'avais des questions auxquelles il ne pouvait fournir de réponses.

Je vis que Myrddin marchait seul à la tête de notre petite troupe et décidai de le rejoindre. « Viens, dis-je à Gereint, allons écouter ce que Myrddin peut nous dire à propos de ce qui s'est passé. » Pressant l'allure, nous eûmes bientôt rattrapé le Sage Emrys.

« Combien de temps Llenlleawg devra-t-il rester en exil ? demandai-je, posant la première question qui me vînt à l'esprit.

— Jusqu'à la complète expiation de ses crimes », déclara le Sage Emrys, puis il ajouta d'une voix plus douce : « Dieu seul sait combien de temps cela prendra, mais s'il ne meurt pas là-bas, Arthur rappellera peut-être un jour son champion à son service.

— Penser qu'une telle chose a pu arriver à quelqu'un comme Llenlleawg, dis-je, songeur. Je me demande pourquoi Morgaws l'a choisi pour prêter la main à ses traîtrises. »

Myrddin me jeta un regard en coin. « Elle nous a tous dupés ! Gwenhwyvar a dit vrai : Morgaws a séduit et ensorcelé jusqu'au dernier d'entre nous.

— Nous nous sommes tous laissé abuser, bien sûr, mais seul Llenlleawg s'est rangé à son côté et a mis ses projets à exécution.

— Pourquoi s'en étonner ? Grande Lumière ! Ce n'est que par la grâce de Dieu que chacun d'entre nous résiste ou cède. Je trouve méritoire que tant d'entre nous soient demeurés fermes. » Il garda un moment le silence, méditant cette pensée. Quand il reprit la parole, il dit : « Mais tu vois ce qu'il en est. Même si elle a pu nous leurrer, elle n'a pu nous vaincre. Ses pouvoirs n'étaient pas de cette sorte. Elle pouvait séduire mais ne pouvait soumettre, tout simplement. »

De nouveau, j'avouai ne pas comprendre, aussi Myrddin expliqua-t-il : « Les pouvoirs de l'Ennemi sont bien moindres que nous ne l'imaginons. Le Malin ne peut nous vaincre par la force. En fait, il ne peut se servir contre nous que des armes que nous lui donnons. »

Je lui accordai que c'était possible, mais qu'il me semblait que Morgaws n'avait pas eu de mal à obtenir ce qu'elle voulait.

« Vraiment ? demanda Myrddin. Écoute-moi bien : Morgaws voulait le Graal, et elle voulait l'épée d'Arthur. Malgré ses fameux pouvoirs, elle n'a pu obtenir ces simples choses par elle-même. Non, il lui a fallu recourir à quelqu'un d'autre… et même ainsi elle n'a pu les conserver. En dépit de son habileté et de ses ruses, elle ne pouvait nous affronter face à face : elle avait besoin de l'un des nôtres pour le plier à ses desseins. » Myrddin poussa un soupir. « Hélas, c'est Llenlleawg qui a succombé.

— Je ne comprends toujours pas pourquoi il l'a fait, intervint Gereint. Trahir le roi... » Il laissa sa phrase en suspens, secouant la tête comme si c'était là une chose qui dépasserait à jamais son entendement.

« Le mal choisit toujours le plus faible et le plus consentant, répondit Myrddin. Mais je pense que c'était en fait Gwalchavad qu'elle voulait.

— Moi ! » Cette déclaration inattendue m'avait fait sursauter.

« Tu as été le premier à trouver Morgaws, énonça-t-il simplement. Tu es le fils de Lot, après tout, et Morgian te connaît. Cela aurait admirablement servi ses desseins que de te plier à sa volonté. »

Cette pensée me mit mal à l'aise. « C'est donc Morgian qui était derrière tout cela ? » demandai-je.

Myrddin réfléchit avant de répondre. « Je crois que Morgaws était depuis toujours la créature de Morgian et qu'elle agissait sur son ordre », dit-il, puis il ajouta d'une voix lourde de regret : « Si seulement cela m'était apparu plus tôt, combien de souffrances auraient été épargnées... quel gâchis... quel triste gâchis.

— Que va-t-elle faire, maintenant ?

— Nous lui avons arraché une de ses armes, répondit-il. Je n'ai aucune idée de ce qu'elle va faire. Mais je pense prudent de supposer que nous n'en avons pas fini avec la Terrible Morgian. »

La menace implicite dans cette phrase resta longtemps suspendue au-dessus de moi. Je restai silencieux, réfléchissant à ce qu'avait dit Myrddin. Je fus tiré un peu plus tard de mes pensées par Gereint, qui donna soudain l'alerte : « Des cavaliers approchent ! »

Son cri me fit l'effet d'une gifle. Profondément plongé dans ma rêverie, je n'avais pas fait attention à ce qui se passait autour de moi. Je levai les yeux pour voir que la forêt avait complètement disparu : chaque arbre — racine, branche et rameau — s'était dissipé avec la brume. Il n'en restait plus rien de visible et nous étions de nouveau au milieu des collines basses couvertes de landes de cette contrée désolée.

Je n'eus pas le temps de m'en étonner, car je vis Myrddin et Gereint quelques pas devant moi et, un peu plus loin, une armée à cheval qui avançait rapidement.

Arthur et Gwenhwyvar nous rejoignirent en hâte, suivis de Bors et de Rhys. Serrés les uns contre les autres, nous les regardâmes se rapprocher. Bientôt j'entendis le sourd grondement des sabots des chevaux sur la terre et, scrutant rapidement leurs rangs, je comptai près de cinquante cavaliers — bien trop pour les affronter, si cela se révélait nécessaire.

« Il s'agit peut-être d'une partie des hommes de Cador », avança Rhys en s'abritant les yeux de la main.

Avant que quiconque n'ait pu lui répondre, Arthur poussa un sauvage cri de joie et s'élança à la rencontre des cavaliers.

« Arthur ! » cria Gwenhwyvar. Elle courut quelques pas, s'arrêta, et nous dit par-dessus son épaule : « Ce ne sont pas les hommes de Cador. C'est Cador en personne !

— Et Cai, Bedwyr et tous les autres, s'exclama Myrddin, un large et exubérant sourire s'étirant sur son visage. Ils sont en vie ! »

C'était vrai.

Par quelque miracle connu uniquement de Dieu, ils avaient survécu. En un instant, nous fûmes entourés par les mêmes cousins et frères d'armes que nous avions livrés à une tombe embrasée dans la forêt. Vivants ! Ils étaient vivants ! Les seuls mots ne peuvent exprimer la surprise et la joie de ces miraculeuses retrouvailles. Mon cœur prit son essor tel un aigle quand je m'élançai pour les saluer.

« Cai ! Bedwyr ! m'écriai-je en courant les embrasser alors qu'ils se laissaient glisser de selle. Cador, tu es vivant, Dieu soit loué. Tu es… » Ce fut tout ce que je parvins à dire avant que mes larmes ne jaillissent. Je n'ai pas honte de dire que je pleurai à la vue de mes amis : je pleurai les larmes de joie de celui qui a vu exaucer son vœu le plus cher avant même d'avoir pu le formuler.

Pour leur part, les Cymbrogi perdus nous regardaient avec une stupéfaction amusée. Ils dansaient d'un air gêné d'un pied sur l'autre tandis que nous tentions d'exprimer notre immense soulagement devant leur résurrection inattendue. Nous parlions tous à la fois, ce qui ne facilitait pas les explications.

« Qu'imaginiez-vous qu'il nous était arrivé ? s'enquit Bedwyr en nous dévisageant d'un air intrigué.

— Mon frère, déclara Bors, nous vous pensions morts !

— Pourquoi avez-vous cru cela ? demanda Cai, clignant des yeux de surprise.

— Nous avons vu vos corps sans vie ! s'exclama Rhys, que l'exaspération rendait brutal. Là-bas dans la forêt. » Il fit un geste vague en direction des collines dénudées, dans son dos.

« C'est la vérité, dit Arthur, son beau visage rayonnant du plaisir suprême de revoir ses amis. Nous avons vu vos cadavres accrochés à un arbre telles des carcasses de cerf après la chasse. En fait, nous avons mis le feu à l'arbre afin de vous épargner le déshonneur dans la mort. »

Bedwyr secoua la tête et regarda ses compagnons, qui se contentèrent de hausser les épaules et convinrent que quelque sombre mystère avait obscurci les événements… ce qui n'était guère surprenant, après tout.

« Dès que vous êtes entrés dans la forêt, nous dit Bedwyr, nous vous avons perdus de vue. Le brouillard est tombé et…

— Le brouillard, lui fit écho Arthur à voix basse. J'avais oublié le brouillard.

— Comme nous ne pouvions plus trouver le sentier, nous avons dressé le camp et attendu le lever du jour pour reprendre les recherches.

— Vous avez cherché tout ce temps ? demanda Rhys.

— Oui, affirma Cai, depuis la première lueur de l'aube, ce matin.

— Comment est-ce possible ? s'exclama Bors. Il s'est passé au moins sept jours depuis que nous vous avons vus pour la dernière fois.

— Sept jours au bas mot », acquiesça Gereint, puis il ajouta d'un air hésitant : « Même si nous n'avions pas de soleil pour nous repérer. En tout cas, cela nous a paru long.

— Vous faites erreur, répondit Arthur d'un ton assuré. En fait, il n'a pas pu se passer plus de trois jours, à mon sens. Bien qu'il soit vrai que nous n'avons pas vu le soleil de tout ce temps.

— Au moins trois jours et trois nuits », confirma Gwenhwyvar.

Cador, secouant solennellement la tête, dit : « Quoi qu'il vous soit arrivé, je vous assure qu'il ne s'est écoulé qu'une nuit, et qu'elle a été courte. Nous avons sauté en selle pour partir à votre recherche dès qu'il a fait assez clair pour y voir.

— Cela ne fait qu'une nuit que vous nous avez quittés, soutint obstinément Cai. Mais pouvez-vous imaginer notre surprise quand nous n'avons pu retrouver le bois que nous avions vu la veille ? »

Eh bien, on ne pouvait nier que la forêt avait disparu. Cai suggéra que, peut-être, le même enchantement qui nous avait fait voir les cadavres de nos amis avait, d'une manière ou d'une autre, étiré une nuit en sept jours pour ceux qui étaient entrés dans ce domaine ensorcelé. Nous cherchâmes alors à comprendre comment une telle chose avait pu se produire. Myrddin, impatienté par nos bavardages ignorants, y mit un terme.

Se redressant de toute sa taille, il dit : « Vous parlez alors que vous devriez vous taire. Le Ciel n'est pas seul à être éternel : l'Enfer l'est aussi. Si une explication est nécessaire, disons simplement que tout ce qui s'est passé dans la forêt était, comme la forêt elle-même, l'œuvre de la sorcellerie. Et pourtant, par la grâce de la Grande Lumière, nous avons affronté les pires sortilèges de l'Ennemi et nous avons gagné : le Royaume de l'Été est sauvé et le Très Saint Graal est retrouvé. »

Toujours aussi droit, il se retourna vers la piste et dit : « Jetez un dernier regard sur la Terre Gaste, mes amis : le Llyonesse n'est plus. » Il se tut et, comme s'il regardait par-delà le voile des ans, ajouta : « Ah, mais ce qui a jadis été sera de nouveau. Écoutez-moi : le jour où la Thamesis inversera son cours et où la mer rendra ce qui a été confié à sa garde, le monde s'émerveillera de la splendeur du Llyonesse. »

À ces mots, il posa à nouveau le pied sur le chemin et, sans un regard en arrière, se mit en route vers Ynys Avallach. Arthur et Gwenhwyvar lui emboîtèrent le pas, refusant les montures que leur proposaient Bedwyr et les autres. Pour ma part, je fis ce à quoi j'avais été invité et m'attardai un moment pour regarder une dernière fois la Terre Gaste.

Puis je tournai les talons pour suivre le Pendragon et son Sage Emrys dans la terre des vivants, où le Royaume de l'Été attendait son roi.

Depuis, plus de saisons ont passé que je n'en puis compter. Je vois le pays s'épanouir dans la paix et la prospérité sous le règne d'Arthur Pendragon comme sous la chaleur d'un brillant soleil d'été.

Certes, la peste et la sécheresse se prolongèrent encore l'année suivante, ne cédant que lentement et à contrecœur du terrain. Elles éveillent toujours de douloureux souvenirs chez ceux qui leur ont survécu, et il nous faudra longtemps pour en réparer les dommages. Comme toujours, il y a tant à faire.

Et dans l'action vient l'oubli réparateur. La plupart de ceux qui ont suivi Arthur dans le Llyonesse n'évoquent pas volontiers ce qu'ils y ont vu, et rares sont ceux qui, en dehors du Vol des Dragons, ont jamais entendu parler des événements de ce long hiver sans neige. La Bretagne ne saura jamais comme elle est passée près de la destruction. Et pourtant il me semble qu'il ne s'écoule pas un jour sans que me revienne le souvenir des terreurs que nous avons endurées. Souvent, il m'est arrivé de rester assis seul à la tombée du jour, à regarder décliner la lumière en songeant à tout ce qui est advenu au cours de ces jours étranges.

Cela me paraît toujours un rêve. Je vois son visage devant moi, et je sens la chaleur de son souffle dans mon cou. Ma passion se réveille en moi et je me demande : aurais-je cédé ? Si cela recommençait, serais-je capable de résister ? J'aimerais dire que cela ne pourrait jamais se reproduire, que je demeurerais fort et ferme. À la vérité, je ne puis affirmer que je ne tomberais pas. Par conséquent, je prie Dieu de ne jamais subir d'épreuve à laquelle je ne sache résister.

Derrière les agissements de Morgaws se cachait la Reine de l'Air et de l'Ombre, de cela je suis sûr. Certains croient que Morgaws n'était autre que Morgian sous une apparence différente. Mais le Sage Emrys n'a jamais été de cet avis, et après mûre réflexion, je crains qu'il n'ait raison. Morgaws n'était pas Morgian... aussi fort puissé-je le désirer. Alors, qui était-elle ?

Le pouvoir du mal est pour moi un autre mystère. Comment se fait-il que nous ayons cru ces mensonges sans fin ? Comment ont-ils pu avoir une telle emprise sur nous ?

L'évêque Elfodd, dont j'ai plus d'une fois quêté l'opinion en la matière, pense que le pouvoir de tout mal — peu importe qu'il soit grand ou petit — ne dérive pas de ses propres forces, ainsi que certains le professent et beaucoup le croient. « Non, afin de vaincre, m'a-t-il expliqué un jour du printemps qui suivit notre retour, le mal doit d'abord écarter la bonté protectrice de ce qu'il veut détruire. Car, en vérité, même le plus petit bien est plus puissant que le plus grand mal.

— Contrairement à toute apparence, dis-je avec un sourire forcé.

— Oh, oui ! s'exclama-t-il, s'enflammant soudain. Les apparences sont toujours contraires... toujours. L'essentiel des pouvoirs de Morgian réside dans sa capacité à se faire passer pour quelque chose de très différent de ce qu'elle est. C'est la plus vieille ruse du Malin, et nous n'y sommes pas moins vulnérables que nous ne l'avons toujours été. » Il secoua tristement la tête. « Oui, et c'est aussi la seule ruse qu'il lui faille préserver à tout prix, car quand les mortels auront compris à quel point le mal est en réalité faible et méprisable, la destruction du Vieil Ennemi sera assurée. »

Je n'ai pas entièrement cru Elfodd le jour où il m'a dit cela, mais à force de m'interroger, j'ai fini par me convaincre qu'il avait peut-être raison. Cela expliquerait pourquoi Morgaws a volé le Graal et profané la chapelle — ou plutôt pourquoi elle a incité

Llenlleawg à le faire, car je pense qu'elle ne pouvait ni posséder ni commander aux objets qu'elle désirait tant. C'est aussi Llenlleawg qui a jeté Caledvwlch dans le puits — peut-être parce que, même au comble de sa dépravation, il n'a pu se résoudre à brandir cette arme contre son roi. C'est ainsi qu'en nettoyant l'autel, Bors, Gereint et moi, avons préparé à notre insu la voie à la Demoiselle du Graal pour sa reconsécration. Bien que nous n'en ayons rien su sur le moment, nous avions aidé au retour d'une puissante arme dans la bataille.

Que dire de Llenlleawg ? Myrddin et Arthur continuent à soutenir que chacun doit répondre de ses actes. L'évêque Elfodd est lui aussi d'avis que l'ancien champion doit être puni pour ses péchés. « N'oublie pas, m'a dit le bon évêque, qu'il ne nous est pas demandé de vaincre le mal, mais uniquement de lui résister. C'est suffisant — l'issue dépend de Dieu : c'est Son combat, après tout. En revanche, il nous est demandé de nous abstenir d'aider activement l'Ennemi, et Llenlleawg l'a grandement aidé. »

Effectivement. Nul ne le conteste. Llenlleawg, exilé et proscrit, paie aujourd'hui le prix de sa trahison. Mais je sais combien il est facile de se fourvoyer, de trébucher, d'être subjugué par une volonté plus forte que la sienne. Peut-être, seul parmi tous, suis-je celui qui comprend le mieux Llenlleawg — parce que, moi aussi, je me suis tenu près de la flamme et ai failli m'y brûler. « Nous avons tous été dupés », comme l'a dit Gwenhwyvar, et c'est vrai.

Qui plus est, je crois que cette duperie a commencé longtemps avant que nous le sachions. J'ai longuement réfléchi au fait d'avoir été le premier à poser les yeux sur Morgaws, mais je suis maintenant persuadé que Rhys l'a rencontrée avant moi — le jour où il est parti chercher de l'eau. Il n'en a aucun souvenir : il ne se rappelle ni son départ ni son retour au camp, ni la morsure sur son bras. Mais je m'en souviens, et je pense qu'il a rencontré Morgaws auprès de cet étang, qu'il l'y a surprise, peut-être. Ou peut-être a-t-elle essayé sur lui ses artifices et a-t-elle échoué. Elle s'est attaquée ensuite à moi, mais a trouvé une victime plus facile en Llenlleawg. Qui peut le dire ? Tant de choses chez elle — comme la mort des Cymbrogi — n'étaient qu'illusion, après tout.

« Quoi qu'il en soit, ne manque jamais de faire remarquer le Pendragon quand on lui en parle, le fait que leur mort était une illusion n'atténue en rien la culpabilité de Llenlleawg. N'oublions jamais que huit braves guerriers sont morts en essayant de défendre le Temple du Graal cette nuit-là, et que quinze pèlerins ont été tués. »

Il a raison de s'en souvenir, bien sûr. Ces morts sont déplorables. Mais le fait que les Cymbrogi n'avaient pas été massacrés a beaucoup fait pour adoucir le cœur d'Arthur à l'égard de son ancien champion. Du moins le roi ne parle-t-il plus de prendre la vie de Llenlleawg en expiation de ses crimes. Je continue donc à m'accrocher à l'espoir qu'on trouvera un jour un moyen de racheter l'Irlandais et de lui laisser reprendre sa place auprès du roi. Qui sait ? Après cette nuit dans la forêt, je ne me serais jamais attendu à revoir Cai, Bedwyr et Cador respirer l'air de ce monde, et pourtant je bois ici avec eux tous les soirs de la bière comme s'il ne s'était rien passé. Qui donc peut dire quels miracles sont possibles ?

En attendant, la vie poursuit son cours. Il y a Caer Lial à reconstruire, et ce travail occupe la plus grande partie de notre temps. La vieille Cité des Légions du Nord abrite à nouveau les défenseurs de la Bretagne. À notre retour à Ynys Avallach, Arthur a compris que le Temple du Graal était une erreur, et que le Graal, le plus précieux et le plus saint des trésors, devait être protégé plus subtilement et avec une plus grande vigilance.

Le Grand Roi l'a donc rendu à son premier Gardien : c'est maintenant Avallach qui le détient, et ce n'est que justice. Mais l'existence du Graal est maintenant connue, et il continuera à retenir l'attention de quiconque en entendra parler. Par conséquent, le Pendragon a décidé qu'il devait être installé en un endroit plus sûr. Ensemble, Avallach et Arthur dressent les plans d'une nouvelle forteresse — quelque part dans le Nord, loin du Llyonesse. Arthur n'a jamais éprouvé un grand amour pour le Sud, de toute façon — homme du Nord moi-même, je sais qu'il trouve les collines du Sud trop étriquées, et les vallons boisés trop étroits : il lui déplaît de ne pouvoir contempler les vastes sommets dégagés et voir au loin l'horizon — et Caer Lial, quoique depuis longtemps abandonné, possède encore de fortes murailles, et suffisamment de pierres pour restaurer la plus grande partie des bâtiments.

Nous sommes donc retournés dans le Nord — où a débuté mon récit, et où il prend maintenant fin. Je l'ai couché de mon mieux par écrit. Prenez-le comme vous le voulez. Car je pose mon calame, et ne le reprendrai plus. Demain, quand je me lèverai, j'aurai cessé d'être scribe. J'ai l'intention de retrouver ma place auprès du Pendragon et, si Dieu le veut, de la conserver jusqu'à la fin de mes jours.

Cet ouvrage a été achevé d'imprimer
sur les presses de l'Imprimerie de l'Indépendant
53203 Château-Gontier

N° éd. : 1441
N° d'impr. : 981223
Dépôt légal : 1er trimestre 1999
(Imprimé en France)